O QUE RESTOU DE NÓS DOIS

Américo Simões

O que restou de nós dois

Barbara

Revisão
Sumico Yamada Okada

Capa e diagramação
Meco Simões

Foto capa: Roberto A. Sanchez/Getty Images

Primeira Edição: Inverno de 2014/2015

Dados Internacionais de Catalogação na Publicação (CIP)
(Câmara Brasileira do Livro, SP, Brasil)

Garrido Filho, Américo Simões
O que restou de nós dois / Américo Simões. - São Paulo:
Barbara Editora, 2014.

1. Espiritismo 2. Romance espírita I.Título.

08-0616 CDD-133.93

Índices para catálogo sistemático:
1. Romances espíritas: Espiritismo 133.93

Essa é uma obra de ficção baseada em fatos reais. Quaisquer opiniões ou pontos de vista expressos pelos personagens são características da personalidade de cada um e não necessariamente representam as opiniões e pontos de vista do autor, da Barbara Editora, sua matriz, funcionários ou qualquer uma das empresas filiadas.

BARBARA EDITORA
Rua Primeiro de Janeiro, 396 – 81
Vila Clementino – São Paulo – SP – CEP 04044-060
Tel.: (11) 5594 5385
E-mail: barbara_ed@estadao.com.br
www.barbaraeditora.com.br

Neste livro abordaremos um assunto bastante delicado e atual: o desejo de fazer sexo sem preservativo, num mundo ameaçado pela AIDS e outras doenças venéreas. É uma história descrita de forma bastante realista para servir de alerta aos jovens que despertam para essa realidade e, também, adultos diante do desejo carnal. Falaremos também de bullying e hipocrisia humana.

Se você não se sente bem, lendo um romance que descreve de forma explícita a realidade do mundo em que vivemos, aconselhamos a ler algo mais leve e irreal.

O autor

Algo se perdeu ao longo da história,
o respeito e o amor ao próximo...
Se é que alguma vez existiu.

Prólogo

Filipe Theodorides, moço de estatura média, pele e cabelos claros, de porte atlético e beleza exótica nascera no berço de uma das famílias mais respeitadas do Reino Unido. Depois da morte do pai, tornou-se o acionista majoritário do laboratório farmacêutico da família, um dos mais respeitados do mundo, cujos medicamentos são os mais consumidos e bem aceitos pela medicina atual. Com fórmulas patenteadas, o laboratório dominou o mercado e ganhou terreno facilmente. Com a soma de ações, bens e dinheiro que arrecadava Filipe em breve se tornaria um dos magnatas do mundo.

Com Olímpia Acalântis, mulher de cabelos negros e rosto de traços marcantes e bem delineados, Filipe Theodorides viveu uma das mais empolgantes e marcantes histórias de amor que a sociedade já teve a oportunidade de acompanhar, por meio das colunas sociais, onde sempre apareciam lado a lado, verdadeiramente apaixonados um pelo outro. Eram admirados e invejados por muitos.

Com ela teve dois filhos: Alexandre, uma criança linda de olhos cor de chuva e cabelos cor do sol e Cleópatra tão bela quanto o irmão.

Caso Filipe não vivesse para ocupar o posto de magnata do mundo, os filhos certamente ocupariam, especialmente Alexandre que desde criança, demonstrava uma ambição indescritível pelo poder. Ele só não contou com a paixão, força que viria de encontro a ele como um raio, mudando tudo e todos ao seu redor.

CAPÍTULO 1

I

Inglaterra, meados de 1979

Na parte mais alta do vasto campo que fora lapidado pela natureza de forma

privilegiada, encontrava-se um garoto de pele clara, cabelos louros e massa muscular bem definida, por volta dos cinco anos de idade, sentado de cócoras.

Seus olhos cor de chuva olhavam fixamente para o sol que se punha ao longe. Quieto, o menino ouvia apenas o som da própria respiração. Parecia estar fazendo um ritual, uma meditação.

Era para ali que Alexandre Theodorides seguia todas as tardes, um hábito que só era quebrado em dias de chuva ou nublados. Somente quando o sol desapareceria por completo é que ele retornava para casa, levando consigo um rosto iluminado e feliz.

Alexandre estava tão absorto por aquela visão, em sua concepção, maravilhosa, que aparentemente, não notou a aproximação da mãe. Olímpia que havia há pouco chegado à casa dos trinta.

Aproximou-se do garoto com passos lentos e cuidadosos para não lhe quebrar a concentração, tinha noção bem clara do significado daquele momento para o filho.

Alexandre deu um longo suspiro e sem virar, falou:

– Amanhã irá chover, mamãe.

Mesmo de costas, desde muito cedo, ele sabia quando uma pessoa se aproximava, mesmo que a passos quase inaudíveis.

Ela se agachou e o abraçou por trás:

– É mesmo? – perguntou em tom amável.

Alexandre balançou a cabeça, virou-se e a beijou nos lábios como sempre fazia.

– O que há? – perguntou, olhando profundamente nos olhos da mãe.

– Não há nada, meu filho – respondeu ela, com certa perturbação na voz.

Os olhos do menino perscrutaram seu rosto, com meticulosa atenção, até afirmar, convicto:

– A senhora esteve chorando.

– Não, absolutamente! – respondeu ela meio sem graça.

– Esteve sim, seus olhos estão borrados. O que houve?

Ela não queria se explicar, não para um garoto como ele, que mais parecia um adulto no corpo de uma criança. Mas Olímpia sabia que o menino, apesar da pouca idade, não era fácil de ser enganado. Nunca fora, desde muito cedo.

Para fugir de tão embaraçosa especulação, ela o abraçou e quando Alexandre sentiu seu rosto sendo pressionado contra o peito da mãe, algo prazeroso se agitou dentro dele.

– A vida é às vezes meio confusa, Alexandre...

A voz dela trazia um timbre melancólico.

– Como assim, mamãe?

– Você é ainda muito criança para compreender, meu filho.

Ela o abraçou ainda mais forte e o silêncio se fez presente por um longo e suave minuto.

– Mamãe?

– Sim, Alexandre.

– Quantos pores de sol eu terei de passar para me tornar um adulto?

Olímpia, sorrindo, respondeu:

– Muitos, Alexandre. Mas não se preocupe com isso, aproveite sua infância. É a melhor época da vida.

– A melhor?

– Sim, filho. A melhor. Acredite-me!

– Mas eu quero me tornar um adulto o mais rápido possível! – rebelou-se o garoto bem certo do que dizia.

– Você se tornará e será um belo homem, Alexandre. Mas tudo deve ocorrer no tempo certo. Não queira acelerar o tempo, filho. Não vale a pena, acredite-me!

As palavras da mãe o empertigaram. Tudo o que ela lhe dissera até então sempre fora verdade, sempre acontecera, por certo ele podia confiar nela.

Novo silêncio e nova pergunta:

– Onde está papai?

Ele notou que a mãe estremeceu ligeiramente diante da pergunta.

– Trabalhando, como sempre, Alexandre.

Sua voz transpareceu uma repentina tristeza.

– Faz tempo que ele não vem para casa.

– Sim, mas ele logo volta. Logo, logo...

– Às vezes penso que o papai gosta mais da Cleópatra do que de mim.

– É apenas porque ela é uma recém-nascida, Alexandre. Só por isso!

Ele a olhou com certa dúvida e foi além:

– Outro dia eu ouvi vocês discutindo.

– Não devia fazer tal coisa, Alexandre.

– Não havia como não ouvir, o papai berrava com a senhora.

– Seu pai é, às vezes, genioso. Muitos adultos são... Também se desentendem vez ou outra com facilidade, é só isso.

– Não gosto quando ele briga com a senhora.

– Eu sei. Eu também não gosto de brigas.

Ele soltou-se do abraço e a encarou.

– Como o conheceu mamãe?

A pergunta dele, o tom usado para fazê-la, não era, definitivamente, compatível com a sua idade, pensou Olímpia antes de responder.

– Conheci seu pai primeiramente pelas fotos das colunas sociais e já gostei dele. Acho que foi amor à primeira vista...

As palavras foram ditas com grande satisfação e paixão.

– Então, certo dia, fui a uma festa onde ele também estava presente. Fomos apresentados por uma amiga em comum e... Lembro-me de tudo como se ainda fosse hoje...

Ela rememorou o encontro dos dois e os que vieram a seguir, algo que pareceu a todos uma das mais belas histórias de amor já vivida nos últimos tempos. Algo do qual se orgulhar e guardar para sempre na memória. Em todo o caso, o grande amor se partiu em pedaços como uma pedra preciosa triturada pelo destino.

Olímpia se levantou e estendeu a mão para o filho:

– Venha, vamos para a casa.

Alexandre atendeu ao pedido no mesmo instante. Levantou-se e os dois seguiram de mãos dadas, conversando, na direção da mansão em que viviam.

– Quando eu crescer, construirei uma empresa tão grande quanto a do papai.

– Não precisará fazer isso, Alexandre. A de seu pai será sua.

– Não! Eu quero a minha! Ele que fique com a dele! – protestou o garoto, surpreendendo a mãe mais uma vez.

– Você fala como um adulto, Alexandre... – Olímpia riu e o menino corou de satisfação.

– Onde está o papai agora?

– Nos Estados Unidos.

– Estados Unidos...

– É um outro país, num outro continente...

– País... continente... Já estive lá?

– Não, Alexandre, ainda não.

– Quero ir!

– Quando estiver mais crescido irá, com certeza.

– Só eu e a senhora – reforçou ele.

– Não se esqueça de Cleópatra. Agora ela faz parte da família, lembra?

– Não quero que ela vá conosco. É apenas um bebê, só irá atrapalhar.

– Não se esqueça de que ela também crescerá, Alexandre. Assim como você, como todos.

Alexandre fez uma careta desgostosa e perguntou:

– E a senhora, mamãe? De quem a senhora gosta mais? De mim ou de Cleópatra?

Ela voltou a rir:

– Dos dois, Alexandre. Dos dois.

– Por que não mais de mim?

– Ora, filho, porque uma mãe ama seus filhos por igual.

– Pois eu gostaria que a senhora gostasse bem mais de mim do que de Cleópatra.

– Eu o amo, Alexandre... Você é o meu filho querido, pode estar certo disso. Mas amo também sua irmã, amor de mãe é vasto e infinito.

Alexandre dessa vez não opinou, sabia que no fundo ele era o favorito dela ou haveria de ser. Fora o primeiro filho, estivera ali muito antes da chegada da irmã, por isso na sua opinião, ela haveria de gostar mais dele do que de Cleópatra.

– E quanto ao papai? – foi a próxima pergunta do pequenino.

– Ele também gosta de você e de sua irmã igualmente.

– Não! Quero saber de quem a senhora gosta mais? De mim ou dele?

A pergunta tornou a surpreender a mulher de porte esbelto e austero.

– É diferente, filho. É um outro tipo de amor. Em todo caso, posso dizer que gosto muito mais de você do que dele.

Sua resposta não o convenceu. Algo lhe dizia que a mãe gostava mais do pai do que dele e aquilo serviu mais uma vez para alimentar o ódio que crescia pelo pai. Por isso, gostava que ele ficasse longe de casa pelo maior tempo possível, para não ter de dividir a atenção da mãe. Já notara o modo como ela ficava toda vez que ele regressava para casa. Só tinha olhos para ele e o menino detestava aquilo.

Mais alguns passos e os dois adentraram a mansão. O dia seguinte amanheceu chovendo.

II

Dias depois, após longa ausência, Filipe Theodorides retornou para casa. Alexandre ficou atento ao comportamento da mãe. Pôde notar o ar de felicidade transparecer em seus olhos. Todavia, o pai, como sempre, a ignorou e isso o deixou contente. Sendo tratada daquele modo, quem sabe ela não deixaria de gostar dele como gostava.

O pai atravessou a grande sala e foi na direção do filho. Apanhou-o nos braços e o abraçou firmemente.

– Alexandre, meu Alexandre! – exclamou com grande satisfação.

O garoto ficou inerte em meio a seus braços fortes. O pai então cochichou alguma coisa em seu ouvido, despertando um meio sorriso em sua face gélida e emburrada.

Filipe Theodorides havia completado trinta e dois anos nessa época.

Olímpia ficou admirando a atitude do marido para com o filho e, por diversas vezes, moveu os lábios como se fosse dizer alguma coisa, mas preferiu aguardar o momento que lhe parecesse mais oportuno.

– A que horas quer o jantar? – perguntou ela quando encontrou uma deixa.

Quase um minuto se passou até que ele respondesse:

– Bem mais tarde! Agora quero desfrutar da companhia do meu filho. Onde está Cleópatra?

– Em seu quarto – respondeu Olímpia como se fosse uma simples criada.

– Depois irei vê-la.

Sem mais, ele se dirigiu para a sala dos fundos, levando Alexandre no colo.

– Alexandre, meu Alexandre, você já está ficando um homenzinho! – disse, sorrindo.

O garoto nada respondeu, deixou apenas a cabeça pender para o lado para poder ver a mãe que permanecia imóvel no mesmo canto da sala, olhando com certa amargura para os dois. O menino novamente sentiu prazer em vê-la sendo desprezada pelo marido.

Ao sentaram-se junto à lareira, Filipe pegou um embrulho de dentro de sua valise e entregou ao filho. Alexandre desembrulhou o presente sem muito entusiasmo e sem tirar os olhos do pai. Ao ver que se tratava de um carrinho de metal, fez uma careta e o colocou de lado.

– E então, gostou? – indagou Filipe, divertindo-se intimamente com a personalidade marcante do menino.

O garoto hesitou antes de balançar a cabeça positivamente a contragosto.

Filipe levantou-se e foi até a lareira atiçar o fogo, depois voltou para junto do filho, sentando-se na pontinha da poltrona para poder alcançar e movimentar o carrinho pelo chão.

Alexandre ficou atento a seus gestos, observando sua atitude com admiração. Filipe parecia se divertir com o brinquedo. Somente então o menino falou:

– Quando eu crescer, quero construir a minha própria empresa.

Havia agora um tom amigável na voz do menino.

– Não será necessário, meu Alexandre. Herdará a minha e poderá ampliá-la.

– Mas eu quero construir a minha... – insistiu o garoto.

– Você é ainda muito criança para compreender como funciona o mundo empresarial, Alexandre – Filipe riu consigo mesmo, ao lembrar que o seu interlocutor tinha apenas seis anos de idade. – Deixe para pensar nisso quando for adulto. E a propósito, como anda a escola?

Alexandre deu de ombros.

– É muito importante estudar, Alexandre. O estudo amplia a nossa inteligência. Não se esqueça disso jamais. Estamos entendidos?

– Sim.

Houve uma pausa até o garoto perguntar:

– A mamãe me disse que o senhor estava nos Estados Unidos, é verdade?

– É, sim. A América é o país mais promissor do mundo atualmente e deve prosperar ainda mais nos anos subsequentes. Temos uma filial em Nova York e é, por isso, que sempre tenho de ir lá.

– Nova...?

– Nova York! – o nome da cidade foi dito em tom teatral. – É uma das cidades mais lindas e interessantes do mundo, na minha opinião.

– O senhor me leva até lá?

Filipe pôs a mão na cabeça do filho, num gesto carinhoso, e respondeu:

– Levo sim, meu Alexandre.

Assim que retirou a mão, o garoto rapidamente ajeitou o cabelo.

– Quando?

– Quando você estiver crescido. Nova York é uma cidade interessante para adultos e não para crianças.

– É... Ser adulto é muito mais interessante do que ser criança.

Filipe soltou uma gargalhada.

– Alexandre, meu Alexandre, você, definitivamente, não condiz com a sua idade.

Filipe pareceu se lembrar de algo, levantou-se e caminhou até a estante de livros, onde procurou por um livro em especial. Ao encontrá-lo, folheou-o e voltou a se sentar junto ao menino.

– Aqui está uma foto de Nova York – disse, estendendo o livro aberto para o filho.

Alexandre olhou a foto com profundo interesse. Filipe contemplou seu olhar interessado e depois abraçou novamente o garoto que, mais uma vez, manteve-se sem reação em meios aos seus braços.

III

Naquela noite, durante o jantar, Alexandre notou mais uma vez que o pai e a mãe pouco conversaram. Olímpia se manteve o tempo todo atenta ao marido, parecendo aguardar por um gesto ou uma palavra amiga de sua parte, mas isso não aconteceu. Filipe a ignorou como de hábito, do começo ao fim da refeição.

Após o jantar, o dono da casa recolheu-se em seu escritório para analisar alguns documentos. Depois, foi atrás de Alexandre que ficara brincando com os gatos da mãe na sala da lareira.

– Vejo que está na hora de ir para cama, meninão – disse Filipe.

Alexandre reprovou o pai com o olhar.

– Venha – Filipe estendeu-lhe a mão e acrescentou – eu o levo até seu quarto, garotão.

Vendo que o menino não moveu um músculo sequer, Filipe o pegou no colo e subiu com ele nos braços a longa escada que levava ao andar superior da mansão. Uma escada feita de mármore e com o corrimão talhado em ouro.

Ao se aproximarem do quarto de Cleópatra, Filipe disse:

– Vamos desejar boa-noite à sua irmãzinha.

Alexandre lançou-lhe um olhar de desdém, que o pai não notou. Filipe o colocou no chão, pegou em sua mão e adentrou o quarto da menina em sua companhia, tendo o cuidado para não acordá-la.

Ao vê-lo, a babá fez um aceno respeitoso para o patrão que retribuiu o gesto de forma tão polida quanto ao dela.

Filipe curvou-se sobre o berço e beijou a menina no rosto, depois voltou-se para o filho e num tom amável falou:

– Olha quem está aqui para lhe desejar boa-noite, Cleópatra. Diga olá para ela, Alexandre.

Alexandre desfez o bico e falou entre dentes:

– Olá!

– Agora dê um beijinho de boa-noite em sua irmã para podermos ir – completou Filipe, erguendo o menino até uma altura propícia para o feito.

– Por que tenho de beijá-la? – quis saber o garoto, irritando-se com aquilo.

– Deve ser a idade do por que – murmurou Filipe, olhando de relance para a babá que achou graça do menino. – Ora, meu filho, porque é assim que as pessoas que se amam se tratam, principalmente as da mesma família.

Alexandre murmurou alguma coisa propositadamente inaudível.

– O que disse? – perguntou Filipe, enviesando o cenho

– Eu disse que não o vi dar um beijo de boa noite na mamãe – explicou Alexandre.

Filipe sentiu um choque repentino, sua expressão mudou. A babá, um tanto sem graça, afastou-se dali. Impaciente, Filipe insistiu de forma enérgica:

– Vamos, Alexandre, dê um beijo na sua irmã!

Alexandre, sacudindo a cabeça negativamente, respondeu:

– Eu não quero!

Filipe voltou-se para ele com o rosto vermelho e falou, sincero:

– Eu estou mandando você dar um beijo na sua irmã, compreendeu? Não estou pedindo, estou ordenando. E quando um pai ordena, o filho deve acatar suas ordens.

O menino se manteve encarando o pai com uma expressão desafiadora. Curvando o filho novamente sobre a irmã, Filipe exigiu mais uma vez:

– Beije-a!

Alexandre teve o máximo de cuidado para que seus lábios não encostassem no rosto da garotinha adormecida.

– É assim que se faz – argumentou Filipe contente. – Agora, vou levá-lo até seu quarto.

Minutos depois, Alexandre encontrava-se em sua cama com os olhos

fixos na janela, através da qual o brilho da lua invadia o aposento.

Em sua mente, revia a foto de Nova York que o pai havia lhe mostrado. Foi de olho nela que ele adormeceu e, naquela mesma noite, teve um sonho curioso. Andava calmamente por uma rua desconhecida, maravilhando-se com o lugar, até que, de repente, um estranho pegou em seu braço e o fez parar.

– Olá – disse o estranho com uma voz melodiosa.

– Olá – respondeu Alexandre um tanto surpreso e arredio com a atitude do indivíduo.

– Bem-vindo à Nova York! – saudou o estranho.

– Nova York?! – alegrou-se Alexandre. – Então, já estou em Nova York?

– Sim!

Houve certo tempo até que Alexandre prestasse mais atenção ao desconhecido.

– Quem é você?

– Só o amanhã poderá lhe dizer!

Alexandre ficou intrigado.

– Por que não me diz?

– Porque você não entenderia!

– Eu não me importo.

– Mas a vida, sim...

E Alexandre jamais se esqueceu desse sonho.

IV

Início do outono de 1979

Nem bem o chofer que trazia Alexandre da escola estacionara o carro, o menino abriu a porta e saiu correndo em direção do local que habitualmente observava o pôr do sol.

"Aquela maldita apresentação naquela escola insuportável, quase me faz perder o meu momento favorito do dia", resmungou Alexandre enquanto corria pelo gramado bem cuidado da propriedade.

No destino desejado, sentou-se e se entregou ao seu fascínio. Permaneceu ali até o astro-rei se pôr, inteiramente. Só então ele voltou, correndo, imponente para sua casa.

Ao entrar na grande sala, parou, abruptamente, bem em cima de Cleópatra que engatinhava pelo tapete. Por pouco não tropeçou na menina.

– Alexandre! – gritou a babá.

Ele não deixou se intimidar, peitando a moça, quis saber:

– Onde está minha mãe?

– No quarto, arrumando as malas.

– As malas?!...

Imediatamente ele correu escada acima até o quarto da mãe. Ao entrar, deparou-se com Olímpia, arrumando as malas, de fato, auxiliada por duas camareiras.

– Aonde a senhora vai? – perguntou, preocupado.

A testa de Olímpia estava franzida, demonstrando grande tensão.

– Vou ver sua avó – respondeu ela, sem tirar a atenção do que fazia. – Vou me ausentar por dois, três dias, no máximo.

– Quero ir também.

– Desta vez, não, meu querido. Vovó está hospitalizada e hospitais não são lugares agradáveis.

– Então, por que vai?

Olímpia agachou-se em frente a ele e pacientemente explicou:

– Porque é minha mãe. Você faria o mesmo se fosse eu quem estivesse doente.

– A vovó irá morrer? – os olhos de Alexandre demonstraram certa tristeza.

– Pelos deuses, não! Ela ficará bem! Comigo por perto, poderei lhe dar um pouco de amor e carinho, fundamentais para restabelecer a saúde de uma pessoa.

– Ajuda mesmo? Pensei que só os remédios tivessem esse poder...

– Ambos são necessários, Alexandre.

Olímpia segurou os ombrinhos do menino e olhando-o fixamente em seus olhos, completou:

– Quero que se comporte enquanto eu estiver fora. Você ficará sob os cuidados de Sarah e Cleópatra sob os cuidados de Nancy. Seu pai deve voltar, creio eu, dentro de três dias, portanto, você ficará sendo o homem da casa enquanto não estivermos aqui.

Alexandre sentiu-se honrado pela menção. Olímpia acrescentou em tom sério:

– Como homem da casa, quero que cuide de sua irmã.

O entusiasmo e a satisfação do menino retraíram-se.

– É isso mesmo o que você ouviu. Quero que cuide dela e com muito carinho.

Ele esperava qualquer outro pedido, menos aquele.

– Eu cuidarei dela, mamãe, não se preocupe.

– Eu sabia que podia contar com você, meu querido!

Olímpia beijou o filho e voltou a cuidar da bagagem.

– Quando a senhora voltar, quero que me leve para conhecer o laboratório – pediu ele a seguir.

Olímpia percebeu que o pedido era como se fosse uma troca pelos dias em que ele teria de cuidar da irmã e ser obediente. Ela concordou.

– Está bem, eu o levarei.

– Promete?

– Prometo.

Alexandre não desceu para acompanhar a mãe até o carro. Ficou na grande sacada em frente à mansão, observando-a de longe. Olímpia entrou no carro e partiu. O semblante de Alexandre mudou, adquirindo uma expressão de profunda tristeza. Passou o pequeno dedo nos olhos para enxugar algumas lágrimas.

V

Enquanto a mãe estava fora, Alexandre fez o possível e o impossível para deixar as babás, copeiras, camareiras e a governanta irritadas. Escondia-se delas, o que era fácil numa casa com tantos aposentos como aquela. Aposentos que nem ele próprio, nem seus pais, chegavam a frequentar.

Ao entrar na sala de música, onde havia um belíssimo piano de cauda, sentou-se e começou a dedilhar umas notas. Gostava de fazer aquilo, pois, de algum modo, transmitia-lhe as mesmas sensações quando admirava o sol se pondo.

Quando a governanta o encontrou ali, ele, sem se virar para ela, disse:

– Saia!

A mulher de ar austero aproximou-se dele, pôs as mãos no teclado, propositadamente, para impedi-lo de tocar e com isso fazê-lo ouvir o que ela tinha a lhe dizer:

– Não deveria fazer isso conosco, Alexandre. Há mais de uma hora que estamos procurando-o.

Alexandre ficou calado e, num impulso, puxou a tampa do piano que, ao cair, prensou os dedos da mulher. Ele deu um salto e saiu correndo da sala enquanto a mulher gemia de dor.

No dia seguinte, a mansão amanheceu quieta. Por ser sábado, muitos dos empregados estavam de folga. A certa hora, Alexandre conseguiu escapar do controle das babás e, principalmente da governanta, e saiu rumo ao estábulo.

Ao chegar, encontrou o cocheiro já de partida.

– Quero montar – ordenou ele.

– Mas pequeno Alexandre... – começou o homem, mas foi interrompido.

– Cadê a minha sela?!

– Senhor Alexandre, o meu expediente acabou, e, hoje, eu realmente tenho de ir embora. Tenho um compromisso inadiável – argumentou o funcionário.

As palavras do sujeito pareceram entrar por um ouvido de Alexandre e saírem pelo outro. O garoto simplesmente foi até o local onde era guardado seu cavalo favorito, apanhou a sela e se mostrou disposto a selar sozinho o garanhão.

– Senhor Alexandre, eu realmente preciso ir – tornou o funcionário, consultando mais uma vez o relógio.

– Pode ir assim que me ajudar a selar o cavalo. Depois, eu mesmo o guardo!

A voz de Alexandre era determinada.

– Não posso deixá-lo fazer isso, meu senhor – argumentou o criado. – Cavalgar sozinho pode ser perigoso ainda mais para um menino da sua idade.

– Ninguém irá saber, meus pais estão fora... – retrucou Alexandre, alisando a crina do animal.

– Seria irresponsabilidade minha se eu permitisse ao senhor fazer tal coisa – argumentou o funcionário mais uma vez e, novamente, Alexandre ignorou suas palavras.

Coube então ao criado decidir se ia embora ou não. Se não atendesse ao pedido do menino, levado como era, poderia voltar ali assim que ele partisse e dar um jeito de selar e montar o animal. Não havia escolha senão atender ao seu pedido, mesmo que isso o impossibilitasse de comparecer ao compromisso sério que tinha para aquela hora.

– Muito bem! – exclamou o criado sem esconder sua irritação. – O jovem patrão ordena, a plebe acata!

Um sorriso vitorioso iluminou a face do pequeno e autoritário Alexandre.

Ao terminar de selar o cavalo, o cocheiro ajudou o menino a montá-lo. Alexandre sonhava com o dia em que pudesse montar o animal sem o auxílio de alguém. Aquilo para ele era, de certo modo, humilhante.

– Não devemos demorar muito, já é tarde! – alertou o criado.

O menino nada respondeu, apenas endereçou-lhe um olhar de desprezo. Ele voltaria quando bem quisesse!

Alexandre deixou o estábulo de cabeça erguida, montando seu cavalo exuberante, mais parecia um rei mirim a cavalgar. Trotou pelo vasto campo que se estendia pela propriedade magnífica de Filipe Theodorides, um lugar lindamente esculpido pelas mãos da natureza, algo que poucos têm o privilégio de desfrutar.

Ao alcançar a parte mais elevada da propriedade, Alexandre parou o animal. A vista dali era linda, quem dera pudesse ir até lá sempre que sentisse vontade, mas a mãe não lhe permitia, não sem a companhia dos criados. Que bom seria o dia em que ele pudesse sair livre para onde bem quisesse. Correr, sem ter ninguém na sua cola. Só mesmo adulto poderia ser livre e, isso, fez com que ele novamente almejasse atingir a maioridade o quanto antes. Acelerar o tempo inacelerável.

O criado tentou dar-lhe uma indireta para que voltassem, mas o garoto novamente ignorou suas palavras assim como estava ignorando sua presença.

Havia se passado cerca de uma hora até que Alexandre resolvesse terminar sua cavalgada. Ao retornar ao estábulo, desmontou do animal com ajuda do empregado, mas fez questão de puxar o animal para dentro da cocheira. Queria mostrar ao subalterno que aquilo, pelo menos, ele poderia fazer.

Por fim, Alexandre partiu rumou a seu lugar de hábito para ver o pôr do sol. A caminho, voltou o olhar para trás e avistou o empregado, partindo apressadamente. Aquilo o divertiu de certo modo.

O sol já caía no horizonte quando ele se sentou no seu lugar de costume e ficou admirando aquilo que muitos chamavam de obra prima de deuses. Como sua mãe havia lhe ensinado, tudo fora criado pelos deuses, e o sol era uma de suas mais belas construções. Para ele, a melhor de todas.

Tão concentrado estava que mais parecia um monge, meditando. Pediu ao sol que trouxesse a mãe de volta o mais rápido possível e que a protegesse enquanto estivesse fora. O sol para ele tinha vida própria, era como se fosse um ser pensante, um dos deuses, talvez o maior deles. E podia ouvi-lo e ajudá-lo sempre que precisasse.

Ao voltar para a casa, o garoto sentiu vontade de ir até o estábulo rever seu cavalo. Ao que parecia, não havia mais ninguém ali, o responsável pelo lugar havia mesmo ido embora. Ficou por alguns segundos admirando o imponente cavalo até ouvir vozes, vindo do fundo do lugar. Quem seria? Caminhou até lá para descobrir. Não encontrou ninguém. Ia partindo quando ouviu mais uma vez as vozes e percebeu, desta vez, que vinham detrás da porta de um dos vestiários trancados.

Espiou cuidadosamente pelo buraco da fechadura e viu o que lhe pareceu ser dois homens em pé, nus, encostados um no outro. Ambos disseram algumas palavras que para ele eram incompreensíveis. Dando de ombros, Alexandre partiu, tranquilamente, de volta para a sua casa, sentindo-se feliz por ter cavalgado e admirado, mais uma vez, o sol que tanto adorava naquela tarde.

Seguia para o seu quarto quando decidiu visitar a irmã. Abriu a porta e espiou se a babá não estava presente para não se aborrecer com ela. Por sorte ela se encontrava jantando. Sem mais, ele adentrou o recinto e foi até o berço onde Cleópatra dormia um sono tranquilo. Aproximou-se dela e disse:

– Olá, Cleópatra. Vim lhe dizer que amanhã irá chover. Às vezes odeio a chuva, pois ela impede que o sol apareça... O meu sol... Quando estiver maior, se quiser, é claro, poderá ir comigo ver o pôr do sol, mas terá de ficar quietinha, ouviu? Não pode chorar como faz muitas vezes.

Ele se silenciou para prestar atenção à respiração da irmã. Depois, passou o dedo levemente pela sua mãozinha e completou:

– Estive conversando com a mamãe outro dia... Ela me diz que gosta de mim tanto quanto de você. Mas eu sei que é mentira. É de mim que ela gosta mais, ouviu? E sempre gostará, eu sinto muito. Se você tivesse nascido antes de mim, quem sabe...

Alexandre pareceu divagar em seu pequeno universo mental.

– Às vezes penso que mamãe gosta mais de papai do que de mim. Não gostaria que isso fosse verdade. Ele briga muito com ela, mal conversam. Eu não, a trato bem, abraço e a encho de beijos, sou muito melhor do que o papai. Mostrarei isso a ela, você vai ver!

Ao descer para o jantar, Alexandre foi pego de surpresa pela presença do pai na casa. Filipe correu ao encontro do filho e o abraçou:

– Alexandre, meu Alexandre, que bom revê-lo, filho!

Filipe pegou o menino nos braços, suspendeu-o e o abraçou. Alexandre, como de costume, ficou inerte em seus braços, sem retribuir o abraço caloroso e amável do pai. Depois de trocarem algumas palavras costumeiras, o garoto aproveitou uma deixa para perguntar:

– A mamãe volta quando?

A pergunta transformou o rosto do pai.

– Em breve, Alexandre.

A resposta soou ríspida e intolerante.

Filipe caminhou até o bar, serviu-se de uma dose dupla de uísque e voltou a se concentrar no menino, que o observava curiosamente. Fez uma careta engraçada para diverti-lo e disse:

– O que foi? Por que me olha desse jeito? Até parece o Lobo encarando a Chapeuzinho Vermelho.

Diante do bom humor do pai, Alexandre aproveitou para tocar num assunto que ele não gostava muito de falar:

– A mamãe me prometeu levar ao laboratório...

O pai balançou a cabeça, achando graça e tomou mais um gole antes de responder com precisão:

– Por que quer tanto conhecer esse lugar, Alexandre?

– Ora, porque a mamãe me disse e o senhor também que é onde eu irei trabalhar quando for adulto.

– Sim, é verdade, só que isso ainda levará anos para acontecer. Antes você precisa estudar e muito. Quero que se forme numa das melhores faculdades do mundo. Haverá tempo de sobra no futuro para você cuidar do que é nosso.

– Estudar?!

Filipe o olhou com ar de superioridade, medindo-o de cima a baixo e respondeu:

– Sim, Alexandre, antes você precisa estudar! Formar-se, tirar um diploma digno de um Theodorides.

O menino franziu a testa, pensativo.

Olímpia retornou na noite do dia seguinte, por volta das vinte e uma horas. A chuva forte que começara a cair no final da tarde, tornara-se agora uma garoa leve e silenciosa. Trouxera presentes para a filha e para o filho, mas Alexandre pouco se importou com o que recebeu. Para ele não havia presente maior e mais precioso, do que o seu regresso. Tudo o que ele mais queria naquele momento, era a sua atenção e saber dos acontecimentos que envolveram a sua viagem.

Sendo hora de se recolherem, Olímpia prometeu-lhe contar tudo no dia seguinte. Ele não gostou muito, mas acabou seguindo para o quarto como ela ordenara. A seguir, Olímpia foi falar com Filipe que lia um livro na sala da lareira.

– Olá – disse ela com certa hesitação.

Ele não só não lhe respondeu como também não tirou os olhos da leitura. Sua atitude doeu fundo na mulher mais uma vez, porque ela simplesmente o adorava, era estupidamente louca por ele.

Em seu quarto, Alexandre virava de um lado para o outro na cama. Assim que ouviu os passos da mãe ecoarem pelo corredor e a porta do quarto dela se fechar, pulou da cama e foi até lá com cuidado para que o pai não o visse caso aparecesse ali de supetão.

Ao entrar no aposento, encontrou a mãe já se preparando para deitar. Ele sorriu para ela e, sem pedir licença, deitou-se na sua cama.

– Ora, ora, ora, Alexandre... Pensei que a uma hora dessas já estivesse dormindo – disse ela docemente.

– Estava esperando pela senhora – respondeu ele, esparramando-se pelo leito.

Ela então se deitou ao seu lado e o envolveu em seus braços. Abraçado daquele jeito, o menino se sentia em paz, seguro e amparado.

– E a vovó, como está? – perguntou ele a seguir, verdadeiramente preocupado com a avó.

– Os médicos estão conseguindo controlar a doença, evitando que ela se propague. Ela lhe mandou um grande beijo.

Olímpia beijou-lhe a testa.

– De onde vêm as doenças, mamãe?

– Muitas delas aparecem com o avanço da idade, Alexandre. Com o tempo, o físico se desgasta e envelhece, torna-se frágil, por isso adoece. Algumas doenças aparecem por causa da hereditariedade. Uma vez que uma doença surge no nosso corpo, é preciso tratá-la com remédios. E é aí que entramos, meu querido. Fabricamos remédios para curar as doenças. Elas também podem ser transmitidas pelo ar, por meio do vírus da gripe, por exemplo. Uma vez infectada é preciso se cuidar, pois há viroses que podem matar uma pessoa. Para seu conhecimento, os remédios contra a gripe são um dos maiores trunfos de nosso Laboratório. Logo, logo teremos remédios de precaução contra estas viroses. Porém, houve épocas em que estes remédios não existiam e muita gente morreu por causa disso. Como vê, a função de nosso Laboratório é muito importante à humanidade. Até mosquitos podem causar uma doença no físico. É o caso do mosquito da dengue e da malária.

– E as pessoas compram estes remédios?

– Sim, filho, porque ninguém quer sofrer. Todos querem evitar as doenças porque elas podem levar à morte e ninguém quer morrer.

Alexandre ficou pensativo.

– O que acontece quando morremos?

– Vamos ao encontro dos deuses, Alexandre.

– Onde eles estão?

– Num lugar além deste em que vivemos.

Alexandre olhou para a janela, de onde podia avistar o céu e opinou:

– Então os deuses são ruins, não é verdade?

– É lógico que não, filho. Os deuses são bons!

– Se são, por que as pessoas não querem ir ao encontro deles?

Olímpia riu.

– Na realidade o que ninguém quer, Alexandre, é se separar de quem tanto se ama. Dos entes queridos que ficarão na Terra. Qualquer separação desse tipo é dolorosa, quase insuportável de se encarar.

Fez-se um breve silêncio.

– Quero dormir aqui esta noite, posso?

– Antes me responda se cuidou bem de Cleópatra, enquanto estive fora, como me prometeu.

Alexandre bufou.

– Cuidei sim, mamãe. Exatamente como lhe prometi.

– Muito bem. Só mais uma coisa: comportou-se?

A pergunta o fez estremecer de leve e, no tom mais cínico que dispunha, com a cara mais deslavada do mundo, ele respondeu:

– É lógico que sim, mamãe! Prometi que me comportaria, não lhe prometi?

Olímpia assentiu, contendo o riso. Apesar de tão menino, ele já sabia mentir tão bem quanto os adultos, percebeu ela.

Outro breve silêncio e depois, Alexandre contou tudo que fizera e presenciara naqueles dias até pegar no sono.

VI

Dias depois, ao acordar, Alexandre quis saber onde estava a mãe e foi informado pela camareira que Olímpia havia sido vista, andando pelo jardim que ficava na extremidade leste da casa. Sem delongas, o garoto correu para lá, mas não a encontrou. Logo decidiu seguir até o templo onde Olímpia costumava orar. Ela só podia estar lá.

Ele atravessou o grande gramado de frente à mansão, saiu e seguiu pelo jardim correndo. Havia um resto de sol da manhã, nuvens estavam começando a se formar no céu. Desceu por um caminho cercado de flores. Ao longe avistou o que parecia ser um templo da época grega, com uma cúpula redonda sustentada por colunas feitas de mármore branco. Uma espécie de trepadeira contornava sutilmente os pilares, enriquecendo a beleza do local. Bem no centro, encontrava-se Olímpia. Sua silhueta indicava que ela estava rezando. Alexandre foi se aproximando silenciosamente, para não ser notado até chegar num ponto onde podia ver a mãe com mais nitidez. Agachou-se e ficou ali encolhido e em silêncio. Lá estava ela, rezando como sempre fazia. Pôde notar que seus olhos estavam muito vermelhos, devia ter chorado. Pôde ouvir o que falava.

– Ajude-me – dizia ela em tom de súplica. – Não posso perdê-lo jamais... Ele é a minha vida. Eu o amo mais do que tudo.

Sua voz soava ofegante e rouca.

– Ele não pode me deixar... Eu invoco o auxílio dos deuses queridos para impedir que isso aconteça!

Alexandre ficou curioso, de quem a mãe estaria falando?

Olímpia permaneceu ali por mais alguns instantes, pronunciando algumas palavras numa língua que Alexandre desconhecia e, depois, finalizou em inglês:

– Mas se ele assim quiser, vou tirar dele quem ele mais ama!

Seu rosto se contorceu de ódio, parecia agora possuída por uma força peçonhenta. Sem mais, retirou-se do lugar sem perceber a presença do filho, escondido atrás de uma das pilastras.

Alexandre foi até o altar, inspirando o ar tomado de incensos acesos há pouco pela mãe. A fragrância era forte demais, provocava-lhe náusea.

Sem mais, ele partiu assoviando, descontraidamente, uma canção que inventou na hora.

VII

Final de outubro de 1979

Nos dias que se seguiram, Alexandre notou que a mãe andava cada vez mais tensa e entristecida. Somente quando sua sobrinha Cina veio visitá-la é que ela pareceu se alegrar um pouco.

Cina era esposa de Amintas, filho do irmão mais velho de Filipe. Era com certeza a parente que mais frequentava a casa e da qual Olímpia mais gostava. Tinham quase a mesma idade e sempre que se viam, conversavam muito e trocavam confidências.

Alexandre havia terminado a lição de casa, a qual fizera de má vontade, pois detestava, não entendia por que havia de fazê-la se já passava boa parte do seu dia na escola insuportável. Aquilo o irritava profundamente.

O garoto encontrou a mãe, conversando com a sobrinha dentro da grande sala do andar superior.

"Lá estão as duas mais uma vez de segredinhos!" murmurou com seus botões. Disposto a ouvir o que diziam, ele entrou no cômodo ao lado onde também havia uma sacada, de onde podia saltar para a da sala ao lado. Era arriscado, poderia cair e se espatifar no chão, mas ninguém estava ali para impedi-lo. Valeria a pena correr o risco. Sem mais, ele subiu no parapeito do local e saltou para o do outro a quase um metro de distância.

– Ufa! – suspirou baixinho, congratulando-se pelo feito.

Aproximou-se da porta em arco que havia ali e ficou agachadinho, quieto, ouvindo o que as duas mulheres segredavam. Quem falava era Cina:

– Eu conheço você muito bem, Olímpia, e sei que algo a está incomodando profundamente. Você me parece tensa e angustiada com algo muito sério, o que é? Pode se abrir, sempre fomos confidentes, não?

– Não é nada, Cina... Eu apenas estou...

Cina a interrompeu:

– Sempre fomos confidentes, pode desabafar comigo.

Olímpia não olhava diretamente para o rosto da sobrinha, era como se buscasse algo além dela para depositar a sua atenção. Então, subitamente, ela começou a chorar, baixinho. Levou as mãos até o rosto para encobri-lo.

Cina tentou consolá-la:

– É Filipe, não é? Vocês não estão bem, é isso?

Olímpia tirou as mãos do rosto e, com voz profundamente apagada, respondeu:

– É isso mesmo.

– O que aconteceu? Ele, por acaso, vem lhe sendo infiel?

A palavra "infiel" fez Olímpia cessar o choro e encarar a sobrinha.

– Pode se abrir comigo, Olímpia.

Olímpia olhava agora assustada para ela, parecendo presa a um conflito interno. Foi Cina quem rompeu mais uma vez o silêncio desconcertante:

– É o que eu sempre digo – continuou Cina – homem nenhum presta. Ouço isso desde menina e o tempo só me fez comprovar que não existe verdade maior do que essa.

Ela tomou ar e continuou:

– Amintas já teve também um casinho extraconjugal, sabe? Foi com uma de suas secretárias.

– Como soube?

– Mandei investigar.

– Você o quê?! – Olímpia alterou a voz. – Você contratou um detetive, é isso?

– Sim, tinha de fazer. Amintas é um homem que viaja o mundo todo. Poderia e pode muito bem arranjar uma amante em cada lugar que visita com frequência. Sua fama de Don Juan já era famosa antes de nos casarmos. Portanto, eu preciso me manter informada para poder tomar qualquer providência caso isso aconteça. Compreende?!

Olímpia não ousou perguntar à sobrinha quais providências seriam essas.

– E alguma vez você descobriu alguma coisa comprometedora?

– O que era de se esperar. De fato, cedo ou tarde, ele se engraçava por uma ou outra, mas por sorte essas aventuras eram passageiras, coisa de uma noite e nada mais, somente para satisfazer seus desejos sexuais mais ousados.

Ela bebericou o licor e prosseguiu:

– O problema, Olímpia, é que não são só os homens que desrespeitam suas mulheres, muitas mulheres também desrespeitam a nós, casadas, especialmente as que não conseguiram um marido. Essas, então, tornam-se capazes de tudo para tirar o marido da outra. E se ele for um bom partido, mais se empenham na empreitada.

Cina suspirou e foi além:

– As novinhas e de rosto bonito são as mais terríveis. Diante delas homem nenhum resiste.

– Não todos.

– A maioria, titia, convenhamos. Basta uma delas, querer, que eles pulam a cerca rápido e sem pudor algum.

Infelizmente, Olímpia sabia que aquilo era bem verdade.

– Em que mundo vivemos, hein? – comentou, desgostosa.

– Pois é...

Houve uma pausa até Cina voltar a soltar a língua:

– A senhora sabe que meu sogro também teve lá seus casos extraconjugais, não? Pensando bem, que homem não teve?

Mirando bem os olhos da tia, Cina arriscou um palpite:

– E quanto àquela dona do bordel luxuoso em Paris que o titio ajudou a construir. Seria com ela que ele vem traindo a senhora?

Os olhos de Olímpia voltaram a dar sinais de apoplexia.

– Não, não, creio que não.

– A senhora crê ou quer acreditar nisso?

– Filipe e a dona do bordel nada mais são do que grandes amigos... Se conhecem há anos, eu também a conheci certa vez, quando ainda era uma mulher de direito, bem antes de o marido ter acabado com sua fortuna e a abandonado. Antes de ela optar por ter a vida que leva hoje em dia.

Cina fez ar de dúvida.

– Não, Cina, disso estou bem certa. Filipe jamais se envolveria com ela.

– Então, se ele está mesmo envolvido com uma sirigaita, quem é ela? Deve ser uma que mexeu muito com ele, caso contrário a senhora não estaria assim tão preocupada. Ele, por acaso, sabe que a senhora sabe?

Olímpia engasgou, parecendo procurar pelas palavras certas para se expressar:

– Não! Disse a ele, certa vez, que desconfiava que isso poderia acontecer, sendo ele um homem que viaja para todo canto...

– E o que ele disse?

– Pediu-me para não me preocupar e eu, de fato, não me preocupei pois sei que ele me amava. Em todo caso...

– O seguro morreu de velho, é isso? – Cina riu. – Os homens nunca admitem suas fraquezas e é isso o que mais me revolta. Por que a senhora não lhe diz que sabe?

Olímpia arregalou os olhos, espantada:

– Mas eu não tenho certeza.

– Ponha um detetive à sua cola para saber. Mas sendo titio um homem preocupado com a moral e os bons costumes, com as aparências em geral, duvido muito que abandone a família para ficar com uma moçoila qualquer.

Olímpia fez ar de quem também acreditava naquilo.

– Mas suponhamos que o caso entre os dois torne-se mais sério. A senhora acha que ele seria capaz de lhe pedir o divórcio?

– Não, nunca! – a resposta de Olímpia soou forte e ardida. – Felipe seria capaz de manter um relacionamento extraconjugal até o fim da vida. O casamento para ele é uma instituição sagrada, seu sonho sempre foi o de tornar-se um patriarca de uma grande família de renome e respeito no país. Além, é óbvio, de que ele não suportaria um escândalo... Ele detesta este tipo de coisa... E seria um, sendo ele um homem conhecido mundialmente. Além do mais, Filipe, assim como eu, não quer que seus filhos cresçam com pais separados.

Portanto, digo, sem sombra de dúvida que ele não trocaria sua reputação por mulher alguma desse mundo. Nunca!

– E se o fizer, Olímpia? Tudo pode acontecer, você sabe.

– Sou capaz de uma loucura! Eu o amo tanto... Sou louca por ele. Se não o amasse tanto assim, seria muito mais fácil de me desapegar, mas eu o amo.

Olímpia deu um suspiro pesado e se aquietou, bem ao contrário de Cina que parecia disposta como nunca a pôr lenha na fogueira:

– Não deveria estar pondo pensamentos negativos na sua cabeça, mas e se Filipe, por acaso, chegou a ter filhos com uma amante por aí? Pode ser que ela ou qualquer outra mulher com quem se envolveu tenha engravidado e ele nem ficou sabendo.

– Já pensei a respeito, mas sei o quanto Filipe é neurótico a respeito de doenças venéreas. Se transou com uma, certamente fez uso de preservativo.

– Mas se por acaso descobrir que ele teve um filho bastardo?

– Vou sofrer ainda mais... E sou capaz, acredite-me, de cometer outra loucura.

Alexandre ouviu tudo, mas pouco compreendeu do que ouviu. Algo era certo, gravara toda a conversa em seu arquivo de memórias, o qual consultaria um dia no futuro.

Somente depois de as duas mulheres deixarem a sala, o que não levou muito tempo, é que ele adentrou o recinto perfumado pelo perfume francês das duas e voltou para o seu quarto.

Cina partiu na manhã seguinte. Desde então, Alexandre notou que a mãe estava frequentando bem mais o templo do que o costume. Continuava entristecida. Tinha uma expressão pálida e os olhos vagos. Aquilo também o entristecia.

VIII

Início de novembro de 1979

Olímpia entrava na sala de visitas para receber um visitante quando foi surpreendida pela visão de Alexandre, fazendo sala para o recém-chegado. Ao vê-la, o homem levantou-se elegantemente e a cumprimentou cordialmente. Seu rosto avermelhado parecia mais vermelho do que o normal e ele também transpirava o que era inadequado para um dia friorento e chuvoso como aquele.

– Seu filho estava me fazendo sala enquanto a esperava. Parece um adulto – explicou o homem com certa ansiedade na voz.

Alexandre, orgulhoso de si mesmo, dirigiu um olhar maroto para a mãe, que lhe retribuiu com um sorriso nervoso. Sem mais, ela lhe pediu para deixá-la a sós com a visita o que o garoto atendeu prontamente. Partiu logo após se despedir do cavalheiro, com elegância gaulesa.

– É um menino e tanto – comentou o homem suarento.

Olímpia assentiu, emitindo novamente um sorriso tenso.

Mais tarde, Alexandre encontrou a mãe sentada no imenso sofá da sala de estar. Brincava com Cleópatra no colo quando ele se aproximou, pegando-a desprevenida.

– E o homem? – ele quis saber.

– Homem?! – por um minuto ela pareceu não saber a quem ele se referia.

– O que esteve aqui hoje conversando com a senhora.

– Ah, já se foi!

– Quem era?

– Antony Bradley, um de nossos funcionários mais respeitados.

– É mesmo?

– Sim. É o farmacêutico químico responsável por pesquisas e desenvolvimento de novos remédios para nós.

– O que ele queria?

– Veio trazer alguns documentos para o seu pai.

– Vocês ficaram conversando durante um bom tempo, hein? – Alexandre começou a contornar com a ponta do dedo indicador a borda de um vaso sobre uma mesinha.

– É verdade. Ele estava me contando sobre os novos remédios que estão sendo fabricados por nosso Laboratório e que estão sendo muito bem aceitos pelos pacientes.

– Ah! Por falar nisso, e quanto a minha visita ao Laboratório? A senhora me prometeu!

– É verdade. Levá-lo-ei assim que possível...

Ao murmúrio de palavras sem sentido algum por parte de Cleópatra, Olímpia voltou novamente sua atenção para a menina. Foi então que Alexandre empurrou da mesa o vaso com o qual estava brincando. O objeto caiu e se espatifou no chão.

A queda assustou tanto Olímpia quanto Cleópatra que começou a chorar. Ao olhar para o filho, Alexandre, apontando para os destroços do vaso espatifado no chão, simplesmente disse, no seu tom mais irônico:

– Caiu!

– Era um vaso caríssimo, uma preciosidade de seu pai. Ele ficará enfurecido.

– Ao menos ele serviu para alguma coisa... Serviu para a senhora olhar para mim.

Sem mais, ele deixou a sala enquanto Olímpia tentava, insistentemente, acalmar a filha que continuava chorando convulsivamente.

Depois do episódio com o vaso, Olímpia não mais viu Alexandre por perto. Ficou preocupada ao saber que nem a criadagem o havia visto pela casa. Cogitou a hipótese de ele ter ido ao seu lugar habitual ver o pôr do sol, mas descartou a possibilidade, ao perceber que era ainda muito cedo para aquilo. Resolveu então procurá-lo pela casa.

Ao tomar o caminho da biblioteca, que ficava numa ala recuada da mansão, ouviu o som do piano de cauda que havia no que era chamada de sala de música. Deveria ser ele, não era a primeira vez que o encontrara mexendo no instrumento. Seria muito bom que tivesse nascido com o dom para tocá-lo, pensou ela que amava piano.

Ao entrar naquela sala, Alexandre imediatamente parou de tocar. Ela se aproximou dele e pousou levemente a mão sobre seu ombro direito e disse:

– Eu sei que ficou chateado comigo esta tarde. Desculpe-me, estava com a mente tão longe...

O garoto voltou a teclar uma nota do piano e, assim, ficou a fazer repetidamente.

– O que acha de contratarmos um professor de piano para lhe dar aulas particulares? – sugeriu Olímpia algum tempo depois.

A ideia fez o menino voltar-se para ela e sorrir. A seguir deu-lhe um forte abraço e um beijo caloroso nos lábios. Foi o suficiente para a mãe saber que havia sido perdoada pelo filho amado.

IX

Início de 1980

Olímpia havia se ausentado mais uma vez para ir visitar a mãe na Grécia e Alexandre, a contragosto, se viu obrigado a ficar sob os cuidados das babás e da governanta.

Ao retornar, Olímpia se surpreendeu com o som do piano sendo executado lindamente pelas mãos do filho, quebrando o silêncio monótono e lúgubre da mansão. A execução da música estava quase perfeita, sinal de que Alexandre nascera mesmo com o dom para o instrumento.

Assim que o menino terminou a canção, ela adentrou a sala, batendo palmas:

– Bravo! Bravo!

Alexandre deu um salto e correu em sua direção, envolvendo-a num longo e apertado abraço.

– Você vai se tornar um excelente pianista, Alexandre – elogiou ela, beijando-lhe os lábios com ternura.

A seguir, Olímpia cumprimentou a professora cordialmente.

– Ele está progredindo, não está? O que é bom precisa ser elogiado – disse ela sem disfarçar a corujice.

– Ele capta rápido, nasceu mesmo com o dom para o piano – comentou a professora com orgulho.

Olímpia abraçou ainda mais forte o menino e triplicou os beijos.

– Toque aquela outra que estivemos praticando no começo da aula – sugeriu a professora.

Sem demora, o pupilo pôs mãos à obra, surpreendendo Olímpia mais uma vez.

– Você está tocando muito bem, filho – suspirou Olímpia,

maravilhada.

A professora despediu-se e partiu.

Alexandre continuou dedilhando o início de uma outra canção.

– Gostaria que papai me ouvisse tocar – disse entre um toque e outro.

Olímpia adquiriu uma expressão preocupada, pôs a mão em seu ombro e falou:

– Por enquanto não, filho. Seu pai anda muito nervoso e...

Alexandre parou de dedilhar e disse num tom sério:

– A senhora não quer que ele saiba, não é? Por isso que me pede para não tocar enquanto ele está aqui. Por que não podemos contar?

– Porque ele acha que isso pode afetar seu desempenho na escola.

Alexandre fechou o cenho e se levantou. Parecia enfurecido.

– Ele é muito chato – explodiu. – É só nisso que ele pensa, estudo, estudo... Eu não quero estudar e não vou!

E o garoto deu o assunto por encerrado.

Semanas depois, o filho estava deitado na cama da mãe outra vez. Antes de adormecerem, os dois conversaram:

– Como está vovó?

– Bem, muito bem. Por quê?

– A senhora nunca mais falou dela...

– É verdade... estou meio em falta com ela, Alexandre.

– A senhora não gosta mais dela?

Um sorriso espontâneo escapou dos lábios de Olímpia.

– Só você mesmo, Alexandre, para me fazer rir... É lógico que eu ainda gosto dela e muito. O amor entre um filho e uma mãe nunca termina. Os outros sim, mas esse não! É eterno! Posso dizer que perdura até mesmo depois da morte.

Houve uma pausa antes que Alexandre retornasse com mais uma de suas contundentes perguntas:

– O que é o amor na verdade, mamãe?

– O amor, Alexandre, bem, é o sentimento mais profundo que existe entre nós, seres humanos. É por amor que nascemos... Por amor que nos unimos... Podemos dizer que do amor se faz a vida. Ele é muito poderoso, pode tanto construir como destruir. Um dia você se deparará com o amor e então...

– Onde ele está?

– Ele não está em lugar algum, Alexandre. O amor brota, nasce entre as pessoas.

– Então já o encontrei, mãe. Entre mim e você.

– É amor, de fato, Alexandre, mas há diversos tipos de amor. O amor de um casal é diferente. Você me compreenderá melhor quando se apaixonar por uma mulher. Aí, sim, saberá o que estou querendo dizer.

– Nunca amarei uma mulher mais do que amo a senhora – ele a abraçou.

– Você é ainda muito pequeno, Alexandre.

Houve uma pausa, um momento em que Olímpia ficou triste como que contendo o choro.

– Às vezes – disse com pesar –, o amor acaba!

– Acaba! Por quê?

– São muitos os motivos – explicou ela, desviando o olhar para a janela.

– O meu pela senhora nunca irá acabar, mamãe.

Olímpia o abraçou fortemente; não pôde conter o choro que irrompeu de seus olhos, impulsionado pelo estado emocional abalado em que se encontrava. Após ver o menino adormecer, Olímpia caminhou até seu divã, onde permaneceu boa parte da noite, chorando inconsolavelmente.

Muitos pores do sol foram presenciados por Alexandre que crescia, desenvolvendo seu físico no ritmo imposto pela mãe natureza. Seu sonho era crescer, crescer e crescer... No entanto, seria certamente um adulto de estatura mediana. Quanto ao piano, ele se apaixonava cada dia mais pelo instrumento. Estava sempre praticando e ao ouvir o filho tocar, Olímpia sentia-se menos desolada, arrastada pelas mãos do misterioso e cruel destino.

X

Início de 1982

Alexandre estava tão concentrado na execução de uma extraordinária canção ao piano, que demorou para notar, dessa vez, a entrada do pai na sala. Ao perceber, virou-se assustado para trás e quando o viu, engoliu em seco. Filipe estava parado junto ao batente da porta, olhando seriamente na sua direção. Alexandre, pela primeira vez, sentiu medo do pai.

– Como foi que aprendeu a tocar o instrumento? – foi a primeira pergunta de Filipe em tom sério.

O menino perdeu a voz.

– Eu lhe fiz uma pergunta, Alexandre, responda!

O tom soou ainda mais enérgico.

– Eu... – gaguejou o garoto sem conseguir firmar a voz.

– Diga! – insistiu Filipe no limite da impaciência.

– Eu... eu... queria aprender... – gaguejou o menino –, eu sempre quis aprender, aí a mamãe...

O pai o interrompeu, secamente:

– Quero ver o seu boletim, agora! Vá buscá-lo e me encontre na sala de estar.

O menino atendeu prontamente a solicitação do pai. Quando o reencontrou, Filipe servia-se de uma dose dupla de uísque, a qual bebeu num gole só. O garoto então lhe entregou o boletim, que Filipe não levou mais que alguns segundos para conferir.

– Você não está tirando as notas esperadas, Alexandre. A meu ver, suas notas são péssimas.

O garoto estremeceu, ainda mais quando o pai empinou o corpo para frente, mirou seus olhos e disse:

– Escute bem, porque eu vou dizer uma só vez, ouviu? Estudar piano é bom, mas um homem de sucesso, um empresário de sucesso jamais alcança o sucesso sem estudar com afinco. É o estudo que amplia e desenvolve a nossa inteligência e sem ela, Alexandre, sem a inteligência não somos nada, não há prosperidade.

Ele fez uma pausa e continuou:

– Para você ser alguém no mundo, você precisa estudar, ser aplicado, um exímio aluno, o melhor dentre todos, se possível, ouviu? Estará de castigo até que melhore suas notas. Vou contratar um professor particular para ajudá-lo em seus estudos.

Filipe levantou-se e serviu-se de outra dose.

– E não quero mais vê-lo perto do piano enquanto não me provar que está levando a escola a sério.

Alexandre mordeu os lábios e ficou parado em silêncio.

– Ouviu? – perguntou o pai outra vez. Mas o menino travara os dentes, contendo sua raiva.

– Responda! – berrou Filipe.

Alexandre saiu correndo e o deixou sozinho.

Um minuto depois, Olímpia chegava ao local.

– O menino só... – tentou explicar, mas se atrapalhou toda de nervoso. – Eu apenas quis satisfazer uma vontade dele...

Os olhos de Filipe pareciam arder de ódio.

– Você está irritado, Filipe, sei que está... eu o conheço bem. Muito bem. Não desconte no menino sua fúria.

– Fúria? – manifestou-se ele finalmente.

–Sim!

– Não é só fúria o que sinto, Olímpia. É ódio, revolta!

– Ainda assim não deve descontar no menino.

Ela murchou quando ele foi além, arremessando-lhe as palavras como objetos:

– Você me traiu, Olímpia. Traiu a minha confiança. Faz as coisas escondidas de mim, me apunhala pelas costas. Vai acabar estragando o futuro dessa criança – ele suspirou. – Eu sinto desprezo por você, Olímpia... É mais do que desprezo, é pena. É isso mesmo, eu sinto pena de você...

Ele largou-se no sofá e começou a chorar convulsivamente até se encolher na posição fetal. Parecia uma criança assustada, que acordara no escuro do quarto, temendo a escuridão.

Olímpia sentiu pena, ao ver o homem que tanto amava, ali, à sua frente, sendo consumido por uma dor convulsiva, porém, talvez necessária, em sua opinião.

Olímpia o deixou e saiu em busca de um chá para acalmar-lhe os nervos. Pelo caminho, avistou um jornal onde uma das manchetes lhe chamou a atenção:

"A estranha doença que tem como vítimas os homossexuais preocupa médicos; 285 casos foram registrados só nos Estados Unidos até o presente momento, dos quais 119 óbitos."

Olímpia mordeu os lábios, pensativa.

No dia seguinte, assim que voltou do trabalho, Filipe subiu ao quarto do filho para uma conversa. Encontrou Alexandre sentado a sua escrivaninha, desenhando algo numa folha de papel, puxou uma cadeira para perto dele, ficou a admirar o que fazia, em silêncio por alguns segundos e só então disse ao que vinha:

– Desculpe-me por ter falado com você daquele modo, filho. Exaltei-me, eu sei... só queria que compreendesse que eu só quero o seu bem, nada mais.

Visto que Alexandre nada lhe diria, Filipe levantou-se, desejou-lhe boa-noite e partiu. Ao se fechar em seu quarto, despiu-se e deitou-se na cama, chorando copiosamente.

XI

Junho de 1982

Desde aquele dia, Alexandre nunca mais se aproximou do piano e não mais entrou na sala onde ele se encontrava. Odiava cada vez mais a escola e seus colegas de classe. O pai havia lhe arranjado um professor particular, que era, a seu ver, intragável.

Para piorar a situação, o pai não estava mais se ausentando de casa como costumava fazer. Há meses não viajava para América ou outros países. Vivia a maior parte do tempo na matriz da companhia em Londres e regressava para casa à noitinha. Ele se sentia sufocado com sua presença como se ambos não pudessem ocupar o mesmo espaço.

Enquanto isso, Cleópatra crescia desenfreadamente e quando

Alexandre ouviu o pai comentar que a irmã seria mais alta do que ele, ficou fulo de raiva. O mesmo aconteceu ao perceber que os colegas de classe cresciam mais rápido do que ele.

Uma tarde, envolto de preocupação e ansiedade, chegou a desabafar sobre o assunto com seu melhor amigo, o astro-rei.

– Tenho um pedido a lhe fazer, um pedido muito sério. Faça-me crescer, por favor! Não quero ser baixo, quero ser alto, grande! Preciso ser!

Havia uma força colossal naquele pedido que só o misterioso universo poderia compreender a extensão. Não era um pedido, era uma súplica desesperadora.

XII

Agosto de 1983

Era por volta das onze e meia da manhã e, Olímpia se encontrava sentada na maior sacada da mansão, lendo um livro, quando sua atenção foi despertada pela chegada do carro de marido. Mesmo a distância, ela pôde ver que Filipe estava transtornado ao sair do carro e isso fez com que ela corresse ao seu encontro. Algo de muito errado havia acontecido. Assustou-se, ao ver a expressão cadavérica no rosto dele.

– Filipe... aconteceu alguma coisa? – perguntou ela, assim que o encontrou.

Ele a olhou com um olhar aterrorizado

– Um dos nossos laboratórios de pesquisa e desenvolvimento incendiou-se há pouco.

– O quê?! Como?!

– As autoridades estão averiguando. Algo explodiu; um curto, não se sabe ao certo.

– Quando aconteceu? – Olímpia contorcia as mãos nervosamente.

– Esta manhã, no começo do expediente.

– Pelos deuses, que horror!

– Anthony morreu no acidente.

Ele fez uma pausa, torcendo a boca numa expressão amargurada.

– Anthony?! Você quer dizer...

– Anthony Bradley, o próprio. O melhor em pesquisas de novos remédios do mundo.

– Pobre Tony...

Filipe continuou a falar, como se falasse para si próprio:

– Não só ele, mas todos os membros de sua equipe, além de alguns empregados administrativos e outros que ficaram feridos por estarem nas proximidades.

Filipe se jogou no sofá e soltou um suspiro. Seus olhos então verteram-se em lágrimas e ele chorou sentido. Olímpia aproximou-se dele e pôs a mão em seu ombro. Sentiu uma dor no peito, ao ver o homem que tanto amava, sofrendo daquele modo.

– Estou transtornado... – admitiu Filipe choroso. – Nunca, em toda história da nossa companhia tivemos um acidente desse porte, nem um de médio porte. Eu não entendo...

Olímpia fitou-o em silêncio por um minuto e opinou:

– É uma perda irreparável!

– É uma lástima! Ontem mesmo conversamos por telefone, ele queria me ver, pediu uma reunião – continuou Filipe, arrasado.

Olímpia deixou cair algumas lágrimas e então, Filipe, parecendo ressurgir para a realidade, dirigiu os olhos para ela e disse, num tom de descaso:

– Como se você se importasse muito!

O tom de acusação na voz do marido era evidente.

– Eu me importo, Filipe, é lógico que sim! É um prejuízo para as nossas empresas

– Ah! Mas é lógico! Sua preocupação só podia ser essa!

– Não é só por isso, você sabe que não.

– Não, Olímpia, eu não sei! Na verdade não sei de mais nada!

Sem mais ele se levantou e seguiu para o escritório onde se trancafiou por horas. A esposa permaneceu ali, com vontade de ir atrás dele e lhe dizer mais alguma coisa para tranquiliza-lo, mas percebeu que não havia nada mais que pudesse fazer, senão esperar o choque passar.

XIII

Terceira semana de agosto

Filipe Theodorides recebia em sua mansão o vice-presidente da empresa na Inglaterra, William Bell, e John Allerton o vice-presidente da filial dos Estados Unidos para uma conversa sobre tudo que deveria ser feito, desde o amparo legal às famílias das vítimas, também por meio de seguro a reconstrução do lugar.

Foi John Allerton quem começou a conversa:

– Percebo que o senhor ainda está muito abalado com o acontecido.

– Estou sim, John, não é para menos. Não é fácil se recuperar de uma tragédia como a nossa, talvez eu nunca consiga.

O americano fez ar de pesar e perguntou:

– O senhor acredita que possa ter sido mesmo um atentado?

– Ainda é muito cedo para afirmar. As autoridades ainda estão averiguando. Seria melhor que fosse apenas um acidente. Não gosto da ideia de atentado. Isso torna tudo muito mais grave. Abre um leque de possibilidades catastróficas.

Minutos depois, um copeiro apareceu na sala para servir um suco e uns petit four aos presentes. Após essa pausa, Filipe retomou o assunto, dessa vez falando um pouco mais baixo.

– Há algo que não me sai da cabeça... – começou ele, ponderado.

Antes de prosseguir, olhou para a porta para se certificar de que não havia ninguém ali para ouvi-lo.

Antípatro Gross, meu ex-sócio, disse que se vingaria de mim, após eu ter rompido com ele a sociedade da nossa empresa.

– Ex-sócio?! – espantou-se o inglês, com surpresa na voz.

– Sim! Um homem perigoso. Descobri que estava envolvido com pesquisas escusas, algo que eu jamais poderia concordar. Por eu ter conseguido provas contra ele, ameacei denunciá-lo às autoridades se ele não rompesse a sociedade comigo. Ele não teve outro jeito senão aceitar o que lhe propus. Vendeu sua parte da empresa para mim e assim me livrei dele. Antípatro era um louco... porém, não saiu perdendo com a venda, pelo contrário, foi-lhe pago tudo conforme a lei e de acordo com o preço de mercado da época. Fiz uso de um dinheiro que me fez muita falta na época, e por pouco não fui à falência. Era um risco que eu tinha de correr para preservar e honrar o laboratório farmacêutico mais famoso e respeitado do mundo. Caso suas falcatruas fossem descobertas, o nome do nosso laboratório seria denegrido.

Ele umedeceu a garganta antes de prosseguir:

– Soube ainda que Antípatro estava envolvido com certos políticos que não têm consideração alguma para com os seres humanos. Políticos como Hitler, Stalin entre outros.

Filipe balançou a cabeça negativamente, passou o olhar pela porta mais uma vez e, só então, prosseguiu:

– Estava pensando ainda ontem, sabe? Se Antípatro foi capaz de se filiar a pessoas do mal, fazer uso de ideias escusas, seria bem capaz de cometer um atentado contra mim.

– O senhor já informou a Scotland Yard a respeito disso?

– Ainda não. Penso que devo e, ao mesmo tempo, não. tenho medo, sabe... Um certo receio de estar fazendo um julgamento errado.

– Sr. Theodorides, desculpe a intromissão, mas penso que o senhor deveria comunicá-los.

Filipe novamente observou a porta antes de responder:

– Sim, tenho de fazer.

– Por onde ele anda? – a pergunta partiu de John Allerton.

– Há muito tempo que não ouço falar dele, ao que parece, mudou-se com a família e os filhos para outro país, mudou de profissão, pode até ter mudado de nome.

– É um inimigo à espreita – observou o Inglês.

Filipe concordou e voltou a umedecer a boca com o suco.

John Allerton, a seguir, mudou de assunto:

– A propósito, a equipe que o senhor nos pediu para estudar a doença que vem atacando os homossexuais, a que chamam de "câncer gay", já está na ativa. Não se sabe ao certo o modo de transmissão da doença, mas tudo leva a crer que é transmitida através do sexo. O modo como a doença está se propagando assusta todos.

– Eu sei... Tenho acompanhado as reportagens... – afirmou Filipe, pensativo.

– Os médicos dizem que é uma doença fora do padrão...

– Não poupe verbas para as pesquisas. Algo me diz que esta doença é maior do que parece...

John Allerton perguntou a seguir:

– E quanto a Nova York, senhor? Quando aparece por lá?

– Depois do que aconteceu, terei de ficar na Inglaterra até que tudo se resolva. Administrarei tudo que me cabe por aqui e conto com você, durante a minha ausência na América.

O encontro dos três encerrou-se a seguir.

Filipe seguiu à tarde até a chefatura da Scotland Yard para prestar novo depoimento. Após as suspeitas que levantou sobre seu ex-sócio, os investigadores tentaram localizá-lo a todo custo, porém, a busca foi em vão. Antípatro Gross havia desaparecido da Inglaterra e, pelo visto, também, do mundo.

Quando Cina chegou à mansão da família para visitá-los, chocou-se com o estado físico e emocional do tio. A tragédia no laboratório havia envelhecido Filipe Theodorides drasticamente.

– Pobre titio – comentou ela.

– Está assim desde o acidente no Laboratório. Aquilo o deixou devastado – argumentou Olímpia com tristeza.

– Vi algumas fotos nos jornais e revistas, foi horrível... Quantos mortos... Pavoroso! Estão falando no acidente até hoje. Espero que isso não tenha afetado a reputação do laboratório.

– Acredito que não! Poucos conectam o acontecido ao remédio que consomem. A verdade é que ninguém tem o hábito de se informar sobre o laboratório que produz os remédios que consome.

– E quanto às indenizações? Devem ter ficado uma nota para vocês, não?

– Eu pouco procurei saber sobre esses detalhes, Cina. Só sei que o seguro cobrirá quase tudo.

Cina ficou por alguns segundos observando a tia antes de comentar:

– Você me parece bem mais feliz do que da última vez em que estive aqui.

Um meio sorriso despertou na face luzidia de Olímpia.

Cina foi além:

– As coisas melhoraram entre vocês dois, não foi?

– De fato, sim. Devo admitir que sim! A tragédia acabou trazendo Filipe para mais perto da família novamente.

– É triste reconhecer que há um lado bom em toda tragédia, não?

Olímpia assentiu e disse:

– Filipe está se tornando um pai muito presente para as crianças e, isto é maravilhoso.

– E também muito mais presente para você, não é minha querida tia? – o tom de Cina dessa vez foi malicioso.

Olímpia não escondeu a satisfação. A babá surgiu na porta e pediu licença para falar.

– Senhora, Cleópatra já está de banho tomado – informou.

Cina dirigiu-se à menina de modo afetuoso:

– Cleópatra, como você cresceu, meu amor! Está ficando uma mocinha. Como o tempo passa...

– Onde está Alexandre? – perguntou Olímpia à criada.

– Parece-me que está andando a cavalo, senhora.

E de fato estava, não muito longe dali, Alexandre cavalgava se sentindo livre, leve e solto... Cavalgar sem ter nenhuma ama seca havia se tornado para ele uma grande conquista.

Nos dias que se seguiram, Filipe aguardou ansiosamente pelo laudo das investigações da Scotland Yard. Quando finalmente chegou, não pôde deixar de se decepcionar com o resultado. Pouco fora descoberto pelas autoridades do que já haviam suspeitado. Concluiu-se que tudo não passara mesmo de um vazamento de gás que deu origem à explosão. Ao que parecia, tudo não passara mesmo de um simples acidente.

O resultado não o convenceu muito, sua intuição dizia que havia o dedo de alguém por trás de toda aquela história e era isso vinha perturbando sua paz, cada dia mais.

O acidente no laboratório e todas as investigações despertaram a curiosidade de Alexandre. Toda noite pedia à mãe mais informações sobre o ocorrido. Foi assim até que o tempo foi apagando de sua memória, bem como dos demais membros da família e do próprio Laboratório a lembrança do acidente.

Durante esse período, o garoto que se tornava um adolescente bonito e inteligente, interessou-se pela arte da propaganda e marketing. Registrava todas as propagandas da TV de que mais gostava em fitas de vídeo cassete para rever e aprender com elas. Também começou a arquivar as propagandas mais interessantes, na sua opinião, que encontrava nas revistas e jornais de maior interesse público que havia na época.

O que preocupava Filipe também passou a preocupar Olímpia, o garoto não cultivava amigos, os únicos com quem interagia eram os colegas de classe e, mesmo assim, ele se mantinha reservado quanto a eles. Ambos insistiram para que ele convidasse seus colegas de escola para passarem o fim de semana na propriedade, mas Alexandre desconversava. Viver só, para ele, parecia agradável e reconfortante.

Seus melhores amigos eram, definitivamente, o cavalo e o pôr do sol que tanto adorava. Tinha a própria mãe como sendo sua melhor amiga e parecia ser o suficiente para ele.

Nada, nem o pai, nem ninguém mais, não lhe faria falta se deixassem de existir subitamente. Era só com a mãe que ele se importava, a quem queria bem e ter para sempre ao seu lado. E ele acreditava que ela sentia o mesmo por ele. Olímpia não culpava o garoto por não ter apego e afeto a Filipe que ficava a maior parte do tempo ausente e sempre lhe fora muito austero. Assim, não havia criado um elo entre eles.

XIV

Já era 1985 quando Filipe finalmente retornou a Nova York. Sua presença estava se fazendo necessária para que muitos assuntos pendentes fossem acertados. Foi durante essa viagem que Olímpia pôde cumprir o prometido ao filho: levá-lo para conhecer o Laboratório e todos seus departamentos.

Um dos gerentes foi quem tirou o dia para mostrar a Alexandre tudo que havia de interessante para conhecer. O garoto de 12 anos nessa data, que mais parecia um adulto em corpo de um adolescente, ficou fascinado com tudo que viu.

Fez questão de conhecer as repartições onde anos atrás havia acontecido a explosão. Quis também ver as fotos da tragédia e saber sobre os funcionários que morreram na explosão. Gostou do funcionário que respondia todas as suas perguntas com tremenda paciência e precisão.

Olímpia aproveitou o dia para fazer compras nas lojas mais caras de Londres. Ao voltar, apanhou Alexandre na empresa, ansiosa por saber o que ele havia achado da visita.

– E então, filho, ficou contente? – perguntou ela assim que o encontrou.

– Não pude ver tudo, mamãe. Preciso voltar aqui mais umas mil vezes para poder ver tudo do jeito que desejo.

Olímpia não se surpreendeu com a resposta, já esperava que ele dissesse aquilo.

– Providenciaremos isso, Alexandre.

O gerente sorriu.

Antes de partir, Olímpia pediu ao gerente que mantivesse a visita do filho fora do conhecimento de Filipe. O prestativo funcionário percebeu que aquilo não era um pedido e, sim, uma ordem.

– Só há um problema, minha senhora. E se o Sr. Theodorides vier, a saber, por intermédio de outro funcionário?

– Quero que peça a todos que não comentem.

– Eu posso pedir mas...

Ela o interrompeu:

– Sei que fará o melhor possível e não me decepcionará. Lembre-se de que Filipe quase nunca conversa com subalternos.

Olímpia sabia que alguém poderia dar com a língua nos dentes e que ela, com certeza, sofreria as consequências por aquilo. Mas pela felicidade do filho, valeria a pena correr o risco.

Para surpresa de Olímpia, Alexandre, de tão empolgado pela visita ao Laboratório esqueceu-se de ir ver o pôr do sol naquela tarde. Algo inusitado.

Por sorte, as férias da escola chegaram enquanto Filipe ainda estava na América, com isso, Alexandre pôde voltar ao Laboratório tranquilamente. Queria aprimorar seus conhecimentos a respeito do que se executava por lá, saber como tudo era feito.

Passou a estudar o processo de descoberta dos medicamentos através de livros sobre o assunto e por meio também dos farmacêuticos químicos que pacientemente respondiam as suas perguntas e esclareciam suas dúvidas. Ele aprendia tudo com muita rapidez e Olímpia gostava de ver o crescente interesse do menino por aquilo que um dia haveria de ser seu.

Ela pensou que a obsessão de Alexandre em querer se infiltrar no Laboratório fosse passageira, simples curiosidade de criança, mas sua vontade em querer aprender, dominar, trabalhar, revelou-se visceral.

Seu modo de ser a fascinava, não era uma simples admiração de mãe, mas de um ser humano que reconhece no outro a genialidade dos deuses. Por isso ela tinha de abrir espaço para que ele expressasse todo o seu potencial, permitisse Filipe ou não.

Mesmo amando-o como o amava, ela teria de traí-lo neste ponto. Seria até bom, pois traria o menino para seu lado, um aliado contra o marido, caso a abandonasse de vez.

Um mês depois, Filipe retornou à Inglaterra.

– Há tempos que não permanecia assim, tão distante de casa... – ousou falar Olímpia a ele.

– Foi um mês atribulado. Estamos contratando novos especialistas para o desenvolvimento de drogas importantes. Não é só o câncer agora que nos preocupa, a tal AIDS, a Síndrome da Deficiência Imunológica Adquirida, também é preocupante a todos... Neste momento, só nos Estados Unidos foram detectados mais de 8400 casos de pessoas infectadas, sendo que destas mais de 6300 morreram.

Com pesar ele prosseguiu:

– Já se sabe que não se trata de uma doença que atinge somente os homossexuais como se pensava até então. Heterossexuais também vêm sendo contaminados, cada dia mais, da mesma forma. A necessidade de encontrar a cura para essa epidemia tornou-se uma de nossas prioridades. É muita responsabilidade em nossas mãos; uma responsabilidade que o destino incumbiu-me e que tenho de atendê-lo, me empenhando ao máximo!

A voz de Filipe Theodorides estava serena, destituída da rispidez habitual com que falava com a esposa.

– Onde estão meus filhos? Quero vê-los.

– A esta hora, Alexandre deve estar, como de costume, admirando o pôr do sol.

– Como vão seus estudos?

– Muito bem.

Alexandre, que se encontrava próximo à porta da sala, ouvindo a conversa, adentrou o recinto.

– Alexandre, meu Alexandre!

Ele sorriu, com um olhar maroto.

Apesar da volta do pai impossibilitar suas reuniões com Marlon Stewart, incumbido de mantê-lo por dentro de tudo o que se passava no laboratório farmacêutico de propriedade da família, ele, pelo menos, poderia voltar a admirar o pôr do sol, o que não estava acontecendo por regressar do laboratório muito tarde.

Naquela noite, Alexandre entrou cautelosamente no quarto da mãe que já havia adormecido e se deitou ao seu lado, com cuidado, para não despertá-la. Ficou ali admirando seu semblante envolto num sono leve e aparentemente tranquilo até adormecer e sonhar com a mãe, declamando um poema lindo para ele.

Em tudo estamos nós
Em tudo está a música
assim nunca estamos sós
assim nunca a vida é confusa

Do amor se prolonga a vida
Vida que é feita de arte
Arte que é feita de amor
Amor e eternidade

Então subitamente não era mãe quem declarava e sim um rapaz que nunca viu, pelo menos naquela vida. Refletindo, percebeu-e tratar do mesmo que vira no sonho que marcou sua vida, quando ele ainda era um menino, e já sonhava em conhecer Nova York.

No dia seguinte, Alexandre, comentou com a mãe:

– Ontem, sem querer, ouvi o papai falando com a senhora a respeito da tal AIDS.

– É verdade.

– Fiquei pensando... O laboratório que encontrar a cura dominará o mercado, não?

– Sim – respondeu Olímpia pensativa.

Alexandre deu uma volta pela sala antes de continuar:

– Não só dominará como também fará do seu laboratório, o mais famoso do mundo, certo? O mais famoso e próspero, concorda?

Olímpia assentiu, olhando mais atentamente para o garoto.

– Então, mamãe, não podemos perder a chance de encontrar a cura para essa epidemia. Não só para ela, mas também para outras tão graves quanto ela. Como o câncer, por exemplo.

Um sorriso vitorioso resplandeceu no rosto do jovem bonito.

– Só agora percebo o quanto é bom as doenças existirem, pelo menos para nós. Sem elas estaríamos fadados ao fracasso. Não só nós como os demais proprietários de laboratórios farmacêuticos espalhados pelo mundo. Dos mais sofisticados aos mais simples. Só agora percebo que as doenças não poderão deixar de existir jamais se quisermos continuar alcançando altas margens de lucro.

Ele suspirou de felicidade por ter chegado àquela conclusão e, num tom feliz, completou:

– Sabe de uma coisa, mamãe. Seria bom até que outras doenças surgissem...

Os olhos negros de Olímpia, envoltos de perplexidade e admiração ao mesmo tempo, se arregalaram um pouco mais. O filho então foi até ela, beijou-lhe suavemente os lábios ressequidos por repentina tensão e partiu. A mulher permaneceu ali, na mesma posição, enquanto ondas de tensão se agitavam terrivelmente em seu coração.

A cada ano que se passava, Alexandre almejava se tornar um adulto o quanto antes. Por isso, comportava-se como tal mesmo antes de sê-lo. Lia todas as matérias das revistas e dos jornais a respeito da indústria farmacêutica, sobre os avanços da propaganda e do marketing com relação à prosperidade das empresas, alta e queda no mercado de bolsas e tudo, enfim, que um homem de negócios deve saber.

Ao saber que o mundo vinha girando e, pelo visto, continuaria em torno da América do Norte, o adolescente se sentiu certo, mais uma vez, de que era para lá que ele deveria se mudar no futuro próximo.

XV

O ano era 1986 e Olímpia encontrava-se na sacada da grande sala do andar superior da mansão, lendo com bastante atenção numa revista um artigo sobre a AIDS. Tinha uma expressão preocupada e os olhos expressavam dor.

O artigo dizia:

"A epidemia da AIDS se alastra pelo mundo. Os homossexuais são a maioria afetada. Religiosos acreditam se tratar de uma revanche dos céus, uma punição para aqueles que não querem seguir o que Ele determina. Muitos conservadores, que julgam-se donos da moral, alegam que a intenção de Deus ao enviar a doença é de alertar ao homem sobre seus atos libidinosos, como fez com Sodoma e Gomorra.

As saunas de San Francisco foram fechadas acreditando-se ser um foco disseminador do vírus.

Mulheres continuam a ser contaminadas com o vírus através de parceiros bissexuais ou por transfusões de sangue e ainda por uso de drogas injetáveis. Bancos de sangue passaram a testar os doadores após ter sido constatado que dezenas de milhares de pessoas contraíram a doença através de transfusões. Os hospitais estão criando alas especiais só para portadores da doença. Enfermeiras demitem-se por não querer tratar de casos de AIDS. Nas prisões aumenta o número de casos. Funerárias recusam-se a embalsamar corpos das vítimas. O pânico se alastra entre as famílias. Afinal, a doença pode ser pega através de um abraço? Um simples beijo no rosto? Lágrimas? Suor? O medo de ser contaminado é grande. A nova geração começa a crescer sem o tabu. O sexo tem de ser discutido abertamente dentro dos lares. Os grandes laboratórios médicos partem em busca da cura. A esperança é tudo o que resta aos doentes. A humanidade já considera a AIDS a doença do século.

Certos órgãos do governo acreditam que esta seja uma ótima saída para garantir o controle da natalidade no mundo. Outros não se importam que a doença cresça se ela se restringir somente aos gays, uma vez que esta espécie de gente não é necessária à vida. Portanto, podem morrer à vontade!".

Ao seu lado, Cleópatra brincava com uma boneca. Olímpia ouviu som de passos subindo a escada, que foram ficando fortes e pesados. Sua boca ficou seca. Seu coração deu um salto quando Filipe entrou na sala. Ao ver sua expressão, assustou-se.

– Então, você andou permitindo que o garoto freqüente o Laboratório!? – disse ele quase gritando.

– O quê? – Olímpia não conseguiu disfarçar sua surpresa. Engoliu em seco.

– Não se faça de cínica...

– Quem lhe contou?

– Você acha que eu entregarei a pessoa de bandeja para você degolá-la? Não Olímpia, não farei isso...

– Você conhece Alexandre. Ele me fez prometer, insistiu e insistiu... tive de cumprir.

– Ele é uma criança. Ele não manda, precisa de educação.

– Eu concordo com você plenamente, Filipe, mas não achei que faria mal levá-lo. Afinal, ele se encontrava de férias, não prejudicaria seus estudos.

Filipe ficou parado, encarando-a.

– Filipe, eu não faço nem nunca farei algo que vá contra a sua vontade, você sabe que eu o amo... sempre o amei e sempre o amarei...

Por mais que o marido lutasse, aquelas palavras mexeram com seus sentimentos. Ele suspirou fundo, como se naquele momento desistisse de lutar. Após aquela noite o casal retomou o equilíbrio de seu relacionamento. Um equilíbrio que ao longo dos anos estivera muito distante.

Assim que Filipe partiu novamente para a América, Alexandre retomou as reuniões com Marlon Stewart. Apesar de gastar boa parte de seu tempo dedicando-se aos assuntos que realmente o interessavam, manteve-se um aluno aplicado.

Ao comentar com o pai sobre sua vontade de cursar propaganda e marketing (P & M), Filipe foi categórico:

– Você não vai me dar este desgosto, vai?

A resposta fez Alexandre sentir um nó na garganta e uma onda de ódio percorrer todo o seu interior. Imediatamente, correu para o seu quarto e pegou um baú onde guardava fotos. Certificou-se de pegar todas em que o pai aparecia, e as atirou na lareira.

Quando Cleópatra encontrou um pedacinho de uma das fotos atiradas ali, que não havia se queimado por inteira, mostrou para o pai. Filipe imediatamente pensou ser obra de Olímpia que no passado se envolvera com o que ele chama de magia negra. Foi motivo de briga entre os dois.

Ao notar o tamanho do interesse de Alexandre pela propaganda e marketing, Olímpia decidiu encaminhar o menino para um estágio numa grande agência. A maioria dos grandes nomes da profissão haviam começado como estagiários.

Um dos gênios da publicidade na época, apontado por quem entendia do assunto, como o mago da publicidade, era Aristóteles Rachmaninov Seu trabalho vinha sendo reconhecido mundialmente. A agência de sua propriedade chegava a recusar propostas de grandes empresas por não ter condições de atendê-las.

Para Olímpia, ele seria a pessoa certa para instruir Alexandre naquela área. Aproveitando-se do prestigio de seu nome, Olímpia Theodorides conseguiu marcar uma hora com Aristóteles.

Ao dizer que estava ali para lhe pedir um estágio para o filho de apenas 13 anos de idade, o homem ficou boquiaberto.

– Está bem – respondeu após ela muito insistir. – Mande o garoto aqui e vamos ver no que dá.

Olímpia partiu agradecida, certa de que Aristóteles ficaria impressionado com Alexandre, ao conhecê-lo pessoalmente.

XVI

No dia marcado para receber Alexandre, Aristóteles estava se sentindo exausto, um caco, propriamente falando. Seu maior desejo era voltar para sua casa, tomar um banho relaxante e pular na cama. Em todo caso, tinha ainda de receber o filho de Olímpia Theodorides, que aguardava há dias para uma entrevista, não seria elegante desmarcar na última hora, ainda mais depois de ter lhe dado a palavra de que o receberia.

De toda forma, seria breve com ele, que conversa prolongada poderia ter com um menino praticamente, com certeza um filhinho de papai, mimado, um daqueles adolescentes insuportáveis como a maioria.

Ao ser informado que o jovem Theodorides havia chegado, Aristóteles pediu que ele entrasse imediatamente. A empatia com o garoto foi imediata, surpreendendo-se, ao ver que se tratava de um garoto fino e educado como mandam os bons modos britânicos.

A voz do garoto variava de tom devido à influência dos hormônios, mas era precisa, direta e decidida. Logo, Aristóteles percebeu que estava de frente para uma daquelas pessoas que haviam nascido com "algo mais".

A entrevista terminou com Aristóteles pedindo-lhe um tempo para lhe dar uma resposta, algo que desapontou o jovem, percebeu o publicitário, mas que se esforçou ao máximo para não deixar transparecê-lo. Sua resposta foi "sim" após duas semanas, o que alegrou imensamente o garoto fascinado pela propaganda e marketing.

Não levou mais que um dia para Aristóteles ficar encantado pelo adolescente prodígio, não só pelo seu interesse por tudo, pela vontade de aprender e explorar seu potencial, mas também pelo seu raciocínio rápido, comentários e sugestões pertinentes, tudo, enfim, que revelava sua personalidade marcante e seu talento para o sucesso.

Com o passar dos dias, o pupilo e o mestre foram selando uma profunda amizade. Para Aristóteles, Alexandre entrara na sua vida para substituir de alguma forma, o filho que tivera e perdera ainda muito cedo.

Alexandre também parecia encará-lo como um pai, mas chegou a cogitar, por algumas vezes, se não fazia aquilo somente para agradá-lo. Para tornar-se especial em sua vida e, com isso, compartilhar com ele toda a sua sabedoria a respeito de P&M.

Olímpia incentivava a aproximação dos dois para que o filho tivesse a companhia de um homem, uma vez que Filipe além de estar sempre distante, quando juntos ambos entravam em atrito.

Ao longo dos meses de 1987, Alexandre soube, como ninguém, dividir seu tempo entre os estudos e o estágio. Em pouco tempo confirmou o que já pressupunha: a propaganda e o marketing eram, literalmente falando, a alma do negócio, inclusive, a sua própria alma.

Aristóteles não só lhe ensinava as artimanhas da propaganda e do marketing, mas também muita coisas sobre a vida. Num dia, em meio a uma conversa, o preceptor disse algo que surpreendeu o adolescente:

– Podem dizer que dinheiro é tudo na vida, mas quem diz isso, diz porque fez do dinheiro um escudo para se defender daquilo que é mais forte do que tudo: o amor.

– O amor?! – espantou-se Alexandre.

– Sim, Alexandre, o amor. Só quando você amar é que vai me compreender.

– Mas eu já amo a minha mãe.

– É amor sem dúvida, mas me refiro ao amor entre um homem e uma mulher. Ao mesmo tempo que pode ser doce, pode ser amargo. É uma faca de dois gumes. Mais terrível ainda, é quando a vida nos tira esse amor. Essa foi o meu maior desafio nessa jornada terrestre.

Ao perceber que seu interlocutor tinha apenas quatorze anos e que aquele não era um assunto para ter com um menino daquela idade, Aristóteles, recuperando a postura, voltou-se para o adolescente e perguntou:

– E quanto a você? Anda paquerando ou namorando alguma garota?

Um brilho enigmático transpareceu nos olhos do rapazinho.

– É uma boa técnica esta – comentou, lançando-lhe um olhar reprovador.

Aristóteles, espantado, perguntou:

– Qual?

– Fugir de um assunto virando a pergunta para outra pessoa.

Aristóteles soltou uma gargalhada.

Alexandre manteve-se sério e pensativo: não, ele não estava paquerando nenhuma garota. No momento, tinha coisas mais importantes a fazer, tal como se preocupar em crescer.

XVII

Setembro de 1988

Assim que Filipe regressou da América, Alexandre quis ter uma conversa séria com ele.

– Estive esperando pelo senhor – falou Alexandre como um adulto para Filipe.

– Por mim, Alexandre?! – havia ternura e surpresa em sua voz.

– Sim. Estou decidido a trabalhar na empresa – explicou sem rodeios.

Filipe soltou uma gargalhada.

– Trabalhar?! É ainda muito cedo para isso, Alexandre! Não passa de um pirralho que tem muito ainda a aprender sobre a vida! Primeiro precisa estudar. Já conversamos a respeito, não? Fui bem claro! Para ser bem sucedido profissionalmente é necessário o estudo. No momento, você precisa se concentrar nos estudos, ser um aluno aplicado para entrar numa das melhores faculdades do país. Você não é um qualquer, não fica bem para um futuro homem na sua posição não ter uma bela formação, não ser graduado numa exímia universidade, uma das melhores.

– Eu lhe prometo que estudarei, mas quero começar a trabalhar desde já – havia agora um tom de súplica na voz do adolescente.

– E o senhor mal dá conta dos negócios, vive se dividindo entre aqui e a América. Precisa de mim o quanto antes.

– Você tem razão, mas continuarei a me sacrificar para lhe possibilitar uma formação digna da sua classe.

O pai aproximou-se do filho, o encarou e concluiu:

– Que tal cursar Direito? Oxford* oferece um dos melhores cursos na área.

– Eu quero mesmo é ser publicitário.

– Publi...

– Publicitário. Um expert em propaganda e marketing.

– Isso, a meu ver, não é profissão. Não para você! Além do mais, é um em um milhão, que prospera como publicitário. O resto empurra com a barriga.

– Mas...

– Nem mas nem meio mas. Você fará Direito em Oxford e não se fala mais nisso. Um dia vai me agradecer por ter lhe feito tal sugestão.

– Mas eu...

– Não quero mais falar neste assunto até que tenha um diploma nas mãos.

Alexandre levantou-se e saiu mantendo a cabeça erguida. Longe do pai, uma palavra ecoou em sua mente "pirralho" e seus olhos avermelharam-se de raiva. Ele tentara ser diplomata com o pai, mas não havia jeito. Nada conseguiria fazê-lo mudar quanto aos planos que traçara para o filho. Restou-lhe apenas admitir para si mesmo:

– Direito, é isso o que você quer, não é meu pai... Pois assim farei! Não perde por esperar!

---

*Oxford é uma cidade universitária, que abriga a universidade mais antiga da Inglaterra, que é estabelecida em 1096 ou anterior (ano exato é desconhecido). (Nota do Autor).

XVIII

Início de 1989

Com a ajuda de Olímpia, Alexandre conseguiu que o laboratório farmacêutico contratasse a agência de propaganda e marketing de Aristóteles. O publicitário só aceitou com uma condição:

– Aceito. Desde que seja o responsável pela conta de sua própria empresa.

O rosto do menino se iluminou de empolgação, não poderia haver desafio maior do que aquele.

Na mesma noite, Alexandre agradeceu aos deuses por tê-lo feito encontrar um meio de trabalhar na empresa da família, de modo indireto, sem que o pai soubesse. Só assim, poderia direcionar a empresa para os fins que acreditava serem os certos.

XX

Início de 1991

Filipe estava surpreso mais uma vez com os altos índices de venda que a empresa vinha obtendo nos últimos dois anos. Para ele, o importante não era o lucro e sim, o respeito para com os consumidores. Para com a raça humana em si.

Fora sempre contra as manipulações adotadas pelos profissionais de propaganda e marketing e, por isso, marcou uma reunião com a agência responsável na ocasião pela publicidade da empresa para apurar suas estratégias. Foi quando conheceu Aristóteles pessoalmente.

– Já ouvi muito falar a seu respeito, Sr. Aristóteles. O senhor é considerado atualmente um gênio na P & M. Marquei esta reunião pois quero saber, exatamente, qual é o processo por trás desta nova campanha publicitária da empresa.

– Vou pedir ao criador da campanha, o verdadeiro responsável por todo este sucesso, para lhe explicar – falou Aristóteles e pedindo licença, levantou-se e foi até a porta, de onde voltou, segundos depois, trazendo Alexandre consigo.

– O que é isso?! É alguma espécie de brincadeira?! – exaltou-se Filipe visivelmente contrariado.

– É verdade, senhor Theodorides – explicou Aristóteles. – Alexandre é o responsável por toda a campanha.

Alexandre lançou-lhe um olhar paciente e malicioso.

– Deixe-me a sós com meu filho, por favor! – pediu Filipe, procurando manter a calma.

Assim que Aristóteles se retirou, Filipe soltou a respiração e rompeu o silêncio.

– Por que... como... quando? Eu lhe pedi para se dedicar aos estudos...

– Eu não parei meus estudos para fazer tudo que fiz, meu pai. Sou capaz de fazer duas coisas ao mesmo tempo e muito bem feitas! Sou capaz de fazer bem mais!

– Como você conseguiu chegar até esse Aristóteles? Nunca me disse nada!

– De que adiantaria? O senhor sempre recriminou minhas ideias.

– Foi sua mãe, não foi?

– Mamãe me ajudou porque ela gosta de mim...

– Você não entende... É muito jovem para perceber que ela só fez isso por eu ser contra. O prazer dela é me insultar, me afrontar, me contrariar!

– Não é verdade! – protestou Alexandre.

– Ela apenas o usou para me agredir como sempre faz.

Alexandre caminhou até a porta e antes de sair, com uma voz profunda e gutural, Filipe acrescentou:

– Eu ainda quero ver meu filho formado numa faculdade de renome, num curso que realmente valha a pena!

Sem voltar-se para trás, com o peito se incendiando de revolta, o garoto respondeu:

– Assim será meu pai. Assim será!

Mais tarde, Filipe exigiu uma explicação de Olímpia.

– Ele queria muito estudar publicidade e marketing – começou ela. –

Um estágio numa agência revelaria se de fato ele tinha aptidão para aquilo ou era apenas uma "paixonite" de adolescente. Realizando sua vontade, não será necessário fazer uma faculdade sobre o assunto e, assim, faria outro curso. – ela suspirou, antes de prosseguir. – Não vê, Filipe, que eu procurei ajudá-lo a realizar seu intento?– Ele melhorou muito na escola desde então e você sabe disso através dos boletins.

Ele apenas a olhou, balançou a cabeça negativamente e partiu sem dizer uma palavra.

Olímpia ficou estática, respirando ofegante, contorcendo as mãos nervosamente.

Mais tarde, naquele mesmo dia, Alexandre contou para a mãe a respeito do que o pai havia dito sobre ela naquele encontro. Perguntou-lhe:

– É verdade, mamãe? Fez isso só para insultá-lo?

– É lógico que não, filho! Corri todo esse risco, pois sabia que era muito importante para você. Queria e quero a sua felicidade. É só o que me interessa.

Alexandre sorriu para ela e a abraçou. Olímpia olhou com desdém para o retrato do marido pendurado na parede da sala. Desde então, a relação dela com o marido piorou como nunca havia acontecido. Ele voltou para a América, onde passou meses a fio, tratando dos negócios de lá.

Com sua ausência, Alexandre aproveitou para visitar a empresa com mais assiduidade e participar das reuniões, sempre apoiado pela mãe. Outra alegria aconteceu, quando percebeu que seu corpo entrara num processo de desenvolvimento e crescimento. Chegava a passar minutos diante do imenso espelho pendurado em seu quarto para apreciar seu físico nu. Gostava de se ver, de se tocar e de se acariciar. Achava bonito e excitante ao mesmo tempo. Pelo visto, não teria um corpo coberto de pelos, seria liso como a maioria dos ingleses.

Havia um mundo lá fora, um vasto mundo repleto de atividades, diversão e prazeres carnais para adolescentes da sua idade. Um mundo onde os ricos podiam entrar facilmente e desfrutar de toda a sua magnitude com fartura. Ele ouvia falar disso tudo, mas nada o atraía até lá. Ele de fato se realizava consigo mesmo, descobrir-se neste processo já o fazia feliz, ao menos até o momento.

XXI

Agosto de 1991

O ingresso de Alexandre na faculdade* foi sem problemas. Ele queria cursá-la mais que tudo, por uma única razão: afrontar o pai. Não havia incentivo melhor do que imaginar o rosto dele ao receber em suas mãos o diploma, demonstrando sua capacidade.

Ele odiava a faculdade, mas era paciente.

Poderia ter ido à América, como sempre sonhara, durante as férias, mas sabia que, se fosse, gostaria tanto que ficaria por lá, não teria forças para cumprir o prometido que fizera a si próprio, terminar a faculdade para esfregar o diploma na cara do pai.

Novamente, com a influência da mãe, Alexandre realizou mais uma mudança na empresa, como sua intuição lhe sugeriu. Contratou uma nova equipe de RH e, com jeito, despediu sessenta por cento dos funcionários, que foram substituídos por

pessoas contratadas através de uma análise meticulosa conforme seus critérios.

Os primeiros a serem demitidos foram os mais fiéis a Filipe e aqueles com quem ele, Alexandre, não simpatizava. Conseguiu até demitir o vice-presidente da empresa, acusando-o de ter desviado verbas, apesar de o homem jurar que jamais fizera tal coisa.

Na universidade, era discreto e reservado. Não se aproximava de ninguém, mantinha distância de todos. Seu único amigo era Ronald, com quem só conversava durante os breves intervalos das aulas e, na maioria das vezes, somente sobre os trabalhos escolares que teriam de realizar.

XXII

Segundo semestre de 1993

Alexandre já estava com vinte anos completos e iniciando o terceiro

---

*As faculdades na Europa começam no segundo semestre, quando lá é verão. (N. do A.)

ano da faculdade. Ao contrário do que esperava, com o passar do tempo, ele acabou gostando do ambiente de Oxford. Em certos dias chegava a permanecer ali após o término das aulas só para poder assistir aos treinos dos praticantes de remo que participavam do campeonato chamado *The Oxford Boat Race**.

Achava bonito o ritmo sincronizado dos remadores e o barco deslizando pela água. Mas admirava também os belos rapazes de corpo escultural. Estava certo de que não era uma atração física e, sim, uma vontade em moldar seu corpo da mesma forma que o deles. Resolveu, então, frequentar a academia de ginástica da universidade após as aulas, antes de seguir para a agência.

Frequentando a academia da universidade, Alexandre percebeu que vinha sendo observado por uma moça bonita, que discretamente lhe lançava olhares por meio do espelho. Um dia, quando ele foi guardar seu treino no fichário da academia, observou que a jovem foi até lá só para saber seu nome. Ele, então, decidiu esperar lá fora por ela, que fora se banhar e se trocar no vestiário feminino.

Assim que ela deixou a academia, pela porta dos fundos, a que dava para o que seguia rente ao lago que passava por Oxford, Alexandre a seguiu. Ao perceber que era seguida, a jovem virou-se abruptamente na sua direção, pegando o rapaz desprevenido.

– Está me seguindo, por acaso? – perguntou ela com um quê de simpatia.

---

*Ela geralmente ocorre no último fim de semana de março ou na primeira semana de abril. A primeira corrida foi em 1829 e o evento tem sido realizado anualmente desde 1856, exceto durante as Primeiras e Segundas Guerras Mundiais. O percurso abrange um trecho de 4,2 milhas (6,8 quilômetros) do rio Tâmisa, em West London, a partir de Putney a Mortlake. Membros de ambas as equipes são tradicionalmente conhecidos como azuis e cada barco como um "Blue Boat", com Cambridge em azul claro e azul escuro Oxford. A partir de 2014 Cambridge venceu a corrida 81 vezes e Oxford 78 vezes, com um empate.

A corrida é uma figura bem estabelecida e popular no calendário desportivo britânico. Em 2009, cerca de 270.000 pessoas assistiram a corrida ao vivo a partir das margens do rio e em 2011 quase 17,2 milhões visto a corrida na televisão. (N. do A.)

– Ora, bem... – Alexandre suspirou nervoso.

– É Alexandre seu nome, não? – prosseguiu ela com naturalidade.

– Então leu mesmo o meu nome na ficha como eu havia suspeitado. É exatamente por isso que estou aqui...

Ela o interrompeu, dizendo:

– Quis saber quem era desde que o vi, pois me simpatizei com você. Tá, tudo bem, poderia ter me aproximado de você, inventando qualquer desculpa para puxar papo, mas não consegui...

Ela notou que Alexandre corou.

– Meu nome é Shannen Kennedy. Muito prazer! – a voz de Shannen era doce e amável, algo que Alexandre gostou muito.

Sem perceber, o rapaz começou a caminhar ao lado da jovem.

– Percebo que anda bastante envolvido com seus estudos, hein? Anda sempre compenetrado, não o vejo com nenhuma garota...

– De fato, estou mesmo procurando me empenhar ao máximo nos estudos – explicou Alexandre recuperando um pouco sua postura altiva e determinada. – De onde você é?

– Sou de Galway, oeste da Irlanda. Queria muito cursar Oxford, fazer uma faculdade de renome, e bem, aqui estou! E você?

– Sou daqui mesmo, digo, da Inglaterra.

– Oxford é linda, não?

– É.

– Está cursando o quê?

– Direito.

Direito?! Interessante.

– Eu não acho.

– Não?! Como não?!

– Porque não!

– Eu não entendo.

– Eu só curso Direito por obrigação.

– Exigência de seus pais? – arriscou ela.

– De meu pai propriamente falando. Minha vocação mesmo é para propaganda e marketing.

– Não deve ser fácil para você ter de fazer um curso de que não gosta, não é mesmo?

– Para dizer a verdade é até prazeroso. Não existe nada mais incentivador do que pretendo fazer com o diploma assim que ele cair em minhas mãos.

– E o que é, posso saber?

– Não, é segredo.

Ela riu.

– Uma vingança, é isso?

– Talvez... – os olhos dele brilharam. – Não chamaria de vingança, mas sim de uma lição bem dada.

Ela assentiu enquanto ele se percebia mais uma vez gostando de conversar com ela.

– Vejo que não tomou banho... – comentou ela em seguida, lançando sobre ele um olhar curioso.

Ele imediatamente cheirou as axilas.

– Estou cheirando mal?

Ela riu.

– Oh, não! É que geralmente os rapazes tomam banho na academia assim que terminam o treino e você nunca faz.

– Não me sinto bem tomando banho em meio àquele bando de homens.

– Cada um com o seu cada um, não é o que dizem?

– Ah, sim.

Ela sorriu e ele apreciou mais uma vez o sorriso bonito naquele rostinho de boneca de porcelana.

No minuto seguinte, Shannen começou a falar sobre si própria, de seus sonhos e objetivos na vida. Seu tom de voz era doce e afável, e parecia escolher a dedo as palavras para se expressar.

Daquele encontro em diante, toda tarde, após a academia, Alexandre e Shannen trocavam ideias nem que fosse somente por quinze minutos. Era óbvio que ela estava interessada nele e ele por ela, havia apenas uma diferença entre os dois nesse sentido. No caso dela o interesse acontecia de forma totalmente consciente, no dele, inconsciente.

A aproximação dos dois intensificou-se nas semanas subsequentes até acabarem juntos curtindo-se no cinema, onde suas mãos se encontraram pela primeira vez. A atitude partiu dela, tinha de ser, percebera que ele era muito tímido para fazer tal coisa, mesmo que sentisse imensa vontade.

Ao deixá-la, na mesma noite, aconteceu o primeiro beijo entre os dois, um beijo que fez Alexandre despertar para uma realidade jamais sonhada.

Certa noite, ele foi apanhar Shannen em seu quarto no *campus* da universidade. Haviam combinado de sair, quando cruzou com um rapaz que vinha saindo do edifício, um sujeito um tanto afobado que esbarrou nele e seguiu sem pedir desculpas.

Ao chegar ao quarto de Shannen, Alexandre bateu à porta e aguardou envolto em certa ansiedade. Logo, a jovem o atendeu, envolta numa toalha de banho.

– Entre, entre... – ela o puxou pelo braço. – Desculpe-me, mas eu me atrasei, ainda não tomei meu banho. Dê-me só alguns minutos...

– Tudo bem – disse Alexandre calmamente.

Shannen serviu-lhe um cálice de vinho e o encorajou a beber. Sabia que isso iria ajudá-lo a relaxar, pois o sentiu tenso. Pôs uma música suave, como que se estivesse querendo criar um clima e pediu licença para ir tomar seu banho.

Alexandre ficou ali degustando o vinho e se deixando envolver pela música até ela reaparecer envolta novamente na toalha. Sorriu então para ele e deixou a toalha cair. Sentou-se ao seu lado e levou a boca até seu pescoço, beijando-o suavemente e depois mais ardentemente até alcançar sua boca.

– Eu quero você, Alexandre... Quero-o inteirinho para mim, só para mim – murmurava Shannen com voz aveludada.

Ele estava surpreso e ao mesmo tempo encantado com a ousadia dela.

– Sua colega de quarto pode chegar – murmurou quando pôde.

– Debbie volta tarde essa noite, relaxe...

Ela o fez se deitar sobre a cama e foi arrancando suas roupas até deixá-lo nu. Então esticou o braço até o criado-mudo e de lá tirou um preservativo. Segundos depois, Alexandre experimentava o sexo pela primeira vez.

No dia seguinte, o rapaz de olhos cor de chuva e cabelos dourados como o ouro, voltou para casa para passar o fim de semana ao lado da mãe que tanto amava. Olímpia notou de imediato que o filho estava diferente, logo concluiu tratar-se de uma garota o que a alegrou muito.

Na hora certa, como sempre fazia, Alexandre foi admirar o pôr do sol. Enquanto fazia, voltou a pensar em Shannen Kennedy e no sexo que havia feito com ela. Ouvira tanto falar sobre o ato tão almejado pelos jovens inexperientes, por todos em geral, do quanto era maravilhoso, surpreendente e prazeroso e, no entanto, para sua total surpresa, não sentira nada do que esperava sentir. Nenhum prazer além do que obtinha com a masturbação. Se podia sentir o mesmo por meio dela, por que ter uma parceira para fazer o ato?

Ah, como ele gostaria de obter a resposta e foi então que levantou uma suposição. O sexo com ela talvez não tivesse sido tão maravilhoso por tê-lo feito com o preservativo. Já ouvira muitos colegas de classe comentar que transar com camisinha era o mesmo que chupar bala com papel. Seria isso?

Ele só iria saber se fizesse sexo sem o uso do preservativo e, isso poderia ser feito com Shannen que era sem dúvida uma mulher em quem podia confiar. Sendo de boa família, amável e gentil como era com ele, nenhum perigo lhe traria.

Não podia descartar a hipótese também de que não havia sentido o prazer comentado por estar tenso por ser sua primeira vez. Decidiu assim, transar, pelo menos umas duas, três vezes mais, com preservativo, para tirar a cisma. Não poderia propor, tão de imediato, uma transa sem camisinha para Shannen, ela poderia se ofender, achá-lo irresponsável.

Infelizmente, para sua total decepção, Alexandre não sentiu o prazer desejado e tão comentado por todos, ao transar com a namorada. A resposta para aquilo só podia ser mesmo o que pensou. O prazer tão almejado só poderia ser mesmo obtido por meio de um sexo sem o uso do preservativo, assim, preparou-se para propor a ela o tal feito.

Foi numa tarde, enquanto fazia um trabalho, na biblioteca, com Ronald seu colega de classe, o qual suspeitava consumir drogas além da bebida que tomava em excesso, que Alexandre ouviu algo que considerou o maior absurdo dos últimos tempos.

– Cara... saí com uma gostosa ontem... – disse Ronald em meio a um bocejo. – Foi ótimo...

"Falando mole daquele jeito, ele só podia estar chapado" comentou Alexandre consigo mesmo.

– E então Alexandre, tem saído muito com a Shannen? – perguntou o colega de supetão.

Alexandre fechou a cara, sentiu-se insultado com a pergunta. Não admitia este tipo de intromissão, muito menos o uso de palavreado de quinta para se referir à moça.

– E ela é como? Gostosa, não? Ao menos é o que dizem...

Alexandre controlou o leve susto que aquelas palavras lhe haviam causado e, sem demonstrar qualquer alteração, perguntou:

– Como?

– O David me contou que transou com ela outro dia. Diz que a garota é da pesada. Faz de tudo!

– Transou?! Outro dia... – Alexandre franziu a testa.

– É, a moçoila é uma tremenda galinha! Vai me dizer que não sabia? Só da nossa classe, acho que uns dez já ficaram com ela.

Alexandre procurou se conter diante do que ouviu. Ronald só podia estar sob o efeito de bebida e droga ao mesmo tempo para dizer tantos impropérios. Sentiu vontade de esmurrá-lo ali mesmo na frente de todos, mas procurou se controlar outra vez.

Inventou uma desculpa e partiu com a cabeça confusa, cheia de vozes falando ao mesmo tempo. Ele precisava ver Shannen, o quanto antes, para isso seguiu direto para o seu dormitório.

Não tinha certeza se poderia encontrá-la lá naquela hora, talvez estivesse em aula, em todo caso, aguardaria por sua volta.

O ódio por Ronald ter dito o que disse, ainda inflamava seu peito. Ele era mesmo um cretino, um bêbado e um drogado cretino, sempre achou isso. Ele haveria de engolir tudo o que dissera nem que fosse em meio a bofetões.

Alexandre entrou no prédio do campus escolar sem problema algum. A última pessoa que pela porta passara, não a fechara direito, por isso, pôde entrar com facilidade.

O lugar parecia deserto àquela hora. Sem delongas ele seguiu para o quarto da jovem e quando estava prestes a bater à porta, conteve-se ao ouvir vozes vindas do interior do aposento.

– E você, está se amarrando mesmo no tal Alexandre?

Era Debbie, roommate de Shannen, quem perguntava. Alexandre reconheceu sua voz no mesmo instante, já fora apresentado a ela pela própria Shannen em uma de suas visitas ao quarto.

A voz de Shannen soou a seguir:

– Ele é o tipo de cara que uma mulher não pode deixar de se amarrar, meu bem. Sendo filho de um magnata da indústria farmacêutica como é, preciso me amarrar nem que eu tenha de ir aos infernos para isso. Se eu me casar com ele, querida, estou feita para o resto da vida. Ulá lá!

– E quanto ao Thomas, vocês ainda estão noivos, o que vai fazer?

– Vou dar um pontapé nele assim que possível.

– Eu pensei que ele também fosse um bom partido.

– É, mas não se compara a Alexandre Theodorides. Se posso escolher, é óbvio que vou ficar com quem me possibilite o futuro mais promissor. Alguém rico, bonito, e bobo, principalmente.

– Bobo?

– É, minha filha... Homem tem de ser bobo, assim fica mais fácil de se levar... Se for bobo e bom de cama, melhor!

– E ele é, digo, bom de cama?

– Ele tem muito ainda a aprender. Ele não comentou, mas tenho a certeza de que era virgem, e sabe... algo me diz, desde a primeira vez que o vi, que ele é florzinha.

– Bicha?! – espantou-se Debbie.

– É! Nada tira isso da minha cabeça! Só que ele ainda não sabe, isso acontece com muitos deles.

– Se sabia disso, por que se aproximou dele?

– Ora, meu bem... Sendo filho de um magnata, você acha que eu vou me importar com o fato do cara ser gay? Nem morta, anjo!

– Você é mesmo muito sortuda, Shannen. Gostaria de ter a mesma sorte.

– Se é mesmo verdade que nenhum homem faz uma mulher feliz na cama do que um gay, então, eu nasci mesmo virada pra lua!

As duas caíram na risada.

Alexandre mal podia acreditar no que ouviu. Em seu rosto se estampava o choque da descoberta que o revoltava mais e mais e o fez sair do edifício estugando os passos e ao ganhar ar, correr desembestado.

Desde esse dia, Alexandre evitou Shannen de todas as formas. Inventou que precisava se dedicar de corpo e alma a uma nova campanha na agencia de P & M e, assim, afastou-se dela.

Certa noite, aproveitando mais uma vez que Debbie havia saído, Shannen teve mais um de seus encontros, dessa vez com Danny, outro estudante residente no campus. Os dois estavam nus, em meio a abraços quando a porta do quarto se abriu e o noivo da moça apareceu.

O rosto de Shannen perdeu a cor ao ver Thomas parado à sua frente em estado de cólera, branco e trêmulo. Parecia que seus olhos iriam saltar das órbitas de tão vermelhos que estavam.

Danny, num gesto rápido, pegou suas roupas do chão e saiu correndo, nu, para o corredor escuro. Antes de sair, deu mais uma olhada em Shannen, que permanecia na mesma posição em que ele a deixara sobre a cama, num estado lamentável de pânico.

O recém-chegado que parecia disposto a matá-la, fechou a porta do quarto com um empurrão e tudo que se ouviu a seguir foi uma surra e gritos histéricos abafados.

Ao retornar aquela noite, Debbie levou um choque ao ver Shannen estirada ao chão, espancada quase até a morte. A moça imediatamente correu para chamar uma ambulância que chegou ainda a tempo de levar

Shannen com vida para o hospital mais próximo de Oxford. Seu estado era grave.

No dia seguinte, os alunos não comentavam outra coisa na faculdade senão o que havia acontecido a Shannen.

– Você não me parece estar preocupado, Alexandre – comentou Ronald a certa altura.

– Por que eu haveria de estar? – perguntou Alexandre com desdém.

– Porque vocês estavam "ficando", não?

– Sim, e daí? Era puramente por sexo! – respondeu Alexandre em tom seco.

– A polícia está investigando o caso. Parece que ela tinha um noivo. Dizem que foi ele quem a pegou transando com John no quarto. Olha lá o Danny.

– Ah!? Foi ele? – exclamou Alexandre um tanto cínico. Ronald não notou que John havia discretamente cumprimentado Alexandre com os olhos.

– O mais curioso é que Debbie, a colega de quarto de Shannen, não sabe onde é que o cara, o tal noivo, conseguiu a chave do quarto para pegar a Shannen no flagra.

Alexandre não disse mais nada, simplesmente se levantou, sentindo vibrar em seu interior o prazer da vingança e partiu. Jamais pensou que alguém poderia ser tão falso como Shannen fora com ele, doravante estaria preparado para outras iguais a ela.

Dias depois, Aristóteles encontrou Alexandre sentado à mesa de trabalho, parecendo um tanto cabisbaixo.

– O que houve? – quis saber, pousando a mão em seu ombro.

– Nada. Estou apenas tentando me concentrar.

– Se estiver enfrentando algum problema, pode se abrir comigo. Amigos são para essas coisas.

O rapaz parou o que fazia e se voltou para ele, surpreendendo-o, mais uma vez, ao tocar em assuntos do coração:

– Você me disse certa vez que o amor é perigoso. Minha mãe também me disse o mesmo um dia.

– É verdade... Ao mesmo tempo em que o amor é lindo, é também perigoso. Constrói ou destrói. Eu, por exemplo, tive de aprender isso a duras penas.

– Se é dessa forma, de que vale se apaixonar?

Aristóteles riu ao se lembrar que também se fizera a mesma pergunta ao ter seus primeiros choques no amor.

– Eu não entendo, sabe? – continuou Alexandre parecendo divagar. – O que os deuses querem nos ensinar com um amor que nos eleva até às alturas da felicidade e, de repente, de uma hora para outra, desaparece.

– Em mim, o amor doeu forte e, talvez muito mais, por eu ser de uma legião de apaixonados inveterados, carentes e submissos aos caprichos da paixão. Um romântico, falando propriamente. Foi o trabalho com afinco que me fez superar as decepções afetivas e continuar.

Ele suspirou e foi além:

– Mas saiba que o amor é muito esperto. Não sossegará enquanto não vê-lo escravo novamente da paixão. É como se fosse uma lei da natureza, ou da vida, ou dos deuses, como você mesmo diz.

– Lei?

– Sim. Que implica em amar eternamente mesmo não querendo.

Ao ver Alexandre engolindo em seco, Aristóteles soube com precisão que o garoto havia sentido as primeiras dores impostas pelo amor. Por mais que o menino confiasse nele, não se abriria completamente, não em relação a sua área afetiva. Abrir-se, para Alexandre, deveria ser encarado como uma fraqueza da alma humana e fraco ele não poderia se mostrar nunca a ninguém, essa era a sua lei.

Para alegrar o rapaz, Aristóteles mudou de assunto:

– O que fará assim que terminar a universidade? – perguntou, procurando animar o pupilo.

– Partirei para Nova York.

– Nova York?!

– Sim.

– Por que lá?

– É um sonho de criança... É também a cidade mais importante do mundo, não é? Se é a melhor, é lá que eu quero viver.

Aristóteles balançou a cabeça positivamente e completou:

– Você nasceu mesmo para ser grande, Alexandre. Um homem que marcará presença na história do mundo.

O comentário surpreendeu o rapaz.

– É verdade, você é um dos homens escolhidos por Deus, ou como diz, pelos deuses, para brilhar no planeta.

– Acredita mesmo nisso? – perguntou Alexandre.

– Sim, acredito! Alguns são realmente especiais, pois são incumbidos de missões que realmente farão diferença positiva para a humanidade.

– Mas é um fardo árduo para essas pessoas, não? – perguntou Alexandre pensativo.

– Infelizmente, mas é o preço. E também não há como deixar de cumprir sua missão, ou mais de uma delas, afinal, ninguém pode mudar o destino, pode?

O adolescente ficou a refletir.

Nos meses que se seguiram, Aristóteles decidiu mostrar ao mundo o grande Alexandre. Em suas entrevistas, o apontou como sendo o maior destaque do mundo da propaganda e do marketing e foi assim que a mídia passou a destacá-lo nas colunas sociais e matérias em geral.

Aristóteles não fizera aquilo por simplesmente amar o pupilo, mas porque o considerava, verdadeiramente, um fenômeno no assunto. Por muitas vezes se perguntava quem havia ensinado quem. Se era ele, Aristóteles, quem havia ensinado alguma coisa à Alexandre, ou o contrário.

XXIII

Início de 1996

Aristóteles sabia que um dia seu aluno predileto teria de seguir sua vida longe dele e esse dia, para sua tristeza, chegou.

– Pensei que o teria a meu lado para sempre, não como um prestador de serviços, mas como um amigo – admitiu o publicitário.

– Continuarei sendo sempre seu amigo, Aristóteles.

– Acho bom, porque vou sentir muito a sua falta. Já lhe disse que é como um filho para mim!

– Sim, você já me disse. E quero que saiba que eu nunca tive amigos de carne e osso. Você não foi só o meu professor, mas o meu melhor, único e verdadeiro amigo.

Os dois se despediram com um abraço apertado e emocionado.

– Obrigado – agradeceu Alexandre, contendo-se para não chorar. – Obrigado por tudo que fez por mim. Por tudo que me ensinou.

– O mesmo digo eu, meu rapaz. Pois você também me ensinou um bocado.

E aquilo era a mais pura verdade.

XXIV

Início de julho de 1996

Pela janela do carro, Alexandre viu a Universidade de Oxford se distanciando à medida que o veículo se afastava do lugar. Nunca mais ele queria pôr os pés ali. Aquele era um capítulo de sua vida que estava finalizado; quase finalizado, restava ainda um último feito para concluir o processo.

Filipe estava concentrado, lendo o jornal, quando sua atenção foi despertada pela chegada do filho.

– Está aqui – disse Alexandre estendo-lhe o diploma. – Está aqui o que me pediu e o que lhe prometi.

Um sorriso de satisfação iluminou a face simpática de Filipe Theodorides ao notar que se tratava do diploma do filho.

– Você não faz idéia do que isto significa para mim, Alexandre. Eu estou...

Alexandre o interrompeu.

– Está contente? É isso o que queria?

– Se estou? Muito!

Filipe levantou-se para abraçar e parabenizar o rapaz.

– Muito bem – continuou Alexandre, e num movimento rápido rasgou o diploma em pedaços.

O gesto chocou Filipe a ponto de deixá-lo sem voz.

– Agora assumirei o que me cabe na empresa – informou Alexandre, deixando o aposento a seguir.

Dias depois, embarcava para Nova York para assumir aquilo que cabia à mãe. Sabia que a sua batalha com o pai ainda não estava terminada. Suas ideias ainda iriam ser confrontadas por ele, por isso, ele teria de ser forte, muito forte para não deixar que Filipe frustrasse seus planos, os novos rumos que pretendia dar para a empresa.

Antes Filipe largasse tudo em suas mãos, desse-lhe o poder por completo, o que provaria sua fé em sua capacidade. Só assim ele saberia que o pai finalmente havia reconhecido sua genialidade. Mas isso era esperar demais, Filipe era irredutível com relação ao seu propósito de vida. Jamais concordaria com ele nos seus objetivos escusos.

A bordo do avião de propriedade da família, Alexandre rememorou o sonho que teve quando criança.

– Pois aí vou eu! – afirmou, sorrindo para si mesmo.

CAPÍTULO 2

I

Nova York, U.S.A., Agosto de 1996

Sobre a suntuosa sacada de uma luxuosa cobertura em frente ao Central Park encontrava-se Alexandre, vislumbrando com prazer as luzes da cidade mais importante do mundo.

Ali estava ele finalmente na cidade que misteriosamente o encantara desde a primeira vez em que ouviu falar dela e que aguardara anos a fio, pacientemente, pela hora certa de conhecê-la e se mudar para lá.

Manhattan emanava-lhe uma inexplicável magia que o fazia se sentir mais vivo do que nunca. Tal como se um deus o envolvesse e o sol penetrasse na noite.

Há tempos ele acreditava que a vida era um palco e que Manhattan era o mais importante dentre todos da Terra. Poder atuar ali era um privilégio concedido apenas aos favoritos dos deuses.

Alexandre estava pronto para brilhar neste palco com exuberância e glamour. Mostrar ao mundo que ele era bem mais que um mero herdeiro de uma das fortunas mais invejadas do planeta. Deixaria de ser apontado como filho de Filipe Theodorides e passaria a ser, simplesmente, Alexandre, o Grande, por seu próprio mérito.

Alexandre encheu uma taça de pró-seco e brindou sozinho aquele grandioso momento. Sentia-se livre, pela primeira vez, totalmente livre, como todo ser humano almeja ser um dia e poucos conseguem.

Após sorver mais uma substanciosa dose da bebida e se deliciar com ela, o rapaz foi rever os planos que tinha para sua nova etapa de vida.

II

A chegada de Alexandre à sede do laboratório em Nova York era aguardada ansiosamente por todos os funcionários. Ver um rapaz, com rosto de adolescente assumir a presidência da companhia foi chocante para muitos. Porém, não tanto quanto a demissão da maioria dos funcionários acima de trinta e dois anos.

– Eu tenho uma família para criar – desabafou um funcionário de cinquenta e três anos de idade, único que ousou ir até Alexandre expressar sua revolta pela demissão.

– Isso aqui é uma empresa, meu senhor, não um asilo.

– Vocês me devem uma satisfação.

– Devemos? Desde quando? Todos os seus salários e direitos foram pagos. Não devemos nada para você!

– Ponha-se no meu lugar e no dos demais que foram demitidos, meu senhor. A maioria tem filhos para criar...

– Por acaso eu pedi para algum de vocês que tivesse filhos? Tiveram por que quiseram, não é? Conceberam todos por conta e risco. É assim que funciona a vida, meu caro.

– O senhor não sabe a dificuldade que é arranjar um emprego na minha idade...

– Peça esmolas, junte-se ao YMCA*, segundo soube, eles também oferecem refeições. Faça qualquer coisa, desde que me deixe em paz.

---

* Young Men's Christian Association (YMCA), uma organização fundada em 6 de junho de 1844, em Londres por um jovem chamado George Williams. Na ocasião o objetivo era oferecer aos jovens que chegavam a Londres a trabalho, uma opção à vida nas ruas, incentivando a prática de princípios cristãos, conforme ensinados por Jesus Cristo, através de estudos bíblicos e orações.

A proposta da YMCA era a inclusão de qualquer homem, mulher, ou criança, independentemente de raça, religião ou nacionalidade. A ênfase no contato social também foi desde o início uma característica da associação.

Desde 1884, a YMCA tem se espalhado pelo mundo, contando com cerca de 45 milhões de associados em 124 federações nacionais afiliadas à "World Alliance of YMCAs". De modo geral, as YMCAs mundo afora permanecem abertas a todos, a despeito da fé, classe social, idade ou sexo. (N. do A.)

– O senhor não pode ser tão desumano assim.

– Eu tenho bem mais o que fazer. Retire-se, agora!

– Um dia o senhor vai se arrepender por isso, senhor Theodorides. Seu pai não consentirá uma coisa dessas, é bom, bem diferente do senhor que para mim não passa de um jovem mimado e inconsequente.

– Enxergue-se! Além de surdo você é cego, por acaso? Não vê que não tem mais nada a oferecer para uma companhia do nosso nível? Preste um favor ao mundo: enterre-se! O planeta não vai perder nada com a sua ausência.

Aqueles que perderam o emprego, ao qual dedicaram a vida toda, voltaram para casa arrasados, como se parte de suas vidas lhes houvesse sido roubada.

Nada, absolutamente nada mudaria a decisão de Alexandre. Sua intenção era injetar sangue novo na empresa, sangue de jovens loucos para trabalhar, cheio de ideias modernas. Com ambição à flor da pele para subir na vida.

Para Alexandre, uma empresa, para se manter viva, tinha de trocar seus empregados a cada dez anos, antes de eles se desgastarem, acomodarem-se e terem seus salários reforçados. Essa era a lei do sucesso.

A maioria dos funcionários novos, Alexandre fez questão de entrevistar pessoalmente. Precisava ficar perto de cada um, o suficiente para saber até onde seriam capazes de ir para engrandecer a empresa.

III

A primeira reunião teve início; todos os presentes olhavam para Alexandre de maneira curiosa. Para muitos, a reunião trazia a oportunidade de conhecer o filho do "manda-chuva" e tentar decifrá-lo. Logo ficou claro que isso seria impossível, pois, apesar de Alexandre ser prático e direto, possuía o semblante de uma esfinge.

– Senhores, meu objetivo é quintuplicar, ou até mais que isto, a receita anual do Laboratório. A atual não nos é favorável, além de ser medíocre para uma empresa do nível da nossa. Essa receita alvo está de portas abertas para nós, esperando apenas que a agarremos. Se não o fizermos, estaremos fechando as portas para o progresso e entregando-a de bandeja aos nossos concorrentes. Perder esta oportunidade seria um ato ridículo, irresponsável – a voz de Alexandre era firme e, enquanto falava, fixava o olhar em cada um dos presentes. Um olhar penetrante, fazendo com que todos se sentissem acuados nas cadeiras.

Os integrantes da reunião se remexeram, incomodados com o timbre, um tanto arrogante e talvez por demais incisivo na voz daquele homem de vinte e três anos, aparentando ser um mero adolescente.

– Mas nossa receita anual é considerada a melhor do nosso ramo – argumentou Pennington, um dos integrantes da mesa.

– Só porque é, devemos nos acomodar?

O americano corou.

– Nós temos potencial para atingir outros cumes, meu caro – afirmou Alexandre categoricamente.

– Se quiser alçar altos voos, seria melhor investir no mundo da informática, Sr. Alexandre. Os altos lucros estão nela! – sugeriu um dos gerentes com certo cinismo.

Alexandre inclinou a cabeça para frente.

– Quantos anos você tem?

O homem se assustou com a pergunta.

– Como?

– Não se faça de surdo.

– Eu tenho quarenta e nove anos – respondeu o funcionário, corando.

Alexandre franziu a testa e sacudiu a cabeça negativamente.

– Puxa, com quarenta e nove anos parece não ter aprendido nada a respeito de negócios. Faz comentários tolos.

O homem ficou vermelho, visivelmente sem graça. Os outros olhavam perplexos.

– Se usasse ao menos cinco por cento de seus neurônios, já teria compreendido que não há melhor negócio em todo planeta do que o nosso. Isso porque sem computador o homem até vive, sem remédio para sua doença, não! Se tiver de perguntar qual ele prefere, acho que já sabe a resposta. E tem mais, com o passar do tempo o mundo da informática irá baratear seus custos.

Todos se entreolharam por milésimos de segundos. Os mais velhos tinham de dividir sua atenção à reunião com a voz crítica, martelando dentro de suas cabeças.

– A pergunta que deve estar ecoando em suas mentes é: "como iremos aumentar essa renda?" A resposta é simples: através de uma estratégia de propaganda e marketing bem objetiva. Precisamos investir mais nessa área, pois ela é a alma de qualquer negócio. As pessoas precisam tomar conhecimento de todos os medicamentos que fabricamos, principalmente como eles podem ajudar a saúde. Saber que podem contar sempre com eles. Ter em mente o quanto o nosso Laboratório preza a saúde do ser humano. Fazê-los, na hora de comprar remédios que não precisam de receita médica, preferir os nossos aos dos concorrentes. Por isso precisamos incentivar as farmácias a expor nossos produtos num local de destaque, bem como incentivar os farmacêuticos a indicá-los para os consumidores.

Alexandre respirou fundo antes de prosseguir:

– As pesquisas para a descoberta da cura da AIDS têm de ser reforçadas; quem fizer a descoberta dominará a indústria farmacêutica. O mesmo deve ser feito com relação à cura da calvície e do câncer.

Alexandre não falou, mas pensou: "Remédios que não curem definitivamente essas doenças, mas que façam os doentes dependerem deles até o final de sua vida, garantirá uma ascensão financeira ainda maior!". Esse era o seu plano, um que vinha arquitetando há tempos para se tornar o homem mais rico e importante do mundo.

Alexandre percorreu os olhos de todos mais uma vez antes de prosseguir.

– A propósito, quero fazer uma pequena correção. O nosso negócio é o segundo melhor do mundo em termos de prosperidade financeira. O primeiro fica com as religiões, cujo lucro é maior, pois vendem apenas palavras, e utilizam pouquíssima matéria-prima. O ideal seria criar uma religião, mas, por enquanto...

– Desculpe-me, Sr. Alexandre, mas gostaria de saber o que seu pai pensa a respeito de tudo isso – havia uma expressão desafiadora no olhar e na voz de Pennington.

Alexandre ergueu um pouco a cabeça num gesto de superioridade e o olhou com os olhos cerrados. Procurou manter a calma e controlar o tom de voz.

– Eu sou dono disso tudo aqui tanto quanto ele. Além do mais, meu pai também quer o crescimento, não a estagnação.

– Mas não acha... – havia uma ponta de despeito na voz do homem que tentou falar, mas foi cortado por Alexandre.

– Achar?! – a pergunta de Alexandre trazia um tom sarcástico. – Quem acha, não acha nada; ou se tem certeza ou não!

O colega sentado ao lado de Pennington deu-lhe um cutucão na perna a fim de que ele se calasse.

Logo após a reunião, um dos integrantes da diretoria disse a Pennington:

– Você está louco? Ficar teimando com o rapaz... até parece bobo. Ouça o que ele tem a lhe dizer e apenas faça o que ele manda, ele não está lhe pedindo opiniões. Você é pago para exercer a vontade dele...

– Estou aqui há muitos anos e esta empresa cresceu muito bem através dos tempos sem a necessidade de um "borra-botas" no poder, ainda mais com ideias maquiavélicas e tirânicas como estas. Filipe já está fazendo o melhor que pode e receio que este garoto mimado acabe submetendo a empresa a sérios problemas – argumentou Pennington

– É graças a ele que a empresa vem prosperando tão eficaz e rapidamente nos últimos anos. Ele era o responsável pelas campanhas de propaganda e marketing dos produtos na Inglaterra. Ouvi dizer que o garoto trabalha desde os quatorze anos e em tudo que põe a mão só obtém sucesso. É um tipo de Midas – acrescentou o gerente.

– Pode até ter obtido resultados positivos, mas você não está por dentro de toda a história, meu caro. Ele fez tudo isso sem o consentimento de Filipe, que é contra manipulações de propaganda e marketing nesse nível. Foi ele também que contratou uma nova equipe de RH e despediu empregados de confiança e competentes por razões tolas. Eu lhe digo, esse garoto é um perigo.

– Isto está na cara e acho que, se quisermos manter nosso emprego, é melhor nos calarmos.

– Cale-se você! Eu é que não vou deixá-lo arrastar a empresa para o bueiro. É bom que Sr. Theodorides fique a par do que o filho está planejando fazer por aqui. Algo me diz que ele não concordará com isso! – esbravejou Pennington.

IV

Alexandre soltou o corpo na cadeira giratória e ficou a girar, lentamente, de um lado para o outro.

– Preciso contratar alguns "profissionais", entre aspas, extremamente capacitados, os melhores do gênero, para descobrirem o que está se passando dentro dos P&D dos laboratórios farmacêuticos concorrentes. Precisamos saber que drogas estão testando e quais vêm obtendo sucesso. Saber quem são os responsáveis por elas para que possamos contratá-los, ou forçá-los a nos vender tais fórmulas.

John Allerton logo compreendeu a que tipo de "profissionais", Alexandre se referia.

– Quero também saber quem são os melhores farmacêuticos químicos e médicos responsáveis da atualidade para admiti-los. Precisamos trabalhar com os melhores... Somente com os melhores.

– E se eles não quiserem vir trabalhar conosco, senhor?

– Virão, virão, sim! Por bem ou por mal. Quero estes "profissionais" aqui até o fim de semana, compreendeu?

– Sim, senhor. Mais alguma ordem?

– Sim, preciso saber com urgência, o nome da agência de propaganda e marketing de maior destaque no último ano nos Estados Unidos.

– Sim, senhor. Vou consultar alguns especialistas a respeito e...

– Faça o mais rápido possível. Não gosto de esperar!

– Sim, senhor.

Era fundamental, na opinião de Alexandre, que a empresa passasse a ser conduzida pela melhor agência de P & M do país se quisesse quadriplicar a receita anual.

Outra importante decisão foi triplicar a verba destinada à propaganda e marketing da empresa. Considerou ridícula a quantia até então destinada para esses fins.

Assim que foi informado a respeito da agência de maior destaque no país na época, Alexandre marcou uma reunião com os representantes dela.

V

Três homens ainda bem jovens compareceram à reunião: os donos e um assessor. Alexandre os observou atentamente e o mais jovem dos três foi o que mais chamou sua atenção. Seu nome era Hefestião. Um rapaz por volta dos 22 anos, de corpo atlético, da mesma estatura que a dele, com olhos e cabelos escuros, queixo quadrado e um sorriso cativante, simples e infantil. Talvez tenha sido seu aperto de mão, firme e caloroso, seu jeito de olhá-lo, com natural admiração, que o fez ficar mais atento a ele.

– Sempre quis conhecer pessoalmente aquele que tem sido apontado como um dos maiores cobras da propaganda e marketing atual – disse o mais falante dos sócios da agência.

Alexandre agradeceu o elogio e deu espaço para que falassem e lhe mostrassem o portfólio da agência. Alexandre gostou de tudo, especialmente da campanha que lhes deu o prêmio de agência revelação no ano anterior. A seguir expôs detalhadamente o que queria da agência em questão para ser contrata por ele. Ao término, disse:

– Há também um detalhe crucial para que eu contrate sua agência. Vocês têm de estar abertos para seguir os passos que eu determinar. Quero que desenvolvam algumas ideias minhas, toda vez que eu as tiver, e as ponham em prática. Compreenderam?

– Sim, senhor. Voltaremos dentro do prazo que nos deu apara apresentar-lhe o projeto.

– Aguardo.

Sem mais os três se despediram. Hefestião deixava a sala quando seus olhos cruzaram mais uma vez com os de Alexandre que o olhava com certa discrição e interesse. O rapaz corou de leve e acenou para ele novamente.

VI

A cada expediente terminado, Alexandre sabia que havia novamente feito mais inimigos do que amigos, mas aquilo não o preocupava; sabia que fazia parte do jogo, algo imprescindível para uma empresa sobreviver num mundo capitalista e competitivo como o atual. Competição que era, sem dúvida, o que mais o estimulava a viver.

Ele atravessava o grande hall do andar térreo do edifício, em direção à porta giratória que dava para a rua, quando foi surpreendido pela aparição de Hefestião. O rapaz o cumprimentou com a mesma simpatia que da primeira vez:

– Como vai, senhor?

Alexandre o reconheceu e gostou novamente do modo firme e caloroso com que ele apertou sua mão e da admiração que se espalhou em seus olhos, ao encará-lo.

– Hef... – gaguejou Alexandre.

– Hefestião – ajudou o rapaz, rapidamente.

– Hefestião, é lógico – acrescentou Alexandre, achando graça.

– É um nome fora do comum, não?

– Bem fora do comum.

Dessa vez foi Hefestião quem achou graça. A seguir, perguntou:

– Soube que se mudou para cá há poucas semanas.

– É verdade.

– E o que está achando da cidade?

– Interessante, se bem que mal tenho tido tempo para conhecê-la. Há muito trabalho a ser feito por aqui.

Alexandre retomara a seriedade, mas Hefestião parecendo não se importar, foi além:

– Descobrirá que o que dizem a respeito de Nova York é ainda pouco diante de tudo que ela tem a oferecer de bom.

Alexandre fez um meneio com a cabeça e voltou a seguir em direção da saída do andar.

Os dois atravessaram a porta giratória e antes de Alexandre entrar no carro que aguardava por ele, estacionado no meio fio da calçada, Hefestião estendeu-lhe a mão para se despedir.

– Foi muito bom reencontrar o senhor.

Alexandre assentiu e ao virar-se para entrar no veículo, o rapaz falou:

– Estou indo tomar um drinque, se quiser me acompanhar, será um prazer.

Alexandre voltou-se para ele, endereçando-lhe um olhar bastante desconfiado, o que deixou o rapaz bastante sem graça.

– Desculpe-me – adiantou-se Hefestião –, eu só estava querendo lhe ser gentil.

Estaria o rapaz sendo gentil com ele só para convencê-lo, mais tarde, a contratar a agência na qual trabalhava?, perguntou-se Alexandre, intimamente. Era uma hipótese, todavia, não podia deixar de admitir também que talvez ele só estivesse mesmo querendo ser gentil com ele por ter se simpatizado com sua pessoa. Ele, Alexandre, é que estava sendo demasiadamente desconfiado.

– Quem sabe numa outra hora – respondeu Alexandre, finalmente, depois da breve pausa. – Hoje estou muito cansado.

– S-sim.

Sem mais, Alexandre entrou no carro e se ajeitou confortavelmente no banco. Voltou então os olhos para a janela, de onde pôde avistar Hefestião parado no mesmo local que o deixara, olhando na sua direção. Havia algo no seu olhar, algo que ele jamais havia visto no de outro rapaz.

– Para onde, senhor? – perguntou o chofer, despertando-o de seus pensamentos.

– Para o meu apartamento.

VII

Os dias subsequentes foram exaustivos; Alexandre, porém, não esmoreceu um minuto sequer. Fez reuniões atrás de reuniões, analisou currículos e tomou medidas no setores financeiros e outros nos quais percebera necessidade.

Ao saber na manhã seguinte que o pai adoecera e por isso cancelara sua visita à Nova York, os olhos de Alexandre brilharam de alegria. Para ele, aquilo foi um sinal de que os deuses havia lhe protegido uma vez mais.

A doença de Filipe pareceu também, para Olímpia, uma bênção concedida pelos deuses, pois o prenderia a seu lado por um bom tempo e quem sabe assim, poderiam fazer as pazes, voltar a ser aquele casal lindo e invejado por todos.

Infelizmente, não levou muito tempo para perceber que Filipe não estava disposto a reatar a amizade com ela; para ele, o caso entre os dois, uma relação terminada. O único elo que o mantinha naquela casa era, sem dúvida, Cleópatra, por quem tinha profunda admiração e afeto, assim como ela por ele.

A agência para a qual Hefestião trabalhava, marcou nova reunião para expor a campanha publicitária que Alexandre lhes pedira. Para a surpresa de Alexandre, Hefestião não estava presente neste dia e ninguém comentou a respeito dele.

Sentiu vontade de perguntar sobre o rapaz, mas seria uma fraqueza da sua parte, afinal, onde já se viu querer saber de um sujeito que mal conhecia? Mesmo assim, volta e meia lembrava-se do rosto de Hefestião, olhando com interesse e fascínio para ele enquanto falava.

A reunião terminou com Alexandre aprovando o trabalho da agência e contratando-a.

Para sua surpresa, Hefestião reapareceu na semana seguinte para a assinatura do contrato. A conversa, porém, foi puramente sobre negócios. O moço gentil sabia se portar profissionalmente o que despertou a admiração de Alexandre. O evento terminou com Alexandre expondo suas ideias para os novos contratados.

– O objetivo primordial de minha campanha de publicidade é fazer com que nossos medicamentos sejam vistos pelos consumidores como sendo os mais eficazes contra os males físicos. Os consumidores têm de ter em mente e no coração que o objetivo do nosso laboratório é manter e gerar o bem-estar do indivíduo. Essa é a imagem que temos de passar e incutir na mente de todos. Com isso, eles vão preferir comprar os nossos medicamentos aos dos concorrentes. Assim elevaremos os nossos lucros a proporções e patamares jamais ambicionados.

Precisamos também lançar matérias pagas nos meios de comunicação, contando a história da empresa e reiterando o compromisso dela com relação à saúde do ser humano.

O segundo passo da campanha é aumentar a divulgação de nossos produtos. O consumidor precisa conhecer todos eles. Seja tarja preta ou não! Saber com detalhes o que cada um deles pode fazer por sua saúde.

Devemos também acrescentar depoimentos médicos sobre a eficácia dos nossos medicamentos para solidificar a credibilidade. Devemos deixar claro que os nossos produtos são os melhores do mercado, mesmo não o sendo.

A afirmação seguinte causou espanto nos presentes.

– É isso mesmo o que vocês ouviram.

– E se nenhum médico quiser falar bem de um ou mais de nossos medicamentos por saber que, bem, ele não é tão eficiente como quer mostrar a propaganda?

– Não se preocupem. Só de saberem que seus nomes irão aparecer na mídia e que suas mãos serão forradas por uma bela quantia de dinheiro, eles dirão bem mais do que queremos.

Alexandre soltou um risinho malicioso e completou:

– Há muito sei que a maioria dos médicos só são médicos por causa do status e da prosperidade que a carreira lhes permite ter. Não é por amor à medicina que as faculdades estão lotadas e sim, por ser a profissão que mais chances têm de prosperidade em qualquer parte do mundo. É lógico que existem médicos que se formam por vocação, ainda assim são, em minha opinião, minoria.

Os três presentes se entreolharam, surpresos mais uma vez com a astúcia de Alexandre que fez uma nova pausa de impacto e prosseguiu:

– Precisamos também cativar os médicos por meio de amostras grátis dos nossos produtos, brindes, prêmios e patrocinando os congressos de Medicina para que se lembrem de prescrever nossos remédios aos seus pacientes. Pesquisas mostram que a maioria dos doentes confia mais em médicos que receitam mais de um remédio ao mesmo tempo do que os que receitam apenas um ou o que é pior, nenhum. O bom médico, no conceito da maioria das pessoas, é aquele que prescreve o maior número de remédios e esse dado nos revela mais uma vez a importância de cativarmos essa classe.

Os três homens soltaram um risinho tenso e Alexandre prosseguiu em tom sério e confiante:

– Nossa campanha publicitária tem de atingir principalmente os nossos maiores aliados...

– Aliados? – interessou-se o sócio mais calado da agência.

– Referi-me aos hipocondríacos. Eles são os nossos aliados, pois ninguém consome mais medicamentos e vitaminas do que eles, portanto...

Nova expressão de perplexidade transpareceu na face de cada um dos presentes.

– É alarmante o crescimento dos hipocondríacos no planeta. Fazê-los optar pelos nossos medicamentos ou convencê-los ainda mais da necessidade de se precaverem contra um mal físico é sustentar, com sabedoria, os alicerces da nossa prosperidade. Quanto mais matérias pagas, assinadas por médicos de renome ou sem, reiterando a necessidade da população de se precaver contra certas doenças, maior será o desespero por parte dos hipocondríacos e maior a quantidade do consumo dos nossos medicamentos.

Em suma, nós precisamos fazer a população mundial consumir medicamentos mesmo sem necessidade. Fazermos da mesma forma que os que se julgam porta-vozes de Deus agem, ou seja, incutindo na cabeça dos fiéis que não há ajuda espiritual sem o pagamento do dízimo.

Os presentes novamente se viram perplexos com a inteligência do jovem bilionário.

Alexandre respirou fundo e com um sorriso de satisfação, concluiu:

– Cada dia mais é crescente o número de pessoas que precisam tomar antidepressivos, ansiolíticos e estimulantes. É necessário também divulgar os que produzimos. Eles têm de passar a optar pelos nossos na hora de comprá-los. Não nos podemos esquecer também de promover os nossos remédios para impotência sexual. Estes também podem nos garantir altos lucros.

Sem mais, Alexandre abriu espaço para perguntas e encerrou dizendo:

– Por hoje é só!

VIII

Dias depois, Alexandre reencontrou Hefestião, desta vez no elevador. O rapaz o cumprimentou de um modo formal, trocando apenas palavras costumeiras enquanto caminharam juntos até a saída do edifício.

Chovia pesado e, por isso, o chofer foi até o patrão, empunhado um guarda-chuva, para protegê-lo até entrar no carro estacionado no meio fio.

– Passar bem, senhor – despediu-se Hefestião assim que Alexandre atravessou a porta giratória em frente ao edifício.

– Passar bem – respondeu o bilionário, acelerando os passos.

Nem bem o veículo começara a andar, Alexandre pediu para o chofer se aproximar do moço que seguia pela calçada, parecendo não se importar com a forte pancada d'água que desabava sobre Manhattan. Abriu o vidro, pôs a cabeça para fora e disse:

– Quer uma carona?

Hefestião levou um susto e aproximando-se da janela do carro, respondeu:

– Não precisa se incomodar.

– Não será incômodo algum – respondeu Alexandre, abrindo a porta do automóvel.

Hefestião hesitou antes de aceitar a delicadeza de Alexandre.

– Muito obrigado, é muito gentil de sua parte – agradeceu, enquanto se ajeitava no assento.

– Para onde, senhor? – perguntou o chofer.

Hefestião lhe passou o endereço e, voltando-se para Alexandre, agradeceu-lhe novamente.

O interior do carro mergulhou então em profundo silêncio, um altamente desconfortável. Por mais que tentasse, por alguma razão obscura, Hefestião não conseguia dar início a um diálogo por mais simples que fosse.

– Que chuvinha inconveniente, não? – arriscou Hefestião, tenso.

O silêncio novamente tomou conta do lugar. O embaraço e nervosismo do rapaz começou a divertir Alexandre por dentro. Quando não pôde mais se conter, riu despertando a curiosidade do rapaz ao seu lado.

– O que foi?

– Hoje poderia ser um bom dia para tomarmos aquele drinque que você me propôs outro dia.

– Claro! – surpreendeu-se Hefestião. – Será um prazer! Tem algum lugar de sua preferência?

– Como assim?! – riu Alexandre – Esqueceu-se de que não conheço nada por aqui?

– É verdade! Desculpe-me! Bem, deixa-me ver, acho que poderíamos ir ao...

Alexandre ergueu uma das sobrancelhas e fez uma careta reprovadora:

– Acha ou tem certeza?

– Bem... acho... – gaguejou Hefestião, tenso.

– Quem acha, não acha nada, sabia? Ou você tem certeza das coisas ou não tem! Se não tiver, não faça, pois provavelmente irá errar...

Hefestião engoliu em seco, novamente sem graça.

– Por que não me leva ao lugar que você pensou em me levar quando me convidou para tomar um drinque naquele dia?

A sugestão pareceu fazer com que Hefestião relaxasse, mas diante de sua repentina ausência Alexandre perguntou num tom sério:

– E então?

Hefestião passou o endereço ao chofer e pelo caminho destravou a língua, foi apresentando e fazendo comentários sobre os prédios, pontos e ruas por onde passavam.

No restaurante, enquanto Hefestião olhava o cardápio, Alexandre observou o rapaz. Não era somente ele quem tinha modos finos e aristocráticos, o rapaz também, observou.

– Eu vou de Cosmopolitan.

– Um para mim também. Sem cereja.

Os dois aguardaram as bebidas calados, apreciando o som do piano. Só depois de refrescarem a garganta com seus drinques é que se soltaram um pouco mais.

– Onde estudou propaganda? – quis saber Alexandre, revelando-se mais amigo.

A verdadeira resposta para aquela pergunta poderia prejudicá-lo, percebeu Hefestião imediatamente. O certo seria omitir um fato. No entanto, a vida lhe ensinara que nada era mais seguro do que dizer a verdade. Assim ele optou por ela:

– Na realidade ainda estou cursando a faculdade.

Para alívio de Hefestião, sua resposta não chocou Alexandre. Aquilo lhe deu mais confiança para continuar a falar:

– Como eu precisava de um emprego para manter os estudos, um amigo me arranjou uma vaga na agência.

– Você trabalha e estuda ao mesmo tempo?!

– Não tinha outra escolha. Não tive um pai que pudesse me auxiliar nos estudos. Mudei-me para Nova York praticamente com uma mão na frente e outra atrás. O dinheiro que trouxe dava somente para me sustentar por uma semana. Catei o primeiro emprego que me apareceu, um de *busboy** e fui em frente.

– Pensei que fosse daqui. Por que escolheu Manhattan para viver?

– Sempre quis morar aqui desde que entrei na adolescência.

– Eu desde que era criança. Que coincidência, não? Onde moram

*O responsável por servir a água num restaurante (N. do A.)

seus pais?

– Minha mãe mora no interior da Califórnia e meu pai, bem, eu não o vejo desde que eles se separaram.

Ele deu uma pausa antes de acrescentar, com tristeza:

– Era um alcoólatra. Espancava minha mãe quase todo dia. Chegou a me dar belas surras também. Ele me odiava. Era como se eu não fosse filho dele. Foi uma total felicidade para mim quando ele foi embora de casa. Uma bênção!

Ele molhou a boca e prosseguiu:

– Ficar sem ele foi, financeiramente falando, um sufoco para nós. Minha mãe que jamais trabalhara fora, teve de arranjar um emprego. Chegamos a pensar que passaríamos necessidades, ainda assim não esmorecemos, faríamos qualquer sacrifício que fosse necessário para nos vermos livres daquele homem horrível, detestável e cruel. Graças a Deus, desde então, nunca nos faltou nada.

Hefestião riu.

– Vamos falar de coisas mais agradáveis. E você, onde estudou propaganda e marketing?

– Não sou formado. Fiz apenas um estágio em Londres na agência de um dos crânios do assunto. Quis sim cursar a faculdade, mas meu pai queria ter um filho advogado, formado em Oxford, então, me graduei por lá.

Ele provou o drinque antes de concluir:

– Como você acabou de dizer, vamos falar de coisas mais agradáveis.

Os dois riram. Alexandre surpreendeu-se ao se perceber rindo daquele modo tão espontâneo. Hefestião entornou mais um pouco do drinque e perguntou:

– Quando foi despertado o seu interesse por propaganda e marketing?

– Desde a primeira vez em que vi uma reportagem na TV. Eu era ainda bem criança. Fiquei surpreso ao saber que não basta um produto ser eficaz; é necessário haver uma excelente estratégia de propaganda e marketing (P & M) por trás dele, se quiser que ele obtenha sucesso no mercado e sobreviva mesmo se tornando popular e atingindo altos índices de consumo. Desde então, dediquei a minha maior parte do tempo disponível a estudá-la.

A P&M é o segredo por trás do sucesso dos negócios ontem, hoje e sempre. Quem não se utiliza tem maior propensão ao fracasso.

Veja, por exemplo, a famosa rede de fast food. Ela só chegou onde está e se mantém devido à propaganda. Nelas, a última coisa que se vendem são os hambúrgueres. Vende-se a imagem da felicidade por se estar na lanchonete, com gente bonita, saudável e feliz. Esse é o produto do marketing; o lanche é coadjuvante!

As pessoas são levadas a comer o hambúrguer não necessariamente por ele ser bom, mas porque a propaganda os faz associar o lugar ao bem-estar. E todos buscam o bem-estar.

O uso de personagens animados por essas empresas é uma estratégia fantástica, pois fascinam as crianças e elas acabam forçando seus pais a levá-las para comer o lanche, e com isso os próprios pais acabam servindo-se deles também. Hoje estes personagens são tão, ou até mais, populares que Papai Noel.

Hefestião rindo perguntou:

– Pergunto-me sempre se as pessoas não percebem essas estratégias.

– A minoria.

Alexandre sorveu mais do drinque antes de prosseguir:

– A mesma estratégia é usada nas campanhas publicitárias de cigarro*. Pessoas bonitas, saudáveis fumando em lindos cenários. As gravadoras também se utilizam da mesma estratégia. Gravam clipes com tanto efeito que a última coisa em que o consumidor presta atenção é a música. A P & M transforma sapos em príncipes. Ela é milagrosa.

Eu, sinceramente, não recrimino ninguém que se utiliza dos poderes miraculosos da P&M. Vivemos num mundo em que a regra número um para todas as empresas é vender muito, lucrar sempre. Se você não respeitar a regra, logo estará fora do jogo.

---

*Nessa época ainda era permitido esse tipo de comercial pelos meios de comunicação. Hoje não mais. (N. do A.)

– Mesmo que...

– Mesmo que precise ser desonesto. Pôr em risco a vida das pessoas...

Alexandre riu e prosseguiu:

– Não se pode recriminar também nenhuma agência de P & M por toda essa manipulação, o papel da agência é mesmo o de promover, a qualquer custo, um produto. Fazê-lo atingir o maior índice de vendas possível. Para isso é que são pagos. Não cabe a esses profissionais saber se o produto que divulgam é eficaz ou não.

Hefestião não pôde deixar de concordar com seu interlocutor.

– Junto às estratégias de P & M – continuou Alexandre –, estão os meios de comunicação, sendo a televisão o principal deles. A propaganda pode até ser boa, ou melhor, excelente, mas só terá grandes êxitos se veiculada na TV. Basta um produto ser veiculado por ela, que as pessoas de mente curta, que são a maioria, começam a comprá-los sem verificar se são de qualidade e o que é pior, saudável e necessário para elas.

Se um médico qualquer falar bem de um produto e veicularmos sua opinião por diversas vezes pelos meios de comunicação, o sucesso é ainda maior e garantido.

Mesmo que depois venha à tona a ineficácia do produto, a lavagem cerebral já foi feita por meio da mídia, sendo assim, poucos perderão a fé no produto. Por isso digo, com todas as letras, que tão poderosa quanto a P & M é a televisão.

Hefestião se viu obrigado a concordar novamente.

– A verdade, meu caro – prosseguiu Alexandre, empolgado –, é que ninguém joga limpo quando o assunto é dinheiro, nem as religiões. Começando pelas cristãs, que discretamente fingem ter esquecido o fato de que Jesus pregava nos campos e jamais construiu igrejas ou sequer chegou a cogitar que fosse feito de seu nome e sua filosofia, um franchising para ser vendido por aí.

Experimente dizer para um fiel de uma dessas inúmeras religiões que foram abertas nos últimos tempos, que seus fundadores só abriram as portas por interesse financeiro, que você é capaz de levar uma escarrada na cara.

– É verdade – concordou Hefestião, achando graça novamente.

– Da mesma forma que podemos dizer, porque é a mais pura verdade, que a indústria farmacêutica só existe graças às doenças. É por meio delas que nos sustentamos. Elas são um mal necessário. Podemos afirmar que é por meio das guerras e conflitos sociais que a indústria bélica se mantém viva.

"Infelizmente", pensou Hefestião.

– Sem as guerras e conflitos – prosseguiu Alexandre –, eles até vendem, mas não em proporções gigantescas, como quando uma é deflagrada. Para eles é importante que haja guerras, mesmo que se tenha de criá-las por qualquer besteira.

– Isso é preocupante – opinou Hefestião, pensativo. – Já pensou se um dono dessas empresas, ou o filho deste se torna o presidente de um país e bem, sendo assim, ele pode criar qualquer discórdia com um outro país só para gerar uma guerra e fazer sua indústria bélica vender extraordinariamente. Acho até que seria capaz de dar início a uma guerra mesmo que esse país, escolhido como alvo de seu propósito, mostre evidências de que a acusação é infundada.

Hefestião soltou um suspiro tenso antes de acrescentar:

– Ainda bem que isso não aconteceu e espero que nunca aconteça! Deus é Pai, com certeza não permitirá algo desse gênero!

Após sorver mais um gole generoso da bebida, Alexandre acrescentou:

– Outro bom exemplo para comprovarmos que quando o assunto é dinheiro ninguém joga limpo são as farmácias de manipulação que pagam comissão ao médico que indicá-las aos seus pacientes. Umas por querer, outras porque o médico exige por meio de indiretas. E nenhuma os denuncia porque isso afetará seus lucros.

Hefestião sabia que o mundo capitalista levava as pessoas a agirem assim, funcionava exatamente daquele modo, mas não tinha certeza se concordava com aquilo ou não.

– E seu pai, o que pensa a respeito disso tudo?

– Meu pai é um limitado. Estar aqui, longe dele, é uma bênção.

– E se ele se opuser às suas medidas?

– Eu sei fazer tudo muito bem feito, meu amigo...

– Mas ele é quem dá a palavra final, não?

– Não, se eu puder evitar...

A resposta soou num tom maroto e se encerrou em meio a uma gargalhada discreta e alcoolizada. Ele novamente umedeceu a boca e foi além:

– É lógico que havia uma razão mais profunda por trás de todo o meu empenho. Conseguindo me tornar um gênio da P&M eu poderia fazer com que o consumo de todos os medicamentos produzidos pelo nosso laboratório farmacêutico quintuplicassem. Elevando nossa receita anual a proporções jamais sonhadas e, assim, bem, eu me destacaria no mundo dos negócios por mim mesmo.

Nunca quis ser conhecido apenas como sendo o herdeiro de uma das fortunas mais invejadas do mundo. Quero ser lembrado pelo meu mérito. Quero provar a meu pai que aquilo que eu escolhi como profissão sempre foi o certo e não aquela porcaria de advocacia que ele tanto acreditou ser o ideal para mim.

Eu rasguei meu diploma na cara dele e ainda vou rasgar sua moral, sua integridade se que é existe, até despedaçar sua alma.

– Pelo menos seu pai sempre o sustentou financeiramente... Pôde lhe propiciar os estudos...

– Para mim, quem sempre me sustentou foram os deuses. Eles são os meus verdadeiros progenitores.

– Curioso o modo como cada um se sente em relação ao pai. Eu sempre quis ser amado por ele, acariciado e compreendido, ser além de um filho, um amigo querido. Quanto a você, parece-me que sempre quis vê-lo distante... Foi como se ele tivesse sido sempre um fardo na sua vida. Desculpe-me pela sinceridade.

Alexandre, olhando desafiadoramente para o seu interlocutor, disse de forma expressiva:

– Pode falar, não tenha receio. Eu não tenho! Seu raciocínio está certo, eu sempre encarei mesmo meu pai com um fardo e, por isso, sempre quis vê-lo morto! Morto há muito tempo!

A declaração assustou Hefestião. Alexandre, sem se importar, prosseguiu:

– Quis vê-lo morto por ter feito a minha mãe sofrer a vida toda. Traindo a pobre coitada com vagabundas. Um dia os deuses devolverão a ele toda a humilhação que causou a ela. Nesse dia vou ser o cara mais realizado do mundo!

– Eu sempre amei e amo profundamente minha mãe, mas percebo que o seu amor pela sua vai muito mais além.

– Para mim, minha mãe é o mundo todo e o espaço também.

Os olhos de Alexandre umedeceram diante da declaração. A fim de se alegrar, entornou o cálice até o fim e mudou de assunto:

– Os deuses são bárbaros, sabe? Despertaram em mim o interesse pela P & M por saberem que seria por intermédio dela que eu realizaria o meu maior sonho. O de ser o homem mais importante e rico do mundo.

Dessa vez, a revelação não surpreendeu Hefestião, nada mais do que ele dissesse o surpreenderia. Podia dizer, categórico, doravante, que já conhecia Alexandre muito bem, mesmo estando na sua presença há poucas horas.

Sentindo-se descontraído para aprofundar o assunto, Hefestião prosseguiu:

– Você falou de seu pai... e quanto a sua mãe?

– Minha mãe é tudo na minha vida. É uma mulher maravilhosa e inteligentíssima. Sabe bem mais sobre negócios do que aparenta. Trabalhou por muito tempo na matriz do laboratório na Inglaterra. Eu a amo profundamente.

– Ao falar de sua mãe seus olhos brilham, sabe?

– O que seria de nós sem elas, não?

Hefestião concordou enquanto bebia um pouco mais do drinque. Depois, comentou:

– Você não parece um rapaz de vinte e três anos de idade.

– Ora, como sabe a minha idade?

– Intuição. Suas opiniões e conhecimento não condizem com um rapaz da sua idade.

Alexandre envaidecido sorriu e perguntou:

– E você? É mais novo...

– Um ano mais novo do que você.

– Que bom! Isso indica que ainda estaremos na flor da idade quando entrarmos no novo milênio.

Alexandre falava olhando fixo nos olhos de Hefestião. Sentia-se à vontade naquele momento, como se Hefestião fosse Aristóteles por quem tinha profunda admiração.

– O que nos aguarda o novo milênio, hein? – indagou Hefestião a seguir.

– Tem medo do futuro?

– Eu diria saudade...

– Saudade do futuro?! Essa é boa! – Alexandre riu e aconselhou: – Não perca o presente de vista, meu caro. Sem ele não existe além!...

Alexandre voltou o olhar para o pianista assim que ouviu as primeiras notas da canção que ele iniciava.

– Sempre tive uma fascinação pelo instrumento – admitiu Hefestião, voltando também sua atenção para lá. – Cheguei até querer aprender a tocá-lo.

– Eu aprendi – respondeu Alexandre com voz distante.

– Sério?! Que bacana! Quero vê-lo tocar.

– Há anos que abandonei o instrumento.

– Que pena!

– Meu pai acreditava que o aprendizado poderia atrapalhar meus estudos e, portanto, parei.

Alexandre baixou a cabeça. Ficou brincando com o dedo na borda do cálice e murmurou entristecido repentinamente:

– Meu pai... Por trás de todos os meus tormentos está ele...

Hefestião pôde notar que por trás daquela força indestrutível que Alexandre transmitia a todos havia alguém de coração frágil como um cristal valioso.

Alexandre voltou o olhar novamente para o pianista assim que ele tocou as primeiras notas da próxima canção.

– Night and day... – comentou Alexandre voltando a serenar a face.

– Night and day?! – estranhou Hefestião. – Ah, sim, a canção! Então aprecia Cole Porter* também?

– Sim. Tudo que ele compôs é realmente para a eternidade, não?

– Está aí uma bela definição – admitiu Hefestião, deixando-se envolver ainda mais pela bela canção do memorável compositor.

– Este pianista é virtuoso – opinou Alexandre minutos depois. – É difícil encontrar um bom assim, na noite.

Hefestião assentiu, voltando a admirar o músico que parecia brincar com as teclas do lindíssimo piano de cauda.

O jantar terminou recebendo elogios por parte de Alexandre que fez questão de pagar a conta. Jamais tivera um jantar tão inusitado em toda a sua vida.

Ao deixar Hefestião em frente ao prédio onde morava, Alexandre virou-se para o chofer e perguntou:

– Que região é essa?

– Greenwich Village**, senhor.

---

*Cole Albert Porter foi um músico e compositor estadunidense de Peru, Indiana. Ele é notório pelas letras sofisticadas (às vezes vulgares), ritmos inteligentes e formas complexas. Ele é um dos maiores contribuidores do Great American Songbook.

**Greenwich Village (também conhecido como West Village ou simplesmente Village) é uma ampla e tradicional área residencial da cidade de Nova Iorque, situada no lado oeste de Lower Manhattan (parte meridional de Manhattan). É cercada pela East Village a leste, o SoHo a sul e Chelsea a norte. Lá se localiza a Universidade de Nova Iorque. É o berço da geração beat. Lá ocorreu a Rebelião de Stonewall (1969), entre outros eventos de grande impacto na cultura americana da segunda metade do século XX. Atualmente, o bairro é sede da festa de Halloween mais famosa do país, e também recebe a parada gay da cidade. As ruas do Greenwich Village são uma mistura de museu e galeria a céu aberto, onde os imigrantes se misturam à agitada cultura local nova-iorquina, ao passo que o grande número de universitários trata de boemizar a vida noturna.

– Gostei daqui.

O chofer olhou curioso para ele pelo espelho retrovisor.

– O que há de especial aqui? Teatros? Cinemas? O que exatamente?

– É considerado o bairro dos artistas, de bares e... muitos gays vivem aqui.

– Ah! – exclamou Alexandre, enviesando o cenho e mordendo os lábios.

Saberia Hefestião daquilo?, perguntou-se. Se sabia, não se importava. Não deveria ser um homem preconceituoso, publicitários geralmente não são.

IX

No dia seguinte, Hefestião se surpreendeu quando Alexandre ligou para o seu apartamento, convidando-o para ir ao World Trade Center com ele. A noite realmente não podia estar melhor para uma visita ao local.

Ambos se encontraram lá e na passarela que ficava no topo do edifício, de onde se podia apreciar Nova York. Alexandre, maravilhado, comentou:

– A vista daqui é estupenda!

Hefestião notou que seu modo de falar havia se tornado mais ameno desde que ali chegou.

– Olhando daqui de cima, sinto-me dono do mundo.

– Com tudo o que tem, Alexandre, pode crer que é.

Alexandre curvou o corpo sobre a barra protetora da passarela e completou:

– Seria capaz de ficar aqui a noite toda. Se me fosse permitido, faria daqui a minha morada.

Hefestião arqueou as sobrancelhas e sorriu lindamente como sempre fazia. Seu sorriso era um dos mais lindos já vistos por Alexandre.

Hefestião também se curvou sobre a barra de ferro, e deixou seus olhos se perderem no magnífico panorama que se tinha de Manhattan. Era realmente maravilhosa, como se fosse um mar de luzes distantes, uma junção de inúmeros vagalumes a brilhar, sem parar.

As mãos másculas e bonitas de Alexandre entrelaçadas uma a outra, despertaram a atenção do jovem moreno. Mais uma vez, ele se deu conta do quanto era bom ficar ao lado de seu mais novo amigo, Alexandre parecia ter o poder de lhe transportar para um mundo de paz e amor.

Sem perceber, começou a cantarolar uma canção:

Depois de vários anos de silêncio
Foi por meio de você que penetrei
Num mundo de imagens e sensações
Que jamais havia conhecido.
Foi por causa de você que refiz meus passos
E fugi do labirinto onde tanto quis me perder...
Só com você pude sentir o bom hálito da manhã,
Colorir o meu mundo preto e branco,
Encontrar a paz que as paixões roubaram de mim,
Imprimir sorrisos novamente em meus lábios, enfim...
Diante da imperfeição da vida
Você é o que há de mais perfeito
Onde quer que eu vá, mesmo além da morte,
Serei sempre perseguido pelo
Encanto dos seus beijos,
Pelo prazer dos seus lábios, roçando os meus,
Pela imagem de nós dois juntos abraçados
Que meu coração fotografou e
Imprimiu nas suas cavidades.
A cada ano cai um pouco da minha vida na sua...
São como sementes que, inconsciente,
Jogo no solo da alma para brotar na imensidão
Da sua grandeza, da nossa grandeza,
Da sua grandeza, da nossa grandeza!

Quando terminou, Alexandre sorria admirado para ele. Um sorriso tão bonito afetuoso e entusiasmado quanto o seu.

– É uma linda canção...

– Eu também acho.

Nem mesmo os turistas que desfilavam pela passarela falando alto e tirando fotos conseguiu quebrar o momento tão íntimo entre os dois. Hefestião voltou a se concentrar num pontinho de luz distante e então declamou, baixinho, uma poesia que lhe veio à memória:

De onde vem você? Que só meus olhos podem ver...
De onde vem você? Que só minhas mãos podem tocar
Você que só tem olhos pra mim
Quando, enfim, só tenho olhos pra você...
Aonde vai você que só meus passos podem alcançar?
Aonde vai parar, você que só minha alma pode amar?
Uhhh!!!
De que lugar do universo, é você?
Que trouxe tantos versos para me encantar
Versos tão inversos da solidão que há
Versos que eu empresto pra te fazer brilhar
Pelo infinito de Deus tão lindo

– É também muito bonito. De quem é?

– De um amigo que ama escrever poesias e musicá-las.

– Há uma outra de que gosto muito...

– Vá em frente...

Hefestião deixou a súbita timidez de lado, voltou os olhos para o céu estrelado e declamou numa voz aveludada:

You are my secret garden where I plant my favorite thoughts
You are my secret garden where I'm blessed by nature gods
You're my secret garden where I play like a child feeling free and bold
You're my secret garden where I sing where I belong
Where I fall in love with you, never feel blue, only happy
Where my tears become rain and this rain washes my soul

My sorrow and my ego
Where I read my favorite story
The old Super Friends glory, my best bed time story
You are my secret garden... My sanctuary, my monastery... *

– Você também tem uma veia artística e musical – afirmou Alexandre, permitindo que a emoção tomasse conta dele.

– Você acha mesmo?

– Sim.

Os olhos de ambos se prenderam um ao outro por quase dois minutos e só foram despertos quando um turista se achegou a eles, pedindo para tirar uma foto do grupo todo. Sem mais, os dois amigos voltaram a apreciar o lugar, andando de um lado para o outro.

A noite terminou com ambos fazendo planos para um próximo encontro.

Três dias depois, Alexandre e Hefestião assistiam encantados a uma das peças mais famosas da Broadway. Ao término do espetáculo, o jovem moreno confessou:

– Eu amo o teatro desde pequeno. Sonhei até em ser ator.

---

*Você é o meu jardim secreto onde eu planto meus pensamentos favoritos
Você é o meu jardim secreto onde sou abençoado pelos deuses da natureza
Onde eu durmo, onde eu sonho,
onde eu brinco me sentindo uma criança livre e corajosa
Onde eu leio, onde eu canto...
O universo a que realmente pertenço
Onde me apaixono por você e você por mim
Nunca nos sentimos tristes, somente felizes
Onde minhas lágrimas se tornam chuva
E essa chuva lava a minha alma
Minha amargura e meu ego
Onde eu leio a minha história favorita
A velha glória dos Super Amigos,
Minha história favorita de ninar
Você é o meu jardim secreto, você é meu santuário, meu monastério
(Tradução ao pé da letra pelo compositor)

– Você já é um ator, meu caro! A vida em si é uma peça e a Terra um grande palco! O mais interessante do universo para se atuar.

Hefestião mais uma vez exibiu seus dentes bonitos e perfeitamente alinhados num de seus sorrisos cativantes.

A noite se encerrou com mais um agradável tête-à-tête num dos melhores restaurantes de Manhattan.

X

Dias depois, Filipe encontrava-se concentrado, lendo o jornal quando a filha foi até ele.

– Como vai, papai?

– Minha filha! – Filipe sorriu para ela afetuosamente e a beijou no rosto.

– Como está se sentindo? – perguntou ela.

– Hoje um pouco melhor.

– O senhor em breve estará novinho em folha, papai – afirmou a jovem, num tom sincero. – Apesar de ser triste o que o senhor está passando, eu devo admitir que gostei, pois assim posso vê-lo todo dia.

As palavras da filha tocaram o pai profundamente.

– Sei que deveria ter sido um pai mais presente, mas os negócios...

– Eu sei. Ainda assim o amo muito – acrescentou Cleópatra e a seguir beijou carinhosamente o pai na testa.

Enquanto o pai se restabelecia, as ideias de Alexandre eram postas em prática, atingindo as metas propostas. Nada que o surpreendesse, ele já esperava por isso.

Nesse período, Alexandre de Hefestião foram se aproximando cada vez mais. Iam juntos a todos os eventos e celebrações a que Alexandre era convidado.

A cada encontro, mais e mais Alexandre se surpreendia consigo mesmo, ao se ver tão à vontade na companhia do amigo. Jamais conhecera alguém como ele. Divertido e que o fizesse se sentir tão bem. Exceto a mãe, ninguém mais.

Certo dia, para surpresa de Hefestião, Alexandre mostrou-lhe a miniacademia que havia montado em seu apartamento e apresentou o personal trainer que havia contratado.

– A partir de agora você malha comigo, aqui sob a supervisão do personal!

– O que?! Não, não posso... Já paguei três meses de academia antecipado.

– Larga de ser pão duro, Hefestião!

– Eu, pão duro?!

– É! Pagou lá, mas fará aqui comigo e não se discute mais a respeito.

– Isso é uma ordem?

– É!

– Então está bem, general!

Gargalhadas. Desde esse dia, os dois amigos passaram a malhar juntos na sala reservada para tal, na cobertura de Alexandre Theodorides, algo que os aproximou ainda mais e tornou divertida a malhação que muitas vezes era entediante.

Segunda semana de novembro de 1996

O relógio já marcava oito e meia da noite e o personal trainer passava para Alexandre os últimos exercícios do dia quando Hefestião chegou ao apartamento. Sua palidez e seus olhos avermelhados assustaram Alexandre que rapidamente largou o que fazia e foi até ele.

– O que houve? – perguntou, alarmado, olhando atentamente os olhos do amigo.

Hefestião com dificuldades, respondeu:

– Um grande amigo meu... faleceu essa tarde.

Alexandre ficou sem saber o que dizer.

– Meus pêsames – disse o personal trainer, rompendo o silêncio.

Alexandre achou por bem encerrar o treino e após acompanhar o personal até a porta voltou para perto de Hefestião, sentou-se a seu lado e ficou em silêncio. A dor que transparecia no rosto do amigo o assustava.

Subitamente, Hefestião baixou a cabeça e caiu num choro agoniado. Tocado pela tristeza que feria o amigo, Alexandre pousou sua mão direita sobre a esquerda dele para confortá-lo.

Sentiu gritar em seu interior uma necessidade imensa de protegê-lo e livrá-lo para sempre de toda dor que pudesse desfigurar seu rosto, ferir-lhe a alma.

Ao mesmo tempo, sentiu também, raiva imensurável da morte e depois do amigo que morrera por estar causando todo aquele sofrimento a Hefestião.

Naquele minuto, ele clamou aos deuses que abrandassem a dor do amigo querido, abrandando assim a sua própria dor.

– Ele era tão jovem, tão jovem para morrer... – admitiu Hefestião recuperando um pouco o controle. – Vivemos tantos momentos divertidos juntos. Uma vez...

Hefestião relatou algumas passagens. Alexandre parecia ouvir atentamente, mas era só aparência, o ciúme latejava dentro dele por perceber que Hefestião já tivera um grande amigo. E talvez um amigo mais amigo do que ele. No íntimo, acabou achando bom que o amigo do amigo tivesse morrido, só assim ele tornar-se-ia seu único melhor amigo. O mais interessante nisso tudo é que Alexandre não se achava cruel por pensar assim.

– Do que ele morreu? – perguntou Alexandre minutos depois, interrompendo a narrativa do colega.

Hefestião pareceu fazer um esforço tremendo para que a resposta atravessasse seus lábios. E quando ela saiu, foi quase inaudível:

– De AIDS.

A resposta pareceu ser absorvida por Alexandre com naturalidade.

– Eu sinto muito – disse a seguir.

Voltando a se romper em lágrimas, Hefestião levantou-se e começou a andar de um lado para o outro.

– É desumano! – desabafou. – É desumano o que essa doença está fazendo com as pessoas. – Olhando bem fundo nos olhos de Alexandre acrescentou: – Isso tem que parar! Já! Urgentemente!

Só mesmo quem já havia perdido um ente querido, um amigo especial, de AIDS é que podia compreender a importância de se encontrar a cura para a doença, bem como para qualquer outra. Passava distante de Alexandre a compreensão, afinal, ele nunca perdera alguém amado até aquele momento.

Hefestião não voltou para seu apartamento naquela noite, Alexandre não permitiu. Ficaria hospedado ali com ele até que se sentisse recuperado. O rapaz acabou aceitando. Voltou ao seu apartamento somente para apanhar algumas roupas. E assim se passou mais de um mês.

Dezembro de 1996

Diante do parque coberto de neve, Hefestião comentou:

– Eu gosto de ver Manhattan sob a neve, é aconchegante, sabe? Romântico...

– Romântico? Sei... – caçoou Alexandre com ótimo humor.

– Sou, sim, um romântico e daí? Defendeu-se Hefestião também esbanjando bom humor. – Qual é o problema em ser? Ah! Não precisa me responder, eu sei. Românticos sempre se frustram, é isso?

– É você quem está dizendo – brincou Alexandre mais uma vez.

Duas garotas, ao passarem, insinuaram-se para ambos.

– Você não faz ideia do quanto gosto daqui, é como se este lugar fizesse parte de mim. É como se no fundo eu já conhecesse tudo isso! É como se eu tivesse voltado para casa, entende? – comentou Alexandre.

Hefestião assentiu e parou ao ser tocado por Alexandre que disse com sinceridade:

– Fico feliz em vê-lo mais alegre!

Ele, emocionado, respondeu:

– A vida continua, não é isso o que dizem?

– É... é, sim!

Os dois voltaram a caminhar, em silêncio desta vez, por quase cinco minutos. Então, Alexandre perguntou:

– Esse seu amigo morto pela AIDS ele era...

Hefestião compreendeu imediatamente aonde Alexandre queria

chegar, todavia, sentiu dificuldades para afirmar:

– Gay?! Sim, era.

– Ah, só podia... A maioria deles morre disso, não é incrível? É mesmo, como diziam no início, o câncer gay!

As palavras de Alexandre entristeceram Hefestião, mas ele não se deu conta, continuou caminhando, admirando o lugar, sem perceber que o amigo havia deixado de acompanhá-lo. Já havia dado uns dez passos quando deu pela sua falta. Virou-se para trás, assustado, e ao avistá-lo, perguntou:

– O que foi?

Hefestião se manteve em silêncio, parado no mesmo lugar, com um olhar vago de dar pena. Alexandre voltou até ele, pegou firme no seu ombro e repetiu a pergunta, mirando fundo seus olhos:

– O que houve?

O amigo hesitou, por instantes, para dar-lhe a resposta.

– Há muito tempo que eu estou buscando coragem para lhe dizer algo, mas nunca consigo o suficiente para ir adiante.

– Coragem?! – estranhou Alexandre, aprofundando o olhar sobre ele.

Hefestião apertou os lábios fortemente antes de responder:

– Coragem para lhe dizer, Alexandre, que eu, bem, sou gay.

Diante do sorriso que se estampou no face do amigo, Hefestião compreendeu de imediato que ele pensou tratar-se de uma brincadeira, por isso, repetiu, enfaticamente.

– É verdade! Sou gay, sim!

Alexandre gargalhou.

– Então tá, se você diz que é...

Novo riso cortou-lhe a frase.

– Alexandre, é verdade, não estou brincando.

O rapaz de olhos cor de chuva e cabelos cor do sol olhou-o dessa vez como se o visse de muito longe.

– Sim, Alexandre... – confirmou Hefestião um tanto sem graça.

– Não pode ser...

Havia um quê agora de espanto e desapontamento na voz do bilionário.

– Mas é.

– Mas você é tão...

– Másculo? – Hefestião riu. – Muitos gays são másculos, Alexandre! Muitos, acredite-me!

Ele encheu o pulmão de ar e explicou:

– Eu sempre quis muito contar a você, mas sempre tive muito medo de como você reagiria. No entanto, não acho justo tampouco digno, mentir.

– Tem razão... – gaguejou Alexandre, intensificando o olhar sobre o amigo.

– Desculpe, Alexandre, se o decepcionei. Não foi essa a minha intenção. Decepcioná-lo é o que eu menos queria, por isso temia lhe dizer a verdade.

– Você já disse... – respondeu Alexandre num tom sério e aéreo ao mesmo tempo. – Estou apenas surpreso. Jamais pensei que...

O silêncio os acompanhou pelos minutos seguintes. A cada passo, Hefestião tinha a impressão de que o mundo estava desaparecendo por debaixo dos seus pés. Arrependera-se amargamente de ter se assumido para o amigo.

– Quando... – perguntou Alexandre a seguir. – Como descobriu que era...

Hefestião se adiantou na resposta:

– Na adolescência. Foi assustador. Não tanto pelo fato de eu ser gay, tampouco pelo preconceito e discriminação que sofremos, mas por ser um gay num mundo dominado e devastado pela AIDS. Isso sempre me apavorou! Com o tempo, descobri algo pior do que tudo isso. A solidão. Desde então, torço para que também se encontre a cura para ela.

Sim, ele temia a solidão tão profundamente quanto a AIDS. Já chegara a perder muitas noites de sono por isso.

A noite terminou dessa vez, sem que fizessem planos para o dia seguinte. Tudo o que Hefestião mais queria era saber se Alexandre continuaria sendo seu amigo depois de ter se assumido para ele. Infelizmente, o rapaz não mais o procurou. A revelação fora demais para sua pessoa.

Ao voltar para casa, Hefestião encontrou um recado na sua secretária eletrônica, feito pela secretária de Alexandre, dizendo que as aulas dele com Alexandre e o personal trainer haviam sido suspensas. Aquilo foi um tremendo baque para o rapaz de apenas 22 anos em cujo coração só cabia bondade.

Mais uma vez ele perdia um amigo por causa do maldito preconceito. Só que dessa vez, tratava-se de um amigo que não era um simples amigo. Alexandre tornara-se para ele quase um irmão. Uma parte de si.

Às vésperas do Natal, Hefestião sentiu vontade de ligar para o amigo para lhe desejar um bom feriado. Suas ligações, entretanto, foram somente recebidas pela secretária-eletrônica do apartamento de Alexandre. Mesmo assim, depois de muito insistir, ele acabou deixando uma mensagem para a qual jamais houve retorno.

O rompimento da amizade levou Hefestião de volta à solidão que tanto abominava e da qual fazia o possível e o impossível para se afastar. Na verdade, ela nunca o deixara, apenas dera uma trégua para depois voltar com mais impacto, percebeu ele nos dias subsequentes. E era simplesmente assustador e desesperador ter de encará-la novamente. Mais ainda, ter de buscar meios ilícitos para afugentá-la. Ele não queria mais recorrer àqueles meios. Lutaria contra, dessa vez, em todo caso...

Desta vez, porém, não foi somente a solidão que esmagou Hefestião. Desde o rompimento da amizade com Alexandre, a saudade do amigo querido ao seu lado também passou a torturá-lo sem dó nem piedade. Quando não mais soube afugentá-la de si, rendido por ela, entregou-se a única alternativa que lhe restava: rever o amigo mesmo que de longe.

Então, passou a aguardá-lo, escondido, do outro lado da rua em frente ao edifício onde Alexandre trabalhava só para vê-lo, deixando o local ao fim do expediente. Chegava a passar duas, três horas, aguardando por ele, uma vez que ele nunca tinha hora certa para partir.

Não importavam as horas, o importante era vê-lo, mesmo que de longe. Às vezes, era uma visão ofuscada pelos flocos de neve ou pela garoa fina do inverno rigoroso sobre Manhattan, ainda assim valia a pena. Era o mínimo para acalentar seu coração entristecido.

Desde então, Hefestião evitou tomar parte das reuniões de Alexandre com a agência de propaganda e marketing da qual fazia parte. Seria melhor para evitar constrangimentos para ambas as partes, ou, até mesmo, possíveis complicações para seus patrões.

Na véspera do Natal, Alexandre voltou à Inglaterra para passar o feriado com a mãe. Reencontrá-la foi o melhor dos presentes que poderia ter recebido. Certa hora, em meio à conversa com o filho, Olímpia aproveitou para lhe perguntar algo que há tempos vinha intrigando-a:

– Quem é o rapaz que sempre aparece ao seu lado nas fotos das colunas sociais?

A pergunta transportou Alexandre para um período feliz de seu recente passado.

– Ah, um amigo... – respondeu, disperso.

Olímpia, ignorando sua reação, foi além:

– Alguns colunistas sociais afirmam que você está envolvido com a filha de um dos mais prósperos industriais da América. É verdade?

– Eu a conheci de fato e tiraram algumas fotos nossas, juntos, mas não foi nada além disso.

– Por que não vem também passar o Ano Novo comigo?

– Dessa vez quero passar em Nova York, há muito que tenho esse desejo. Quero ver com meus próprios olhos a contagem regressiva em Times Square*.

– Deve ser lindo.

– Por que não vem a senhora passar o Ano Novo comigo?

---

*Times Square é a denominação da área formada na confluência e cruzamento de duas grandes avenidas da cidade de Nova Iorque, Estados Unidos; podendo ser definida como uma grande praça ou largo, composta por vários cruzamentos e esquinas. A área está localizada na junção da Broadway com a 7ª Avenida, entre a ruas 42 Oeste e 47 Oeste, na região central de Manhattan. É uma área comercial, onde todos os prédios são obrigados a instalar letreiros luminosos para propósitos de publicidade. (N. do A.)

– Não posso deixar sua irmã sozinha numa casa dessas...

– Não minta, mamãe, é feio! Sei bem que é por causa dele que não quer ir. Só não consigo compreender, por mais que eu tente, por que, após todos esses anos de desprezo, a senhora ainda o ama.

Ela ia responder, mas ele a interrompeu:

– Não precisa me responder, não! Sei também que desconhece a resposta.

Sem mais, ele partiu para ver o pôr do sol que no inverno inglês acontecia bem mais cedo do que no verão, por volta das quatro da tarde.

A conversa com a mãe o alegrara e o entristecera ao mesmo tempo. Nada de se espantar. Seria sempre assim enquanto o pai se interpusesse entre eles.

De volta à Nova York, da sacada de seu lindíssimo e luxuoso apartamento, Alexandre admirava o Central Park coberto de neve, parecendo forrado de glacê de bolo. Devido à neve, o céu parecia mais baixo, dando a impressão de que poderia alcançá-lo por meio de uma escada comprida.

Alexandre riu, ao lembrar que essa era uma de suas intenções quando criança. Pegar uma escada bem longa para tentar tocar o céu.

O vento soprou mais uma vez, provocando-lhe uma nova onda de melancolia o que o obrigou a ir até barzinho em sua sala de estar, preparar um kir royale, o qual bebeu numa golada só e se relaxou.

Mesmo durante a semana que precedia o Ano Novo, Alexandre não se ausentou do trabalho por nada. Chegou a ser convidado para muitas festas badaladas de fim de ano, mas preferiu a quietude a elas.

O único lugar que frequentava, mesmo sob o inverno rigoroso, era Battery Park* de onde podia admirar o pôr do sol sobre o rio Hudson. Dali

*Battery Park é um parque urbano de cerca de 10 hectares localizado no sul da ilha de Manhattan, em Nova Iorque. Foi inaugurado no século XIX, em um antigo aterro sanitário. Seu principal atrativo é o Castelo Clinton, criado no século XIX pelo então governador do estado, DeWitt Clinton. Além disso, o parque possui amplos jardins e serve como acesso à Ilha da Liberdade e à Ilha Ellis.

também podia apreciar a linda visão da Estátua da Liberdade* ao longe, o símbolo da paz, presente dos franceses para os americanos em 1986.

Certo dia, enquanto voltava para o local onde seu chofer aguardava por ele, Alexandre avistou um grupo de rapazes conversando animadamente. Um deles lembrava Hefestião e a lembrança o fez sentir um frio na barriga, algo que o fez ajeitar o cachecol em volta do pescoço e se abraçar fortemente.

No dia seguinte... 8, 7, 6, 5, 4, 3, 2, 1! Feliz Ano Novo! Vibrou Times Square!

Alexandre adorou tomar parte da contagem regressiva mais famosa do mundo, mas se surpreendeu consigo mesmo ao se ver pensando em Hefestião, no quanto teria sido muito mais interessante se ele tivesse estado ali a seu lado. Para dissipar a tristeza, embriagou-se naquela madrugada como nunca fizera na vida.

XIV

Nem bem o ano novo começara, 1997, Filipe Theodorides apareceu no escritório em N. Y de surpresa. Ao vê-lo, atravessando a porta da sua sala, entrando de surpresa sem ter sido anunciado, Alexandre saltou de sua cadeira, injuriado.

– O senhor aqui?!

– Bom dia, Alexandre – respondeu Filipe, peitando-o ligeiramente.

– Não me avisou que vinha...

– De propósito. Queria mesmo chegar na surdina para pegá-lo de surpresa. Por isso tomei um avião sem comunicar a sua mãe, sei muito bem que ela o avisaria. Parece ressabiado com alguma coisa, o que é?

---

*A Estátua da Liberdade é um monumento inaugurado em 28 de outubro de 1886, construído em uma ilha na entrada do Porto de Nova Iorque. O Monumento comemora o centenário da assinatura da Declaração da Independência dos Estados Unidos e é um gesto de amizade da França para com o país. Foi projetada e construída pelo escultor alsaciano Frédéric Auguste Bartholdi que se baseou no Colosso de Rodes para edificá-la. Para a construção da estrutura metálica interna da estátua, Bartholdi contou com a assistência do engenheiro francês Gustave Eiffel, mesmo engenheiro da Torre Eiffel. (N. do A.)

– Não gosto de surpresas! – respondeu Alexandre friamente.

– Algumas são necessárias, Alexandre.

Ambos se enfrentaram pelo olhar por um longo minuto.

– Allerton está vindo para cá – explicou Filipe, rompendo o silêncio constrangedor. – Faremos uma reunião daqui há pouco. Quero saber de tudo que aconteceu aqui durante minha ausência na América. E também depois que você assumiu a presidência.

Por quarenta minutos, Allerton expôs todas as novas medidas adotadas por Alexandre. Sua voz, por muitas vezes, vacilou, por medo de estar dizendo algo que não devia e, mais tarde, Alexandre se zangar com ele. Alexandre, porém, o incentivava, com os olhos, a prosseguir, sem omitir nenhum detalhe. Filipe ouviu tudo pacientemente e ao final, disse:

– Quero falar com Pennington.

– É que... – Allerton olhou para Alexandre, em dúvida se deveria responder.

Alexandre então respondeu por ele:

– Pennington... Ele foi dispensado.

Filipe cerrou os olhos.

– O quê?! – sua pergunta soou quase num berro.

– Eu tive de demiti-lo, o sujeito era um incompetente, um...

– Um de meus braços direitos nesta empresa, trabalhava comigo há mais de...

– Amigos, amigos, negócios à parte, meu pai – disse Alexandre ironicamente. – Esse ditado é antigo. Até uma criança já ouviu falar dele.

– Você alguma vez já ouviu falar de respeito e consideração para com o próximo?

Filipe parecia agora transtornado.

– O senhor, meu pai, já deveria saber que nos negócios não se pode usar de sentimentalismo barato. Pergunte aos madeireiros se eles têm consideração para com as árvores; ao governo americano se têm consideração para com o mercado exterior; ao Vaticano com relação aos sem teto ou aos que se sacrificam para pagar seus dízimos e o aluguel dos inúmeros imóveis que possuem na Itália e por aí vai. Quando o assunto é dinheiro, estabilidade profissional, não podemos deixar que sentimentalismos baratos interfiram no processo. É um jogo onde as regras são bem claras e eu entrei nesse jogo para ganhar.

Fez-se um breve silêncio antes de Filipe voltar a falar:

– Quero falar com toda a equipe.

– Bem... – balbuciou Allerton.

Alexandre se adiantou mais uma vez na explicação:

– Todos os funcionários acima de 32 anos foram demitidos, meu pai. Isso aqui mais parecia um mausoléu repleto de pessoas mortas que se esqueceram de ser enterradas. Nada progride com mentes retrógradas e neurônios enfraquecidos pelo avanço da idade.

O pai soltou um suspiro, levou as mãos aos cabelos num gesto desesperador e disse:

– Eu não podia ter deixado você assumir a presidência sem eu estar presente! Se não fosse aquela maldita doença!

Para Alexandre a doença do pai fôra uma bênção. Por causa dela, ficou livre na empresa para fazer todas as renovações que pretendia. A doença, bem como as demais, concluía ele mais uma vez com seus botões, estava sempre a seu favor, não só no campo profissional, como no pessoal. Era como uma entidade, uma força, uma energia ou um deus a favorecer sua vida.

– O senhor sabe, pois está bem a par dos progressos que consegui fazer desde que contratei a agência de propaganda e marketing na Inglaterra. Em dois anos obtivemos mais lucros que em vinte anos – revidou Alexandre bastante confiante.

– Você...

Filipe suspendeu sua pergunta, ao ver o filho saltar da poltrona em que se encontrara até então sentado e avançar sobre a mesa, fulminando-o com os olhos.

– O senhor está com medo de admitir que sou bom no que faço, que sou melhor que você... diga... – Alexandre empinava o rosto para frente, desafiando o pai.

Allerton não sabia o que fazer, se deixava os dois a sós ou continuava ali. Por fim, disse:

– Vou deixá-los a sós – e sem mais, levantou-se e partiu feito um cordeirinho assustado.

Alexandre, recuperando o equilíbrio, retomou o discurso em sua defesa:

– Fique ciente, meu pai, que eu não só dobrarei a receita em aproximadamente um ano, como também a quadruplicarei em dois, três anos futuros. É preciso seguir o fluxo do mundo moderno, meu pai. Se não jogarmos como todos, poderemos falir.

– A questão, Alexandre, a meu ver, é saber de que forma você pretende alcançar seus objetivos. Lidamos com saúde, algo muito importante e sério. São as vidas das pessoas que estão em jogo.

– Sem dúvida.

Houve uma pausa, uma trégua entre os dois até Alexandre voltar a falar, afiado:

– Nada me tira do pensamento que o senhor esperou que eu fracassasse como publicitário... Para me convencer que Direito fora mesmo a faculdade ideal para mim. Mas o senhor esteve, está e sempre estará enganado. É como publicitário e diretor da companhia que vou me tornar o homem mais importante e rico do mundo.

– Cuidado, Alexandre, muito cuidado! Ambição demais nunca fez bem ao homem.

– Sabe qual é o problema do senhor? É que o senhor pensa pequeno, tem respeito demais pelo próximo, como diz, num mundo em que a regra é vender sem ter respeito algum.

Alexandre estendeu o dedo, apontando-lhe no rosto.

– Eu o decepcionei, não é Filipe Theodorides? Decepcionei-o porque sou bom. Sou muito bom no que faço. E o mais importante, não preciso do senhor para ser o que sou.

Filipe se enfureceu novamente:

– Isso tudo aqui ainda é meu, Alexandre. Você apenas trabalha para mim, eu ainda não morri, estou muito vivo e não vai se vir livre de mim assim tão facilmente.

Aquelas palavras entraram no peito de Alexandre como uma lança embebida de veneno.

Filipe o feriu ainda mais a seguir, afirmando:

– Você puxou a ela... E esse é o seu maior defeito e, ao mesmo tempo, o seu maior problema.

– Saiba que eu tenho muito orgulho em ter puxado a ela, entre aspas, como você mesmo diz. É a mulher que me deu a vida, inclusive, a mulher que entregou todo o seu amor a você e o senhor o trocou por vagabundas pelo mundo afora. Eu sei, meu pai, há muitos anos que sei de tudo. O senhor faz ideia do quanto a fez sofrer?

A boca de Filipe tremeu visivelmente:

– Você não sabe o que diz...

– Deveria estar feliz pelo que tenho feito... O senhor está ficando velho... não sou eu quem precisa disso tudo, é o senhor quem precisa de mim. Aliás, isto aqui não é só seu, é também de minha mãe, ela faz parte desta empresa tanto quanto o senhor ou talvez mais, pois sempre esteve trabalhando enquanto a traía por aí! – Alexandre suspirou fundo e com desdém acrescentou: – É vergonhoso ser seu filho! – em seguida saiu, batendo a porta.

Marche levantou-se e foi espiar a sala.

– Sr. Filipe? – perguntou, receosa.

– Me traga um copo de água.

A secretária correu e foi fazer o que ele havia lhe pedido, voltou e o serviu.

– Chame Allerton, por favor. Peça a ele que venha até aqui o quanto antes.

Em pouco tempo, Allerton estava sentado diante dele novamente. Notou que Filipe precisava desabafar.

– Eu não tenho como controlar as atitudes dele, a mãe o está escorando.

– Mas Filipe... é importante que você saiba, ele realmente está fazendo grandes progressos.

– Eu compreendo, mas o meu medo é o modo como ele está conseguindo estes progressos. Manipulação, lavagem cerebral, não posso permitir uma coisa dessas!

– Todo mundo faz isso, Filipe, se ficarmos de fora, poderemos ser engolidos por outros laboratórios num futuro bem próximo.

– Eu sei, é a lei da sobrevivência... – Filipe balançou a cabeça negativamente e murmurou: – Como lutar se a regra é vender?

– O rapaz tem garra, puxou a você – acrescentou Allerton.

– Não! – corrigiu Filipe –, ele puxou à mãe! – E, com certo receio na voz, repetiu mais pausadamente: – Ele puxou à mãe!

CAPÍTULO 3

I

Início de fevereiro de 1997

Ao virar a esquina, Hefestião foi pego de surpresa pela figura de Alexandre, vindo ao seu encontro. Seu rosto refletia entusiasmo. Imediatamente sentiu a aceleração do seu pulso.

– Alexandre?! – disse ele em meio a um sorriso amarelo. – Pensei que nunca mais o veria.

Dessa vez, Hefestião deixou a polidez de lado, recusando-se a estender a mão para cumprimentá-lo.

– Você tem um minuto para mim? – perguntou Alexandre, forçando um largo e franco sorriso.

Hefestião olhou-o pensativo, quis dizer "não", mas ouviu-se dizendo "sim".

– Eu preciso antes deixar minhas coisas no apartamento.

– Eu o acompanho se não se importar.

Os dois seguiram lado a lado, calados, até o edifício onde Hefestião residia. À porta do local, o rapaz de corpo belo e moreno perguntou em tom sério:

– Como sabia que eu iria chegar e essa hora?

– Bem, eu sempre soube o horário que costuma voltar do trabalho. Bastou apenas eu aguardá-lo naquela *delly* do outro lado da rua até você aparecer.

Hefestião ergueu as sobrancelhas como quem diz "entendi" e perguntou:

– Você me espera aqui ou sobe comigo?

– Subo contigo.

Sem mais, os dois seguiram até o apartamento com vista para o rio Hudson. Um ambiente agradável e acolhedor na opinião de Alexandre. Era a primeira vez que ele punha os pés ali, apesar de ter sido convidado muitas vezes pelo amigo.

– É aconchegante – elogiou Alexandre, passando e repassando os olhos pela decoração em estilo clean*.

– Obrigado – agradeceu o dono da casa enquanto ajeitava suas coisas.

– Desculpe a pergunta, mas quanto paga de aluguel? – quis saber Alexandre a seguir.

A pergunta pareceu deixar Hefestião um tanto sem graça, hesitante quanto a resposta.

– Não pago aluguel. Herdei de uma tia. Quer tomar alguma coisa?

A voz do amigo soou com certa tensão, porém, não a ponto de chamar atenção de Alexandre.

– Não, obrigado. Vim até aqui para lhe fazer um convite.

Hefestião desconversou:

– Tenho lido reportagens a seu respeito nas colunas sociais. Cada dia há mais delas.

– Vim convidá-lo para ir a uma festa comigo.

Percebendo que o amigo procurava se esquivar do convite, Alexandre aproximou-se dele e segurou firme seu braço.

– Hefestião, você ouviu o que eu disse?

O rapaz continuou calado, seus olhos percorreram a correspondência que havia recebido. Alexandre o chamou novamente, desta vez com mais austeridade.

– Hefestião.

O moço ergueu a cabeça até seus olhos pousarem nos dele. Houve

---

**Clean style* no original em inglês. (N. do A.)

alguns segundos de silêncio até Alexandre dizer:

– Eu deveria ter agido diferente com você depois do que me contou a seu respeito naquele dia, mas não tive estrutura para isso. Por isso vim até aqui, também, para lhe dizer que senti muito a falta da sua companhia e... que o aceito como é.

Sua declaração emocionou Hefestião a ponto de fazê-lo quase chorar.

Num tom mais leve, Alexandre prosseguiu:

– Além do mais, como vou me virar em Nova York sem você, meu guia turístico favorito?

Hefestião franziu a testa, recuou a cabeça e perguntou num tom maroto.

– Guia turístico?

Alexandre deixou a cabeça pender tal como uma criança envergonhada e os dois riram. O gelo até então por parte de Hefestião derretera-se por completo.

– Eu também senti sua falta – admitiu Hefestião, também com sinceridade transparente na voz.

A mão de Alexandre apertou mais forte o braço do amigo, como que selando, naquele momento, a reconciliação. Ao soltá-lo, a pressão permaneceu, causando certo prazer em Hefestião.

– Que tal irmos jantar? – sugeriu Alexandre, ajeitando os cabelos em frente a um espelho.

– Sorte que tomei banho na academia!

– Academia?! – espantou-se Alexandre.

– Tive de voltar para lá após você ter cancelado as aulas com o personal trainer. Aulas que você insistiu para que eu fizesse com você.

Alexandre desviou o olhar, assoviando, fingindo não ser com ele.

Hefestião, achando graça da reação do amigo, dirigiu-se para o quarto.

– Vou pôr uma roupa adequada.

Alexandre foi até a lareira, curvou-se sobre ela, examinando-a.

– E essa lareira, funciona?!

– Sim – respondeu Hefestião do quarto.

– Esqueci-me de lhe perguntar, você tem algum compromisso para amanhã à noite? – Após uma pausa, Alexandre acrescentou: – Algum...

A percepção de Hefestião foi rápida, logo percebeu onde o amigo queria chegar.

– Estou solteiríssimo se é isso que quer saber?! – a voz de Hefestião ecoou firme até a sala.

Alexandre ligeiramente constrangido, explicou:

– Precisava lhe perguntar, afinal, não sei como anda a sua vida ultimamente.

Hefestião mudou de assunto:

– Andei sabendo que anda saindo com a filha de um banqueiro magnata, é verdade?

– São somente boatos! Nos encontramos algumas vezes nas recepções e foi só isso. Não sou muito chegado a badalações do tipo, mas, por incrível que pareça, minha presença funciona como publicidade positiva para o laboratório. Se bem que um pouco de glamour não faz mal a ninguém.

Hefestião voltou a rir do amigo, como antes do seu afastamento.

II

No dia seguinte, Hefestião seguiu direto do trabalho para o apartamento de Alexandre, onde haviam combinado de se encontrar e de lá partirem para a recepção.

A governanta informou-lhe que o patrão acabara de entrar no banho e que ele, como já de costume, usasse o banheiro da suíte para hóspedes para se banhar.

Ao entrar no quarto, Hefestião encontrou sobre a cama um novo e legitimo taxido* e sobre ele um bilhete com a caligrafia de Alexandre:

Para Hefestião".

Um sorriso franco e bonito iluminou sua face, não tanto pelo presente, mas pelo gesto carinhoso do amigo.

Hefestião não levou mais do que vinte minutos para tomar banho e se vestir. Só deixou a suíte após certificar-se no espelho de que a gravata borboleta estava exatamente no lugar.

Ao deixar o aposento, seguiu para a antessala do quarto do dono da casa.

A percepção aguçada de Alexandre o fez perceber sua chegada.

– Aqui! – chamou ele, antes sequer de Hefestião dar o segundo passo dentro do recinto.

Ao chegar diante da porta do quarto, Hefestião encontrou o amigo vestido ainda somente de cueca. Rapidamente ele desviou os olhos para outro canto, receoso de que Alexandre se desagradasse com aquilo.

– Como soube que era eu? Entrei aqui tão calmamente... – perguntou Hefestião, evitando olhar diretamente para Alexandre.

– É um dom que tenho desde criança.

Só então Alexandre voltou os olhos para ele e se admirou com sua estica.

– O terno ficou perfeito em você – elogiou, medindo o amigo de cima a baixo.

– Ficou, não ficou? – sorriu Hefestião lindamente. – Vestiu-me como uma luva. Não precisava ter se incomodado.

Alexandre o cortou rapidamente:

– É um presente!

– Como se lembrou do meu tamanho?

– Memória de elefante – explicou Alexandre, batendo com o dedo indicador no lado direito da testa.

Hefestião ficou procurando pelo quarto algo em que depositar sua atenção, esforçando-se ao máximo para controlar a vontade louca de querer admirar o amigo, se vestindo. Quando não pôde mais lutar, seus olhos novamente se voltaram para Alexandre que naquele momento vestia a camisa. Seu tórax era lindo, estupidamente lindo, como o de um deus grego. O próprio Alexandre num todo lembrava um.

O rapaz só despertou de seus pensamentos, ao ouvir Alexandre novamente se dirigindo a ele:

– Experimente este novo perfume.

Ele pôs o frasco nas mãos de Hefestião que prontamente borrifou um pouco da fragrância em seu punho e cheirou.

– Hum... É muito bom.

– Sirva-se.

Mais uma vez, naquela noite, os dois moços, já conhecidos como amigos inseparáveis pela mídia e a sociedade, estavam presentes a mais uma badalada recepção composta somente de grandes empresários e a elite nova-iorquina.

Alexandre era uma das figuras mais esperadas da noite. Sua fama de empresário bilionário e excêntrico despertava cada dia mais o interesse daqueles que se deslumbram com o poder e a fama dos outros.

Ao contrário da maioria das celebridades, ricos e famosos, que se escondiam dos paparazzi, Alexandre fazia questão de ficar num lugar conveniente para ser alvo de seus flashes.

Na noite seguinte, por sugestão de Hefestião, os dois foram jantar no restaurante do hotel Ritz, um dos mais luxuosos de Manhattan. Em meio à refeição, por meio de um espelho da decoração do lugar, Hefestião avistou um sujeito sentado numa das mesas ao fundo do restaurante, olhando para Alexandre com grande interesse.

– O que foi? – perguntou Alexandre, percebendo o que ele fazia.

– Estou sem graça de lhe dizer – respondeu Hefestião, baixando a voz.

– O quê? – insistiu Alexandre.

– É que... – risos cortaram-lhe a voz.

– Diga – encorajou Alexandre, tomado de súbita curiosidade.

– Tem um rapagão sentado ao fundo do restaurante de olho em você.

– De olho?

– Paquerando você, Alexandre!

Imediatamente, Alexandre voltou-se na direção do sujeito. Ao avistá-lo, o rapaz sorriu, deixando Alexandre embaraçado e irritado.

– Calma – aconselhou Hefestião contendo o riso. – É apenas um flerte... Você é um homem bonito, é natural que seja desejado por homens e mulheres.

Alexandre entornou o drinque até secar o copo.

Ao deixar o restaurante, o sujeito parou em frente à mesa, ocupada por Alexandre e Hefestião e disse:

– Desculpe incomodá-lo, mas... Você é Alexandre, filho de Filipe Theodorides, não é?

O tom do rapaz foi extremamente polido.

Alexandre pareceu não saber se respondia sim ou não. Por fim, disse, numa voz grave e sucinta:

– Sim, sou eu mesmo! Em que posso lhe ser útil?

– É que você lembra muito o seu pai, fisicamente.

Alexandre tomou a observação como um despautério, se havia algo indiscutível, na sua opinião, era o fato de ele ser fisicamente parecido com a mãe.

– Seu pai era muito amigo de minha mãe, sabe? – prosseguiu o sujeito num tom que, aos ouvidos de Alexandre, soou embotado de certa malícia.

Visto que Alexandre não deu margem para conversa, o rapaz encerrou o assunto e partiu.

– Que sujeito mais inconveniente – aborreceu-se Alexandre, degustando mais um pouco da segunda Marguerita da noite. – Pergunto-me se...

A expressão nos olhos de Hefestião o incentivava a prosseguir.

– Esse moço... Ele poderia ser filho do meu pai, sabe?

– Filho?!

– Sim. Um filho bastardo.

– Mas seu pai...

– Ouvi certa vez, por acaso, um desabafo de minha mãe com sua sobrinha. Ainda era bem criança quando isso aconteceu, mas o que elas disseram ficou para sempre gravado na minha memória.

Minha mãe receava que meu pai tivesse amantes enquanto ficava fora de casa, a negócios. Receava também que ele, sem querer, tivesse engravidado uma dessas mulheres e ela tivesse escondido dele a gravidez por receio que a forçasse a fazer um aborto.

– Isso realmente acontece com a maioria dos homens casados. Meu pai, toda vez que enchia a cara, ou seja, todas as noites, dormia com outras mulheres. O pior é que pegava qualquer uma.

– Pais... – murmurou Alexandre com desprezo. – São sempre eles o problema na maioria dos lares. Não gosto nem do som da palavra "pai". Eca!

Ele tomou mais um pouco da Marguerita e continuou:

– Foge à minha compreensão, como é que minha mãe pode continuar amando aquele filho da mãe, depois de saber que ele a trai com outras. Eu não conseguiria me deitar com minha mulher após saber que ela dormiu com outro. Por mais que a amasse.

Alexandre suspirou pesado e concluiu:

– Volta e meia, minha mente é inundada de preocupação, sabe? E se meu pai teve realmente um ou mais filhos bastardos?

– Você acha que isso pode realmente ter acontecido?

– Sim, por que não?! E se isso aconteceu, e algo me diz que sim, esses bastardos podem ser qualquer um. Até mesmo um desses que estão sentados nas mesas ao nosso lado, neste exato momento!

O tom de Alexandre era sério e preocupado.

– Se a mãe dele, ou deles, contou-lhes quem é seu pai, eles podem muito bem entrar na justiça pedindo um teste de DNA para comprovar a paternidade e, assim, exigir uma boa quantia de nós.

– Talvez a mãe não lhes tenha contado nada. Guardou segredo.

– Preciso saber se meu pai teve esses filhos ou não; e se os teve, preciso encontrá-los!

– O que faria se descobrisse que eles existem?

A resposta saiu em meio a um risinho sarcástico:

– Eu seria capaz de mandar matá-los!

A resposta assombrou Hefestião. Alexandre fora sincero e algo lhe dizia que ele apenas fizera uso da palavra "capaz" para abrandar a revelação. No íntimo, pretendia mesmo matá-los, sem dó nem piedade, quantos houvesse. Não havia por que se espantar com a revelação; aquele era

Alexandre, nu e cru, ele que se acostumasse com ele se quisesse continuar na sua companhia.

Diante da aura negra que cobrira os dois, Hefestião achou conveniente mudar de assunto.

– Aqui servem uma sobremesa deliciosa. Divine! Você precisa experimentar.

Alexandre acabou aceitando a sugestão e comprovou de fato que o doce era uma delícia. Meia hora depois, os dois partiam de carro com o chofer de Alexandre ao volante. Por quase todo o trajeto, Alexandre se manteve calado e pensativo, olhando pela janela do veículo a neve que voltara a cair.

A mãe precisava saber o que acontecera naquela noite no restaurante para que percebesse de uma vez por todas o perigo que corriam e o mau caráter do marido.

Hefestião permaneceu calado, respeitando seu momento até ele romper o silêncio:

– Vou-lhe confessar uma coisa, detesto a neve!

– A neve?! Mas é tão...

– Romântica?!

Hefestião riu e se sentiu melhor ao ver que o amigo querido parecia ter superado o aborrecimento que a aparição daquele sujeito, no restaurante, lhe causara.

O carro seguiu riscando o chão da Broadway, tingido de branco pela neve, como se um desenhista estivesse escorregando seu pincel numa tela virgem, fazendo um curioso desenho moderno.

III

Em Abril de 1997, a neve já havia desaparecido das ruas de Manhattan, permitindo assim que os nova-iorquinos voltassem às ruas despidos de seus pesados casacos e botas para o inverno.

O relógio já marcava dezessete horas quando Alexandre e Hefestião deixaram o restaurante onde haviam tido um almoço tardio.

– Que tal andarmos um pouco por aí? – sugeriu Hefestião. – É bom para digestão.

– É verdade – concordou Alexandre, entusiasmando-se com ideia.

Ao passarem em frente ao Blue Note, Hefestião comentou:

– Jazz, man! Eu tenho um long play da Ella Fitsgerald, que é, simplesmente, fantástico!

– Long play?

– Hu-hum. Nada se compara ao som de um long play.

Voltando os olhos para os edifícios que ladeavam a rua, Hefestião se empolgou:

– Não é o máximo saber que moramos na cidade mais importante do mundo?

– Eu não diria só a mais importante, mas também a mais interessante – observou Alexandre, direcionando também seus olhos para a arquitetura ímpar de Nova York.

– É verdade – concordou Hefestião, sorrindo. – Manhattan me passa a impressão de que estou vivendo no passado, no presente e no futuro ao mesmo tempo.

– Sim, eu também sinto isso. Há uma inexplicável magia, pairando sobre a cidade. Às vezes me pergunto de onde é que vem essa magia, o que a faz existir?

– Dizem que se você viver em Nova York por no mínimo uma década, você é considerado um new yorker.

Os dois atravessaram a rua até Washington Square, naquele momento, tomado de gente de todas as idades. Crianças brincando com bola, babás empurrando carrinhos de bebê e flertando, ao mesmo tempo, com os lindos executivos, yuppies, estudantes e estrangeiros ilegais no país, aposentados, todos, enfim, curtindo o fim de semana, praticando jogging, jogando conversa fora e etc. Havia também muitos turistas, registrando tudo ao redor com suas handcams e máquinas fotográficas.

Curioso, Alexandre quis saber a que um grande número de pessoas, concentradas em círculo, bem no coração da praça assistiam empolgadas. Foi preciso ficar nas pontas dos pés para ver o que se desenrolava por lá. Hefestião o acompanhou.

Tratava-se de um trio de músicos performáticos, entoando composições de autoria própria.

Adeus dor, alô amor, chega mais!
Adeus saudade, já vai tarde!
Bom dia, dia! Adeus, tristeza! Alô beleza!
Chega mais!
Vamos cantar como der pra cantar
Vamos brilhar porque a vida quer brilhar
Vamos dançar porque a vida vai
tocar um som... O som do universo
O som do amor intenso...
Vamos sonhar porque tudo nasce de um sonho
A arte, a bondade e a vida e tudo mais que te proponho
Abram elas porque essa é a nossa vez
De ser feliz! É a nossa vez!
Sorria, sorria, o melhor da vida vai começar
Sorria, sorria, o show da vida não pode parar!
Abram elas porque essa é a nossa vez
De ser feliz! É a nossa vez!

– Incrível como os nova-iorquinos se viram de todas as formas, não? – comentou Hefestião, admirando os artistas.

– Talvez seja por isso que a cidade tem essa magia linda e inexplicável que contagia todos – sugeriu Alexandre também lançando um olhar apreciativo para o trio de músicos.

Um passo ou dois além e Alexandre calou-se, ao ver duas mulheres de mãos dadas sentadas em um banco, entreolhando-se apaixonadamente.

– Ficou chocado? – perguntou Hefestião, seriamente.

– Não pensei que isso pudesse ser visto assim à luz do dia.

– Estamos em 1997, Alexandre e aqui é Nova York. A cidade que desperta em você a coragem de ser si mesmo na frente de qualquer um, choque a quem chocar.

Novamente, o semblante do amigo tornou-se tal e qual o de uma esfinge, observou Hefestião. E, só nesse momento é que ele percebeu que Alexandre parecia ter se esquecido, já que nunca mais falara a respeito do fato de ele, Hefestião, ser homossexual.

Os dois seguiram caminho até o Soho, onde visitaram lojas de cartões postais e pôsteres, galerias de arte, bem como tomaram um capuccino num barzinho aconchegante da Bleecker Street.

Voltavam para o Village quando foram surpreendidos por uma chuva repentina.

– A essa hora vai ser difícil pegar um táxi – afligiu-se Hefestião. – É melhor corrermos até a sexta avenida...

Nem bem os dois apertaram o passo, a chuva engrossou.

– Não adianta mais correr, Hefestião, relaxe... Já estamos ensopados mesmo!

Hefestião parou de correr e respirando ofegante concordou:

– Tem razão. Meu apartamento está a poucas quadras daqui. Podemos ir até lá, trocar de roupa...

– Boa ideia!

Nem bem retomou o passo, Hefestião voltou-se para o amigo e falou em tom de zombaria:

– Você não está aguentando mais dar um passo, não é mesmo? É por isso que desistiu de correr, confesse!

– Olha só quem diz... – zombou Alexandre. – Você é quem está aí com a língua de fora, tal como um Boxer babão e fala que o cansado aqui sou eu.

Alexandre deu um tapa de brincadeira na cabeça de Hefestião que fez o mesmo com ele, pegando-o de surpresa. Risos.

No minuto seguinte a chuva apertou.

– Eu nunca havia tomado chuva assim antes, a sensação é ótima – confessou Alexandre, meia quadra depois.

– Não se acostume. Ela pode lhe dar uma baita pneumonia – alertou Hefestião, seriamente.

– Bobagem! Você se preocupa demais com as coisas, Hefestião –

zombou Alexandre e num gesto rápido cravou a mão sobre a cabeça do colega, desalinhando o seu cabelo.

– Relaxa!

Hefestião tentou fazer o mesmo com ele, mas Alexandre, rápido como uma lebre, desviou-se de sua mão.

– Vem! Vamos ver se você é capaz de me pegar! – desafiou Alexandre, olhando maroto para ele.

– Ah, é?! Vamos ver – aceitou Hefestião o desafio.

Ao ir para cima do colega, Alexandre, habilmente segurou seus punhos e o dominou.

– E agora? Quero vê-lo escapar de mim!

Alexandre deixara de ser, naquele momento, o homem ambicioso pelo poder para ser o menino sapeca que provavelmente nunca se permitira ser.

Seu rosto ficou tão rente ao de Hefestião que o rapaz, por pouco, não cedeu à vontade louca e repentina de beijá-lo quente e ardentemente. Foram as palavras de Alexandre que o impediram:

– No que está pensando, hein?

O sorriso lindo de Hefestião iluminou sua face mais uma vez.

– Em nada – respondeu num tom carinhoso.

A brincadeira só chegou ao fim, quando Alexandre se apercebeu e se incomodou com o fato de estar tão agarrado ao amigo daquela forma. Soltou-o e voltou a andar, ligeiramente acabrunhado.

Hefestião o seguiu, em silêncio, sentindo o seu coração bater acelerado, pensando, mais uma vez, no quanto era bom estar ao lado do rapaz. Ele não poderia se enganar por muito mais tempo, estava mais do que apaixonado por Alexandre, o amava de verdade e teria de tomar o máximo de cuidado para que ele não suspeitasse, em hipótese alguma, de seus sentimentos por ele. Caso acontecesse, certamente ele se afastaria outra vez e isso, deveria ser evitado eternamente em nome do amor que crescia em seu peito.

Pouco depois, os dois chegaram ao edifício onde residia Hefestião. Assim que adentraram o apartamento, o rapaz moreno sugeriu ao amigo que tomasse um banho quente enquanto ele lhe providenciava uma toalha e uma roupa.

Alexandre entrou no banheiro e começou a se despir. Ao perceber que deixara a porta entreaberta, fechou-a rapidamente se perguntando a seguir se deveria trancá-la com chave. Não, Hefestião não ousaria entrar ali, sabia respeitá-lo. Ainda assim, um impulso o fez passar o trinco.

Por não conseguir tirar água morna do chuveiro, Alexandre abriu a porta e, com a cabeça para fora, perguntou:

– Ei, como é que se consegue água quente por aqui?

Hefestião respondeu do quarto e Alexandre novamente se fechou no banheiro, dessa vez, porém, sem se importar em passar o trinco. Logo, se deliciava com a água, na temperatura certa para a ocasião, escorrendo por todo o seu corpo belo e escultural, relaxando-se por inteiro. Permitiu-se então fechar os olhos e desligar-se do mundo. Ficaria ali por muito mais tempo, se Hefestião também não precisasse se banhar. Assim, ele terminou seu banho e deixou o banheiro com a toalha enrolada na cintura.

– Aqui está sua roupa – disse Hefestião, ao vê-lo. – Espero que goste. Se não, vá até o meu guarda-roupa e procure algo do seu agrado. Acendi a lareira, achei que esfriou, pode desligar se achar que está muito quente. Ah! E se quiser comer ou beber alguma coisa, fique à vontade. É só se servir na cozinha.

Alexandre esperou o amigo fechar-se no banheiro para então se vestir. Depois, foi até seu quarto em busca de um desodorante e um perfume. Voltou para a sala e se aconchegou no sofá. Ficou ali a massagear a nuca, girando o pescoço lentamente da direita para a esquerda e vice-versa até Hefestião aparecer e sentar ao seu lado, trazendo consigo um saco de pipocas de micro-ondas.

– Pipoca e chuva combinam, não?

Alexandre concordou.

– Podemos assistir a algo na TV se você quiser...

– Podemos.

As mãos de ambos se enroscavam no saco de pipocas, causando risos.

– Eu amo esse clipe – admitiu Hefestião minutos depois. – Presta bem atenção à letra da música, é linda...

Aumentou o volume e os dois ficaram entretidos com a canção:

Anjos habitam a Terra
Entre a paz e a guerra
Entre o medo e o desejo
Entre tapas e beijos
Anjos também precisam de anjos
Para voar e dormir
Se encontrar e repartir
Seus labirintos seus devaneios
Ser um anjo por inteiro/ ser um anjo puro inteiro

Em meio ao clipe, Alexandre deixou sua mente divagar... A lareira juntamente com a canção tocando ao fundo, tocando fundo nele, fez com que se sentisse mais leve. Era como se ele tivesse se despido de seu físico, da matéria, ficando só em espírito. Uma sensação maravilhosa!

Voltando a atenção para o amigo sentado a seu lado, percebeu que aquilo só acontecia quando estava ao seu lado. Era como se sua presença tivesse o poder de ativar todo aquele profundo sentimento de paz interior.

Que bom que os deuses haviam-no ajudado a superar o fato de Hefestião ser um homossexual, caso contrário, não teria tido a chance de desfrutar de momentos tão mágicos!

O que tinha ele contra os homossexuais?, perguntou-se a seguir. Nada!, respondeu uma voz vindo do seu interior. No entanto, reagira como reagiu, por ter sido condicionado, assim como a maioria da população mundial, a odiar, pichar e se afastar de um homossexual. Só agora ele percebia que o preconceito por pouco não havia lhe roubado todos aqueles bons momentos ao lado daquele cara que no íntimo queria ter como amigo para o resto da vida.

Subitamente, Alexandre se pegou observando, discretamente, a mão esquerda de Hefestião pousada sobre sua coxa torneada e bela. Era bonito de se ver e bem mais do que isso, era estupidamente atraente.

Foi a partir desse momento que ele se permitiu observar um pouco mais a fundo o que sentia a respeito do amigo. Deu-se conta, então, de que havia muito mais em Hefestião do que ele notara ou se permitira notar até então. Não eram só suas palavras, que naquela voz doce e sem igual, o confortavam... Não era somente sua amizade, seu companheirismo, cumplicidade, honestidade, sinceridade, humor e carinho que faziam-no querê-lo tão bem. Havia algo mais nele que o atraia espontaneamente e, ali, sentado a seu lado, naquele momento, estava compreendendo o que era, sentia-se também atraído fisicamente pelo rapaz.

Seu corpo iluminado pela lareira tornava-se ainda mais bonito e atraente.

De repente, não era só Nova York que o inspirava a ser mais si mesmo e romper seus preconceitos, Hefestião também lhe inspirava aquilo e, bem mais do que isso, algo nele o inspirava a conhecer melhor os seus desejos mais íntimos, desejos que haviam sido, por muito tempo, repudiados até então.

Junto dele, Alexandre se sentia mais poderoso, mais vivo, mais verdadeiro e mais completo. Podia experimentar a euforia e a paz ao mesmo tempo. Viver numa zona zen. Era como se sua alma, seus sentidos, sua consciência, tudo se expandisse ainda mais, estando a seu lado.

Agora, ele compreendia o que na verdade já sabia, mas não tivera coragem de admitir para si mesmo: não fora só por preconceito que ele se afastara do amigo querido, a revelação dele mexeu com seu interior, trouxe à tona algo sobre a sua própria sexualidade que ele temia trazer à consciência. Algo que ele sabia que estava lá, mas fazia o possível e o impossível para ignorar: a sua própria homossexualidade.

Outrora essa descoberta poderia tê-lo feito sentir medo e fugir dali como um relâmpago, no entanto, naquela sala, ao lado de Hefestião, ele não mais tinha medo algum. Sentia-se amparado, protegido, apoiado e amado.

Enquanto Alexandre divagava em seus pensamentos, Hefestião permanecia prestando atenção ao clipe e cantarolando com ele. Quando se deu conta de que o amigo o observava, discretamente, pelo rabo do olho, uma onda de calor percorreu todo o seu corpo. Foi então que cedeu à vontade louca de olhar para as suas pernas, lindas, nuas, brilhando à luz da lareira com os pelos parecendo terem sido banhados a ouro. Algo, extremamente excitante.

Ele precisava olhar, não podia mais controlar seu desejo e muito menos os olhos por mais que respeitasse Alexandre. Assim ele fez, discretamente e a cada olhar uma nova onda de calor se propagava em seu interior, voluptuosamente.

Como ele conseguiria viver ao lado do amigo com toda aquela paixão e volúpia, dilacerando seu peito cada dia mais, ele não sabia. Era algo que começava a preocupá-lo profundamente. Receava, cedo ou tarde, não conseguir mais se controlar diante dele, ainda mais depois de uns drinques. Se isso acontecesse, seria o fim da amizade entre os dois, algo que ele passara a temer mais do que a morte.

Hefestião procurou se acalmar e afastar aqueles pensamentos negativos para não estragar aquele momento tão íntimo e agradável entre os dois.

Outra vez as mãos másculas de ambos se colidiram dentro do saco de pipocas, dessa vez, porém, Alexandre segurou a mão do amigo.

Hefestião, surpreso, olhou primeiramente para o saco de pipoca e depois para o amigo que, sorrindo lindamente, falou:

– Acabou!

Tão forte eram as ondas de calor que ecoavam por dentro de Hefestião, naquele momento, que levou quase dois minutos para que compreendesse o que fora dito.

Alexandre soltou sua mão e tornou a repetir:

– A pipoca acabou!

– Ah! A pipoca. É lógico! – gaguejou Hefestião, perdendo a graça.

– Pipoca é bom, mas suja os dentes – acrescentou Alexandre.

– É seu dia de sorte! Por acaso tenho uma escova de dentes novinha para emprestar.

No caminho para o banheiro, Alexandre parou em frente à janela da sala para ver o tempo.

– Pelo visto vai chover a noite inteira.

Após escovarem os dentes, os dois retomaram seus lugares no sofá da sala. Desta vez, Hefestião sentou-se de cócoras e Alexandre, gostando da ideia, fez o mesmo. Novamente os dois pareceram se concentrar no clipe que passava na TV.

Naquela posição, Hefestião podia ver os pés nus de Alexandre algo que não tivera a oportunidade de observar direito até então.

Os dedos eram bem feitos, a unha bem aparada, as veias que riscavam a superfície lembravam riachos quando vistos das nuvens. Era incrível como as veias das mãos e dos pés lhe despertavam o tesão. Existiria um nome para isso?, perguntou-se.

De repente, Alexandre mexeu os dedos, assustando Hefestião. Teria ele percebido o que fazia? Lido seus pensamentos? Não seria difícil, já que em certas ocasiões, tanto um como o outro sabiam muito bem o que se passava em suas mentes, só de se olharem.

A fim de quebrar seu constrangimento, Hefestião perguntou:

– Alguma vez lhe disse que sou um ótimo massagista? Se quiser experimentar...

Alexandre aceitou o convite de imediato, deitou-se sobre o tapete felpudo como o colega sugeriu, enquanto Hefestião desligava a TV e punha uma música suave para tocar no aparelho de som e pegou um creme para massagem.

Ao sentir os dedos de Hefestião, tocando suas costas, flexionando seus músculos dorsais, indo de cima a baixo, às vezes mais forte, noutras mais leve, Alexandre não só se sentiu relaxar como também experimentou uma onda gostosa e diferente de calor percorrer todo o seu corpo. A melhor e mais profunda sensação era quando o polegar do amigo pressionava certas regiões mais tensas.

Quando a massagem terminou, Alexandre parecia entregue aos braços de Morfeu. Hefestião então deitou-se ao seu lado e procurou também pelos braços do deus mitológico.

Num movimento rápido, Alexandre virou-se e debruçou sobre o amigo, ficando rosto a rosto com ele. O gesto pegou Hefestião de surpresa, por pouco seu coração não saiu pela boca. Não houve tempo de pensar em mais nada, Alexandre o beijou, a princípio suavemente, depois, ardentemente.

O encontro das línguas, suaves e quentes de paixão se entrelaçaram uma a outra como se dançassem um balé esquisito, como se naquele momento tanto uma quanto a outra quisessem explorar o interior de cada um.

Aquele beijo revelava a Alexandre que nada que provara na vida até aquele momento fora tão especial e prazeroso quanto aquilo. Tudo o que considerava vida, tinha sido somente um ensaio até então, preparando-o para aquele momento especial.

Para ele, aquele foi mais do que um simples beijo. Significava o encontro com o divino, o além, o místico, um encontro com os deuses.

Logo, as mãos de ambos deslizaram pelo corpo um do outro até se despirem e ficarem a rolar pelo tapete, embriagados de paixão e desejo, desligados do mundo.

Subitamente, Hefestião se pôs de pé, estendeu a mão para Alexandre que ao agarrá-la, o ajudou a se levantar. Puxando o amigo pela mão, Hefestião o conduziu até seu quarto onde o deitou na cama, retomando os beijos e os abraços vorazes.

Os dedos de Hefestião tocaram o rosto de Alexandre como se estivesse lendo em braile. Um toque que o fazia flutuar por uma frequência que só o amor sabia conduzir. Então ele disse, em êxtase:

– Quero você, Alexandre.

– Eu também – respondeu o rapaz loiro, de olhos lindos da cor da chuva.

Hefestião sorriu, extasiado, esticou a mão até a gaveta do criado-mudo de onde tirou um preservativo e um gel lubrificante. Ao perceber que o amante não sabia bem como usá-la, tratou logo de ajudá-lo, para evitar que o momento perdesse o clima.

Juntos agora pareciam ser um só. Um só corpo, uma só alma, um só coração.

Após o clímax, ficaram ali de rosto colado, em silêncio, prestando atenção à respiração um do outro, até adormecerem.

No meio da madrugada, Hefestião despertou e sorriu, ao ver o rosto de Alexandre, adormecido, ali tão rente ao seu. Parecia um anjo adormecido. Um anjo encantado e iluminado.

Então, levantou-se silenciosamente da cama, tomando o cuidado para não despertar o amante e foi até cozinha servir-se de um copo d'água. Ao passar pela janela da sala viu que a chuva ainda caía sobre Manhattan e que perduraria até o alvorecer.

Ao voltar para o quarto, deteve-se rente à porta ao ver Alexandre estirado na cama, parecendo e muito um deus grego adormecido. Uma pintura de Da Vinci. Então, voltou a se deitar ao seu lado, com o mesmo cuidado que teve ao se levantar e ficou a ouvir sua respiração, admirando seu tórax subindo e descendo até se perder em pensamentos.

Ele já experimentara o sexo, muitas vezes, chegou a pensar que havia experimentado o amor, mas com Alexandre ele provara outro nível de amor e sexo. Provavelmente o que era o amor de verdade e tinha a certeza de que, finalmente, havia encontrado o amor da sua vida.

Definitivamente, havia algo de sobrenatural naquele homem. Se os deuses, como Alexandre acreditava, realmente existiam, ele só poderia ser um deles encarnado.

Um pensamento desagradável desarmonizou a sensação de paz interior a seguir. E se Alexandre, pela manhã, se envergonhasse do que fez? Assustasse com a volúpia que o dominara? Aquilo não poderia acontecer, senão ele se afastaria dele e para sempre. Ele o amava. Amava-o como nunca amara um homem. Daí a certeza de ele ser definitivamente o homem da sua vida.

Naquele momento, Hefestião buscou em Jesus um lenitivo para o seu temor. E adormeceu com Jesus em seus pensamentos.

Como programado, o despertador tocou às sete horas da manhã.

Hefestião relutou para levantar, mas quando o fez, surpreendeu-se ao ver que Alexandre permanecia imóvel a seu lado. Ele então o despertou, chamando-o baixinho, no ouvido.

– Preciso ir fazer xixi – disse Alexandre, saltando da cama e correndo para o banheiro para lavar o rosto e escovar os dentes.

Vestiu então um terno que Hefestião lhe emprestou enquanto este, querendo ser gentil sugeriu:

– Posso fazer um café...

– Não se preocupe, tomaremos um num lugar aqui perto – respondeu Alexandre, parecendo apressado para partir.

Hefestião aguardou que ele lhe desse um beijo de bom-dia, mas isso não aconteceu; talvez ele devesse dá-lo, pensou, mas mudou de ideia por medo da sua reação.

As ruas ainda estavam úmidas quando os dois ganharam o ar. Ali fora, Alexandre já não mais parecia estar com pressa, o que fez Hefestião andar no seu ritmo. Seguiram pela Leroy Street, virando na Sétima Avenida onde Alexandre numa voz descolada, perguntou:

– Onde podemos tomar o café?

– Bem...

– Vamos, sugira... – insistiu.

– Há um bar na Barrow Street que serve um dos melhores breakfasts de Manhattan. Há também um na...

– O da Barrow está ótimo!

Os dois atravessaram a grande avenida e seguiram calmamente até o bar, um lugar aconchegante, na opinião de Alexandre.

Ali ficaram descontraídos falando de amenidades, rindo sem se importarem com o tempo e degustando um café da manhã com um sabor bem mais acentuado, que ficaria eternamente cravado em suas memórias.

Marche, a secretária de Alexandre, notou de imediato que o patrão estava diferente, parecia mais calmo e mais contente com a vida; cumprimentou-o e o seguiu até sua sala para lhe passar a agenda do dia. Até o modo de Alexandre se dirigir a ela havia mudado. Ele estava transformado, parecia ter acordado naqueles dias em que o ser humano desperta expressando somente o que há de melhor em si.

Bem na boca da noite, os dois amantes saíram para fazer compras nas mais conceituadas lojas da Quinta Avenida. Alexandre nunca comprara tantos ternos de uma só vez e, mesmo sob protestos de Hefestião, fez questão de presentear o amigo com a mesma quantidade.

No dia seguinte, os dois foram a outra recepção. Sem o menor constrangimento, foram fotografados sempre lado a lado pelos paparazzi que deram início ao boato de que os dois eram bem mais do que amigos.

– Você está muito charmoso neste terno – elogiou Hefestião, em meio à festa. – Logo será eleito um dos homens mais elegantes da América.

Alexandre, sem se importar com o que ele disse, em meio aos flashes das câmeras fotográficas dos paparazzi, aproximou-se do seu ouvido e sussurrou:

– Hoje você dorme em casa.

Hefestião não esperava pelo convite, foi algo que triplicou a sua felicidade.

Horas depois, os dois se encontravam na grande sala da luxuosa cobertura de Alexandre, ouvindo um CD escolhido pelo próprio dono da casa. A canção parecia contar a história de ambos:

Por que esperou tanto pra dizer que me amava?
Por que me fez ficar ali parado, traçando papo furado?
Jogado a terceiros cuidados?
Não vê? Que quase que eu me mando,
com a mochila nas costas,
pela falta de respostas...
pra me esquecer de você
Ainda bem que o avião atrasou
Ainda bem que o tempo nublou
Senão não teria dado tempo de você chegar e
Me pegar a tempo, e me abraçar correndo
E dizer aquilo tudo que eu sempre quis dizer pra você:
"Te amo, tanto!"

Então, Alexandre levantou-se da poltrona onde ficara temporariamente largado, foi até o amante, estendeu-lhe a mão e quando ele a segurou, puxou-o até envolver seu corpo e começar a dançar.

– Eu... – gaguejou Hefestião minutos depois.

Alexandre tapou-lhe a boca com a mão e disse sussurrando:

– Não diga nada!

Hefestião sorriu e, num rápido movimento livrou-se da mão dele.

– Eu preciso...

Alexandre o incentivou então por meio do olhar, sem perder o compasso da música.

– Eu não sei se o induzi a fazer tudo o que fizemos ontem, se assim, eu não me arrependo. Há tempos que eu já era loucamente apaixonado por você.

– Por que não me disse?

– Porque tive medo de perdê-lo outra vez. Preferia deixar que esse amor me corroesse por dentro a ter que revelá-lo e correr o risco de ser rejeitado por você.

Ele suspirou e deitou o rosto no ombro de Alexandre que o apertou contra o seu peito com força e delicadeza ao mesmo tempo.

– Eu o amo, Alexandre – declarou Hefestião no minuto seguinte, fazendo com que Alexandre o apertasse um pouco mais.

– Eu realmente o amo... – reforçou o rapaz com o timbre que vem do coração. – Você é o grande amor da minha vida, o cara que eu sempre sonhei encontrar!

Alexandre o beijou fervorosamente, enquanto, ao fundo, ouvia-se uma voz macia cantar:

Mesmo que o universo apague os seus sóis
Mesmo que voltemos à era do gelo
Nada pode mais do que o nosso amor
Esse amor que veio pra ficar
Esse amor que veio pra marcar
Esse amor que veio pra ficar

Esse amor que veio pra atravessar vidas
Muitas vidas
Ser eterno
Se perder por entre as estrelas do infinito
Em meio ao êxtase mais bonito que o amor
Pode alcançar ah ah!!!

V

Após retornar de sua visita surpresa ao filho na América, Filipe não mais se mostrou o mesmo para com a esposa, levando Olímpia a perder os últimos resquícios de esperança de salvar seu casamento.

O tempo que a doença o deixara inválido deveria ter servido para ele reavaliar sua vida e recompor suas energias, por isso voltou a frequentar jantares de negócios, recepções, e a ignorá-la completamente.

Para sua surpresa, o marido procurou concentrar suas forças na matriz inglesa do laboratório, na certa, para evitar conflitos com o filho e a esposa. Sua decisão foi encarada com grande alegria por Alexandre que nesses meses passou a ser citado constantemente nas colunas sociais, apontado como sendo o jovem mais promissor em negócios dos últimos tempos.

Já se tornara impossível enumerar quantas mudanças haviam ocorrido desde que ele assumira a presidência na América. Algo nisso tudo era certo, a ascensão dos lucros que obtivera, tornava-se invejável para os concorrentes e qualquer ambicioso pelo poder.

Ao ver uma foto do filho, tirada numa grande recepção em Nova York, num dos jornais mais importantes da Inglaterra, Filipe não pôde deixar de sentir orgulho do rapaz. Era um jovem esforçado e trabalhador, determinado e confiante.

Olímpia também acompanhava o filho por meio das colunas sociais e notou que ele havia voltado a aparecer nas fotos, ao lado de Hefestião, com maior frequência. Uma cisma a fez voltar a orar no templo com mais intensidade e fervor desde então.

Julho de 1997

Alexandre surpreendia Hefestião, mais uma vez.

– Quero ir a um bar gay no Village, sei que há muitos por lá... – disse ele numa tarde onde o sol do verão nova-iorquino se mostrava por inteiro.

– Sim.

– Qual é o melhor?

– Gosto muito do "The Universal Grill". O cardápio é excelente, extremamente exótico. Alexandre pareceu se empolgar enquanto Hefestião, olhando mais atentamente para ele, questionou:

– Tem certeza mesmo de que quer ir?

– Claro!

– Não tem receio?

– Do quê?

– De ser visto num lugar como esse por um paparazzi e...

– Não! – A voz de Alexandre soou firme e decidida.

Hefestião calou-se, mordendo os lábios, tomado de certa preocupação.

The Universal Grill se localizava numa esquina da Bedford Street com a Commerce Street. Era discreto e sem nenhuma sofisticação; porém, atraente, convidativo e aconchegante. Ao entrar, Alexandre sentiu uma ponta de hesitação. Aquilo era para ele como que a conquista de um novo mundo. Um mundo que realmente existia, o qual jamais pensara em pôr os pés e, no entanto...

O dono do local, que já conhecia Hefestião, saudou-o à porta e avisou que, infelizmente, ele e o namorado teriam de aguardar por uma mesa, a casa estava lotada, era noite especial.

– Especial? Por quê?! – quis saber Alexandre assim que o proprietário se afastou.

– Bem, você logo verá!

Hefestião achou melhor fazer segredo, ainda que soubesse que Alexandre não apreciava surpresas. Mas algo lhe dizia que ele iria adorar o que estava prestes a acontecer no bar mais empolgante de Manhattan, em sua opinião.

Por um segundo, Hefestião se perguntou se aquilo tudo não estaria sendo demais para o amante. Tudo assim de uma hora para outra... Talvez ele estivesse indo rápido demais, mas como saber o que Alexandre estava sentindo se era muitas vezes como uma esfinge em relação aos seus sentimentos? O jeito era orar para que ele não surtasse diante de tantas mudanças a sua volta.

Os dois aguardaram pela mesa sentados ao bar do restaurante. Hefestião pediu dois cosmopolitans enquanto Alexandre observava o ambiente. Muitos gays presentes olhavam discretamente na sua direção. Estariam flertando com ele, ou se certificando se ele era quem pensavam ser: o grande Alexandre, um dos jovens mais ricos do planeta.

Ao avistar a foto da Mulher Maravilha de um seriado de TV, Alexandre gargalhou:

– Posso afirmar que nunca vi algo desse tipo! – Alexandre riu.

– Há sempre uma primeira vez – respondeu Hefestião, parecendo se divertir com a situação. – Tive a oportunidade de ver Madonna sentada nesse mesmo lugar há alguns meses atrás.

– O que ela estaria fazendo aqui? – perguntou ele.

– Aqui é também um lugar frequentado por muitas celebridades. Muitos heteros* também vem aqui, os de mente aberta, logicamente.

Assim que os drinques chegaram, Hefestião propôs um brinde. Alexandre fez uma careta.

– O que há? – perguntou Hefestião surpreso e ao mesmo tempo preocupado.

Alexandre lhe apontou o cálice com o dedo. Hefestião, franzindo a testa, pegou o cálice de sua mão e o colocou contra a luz que vinha de um abajur próximo onde estavam sentados. Franziu novamente o cenho sem compreender.

Alexandre, sorrindo, explicou:

– Aqui eles põem cerejas no cosmopolitan!

– É verdade! Esqueci que você não gosta delas!

Hefestião chamou o barman e lhe explicou o ocorrido. O rapaz pediu desculpas e fez outro.

– A nós! – sugeriu Hefestião, erguendo a taça para brindar com Alexandre. – A nós para todo o sempre.

Alexandre apenas brindou sem dizer uma só palavra, mas seus olhos diziam tudo o que era necessário e aquilo fez o coração de Hefestião pulsar mais forte. Pairou os olhos sobre aquele maravilhoso homem atraente à sua frente. Aproximou-se dele e disse-lhe baixinho, no ouvido:

– Eu o amo... – Alexandre dirigiu os lábios até os dele e os beijou, para seu total espanto, bem ali, cercado por todas aquelas pessoas do bar-restaurante.

Algum tempo depois, comemorou-se o aniversário de um dos presentes no restaurante. Depois do tradicional "Parabéns a você" os garçons cercaram a mesa, carregando pandeiros e vestindo chapéus coloridos, puseram também um na cabeça do aniversariante e dançaram ao som do tema da abertura do seriado de TV da Mulher Maravilha.

– Que raio de música é essa? – perguntou Alexandre, tentando se fazer ouvido por Hefestião, o qual parecia maravilhado e contagiado pelo clima de festa.

– O quê? – perguntou ele, virando-se para o amigo.

Alexandre repetiu a pergunta.

– A música?! Ah, é de um seriado antigo de TV – explicou Hefestião, rindo.

Então, os garçons convidaram todos os presentes para participarem da festa. Assim, muitos subiram nas suas cadeiras e dançaram com eles.

Mesmo inibido, Alexandre mexeu os quadris o que divertiu imensamente Hefestião.

Em seguida, o dono do restaurante foi avisá-los de que a mesa para os dois já estava disponível. Meia hora depois foi anunciado o show de *drag queens**.

– Por isso é uma noite especial, entendeu agora? – comentou Hefestião. – Uma vez por mês, há um show de drags aqui, por sorte esta é a noite, assim terá a oportunidade de assistir a elas. São ótimas, você verá!

E foi mesmo, confirmou Alexandre. Cada uma das drags fez seu show, imitando e interpretando velhos sucessos de cantoras americanas famosas tais como Doris Day, Barbra Streisand, Karen Carpenter entre outras. Alexandre gostou tanto das apresentações que só quis ir embora depois da última.

Era por volta das duas da madrugada, quando ambos deixaram o local. Visto que o clima estava propício para uma caminhada, os dois seguiram calmamente pela calçada. Lançando os olhos com admiração para os edifícios que ladeavam a rua, Hefestião comentou:

– Uma das coisas que mais gosto na vida, é sair pelo Village caminhando à noite.

– Eu também estou aprendendo a gostar – admitiu Alexandre, dando um peteleco na cabeça do amigo. – E a culpa é sua, seu...

– Opa!!!

Os dois riram.

– Eu gosto da arquitetura dos edifícios... São marcas registradas do bairro – continuou Hefestião enquanto ajeitava os cabelos.

Ao passarem por um edifício cujo basement** havia se tornado moradia, o rapaz comentou:

**Drag queens* ou *Drag kings* são artistas performáticos que se travestem, fantasiando-se cômica ou exageradamente com o intuito geralmente profissional artístico. No mais das vezes, apresentam-se em boates e bares LGBT, embora haja drags que façam eventos para público misto e heterossexuais, como animação em festas de casamento, debutantes, formaturas etc. Muitas fazem também correio elegante ou correio animado, levando mensagens de amor ou felicitações com performances características. Chama-se drag queen o homem que se veste com roupas exageradas femininas estilizadas, e *drag king* a mulher que se veste como homem. A transformação em *drag queen* (ou *king)* geralmente envolve, por parte do artista, a criação de um personagem caracteristicamente cômico e/ou exagerado.

Tanto *drag queens* como *drag kings* podem ser homossexual, bissexual ou heterossexual. Não é indicativo de gay. (N. do A.)

**É um ou mais andares de um edifício que são total ou parcialmente abaixo do piso térreo. Cidades com altos preços da propriedade, tais como Nova York ou Londres, os basements (porões) são frequentemente utilizados como espaço de vida. (N. do A.)

– Você alguma vez já observou um basement?

Alexandre franziu o cenho, dirigindo seus olhos para o local, curvando-se sobre a amurada que havia ali para observá-lo melhor.

– Dizem que é ilegal morar num, sabe? Mesmo assim os proprietários alugam o espaço para moradia, principalmente para estrangeiros, pois o aluguel pode custar bem mais barato. Morei num desses quando me mudei para Nova York. Não é ruim, mas é claustrofóbico muitas vezes. Não é nada divertido abrir a janela do lugar e ver apenas os tornozelos e pés dos transeuntes caminhando de um lado para o outro. Parece até o desenho animado do Tom e Jerry onde os humanos só apareciam da cintura para baixo.

Ele riu enquanto seus olhos recordavam o desenho que marcou gerações.

– Acho que não foi chegado muito a desenhos animados, não é?

– De fato, não! Minha mãe me enchia de livros infantis e, mesmo quando eu não sabia ler, ela ou a babá os liam para mim – explicou Alexandre.

Hefestião notou mais uma vez o brilho que transparecia em seus olhos ao falar da mãe. Ele tinha verdadeiramente adoração por ela.

Alguns passos adiante, Alexandre comentou:

– Vi certa vez dois homens, transando num dos vestiários do estábulo da nossa propriedade.

– Você o quê?!

– Foi isso mesmo o que você ouviu. Eu deveria ter uns cinco, seis anos de idade, quando isso aconteceu, por isso levei anos para compreender o que realmente havia visto.

– Como foi que isso aconteceu?

– Cismei de passar no estábulo para rever meu cavalo favorito quando ouvi vozes, sussurros, na verdade, vindo de um dos vestiários de porta fechada. Então olhei pelo buraco da fechadura e os vi.

Hefestião soltou uma gargalhada espontânea e Alexandre fez o mesmo.

– E o que fez?

– Fui embora, ora, não sabia o que significava aquilo. Tampouco estava disposto a perguntar aos dois o que significava.

– E quem eram?

– Eu não sei. Não pude ver seus rostos. Quando contei à minha mãe, a coitada ficou vermelha como um pimentão. Na época também não entendi o porquê, pobrezinha, deve ter sido extremamente embaraçoso para ela.

– E o que ela disse?

– Acho que não me disse nada, apenas mudou de assunto.

Hefestião voltou a rir, balançando a cabeça, inconformado. Então, para sua surpresa, o amigo enlaçou seu ombro como faz um namorado apaixonado pela namorada.

– Você não tem medo? – indagou Hefestião, olhando com certa tensão para ele.

– Medo do quê?

– De ser visto.

O tom de Hefestião era sério e preocupado, seus olhos iam agora de um lado para o outro, inquietos, observando os pedestres que por eles passavam. Não havia muitos àquela hora, mas um deles poderia ser um paparazzi disposto a ganhar fama com uma foto comprometedora como aquela.

Alexandre soltou uma gargalhada, apertando o rapaz ainda mais para junto dele.

– Falem bem ou mal, contanto que falem de mim é o que importa. Sempre tive essa opinião, meu caro. Jamais deixarei de fazer o que quero por medo do que os outros possam vir a pensar de mim. Sou capaz até mesmo de beijá-lo aqui na rua.

– Alexandre! – Hefestião se alarmou ainda mais. – Preocupo-me com a sua reputação!

– Bobagem.

– Preocupo-me, sim! Você é uma celebridade.

– E daí, que bem...

Alexandre o apertou ainda mais e lascou-lhe um beijo na testa.

– Ah, Hefestião, Hefestião, Hefestião... Eu simplesmente adoro você!

Ele esperou que ele dissesse "eu amo, você!", era o que mais ansiava ouvir, todavia, deveria ser ainda muito cedo para ele admitir aquilo. Que se contentasse em esperar, nem todos reconheciam o amor tão de imediato.

Meia quadra depois, o jovem bilionário dividia com o amigo algo que o vinha intrigando ultimamente.

– Você acha que o homem se denigre ao fazer sexo com outro homem?

Hefestião pensou antes de responder:

– Eu penso que não, mas muitos pensam que sim.

– E sabe por que pensam assim? – continuou Alexandre, pensativo. – Porque foi incutido, através dos tempos, que isso é imoral, pecaminoso e degradante. Esse condicionamento fez e faz muitos homens reprimirem seu lado homossexual, causando-lhe sérios problemas mentais. Não só homens, como mulheres também. Se não tivessem incutido na mente das pessoas que o homossexualismo é degradante, muito mais homens seriam felizes, especialmente os que se obrigaram a se casar com o sexo oposto para se enquadrarem à regra social. Com isso haveria muito menos homens, enganando suas esposas e, consequentemente, menos esposas infelizes sujeitas a contrair uma doença venérea.

– Sem dúvida! – Hefestião estava surpreso mais uma vez com a perspicácia de Alexandre.

– Afirmam que a homossexualidade é uma questão de opção, é o indivíduo quem escolhe ser homossexual ou não. Se isso fosse realmente verdade, diante do tremendo preconceito que há na sociedade, todo individuo optaria por ser heterossexual. A única verdade disponível a todos, a meu ver, é o fato de que nascemos mesmo homossexuais, ninguém opta por ser. Acontece porque a natureza da vida quis assim.

Hefestião concordou e Alexandre após renovar o ar nos pulmões, prosseguiu:

– Dizem que muitos se tornam homossexuais devido à ausência do pai, ou por ele ser bruto e estúpido com o filho ou com a esposa. Eu realmente não acredito nisso, uma vez que há pais hiperamigos de seus filhos que se descobrem mais tarde, homossexuais. Dizem também que o homem se torna homossexual por ter sido criado num ambiente onde havia predominância de mulheres, e no caso da mulher, num ambiente onde havia predominância de homens; isso também não é verdade visto que não acontece com todos que crescem em lares assim.

Hefestião deu seu primeiro parecer:

– Você não faz ideia do quão grande é o número de pessoas que ao se descobriram homossexuais chegaram a sentir ódio de si mesmas e pediram aos céus para deixar de sentir o que sentiam. Tudo por receio de que fossem humilhadas e isoladas pela família e pela sociedade. Sei de pessoas que chegaram até a buscar forças ocultas, bênçãos e unguentos para deixarem de ser homossexuais; e outras que fizeram promessas com sacrifícios árduos para alcançarem o mesmo objetivo.

A Igreja católica não aprova a homossexualidade, sendo que ela própria, se observarmos bem, foi e é o refúgio de muitos homossexuais ao longo da história. Para mim, a Igreja determinou que os padres não poderiam fazer sexo para ocultar o desinteresse deles pelo sexo oposto. Assim criou-se um lugar onde todos os gays poderiam viver somente em companhia masculina, o que seria um incentivo para eles se tornarem padres. Só quem é muito desligado ou de QI reduzido não percebe isso ou finge não perceber.

– Quem criou as leis que regem a Igreja Católica foi muito esperto... – opinou Alexandre, achando graça.

– Mais esperto do que a maioria! – murmurou Hefestião, lembrando que essa era a frase bordão do famoso urso Zé Colmeia.

– Mas há uma vantagem em tornar-se padre, ninguém os chama de bicha, viado, florzinha, pelo menos não na frente.

Hefestião riu ainda mais do que Alexandre e contou a seguir:

– Dizem que existem dois tipos de hetero, um que fala mal dos gays pela frente e outro que fala por de trás,

Pelo pouco que viveu, Hefestião sabia que aquilo era uma verdade incontestável, infelizmente. E a maioria desses heteros eram assíduos religiosos, frequentavam a igreja da qual faziam parte pelo menos uma vez na semana e, mesmo assim, ignoravam a base de todas as religiões "Amai o próximo como a ti mesmo!".

Duas moças vestidas ao estilo dark passaram por eles e lhes deram uma piscadinha. Mesmo assim, Alexandre não tirou o braço dos ombros de Hefestião.

– Você sabia que existe homossexualidade até no reino animal?

– O preconceito é pavoroso – continuou Hefestião, sério. – Por causa dele, milhares de adolescentes se mataram, ao se descobrirem homossexuais. Penso também que muitos que afirmam se aceitar, fazem da boca para fora, inconscientemente, buscam formas de se punir por serem como são, atolando-se nas drogas, na bebida alcoólica em excesso, e comportamento sexual de risco. Muitos também se utilizam desses subterfúgios para poderem encarar a sociedade, os pais, a família.

– Os negros também vem passando horrores com o racismo através dos tempos – opinou Hefestião. – Os gays ainda podem fingir que não são gays, e se escondem dos olhos preconceituosos da sociedade, os negros, não!

Há outro fato, de extrema importância, na minha opinião, que deve ser levado em conta nisso tudo. De nada adianta lutarmos contra o preconceito e o racismo se os próprios gays e negros forem preconceituosos e racistas consigo mesmos? Já vi muitos gays avacalharem consigo mesmos, com sua própria imagem e modo de ser, bem como vi negros tratando a si próprios com indiferença por serem da raça. Mesmo que o mundo os aceite, como se isso fosse necessário, de nada adiantará se eles próprios não se aceitarem do jeito que são.

– Feliz será o dia em que os gays serão visíveis na sociedade a ponto de se tornarem invisíveis para ela.

Após breve pausa, Hefestião, reflexivo, comentou:

– Só gostaria de saber por que existe preconceito, quem iniciou tudo isso e com que intenção?

– Na realidade, meu caro Hefestião, se você observar bem, o preconceito não é só com relação aos gays, é também com relação a tudo que se refere a sexo, por exemplo. Todos têm o sexo como algo terrível, pecaminoso e nojento, sendo que é justamente o contrário, é maravilhoso, de onde nasce a vida, onde o espírito resplandece. É também com relação aos pobres, estrangeiros, paraplégicos e indivíduos com limitações físicas e mentais. É também com relação àqueles que pertencem a uma religião diferente da sua, um estado, uma raça. Infelizmente, o preconceito vai muito mais além do que se percebe. Ele é o grande vilão da nossa história. A sociedade é tão hipócrita que recrimina a nudez, sendo que nascemos pelados. Não foi essa a intenção dos deuses?

Hefestião riu.

Alexandre, intensificando a voz, foi adiante:

– A mesma ideia foi disseminada no mundo gay, o passivo é quem leva a pior. Com esse padrão de pensamento, muitos gays fazem sexo passivo por não aguentarem mais conter dentro de si o desejo, mas depois se sentem horríveis, sujos, pecadores ainda mais sendo o passivo do ato. Sentindo-se assim, ficam fragilizados, tendo maior propensão à depressão, baixando assim sua imunidade e se predispondo a contrair mais doenças. Muitos se drogam para poder cessar as vozes mentais que os fazem sentir-se culpados por ser o passivo da relação.

Acredito que muito do preconceito que existe com relação aos gays se dá pelo modo exagerado de muitos se portarem. Devo admitir que não curto muito os afeminados. Acho que nunca teria um relacionamento com um. Para mim, o gay quer um homem para se relacionar e não um que queira parecer uma mulher.

Resta saber se o afeminado é, assim, por espontaneidade, ou faz para chamar a atenção dos outros, por ser, no íntimo, carente de atenção.

Hefestião deu seu parecer:

– Para mim, o afeminado é afeminado porque a natureza o fez assim. Lembro-me de coleguinha de escola que desde garotinho era efeminado e sofria *bullying** constantemente.

**Bullying* (do inglês bully, tiranete ou valentão) é um termo utilizado para descrever atos de violência física ou psicológica, intencionais e repetidos, praticados por um indivíduo Nas escolas, a maioria dos atos de bullying ocorre fora da visão dos adultos e grande parte das vítimas não reage ou fala sobre a agressão sofrida. (N. do A.)

Eu, já naquela época, antes de saber que era gay, condenava e considerava o bullying uma atitude bestial e desumana. Esse garotinho afirmava que não se importava com aquilo, mas, sinceramente, não era o que me diziam seus olhos. Havia tristeza neles e ódio, não somente pelos colegas que o pichavam, mas por si mesmo por ser daquele jeito. O que me levou a pensar mais tarde, se muitos gays não mantêm seu porte masculino só para evitar o bullying.

A pergunta trouxe um momento para reflexão. Alexandre foi quem retomou a conversa:

– O preconceito talvez exista também pelo fato de o homem achar o sexo anal nojento. Mas se não fosse para haver o sexo anal, as coisas não se encaixariam tão bem, não é verdade?

Os dois riram.

– Além do que, o sexo anal já existe há milhares de anos. Em certas culturas era usado para evitar a gravidez. Segundo as pesquisas, não são só os homens que apreciam, as mulheres também; confirmou-se que o ânus é uma zona de grande prazer sexual, tanto para os homens quanto para as mulheres.

A atenção dos dois foi desviada por uma ambulância, que passou, tocando a sirene bem alta, algo típico nas ruas de Manhattan, a qualquer hora do dia.

Uma estranha expressão sombreou o rosto de Hefestião a seguir.

– Durante um tempo, bem no início, quando me descobri homossexual, encarei a homossexualidade como sendo um carma por eu ter feito coisas ruins para outras pessoas numa vida ou vidas anteriores a essa. Foi Buda quem sugeriu essa ideia.

– E você acredita mesmo nisso?

– Bem, é uma boa explicação para a sorte e a falta de sorte das pessoas ao longo da vida, não? Estudando sobre o carma, descobri que para transcender um, no caso, o da homossexualidade, o simples fato de se aceitar como é, faz com que ele se resolva. Quando ouvi esta teoria, ri e disse para mim mesmo: fácil é falar, difícil é fazer! Passei a usar ferramentas de autoajuda para me aceitar como sou e, foi então, que compreendi definitivamente que se os demais não lavam a minha roupa, não fazem a minha comida e não me sustentam, não há por que lhe dar ouvidos.

E mais ainda: aprendi a reconhecer o meu real valor como ser humano. Toda vez que ouvia alguém insinuar qualquer coisa a meu respeito, eu, automaticamente, lembrava o quanto sou maravilhoso, um ser de luz própria dentro deste universo e na própria sociedade. Não roubo, não mato, não encho o saco de ninguém, sou, enfim, com toda modéstia, um cara nota dez!

Hefestião soletrou com grande ênfase a última palavra.

Alexandre, olhando-o com profunda admiração, pediu:

– Repita, por favor.

O rapaz riu e fez prontamente:

– Se os demais não lavam a minha roupa, não fazem a minha comida e não me sustentam, não lhes devo satisfação. Devemos lembrar sempre diante do bullying o quanto somos maravilhosos, seres de luz própria, dentro deste universo e na própria sociedade. Se não roubamos, não matamos, não enchemos o saco de ninguém, respeitamos enfim, o próximo, somos, sem modéstia alguma, dignos de respeito por nós mesmos.

Alexandre sorrindo, beijou-o e entrelaçou sua mão à dele, apertando forte.

– Tudo o que disse é formidável! Verdadeiro!

– É, não é? Foi o que me ajudou a me aceitar, podendo viver assim mais feliz. Devo isso, em parte, aos profissionais de autoajuda que escrevem livros maravilhosos, surpreendentes e transformadores.

Alexandre novamente beijou-lhe a fronte e depois de breve pausa, perguntou:

– Você falou de carma... Você, por acaso, acredita que viemos de outras vidas?

– Bem... – Hefestião foi sincero mais uma vez na resposta. – É, a meu ver, a única explicação que encontro do por que uns têm de passar por desafios mais árduos que os outros nessa vida maluca.

– É... por esse ângulo faz sentido.

A atenção de Hefestião foi desviada a seguir para a pracinha do outro lado da rua.

– Veja, ali é a praça símbolo da *Rebelião de Stone Wall.**

Os dois foram até lá e se sentaram num banco diante de uma bela estátua que há no local.

– Foi aqui – explicou Hefestião –, que em vinte e oito de julho de 1969, a polícia nova-iorquina invadiu o bar conhecido pela frequência homossexual e, pela primeira vez, os gays resistiram à prisão, dando origem ao que se chamou a Rebelião de Stone Wall. Inclusive a Parada Gay surgiu aqui em Nova York, nos anos 70, como tributo a esse levante.

Alexandre ouviu aquilo com muita atenção. Hefestião continuou:

– Por muitas vezes me perguntei se as religiões que no início da AIDS apontaram a doença como sendo um castigo enviado dos céus pelo comportamento dos gays, não estavam certas.

– Mesmo?!

– Sim. Mas concluí, depois, que se foi um castigo, porque os heteros também foram contaminados?

Alexandre riu.

– Poucos param para perceber que a maioria das religiões está mais interessada em disseminar o preconceito e a revolta entre os seres humanos, do que plantar as sementes do bem estar entre todos. Jesus dizia "amai ao próximo como a ti mesmo", mas poucos parecem entender seu conselho, especialmente os proprietários das religiões que são avessas aos gays.

O que mais me impressiona, é notar que, ao longo dos tempos, por causa do preconceito, milhares de pais abandonaram o próprio filho, vitima da AIDS, em hospitais ou qualquer canto por aí onde morreram sozinhos e sem afeto. Que amor é esse para com o próximo, ainda mais

---

*Stonewall é um bar frequentado pelo público LGBT (Lésbicas, gays, bissexuais, travestis e transexuais) em Nova York, que no final dos anos sessenta sofria repetidas batidas policiais sem justificativa até que em 28 de Junho de 1969 o grupo iniciou um tumulto generalizado que durou três dias. Foi a primeira vez em que um grande número de pessoas LGBT se juntou para resistir aos maus tratos da polícia contra a comunidade. Após esse episódio, o dia 28 de junho passou a representar o início do movimento moderno LGBT, que busca liberdade de expressão e igualdade de direitos. (N. do A.)

tão próximo?

Se Deus criou a AIDS para punir os gays, o que estará Ele querendo ensinar aos pais dos vitimados pela doença?

– É muita hipocrisia.

Elevando a voz, Hefestião continuou:

– Por falar em AIDS, eu sempre me depararei com inúmeras especulações a respeito de sua origem, mas nenhuma delas me interessa tanto quanto encontrar a cura para ela. É preciso deter a propagação dessa doença, devolver a imunidade àqueles que a contraíram para que assim vivam com mais dignidade.

Os olhos de Alexandre brilharam de empolgação ao ouvir o comentário.

– Eu quero e vou encontrar a cura para isso... – disse ele com ênfase.

Hefestião percebeu pela inflexão da voz de Alexandre que o motivo pelo qual ele tanto almejava encontrar a cura, nada mais era que um meio para se erguer ainda mais financeiramente, dominar o mundo, ficar na história. Com certeza outros laboratórios farmacêuticos tinham a mesma intenção que Alexandre na busca da cura. Talvez seu objetivo fosse esse por jamais ter visto de perto o horror que a doença causa, principalmente em alguém que tanto quisera bem.

Para Alexandre, a existência da AIDS assim como a de qualquer outra doença era um mal necessário para manter e ampliar seus lucros. O pior é que não era somente ele quem pensava assim. A maioria dos laboratórios farmacêuticos do mundo, do mais simples ao mais sofisticado, também encaravam as doenças daquela forma abominável.

Ainda que Alexandre pensasse assim, ele o amava, talvez, um dia, quem sabe, mudasse de opinião.

– Às vezes também me rendo à hipótese de que o deus que criou a AIDS é um deus de carne e osso! – continuou Hefestião. – Fez por preconceito ou por interesse diabólico, tal como diminuir a população do mundo. Tal como aqueles que acreditam que a guerra é um mal necessário, para poder manter o equilíbrio ecológico.

– Essa é uma hipótese absurda! – esbravejou Alexandre.

– Você acha?

– Sim. Como é que alguém poderia criar um vírus?

– Mesmo com a tecnologia atual?

– Disse bem, Hefestião. Atual, não há 15, 20 anos atrás quando a AIDS surgiu.

– Sim... Ainda assim penso nessa hipótese.

– Só um louco faria uma coisa dessas!

– Foi o que eu disse: um louco!

Os dois se aquietaram por alguns minutos, deliciando a suave brisa que soprava à noite. Nenhum tinha pressa em partir, haviam se esquecido completamente das horas e dos compromissos que os aguardavam pela manhã. Namorar era bom demais, uma dos melhores prazeres da vida, admitiu Alexandre com seus botões. Namorar, então, o cara que nascera para ser só dele, para o resto da vida, era formidável.

O silêncio se estendeu por mais alguns minutos até Hefestião tomar coragem necessária para perguntar:

– E você, Alexandre... O que sente de fato por ser um...

Alexandre, mergulhando as mãos no cabelo, como sempre fazia, respondeu de forma direta:

– É parte da minha natureza não contestar minhas vontades e sensações.

– É seu signo. Os leoninos são assim.

– Signo? – Alexandre franziu a testa. – Nunca me liguei a essas coisas!

– Eu, sim. Ajuda a me conhecer melhor.

– Fale-me um pouco sobre o meu signo.

Hefestião tentou, mas desistiu ao perceber que seriam palavras em vão, Alexandre estava disposto a discordar de tudo que se referisse aos astros, considerasse verdade ou não.

– Alexandre sua personalidade é tão forte... – continuou Hefestião meio minuto depois – que me pergunto se há algo que possa vir a balançar essa sua estrutura invejável.

– Não há! – respondeu Alexandre, sem modéstia.

– Será? Todo ser humano tem suas fraquezas...

– Eu não sou qualquer ser humano, Hefestião. Se fosse, não estaria me tornando o homem mais importante e rico do mundo.

Aquilo era bem verdade. Fez com que o rapaz se recordasse do que pensou, ao ver Alexandre deitado sobre sua cama na noite em que despertaram para o amor.

– Eu me sinto tão feliz ao seu lado... Senti isso desde que o vi pela primeira vez, naquela reunião.

Hefestião pegou em sua mão e apertou-a firmemente. Assim permaneceram sem que Alexandre demonstrasse, mais uma vez, qualquer constrangimento, algo que encheu Hefestião novamente de admiração.

Na semana seguinte, Alexandre regressou à Inglaterra para rever a mãe. Poderia ter levado o namorado com ele, mas foi acometido de uma estranha insegurança. A mãe o encheu de perguntas, quis saber dos boatos dele com certas moças que apareciam ao seu lado nas fotos das colunas sociais, mas o filho, para desagrado total de Olímpia, admitiu não ter nada com nenhuma delas.

Olímpia quis saber então do amigo que sempre aparecia ao seu lado nas fotos, e Alexandre lhe explicou, com empolgação, quem era, omitindo apenas o fato de terem se tornado amantes.

Quis, certamente, contar-lhe a verdade para compartilhar com ela a felicidade que vivia atualmente ao lado de Hefestião, mas achou melhor aguardar um pouco mais.

Não levou mais que um dia para que o jovem promissor, mesmo estando ao lado da mãe, sentisse falta do namorado, o que o levou a passar horas ao telefone, batendo papo com ele.

Um dia ele teria de entrar naquela casa, acompanhado dele, quisessem seus pais ou não. Não poderia evitar aquilo por muito tempo, por mais que adiasse.

VI

Início de dezembro de 1997

O final do ano se aproximava e esse seria bem diferente do anterior, concluiu Hefestião, ao saber que passaria as comemorações ao lado de Alexandre que escolheu Aspen para a ocasião.

Como não poderia passar com a mãe as celebrações, como costumava fazer, Hefestião decidiu ir visitá-la, passar, pelo menos, um fim de semana ao seu lado, já que não a via desde o final do ano anterior.

Contou-lhe sobre o quanto estava feliz com seu trabalho na agência, seu crescimento pessoal e afetivo, só não detalhou nada a respeito de Alexandre, por receio, superstição, sempre achara a mãe muito ciumenta, toda vez que lhe falava de um relacionamento feliz, este, em pouco tempo, desmoronava. Se bem que nenhum deles havia sido de fato feliz, em comparação ao dele com Alexandre. Ainda assim, preferiu aguardar um pouco mais para lhe revelar o nome do homem que estava despertando o melhor de seu coração, de si próprio e de sua alma.

Pouco antes do Natal, os dois enamorados partiram para Aspen para terem, pela primeira vez, o reveillon mais marcante e triunfante de suas vidas. 1998 prometia, admitiu Hefestião feliz pelos rumos que sua vida estava tomando.

Abril de 1998

Alexandre pediu a Hefestião que fosse ao seu escritório e assim que ele se acomodou na poltrona em frente à sua mesa, foi direto ao assunto:

– Tenho uma proposta a lhe fazer!

– Proposta? – Hefestião pareceu se interessar.

– Quero que trabalhe ao meu lado e que futuramente seja o vice-presidente das organizações americanas.

– O quê?! Você ficou louco?!

– Absolutamente! Preciso de alguém de confiança e você é a pessoa indicada.

– Não sou capaz de preencher os requisitos de um cargo de confiança como este, Alexandre.

– Você é capaz de muito mais, bobão! – repreendeu Alexandre bem certo do que dizia.

Hefestião balançou a cabeça, descordando, enquanto Alexandre acrescentava:

– Eu tenho visão, Hefestião, e o vejo neste cargo!

– Eu sou um publicitário, não um administrador...

– Exatamente por isso que é a pessoa certa!

– E quanto a Allerton?!

– Ele ocupará um outro cargo na empresa, não se preocupe. Eu preciso de você aqui, junto a mim.

– Não sei...

– Mão aceito "não" como resposta – sentenciou Alexandre, sagaz.

– Você está se precipitando, Alexandre... Duvido que seu pai e os acionistas da empresa concordem em me fazer o vice-presidente da companhia americana.

– Com jeitinho, meu querido, tudo se consegue, acredite-me. O que importa é que eu, Alexandre, acredito em você, e quero, ou melhor, exijo que dê a si mesmo um voto de confiança.

Hefestião voltou a balançar a cabeça, em dúvida. Por fim, levantou-se e caminhou até a ampla janela da sala de onde podia se ter uma belíssima visão de Manhattan. Alexandre foi até ele e o abraçou por de trás. Permaneceram ali, em silêncio, com os olhos perdidos na vastidão de Nova York, até Hefestião voltar-se para o namorado e dizer:

– Ok! Vamos tentar!

Um sorriso largo estampou-se no rosto franco e belo de Alexandre Theodorides.

– Ótimo, então vamos brindar! – sugeriu.

Para os funcionários mais conservadores da empresa, a admissão de Hefestião foi um choque.

– Mas ele não tem sequer experiência! – comentou um.

– Dizem que o Senhor Allerton não abriu a boca, aceitou o cargo noutro local, de bom grado – informou outro.

– Ele não tinha escolha, meu caro – afirmou um terceiro.

– Eu não quero parecer maldoso, mas não é estranho que... – esse deixou a frase no ar.

– O que está insinuando? – perguntaram os presentes na sala.

– É que, bem... Os dois frequentam as altas rodas sempre juntos...

– Eu acho muito natural, são jovens e é assim que muitos jovens saem por aí. Além do mais, tanto um quanto o outro são totalmente másculos.

– Há muitos gays másculos por aí, meu caro, tão másculos que você jamais desconfiaria que são flor.

Risadas.

– Mas dizem que ele está saindo com a tal filha do banqueiro...

– Pode ser apenas para manter as aparências...

– Será?!...

– Talvez ela seja lésbica. Acontece muito. Um pode estar sendo o álibi do outro. Muitas celebridades se utilizam desta alternativa. Eu ainda acho essa contratação muito suspeita.

– Acho melhor calar a boca se quiser manter o seu emprego!

E a fofoca se encerrou ali.

VII

– Quem Alexandre pensa que é? – gritou o Filipe Theodorides para o seu secretário particular da matriz na Inglaterra. – Ele irá me arruinar! Transferiu o meu funcionário de tantos anos, de extrema confiança e competência, meu braço direito, posso até dizer, para substituí-lo por um "borra-botas". Essa foi demais! Preciso ir urgente à América. Tenho de tomar providências relâmpago.

Antes de partir, Filipe procurou por Olímpia.

– Você soube das últimas?

– Aconteceu alguma coisa com Alexandre?!

– Com ele nada, mas com a empresa está prestes a acontecer... – respondeu Filipe rispidamente e lhe forneceu um breve resumo. – Esse Hef... – Filipe engasgou-se ao tentar pronunciar o nome Hefestião –, ainda vai acabar nos criando problemas!

– Quem? – perguntou Olímpia curiosamente alarmada.

– Hefestião – repetiu Filipe secamente.

– Hefestião... Esse nome não me é estranho.

– É claro que não é, Olímpia! É o rapaz com quem Alexandre frequenta as altas rodas americanas.

– Hefestião... – repetiu ela, pausadamente.

– Um nova-iorquino... Onde seu filho estava com a cabeça para contratar um? Aquela ilha é um antro, cheia de interesseiros dispostos a qualquer coisa para enriquecer e alcançar o poder.

Olímpia rememorou o rosto de Hefestião que conhecia até então somente pelas fotos que via nas colunas sociais. Algo nela se agitou novamente, provocando um súbito mal-estar.

No minuto seguinte, Cleópatra entrou na sala e pelo semblante do pai, notou que ele não estava em um dos seus melhores dias. Beijou-o e ele retribuiu o beijo, parecendo se acalmar. Assim que deixou a sala, a jovem de 18 anos nessa data, voltou-se para a mãe e disse:

– É Alexandre outra vez, não é?

A mãe assentiu, parecendo confusa e triste ao mesmo tempo.

– Ele ainda vai acabar criando confusão para nós – opinou a jovem, pensativa.

– Seu irmão é inteligente, Cleópatra. Extremamente inteligente! – retrucou Olímpia firme e positiva. – Sabe bem o que faz, sempre soube! Desde que era garotinho.

Olímpia sentia mesmo orgulho do filho, especialmente por perceber que ele havia puxado a ela em gênero, número e grau. Quanto a Cleópatra, só então ela se dava conta de que ela era uma fotocópia de Filipe. E a constatação, por um motivo que só ela conhecia, a preocupou.

– Meu filho querido... – murmurou Olímpia, em tom preocupado, sem perceber o que fazia. As palavras traziam um significado mais sinistro que chamou a atenção de Cleópatra, provocando-lhe novamente certa inveja do irmão.

Naquele mesmo dia, Olímpia se pegou pensando em Alexandre mais uma vez, refletindo a respeito do seu comportamento nos últimos meses.

Seria somente pelo trabalho e pela bela Nova York que ele se mantinha por lá, ou havia algo mais por trás de tudo aquilo?

Desde então, Olímpia passou a rogar aos deuses para que não fosse o que estava pensando.

VIII

Enquanto a paixão entre Alexandre e Hefestião aumentava, os compromissos em torno dos negócios também cresciam. A bolsa de Nova York subia graças à alta arrecadação de seu laboratório cujas ações eram as mais requisitadas nos pregões em todo o mundo.

Seu sucesso era tanto que Alexandre foi convidado para sair na capa do New York Times com a seguinte matéria:

"O jovem de vinte e quatro anos, reconhecido como um dos experts em propaganda e marketing, revela-se agora um empresário promissor que está revolucionando a empresa do pai."

Matérias e entrevistas sobre o grande Alexandre, como passou a ser chamado pela mídia, começaram aparecer nas mais respeitadas revistas do mercado, bem como nas mais populares e até internacionais.

Alexandre também passou a ser convidado para dar palestras em assembleias das organizações dos laboratórios médicos, nos mais respeitados simpósios de medicina, bem como nas melhores universidades de propaganda e marketing da América.

Era exatamente isso o que ele mais queria, ficar em destaque, tornar-se o homem mais importante e rico do planeta.

Ao mesmo tempo que atingia todo esse sucesso, seus concorrentes o odiavam cada vez mais. Era como se ele fosse um furacão, carregando tudo à sua volta, mudando o cenário por onde passava, o que era assustador para todos que resistiam a mudanças.

Com a mãe, Alexandre falava praticamente a cada dois dias, e evitava os telefonemas do pai. A rixa entre os dois permanecia, mais por parte de Alexandre do que propriamente por parte de Filipe.

Início do verão americano de 1998

Hefestião encontrava-se na sacada da luxuosa cobertura de Alexandre, admirando o Central Park quando o namorado chegou por trás e o abraçou pela cintura.

– Veja as copas das árvores, que cores, hein, não estão lindas? – perguntou em voz melodiosa. – Eu amo Nova York no verão...

– Você ama Nova York em todas as estações, Hefestião.

– Bem, isso lá é verdade – respondeu ele, virando e dando um "selinho" na boca do amante.

A governanta se aproximou da porta que dava para sacada e ficou ali sem saber o que fazer ao ver o patrão encoxando o amigo daquele jeito. Sem se virar, Alexandre perguntou:

– O que é, Audrey?

A mulher levou um susto. Como ele poderia saber que ela estava ali, se entrara no local com tanta discrição?

– Diga! – insistiu Alexandre, denotando impaciência na voz.

A mulher deu um passo adiante, mantendo a cabeça baixa e falou:

– Desculpe-me, senhor. Quero saber a que horas devo servir o jantar.

– Ainda é muito cedo. Eu a aviso.

– Pois não. Com licença.

Assim que ela se retirou, Hefestião perguntou:

– Como pode?

– O quê?

– Saber que alguém chegou, mesmo tendo se aproximando tão sutilmente? Eu não a teria notado.

– Já lhe disse que é um dom – riu Alexandre.

– Ela ficou sem graça ao nos ver aqui.

– Problema dela! Não é paga para sentir coisa alguma, é paga para organizar o apartamento, só isso. Imagine se eu vou agora ter de controlar os meus atos dentro de minha própria casa por causa de uma subalterna?

Hefestião, rindo, afirmou:

– Você é mesmo um leonino nato, Alexandre!

Sem lhe dar ouvidos, porque astrologia não era realmente algo de seu interesse, Alexandre o abraçou mais forte e ficou a beijar-lhe a nuca.

– Viver num apartamento desses, com uma vista como essa, é mesmo um sonho...

– Por que não vem morar aqui? – sugeriu Alexandre, surpreendendo o namorado.

– Você perdeu o juízo?! Se bem que, já moro aqui de certa forma, uma vez que tenho dormido aqui quase todas as noites. Mas é melhor continuar a manter meu apartamento intacto, pois é meu, e, de repente, você se cansa de mim e...

– Me poupe de seus comentários.

Abraçando mais fortemente o namorado, Alexandre sussurrou de forma sensual, em seu ouvido:

– Que tal um banho de espuma?

– Ótima ideia! – empolgou-se Hefestião.

Sem mais, os dois foram para o banheiro enorme com hidromassagem coligado ao quarto do dono da casa.

– Já lhe disse que este é o banheiro mais lindo que já vi em toda a minha vida?

– Meu pai o decorou em cada detalhe.

– Sua mãe nunca opina em nada?

– Acredito que minha mãe só esteve aqui uma vez. Nunca foi muito chegada a aviões, sabe? Meu pai é que sempre o usou mais por causa dos negócios aqui na América.

Os dois se despiram, entraram na água morna em meio às espumas e relaxaram.

– Sabe o que eu realmente gostaria de fazer nesse momento? – falou Alexandre rompendo o silêncio empolgante. – Queria fazer amor com você aqui dentro!

– Seria uma boa ideia – respondeu Hefestião –, mas não é possível. O gel lubrificante é solúvel em água.

– É uma pena! – desanimou Alexandre, ficando temporariamente absorto.

– Não se desaponte.

– É que é tão chato não podermos fazer à vontade o que queremos.

– É, mas...

– A não ser que transemos sem camisinha.

– Sem?! – assustou-se Hefestião, arregalando os olhos. – Are you nuts?

*Ficou maluco? Perdeu o juiz? (N. do A.)

– Você não está doente, está?

– Eu, não, é lógico que não! Fiz o exame há um ano só por curiosidade, afinal, assim como você, pertenço a geração que cresceu bastante consciente a respeito da importância de fazer sexo seguro.

– Você nunca transou... sem?

– É lógico que não, Alexandre! É muito arriscado! Você nunca sabe exatamente quem tem o vírus HIV ou não. Uma pessoa pode estar aparentemente saudável, ter um físico invejável e ser soro positivo.

– Quer dizer que nunca, nunquinha, você experimentou como é fazer sexo sem ter de transformar seu pênis numa múmia plastificada?

– Nunca! Sempre transei com camisinha.

– Eu pensei que por você, ter vindo para cá, há mais tempo e, por ter vivido sua vida sexual com mais intensidade, que ao menos tivesse...

Hefestião o interrompeu, antes que ele terminasse:

– Mas não.

– Duvido que não tenha vontade...

– Do quê?

– Vontade de transar sem, na real... Dizem que transar de camisinha é o mesmo que chupar bala com o papel.

Hefestião jogou a cabeça para trás e procurou se acalmar.

– Admito que já tive vontade, sim, de transar sem o preservativo. Na verdade, tenho, oras, acho que a maioria tem, mas, infelizmente, nos dias de hoje, isso se tornou impossível.

– Há casos curiosos de AIDS, sabia?

– É?

– Andei estudando a respeito enquanto estive na Inglaterra recentemente. Há casos em que o vírus desaparece por completo após um tempo, especialmente em crianças recém-nascidas. Casos em que houve a contaminação, mas as pessoas permanecem fisicamente saudáveis por longos anos, sem a necessidade de fazer tratamento a não ser um natural. Casos curiosos como o do rapaz que fez sexo sem camisinha com um parceiro soropositivo terminal e, mesmo assim, não contraiu o vírus.

– É muito relativo, sem dúvida. Assim como os mistérios que envolvem o câncer e outros males. O modo de cada um reagir às doenças ou ser contaminado varia, e isso é incompreensível.

– Talvez não, Hefestião! Deve haver alguma pista nisso tudo.

– Como assim?

– Deve haver um motivo plausível para muitas pessoas não se contaminarem ou fazerem desaparecer certas doenças da noite para o dia.

– O que, por exemplo?

– Eu não sei, mas sinto que, se estudarmos e analisarmos, poderemos descobrir.

– É preciso encontrar a cura, isso, sim! – lembrou Hefestião com impacto. – É disso que carece a humanidade atualmente.

– Fique tranquilo, nós conseguiremos encontrar a cura, digo, o nosso laboratório conseguirá e será lembrado por isso eternamente.

Alexandre parecia acreditar mesmo naquilo. Após breve pausa, sua nova sugestão surpreendeu o amante:

– Que tal se nós dois fizermos o exame amanhã? Falo sério!

– Eu... – balbuciou Hefestião visivelmente atormentado.

Alexandre o interrompeu:

– Após o exame, poderemos transar relaxados e sem neura.

– Eu sei que você não tem nada, eu confio em você... – explicou Hefestião com certa dificuldade para se expressar.

– Eu também confio em você – afirmou Alexandre.

– Só que isso pode ser perigoso!

– Por quê?

– Porque você pode querer fazer o mesmo com outra pessoa, e, de repente, ela pode enganá-lo e você se contaminar e aí...

– Você não confia em mim?

– Não é isso; é que a vida dá muitas voltas, a carne é fraca e, de repente, você pode vir a se interessar por um outro cara e ... Você é rico, com certeza pode ter quem quiser em suas mãos. Eu sou apenas...

– Hefestião, ouça-me bem! Nunca haverá outro, entende? – A voz de Alexandre soou precisa e determinada. – É você que eu quero, é com você que quero passar o resto de minha vida lado a lado.

Hefestião pôde ver, por meio de seus olhos, que ele estava sendo sincero.

– Amanhã faremos o exame e ponto final! Quem não deve não teme! – completou Alexandre, decidido.

Sua determinação e confiança impressionaram Hefestião mais uma vez.

IX

Nesse ínterim, na Europa, Olímpia se mantinha tensa, andando de um lado para o outro, inquieta, contorcendo as mãos, nervosamente. Era a vigésima vez que consultava o relógio, era quase meia noite e nada de Filipe voltar para casa. Só relaxou quando, meia hora mais tarde, ouviu a porta do carro dele se fechando.

Filipe entrou na casa, caminhando devagar, e ao notar que a luz da sala de estar estava acesa, foi até lá.

– Ora, ora, ora, se não é ela, acordada até essa hora? – murmurou num tom alegre e cínico ao mesmo tempo.

– Filipe, não me venha com o seu cinismo, eu preciso falar com você. É um assunto sério.

Ele deixou o corpo cair na poltrona, de modo desleixado e disse:

– Diga o que quer desse seu humilde servo?

– Estou com medo – admitiu Olímpia. – Estou com muito medo, é sobre algo que vem me perturbando já há algum tempo. Pode ser loucura da minha mente, mas...

Ela calou-se ao perceber que ele agora a encarava, transparecendo certo prazer por se martirizar daquela maneira. Antes que pudesse concluir, ele disse:

– Está pensando que a amizade entre Alexandre e Hefestião possa ser mais do que uma amizade, não?

Ela, olhos abobados, questionou:

– Como soube?

– Eu a conheço bem, Olímpia. Muito bem.

– Eu não me importo, juro que não, se meu filho for um... – ela não conseguiu completar a frase. – Eu o amo, sempre o amarei seja como for, mas... Se não fosse a AIDS...

Ela ajoelhou-se aos seus pés e suplicou:

– Você precisa fazer alguma coisa, Filipe! Eu lhe imploro, pelo amor dos deuses, pelo bem do nosso filho! Salve-o, por favor!

Sem mais, um choro convulsivo calou-lhe a voz.

– Acalme-se, Olímpia... Você está tirando conclusões apressadas demais. Vamos aguardar. Em breve os dois estarão aqui, aí, então, observaremos. Acredito que não passa

de uma cisma boba de sua parte.

– E se for verdade, e se eu estiver certa?

Ela elevou a voz.

– Vamos aguardar – repetiu ele, também denotando certa preocupação.

X

Alexandre abriu seu exame de HIV com total segurança quanto ao resultado: negativo. Hefestião, por sua vez, abriu o dele envolto de certa apreensão. Quando leu, também, a palavra "negativo", suspirou aliviado.

– Graças a Deus! – exclamou, sorrindo de orelha a orelha.

– Por acaso você esperava o contrário? – perguntou Alexandre, observando atentamente seus olhos.

Hefestião, um tanto vermelho, respondeu:

– Não é só por meio do sexo que se contrai HIV, Alexandre.

– Hum?!...

– Um simples alicate de unha pode transmitir o vírus.

– Mas é muito raro.

– Mas pode!

– Por sorte isso não aconteceu. Brindemos!

– Deveríamos encarar isso como um privilégio, sabe? São poucos aqueles que fazem o exame e o resultado é negativo.

– O importante é que nós podemos fazer amor de modo natural, e se podemos é porque os deuses nos querem, fazendo assim.

Alexandre apertou fortemente as mãos do amante e disse:

– Esta noite será a nossa primeira vez. Prepare-se!

Os olhos de Hefestião brilharam, mais uma vez, de paixão pelo namorado.

Naquela mesma noite, antes de realizarem o que tanto queriam, os dois resolveram esticar numa danceteria. Era como se quisessem celebrar o resultado.

– Nunca fui muito de dançar – comentou Alexandre.

– É porque nunca foi a um lugar que o impossibilitasse de ficar parado. Daqui a pouco, você irá compreender o que estou querendo dizer. Esta é a melhor danceteria de Nova York!

Ao chegarem, viram uma moça e um rapaz discutindo com o porteiro que repetia incansavelmente para ambos:

– Acho que vocês não me entenderam, este não é lugar para héteros!

– Eu sou gay! – berrou a garota.

O homem olhou para ela, cerrando um dos olhos, demonstrando total dúvida quanto a sua afirmativa. Sem mais, a garota começou a se despir, começando por tirar a blusa.

– Eu vou dar um escândalo aqui se você não nos deixar entrar! – berrou novamente, quando estava prestes a tirar o sutiã.

– Ok, lady, você venceu! – admitiu o funcionário do lugar, liberando finalmente a entrada da moça e seu acompanhante.

Ao passarem por Alexandre, ela se aproximou dele e disse:

– Queridinho, os gays também podem ser muito preconceituosos, hein?

Alexandre preferiu não opinar.

– Ei! – continuou a jovem moderninha, medindo Alexandre de cima a baixo. – Eu já o vi em algum lugar, não?

Alexandre ergueu as sobrancelhas como que sugerindo um "talvez!". Hefestião, apreensivo puxou o namorado, discretamente, para livrá-lo da presença da moça.

– Às vezes, essas pessoas só vêm aqui, para descobrir quem é gay para depois contar para os outros – explicou Hefestião quando pôde.

Alexandre se surpreendeu com a informação. Jamais pensou que alguém perderia tempo com aquilo, o que provava mais uma vez para ele que no mundo havia mesmo de tudo.

O tamanho do local foi o que mais surpreendeu Alexandre. A pista era gigantesca, o som excelente.

– Aqui também funciona como pista de patinação nos fins de semana – explicou Hefestião já deixando se envolver pela música contagiante do lugar. – Venha, vamos tomar alguma coisa.

Ao cruzarem com um dos *go-go boys* do lugar, Alexandre tomou alguns minutos para admirá-lo. O rapaz belo e musculoso dançava sobre uma plataforma, trajando apenas uma sunga que, volta e meia, era forrada por dólares dos que também admiravam sua beleza. Era muito corajoso da parte dele, pensou Alexandre com seus botões, expor-se daquela forma diante de todos, o que provava, mais uma vez, a ele, que a necessidade de dinheiro fazia qualquer um se submeter a qualquer coisa para tê-lo em suas mãos.

Os dois subiram por uma escada até uma sala fechada por vidros, que mais parecia um imenso aquário e, por isso, fora apelidada de "Aquário". Alexandre entusiasmou-se mais com a música que tocava ali do que no imenso salão.

– Lá fora toca mais techno, aqui é mais pop! – explicou Hefestião, quase berrando no ouvido de Alexandre para poder ser ouvido em meio àquele som quase ensurdecedor.

Alexandre balançou a cabeça positivamente e ficou pensativo ao ouvir o refrão da canção dos Pet Shop Boys: "Happiness is an option!".

Logo os dois começaram a dançar e Alexandre concordou com Hefestião quando disse que ali era impossível alguém ficar parado. Dançar, dançar, dançar... Ah, como era bom dançar, murmurou Alexandre enquanto mexia os quadris. Parou somente quando viu um homem passar a mão no traseiro de Hefestião. No mesmo instante, sentiu seu sangue subir e num impulso foi para cima do cara, se não fosse Hefestião se pôr a sua frente, uma briga teria tido início.

– Esqueça! Isso acontece. Não estrague a nossa noite por uma bobagem dessas.

– Mas o filho da mãe... – esbravejou Alexandre, tentando se soltar de suas mãos para ir atrás do fulano, tirar-lhe satisfações.

– É natural isso acontecer num lugar apertado como esse. "*Happynes is an option!*", lembra?

Alexandre sorriu e então, Hefestião o beijou e o envolveu na dança novamente. Tão envolto ficou pela música, "Vogue" da cantora Madonna, que não percebeu que Alexandre se manteve o tempo todo de olhos atentos aos que dançavam por ali, em busca daquele que há pouco havia feito aquilo a Hefestião. Seu sangue ainda fervia tanto quanto a vontade de esmurrá-lo.

Horas depois, na cama de casal da luxuosa suíte do maravilhoso apartamento de cobertura de Alexandre, Hefestião dizia:

– Foi uma noite proveitosa, não?

– Sim – concordou Alexandre, pensativo. – Só me pergunto se a sociedade conservadora faz ideia da existência de lugares deste tipo! Uma discoteca gay gigantesca que nos fins de semana torna-se uma pista de patinação para os pais levarem seus filhos.

Hefestião riu e deitou sua cabeça no peito do namorado.

– Os nova-iorquinos pelo menos sabem.

– Refiro-me as outras partes do mundo, Hefestião. Duvido que no interior de muitos países os *heteros* saibam que isso existe.

– Os gays com certeza devem saber. Gay adora se manter informado.

Fez-se um breve silêncio até Alexandre perguntar:

– Quem era aquele rapaz que veio ao seu encontro durante a noite? O vi depois recebendo dinheiro e passando discretamente algo para uma moça, aquela mesma moça que encontramos na entrada da danceteria.

– Aquele cara, assim como outros, vem ao encontro de quem quer que seja para oferecer drogas – explicou Hefestião prontamente. – Só sei que drogas não são legais, Alexandre! Não mesmo!

– Não se esqueça, meu amigo, de que sou também um vendedor de drogas!

Hefestião jogou a cabeça para trás e gargalhou.

Alexandre então agarrou seu corpo, mirou seus olhos perdidos de paixão e o beijou.

– Eu sonhei com esse momento – admitiu Hefestião ao término do beijo.

– Como conseguiu controlar esta vontade por tanto tempo? – perguntou Alexandre.

– Eu nem sei. No íntimo, é porque realmente queria que acontecesse com uma pessoa que eu realmente amasse e, que, principalmente, fosse bonita por fora e por dentro.

Alexandre sorriu e o beijou novamente. Minutos depois o ato do amor seguiu seu curso naturalmente e quando teve fim, ambos tiveram a sensação de que uma força mais poderosa os unia doravante. Uma espécie de pacto e isso deu a Alexandre ainda mais força para continuar lutando por seus ideais mais audaciosos.

XI

Três meses se passaram desde que a cortina de plástico não mais se punha entre os dois. Morto de saudade da mãe, Alexandre decidiu ir passar um tempo com ela, dessa vez, porém, acompanhado de Hefestião. Sentiu que chegara o momento da apresentá-lo à família.

Dias antes da viagem, Alexandre notou que o namorado demonstrava certa tensão.

– O que há, algum problema? – perguntou.

– É que está chegando o dia da viagem... – respondeu Hefestião sem desviar os olhos do jornal que lia.

– Sente-se inseguro quanto a nós diante dos meus pais?

– Talvez...

– Não se preocupe, porque eu não estou preocupado!

A afirmação de Alexandre era meia verdade, não se importava com o que o pai viesse a pensar dele com o namorado, mas com relação à mãe, sim! Contudo ela, certamente, aprovaria Hefestião, ficaria tão feliz quanto ele se sentia ao seu lado por ver que se tratava de uma pessoa maravilhosa e o aceitaria em seu coração como a um filho.

Alexandre se levantou e foi até onde Hefestião encontrava-se sentado. Massageou a seu modo seu trapézio e depois lhe deu alguns beijinhos na nuca. O rapaz então voltou-se para ele e declamou:

Estava em busca de mim
Como sempre, sempre em busca de mim
Até errar de caminho
E ir parar no seu olhar
Também sozinho
Buscando um caminho pra se encontrar...
Que sorte que errei de caminho
Que sorte, diz você, por ter ficado sozinho...
Que sorte...
Nada nunca mais foi o mesmo
Hoje sigo a vida em meio a beijos
Trechos dos poemas que você declama pra me encantar
Todo dia como se a gente tivesse acabado de começar a namorar
Beijos, desejos que me fazem voar além do sol, além do amor
Além de nós, alem dos sóis... Além da dor...
Que sorte que errei de caminho
Que sorte que te deixaram sozinho...

Alexandre, emocionado, falou:

– Às vezes penso que há no universo um lugar onde vivem e nascem os poemas e as letras das músicas. O poeta e o compositor são aqueles que conseguem se sintonizar com esse lugar.

– É um universo fantástico. Um lugar abençoado – admitiu Hefestião deixando-se envolver pelas mãos carinhosas do namorado. – Por falar em universo, sabe qual o lugar mais seguro para se estar dentro dele, na minha opinião? Ao seu lado, Alexandre. Eu o amo!

Dessa vez, o moço loiro e bonito, de olhos cor de chuva, chamado Alexandre Theodorides, não conseguiu evitar que algumas lágrimas escorressem por sua face bonita.

Capítulo 4

I

Começo de outubro de 1998

Alexandre e Hefestião seguiram direto do aeroporto de Heathrow em Londres para a propriedade da família, construída nas proximidades da cidade mais importante do mundo. Assim que o veículo adentrou o lugar, Alexandre, olhando a mansão com admiração pela janela do automóvel, comentou:

– Foi aqui que nasci e cresci, Hefestião. Nesta casa construída pelo meu bisavô paterno, em 1790. Nossa família vive aqui desde então.

Hefestião olhou com atenção a fachada da edificação em estilo Isabelino, impressionando-se com sua beleza arquitetônica.

Olímpia os aguardava em frente à porta principal da casa.

– Mamãe! – exclamou Alexandre, saltando do carro e correndo ao seu encontro.

– Alexandre, meu filho! Que saudade!

Mãe e filho trocaram um abraço demorado até Alexandre recuar até onde Hefestião aguardava para ser apresentado.

– Esse é Hefestião Lê Kerr, o amigo de quem lhe falei e o atual vice-presidente da empresa norte americana.

– Ah... – sibilou Olímpia, dirigindo-se até Hefestião e estendendo-lhe a mão.

A mulher de aspecto sóbrio e eficiente, de quarenta e tantos anos, com atitude enérgica, mas amável, estudou seu semblante com interesse.

– Muito prazer – disse ele, olhando firme em seus olhos.

– O prazer é todo meu – respondeu ela, forçando um sorriso afetuoso.

Ela já apreciara a beleza dele pelas fotos dos jornais e revistas, no entanto, pessoalmente, Hefestião era ainda mais lindo.

O reencontro do pai com o filho foi frio como de costume, porém, Alexandre notou que ao lado de Hefestião conseguia ter mais forças para encará-lo e não se deixar abater pelo ódio que sentia por ele. O mesmo ocorreu quando Cleópatra se juntou a eles. Tanto Filipe quanto a jovem olharam para Hefestião com admiração.

Filipe indicou uma poltrona para o rapaz se sentar e, assim que o fez, cobriu-lhe com uma enxurrada de perguntas sobre a empresa, algo que irritou Alexandre profundamente. Antes que explodisse, a governanta apareceu informando que o almoço estava servido.

Durante a refeição, Olímpia observou discretamente o amigo do filho na intenção de encontrar algum trejeito homossexual. No entanto, nada nele lembrava um. Hefestião tinha voz firme e modos totalmente masculinos. Aquilo a deixou mais aliviada, até considerar que se ele tivesse trejeitos efeminados, teria o cuidado de não demonstrá-los enquanto estivesse ali.

Se Filipe estava fazendo a mesma análise, usou de tamanha discrição, pois mesmo o conhecendo bem, não notou.

Depois da sobremesa, Alexandre alegou cansaço e, por isso, recolheu-se com o amigo para fazer uma sesta.

Assim que os dois deixaram a sala, Olímpia trocou olhares com o marido.

– E então, está menos preocupada agora? – perguntou ele com certo desdém.

– Sim. Você notou o quanto ele está feliz, robusto, tem um brilho nos olhos que nunca vi antes. Isso mostra que eu estava certa o tempo todo quando lhe dei um voto de confiança e o deixei realizar suas vontades, principalmente concordando que assumisse a presidência do Laboratório em Nova York.

– Parabéns, Olímpia! Ao menos uma vez o ser humano tem de acertar em alguma coisa.

– Você não se conforma, não é? – explodiu ela, desafiadora.

– Com o quê? – perguntou Filipe sem muito interesse.

– Que ele seja melhor do que você!

– Ora, não diga tolices!

– Não quer aceitar, não é? Mas é verdade, Filipe. Ele é melhor do que você! Agradeço aos deuses pelo dia em que permiti que ele estudasse propaganda e marketing, o que revelou ser de fato sua alma, ele nasceu para isso e, também remodelasse a empresa, contratando a agência de Aristóteles para que déssemos um salto ainda maior economicamente.

Fiz isso para o bem daquilo que pertence a meus filhos! Há muito tempo que não ponho fé na sua capacidade administrativa, ainda mais agora, que retorna sempre bêbado para casa, encharcado de vinho... De suas aventuras promíscuas por aí!

Filipe virou-se e segurou-a fortemente pelo braço.

– Não me provoque Olímpia, eu estou lhe avisando, não me provoque! Eu posso acabar com você!

Ela o olhou com ar desafiador. Ele a largou e saiu da sala em passos largos, cheios de cólera.

II

Ao despertar da sesta, Hefestião deixou o quarto para conhecer a casa. Ao passar em frente à porta da grande sala do andar superior, Olímpia o convidou a entrar. Estava sentada ali, tricotando.

– Venha conhecer a melhor sala de toda a propriedade. A minha favorita...

Hefestião sorriu, agradecido, enquanto seus olhos percorriam o interior do recinto. De fato, a aposento era aconchegante e elegantemente decorado. As paredes cobertas de pinturas a óleo assinadas por pintores consagrados foi o que mais o encantou. Olímpia estudava o rapaz enquanto ele admirava as obras.

– Filipe adora arte – explicou. – Arrematou a maioria desses quadros em leilões, seu hobby predileto.

– São lindos! – respondeu ele, olhando em torno, com ar apreciativo.

– Sente-se – acrescentou ela, indicando-lhe a poltrona perto da lareira.

Hefestião sentiu vontade de recusar o convite, inventando uma desculpa, mas seria indelicado, poderia parecer que a estivesse evitando. O que de fato era verdade. Temia não saber o que responder caso ela lhe perguntasse algo a respeito dele e Alexandre.

– Deseja beber alguma coisa? Um suco, um chá? – sugeriu a dona da casa.

– No momento não, obrigado.

Ela assentiu com a cabeça, denotando simpatia.

– E quanto ao quarto reservado para você, ficou do seu agrado?

– Oh, sim, perfeito, muito obrigado.

Ela novamente sorriu para ele e perguntou em tom casual:

– Como foi mesmo que conheceu o meu filho?

Hefestião contou exatamente como haviam se conhecido e aproveitou também para relatar e elogiar as conquistas que o rapaz vinha fazendo em prol do laboratório desde que assumira a presidência nos Estados Unidos.

– Se alguém me ouvisse contar tudo o que acaba de me dizer a respeito de Alexandre, poderia pensar que sou uma daquelas mães que amam jogar confete em seus filhos.

Hefestião sorriu, em sinal de compreensão.

– E você? Qual é sua procedência?

A pergunta pegou o rapaz desprevenido. Ela percebeu. Em todo caso, ele, rapidamente, optou por dizer-lhe toda a verdade. Já que aprendera com a vida que mentiras realmente têm pernas curtas.

– Desculpe a intromissão, é sempre bom os pais saberem, com que tipo de pessoa seus filhos estão tendo amizade. Você me compreende, não? Sendo Alexandre um bilionário, muita gente pode querer se aproximar dele por interesse financeiro.

– Eu a compreendo.

– Por mais que eu tente, não consigo entender por que Alexandre insiste em morar naquela cidade. Fascinou-se por ela desde que era criança.

– Nova York é uma cidade lindíssima. Dona de um encanto só dela.

– É moderna demais para o meu gosto. Todos aqueles gays vivendo por lá. Quer algo mais ultrajante à moral e aos bons costumes do que aquela parada gay? Para que aquilo? Os gays têm uma necessidade de chocar a sociedade. Um prazer mórbido com isso.

– Existe gosto para tudo. Penso que há muito mais coisas assustadoras espalhadas pelo planeta do que os gays de Nova York ou de qualquer outra parte do mundo.

– É a favor, então? – perguntou ela com uma voz clara e um tanto dura.

– Sou a favor dos direitos humanos, só isso – a resposta saiu num tom seco.

"Mantenha a calma, Hefestião!" aconselhou-lhe uma vozinha interior.

– Ah! Os direitos humanos! – Ela sorriu, mas não foi um sorriso agradável. Parecia uma gata mostrando os dentes. – Às vezes nos esquecemos deles, talvez porque ameacem a nossa moral e os bons costumes adquiridos com muito sacrifício ao longo dos tempos, não? É tal como o nudismo, onde já se viu pessoas civilizadas querendo viver nuas entre as outras? É inadmissível para mim! O homem saiu das cavernas para tornar-se um ser sociável, deixar de ser um animal e, no entanto, após todos esses anos, estão querendo jogar tudo no lixo e voltar à estaca zero.

Hefestião estava começando a ficar aflito. Sempre ouvira dizer que as sogras são desagradáveis, no entanto, acreditou ser um boato preconceituoso e exagerado.

Baixando a voz, como se estivesse partilhando com ele um segredo, Olímpia perguntou:

– Creio ser você a pessoa certa para me contar o que estou morrendo de curiosidade para saber.

Hefestião inquietou-se.

– Já que vive tão grudado a meu filho deve saber tudo a respeito dele – ela inclinou o corpo para frente antes de completar a frase: – Diga-me, ele está envolvido com uma garota, não está?

Hefestião desviou o olhar até pousar num vaso de porcelana, todo trabalhado, em cima de uma mesa ao fundo da sala. Ao voltar a olhar para ela, respondeu com outra pergunta:

– Por que a senhora mesma não pergunta a ele?

Ela recuou o corpo e voltou a olhar para o tricô.

– Você não conhece Alexandre tão bem quanto eu – respondeu com naturalidade. – Sua intimidade é fechada a sete chaves. Não se abriria nem para mim. E até onde sei, nunca se abriu com ninguém. Mas com você, talvez...

– Por que ele agiria diferente comigo?

– Alexandre nunca foi de ter amigos. Se tornou seu amigo é porque confia muito na sua pessoa. Então me diga, há uma garota, não há?

– Por que acha que exista uma?

– Porque meu filho voltou diferente para a casa. Compreendo que o sucesso, a fama e o ganho de milhões mudam uma pessoa, sem dúvida, mas tenho absoluta certeza de que a responsável por sua mudança é a paixão.

Hefestião riu, mas ao se dar conta do que fizera, tratou logo de mascarar novamente sua face com uma expressão séria.

– Estou certa, não estou?

Alexandre, entrando na sala naquele momento, perguntou:

– Certa de que, mamãe?

– Alexandre! – exclamou ela, lançando rapidamente um olhar para Hefestião, o qual compreendeu a mensagem: "mudar de assunto".

– Estava submetendo Hefestião a um inquérito? – perguntou o rapaz, irônico, pousando a mão sobre o ombro dela.

– Estava apenas procurando conhecer melhor o seu amigo.

– Sei...

Ele riu e sem delongas, falou:

– Venha Hefestião, vamos beliscar alguma coisa e depois cavalgar.

Antes que Hefestião se levantasse da poltrona, Olímpia segurou seu braço e disse em voz baixa, em tom autoritário:

– Depois continuaremos a conversa.

Ele aquiesceu, enfaticamente, com a cabeça.

Alguns minutos depois, Cleópatra se juntou à mãe.

– O rapaz parece ser boa gente – disse ela.

– Sim – concordou Olímpia.

– Se eu não estivesse comprometida com Leonato, eu bem que seria capaz de me apaixonar por ele.

– Ele é de fato um belo rapaz... Uma pena que não tenha onde cair morto. É paupérrimo, um pai alcoólatra que abandonou a casa, um horror.

– Ainda assim...

Cleópatra suspendeu a frase, ao relembrar o sorriso lindo e franco de Hefestião.

"É um pedaço de mau caminho, isso sim! Adoro homens de físico sarado!", completou ela, maliciosamente, em pensamento.

III

O funcionário que tomava conta do estábulo, um senhor de aparência bondosa, ao ver Alexandre chegando em companhia de Hefestião saudou-o alegremente:

– Jovem Alexandre, quanto tempo!

Para espanto de Hefestião, Alexandre que não era nem um pouco gentil e afetuoso para com os subalternos, tratou o criado carinhosamente. Enquanto selavam os animais, o homem falava animadamente.

– Ainda lembro, como se fosse hoje, quando o jovem Alexandre ganhou seu primeiro cavalo. Foi ele próprio quem escolheu o animal.

O velho deu uma risadinha roufenha e prosseguiu:

– O vendedor desaconselhou o Senhor Theodorides a comprar o bicho por ser uma peste. Ainda assim, ele quis o animal. O cavalo era de fato o demônio. Mas ele não tinha medo, se arriscava a domá-lo mesmo sob protestos do pai. Para espanto de todos, ele logo conseguiu domar a fera.

Bastava se aproximar dele que o garanhão amansava. Só agia assim com ele, com ninguém mais.

O homem de aparência bondosa sacudiu a cabeça afirmativamente e continuou:

– Certa vez, o pequeno Alexandre montou o cavalo às escondidas. Quando o Sr. Theodorides soube, ficou uma fera. Deixou-o de castigo e me responsabilizou pelo acontecido. Se eu estivesse aqui, não o teria deixado montar o animal jamais, mas era meu dia de folga, mesmo assim o Sr. Theodorides não quis saber e me demitiu. Foi graças ao pequeno que ele voltou atrás. Ele interveio a meu favor. Alexandre só tinha corpo de criança, sua mente, seu espírito eram de um adulto. Sou lhe eternamente grato por isso.

Assim que selados, os dois rapazes montaram os cavalos e partiram. Ao perceber que Hefestião se sentia um tanto apreensivo e desajeitado sobre o animal, Alexandre, falou:

– Relaxe! O bicho é mansinho. Nada de mal lhe fará.

– Será mesmo?

– Pode confiar!

Ainda assim, Hefestião só foi perder o receio após meia hora de cavalgada. Ambos galoparam por toda a propriedade e ao chegarem ao lago, Hefestião elogiou:

– É tudo tão lindo!

– Venha! – exclamou Alexandre, apeando do animal. – Vamos prender os cavalos.

Os dois prenderam os animais numa árvore próximo dali e caminharam até a margem do lago.

– Dispa-se, vamos nadar! – ordenou Alexandre, já desabotoando a camisa.

– Nadar? Nus? Aqui?! – Hefestião ficou horrorizado com a sugestão.

– Não se preocupe, aqui dificilmente vem alguém, vamos!

Os dois se despiram e entraram cautelosamente na água.

– Está ótima! – murmurou Alexandre.

Hefestião fez uma careta e, entre os dentes, opinou:

– Para mim está um gelo.

– Logo esquenta, relaxe!

Nem bem terminou de falar, Alexandre começou a arremessar com as mãos água no amigo. Hefestião soltou alguns berros e ao perceber que seus protestos seriam inúteis revidou.

– Esquentou, não esquentou? – perguntou Alexandre, cinicamente, minutos depois.

Hefestião apenas riu.

Após alguns mergulhos os dois ficaram a boiar, temporariamente de papo pro ar.

– O que achou deles? – perguntou então Alexandre, rompendo o silêncio expressivo do lugar.

– Seus pais? Bem... São como a maioria. Apenas mais desconfiados do que a média em geral...

– Os ricos e poderosos são assim, vivem constantemente com receio de serem explorados pelos menos afortunados.

Hefestião assentiu e perguntou:

– Você acha que eles desconfiam?

– Do quê?... Ah! Estou pouco me importando. Sou adulto. Dono do meu nariz.

Não muito longe dali, sobre um cavalo imponente, Cleópatra observava com curiosidade os dois rapazes se descontraindo no lago. Observava, principalmente, Hefestião, cuja nudez a excitava de forma sobrenatural. Ele mexera com ela, intensamente, como nunca outro rapaz fizera anteriormente.

Minutos depois, os dois enamorados se secavam ao sol.

– No que está pensando? – perguntou Alexandre, pousando a mão sobre a do amante.

– Estava me lembrando do dia em que meu pai saiu de casa. Minha alegria foi tanta que fui até o lago que ficava nas proximidades da cidade e me joguei dentro dele de roupa e tudo. Foi como se eu estivesse batizando a mim mesmo pelo meu renascimento. O nascimento de uma nova era em minha vida. O renascimento também de minha mãe. Hoje, aqui, tive a mesma sensação de paz e renovação. E, graças a você, Alexandre. Você é uma bênção em minha vida!

Ao voltarem para o estábulo, o funcionário já não se encontrava mais por lá. Hefestião lembrou-se então de perguntar:

– Onde foi que viu os dois homens transando quando era criança?

– Ah, sim, bem ali! – Alexandre o levou até o local. – É um bom lugar para a gente...

Alexandre calou-se ao ouvir passos, ao virar-se, avistou Cleópatra parada à porta, sorrindo para eles.

– Mamãe avisa que o jantar será servido em breve – disse ela num tom cordial.

– Iremos já – respondeu Alexandre, secamente.

Antes de Cleópatra partir, ela mergulhou mais uma vez ao olhos em Hefestião, que sem graça, sorriu novamente para ela.

IV

Hefestião decidiu aguardar o jantar na sala da lareira; ao atravessar a porta, colidiu com Cleópatra que saía dali falando ao telefone e quando se juntou a ele novamente, Hefestião estava de costas para a porta, admirando um dos quadros. Ela aproveitou então para admirar mais uma vez a segunda parte do físico que mais a atraía num homem: as nádegas. A calça justa que ele usava a deixava ainda mais atraente.

A jovem só despertou de seus pensamentos, ao sentir uma mão pousar sobre seu ombro direito.

– Alexandre, você me assustou! – exclamou, virando-se para ele.

Ele soltou um sorrisinho amarelo e disse:

– Soube que pretende ficar noiva.

– Sim, em breve.

– Quem é o rapaz?

– Seu nome é Leonato. É um ótimo rapaz, o conheci na faculdade. É de família tradicional da Irlanda do Norte.

– Vocês terão a oportunidade de conhecê-lo amanhã. Ele virá jantar conosco.

– Sei... – murmurou Alexandre com transparente descaso.

Cleópatra voltou o olhar para Hefestião e sorriu para ele que retribuiu prontamente.

Após o jantar, Hefestião ofereceu-se para preparar a todos um *kir royale*. Alexandre lembrou-o de que o seu não tinha cereja. Como se fosse preciso, o rapaz não se esqueceria daquele detalhe jamais.

Assim que a bebida foi servida, Alexandre encontrou algo em seu cérebro para romper o silêncio constrangedor entre todos.

– E quanto ao acidente? Nada mais foi apurado? – perguntou.

– Acidente?! – espantou-se Olímpia.

– Sim, o acidente que ocorreu em nossos laboratórios em 1983.

Nem bem a resposta atravessou os lábios de Alexandre, Filipe trocou um olhar tenso com a esposa, observou Hefestião. Na certa, o assunto trazido à tona era mais constrangedor para eles do que o silêncio que os envolvera até então.

Logo tornou-se visível que o casal preferia deixar aquele trágico episódio esquecido e bem guardado no passado.

– Nada foi apurado até hoje, Alexandre. As investigações foram suspensas por acreditarem que tudo não passou mesmo de um curto, misturado a um vazamento de gás, que desencadeou a tragédia.

Alexandre resumiu o acontecido para Hefestião.

– Foi um prejuízo e tanto – comentou ao final.

– O pior foram os funcionários que morreram tão tragicamente – observou Olímpia com pesar.

– Faz parte da vida, mamãe – opinou Alexandre, demonstrando que o álcool já afetara seus neurônios.

Antes que falasse algo indevido, Hefestião achou melhor tirá-lo dali.

V

No dia seguinte, os dois acordaram tarde e, após o café da manhã tardio, seguiram para o centro de Londres onde almoçaram e passaram a tarde visitando lojas e locais que Alexandre jamais tivera interesse em ir, senão estimulado pelo namorado. Ao retornarem, Alexandre convidou Hefestião para ir com ele apreciar o pôr do sol.

– O sol é o deus mais poderoso do nosso universo – explicou, sentado feito um monge no seu lugar favorito.

Voltavam para a casa, quando Alexandre puxou o namorado pelo braço até uma cadeia de árvores.

– Creio que estou sendo raptado – brincou Hefestião.

Quando não podiam mais ser vistos por ninguém, Alexandre agarrou o rapaz e lhe beijou a boca intensamente.

– Eu o amo tanto, Alexandre – desabafou Hefestião em meio aos beijos, enquanto suas mãos corriam pelas costas largas de Alexandre, descendo e subindo, pressionando e soltando.

Alexandre agarrou firme o amante, apertando-lhe carinhosamente e depois deixou suas mãos correrem pelo seu corpo bem modelado pela musculação.

A respiração ofegante de ambos se intensificou, parecendo, naquele momento, um vento zunindo, anunciando a aproximação de uma tempestade.

Hipnotizados de paixão, embriagados de desejo, cada um ajudou o outro a se despir por completo para se amarem a seguir como poucos ousam amar no meio do mato com cheiro de mato.

– Você é louco – murmurou Hefestião numa voz aveludada.

– Talvez. Você também é louco. Louco por mim!

Os dois ficaram ali desligados do mundo por mais cinco, dez minutos até partirem. Quando puseram os pés no interior da casa, surpreenderam-se ao encontrar todos reunidos na sala de estar. Hefestião mal conseguiu esconder seu constrangimento, afinal, os dois estavam com as roupas amassadas, os cabelos despenteados e cheirando a sexo.

Alexandre, no entanto, manteve-se o mesmo.

– Esqueceu-se do jantar, Alexandre? – perguntou Cleópatra, seriamente.

– Jantar? Oh, sim! Com o seu futuro noivo... é verdade. Mil desculpas – respondeu Alexandre, sem esconder o cinismo.

Nisso, um rapaz, visivelmente tímido, levantou-se de onde se encontrava sentado, sorriu e acenou para ele.

– Queira aceitar nossas desculpas, por favor – adiantou-se Alexandre num tom teatral. – Estaremos de volta após o banho. Se quiserem jantar, fiquem à vontade, não se preocupem conosco.

Sem mais os dois se retiraram e ao chegarem à escadaria que unia os dois andares, Alexandre correu, gritando:

– O último que chegar é a mulher do sapo!

Hefestião rindo, correu atrás dele.

Quando se juntaram novamente à família, Alexandre e Hefestião se espantaram ao perceber que eles ainda os aguardavam para o jantar. A refeição então foi servida.

Alexandre aproveitou, então, o momento para observar o namorado da irmã. Tratava-se de rapaz de expressão afável, com cerca de vinte e oito anos, cujo rosto irradiava muita simpatia. Os honestos olhos castanhos eram cordiais como os de um cão. Em todo caso, se cruzasse com ele, Alexandre, pela rua, não prestaria atenção. Não era decididamente seu tipo de homem.

Minutos depois, os olhares de Cleópatra para Hefestião começaram a perturbar Alexandre drasticamente. Ele já percebera que a irmã era uma descarada, mas não aquele ponto. Flertar com outro bem na frente do namorado, isso era demais. E o pior é que ela não parecia se importar nem um pouco com aquilo.

– O amor para mim é eterno – opinou Leonato com relação ao assunto que se desenrolava a mesa.

– Eterno enquanto durar – respondeu Cleópatra, com descaso.

– Poxa, meu amor, pensei que... – retrucou Leonato, mas não foi além disso, a namorada o cortou sem nenhum tato:

– A vida dá muitas voltas, meu querido. O mesmo faz o amor. A verdade é que nada na vida é eterno.

Enquanto falava, Cleópatra provocou Hefestião mais uma vez com um de seus olhares insinuantes. Constrangido, o rapaz sorriu novamente para ela, torcendo para que Alexandre não percebesse o que ela fazia.

– Isso não impede que ao menos esperemos o melhor do amor! – sugeriu Leonato.

– É... Não impede – concordou Cleópatra sem muito entusiasmo.

A opinião seguinte partiu de Hefestião:

– Sou da opinião que quando a gente ama de verdade alguém, queremos mais é ficar junto com esse alguém e se possível até pela eternidade.

– Hum! Temos um romântico entre nós! – brincou Cleópatra, reclinando na cadeira e com mais um de seus olhares provocantes para o rapaz.

Ele olhou para ela como se o fizesse de uma grande distância, franzindo então a testa, em desaprovação.

– É o que dizem... – respondeu ele, virando-se para Alexandre e sorrindo.

– Dizem que os românticos estão morrendo... – acrescentou Cleópatra.

– Será? Conheço tanta gente romântica... – opinou Leonato.

– Eu me considero uma romântica realista, com os pés bem no chão – afirmou Cleópatra.

Alexandre ouvia tudo, quieto, afogando na bebida a vontade louca de pular em cima da irmã, bem ali, na frente de todos, e bater nela até tirar-lhe sangue.

Assim que pôde, Alexandre, forçando um bocejo, pediu licença e se recolheu. Hefestião o acompanhou.

– O que houve, você me parece irritado? – perguntou Hefestião assim que se fechou com ele no quarto de Alexandre.

– Cleópatra me irrita! – desabafou irado. – Sempre me irritou! Só de saber que eu vou ter de dividir tudo com aquela ordinária. Minha alma adoece. Isso é injusto.

– Calma! Não estrague sua vida por causa dela.

Alexandre fechou os olhos, procurando relaxar, mas logo a imagem da irmã, flertando com Hefestião à mesa, voltou a aparecer, acompanhada daquela vontade imensa de vê-la morta.

VI

No dia seguinte foi a vez de Alexandre levar Hefestião para conhecer as instalações do Laboratório na Inglaterra.

– Onde ocorreu a explosão em 1983? – quis saber Hefestião a certa altura.

– Bem ali! – Alexandre apontou com o dedo. – Aqueles laboratórios de pesquisa e desenvolvimento foram construídos sobre o local.

– Olhando assim, jamais se pensa que houve algo tão triste – observou Hefestião com pesar.

– É verdade.

Em meio à visita, Hefestião perguntou ao farmacêutico químico responsável:

– Quanto tempo vocês ainda acreditam que levará para encontrar uma droga que possa curar a AIDS?

A resposta do farmacêutico foi desanimadora:

– Por enquanto o AZT* é tudo o que temos. Infelizmente ele ainda funciona como a quimioterapia para os que sofrem de câncer. Pode tanto curar quanto piorar o estado do paciente.

– É uma pena – murmurou Hefestião.

O homem concordou com o olhar. Os dois se despediram do sujeito e voltaram a peregrinação. Foi pelo caminho que Alexandre comentou:

– Comenta-se que tempos atrás fora descoberta uma droga contra o diabetes.

– Sério?! Que maravilha!

---

*A zidovudina ou AZT (azidotimidina) é um fármaco utilizado como antiviral, inibidor da transcriptase reversa (inversa). Indicado para o tratamento da AIDS e contágio por Pneumocystis carinii. Foi uma das primeiras drogas aprovadas para o tratamento da AIDS (no Brasil) ou SIDA (em Portugal).

– Seria, se o farmacêutico que a descobriu não tivesse morrido de repente e sua fórmula desaparecido.

– Que pena!

– É óbvio que ele foi assassinado! Sua fórmula não era interessante para os laboratórios que lucram com o tratamento do diabetes a longo prazo. Foi aí que aprendi que as pessoas são desumanas, Hefestião, principalmente quando o assunto é dinheiro. Tive dó, assim como você, dessa história, até aprender que muitas pessoas amam a dor, o sofrimento, amam ser enganadas e dependentes de drogas, remédios em geral. É lógico que para muitas delas isso acontece a nível inconsciente, se bem que para muitas não é, sabem muito bem o que estão fazendo. Então, pensei por que não mantê-las felizes, dando a elas aquilo que querem? Além do mais, pesquisas mostram que a maioria dessas pessoas despreza a vida, o que na minha opinião é uma afronta aos deuses. Portanto, merecem sofrer por tal afronta.

– Você poderia mudar tudo isso, Alexandre!

– Jesus mudou? Tentou e foi pichado! As pessoas só gostam de mudar por si só e, na maioria dos casos, após muito sofrimento, portanto...

Houve uma pausa e quando ele prosseguiu foi noutro tom:

– Sabe, vou ser sincero com você. Depois que me descobri gay, eu, sinceramente, não tenho interesse algum em levar a cura às pessoas que picham os homossexuais, o que no caso, são a maioria da população do planeta.

Alexandre soltou uma gargalhada.

– Que ironia do destino, hein? Todos agora estão nas mãos de um gay que desprezam.

– Não deixe que estas pessoas poluam seu coração, Alexandre.

Ele sorriu e, olhando apaixonadamente para o companheiro, disse:

– Só quero fazer justiça a todos os gays que sofreram bullying ao longo da história da humanidade.

Hefestião preferiu não comentar, o melhor a se fazer era mesmo mudar de assunto.

Uma hora depois, os dois chegavam em *Piccadilly Circus**. Ao entrarem numa *delicatessen***, depararam-se com Cleópatra e Leonato.

– Ora, que coincidência! – disse ela, cinicamente.

Alexandre passou reto, ignorando os dois. Cleópatra, olhos atentos a Hefestião, que parou para cumprimentá-la, disse:

– Piccadilly Circus não é lindo?

Alexandre voltou até Hefestião e o puxou pelo braço.

– Calma – pediu ele, sem graça.

– Aquele homem! – falou Alexandre, apontando com os olhos na direção da multidão.

– Homem? Quem? Onde? – perguntou Hefestião surpreso.

Os olhos de Cleópatra também lançaram uma rápida mirada ao longo da calçada.

– O ex-sócio de meu pai – respondeu Alexandre, aflito – venha, vamos segui-lo!

– Alexandre, espere! – pediu Cleópatra num tom preocupado.

Mas o irmão não lhe deu ouvidos, partiu puxando Hefestião pelo braço. Foram até a estátua de Eros no centro do Piccadilly até Alexandre desistir da busca. O homem parecia ter se evaporado em meio à multidão.

Foi só quando os dois estavam voltando para casa, de carro que Hefestião teve a chance de perguntar mais sobre o acontecido naquele final de tarde.

– Por que ficou tão impressionado ao ver o ex-sócio de seu pai?

– É porque ninguém nunca mais o viu desde o rompimento da sociedade. Tinha-se a impressão até de que ele havia desaparecido do planeta. Pensamos até que havia morrido. No entanto, está vivíssimo. É uma pena que o tenhamos perdido na multidão.

---

*Piccadilly Circus é uma famosa praça de Londres, uma das zonas mais movimentadas da capital britânica. A área é rodeada de várias atrações turísticas, incluindo a estátua de Eros, os bares e teatros do West End londrino, entre outras atrações.

**Delicatessen ou simplesmente deli, termo que significa "delícias" ou "alimentos finos" é onde se encontra de tudo um pouco para se comprar. Um tipo de loja de conveniência do Brasil. (N. do A.)

– Por que tanto interesse neste homem?

– Levantou-se a hipótese de que fora ele o responsável pela explosão dos laboratórios de P&D em 1983. Aquele que falamos a respeito esta tarde.

– Por que ele faria algo tão desumano?

– Por vingança! Ele não gostou nem um pouco de ter saído da sociedade. Foi exigência do meu pai! Por ter descoberto o envolvimento dele com gente da pior espécie no planeta.

Hefestião quedou pensativo.

– Só me pergunto – continuou Alexandre, pensativo – por onde andam os filhos dele. O que fizeram de suas vidas. Tenho curiosidade de saber. Eram dois meninos. Pode ser até que eu os conheça e não sei que são eles. Afinal, hoje são adultos. Eles sabem quem sou eu, mas eu não sei quem são.

Alexandre franziu o cenho, preocupado:

– Podem se aproximar de mim sem que eu saiba quem são...

– Sim. Eles podem...

– Ainda bem que essa sociedade foi desfeita. Esse homem seria hoje, com certeza, um empecilho para os meus planos.

VII

Enquanto Alexandre tomava seu banho, Hefestião dirigiu-se à biblioteca da casa para admirar mais uma vez a quantidade e diversidade de livros que havia ali. Percorria os olhos pelas estantes quando Cleópatra adentrou o recinto.

– Atrapalho? – perguntou, inesperadamente.

Um pouco embaraçado, ele respondeu:

– Absolutamente.

– Estava aqui admirando a coleção de livros de vocês... É quase uma biblioteca municipal. Deve haver aqui mais de dez mil títulos.

Enquanto ele falava, ela observava atentamente o rapaz de corpo atlético. Seu rosto sensível e inteligente, a testa quadrada e o formato delicado das orelhas e do nariz. Seus cabelos pretos encaracolados impecavelmente penteados; o queixo quadrado e o sorriso cativante, simples e infantil. Um homem sensível, revelando educação, contenção e algo mais... um potencial de paixão.

Quando ele se voltou para ela, ela o encarava com um olhar tão perscrutador, tão, sim, interessado que ele ficou novamente sem graça. Para quebrar o gelo, foi até a estante de onde tirou um de seus livros favoritos de poesias e entregou à moça.

– Esse é um dos meus prediletos.

Cleópatra, prestando atenção a mão do rapaz, comentou:

– Dizem que se conhece um homem pela mão.

A cor dele subiu-lhe ao rosto.

– É mesmo? Nunca ouvi tal coisa.

Ela encarou-o por um minuto e depois riu.

– É sério. Dizem que, se uma mulher gostar da mão de um rapaz, com certeza gostará do resto.

– Ah! – riu ele, encabulando-se.

– Suas mãos são muito bonitas. Fortes, viris.

O comentário deixou Hefestião ainda mais constrangido. Voltando os olhos para o livro, comentou:

– Adoro poesia.

– Então somos dois.

– Três, na verdade. Seu irmão também é louco por elas.

– É? – Ela fez pouco caso da observação. – Não sabia... Na verdade, nada a respeito de Alexandre me interessa.

– Mas vocês são irmãos.

– Eu sei, mas ele nunca fez questão de ser meu irmão.

Hefestião arqueou as sobrancelhas, sentindo-se sem graça outra vez.

– Notei que Alexandre é bastante apegado a você – retomou ela, a conversa. – Você é sem dúvida alguma seu braço direito. Ele confia plenamente em você.

– Fico feliz por ser.

– Apesar de sermos distantes, sei bem quando meu irmão gosta de uma pessoa. Não sei se ele lhe disse, mas ele não gostou nem um pouco da minha chegada a essa casa. Minha vinda o fez se sentir ameaçado, receoso de perder o amor e a atenção de minha mãe e de meu pai que até então eram voltados somente para ele.

Ela soltou um risinho e completou:

– Só me pergunto o que Alexandre faria se você o decepcionasse.

Hefestião se virou para ela com o olhar sério. A mera pergunta pareceu aborrecê-lo profundamente.

– Por que eu haveria de decepcioná-lo?

– Porque você é humano. Seres humanos, mesmo sem querer, acabam decepcionando os outros.

– Eu nunca...

Cleópatra ergueu as sobrancelhas com certa dúvida.

– Meu belo rapaz, a vida dá muitas voltas.

– Pode dar, mas não a esse ponto.

Com uma desculpa, ele deixou o local e preferiu deixar Alexandre por fora do conhecimento da conversa que tivera com Cleópatra na biblioteca.

Ao término do jantar, Cleópatra contou aos pais o acontecido em Piccadilly Circus.

– Papai, Alexandre viu o seu ex-sócio essa tarde em Piccadilly Circus.

Filipe e Olímpia imediatamente voltaram os olhos para o filho.

– Tem certeza mesmo de que era ele, Alexandre? – perguntou Olímpia, tensa.

– Absoluta! Está mais velho, sem dúvida, mas era ele, sim! E tenho a certeza de que ele me reconheceu. Sabe quem sou através das fotos que saem nas colunas sociais. Foi o espasmo em seu olhar que despertou a minha atenção. Pena que eu e Hefestião o perdemos no meio da multidão.

A pergunta seguinte partiu de Cleópatra:

– Será mesmo que foi ele o responsável por aquele acidente, papai?

– É uma possibilidade... – respondeu Filipe, pensativo.

VIII

Ao voltarem para a sala, Hefestião parou em frente ao quadro pintado à óleo da figura imponente de Filipe Theodorides.

– Um belo quadro – disse, admirando.

– Foi um artista em Paris que o pintou – respondeu Alexandre, enquanto se aproximava da pintura. – Vendo meu pai assim, até parece um santo, não é? – acrescentou.

– Sim, de fato.

– Você observou como minha mãe ainda o ama, apesar de ele tê-la traído?

A fim de alegrar Alexandre, Hefestião preferiu responder com um comentário:

– Notei também o quanto ela ama você, Alexandre. Apesar de toda mãe amar muito seus filhos, sua mãe parece amá-lo mais do que as mães em geral.

– Oh, sim, ela me ama! Mas não na mesma frequência que ama a ele!

Alexandre cravou as mãos nos cabelos, num gesto nervoso e sua mente voltou a ser invadida pela hipótese de o pai ter tido um ou mais filhos bastardos.

IX

Deixando Hefestião lendo um livro, Alexandre foi até o quarto da mãe.

– Preciso falar com a senhora – disse, entrando e deixando, sem perceber, a porta levemente entreaberta.

– Sim.

– Trata-se de um assunto delicado.

– Delicado? – preocupou-se Olímpia.

– Ouvi certa vez a senhora comentar com a prima Cina a respeito da infidelidade do papai.

– Eu?! – agitou-se Olímpia

– A senhora mesma, não adianta negar!

Alexandre resumiu o que ouviu.

– Pouco me importa as amantes que ele teve, o que me importa mesmo, é saber se ele teve ou não filhos com elas.

– Não! Eu fiquei atenta! Sabia muito bem os problemas que um filho bastardo poderia trazer para nós!

– Como pode ter tanta certeza? Uma dessas mulheres pode ter escondido a gravidez.

– Asseguro-lhe que não!

– A senhora sabe o quanto isto é importante, não? Se um desses filhos bastardos souber que é filho do grande magnata Filipe Theodorides pode provar sua paternidade com o teste do DNA. Qualquer advogado pegaria a causa por saber que se promoveria por meio dela. Eu seria obrigado a dividir a fortuna que conquistamos com tanto suor e a senhora seria humilhada pela sociedade.

– Fique tranquilo, Alexandre. Isto não aconteceu. Além de tudo seu pai sempre foi muito cuidadoso ao fazer sexo. Sempre fez uso de preservativos.

Olímpia soltou um suspiro nervoso.

– E com a amante com quem a senhora andava tão preocupada na época? A tal que comentou com Cina?!

Alexandre percebeu que a mãe se abalara profundamente com a menção do caso.

– Com ela também ele não teve filhos!

– Quem era ela, mamãe? O detetive deve ter lhe passado o nome.

– Faz tanto tempo, Alexandre. Como vou lembrar?

– Está por acaso protegendo essa mulher?

– Não é ela que eu estou protegendo, Alexandre, é você! – a voz de Olímpia soou sincera. Ofegante, acrescentou: – Tenho medo de que você faça uma loucura!

– Então houve uma criança.

– Não. Já lhe disse que não!

– Então por que não me diz o nome da fulana que afastou o papai da senhora?

– Eu não me lembro...

– Não tem problema! Eu mesmo descobrirei quem era a vagabunda por meio de um detetive. Levará apenas mais tempo, só isso... mas descobrirei nem que eu tenha que revistar o passado de Filipe Theodorides de cabo a rabo.

Olímpia sentou-se no divã, desconsolada, ia falar, mas hesitou por diversas vezes, por fim, disse:

– Seu nome era Ingrid... Ingrid Muir. Era sua secretária aqui na Inglaterra.

– Quanto tempo durou o relacionamento dos dois?

– Pouco tempo. Eles logo se separaram. Assim como acontecia com as outras.

– Qual é o nome da criança, mamãe?

Uma expressão de terror deformou a face de Olímpia.

– Já lhe disse que não existe criança alguma, Alexandre. O detetive me garantiu isso!

– Pode ser que tenha mentido. Pode ser que o papai o tenha descoberto e pago a ele para omitir o fato. Pode ser que a própria mulher tenha feito isso!

– Ela não tinha condições financeiras para isso, Alexandre!

– Nunca se sabe! Só sei que ela tinha filhos sim, mas do primeiro casamento. Era divorciada!

– Então minha hipótese não está descartada. A razão do divórcio pode ter sido exatamente pelo envolvimento dela com o papai.

– Você tem a mente muito fértil, Alexandre, não exagere, por favor.

– Ainda bem que tenho, senão não estaria conseguido tudo o que venho conquistando.

– Se essa mulher já tinha filhos, eles nasceram muito antes de ela começar o relacionamento com seu pai e, portanto, não são dele! Eu posso garantir!

Havia transparente aflição agora na voz de Olímpia. Em tom de súplica ela pediu:

– Alexandre, esqueça tudo isto, por favor! Eu já esqueci!

– Podem ter nascido muito antes de a senhora ter suspeitado que o papai estivesse tendo um caso... A senhora não pode ter absoluta certeza. Enquanto eles não fizerem um teste de DNA. Essas crianças já são adultas. Podem ter uma idade que varia entre a minha e a de Cleópatra, ou até ser um ano ou dois mais velhas do que eu. Eu preciso saber, com certeza, se eles são ou não filhos do papai. Só assim sossegarei. Onde mora essa secretária, agora?

Olímpia mordeu os lábios, levou um tempo considerável para responder, aquilo deixou Alexandre mais alarmado.

– Eu não sei, Alexandre. Segundo soube, ela se mudou da Inglaterra.

– E depois desta, houve outras?

– Não! Eu posso lhe garantir que não! Sempre estive atenta!

– Não houve nenhuma outra em especial? São as especiais que devemos ficar atentos! – salientou ele.

– Não! Não houve mais nenhuma. Eu juro!

Havia certo apelo na voz de Olímpia.

– E quanto àquela mulher, a prostituta, dona daquele bordel em Paris? Inclusive ela foi mencionada por diversas vezes em outras conversas que ouvi da senhora com Cina.

Olímpia ficou surpresa mais uma vez. Alexandre, rindo orgulhoso da própria astúcia, acrescentou:

– Os deuses sempre dão um jeito de me fazer ouvir aquilo que é preciso para eu manter a minha proteção e ascensão na vida, minha mãe.

Ele olhou-a com olhar triunfante e acrescentou:

– Não é este o bordel em Paris que foi construído com ajuda financeira do papai?

Olímpia pareceu imobilizada, perdera a voz. Após o aperto na garganta, falou:

– Não há o que se preocupar. A mulher nada mais é do que uma grande amiga da época de juventude do seu pai.

– Será mesmo que é só isso?

– Eu tenho absoluta certeza, pode ficar tranquilo. Não estou entendendo você, Alexandre.

– É que a senhora me parece tão ingênua agora que me assusta. Neste lugar há muitas prostitutas, uma pode ter passado uma noite com o papai, ficado grávida dele e escondido o fato.

– Repito o que disse, Alexandre! – a voz de Olímpia se alterou. – Seu pai sempre fez uso de preservativo. Não transaria, correndo o risco de contrair uma doença venérea. Se já era assim antes da AIDS, imagine depois... Portanto, não se preocupe...

Alexandre a interrompeu:

– Camisinhas não são cem por cento eficazes, minha mãe. Ele pode ter usado com prostitutas, sim; mas com essa, essa tal, em especial, certamente que não!

Ele renovou o ar dos pulmões e completou:

– Preciso encontrar essa mulher e tirar a cisma. Descobrir se seus filhos são ou não do papai. Hoje eles são adultos, podem estar até convivendo em meu meio sem que saibamos de fato quem são...

Ele fez uma pausa:

– Se o papai soube do nascimento deles e acompanhou o crescimento, mesmo que de longe, sabe quem são.

– Risque esta hipótese absurda da sua cabeça, Alexandre. Seu pai não sabe quem são, porque eles não existem... Nunca existiram!

Alexandre fechou o cenho. Manteve o olhar fixo nos olhos da mãe, estudando-a até ela se sentir intimidada com seu olhar inquiridor.

– Quero saber mais a respeito da tal cortesã de luxo, amiga do papai. Talvez eu mesmo vá até lá conversar com ela. Minha intuição me diz que é para eu ir. Será bom, pois se ela é amiga de papai, como a senhora está dizendo, deve saber muito dele, segredos... confidências...

– E você acha que ela lhe dirá alguma coisa? – riu Olímpia, nervosa.

– Ela é uma prostituta, por uma boa quantia falará... Bem, uma coisa é certa: localizar essa mulher e seu antro é bem fácil; não é necessário um detetive. Só precisaremos dele para localizar a tal secretária...

Fez-se um minuto de silêncio.

– Já sei, o detetive que trabalhou para a senhora no passado pode me ajudar e muito! Quem é ele?

– Você está perdendo seu tempo – disse ela visivelmente preocupada e transtornada.

– O detetive, mãe! Você ainda tem seu endereço? – repetiu ele impaciente.

– Não iria adiantar.

– Por quê? Ele largou a profissão? Isso não importa, só quero obter algumas informações, ele deve ter registros, se não em arquivos, nos arquivos da memória. Uma boa quantia de dinheiro o estimulará a falar e até a recobrar a memória...

Olímpia deu um suspiro nervoso:

– Não há como, Alexandre. Ele está morto!

A informação desestruturou Alexandre.

– Que pena! Poderia ser extremamente útil – comentou, desapontado.

– Morreu meses depois de ter concluído as investigações. Atropelado, se não me engano! – disse ela pensativa.

– Atropelado?! – repetiu Alexandre.

Ele olhou para a mãe e só então notou que seus olhos estavam úmidos e avermelhados.

– Desculpe-me por ter trazido tudo isso à tona, mamãe, mas é preciso!

Ela abaixou a cabeça, ele sentou-se ao seu lado e calmamente a abraçou.

– Por que suporta tudo isso?

– Porque o amo, Alexandre.

– Isso não é amor, é uma doença – opinou ele seriamente.

– O amor é algo incontrolável, filho!

– Tolice da senhora.

– Mas é! É através dele que os deuses nos têm como fantoches em suas mãos. Fazem de nós o quem bem querem. É por ele que sofremos e, ao mesmo tempo, vivemos! É uma faca de dois gumes!

– Isso é sentimentalismo barato!

– Que os deuses o protejam!

– Isso é coisa de mulher.

Ela ergueu a cabeça e lhe perguntou:

– E como anda o seu coração?

Alexandre olhou para ela de soslaio, parecendo indignado com a pergunta.

– Outro dia minha grande amiga Nicole Bertaux veio me visitar e trouxe Roxane, sua filha. Acho que se lembra dela, não? Costumavam vir aqui às vezes. Ela se tornou uma moça linda, de feições raras; lembrei-me de você, vocês dois formariam um belo casal.

– Eu sou muito moço para me casar, mamãe... – esbravejou ele, levantando-se.

Num gesto rápido, Olímpia segurou o filho pela mão.

– Mas casar faz parte da vida, Alexandre. Mesmo sendo difícil levar um casamento adiante, ele nos dá status, principalmente para nós que somos pessoas importantes.

– Um dia, quem sabe, por enquanto, não! – a resposta soou seca e direta.

Olímpia calou-se e ao ouvir novamente os trovões fortes e vibrantes da tempestade que se aproximava, estremeceu.

– Será que esse detetive não tinha alguém que o ajudava? Se tinha, esse alguém pode me ajudar!

A mãe permaneceu quieta.

– Bem, não importa, arranjaremos outro para localizar... Ingrid... Ingrid Muir. É este o nome que me passou, não é? Tem certeza realmente de que ela se mudou da Inglaterra?

Insegura, Olímpia respondeu que "sim".

– Não deverá ser difícil encontrá-la.

– Por favor, filho, não envolva detetives outra vez nessa história... Eu lhe imploro! Se seu pai descobre...

– Eu não tenho medo dele.

– Eu sei... Mas acredite em mim, estou sendo sincera com você...

Tenho a absoluta certeza de que os filhos desta mulher não são dele... Eu lhe asseguro! – O tom da mãe era de súplica. – Mesmo assim, para sanar a sua dúvida, terá de submetê-los a um teste de DNA, como fará isso? É preciso de autorizações...

– Pensarei num jeito...

– Não vá cometer uma besteira, Alexandre!

Sem lhe dar ouvidos, o rapaz acrescentou:

– O importante é esclarecer esta dúvida e garantir meu futuro!

– E o de Cleópatra... – acrescentou ela.

Ele, com descaso, entre dentes, repetiu:

– E de Cleópatra, é lógico!

Junto à porta, Cleópatra ouvia discretamente a conversa. Estava perplexa com o que havia escutado. "Filhos bastardos!", disse para si mesma com certa preocupação. Ao ver que o irmão estava prestes a sair, afastou-se, silenciosamente, a fim de acobertar sua presença. Novos raios romperam os céus.

Lá dentro, Olímpia contorcia os lábios e franzia o cenho assim que Alexandre a deixou só. Calafrios percorriam-lhe o corpo, o que a assustou tanto quanto os estalos ininterruptos vindos do céu, anunciando uma forte tempestade.

– Ele não podia ter ouvido aquela conversa! – murmurou descontente.

A primeira atitude de Alexandre ao chegar em seu quarto foi anotar o nome da mulher em sua agenda para não se esquecer: Ingrid Muir.

X

Ao voltar à sala onde deixara Hefestião entregue à sua leitura, o rapaz não se encontrava mais ali. Alexandre imediatamente partiu ao seu encalço, indo encontrá-lo somente minutos depois na sala de música.

– Então aqui está você! – exclamou Alexandre, parecendo aliviado por revê-lo.

Hefestião virou-se para ele, sorrindo amavelmente como sempre e, apontando para o piano de cauda no canto da sala, disse:

– Gostaria muito que tocasse alguma coisa para mim.

O pedido pegou Alexandre totalmente desprevenido. Nisso, um raio estrondou no céu iluminando toda a sala.

– A tempestade não tarda a cair.

– Não mude de assunto. Toque algo para mim, por favor.

Outro raio e Alexandre caminhou até o piano, sentou-se de frente para ele, hesitou por uns segundos, olhando fixo para as teclas como se tivesse receio em tocá-las. Por fim, dedilhou uma nota.

– Faz muitos anos. Eu nem me lembro mais... – gaguejou.

Hefestião ficou do seu lado.

– Você pode tentar... por mim... – incentivou o rapaz de modo gentil.

Foi só nesse momento que Hefestião reparou que o companheiro estava trêmulo. Seu pedido o deixara tenso, talvez não devesse ter insistido para que tocasse, sentiu uma estranha sensação, pairando no ar e um aperto no coração.

Pensou em dizer-lhe para desistir, mas por outro lado seria uma boa oportunidade de ajudá-lo a superar o trauma.

Nem bem, Alexandre tocara as primeiras notas de uma de suas canções favoritas, começou a suar frio, a respirar pesado e sentiu um nó apertar sua garganta. Seu rosto havia se transformado. A beleza dera espaço à amargura.

Outro raio estalou próximo dali, iluminando o recinto, fazendo Alexandre soltar um grunhido, cravar as mãos nos cabelos e, num gesto desesperador, gritar:

– Não!

Levantou-se e saiu correndo tal como uma criança assustada.

– Alexandre, espere! – berrou Hefestião, aturdido.

Ao deixar a sala, apavorou-se por não saber qual direção tomar, a tensão havia bloqueado temporariamente sua memória. Sem encontrar escolha, acabou optando uma direção a esmo, disparando por ali. Ao cruzar uma porta em arco, por pouco não colidiu com Filipe, que o olhou surpreso. O rapaz nada disse, continuou a correr desesperado.

Pelas grandes janelas de vidro da mansão podia se ver o brilho dos raios da tempestade que desabava lá fora. Ao deparar-se com o mordomo, Hefestião perguntou, ofegante:

– O Sr. Alexandre... Você o viu?

– Ele saiu há pouco, senhor. Bem debaixo dessa terrível tempestade – respondeu o homem, polidamente.

Hefestião desembestou pelo gramado, chamando por Alexandre aos berros. Mas sua voz se perdia em meio aos trovões que estouravam. A chuva pesada não lhe permitia ver um palmo adiante do seu nariz, tampouco para onde estava indo. Logo suas lágrimas de arrependimento se misturavam com as gotas da chuva, por ter sugerido ao namorado que atendesse a um simples capricho seu.

Mais à frente avistou uma trilha e algo lhe disse para seguir por ali. Chegou então ao templo de orações frequentado por Olímpia, e, para seu alívio, encontrou Alexandre sentado, olhando fixamente para o chão.

Caminhou até ele e sentou a seu lado, permanecendo em silêncio até não conseguir mais se conter.

– Alexandre, eu...

– Desculpe-me – falou o rapaz, rompendo-se em lágrimas.

Hefestião entrelaçou firmemente a mão do amado e também chorou.

– Chorar às vezes faz bem – admitiu, quando conseguiu ficar menos exaltado.

Os dois permaneceram assim por um bom tempo. Hefestião só voltou a falar quando notou que o amante recobrara um pouco da calma perdida.

– Então este é o santuário.

– Sim, é aqui que minha mãe faz suas orações e oferendas.

Hefestião percorreu com os olhos os pilares de mármore.

– Lembra a arquitetura grega.

– A religião dela é grega! A nossa família é de origem grega – explicou Alexandre.

Esse era um detalhe que ele havia deixado passar despercebido. O silêncio novamente se fez presente entre os dois, mais foi temporário, logo

Hefestião encontrou algo a dizer para alegrar o namorado:

– Lembra? Foi num dia de chuva como este que tudo entre nós começou.

– É verdade... – confirmou Alexandre, parecendo renascer das cinzas. – O dia em que descobri o que você significa para mim.

As palavras tocaram fundo no coração de Hefestião que em seguida beijou a face do namorado, exprimindo todo o seu afeto e carinho.

– Eu o amo, Alexandre. Nunca se esqueça disso! – acrescentou emocionado.

Naquela noite, após o acontecido, os dois ficaram jogando xadrez no quarto de Alexandre até por volta da uma hora da manhã. Quando Hefestião partiu, o corredor que levava até seu quarto estava escuro e assustador, iluminado apenas por alguns raios pois a chuva voltara a cair forte, minutos antes.

Com passos lentos, Hefestião caminhou até o quarto reservado para ele que ficava no final do corredor. Ao passar pela escada que unia os dois andares da mansão, outro raio iluminou o recinto e ele teve a impressão de ver alguém parado no contorno da escada. Estremeceu.

No mesmo instante lembrou-se de que deveria ser uma das armaduras de metal que decoravam o local, por isso, riu de si mesmo pelo susto, mas apertou o passo e, assim que entrou em seu quarto, passou o trinco na porta.

A porta do quarto de Filipe Theodorides estava discretamente entreaberta de modo que ele pôde observar o amigo do filho passar por ali. O fato de Hefestião dormir, no quarto reservado para ele na casa, indicava, sem sombra de dúvidas, que a preocupação da esposa era infundada. Se os dois fossem amantes, teriam dormido juntos.

Ainda assim, Filipe sentiu uma onda de preocupação ecoar em seu peito, por algo que ele não compreendia.

XI

No dia seguinte, Alexandre e Hefestião passaram o dia todo na empresa, participando de reuniões e ao regressarem para a mansão, saíram para andar pelo gramado por sugestão de Alexandre.

Nessa noite o céu estava sem nuvens e a lua imperava redonda e brilhante por entre as estrelas.

– Ainda está úmido – comentou Hefestião, observando os sapatos.

– Também, depois daquela chuva – riu Alexandre que, mudando o tom, comentou a seguir:

– Eu pensei que tinha superado o trauma do piano, mas como vê...

– Eu não deveria ter insistido. Foi tolice da minha parte...

– Foi bom, isso reativou os motivos que me levam a detestá-lo tanto.

– Não seria bom perdoar-lhe?

–Essa palavra não existe em meu dicionário, Hefestião.

A resposta soou seca e direta.

Hefestião achou melhor dar um ponto final naquela história, seria melhor, para evitar novos aborrecimentos. Algo era certo naquilo tudo, a volta para casa havia trazido para fora aspectos de Alexandre que para ele até então eram inéditos, surpreendentes e até, assustadores.

– A lua está linda esta noite! – comentou Alexandre, voltando às boas.

– Você sabia que a lua é chamada de satélite e rege meu signo?

– Não! – respondeu Alexandre, sem querer se aprofundar no assunto. Ele, definitivamente, não apreciava astrologia.

Pela janela de seu quarto, com a luz apagada para não ser vista, Olímpia observava o filho e o amigo, caminhando de volta para casa.

Novamente o semblante de Alexandre a preocupou. Era o semblante de um ser apaixonado e para ela não restava mais dúvidas quanto à identidade da razão de seu afeto.

Ela sentiu seu coração se apertar e uma angústia sufocá-la, ao se deparar novamente com aquela verdade. Não podia ser. O filho não podia ter se apaixonado por alguém do mesmo sexo. Não podia! Era cruel demais! Desgostoso demais!

Os deuses não podiam ter permitido uma coisa dessas com seu filho.

Ela não merecia, não, devotada aos deuses como era.

Ela tinha de fazer alguma coisa pelo bem de Alexandre a quem tanto amava. Algo urgente. Ele podia pensar que aquele relacionamento o fazia feliz, talvez por não saber que o outro, de modo natural, concebido pelos deuses, o faria bem mais. Ela tinha de ajudá-lo a descobrir isso, mesmo que ele tivesse de sofrer para descobrir. Certos sofrimentos, ela bem sabia, eram necessários ao homem para despertar o seu melhor.

Alexandre era forte, superaria o trauma com dignidade e, ainda, lhe agradeceria por tê-lo ajudado a descobrir que nenhum amor na vida se compara ao de um homem por uma mulher.

Com a desculpa de que iriam assistir a um filme, os dois rapazes se trancaram no quarto de Alexandre.

– Quem você acha que tem mais prazer? O homem ou a mulher? – perguntou Alexandre repentinamente.

Hefestião achou graça da pergunta:

– Há uma história mitológica no livro que estou lendo que talvez possa responder a essa pergunta. Conta a mitologia que Hera e Zeus convocaram Tirésias, o profeta, a fim de saber quem tinha mais prazer no ato sexual, se era o homem ou a mulher. Para poder provar os dois lados, ele se transformou, temporariamente, em mulher e, mais tarde, ao se ver diante do casal, viu-se diante de um dilema. Se dissesse que era o homem quem mais sentia prazer durante o ato sexual, Hera, fula da vida, acabaria com ele. Todavia, se dissesse que era a mulher, Zeus o fulminaria com um de seus raios. Depois de breve reflexão, Tirésias optou por falar a verdade, é a mulher quem sente mais prazer e Zeus, insultado, o deixou cego.

Alexandre ergueu as sobrancelhas, espantado.

– Deve ser por isso que o homem denegriu a mulher ao longo da história. Ao descobrir que era ela quem sentia mais prazer durante o ato sexual, espalharam o pensamento contrário a fim de encobrir a verdade, para não se sentirem inferiorizados.

– E no caso do sexo entre homens?! Quem tem mais prazer, o passivo ou o ativo?

Hefestião balançou a cabeça sem saber o que dizer.

– Vamos, me conte! Você já provou os dois lados, não? Em qual deles você sentiu mais prazer? – insistiu Alexandre.

– São sensações distintas. Depende muito com quem se faz. Na realidade, eu senti prazer de ambos os modos.

– Mas deve haver uma diferença.

– Talvez eu tenha obtido mais prazer, sendo passivo, por ser esta a minha verdadeira essência.

– Ah! Então há uma diferença! – exclamou Alexandre, triunfante. – Diga-me!

Hefestião não soube mais uma vez o que responder.

– Diga-me, você deve saber. Existem aqueles que são só passivos e outros que são só ativos, ou todo mundo é tanto uma coisa quanto a outra, dependendo do momento e da atração?

– Não acredito que o ativo seja só ativo – respondeu Hefestião, escolhendo bem as palavras. – Muitos afirmam ser porque a sociedade machista acentua que o acoitado é quem leva a pior. Lembro-me de um amigo que me contou que seu pai tinha desconfiança de sua homossexualidade e vivia lhe dando indiretas, dizendo que um homem até pode sentir atração por outro homem, só não pode, nunca, ser o passivo da relação. Penso que muitos são ativos por isso: vergonha!

– Deve ser triste quando dois caras que insistem em ser ativos se apaixonam. Se um deles não ceder...

– O mesmo com relação a dois passivos.

– Então no fundo a união é sempre pelo sexo, não é?

Hefestião riu e afirmou:

– É claro que sim! Se não fosse por isso, amigos poderiam se casar com amigos e tudo bem. Apaixonar-se nada mais é do que escolher por quem se sente atraído, para viver uma vida sexual plena.

Alexandre concordou, balançando a cabeça e disse:

– Eu quero experimentar!

Hefestião soltou um riso:

– Bobão!

– Estou falando sério! Quero saber como é.

– Tem certeza?

– Absoluta!

– Ok.

– Dói?

– Pode doer se não relaxar.

Sem mais delongas, os dois se despiram e, como sempre, em meio a beijos e abraços se amaram. Minutos depois, Alexandre brindava com o amante o acontecido. A seguir fazia mais uma de suas perguntas capciosas:

– Você acha que o tamanho do pênis importa ao prazer?

Hefestião gargalhou.

– Acho que não! – e rindo completou: – Espero que não! O seu é bem maior do que o meu.

Gargalhadas.

XII

O dia seguinte amanheceu nublado, com uma corrente fria no ar. Logo pela manhã Olímpia seguiu para o templo onde passou boa parte do período, orando pelo filho. Parecia transtornada e envelhecida.

Ao saber que Hefestião havia se recolhido para tomar banho, Cleópatra foi até o quarto do rapaz. Como previu, a porta estava destrancada, por isso ela pôde entrar sem dificuldades. Sentou-se numa das poltronas e ficou ali, quieta, aguardando pelo moço que não conseguia tirar dos pensamentos.

Quando Hefestião saiu do banheiro, teve um choque ao vê-la sentada ali, olhando para ele, maliciosamente.

– Cleópatra! O que faz aqui? – imediatamente ele, sem graça, procurou pôr uma toalha para esconder sua nudez.

– Não se preocupe! Já o vi nu antes!

– Onde?! Quando?! – ele ainda se mantinha aflito, procurando por uma toalha.

– Vi vocês, nadando no lago outro dia.

– É melhor você sair – pediu Hefestião, impaciente.

– Não fique constrangido, o que é bonito foi feito para se ver. –

acrescentou ela, olhando descaradamente para o pênis do rapaz, encoberto apenas por sua mão.

– Seu irmão pode aparecer...

Ela levantou-se.

– Acalme-se! Sei que está indo embora, precisava falar com você antes de partir.

– Deixe-me vestir primeiro, depois conversamos!

Finalmente ele colocou uma toalha em volta da cintura.

– Gosto de homens malhados, sabe? – continuou ela, aproximando-se dele e passando a mão por seu tórax depilado e sarado.

– Por favor, saia! – suplicou ele, desviando o olhar para a porta.

– Gosto de você, Hefestião... Gostei, desde o primeiro momento em que o vi – confessou ela, com sinceridade.

– Eu fico lisonjeado, mas agora saia, por favor|!

– Você está em minhas mãos! Eu posso dar uns gritos aqui e dizer que você estava tentando me molestar.

– Seu irmão não acreditaria em tal tolice – opinou Hefestião, começando a tremer.

– Quer apostar? – havia prazer na voz da jovem, agora.

– Diga o que quer – gaguejou Hefestião, tenso.

– Como eu ia dizendo, gostei de você.

Hefestião notou pela primeira vez uma semelhança entre ela e o irmão. Talvez não fosse genética, era ela quem tentava imitá-lo.

Subitamente a porta se abriu e Alexandre entrou. Ao ver os dois; seu semblante enrijeceu e sua aura tornou-se escura.

Os músculos do canto de sua boca tremeram. Por um instante, Hefestião pensou que ele estava se divertindo. E então, subitamente, compreendeu que se tratava de uma emoção muito diferente. Era raiva. Ele se controlava, escondendo a raiva atrás de uma máscara de calma e suavidade.

– Alexandre foi ela quem entrou aqui e... – adiantou-se Hefestião, nervoso.

As sobrancelhas claras subiram até quase se confundir com o cabelo e, então, em tom de deboche, Alexandre falou:

– Ora, ora, ora, se não é minha irmã dentro do quarto do vice-presidente de nosso Laboratório nos Estados Unidos, nu!

– Meu irmão, que bom que chegou! – falou Cleópatra, sem medo. – Estava aqui conversando com seu amigo a respeito de aprofundarmos nossa amizade e, quem sabe, um pouco mais...

Hefestião soltou um suspiro nervoso, receoso do que se passava na mente de Alexandre. Sua tensão piorou quando a toalha soltou-se de sua cintura. Ao se abaixar para pegá-la, Alexandre o impediu, pondo o pé sobre ela.

– Não! Deixe-a usufruir um pouco mais de seu corpo, quem sabe assim, pode matar um pouco mais da vontade de ter você.

Nem bem tinha completado a frase, Alexandre levou sua mão direita até a nádega do amante e ficou a acariciá-la.

O rosto de Cleópatra se fechou, num sinal de perplexidade e nojo.

– Vocês dois... Eu deveria ter me tocado!

A voz dele se elevou a seguir:

– Você nunca terá o que é meu, Cleópatra! Tampouco ocupará o meu lugar!

Você não passa de uma inútil. E chegou a hora de saber por que foi concebida. Para prender um marido. Segurar um casamento. Mas nem para isso você prestou.

Ele riu com escárnio e continuou:

– Minha mãe não gosta de você! Ela apenas finge gostar! Não gosta porque toda vez que pousa os olhos em você, lembra do seu fracasso.

– Fale! Fale mais! – desafiou Cleópatra, enfurecida. – Ponha para fora tudo o que pensa a meu respeito, vamos!

Algo próximo a um sorriso passou pelos lábios dele e desapareceu. Seus olhos brilharam como os de um gato, vitorioso.

– Eu deveria tê-la sufocado com um travesseiro quando era ainda um bebê. Teria poupado todos nós da sua insignificância. Inclusive você de si mesma!

– Você pode me odiar o quanto quiser, Alexandre, mas nunca ficará livre de mim! Não tão cedo. Você ainda vai ter de me engolir por um bom tempo!

Ele perdeu o controle de vez:

– Fora! Fora daqui! Nunca mais rele a mão no que é meu!

Cleópatra deixou o quarto, fingindo-se de forte, mas estava abalada até a alma. Ao trancar-se em seu quarto, chorou como há muito não fazia.

Assim que Alexandre deixou Hefestião sozinho no quarto, o rapaz sentou na cama, tremendo e ofegando convulsivamente.

– Se ela tivesse estragado a minha vida com Alexandre, eu seria capaz de matá-la – admitiu entre dentes.

Alexandre não falou mais daquele acontecimento para tranquilidade de Hefestião. Naquela noite os dois foram ao teatro em Londres como combinado. Jamais, em momento algum, Alexandre mudaria uma vírgula de seu destino por causa da irmã por quem seu ódio agora era redobrado.

XIII

Pouco antes de partirem para Nova York, Hefestião pediu a Alexandre que o acompanhasse. Havia preparado uma surpresa. Levou-o até o local entre as árvores onde os dois haviam feito amor naquela tarde e disse:

– Trouxe você aqui para selar a nossa união.

Certo espanto apareceu no rosto de Alexandre.

– O que é esta caixa? – perguntou ele, ao notar o objeto de metal nas mãos do namorado.

– É o nosso elo – respondeu Hefestião, ajoelhando-se para enterrá-la.

– O que está fazendo?

Hefestião não respondeu, continuou cavando com um canivete um espaço suficiente para pôr o objeto e quando conseguiu, depositou a caixa ali e a cobriu de terra.

– Eu não estou entendendo nada, Hefestião. O que há nessa caixa?

Hefestião levantou-se, olhou profundamente nos olhos do amigo e disse, finalmente:

– Se um dia estiver triste e eu não puder estar por perto, venha até aqui e desenterre a caixa. Sentirá então minha presença ao seu lado, o que poderá ajudá-lo e muito a superar o momento.

Hefestião olhou para o tronco de árvore que ficava ao lado do local onde havia enterrado o objeto e, com o canivete, escreveu as iniciais do seu nome ali. Alexandre o observou com certa admiração e espanto.

– Não é incrível que isso ficará cravado aqui por muitos anos? – perguntou ele.

– Assim como nós – disse Alexandre, apaixonadamente.

– Ainda estará aí mesmo após a nossa morte – acrescentou Hefestião.

Alexandre o agarrou e o beijou com arrebatadora paixão.

Não havia mais tempo para ficarem ali, se não se apressassem, perderiam o avião. Assim os dois correram e Hefestião não notou que Alexandre deu mais uma olhada para o lugar onde a caixa havia sido enterrada, para se certificar exatamente de sua localização.

XIV

Passado um mês da volta de Alexandre e Hefestião para Nova York, Cleópatra recebeu a notícia de que Leonato havia morrido durante um safári na África. Pérdicas, o melhor amigo do rapaz, integrante do safári, foi quem lhe contou como tudo aconteceu. Cleópatra não escondeu que a trágica morte do noivo não a abalou. Semanas depois, já estava namorando Perdicas, que sempre se mostrou apaixonado por ela.

Final de 1998

Hefestião aproveitou o fim de semana que Alexandre participaria de um simpósio de medicina para visitar a mãe, a quem se esquecera de dar a devida atenção.

Já lhe havia contado, por telefone, os novos rumos que sua vida profissional e afetiva haviam tomado. Chegara a hora de dizer o nome do verdadeiro responsável por essas boas mudanças, de mostrar sua foto e contar tudo o que estavam vivendo, pessoalmente.

Virada de ano

Dessa vez os dois passaram o reveillon juntos em Manhattan. Ora jogando bolas de neve um no outro, ora jatos de esperma.

Já no primeiro dia do ano, Alexandre pôs em prática sua primeira decisão de ano novo: comunicou a Hefestião que morariam juntos a partir de então e que juntos redecorariam o apartamento. Contou também à mãe a novidade, alegando que seria conveniente ter alguém para dividir o imenso apartamento. Olímpia pega de surpresa, na hora não soube o que dizer.

Hefestião encontrava-se em seu apartamento no Village, pegando suas roupas para levar para sua nova residência quando recebeu uma visita inesperada.

– Sr. Theodorides! – exclamou, ao ver o homem parado bem ali em frente, na entrada do apartamento. – Aconteceu alguma coisa com Alexandre? – preocupou-se.

– Não! – respondeu Filipe secamente.

– Que susto! Queira entrar, por favor! Não sabia que viria para a América!

– Ninguém sabe. Estou hospedado num hotel – respondeu Filipe, mantendo a seriedade.

– Sente-se, por favor.

– Não, obrigado! Vou direto ao assunto que me trouxe até aqui! É a respeito de você e meu filho. Sei tudo sobre vocês dois.

Hefestião engoliu em seco.

– Não me importo com a sexualidade de Alexandre. Amo meu filho do mesmo modo. Amo-o profundamente, mesmo ele sendo cego para isso.

Ele fez uma pausa e caminhou até a janela antes de prosseguir:

– Mas a AIDS é horrível e é isso que mais me preocupa. Mandei investigar seu passado.

Hefestião tremeu visivelmente.

– Sei muito bem quem é por trás deste rostinho bonito. Um lobo em pele de cordeiro. Por isso quero que saia da vida de meu filho, para sempre!

– Não posso fazer isso, jamais! Eu amo Alexandre!

– Se o ama de verdade fará exatamente o que estou lhe pedindo. Você faz parte do grupo de risco. Frequenta saunas, cinemas de pegação, puteros, clubes de orgia. É conhecido entre os frequentadores como aquele que dá para qualquer um. Além do quê, é consumidor assíduo de drogas. Quer mais motivos do que estes?

– Fui assim no passado, não nego, hoje sou outra pessoas – defendeu-se Hefestião trêmulo e com lágrimas a riscar-lhe a face.

– A promiscuidade é parte da sua alma.

– Eu frequentava estes lugares em busca de alguém, um parceiro, alguém que eu pudesse amar. O senhor não faz ideia do que é a solidão, ainda mais numa cidade como esta, onde você é apenas mais um. Isolado de sua família, sem ter ninguém para se apoiar e amar... É horrível, pavoroso.

– Quem busca um parceiro não faz sexo com cinco, seis, sete... sabe-se lá quantos mais você experimentou de uma só vez. A não ser que experimentava todos para ver qual deles era o melhor, qual era o mais gostoso, é isso?

– O senhor não tem o direito de falar assim comigo! – alterou-se Hefestião – Está dentro da minha casa!

Baqueado, Hefestião deixou seu corpo cair no sofá e começou a chorar.

Filipe se aproximou dele e repetiu:

– Saia da vida do meu filho. Eu lhe darei o que for preciso e muito mais dinheiro do que sonhou conquistar em sua vida toda. Deixe-o em paz!

O rapaz chorou ainda mais.

– Você é um risco na vida dele e você... você sabe disso!

Ainda que com dificuldades, Hefestião conseguiu encarar Filipe, novamente.

– Como sabe que sem mim ele estará fora de perigo?

– Eu sinto! Na alma!

Antes de deixar o apartamento de vez, Filipe tornou a reforçar:

– Não comente que estive aqui, será melhor para todos nós. Pense na quantia que pode ganhar. No entanto, se não sair por bem, sairá por mal.

As palavras de Filipe ficaram a ecoar assombrosamente pelo apartamento. O passado recente que Hefestião tanto quis esquecer estava ali, novamente, para afrontá-lo, humilhá-lo e machucá-lo.

Novamente, sentiu ódio de si mesmo por ter frequentado aqueles lugares que agora chamava de imundo. Lugares que visitou para fugir da solidão, a coisa mais abominável que conhecera até então na Terra.

Ao menos nesses ambientes podia se sentir menos só, viver a doce ilusão de que não havia sido enterrado vivo num canto qualquer.

A solidão não fora a única culpada por tudo que fez. O desejo sexual era tão culpado quanto ela. Seu estômago chegou a embrulhar, quando sua mente foi invadida por flash backs em que ele participava de orgias, pondo, tantas vezes, sua vida em perigo, para saciar o maldito desejo sexual.

Voltaram-lhe à memória as inúmeras vezes em que vomitara, assim que chegou ao apartamento por sentir nojo de si mesmo, por ter feito o que fez para saciar o desejo carnal. E ódio, um ódio profundo da vida, por não lhe conceder aquilo que mais queria: afeto! Amor de verdade! Um companheiro para ser feliz pela vida toda.

Somente quando percebeu que naqueles lugares ele não passava de um boneco, feito de carne e osso, para saciar o desejo dos outros e, também compreendeu que dali, o verdadeiro amor passava longe, parou de frequentá-los. Foi então que as drogas, que já usava moderadamente, passaram a ser consumidas com maior intensidade. Eram elas ou a solidão! Eram elas ou o desejo sexual, pronto para levá-lo de volta à promiscuidade.

Despertando de suas reflexões, Hefestião correu para o banheiro, debruçou-se sobre o vaso e vomitou. Quis, por um momento insano, ser tragado junto pela descarga para que se visse livre, para sempre, daqueles tormentos do passado. Estava horrível, cadavérico, acabado!

Alexandre então despontou em seus pensamentos, trazendo consigo uma onda de alegria e esperança. Ele não poderia ver-se daquele jeito, não, nunca, jamais! Com esforço sobrenatural, levantou-se e tomou uma chuveirada para reanimar-se.

– Eu o amo, Alexandre, e nada vai destruir esse amor. Nada! –

murmurou, entre as lágrimas que se misturavam com a água do chuveiro. Segundos depois, a dor era coberta pelo ódio, um ódio mortal por Filipe e Olímpia. Eles definitivamente não queriam o seu bem, tampouco o do filho, apesar de admitirem estar preocupados com a felicidade dele.

Aquilo não podia ficar daquele jeito, não era justo. Não com ele que só tinha bondade no coração para com Alexandre. Ele tinha de tomar uma providência, o mais urgente possível. Antes, bem antes que o casal conseguisse afastá-lo de Alexandre. Se isso acontecesse, ele seria capaz de morrer de tristeza e de ódio. Seus olhos então se tornaram frios e vis.

Assim que teve novamente a oportunidade de ficar a sós com Alexandre, Hefestião desabafou:

– Preciso lhe contar algo muito importante.

– Diga!

– É sobre o meu passado.

Alexandre o incentivou com o olhar. Ainda que hesitante, o rapaz soltou a língua, relatou tudo o que fizera para saciar o desejo sexual e fugir da solidão. Quando terminou a narrativa, estava trêmulo e choroso.

– Acalme-se! – pediu Alexandre, afagando-lhe o rosto, carinhosamente. – Estou aqui com você, por você! Não sofra mais por isso! Eu o compreendo...

– Mesmo?

– É claro que sim, Hefestião. Por que não haveria de compreendê-lo?

Ele novamente chorou e foi consolado no peito pelo bem amado. Fez-se uma breve pausa até ele dizer:

– Você mudou a minha vida, Alexandre. Não sou grato a você somente pelo amor e o afeto infindável que me dá, mas, também, por ter me salvado das garras da solidão.

O rapaz de olhos cor de chuva o apertou ainda mais num abraço envolvente e voltou a murmurar em seu ouvido:

– Agora acalme-se, por favor. Estou aqui com você, por você!

Era tudo o que Hefestião precisava ouvir, para dissipar a tristeza e o ódio que sentia, por seu passado recente, envolto na promiscuidade.

Após breve silêncio, Alexandre, com uma voz distante perguntou:

– Como é?

– O quê? – estranhou Hefestião ainda encostado em seu peito.

– Transar a três.

O jovem moreno engoliu em seco antes de opinar:

– Serve apenas para você saber ou, constatar, que um sempre sobra numa situação como essa.

Alexandre achou graça e então voltou os olhos para o namorado e o beijou, fervorosamente.

Hefestião seguiu através do inexorável tempo decidido a ignorar a proposta que Filipe lhe fizera. Desde aquele encontro, os dois nunca mais entraram em contato.

Às vezes, pegava-se preocupado, pensando no que Filipe ou Olímpia poderiam fazer contra ele. Que medidas poderiam tomar para afastá-lo de Alexandre, uma vez que ele não acatara o pedido deles.

Era melhor se agarrar à esperança de que ambos não tomariam providência alguma contra ele, pelo contrário, de que chegassem à conclusão de que era de fato a pessoa certa para o filho.

No decorrer do primeiro semestre de 1999

Qualquer pessoa, na posição social de Alexandre, evitaria demonstrar seu afeto pelo homem amado em lugares públicos, para evitar mexericos maldosos a respeito de sua vida particular.

Alexandre, no entanto, parecia não se preocupar com nada disso, não se privava, jamais, de fazer carinhos em Hefestião, de trocar com ele, fortes abraços e beijos no rosto ou de andarem abraçados pelos escritórios na frente de quem quer que fosse.

Para que esconder, para que se privar?, respondia Alexandre diante da inibição, muitas vezes, de Hefestião diante dos outros que fingiam não notar. Sou o chefe, o dono de tudo isso aqui, o que me dá o direito de fazer o que eu bem quiser, como, quando e onde eu quiser! Essa é uma das vantagens de ser rico, bilionário, trilhardário!

E Alexandre estava certo, seu poder lhe permitia até mesmo calar a boca de qualquer preconceituoso ou fanático religioso que acreditasse que o relacionamento gay fosse imoral e desaprovado pelas leis de Deus.

Certo dia, durante uma reunião, Alexandre se alterou com um dos funcionários da empresa por ter sido relapso no trabalho e o demitiu. O homem, sentindo-se humilhado, perdeu o controle e o chamou de bicha nojenta e aberração da natureza na frente de todos.

Alexandre permaneceu inabalado na frente dos presentes, apenas, pediu, com polidez, ao homem que se retirasse da sala.

Tempos depois, Alexandre descobriu que o ditado "Aqui se fez, aqui se paga!" estava certíssimo, ao reencontrar o funcionário, perambulando totalmente bêbado num bar gay. Compreendeu também que o ditado "Quem não é o que é, detesta aqueles que são o que são!" também estava corretíssimo.

Certa vez, Alexandre ouviu uma equipe de funcionários caçoando de um artista famoso morto pela AIDS. "Bem feito!", disse um deles, "Quem mandou fazer besteiras com outro homem? Ferrou-se! E que se ferre todo o resto de gays espalhados pelo mundo!".

Alexandre decidiu, imediatamente, fazer com que aqueles homens engolissem o que haviam dito. Armou uma cilada para demiti-los, por justa causa, e terem seus currículos sujos pelo resto de suas vidas. Os funcionários lhe imploraram misericórdia, mas a queixa foi feita e, apesar de nada ter sido provado, seus currículos ficaram marcados para sempre.

Na semana seguinte, Alexandre foi eleito o empresário mais promissor do último ano. A condecoração o deixou extremamente realizado e certo, mais uma vez, quanto a sua estratégia de propaganda e marketing, para atingir suas metas.

Jamais em toda a história da indústria farmacêutica um laboratório alcançara tanto sucesso. Um sucesso que começava a assustar os concorrentes.

O crescimento do consumo do remédio para evitar a calvície era o que mais impressionava Alexandre. Mal podia acreditar que as pessoas não percebessem que as fotos usadas nas campanhas para mostrar a eficácia do produto eram todas manipuladas por computador, tal como a indústria cosmética fazia para comprovar a eficácia de seus cremes para retardar o envelhecimento da pele.

Hefestião, no íntimo, considerava desumana toda a estratégia de propaganda e marketing usada por Alexandre, mas calava-se diante do fato, por amá-lo demais, ser totalmente apaixonado por ele. Também porque sabia que os concorrentes jogavam de igual para igual e há décadas.

Alexandre não tinha culpa daquilo; fazia parte do jogo, um jogo em que era preciso aceitar e jogar com as mesmas regras, para não ser destruído por seus adversários.

Como Alexandre dizia, e, mais uma vez, percebera estar certo: cabe ao consumidor certificar-se se aquilo que a propaganda os estimula a comprar, é saudável ou não para si mesmo.

Apesar da correria do dia-a-dia, Alexandre jamais permitiu que ela atrapalhasse sua vida conjugal ao lado de Hefestião. Sabia muito bem o quão importante era manter aquela união cheia de amor, pois era um dos elementos essenciais, senão o primordial, para garantir suas forças e concretizar suas audaciosas ambições.

Não havia quem não pensasse que Alexandre Theodorides havia se tornado o Midas da nova geração de empresários, em tudo que punha a mão, virava ouro.

CAPÍTULO 5

I

Inglaterra, maio de 1999

– Papai! – gritou Cleópatra, ao vê-lo entrar pela porta da sala, e correu a seu encontro.

– Filha, quanta saudade!

Os dois se abraçaram e se beijaram.

– Quase dois meses que não a vejo, minha querida. Como vão os estudos?

– Bem, muito bem, papai.

– Que maravilha!

– Preciso de um favor seu, pai.

– Se estiver ao meu alcance.

– Está. Queria que arranjasse um emprego para Pérdicas no Laboratório.

– Um recém-formado?

– Ele precisa começar de algum modo. Se ele não se mostrar um bom profissional, despeça-o, mas ao menos lhe dê uma oportunidade.

– Você ama muito esse rapaz, não ama?

– Sim! Muito!

– Tem certeza de que ele é a pessoa certa para você?

– Tenho! Tanto que vou me casar com ele.

– Não se precipite, filha.

Não é precipitação, papai, é uma certeza que vem do coração.

– Deve ter sido muito triste para ele, ver o melhor amigo morrer, daquela forma tão estúpida, na África, não?

– Sim. Ele evita tocar no assunto porque deve ser sempre muito doloroso relembrar.

– Eu faço ideia.

Voltando a abraçar o pai, Cleópatra foi sincera ao dizer:

– O senhor é o maior pai do mundo! Eu o amo!

– E você é a melhor filha do mundo.

Sem mais, ela correu para o quarto para ligar para o namorado e darlhe a boa notícia.

II

Final de julho de 1999

Nem bem o carro parara em frente à mansão dos Theodorides, Filipe saltou de dentro e correu para a casa. Logo se podia ouvi-lo, discutindo com a esposa de forma jamais presenciada pelos criados. Tiveram até a impressão de que ele estava prestes a agredi-la fisicamente.

Após recobrar um pouco a calma, Filipe disse:

– Quero o divórcio, Olímpia. Já! Agora!

– Não faça isso comigo! Eu o amo tanto!

– Eu só vivi com você por todos esses anos por causa dos nossos filhos. E sabe de uma coisa? Não valeu a pena!

– Eu jamais lhe darei o divórcio, jamais!

– Eu mereço ser feliz... e serei!

– Não! Não, longe de mim!

A esposa não precisava perguntar o que fizera Filipe tomar finalmente aquela decisão. Já se comentava há tempos, na sociedade, que ele estava envolvido com uma jovem, perdidamente apaixonado por ela.

III

Início de agosto de 1999

Em menos de dois dias seria realizada uma festa em homenagem a Filipe Theodorides, em Londres, pelo seu brilhante desempenho como industrial farmacêutico.

Depois do desentendimento fatal com Olímpia, Filipe pensou em cancelar a cerimônia, alegando um compromisso de força maior e urgente, mas não achou correto para com os organizadores que há meses vinham preparando o evento.

Seria sim, um sacrifício ter de se mostrar ao lado de Olímpia, mais uma vez, como se tudo estivesse bem entre eles, mas essa seria a última vez e, aquilo era uma promessa.

Ao rever a mãe, Alexandre se assustou com sua fisionomia. Olímpia parecia ter envelhecido uns dez anos e seus olhos exprimiam tristeza profunda.

– Aquilo que eu sempre temi, finalmente aconteceu. Seu pai quer o divórcio. Apaixonou-se, definitivamente, por outra mulher. Pretende se casar com ela – desabafou Olímpia, desconsolada.

– A senhora tem de ser forte. Por que não me contou antes?

– Não quis aborrecê-lo, filho.

A decisão do pai, a princípio, alegrou Alexandre, profundamente. Para ele, o divórcio dos dois seria ótimo para Olímpia recomeçar a vida, longe dele e, finalmente ser feliz. No entanto, a alegria logo se transformou em tensão, ao se dar conta do perigo que seria para ele o casamento do pai com outra mulher: divisão de bens e a possibilidade de conceberem um ou mais herdeiros. Algo tinha de ser feito para impedir aquilo. O quê?

Alexandre despertou de seus pensamentos quando mãe lhe perguntou:

– O que é isso? – referindo-se ao envelope que ele segurava.

– São as informações sobre Ingrid Muir.

Olímpia o olhou assustada.

– E o que diz?

– Ainda não tive tempo de ler. Verei amanhã quando tudo isso tiver terminado. Agora se arrume, quero vê-la radiante esta noite.

IV

Hefestião preparava um drinque para os dois, quando Alexandre o abraçou por de trás, beijando sua nuca.

– Aqui não, Alexandre, pode entrar alguém!

Ao virar-se para trás, Alexandre estremeceu ao ver um rapaz parado à porta, olhando timidamente para ele. Alexandre voltou-se naquela direção:

– Quem, diabos, é você? – perguntou, secamente, olhando com desprezo o moço de cima a baixo.

– Meu nome é Pérdicas. O namorado de Cleópatra – respondeu, embaraçado.

– Ah! – ronronou Alexandre, com descaso e, voltando-se para Hefestião, disse: – Vamos, não posso me atrasar...

Ao passar por Pérdicas, Alexandre deteve-se:

– Seu amigo deve estar se virando na sepultura, hein? Nem bem bateu as botas e você, amigo do peito, agarrou a namorada dele. Muita coincidência, não?

Pérdicas manteve-se firme diante do tom sarcástico e do olhar de descaso de Alexandre.

V

O local da recepção já se encontrava tomado de convidados, dentre eles, políticos, celebridades e empresários de renome, quando Alexandre e Hefestião chegaram. Ao vê-los, Filipe foi ao seu encontro e o saudou como há muito tempo não fazia. Alexandre esforçou-se para emitir pelo menos o esboço de um sorriso frente aos fotógrafos.

Para espanto e alívio de Hefestião, ele também foi recebido com alegria pelo homenageado da festa. Não mais haviam se visto desde o encontro no apartamento em Nova York.

Meia hora depois, Olímpia chegava acompanhada de Cleópatra e Pérdicas.

A pedido dos fotógrafos, a família então se juntou para que assim pudessem tirar fotos reunidos. Alexandre propôs então um brinde. Assim foi feito e fotografado.

Minutos depois, ao som de uma majestosa orquestra, Alexandre dançava uma valsa com uma moça de porte e beleza exuberante.

De repente, Filipe que dançava com a filha, aproximou-se dele e chamou.

Alexandre pareceu não ouvi-lo, pois continuou dançando.

– Filho... – insistiu Filipe, desvencilhando-se dos braços de Cleópatra e indo até o rapaz.

Alexandre estremeceu, ao sentir o pai segurar seu braço. Imediatamente voltou-se, enfurecido, bem no momento em que Felipe se apoiava nele como se estivesse prestes a desmaiar. Alexandre o segurou firme, olhando-o com desprezo e horror ao mesmo tempo.

– Alexandre!... Preciso lhe dizer algo muito importante... – disse Filipe com um esforço tremendo.

Subitamente, seu rosto se avermelhou, como se lhe faltasse o ar para respirar.

– Papai...– balbuciou o filho, olhando-o agora, aterrorizado.

Filipe tornou a repetir:

– Filho, você precisa saber... – mas caiu no chão, sem terminar a frase.

As pessoas ao redor, assustadas, pararam de dançar automaticamente. Cleópatra deu um grito e se agarrou a Pérdicas, que apareceu repentinamente a seu lado. Ao ver o rebuliço, Hefestião correu para junto de Alexandre que permanecia estático, olhando para o pai estendido ao chão. A orquestra silenciou-se. Olímpia foi a última a se juntar a eles. Ajoelhou-se ao lado do marido, tocou-lhe a cabeça e foi tomada por um choro desesperador.

As pessoas olhavam a cena, horrorizadas. Quando os paramédicos chegaram com a ambulância não restava mais nada a fazer. Filipe Theodorides estava morto.

VI

Olímpia, Cleópatra e Pérdicas voltaram para a mansão dos Theodorides num carro e Hefestião e Alexandre seguiram noutro. Por todo o trajeto, foram seguidos por repórteres e paparazzi que não se importavam em aborrecê-los num momento tão triste como aquele.

No carro, Hefestião segurava a mão do namorado com maior ternura. Sentia pena dele, jamais o vira naquele estado; parecia destruído por fora e por dentro. Jamais pensara que a morte do pai lhe fosse causar tal impacto após tantos anos de desentendimentos e ressentimentos.

– Meu pai... morto... – murmurou ele com voz embargada. – Até parece brincadeira, após todos esses anos...

– A morte é realmente imprevisível, Alexandre.

– Gostaria de saber o que ele queria me dizer... – continuou Alexandre, jogando com as palavras.

– Como assim?

– Ele queria me contar algo, por isso foi até mim, naquele momento. Eu estava dançando quando chegou, quase cambaleando, e segurou em meu braço. Pensei que estivesse bêbado, apesar de nunca tê-lo visto exceder na bebida, ainda mais num evento público. Só agora percebo que estava daquele jeito por causa da morte, paralisando o seu corpo.

– Talvez o tenha procurado para se desculpar, Alexandre. Para parabenizá-lo por seu excelente trabalho. Talvez estivesse emocionado e quisesse aproveitar o momento para reativar ou recomeçar um novo relacionamento com você! – sugeriu Hefestião, pensativo.

– Não sei, nunca saberei...

Hefestião ia interrompê-lo, mas silenciou-se.

– Estou preocupado com a mamãe... Ela o amava tanto... Receio que a vida, para ela, se tornará terrível de agora em diante. Ela o amou muito, mais do que a mim, Cleópatra e a si própria...

– Não diga tolices!

– É verdade! – afirmou Alexandre com a maior convicção.

Hefestião, pelo pouco que conhecera de Olímpia, sabia que Alexandre dizia a verdade, só contestou para consolá-lo. Ela amara o marido mais do que tudo na vida.

– Teremos de ficar para o funeral, administrarei tudo por aqui – comentou Hefestião num tom indeciso.

– Sim, sim! Não quero que nada impeça ou interrompa o fluxo de prosperidade de nossa empresa. Precisamos continuar em ritmo normal!

Alexandre virou-se para o namorado, olhou bem fundo em seus olhos e disse:

– Obrigado por estar ao meu lado, você é a única pessoa na qual deposito total confiança, sei que jamais faria algo para me machucar.

Hefestião assentiu, vertendo-se em lágrimas. Ele amava Alexandre tanto quanto Olímpia amou Filipe Theodorides.

VII

Era por volta do meio dia do dia seguinte quando a polícia chegou para informar que Felipe Theodorides havia morrido por envenenamento: arsênico*. A notícia causou comoção em todos. O horror transparecia na face de cada um dos presentes de forma assustadora.

– Reforcei a segurança da casa e contratei um segurança para cada um de vocês – continuou a policial. – Vá saber se não é um maníaco ou qualquer coisa do tipo.

– Ai! Que horror... Não diga isso... – Cleópatra estremeceu.

– Nem fale, meu bem – disse Pérdicas. – Vou andar um pouco para refrescar a mente. Venha, meu amor...

– Já irei – respondeu ela, olhando apaixonadamente para o namorado.

Pérdicas deixou a sala. Alexandre virou a cabeça e olhou para as costas do rapaz, analisando-o, depois se virou e lançou um olhar hostil para Cleópatra.

Quando os ânimos se acalmaram, um longo e fúnebre silêncio se estendeu pela casa como uma entidade gigantesca capaz de ocupar todos os ambientes ao mesmo tempo.

---

*O arsênico já foi chamado de “rei dos venenos”, por sua discrição e potência – era praticamente indetectável, por isso foi muitas vezes usado em crimes anônimos. Mas isso até a criação do teste Marsh, que veio para evidenciar a presença deste veneno na água, alimentos e similares. O rei dos venenos tomou muitas vidas famosos: Napoleão Bonaparte, George, o terceiro, da Inglaterra e Simon Bolívar, para citar alguns. O arsênico, como a beladona, era utilizado pelos vitorianos por razões cosméticas. Um par de gotas do material deixava a pele rosada. (N. do A.)

– É melhor eu pegar o relatório do detetive para me distrair um pouco.

– Eu o pego para você – ofereceu-se Hefestião, gentilmente.

Minutos depois, ao regressar para a sala, o rapaz perguntou:

– Você mudou o envelope de lugar?

– Não! – espantou-se Alexandre.

– Então alguém mudou, ele não está mais lá.

– Só se uma das criadas...

Após interrogar a criadagem e fazer uma busca minuciosa pelo quarto, o documento não foi localizado.

– Mande revistar toda a casa, já, imediatamente! – ordenou Alexandre, irritado – O que é isso, agora? Assassinato, documento que desaparece dentro de minha própria casa?

Hefestião pousou a mão no ombro do companheiro:

– Calma, Alexandre!

Ele acariciou a mão dele.

– O que seria de mim sem você? – disse, com profunda sinceridade.

VIII

Foi Hefestião quem recebeu, na tarde do dia seguinte Renovan Clark, inspetor da Scotland Yard e seu assistente Johannes Marcel. O inspetor era um homem baixo e atarracado; na faixa dos quarenta, o cabelo reluzia com uma tintura preta que nada combinava com o seu tipo de pele. O ajudante era um homem magro, alto, de nariz aquilino, olhar rápido e expressivo que fez lembrar o de uma águia.

– O que descobriram até agora? – perguntou Hefestião, sem disfarçar a ansiedade.

– Pouca coisa. E é por isso que estamos aqui. Queremos falar com o Sr. Alexandre Theodorides, talvez ele possa nos fornecer mais dados.

– Lógico. Irei chamá-lo agora mesmo!

Assim que Hefestião deixou os dois homens na sala, o inspetor cutucou o companheiro:

– Este caso vai nos tirar do marasmo!

Renovan assentiu e assoviou. Johannes fez o mesmo, mas não referente ao que seu chefe havia dito e, sim, por admiração pela bela e rica decoração da sala onde se encontravam. "Ah! como seria bom morar num lugar como aquele...", pensou o assistente.

Hefestião seguiu a passos largos até o quarto de Alexandre e, antes de entrar, bateu à porta, levemente, como de costume, para informar sua presença. Ninguém, no entanto, respondeu. Repetiu a batida, dessa vez um pouco mais forte, e nada. Resolveu entrar, mesmo sem receber consentimento, para ver o que estava acontecendo.

Alexandre dormia, sentado numa imensa poltrona. Os últimos acontecimentos deveriam tê-lo deixado exausto, jamais o vira tão entregue ao sono como naquele momento. Estava prestes a tocar seu braço quando Alexandre agarrou o seu, pegando-o de surpresa.

– Tentando me matar, é? – perguntou Alexandre em tom brincalhão.

– Sim, senhor... Mas fui muito relapso, e agora que você me descobriu, serei condenado à forca.

– Pior do que isso! Será queimado em praça pública!

Hefestião riu.

– O que é? – perguntou Alexandre, percebendo a ansiedade do companheiro.

– O inspetor da polícia está aí, quer vê-lo!

– Eu já esperava por isso. Diga que descerei em alguns minutos.

Assim fez Alexandre, entrando na sala, com a determinação característica dos milionários.

– Desculpe-me incomodá-lo, senhor – adiantou-se Renovan, levantando-se para cumprimentá-lo.

– Esperava a sua vinda – respondeu Alexandre, apertando-lhe a mão.

– Sou o inspetor Renovan Clark da Scotland Yard. Estou no comando das investigações do assassinato de seu pai.

– Compreendo, queira se sentar.

Alexandre logo percebeu que o inspetor pareceu em dúvida quanto à presença de Hefestião na sala.

– O Sr. Lê Kerr, é meu braço direito em meus negócios e na minha vida particular. Por isso, pode participar da nossa conversa.

– Se o senhor prefere assim – declarou o inspetor e foi adiante.

– Bem... A mesma bebida que matou seu pai foi servida a todos os convidados, ninguém manifestou problema semelhante, o que nos leva a crer que o veneno foi posto diretamente em seu cálice. Por ser uma bebida de sabor acentuado, o gosto do veneno foi encoberto. A outra hipótese é a de que ele, por estar um pouco alto, não notou a diferença no drinque.

Alexandre assentiu e Renovan Clark prosseguiu:

– Estamos aqui para saber sua opinião a respeito do caso. Faz ideia de quem possa tê-lo assassinado?

Alexandre foi direto:

– Tantas pessoas! Meu pai, ao longo dos anos, como empresário, ganhou uma legião de inimigos.

– Algum em especial?

– Seu antigo sócio, por exemplo! Ele passou a odiar meu pai após ser forçado a deixar a sociedade. Minha mãe pode lhe fornecer maiores detalhes.

O inspetor deu uma olhada em Johannes, para ver se ele havia anotado aquilo, uma vez que parecia ausente, ainda fascinado pela casa. Ao vê-lo mais disperso do que o normal, tossiu para despertá-lo e fazê-lo cumprir o que lhe cabia.

– Há mais alguém?

– Nos últimos anos, devido à ascensão do nosso laboratório, muitos concorrentes foram à falência, o que nos permitiu comprá-los a preço de pechincha. Um de seus ex-proprietários pode ter planejado se vingar dele. Não podemos deixar de considerar o fato de que meu pai era uma pessoa pública, bilionária e muito visada, pode ter sido alvo de um lunático, um louco, uma dessas pessoas que perdem o juízo facilmente.

– Sei. E quanto ao senhor? Como era o relacionamento de vocês?

– Francamente dizendo... nada agradável! Meu pai possuía ideias muito diferentes das minhas. Porém, isto não seria motivo para um filho assassinar seu pai, concorda?

– Segundo soubemos, seu pai morreu em seus braços, certo?

– É verdade. Ele se segurou em mim bem no momento em que o veneno completava seu efeito.

– O senhor se assustou? Qual foi sua reação?

– Pensei que era apenas um desmaio, nada além disso. Jamais me passou pela cabeça que ele tivesse sido vítima de uma dose fatal de arsênico.

– Como reagiu quando soube do resultado do laudo médico?

– Sinceramente?

– Por favor.

– Fiquei deveras impressionado. Pensei... como pode um homem como meu pai, que fez tanto pela humanidade, ter tido uma morte como esta? É injusto!

O inspetor concordou com o olhar e passou para a próxima pergunta:

– Quem são os herdeiros de seu pai?

– Minha mãe, eu e minha irmã.

Enquanto o inspetor relatava o que havia sido apurado até o momento para Cleópatra, Johannes observava a jovem atentamente. Era bonita, inteligente e perspicaz, considerou. Ah, se ela lhe desse bola, puxa, ele estaria feito na vida! Teria condições de dar um pontapé naquela vidinha miserável que levava. Seria tal como ganhar na loteria.

Confiante ainda no seu sex appeal, o secretário decidiu arriscar um xaveco na moça, assim que tivesse oportunidade.

– Quem você acha que poderia ter feito isso a seu pai? – foi a pergunta de Renovan.

A resposta dela foi a mais direta que o investigador ouvira em todos os seus anos de trabalho.

– Meu irmão!

Renovam Clark arregalou os olhos, surpreso.

– A senhorita tem certeza do que está dizendo?

– Absoluta! Alexandre se sentiria muito mais feliz se papai viesse a faltar. Com ele morto, toda a empresa está finalmente em suas mãos para fazer o que bem quiser, como sempre desejou.

– E quanto à senhorita, como era o seu relacionamento com eu pai?

– Eu amava meu pai. Sempre o amei, sempre nos demos bem, ele era o melhor pai do mundo! Um homem fantástico! – Os olhos dela verteram-se em lágrimas sentidas ao falar.

– Compreendo – disse Renovan num tom confortador.

Nisso Pérdicas entrou na sala e, ao ver os dois homens, ali, com Cleópatra, assustou-se.

– Ah! – exclamou constrangido – Desculpem-me!

Cleópatra fez as devidas apresentações e o rapaz sentou-se ao lado dela.

Ao saber quem era Pérdicas, Johannes entristeceu e anotou o nome dele numa folha à parte. Poderia ser muito bem aquele babaca o assassino, assim ela ficaria livre para conquistá-la.

Antes de deixar a sala, Cleópatra voltou-se para o inspetor e seriamente acrescentou:

– Não se iluda com meu irmão, inspetor, ele é um ator nato, capaz de convencer o maior especialista em cardiologia de que está tendo um enfarto fulminante quando, na verdade, está apenas fingindo um.

Assim que ela se foi, Johannes perguntou:

– O que o senhor achou de tudo o que ela disse sobre o irmão?

– Ela pode estar simplesmente querendo incriminar o irmão. Seria muito conveniente para ela, caso seja ambiciosa, que ele fosse enforcado, acusado da morte do pai, para que, assim, herdasse a fortuna sozinha.

– Foi o que me pareceu – os olhos de águia de Johannes dirigiram–se para o papel onde tomava notas e acrescentou este detalhe.

Ao terminar a anotação, o moço voltou a admirar a sala, enquanto Olímpia não vinha. "Quão bom teria sido sua vida se tivesse nascido rico...!", pensou e se imaginou, temporariamente, dono da suntuosa mansão.

Minutos depois, Olímpia entrava na sala acompanhada da governanta e de Cleópatra. Assim que se sentou, suas duas acompanhantes deixaram o local. Por trajar luto, sua aparência tornara-se ainda mais pesada e melancólica. De todos, era sem dúvida, a pessoa que mais estava sofrendo pela morte de Filipe Theodorides, constatou o inspetor.

– Desculpe-me pelo transtorno, Dona Olímpia. Infelizmente devido às circunstâncias da morte de seu marido, temos de proceder às investigações de acordo.

– Eu compreendo. Quero ajudar no que for possível. Meu marido não merecia ter este final – sua voz trazia profundo lamento.

O inspetor narrou tudo o que havia sido apurado até então.

– Quem haveria de fazer uma coisa horrível dessas a Filipe? Ele era um homem muito bom.

– Desculpe-me pela pergunta, senhora, mas como era o relacionamento entre vocês dois?

– Eu o amava se é isso que quer saber! – a resposta foi tão direta e enérgica que Renovan sentiu-se embaraçado.

– Como andava ele nos últimos dias? Alguma preocupação, comentou algo que pudesse nos dar uma luz neste caso?

– Ele andava muito bem, muito feliz com os rumos que a empresa estava tomando e, isso, ele mesmo reconheceu que era graças ao filho, Alexandre.

– Como era o relacionamento dos dois?

– Um dos melhores, meu marido amava o filho, assim como amava a filha, fazia o possível para ser o melhor pai do mundo.

– Temos motivos para crer que Alexandre não se dava muito bem com o pai.

– Brigas havia, vez ou outra, como acontece entre a maioria de pais e filhos; mas, depois, tudo acabava bem.

– Seu marido tinha algum inimigo?

– Que eu saiba, não! – Olímpia enxugou os olhos.

– Seu filho nos falou sobre um ex-sócio que foi “convidado” a sair da sociedade.

– Isso aconteceu há muitos anos. Foi um desentendimento, nada alarmante.

– Qual era o nome desse sócio?

– Antípatro Gross.

– Onde ele está?

– Nunca mais o vimos.

– Onde residia?

– Em Londres, vivia com a mulher e dois filhos. Parece-me que chegaram a ter mais um menino, cerca de dois anos depois do rompimento da sociedade, mas não tenho certeza. Ele desejou o pior a Filipe. Lembro-me de ter presenciado esta discussão, foi algo horrível e desagradável, já que os dois discutiam na frente da mulher e dos filhos. Um dos meninos teve de ser retirado do recinto, acometido de estranha tremedeira.

– Compreendo, vamos tentar localizá-lo.

– Já tentaram isso, certa vez, e não conseguiram.

– De qualquer modo, não custa tentarmos mais uma vez.

– Sim, não custa!

Houve uma pausa considerável até Renovan formular a seguinte pergunta:

– O senhor Theodorides costumava se exaltar?

– Raramente, só quando algo era realmente digno de fazê-lo perder a paciência.

Olímpia começou a chorar e entre lágrimas desabafou:

– Desculpe-me, é que quando perdemos a pessoa amada, aquela com a qual pensávamos viver pelo resto da vida, juntos... – ela olhou para os dois homens, como se tivesse perdido a noção do que estava dizendo.

– Eu sinto muito – falou o inspetor respeitosamente. Fez uma pausa e perguntou:

– E quanto ao senhor Lê Kerr?

Olímpia, visivelmente alarmada, respondeu antes mesmo de ele terminar a frase:

– É o vice-presidente atual da nossa filial americana. É o braço direito de Alexandre.

O homem pareceu se dar por satisfeito.

– Está bem, Dona Olímpia, por hoje é só. Muito obrigado por sua colaboração. Manteremos informada, caso haja alguma novidade sobre o caso.

– Obrigada.

Os dois homens se levantaram e quando Renovan chegou à porta, voltou-se para a dona da casa e disse:

– Desculpe-me por perguntar. Curiosidade minha, apenas! Foi numa das repartições do laboratório de propriedade de vocês que houve aquela tragédia anos atrás, não?

– Sim!

– Inundou as manchetes dos jornais durante muito tempo... Em que ano foi mesmo que isso aconteceu?

– Não me recordo. Tenho por hábito, apagar de minha memória, coisas tristes.

– Compreendo.

Após novamente pedir desculpas pelo incômodo, Renovan Clark partiu acompanhado de Johannes.

IX

Assim que se viu só, ela tirou de debaixo da mesinha de canto um álbum de fotos da família. Abriu e começou a folheá-lo, derramando-se em lágrimas cada vez mais copiosas a cada foto em que aparecia ao lado do marido. Antes, muito antes de os dois se desentenderem.

De repente, a voz de Cleópatra ecoou na sala:

– Revendo fotos, minha mãe?

Olímpia suspirou fundo e voltou a chorar. A filha sentou-se ao seu lado e passou a mão carinhosamente em seus cabelos como que lhe fazendo um cafuné.

– Seu pai era maravilhoso, Cleópatra. Sentirei muito a sua falta – murmurou Olímpia.

– Eu também vou sentir muita falta dele, mamãe. Queria muito que estivesse presente no dia do meu casamento. Está aí um desejo que não poderei realizar jamais.

– Filha, tem certeza de que Pérdicas é o homem certo para você se casar?

Cleópatra se surpreendeu com a repentina pergunta.

– É lógico que é, mamãe! É meu coração quem diz! Por que isso agora?

– É que, ás vezes, o coração se engana.

– Não, mamãe! O coração jamais se engana! O meu, pelo menos, não! Pérdicas é o homem que eu amo e com quem vou me casar, sim!

– Se você tem certeza, então faça o que achar melhor. Quando pretendem se casar?

– Agora, com a morte de papai, não sei ao certo. Mas em breve... muito em breve.

Num tom mais profundo, Cleópatra acrescentou:

– Só lhe peço uma coisa. Quero assumir o que me cabe na empresa, o mais rápido possível. E quero um cargo para Pérdicas.

Olímpia não esperava por aquilo.

– Precisaremos falar com Alexandre, você sabe como ele é.

Ouviu-se um barulho na porta, ao se virarem para lá, as duas mulheres encontraram Alexandre parado ali, feito um fantasma reluzente, olhando para elas com os olhos brilhantes.

– Mamãe... – disse ele cordialmente.

– Foi bom você chegar, filho. Cleópatra tem algo a lhe dizer.

Nem bem o rapaz se acomodara na poltrona para ouvir o que a mãe tinha a lhe dizer, Hefestião entrou na sala, trazendo dois cálices e um pró-seco. Assustou-se ao ver as duas mulheres ali.

– Desculpem-me.

– Entre, Hefestião. Fique à vontade.

Hefestião, um tanto quanto sem graça, obedeceu às ordens do dono da casa.

As duas mulheres o olharam com desprezo e dúvida quanto a sua presença ali.

– Hefestião é tal como um irmão para mim – explicou Alexandre. – Dele nada tenho a esconder, ainda mais a partir de agora.

Sem ver outra escolha, Olímpia expôs o que Cleópatra havia lhe dito.

A resposta de Alexandre não poderia ter sido mais cínica:

– Não sei se uma pessoa que precisa da mãe para falar por si, sobre o que pretende fazer, é capaz de assumir um cargo importante numa empresa do nível da nossa. Mas...

– É que você nunca me deixa falar nada... – defendeu-se Cleópatra.

Alexandre a ignorou, mais uma vez, serviu-se da taça com pró-seco, saboreou a bebida e só, então, retomou o assunto:

– Quero conhecer melhor o rapaz, esse tal de Pérdicas. Esse é o primeiro passo! Agora, quanto a trabalhar no Laboratório, assumir o que é seu por direito, como você mesma disse, já não sei se o papai aprovaria... Ele não quis que eu fizesse... Não antes de eu terminar a faculdade.

Alexandre voltou o olhar para a mãe e completou:

– A senhora mesma se lembra disso, mamãe, não?

Voltando o olhar para irmã, o irmão completou:

– Com certeza ele não gostaria que você assumisse nada do que é seu antes de estar formada. Após graduada, tudo bem, poderá assumir o que lhe cabe.

Hefestião, por sua vez, pareceu surpreso com a flexibilidade de Alexandre no momento, jamais fora tão cordial e sensato com a irmã.

Cleópatra não soube mais o que dizer, o argumento de Alexandre era realmente verdadeiro.

– Venha Hefestião, vamos brin... beber em outro lugar – prosseguiu Alexandre, levantando-se e deixando a sala acompanhado do namorado.

Assim que os dois se foram, Cleópatra correu até a porta para se certificar se eles não mais se encontravam por ali. Voltou-se então para a mãe e disse:

– Eu vou mostrar a Alexandre quem sou eu! Ah, ele não perde por esperar. E quanto a esse Hefestião?!... Será que ele deveria confiar nele tanto assim? Sabemos muito pouco a seu respeito, pode ser um aproveitador e no futuro, nos causar problemas sérios.

Um arrepio de frio fez Olímpia estremecer. Seus olhos então se dilataram, assumindo um ar trágico.

Depois do pró-seco, Alexandre e Hefestião se divertiam na imensa banheira de espuma da suíte de Alexandre, a qual seria considerada, por muitos, uma piscina.

– Ah, Hefestião, meu bom Hefestião... Estou tão feliz, tão feliz que não caibo em mim de tanta felicidade – murmurou Alexandre levemente embriagado.

– Posso dizer que estes últimos dias têm sido um dos mais felizes de minha vida.

Sem mais, beijou o namorado.

X

Três dias depois, Renovan Clark encontrava-se em seu gabinete quando o investigador Johannes entrou na sala.

– Aqui está, senhor, o que me pediu.

– Como? – Renovan parecia distante.

– O endereço da moça com quem Alexandre estava dançando no momento da morte do pai.

– Como descobriu?

– Foi muito fácil. O evento foi totalmente fotografado por repórteres em geral. Encontrei a foto numa destas revista de fofocas. Nela pode-se ver claramente a moça ao lado do Sr. Theodorides, filho. Ela não é uma moça qualquer, seu nome é Estatira.

– Es... Es... Que nome! – resmungou Renovan enquanto apanhava a revista. Ao ver a moça, soltou um assoviou e suspirou fundo: – Isso não é uma mulher, é uma princesa!

– Nem fale, senhor, nem fale! A moça é modelo, frequenta os lugares mais badalados e procura se envolver com personalidades, para se promover, o senhor sabe...

O próprio Johannes a promoveria se ela lhe desse uma chance, pensou maliciosamente. Só que na cama, como ela nunca havia sido promovida até então!

– Já a localizou? – perguntou Renovan também despertando de seus pensamentos fantasiosos com a modelo.

– Sim, senhor, foi muito fácil...

– Podemos vê-la agora?

– Certamente.

Quinze minutos depois, Renovan Clark e Johannes Marcel estavam ao lado de Estatira que pessoalmente era ainda mais bonita. Tanto o investigador quanto seu assistente estavam imobilizados diante da jovem de não mais que vinte anos. Renovan tossiu como que para despertar do transe em que a jovem o pusera.

– Bem, a senhorita faz ideia do porquê de estarmos aqui, não é?

– Sim – respondeu, com a voz suave.

O inspetor não conseguia controlar seus olhos que volta e meia desciam até o decote da moça, que definiu como soberbo. Ele jamais tivera a oportunidade de se deparar e de chegar tão próximo a um daqueles como naquele momento.

– O quê?! – tossiu ele a fim de limpar a garganta e quebrar o transe em que a bela visão o havia posto. – Ah! Sim, queremos saber se houve algo de suspeito, ou algum acontecimento durante a festa que possa nos dar uma pista sobre este crime escabroso.

– Não, nada! Fiquei junto de Alexandre a noite inteira, dançando e conversando.

– Ele, digo o jovem Theodorides não se afastou de você nem por uns instantes? – perguntou o investigador.

– Nem sequer por um minuto.

– E quando o pai veio a seu encontro?

– Surgiu do nada no meio do salão, tirou meu braço dos ombros de Alexandre, o que achei bastante indelicado de sua parte, dei-lhe passagem e ele se segurou no ombro do filho.

– Isso confirma o que ele disse e o inocenta, pois ele não pode ter posto o veneno no copo do pai.

– Que horror, vocês desconfiarem de Alexandre! Ele é um doce de pessoa, jamais faria isso a alguém, ainda mais ao próprio pai! – afirmou a moça.

– É o que penso! – concordou Renovan e explicou: – Estamos apenas averiguando, pois certa pessoa levantou suspeitas sobre ele...

– Quem?

– Infelizmente não podemos revelar – respondeu Renovan, deixando os olhos caírem mais uma vez sorrateiramente, até o decote da moça.

– Compreendo. Mas... – ela passou a mão pelo cabelo e o jogou para o outro lado, tirando profundos suspiros dos dois homens boquiabertos, sentados a sua frente.

Quando ela arrumou o decote os dois novamente foram às alturas. Olhavam agora despudoradamente para os atributos da moça. Só despertaram quando ela afirmou:

– Como podem perceber, Alexandre não pode ter sido o assassino!

Eles assentiram como duas najas hipnotizadas pela flauta doce de um indiano. Jogando novamente o cabelo para o lado, Estatira acrescentou:

– Sabe, o Sr. Theodorides disse algo a Alexandre pouco antes de cair ao chão, morto.

Renovan arqueou as sobrancelhas, parecendo finalmente voltar a si. Endireitou o corpo, recompondo-se e perguntou:

– Algo?! O quê?

– Ele disse alguma coisa sobre... como era mesmo? – Estatira procurava recordar, fechou os olhos, puxando pela memória.

Johannes aproveitou a deixa e mergulhou novamente os olhos no decote da moça. Era mais uma oportunidade, talvez a última, por isso, não podia perder. Sentiu vontade de pular sobre ela, rasgar-lhe a blusa com as mãos e atolar seu rosto no meio de seus seios, mas... Despertou quando Renovan reprovou sua atitude com um gesto. O detetive, porém, também não se conteve. Voltou a apreciar o que definiu como sendo uma preciosidade, um Éden.

– Lembrei! – exclamou Estatira. – O Sr. Theodorides disse algo do tipo... "Alexandre, eu preciso lhe dizer algo muito importante...!"

– E aí? O que mais ele disse?

– Nada! Caiu morto!

Ao saírem do apartamento da moça, os dois investigadores entraram no elevador em silêncio.

– E então, o que achou?

– O quê? – perguntou Johannes.

– A respeito do que ela nos contou?

– Contou?! Contou o quê?!

– Ora bolas, não acredito, você não prestou atenção a nada do que ela falou?!

– Eu tinha coisa melhor para fazer, meu caro Renovan. Aquela mulher é uma deusa! – murmurou Johannes, deixando sua mente divagar novamente em fantasias com a modelo.

Renovan Clark não respondeu ao comentário, mas intimamente concordou.

Minutos depois, os dois homens entraram no carro e partiram, sob os olhos atentos de Estatira, que os observava pela janela de seu apartamento. A moça, então, pegou o telefone e discou um número.

No carro, o inspetor disse para Johannes:

– O que a moçoila nos contou inocenta Alexandre! Se o pai o procurou para lhe dizer algo importante, com certeza foi morto para que não pudesse falar, concorda?

– É uma hipótese, sem dúvida! – Johannes ainda mantinha a imagem da modelo em sua mente.

– O que será que ele descobriu?

– E por que será que Alexandre não quis nos revelar este dado importante?

– Não sei, por estar abalado emocionalmente, acabou se esquecendo... Deve estar sofrendo muito com a morte do pai, deve ter sido um choque e tanto, vê-lo morrer daquela forma, bem na sua frente. Coitado, levará tempo para se recuperar do baque!

Johannes ignorou, mais uma vez, os comentários do colega de trabalho, por estar novamente pensando no que poderia fazer com a jovem modelo vista há pouco.

XI

Nesse mesmo instante, no quarto de Alexandre, ele e Hefestião pareciam estar desligados do mundo. Em meio ao devaneio, a voz de Alexandre surgiu repentinamente:

– Hoje era um dia para estarmos celebrando com uma festa! Uma grande festa! Em certas culturas é muito normal o hábito de fazer festa durante e após o funeral – Alexandre deu uma pausa antes de continuar. – Ouça! Parece até que a morte se mudou para cá!

Hefestião nada ouviu senão o silêncio. Alexandre estava certo. A morte parecia mesmo ter se mudado para aquela casa, tornando-a ainda mais sombria e assustadora, concluiu Hefestião, mal vendo a hora de estar longe dali.

– Esta é a vingança dos mortos! Revoltados com o findar de suas vidas, querem que os vivos também sintam a penúria da morte invadi-los, estragando assim seu prazer de estarem vivos e de aproveitar a vida.

– Você está querendo dizer que os mortos ficam perambulando por entre os vivos com a intenção de perturbar suas vidas? – indagou Hefestião, arrepiando-se.

– Os mortos não precisam regressar, nem arrastar suas correntes pelos corredores das casas, meu bom Hefestião, são os vivos que alimentam os fantasmas! Toda pessoa que foi apegada a alguém que morreu e não consegue se livrar das lembranças do passado, está mantendo esse morto, vivo, ao seu redor. Lembre-se de que são os vivos que permitem, dão o poder aos mortos de os assombrarem!

Alexandre suspirou fundo, antes de complementar:

– Se eu deixar as lembranças do meu pai permanecerem pelos lugares onde ele tinha contato, estarei mantendo-o vivo neste mundo. E isso eu não posso permitir. Se morreu, quero que morra de uma vez e leve consigo tudo que possa trazê-lo de volta à lembrança!

Diante daquelas palavras, Hefestião percebeu que o ódio que Alexandre sentira pelo pai, fora ainda maior do que supôs.

Quem sabe, agora, com sua morte, ele poderia se libertar desse ódio de uma vez por todas, e, com isso, tornar-se mais humano e feliz consigo mesmo e com a vida de uma forma mais sadia?

O desabafo de Alexandre fez Hefestião lembrar-se do próprio pai, do que ainda recordava de sua fisionomia, que quis apagar terminantemente de sua memória. Estaria ele ainda vivo ou morto como Filipe? Pouco importava saber; para ele o pai havia morrido no exato momento em que partiu de sua casa, de sua vida e da vida da mãe para sempre! O dia em que Deus os abençoou como nunca abençoara até então.

Por muitas vezes, ele se assustara com o modo sincero de Alexandre se referir ao pai, mas não havia um porquê, uma vez que ele, no íntimo, sentia o mesmo com relação ao seu. A única diferença entre os dois é que apenas Alexandre tinha a coragem de dizer o que pensava de Filipe, o que sentia, e ele não. Calara dentro de si, tudo o que pensava a respeito do seu e que o indignava tanto.

Ainda assim, seu pai não podia ser comparado ao de Alexandre, jamais. Filipe dera e deixara o que há de melhor na vida para um filho, ao contrário do seu que só lhe deixara péssimos exemplos.

Exemplos que, graças a sua mãe, com todo o seu amor, afeto e dedicação foram impedidos de serem absorvidos por ele, danificando, assim, seu caráter e sua moral.

Benditas as mães de todo o planeta! Eram elas as verdadeiras responsáveis pelo despertar do melhor de seus filhos: integridade, compaixão, caráter e afeto! Os pais, a maioria deles, ao contrário, só despertavam nos filhos o pior do ser humano.

Havia, sim, mães que eram exceção à regra, ainda assim, eram minoria.

Neste momento, veio-lhe à mente a imagem de Olímpia, ajoelhada, junto ao corpo de Filipe, estirado ao chão, do grande salão de festas em Londres. Nunca vira uma expressão tão árdua de sofrimento no rosto de alguém como viu, naquele momento. Ela, sem dúvida alguma, amara aquele homem até mais do que a si própria. Apesar de todas as turbulências enfrentadas durante o casamento dos dois, nada havia abalado o seu sentimento em relação ao marido.

Seria aquilo o amor de verdade, o amor incondicional? Ele não sabia, só sabia que era algo admirável e que, no íntimo, espelhava muito o que ele próprio sentia com relação a Alexandre. Ao voltar a atenção para o amante ao seu lado, viu-o adormecido, sereno como um bebê.

Hefestião ficou então a observar seus cabelos dourados, sua pele clara, bonita e atraente. Por mais que tentasse, não conseguia encontrar palavras para expressar o que sentia por ele. Teve, naquele instante, também, uma sensação prolongada de déjà vu, como se já tivesse vivido aquele momento noutra ocasião.

Se, sim, só poderia ter sido noutra vida. Sim, algo o fazia acreditar em reencarnações. Ainda que fosse contra os seus princípios religiosos, ele não podia deixar de considerar essa possibilidade. Ao mesmo tempo em que a Ciência não dava provas concretas a respeito do processo, também não podia provar a não existência delas.

Uma onda de alívio ecoou dentro do seu peito, ao lembrar que dali em diante, reinaria a paz entre os dois e, com a graça de Deus, para todo sempre. Nada nem mais ninguém, poderia separá-los! Logo, Hefestião também foi capturado pelas almas do sono enquanto a mansão era novamente envolta por uma neblina fúnebre, e uma onda de tristeza e melancolia, vinda do reino dos mortos, invadiu e percorreu seus ambientes.

O funeral de Filipe Theodorides foi simples e sem a intromissão dos repórteres, graças ao esquema de segurança que Hefestião providenciou para não causar aborrecimentos à família.

Ao regressarem a Nova York, Hefestião foi encarregado por Alexandre, de ligar para o detetive para lhe pedir uma segunda cópia do relatório sobre a amante de Filipe, o qual havia desaparecido na mansão, em meio a toda aquela confusão. Foi informado, então, para seu espanto, que o sujeito havia mudado de estado, sem deixar endereço. Ao comunicar Alexandre a respeito, ele calmamente tranquilizou Hefestião, dizendo:

– Agora, com meu pai morto, fica mais difícil haver qualquer aparição de um bastardo!

Hefestião concordou, em todo caso permaneceu cabreiro quanto ao sumiço do relatório e do detetive quase que ao mesmo tempo. Era como se alguém estivesse, a todo custo, evitando que Alexandre se aproximasse da verdade sobre o passado do pai. Mas quem estaria por trás daquilo e por quê? Só o tempo poderia responder.

XII

Nas semanas que se seguiram, Renovan Clark continuou à frente das investigações em busca do paradeiro de Antípatro Gross, o principal suspeito, segundo ele, de ter assassinado Filipe Theodorides. O homem, entretanto, parecia ter mesmo se mudado do planeta com toda a família.

Cleópatra chegou a procurá-lo novamente para reforçar a ideia de que o irmão era o assassino do pai, mas Renovan, descartou mais uma vez a possibilidade, não só por Alexandre ter um álibi, mas, também, por achar que a moça estava mais interessada em prejudicar o irmão do que, propriamente, descobrir o assassino do pai.

Nesse ínterim, Olímpia trancou-se no casarão e, aparentemente, pareceu se esquecer de que se encontrava ainda no reino dos vivos.

Alexandre, por sua vez, decidiu lançar medicamentos sem terem sido testados previamente com eficácia. Nem seus efeitos colaterais haviam sido apurados por completo. Ele não queria perder mais tempo: tempo, para ele, era dinheiro!

Um dos farmacêuticos químicos, o único que restara da época em que só Filipe comandava a empresa, quis saber:

– E quanto ao padrão de qualidade da empresa, imposto por seu pai, Alexandre? Acredito que ele não concordaria com sua decisão de...

Alexandre foi simples, prático e direto:

– Meu pai não pode mais opinar, meu caro! Está morto! – seu tom de voz foi o de um vitorioso.

Hefestião também ficou em dúvida quanto à decisão do namorado em lançar no mercado medicamentos sem terem sido testados e aprovados previamente, garantindo 100% de eficácia.

Alexandre defendeu-se, alegando:

– Os outros laboratórios farmacêuticos fazem assim, por que não podemos jogar com as mesmas regras?

Apesar da alegação do namorado ser totalmente verdadeira, Hefestião ainda não concordava com tal atitude. Em todo caso, chegou à conclusão de que quanto mais cedo Alexandre conquistasse seus objetivos, mesmo que se utilizando de recursos escusos, melhor seria. Quem sabe assim, ele moderaria seu ritmo de vida, sua ambição pelo poder e se tranquilizaria. Poderia finalmente levar uma vida de casal menos corrida e agitada como vinha se tornando a deles cada vez mais.

E o tempo seguiu seu curso.

XIII

O calendário já marcava a segunda semana de novembro de 1999 quando Alexandre viajou a negócios para Los Angeles. Ele próprio escolheu o apartamento de cobertura do melhor hotel de Beverly Hills para se hospedar.

Era por volta das vinte e uma horas quando retornou dos compromissos do primeiro dia de sua agenda e decidiu ir até o luxuoso Piano Bar. Um lugar todo em vidro fumê, parecendo um aquário, cercado de vasos simetricamente alinhados com plantas exóticas impecavelmente aparadas.

Ali, degustando um bom vinho, ao som de belíssimas canções executadas maravilhosamente por um pianista de mão cheia, Alexandre se desligou do mundo. Lembrou-se do tempo em que aprendeu a tocar o instrumento e o pai berrou com ele por ter se dedicado ao aprendizado. Como ele o odiou naquele momento e desde então, mais do que tudo.

Seria tão bom se lembranças ruins como aquela fossem deletadas de sua mente, tal como um arquivo de computador, que não se quer mais. Que a mente fosse ocupada somente de memórias alegres, mas, infelizmente, para apagar as ruins se apagavam consequentemente as boas.

Era tão triste perceber que apesar de o pai estar morto, ele ainda se mantinha vivo em sua memória. Se ele quisesse definitivamente encontrar a paz, ele teria que achar um meio de matar o pai dentro dele para sempre.

A música tocada a seguir, ao contrário da última, acendeu em Alexandre memórias boas, as quais valiam a pena ter para sempre.

O fez lembrar de Hefestião, de seu corpo bonito; de seus olhos escuros como duas bolinhas de gude; de seus cabelos pretos, encaracolados e macios, nos quais adorava cravar suas mãos; do seu queixo quadrado atraente, ainda mais quando tinha a barba por fazer; de seu sorriso encantador, simples e infantil.

Ah! Hefestião... Seria muito melhor se ele estivesse ali com ele naquele instante. Uma vontade louca de pegar um avião e ir ao seu encontro tomou-lhe de assalto. Assim, ele fechou os olhos por instantes e se deliciou ao imaginar a expressão que surgiria no rosto de Hefestião, ao vê-lo chegar ao apartamento de surpresa.

Ah! Como juntos eles eram ótimos, um casal gay dentre poucos, uma exceção à regra no vasto mar de corações solitários.

Os deuses haviam abençoado os dois, ele podia se gabar tranquilamente, pois sabia que pertencia àquela microscópica fatia da raça humana, escolhida pelos deuses, para brilhar no planeta.

O pianista, ao terminar de tocar, recebeu uma bela gorjeta de Alexandre, enviada por meio do garçom que o atendia. O rapaz, muito polido, resolveu ir agradecer-lhe, pessoalmente.

– Muito bom, parabéns! – Alexandre, cumprimentou o músico, empolgado.

– Muito obrigado, senhor.

O rapaz notou que o generoso freguês emanava uma magia típica das celebridades. Talvez fosse uma e ele ainda não soubesse.

– Está a passeio por Los Angeles? – o pianista perguntou a seguir, polido como nunca.

– A negócios.

– Espero que aproveite sua estada e venha usufruir mais vezes do nosso piano bar.

– Virei, com certeza.

O rapaz lhe deu um largo sorriso e só então, Alexandre, observando-o com mais atenção, exclamou, subitamente:

– Que indelicadeza a minha, não perguntei o nome do artista.

– Enzo a seu dispor – respondeu o moço, prontamente.

– Alexandre Theodorides.

– Muito prazer!

O moço quis partir, mas Alexandre insistiu para que ele permanecesse ali por mais alguns minutos. O pianista atendeu seu desejo como uma ordem. De fato se simpatizara com o freguês que havia lhe oferecido a gorjeta mais alta de toda a sua vida.

XIV

Na noite do dia seguinte, a mesma cena se repetiu. Alexandre estava largado numa mesa do piano bar, degustando um bom vinho e se deliciando com as músicas tocadas ao piano por Enzo G. Martinez, tal como "You're the top" umas das mais belas e famosas canções de Cole Porter.

Minutos depois, um funcionário da recepção do hotel entrou no recinto a sua procura e, ao vê-lo, foi até sua mesa.

– Sr. Theodorides, telefonema para o senhor.

– Quem é?

– Diz que é de seu interesse.

– Diga que no momento não posso atender.

– Se o senhor quiser, eu posso transferir o telefonema até aqui.

– Mande deixar o recado, depois pegarei.

– Muito bem, senhor.

Fora exatamente por isso que ele desligara o celular que levava a todo lugar por insistência de Hefestião, para não ter aquele momento tão seu interrompido em hipótese alguma. Havia resolvido tirar aquela noite para se deliciar consigo próprio, bebendo e apreciando boa música, só isso.

Ao terminar sua última hora de apresentação, Enzo foi até a mesa cumprimentar Alexandre que visivelmente havia bebido demais, mal conseguia ficar em pé. Ao tentar, desequilibrou-se e teria ido ao chão se o pianista não o tivesse segurado, rapidamente.

– Você tem pulso firme – disse Alexandre num tom meloso encharcado pelo álcool.

– Obrigado, senhor. Se não se importar, vou acompanhá-lo até o elevador.

Quando lá chegaram, Alexandre travou as pernas e disse:

– Não sei se já quero ir para o meu quarto – falou, repentinamente.

– O senhor é quem sabe – disse o rapaz, educadamente. – Posso deixá-lo em algum lugar, se quiser, mas aconselho a se recolher, está muito cansado. Enzo sabia escolher bem as palavras para manter sua polidez.

– Sabe de uma coisa – animou-se Alexandre –, eu gostaria de dar umas voltas por Los Angeles. A noite está tão linda para isso, porém, neste estado em que me encontro serei preso na primeira esquina por dirigir alcoolizado. Poderia você me levar para este passeio? Eu apreciaria imensamente.

O rapaz, olhos surpresos, não soube o que dizer:

– Bem...

– Por favor, me faça essa gentileza. Além do mais, você é uma pessoa agradável, será ótima companhia – insistiu Alexandre.

– Se o senhor não for demorar...

– Não! – adiantou-se Alexandre, sorrindo amigavelmente. – Não irei demorar, prometo!

– Quer que eu peça o carro? – prontificou-se o rapaz.

– Por favor!

O carro que havia sido locado por Alexandre para utilizar enquanto estivesse por lá foi trazido a seu pedido. Os dois partiram. Enzo dirigia tão bem quanto tocava piano, observou Alexandre. O carro deslizava pelas ruas de Los Angeles, como se flutuasse. Passaram por West Hollywood, Beverly Hills até irem parar na famosa Sunset Boulevard.

– Ao contrário do que se pensa, dirigir em Los Angeles não é tão difícil assim, basta seguir as freeways, estudar um pouco os mapas, saber as direções e facilmente você se localizará – explicou Enzo como um bom defensor de sua morada. – Los Angeles tem muito a nos oferecer. Palos Verdes, por exemplo, é um belíssimo lugar e, pouca gente sabe de sua existência, vale a pena visitar! De lá pode se avistar toda a baía de Los Angeles e, ao longe, os aviões descendo no aeroporto de L. A.

– Podemos comer alguma coisa? – sugeriu Alexandre a seguir.

Enzo, polido como sempre, assentiu e sugeriu um restaurante na própria Sunset, que apesar de não ser sofisticado, oferecia boa comida. Deixaram o carro num estacionamento praticamente vazio àquela hora da noite, quase ao lado do restaurante e seguiram a pé até lá. Pelo caminho,

Enzo notou que Alexandre já não trançava tanto as pernas como fizera no hotel.

"Teria ele melhorado tão rápido assim ou encenado aquilo só para convidá-lo para sair?", perguntou-se cabreiro.

Cada um fez seu pedido e Alexandre passou a fazer perguntas a Enzo:

– Há quanto tempo é pianista?

– Desde que me lembro por gente, às vezes costumo dizer que desde o útero de minha mãe.

Os dois riram.

– Ama a sua profissão, não é?

– Amo muito, senhor.

– Não me chame de senhor. Sou tão moço quanto você. Quantos anos têm?

– Trinta e um.

– Não parece!

Alexandre empertigou-se: que futuro um pianista poderia ter ao longo da vida, tocando na noite? Um bem limitado, concluiu, sentindo pena do rapaz.

Enzo, sem graça pela introspecção repentina do seu interlocutor, ficou a procurar em sua mente um tema para dialogarem. Alexandre, percebendo seu desespero, perguntou sua opinião sobre os clássicos da música popular americana.

Já era por volta das quatro da madrugada quando ambos deixaram o restaurante. Ao avistar a lua, Alexandre suspirou e disse, alegremente:

– Enzo, gostei muito de você! É um ser humano de brio e, isso, é o que mais admiro numa pessoa.

– Obrigado – agradeceu o moço humilde, corando de leve.

Os dois caminharam lentamente até o estacionamento e quando estavam adentrando o local, houve uma tremenda explosão que os jogou ao chão, a uns três metros de distância de onde se encontravam. Alguns destroços voaram e um passou raspando pela cabeça de Alexandre.

Enzo, com esforço levantou-se e ficou aterrorizado ao ver Alexandre, estirado ao chão, desmaiado. Virou-se para o local da explosão e só então compreendeu que o que havia explodido era o carro que Alexandre havia alugado para circular por Los Angeles enquanto estivesse lá.

XV

Assim que soube do acontecido, Hefestião voou imediatamente para lá. Do aeroporto foi direto para o hospital.

Por alguns segundos, sentiu que as batidas do seu coração foram interrompidas, fazendo-o ficar imóvel, sem nenhuma reação, ali, em frente à cama onde o amado encontrava-se deitado.

A voz de Alexandre o despertou daquele estado de transe:

– Acalme-se, estou bem, não precisava ter vindo!

Hefestião o beijou na testa.

– Achou mesmo que eu o deixaria sozinho numa situação dessas?

– Foi apenas um acidente...

– Acidente, Alexandre?! Para mim tentaram matá-lo!

– Tolice!

– Nenhum carro explode assim de uma hora para a outra.

– A gasolina deve ter vazado e, ao apertar o controle remoto, para destravar as portas, deve ter havido um curto circuito e o carro se incendiou, foi só isso! Para mim, já está tudo explicado! Agora se acalme, por favor!

– Depois do que aconteceu tudo me leva a crer que...

– Que...

– Que era você o alvo do assassino naquela noite em Londres e, de algum modo, seu drinque foi parar nas mãos do seu pai.

Um som áspero partiu subitamente de Alexandre. Uma risada tão em desacordo com o momento, que Hefestião o encarou com surpresa.

– Você bebeu?

– Só pode ter sido isso, Alexandre! E partindo desta hipótese, ninguém se torna mais suspeito da tentativa de assassinato do que Cleópatra. Ou alguém que você magoou, de algum modo, ao longo da vida.

– Seja quem for o assassino, sou grato a ele. Não podia ter agido em momento melhor. Com a morte do meu pai, evitamos o infortúnio de eu ter de dividir nosso patrimônio com a mulher com quem ele pretendia se casar. Escapamos também da possibilidade de ele gerar outros herdeiros. Tornou-se também, mais difícil, agora, um filho bastardo, caso tenha tido um, exigir o teste de DNA. Como vê meu caro, a morte do meu pai só me trouxe benefícios. Poupou-me de terríveis dores de cabeça!

E suspirando, acrescentou:

– A explosão do carro também me será muito útil. Afastará de mim, qualquer suspeita que possa haver, por parte das autoridades, de eu ter sido o assassino de meu pai.

Hefestião ficou impressionado, mais uma vez, com as palavras do namorado. A seguir, quis saber sobre Enzo, o rapaz que o acompanhava.

– Ele não é bem um rapaz, Hefestião. Já é um homem feito.

– Quando digo rapaz, Alexandre, é apenas modo de dizer.

– Sei...

A seguir Alexandre contou a ele como se conheceram e foram parar no restaurante aquela noite.

– Esse moço pode processá-lo, sabia?

– É verdade. Hoje em dia inventam cada coisa para processar alguém que eu vou lhe contar. Até parece piada! Deve ser por isso que os deuses não aparecem aqui; teriam tantos processos nas costas referentes ao sistema de vida que adotaram que teriam de assaltar muito banco por aí para indenizar todas as supostas vítimas.

O comentário fez Hefestião rir com gosto.

Pensativo, Alexandre acrescentou:

– Enzo é um rapaz de boa índole. Quero que seja recompensado por seu ato!

Alexandre virou-se com os dois cálices na mão e foi pego de surpresa pela estranha carranca que havia se formado no rosto do namorado.

– O que há? Ficou com ciúmes, foi?

– Absolutamente! – Hefestião deu de ombros.

– Ficou, sim! Posso ver estampado em seu rosto – afirmou Alexandre, rindo.

– Confio em você, por mais que venha a transar com alguém, sei que não passará de uma simples experiência.

Hefestião dissera aquilo da boca para fora ou para querer aceitar a ideia de bom grado; no íntimo, não era nada disso que sentia em relação àquela possibilidade não tão remota, uma vez que seria muito fácil para Alexandre, ter quem bem quisesse, e esconder dele com facilidade já que viajava sozinho para muitos lugares.

– É você quem está dizendo! Ou você que está deixando isso claro se caso acontecer com você?

– Ora, é lógico que não! – ele repudiou o comentário com desprezo.

– O promíscuo era você, lembra? – disse Alexandre em tom maroto.

Hefestião o olhou indignado.

– Estou brincando – com um gesto rápido com a mão, descabelou o amigo.

– Brincando costumam-se dizer muitas verdades que não se tem coragem de dizer.

– Shut up, Freud!

XVI

Assim que recebeu alta, os dois voltaram para o hotel em que Alexandre estivera até então hospedado. Pediram um pró-seco para relaxar e ficaram lado a lado se acariciando por uns instantes.

– Nunca lhe perguntei, mas quero saber – comentou Hefestião, rompendo o romantismo. – O que faria se descobrisse que tem um irmão ou uma irmã por parte de pai?

Houve um breve silêncio.

– Sempre quis ter um irmão, sabia? Pedi muitas vezes isso aos deuses. Quando minha mãe me contou que estava grávida, pensei que meu sonho se realizaria, o que não aconteceu. Mas hoje compreendo que na verdade meu desejo foi atendido.

– Foi?!

– Sim! – Alexandre virou-se para ele. – Você é meu irmão, Hefestião!

Você preenche tudo o que sempre sonhei ter ao lado de um!

Alexandre abraçou o namorado com cuidado por estar com o braço machucado e completou ao seu ouvido:

– Não se preocupe comigo, tudo ficará bem, confie em mim!

Havia algum significado mais profundo por trás da afirmação de Alexandre. Algo que Hefestião não compreendeu no momento. Mesmo que quisesse, não poderia, foi tomado naquele momento por um beijo umedecido pelo delicioso licor que o fez flutuar até as nuvens.

Mais tarde Hefestião, comentou:

– Em meio a todo aquele tumulto na casa de seus pais, no dia do assassinato, esqueci-me de lhe dizer algo que talvez seja do seu interesse. Quando fui consultar a camareira a respeito do relatório que desapareceu no dia seguinte à morte de seu pai, ela me contou, assim como quem não quer nada, que seu pai e sua mãe haviam tido uma briga dias antes da recepção. Um bate-boca tão violento que os empregados da casa ficaram apavorados, receosos de que seu pai agredisse sua mãe fisicamente.

– Sei... Espero que não esteja insinuando que minha mãe...

– Não! É lógico que não, Alexandre! – adiantou-se Hefestião rapidamente.

– Minha mãe jamais o mataria, ela o amava, o amava mais do que tudo e todos. Mais que a mim mesmo, infelizmente.

– Eu sei... – Alexandre pegou em suas mãos, apertou-as e disse: – Só não comente isso com ninguém, por favor!

Hefestião assentiu com a cabeça e foi novamente presenteado com um beijo ardente.

XVII

Passava das dezenove horas do dia seguinte, quando Alexandre e Hefestião retornaram da Rodeo Drive, trazendo inúmeros pacotes das mais sofisticadas lojas do lugar. Os dois então se amaram e quando o ato teve fim, Hefestião se sentia novamente pleno e realizado.

Só então foi ter uma palavra com o pianista. Encontrou Enzo no piano bar abrilhantando os fregueses com seu dom musical inigualável.

Mediu-o da cabeça aos pés e respirou aliviado, sabia que não fazia o tipo de Alexandre.

Enzo explicou-lhe exatamente tudo que havia se passado na noite anterior sem omitir nenhum detalhe. Não queria aceitar o presente que Alexandre lhe enviou, mas Hefestião conseguiu convencê-lo. Pediu seu nome por extenso a fim de poder fazer o cheque nominal a ele, para evitar possível extravio.

Ao arrancar a folha de cheque, notou que a havia preenchido com tanta força que podia se ler o escrito na folha seguinte. Havia algo no sobrenome do rapaz, algo que chamou sua atenção, só não soube precisar o que era.

Foi só quando Hefestião partiu que Enzo deu uma olhada no valor do cheque. Duzentos mil dólares. Verificou outra vez o valor por duvidar do que seus olhos viam. Imediatamente seguiu atrás de Hefestião e o alcançou quando estava prestes a tomar o elevador.

– Senhor!

– Sim?

– O valor do cheque... O senhor deve ter se confundido.

Hefestião, maravilhado com o caráter do moço, explicou:

– O valor está correto, sim! Foi o próprio Alexandre quem determinou a quantia para lhe dar.

– Mas... É muito dinheiro!

– É um presente, aceite!

O moço por pouco não chorou.

– Nem sei o que dizer...

– Aceite de bom grado.

– Agradeça a ele por mim. Esse dinheiro vai me ajudar muito.

Hefestião assentiu e entrou no elevador.

– Um rapaz e tanto – murmurou enquanto algo se agitava em seu cérebro.

XVIII

No gabinete da Scotland Yard, Renovan Clark dividia com seu assistente Johannes as mesmas conclusões a que Hefestião chegara.

– Seria aconselhável, doravante, o Sr. Theodorides andar acompanhado de seguranças. Acredito que sua vida corre perigo.

Renovan pensativo falou:

– A pessoa que está por trás desse atentado tem de ser alguém que ficou a par, com antecedência, de sua viagem para Los Angeles e tivesse conhecimento do hotel onde ele estava hospedado para poder segui-lo assim que ele saísse de carro, e ficasse à espreita para pôr a bomba, ou sei lá o que, no carro num momento oportuno.

– Pode ser tanto alguém que convive com ele ou que trabalha na empresa.

– Ou na própria casa da mãe, pois ela deve comentar tais coisas com alguma empregada de confiança, lembrando também que qualquer empregado ali pode ouvi-la falar particularidades ao telefone ou para os filhos quando estão presentes, bastando apenas estar próximo do local onde se desenrola a conversa, sem se deixar ser notado. Podem também ter grampeado o seu telefone! Precisamos averiguar!

– O funcionário do estacionamento afirma não ter visto ninguém suspeito se aproximar do carro. Quem armou tudo isso, pode ser um desses profissionais espertos, capazes de se infiltrar em qualquer lugar como se fossem invisíveis.

– É melhor fazermos uma vistoria tanto na empresa quanto na casa. Levantar as fichas de todos os empregados para ver se não há algum sobrenome que o ligue ao ex-sócio.

– Acredita mesmo que ele é o responsável por tudo isso?

– Tudo indica que sim.

– Há outra possibilidade, meu caro! Não podemos descartar a hipótese de que o criminoso pode ter ficado sabendo da presença de Alexandre, em Los Angeles, por meio da mídia, consultado os melhores hotéis para localizá-lo; o que deve ser bem fácil, seguido seus passos e, no momento que achou mais oportuno, preparado o atentado. Como vê o leque de possibilidades é maior do que você pensa.

Após breve reflexão, Renovan comentou:

– Se o veneno no drinque era para ele, a irmã se torna a principal suspeita.

– Ou aquele namorado dela. Ele pode ser um dos filhos do ex-sócio e ninguém sabe. Pode ter sido isso que o pai descobriu e queria contar para o filho.

Renovan ficou surpreso, pela primeira vez, com o raciocínio de Johannes.

– Parabéns, meu caro! Finalmente você deixou de pensar em mulher e está pondo o seu cérebro para funcionar. É a primeira vez que diz algo pertinente.

Johannes estufou o peito, sentindo-se orgulhoso de si mesmo e acrescentou:

– Qualquer um dos criados da casa, bem como da empresa, pode também ser um dos filhos deste homem. Até mesmo um dos garçons que serviam na festa.

– Investigue todos! – e num tom efusivo, Renovam completou: – Ligue para o Sr. Lê Kerr. Ele pode nos fornecer mais detalhes, já que parece ser o mais preocupado e ansioso pela solução deste mistério.

– Ainda mais agora, após o que aconteceu com o seu, entre aspas, "amigo inseparável"!

Johannes sorriu com certa malícia.

– Sim! – respondeu Renovan, pensativo, sem perceber aonde o assistente quis chegar. Minutos depois dizia:

Quando Johannes voltou de sua tarefa, encontrou Renovam com a mente longe.

– No que estava pensando?

– No assassino dos livros de mistério.

– O que têm eles?

– É sempre o personagem que você menos espera!

– Sei, e daí?

– E daí, que no caso do Sr. Theodorides, a pessoa menos suspeita é...

– Diga!

– Bobagem minha, deixa pra lá!

As sobrancelhas do secretário se arquearam numa expressão curiosa.

Ao retornar para Nova York, Hefestião, insistia, todos os dias, incansavelmente, para que Alexandre fizesse uso de seguranças para se proteger. Ele poderia ter se esquecido do acidente em Los Angeles e do assassinato do pai, mas o amante, não!

Alexandre o olhava profundamente nos olhos e, com calma, dizia:

– Não se preocupe, Hefestião, os deuses estão comigo! Eles me protegerão, sempre!

IXX

Fim de ano de 1999

Foi em Nova York, a cidade amada, no Times Square, que Alexandre e Hefestião passaram a virada do milênio. Foi também, nas primeiras horas do novo milênio, que os dois estrearam o quarto de espelhos feito para que ambos pudessem se ver, fazendo amor por diversos ângulos.

– Muitas pessoas se enojam ao ver um filme pornográfico – comentou Alexandre com Hefestião, certa noite. – Como se elas, ao fazerem sexo, não ficassem nas mesmas posições e ângulos que os atores são filmados. Muitos se enojam também, ao ver um filme pornô gay. Como se o ato sexual entre dois homens fosse muito diferente do ato heterossexual. Como se a mulher não utilizasse o mesmo tipo de penetrações e posições. Outras se enojavam de ler contos e romances que descrevem detalhadamente o ato sexual como se também não fosse feito daquele modo. É muita hipocrisia.

Muitas noites seguintes foram vividas naquele quarto em especial e, a cada uma delas, os dois amantes descobriam algo novo para fazer ou inovar durante o ato sexual.

A cada dia, com o nascer do sol, também brotava dentro dos dois a sensação de que ambos se amavam ainda mais. Algo raro entre amantes e, principalmente, no mundo gay, onde a maioria dos relacionamentos era de curtíssimo prazo, uma eterna reciclagem, dolorida, pois, no íntimo, todos, brancos, pretos, hetero e homossexuais, ricos ou pobres, católicos ou judeus buscam ter alguém para a vida toda. Mesmo os que alegam que não, que só querem uma boa noite de sexo e nada mais, almejam o mesmo, porque todos somos, em essência, humanos carentes de afeto.

XX

Certa noite, quando Alexandre e Hefestião estavam, mais uma vez, esticando a noite numa danceteria, Hefestião perguntou:

– Você já reparou que noventa por cento dos homens gays estão sempre sozinhos, sem um parceiro?

– Nunca havia observado – riu Alexandre, percorrendo com os olhos os homens na pista de dança.

– Muitos dos casais que você vê nesta noite, na semana que vem já não estão mais juntos. São raros os que conseguem levar seu relacionamento por mais de dois meses. Atingir um ano já pode ser considerado um verdadeiro milagre! O rompimento, alegam a maioria, se dá, porque quando um quer levar a sério, o outro não, ou quando tudo vai bem, um pula a cerca, o parceiro descobre, se fere e termina. Há algo obscuro em torno dos gays que os impede de namorar e casar pra valer. Tenho pena!

Com pesar, completou:

– Tive medo de acabar assim até você surgir na minha vida.

Alexandre, sentindo-se tocado o abraçou.

– Essa história de dizer que gay gosta muito de dançar – prosseguiu Hefestião com tristeza –, é, a meu ver, desculpa para estar num lugar onde possa encontrar alguém para amar. A maioria das noites que eu só saía para dançar era com o propósito de encontrar um namorado.

– No mundo hétero acontece o mesmo! – lembrou Alexandre.

– É minoria. – Hefestião sorveu um pouco de seu drinque e acrescentou: – Sabe quem acaba se tornando o companheiro da maioria? As drogas, e sabe por quê? Porque ninguém nasceu para viver só! Ninguém suporta a solidão! O mesmo com relação aos heteros, só que estes optam por bebida, comida em excesso, fanatismo religioso e calmantes para afugentar a solidão.

Alexandre encarou firmemente os olhos do namorado e disse com sinceridade:

– Com a gente não será assim. Você nunca ficará só, Hefestião! Os deuses lhe querem bem, cruzaram nossos destinos para sempre! Não há o que temer!

Alexandre o abraçou e o beijou apaixonadamente.

– Eu o amo, Alexandre! Nunca se esqueça do quanto eu o amo.

Hefestião sabia que Alexandre não podia compreender com profundidade o que era a vida da maioria dos gays, pois nunca passara por aquilo. Desde que se descobrira gay estivera a seu lado, vivendo um relacionamento apaixonado e dedicado. Ele desconhecia a solidão por nunca tê-la experimentado. E se dependesse dele, faria tudo o que estivesse ao seu alcance para impedi-lo de senti-la na própria pele.

Nas semanas que se seguiram, Alexandre exigiu que os farmacêuticos químicos aprontassem, de uma vez por todas, a vacina contra a AIDS, que ele tanto almejava lançar no mercado até o final daquele ano. Mesmo que fosse uma vacina tal e qual a vacina contra a gripe, de imunidade fictícia, eles tinham de fazer, antes que um concorrente o fizesse.

Para torná-la necessidade básica, Alexandre soltaria na mídia matérias assinadas por grandes nomes da medicina, alegando que, ao contrário do que se pensava, a AIDS não era só transmitida pelo ato sexual (sem preservativo), mas também em contato com banheiros, públicos, copos, pratos, etc.

Com isso, o pânico renasceria na população mundial, forçando todos a tomarem a vacina anualmente, gerando, assim, lucros bilionários.

XXI

Numa reunião, foram apresentados a Alexandre os novos maquinários ultramodernos que haviam sido criados para combater o câncer, entre outros males. Alexandre parabenizou os criadores e, ao se verem a sós com Hefestião, o rapaz sugeriu um brinde.

– Tais descobertas são uma dádiva para a humanidade – elogiou. – Precisamos lançar no mercado o quanto antes.

– Ainda é cedo para lançá-los no mercado – respondeu Alexandre, seriamente.

– Cedo?! – exaltou-se Hefestião. – Como assim?

– Estes aparelhos tornarão obsoletos os maquinários lançados e comprados anteriormente.

– Ainda assim...

– Ainda assim estes aparelhos cortarão a renda de muita gente, uma vez que diminuirá o tempo de tratamento dos pacientes, resultando na diminuição de lucros.

– Ainda assim...

– Ainda assim, meu caro, continuamos vivendo num mundo onde a regra é vender.

Ele reforçou suas palavras balançando positivamente a cabeça e foi além:

– Você acha por acaso que o CD e o DVD foram descobertos pouco antes de serem lançados no mercado? Lógico que não. Já haviam sido descobertos há tempos. No entanto, se tivessem posto no mercado bem na época de sua descoberta, as empresas teriam perdido as três décadas de lucro que o videocassete possibilitou a muita gente. Inclusive às indústrias fonológica e cinematográfica.

Com o lançamento do DVD no tempo certo, todos estão sendo obrigados a comprar o novo aparelho e novamente seus filmes e séries favoritas em DVD. O mesmo com relação ao CD. É interessante também para os artistas.

Minha intuição diz até que o CD já está condenado. No entanto, os fabricantes aguardarão ainda um bom tempo para lançar seu substituto no mercado, para que não se interrompa o lucro obtido por meio dele e, possam lucrar tudo, outra vez, quando o novo aparelho chegar ao mercado, forçando todos, novamente, a comprarem as obras de seus artistas favoritos.

Hefestião, vivemos num sistema capitalista! Num mundo onde o dinheiro fala mais alto do que tudo, até mais do que o ar que se respira! Num mundo onde se é capaz de privar o ser humano da vida, se isso significar lucro para os homens de poder.

– E você acha que isso é certo, Alexandre?

– Não! Mas essa é a regra do jogo e estou no jogo para vencer!

– E se nosueníssemos para mudar essas regras?

– Nem que eu queira incorporar toda a bondade de Jesus, para salvar o mundo, eu não conseguiria, meu caro. Nosso mundo não quer Jesus, em carne e osso, perambulando outra vez por sobre o planeta. Quer apenas sua imagem, atos e palavras para lucrar com elas. As religiões também são comércios, Hefestião, seus proprietários adquirem verdadeiras fortunas por meio delas. E seus fiéis os idolatram, são capazes de defendê-los até mesmo no inferno, se alguém recriminar seus atos. Esse mundo, Hefestião, é o mundo dos espertos, entenda isso de uma vez por todas!

– Mas é um mundo que poderia ser bem diferente.

– Um dia, quem sabe...

O rapaz ficou a pensar. Alexandre também pensativo acrescentou:

– Os restaurantes de fast food também agem de má fé para com seus consumidores. Pouco lhes importa se seus produtos são saudáveis, contanto que sejam saborosos e consumidos. A mesma regra é seguida pela indústria alimentícia. Quer alimento mais suspeito do que os hambúrgueres e nuggets, que são feitos de tudo quanto é resto de carne animal?

– Mas isso é desumano...

– Eu sei, mas esse é o mundo dos negócios, Hefestião. Por que acha que os móveis e eletrodomésticos passaram a ser produzidos com materiais mais frágeis e perecíveis? Para que o consumidor os compre novamente em pouco tempo, garantindo assim, uma rotatividade de lucros para quem os produz. Antigamente um fogão era para o resto da vida, uma cama idem, e isso não era nada interessante para as empresas. O mesmo com relação à matéria-prima usada para a fabricação de veículos.

Alexandre aproximou-se dele e disse, enquanto acariciava sua face:

– Não me considere um crápula por isso! Lembre-se sempre de que fazemos parte de um jogo no qual a desonestidade é regra fundamental para se manter vivo neste mundo capitalista.

Em meio ao ritmo louco que as ambições de Alexandre exigiam para se materializarem, Hefestião temeu que o companheiro acabasse sacrificando sua vida conjugal e pessoal, mas enganou-se. Alexandre mantinha-se presente, devotando-lhe um amor cada vez mais apaixonante e cultuando o corpo sagradamente.

A única pessoa que foi prejudicada por isso, foi Olímpia. Tornou-se cada dia mais difícil para o filho, encontrar tempo em sua agenda para visitá-la na Inglaterra. No entanto, ele precisava ir vê-la, temia deixá-la só por muito tempo, não fazia ideia de até quando ela conseguiria suportar a ausência do marido. Sua intenção, chegando lá, era tirá-la daquela casa, fazê-la viajar pelo mundo, respirar novos ares, recomeçar sua vida. Olímpia, no entanto, não parecia querer mudar seu destino, era como se a dor e a saudade valessem mais do que a liberdade dos viúvos e solteiros.

Quem matara Filipe? Havia ou não um filho bastardo? Quem dera sumiço no relatório do detetive a respeito de Ingrid Muir? Fora atentado ou não, o acontecido em Los Angeles? Eram perguntas que não mais tinham espaço na vida daquele belo rapaz que se tornara um Midas do mundo dos negócios: Alexandre Theodorides.

E o tempo seguiu seu curso...

CAPÍTULO 6

I

Início de agosto de 2000

Em meio a todo esse processo e ritmo de vida, Alexandre se esqueceu de alguém por completo, alguém que certamente não se esquecera de suas ambições: Cleópatra Theodorides. Depois de marcar seu casamento com Pérdicas, a moça decidiu tomar posse do que lhe pertencia na empresa e ter seu futuro marido trabalhando ao seu lado.

Dessa vez, o irmão não pôde impedi-la de fazer tal coisa, ela agora tinha um trunfo na manga, descobrira-se grávida e o casal tinha de trabalhar para se sustentar. Não era mais uma questão de escolha e, sim, de necessidade.

A notícia foi recebida por Alexandre como uma punhalada nas costas. Aquilo só podia ser um pesadelo cujo fim só ocorreria com a morte dela. Ah, se os deuses o ajudassem a livrar-se dela para todo sempre, presenteando-o com a morte!

Desde então, Alexandre não mais se alimentou direito, acordava durante a noite em meio a pesadelos, suando frio e volta e meia tinha insônia.

Hefestião começou a ficar preocupado, pedia-lhe que se acalmasse, que aceitasse a ideia, que tudo correria bem, mas Alexandre não mais conseguiu se acalmar.

Nem o verão nova-iorquino, do qual tanto gostava, conseguia tirá-lo daquela tensão.

Certa noite, Hefestião despertou de seu sono tranquilo e encontrou o amado deitado a seu lado, acordado, olhando fixo para o teto. O remédio contra a insônia havia falhado novamente.

Entristecia-o vê-lo naquele estado. Ele, então, acariciou-lhe o peito na esperança de confortá-lo. Alexandre rompeu o silêncio a seguir:

– Sabe, o que mais está me martirizando? Por incrível que pareça, é o fato de que ela terá um bebê! Você faz ideia do que isso significa? Um bostinha, que no futuro herdará tudo isso que estou conquistando a duras penas. Isso não está certo, Hefestião, não está!

Hefestião nada disse, não sabia o que dizer, continuou apenas massageando o peito do namorado até os dois adormecerem novamente.

Dois dias depois, o rapaz teve novamente um choque ao encontrar Alexandre largado na poltrona da sala presidencial, parecendo um cadáver. Ao vê-lo, Alexandre suspirou fundo e foi, mais uma vez, sincero:

– Não consigo parar de pensar naqueles dois trabalhando dentro da minha empresa.

– Acalme-se, nada de mal vai acontecer.

– Mandei investigar a família de Pérdicas. O pai dele era um bêbado, viciado em jogo e trambiqueiro. Para mim "filho de peixe, peixinho é!". Tenho certeza de que está com minha irmã só por interesse financeiro. Um homem pode iludir muito bem o coração de uma jovem tola e apaixonada. A paixão cega as pessoas...

– Se ele está com ela só por esse motivo, não creio que conseguirá enganá-la por muito tempo. Cleópatra não é boba – argumentou Hefestião com veemência.

– Minha intuição diz que é para tomarmos cuidado. Muito cuidado.

Alexandre levantou-se, foi até Hefestião, pegou firme nas mãos dele e olhos nos olhos, disse:

– Você precisa me ajudar.

– Você sabe que pode contar comigo para o que der e vier, Alexandre.

– Preciso de você dentro da sede inglesa, vigiando Cleópatra e

Pérdicas. Você é a única pessoa em quem confio.

O pedido chocou Hefestião.

– O que há?

– Para isso eu terei de me mudar para a Inglaterra e... nunca me separei de você desde que nos conhecemos e não queria que isso acontecesse.

– Será por muito pouco tempo. Só até a gente dar um jeito naqueles dois...

– E se não conseguirmos dar esse jeito, Alexandre?

– Acredite em mim, nós conseguiremos. Depois tudo voltará ao normal.

Hefestião sabia que Alexandre só podia contar realmente com ele para tal propósito. Sabia também que aquela seria a única solução para devolver-lhe a paz de espírito. Por isso concordou:

– Está bem, farei o que me pede. Assumo a vice-presidência de lá.

Um suspiro de alívio escapou do peito de Alexandre que, imediatamente, o beijou, externando todo o seu afeto por ele.

Os dois partiram para a Inglaterra logo pela manhã do dia seguinte. A notícia chocou Cleópatra tanto quanto o irmão se chocara com sua decisão. No dia seguinte, sem perder tempo, Alexandre comprou um apartamento em Bayswater para Hefestião residir enquanto estivesse por lá. O imóvel era também um presente por tudo que estava fazendo, mais uma vez, por ele.

O dia de Alexandre regressar para a América foi para Hefestião o momento mais difícil que enfrentou desde que se unira a ele. O beijo de despedida dos dois foi demorado e ardente.

– Não se preocupe, em breve tudo volta ao normal! – reforçou Alexandre ao pé do ouvido do namorado, que sorriu, apesar de sentir aperto no estômago.

Nos dias que se seguiram, mesmo com todos os afazeres envolvendo sua nova ocupação e a decoração do apartamento, Hefestião mal conseguia conter a ansiedade pela chegada dos fins de semana, quando voava para Nova York para ficar ao lado de Alexandre. Eram fins de semana onde os milésimos de segundos valiam ouro.

Quando era Alexandre quem ia para a Inglaterra, esses milésimos de segundos tornavam-se ainda mais preciosos, já que ele era obrigado a dividir Alexandre com Olímpia, que segurava o filho ao seu lado, o maior tempo possível, parecendo fazer de propósito, para torturá-lo.

Até então, o sacrifício estava valendo a pena, concluiu Hefestião, pois Alexandre voltara a ser quem era. Já não perdia mais o sono facilmente, tampouco tinha olheiras profundas e o olhar vago de um moribundo.

II

Início de outubro de 2000

Assim que Alexandre concluiu sua viagem de negócios ao Canadá, voou em segredo direto para a Inglaterra. Do aeroporto de Heathrow foi direto para o apartamento de Hefestião e pediu, gentilmente ao porteiro, que nada dissesse ao Sr. Lê Kerr sobre sua chegada, pois queria lhe fazer uma surpresa.

Assim que subiu pelo elevador, o rosto do porteiro mudou de expressão e disse para si mesmo, com uma voz entojada e enojada:

– Pode ser rico, mas é bicha! Éca! Deveriam todos ter morrido de AIDS!

Alexandre abriu o AP com sua chave e ficou ali, aguardando o amante chegar. Quando Hefestião abriu a porta, levou um baita susto ao ver as velas acesas e o aparelho de som, tocando um CD instrumental. Levou alguns segundos para compreender realmente o que se passava. Um sorriso então iluminou sua face.

– Alexandre?! – murmurou emocionado.

Ao fechar a porta, avistou o namorado encostado na parede, nu em pêlo, sorrindo encantadoramente, com duas taças e um champanhe nas mãos.

– Que surpresa maravilhosa!

Alexandre calou o amado com um beijo mais ardente que o habitual.

– Estava morrendo de saudades... – murmurou Hefestião, com o coração a mil.

– Não faz nem duas semanas que nos vimos... – respondeu Alexandre também num murmúrio, enquanto lambia o pomo de Adão do bem amado.

– Duas semanas, para mim, parecem uma eternidade.

Nem bem terminaram de fazer amor, Alexandre quis saber da irmã e do cunhado. Se a barriga dela já estava aparecendo ou não. As perguntas desapontaram Hefestião, de certo modo. Nunca antes, Alexandre se comportara daquele modo. Ao vê-lo cabisbaixo, Alexandre tentou alegrá-lo.

– Ei... O que há?

– Tenho medo! Medo de que esta distância entre nós atrapalhe a nossa relação.

– Eu já disse e torno a repetir: nada vai nos separar, Hefestião. Nada!

E sem mais o beijou e amou novamente aquele que no íntimo considerava sua alma gêmea.

III

Novembro de 2000

Alexandre era apresentado a Ícaro Bagoas Kirschbaum, que havia sido contratado, semanas antes para trair a empresa onde trabalhava, revelando a verdadeira situação econômica da empresa para que Alexandre pudesse, assim, comprá-la a preço de pechincha.

Tratava-se de um jovem de 24 anos, pele e cabelos claros, olhos verdes e corpo esguio, com a voz tão delicada quanto a de uma moça.

– Sente-se! – ordenou Alexandre, indicando uma cadeira para o rapaz tímido e muito bem apessoado.

– Então você é o rapaz que nos ajudou a dar um "jeitinho" para que convencêssemos aquele laboratório farmacêutico a ser vendido para a nossa companhia?

Ícaro afirmou que sim, sem conseguir olhar por muito tempo, diretamente, para os olhos de Alexandre. O rapaz estava inseguro, certamente, talvez por estar sendo a primeira vez em que os dois conversavam pessoalmente.

– Por quantos anos trabalhou no laboratório que nos ajudou a intermediar a "compra", digamos assim?

– Cerca de cinco anos, senhor.

– Segundo soube, você ocupava um dos cargos mais altos da empresa, não?

– Era o secretário geral do sócio majoritário, uma espécie de braço direito do chefe.

– É curioso que um cargo como este fosse ocupado por um rapaz tão jovem como você!

– Era um cargo de confiança, senhor. Consegui por sermos grandes amigos, o que não quer dizer que não sou capaz, apesar de minha idade, de assumir tal responsabilidade.

Alexandre levantou-se e caminhou até a janela.

– O que o levou a trair sua empresa?

A pergunta deixou o rapaz desconcertado. Ele se remexeu na cadeira e gaguejando perguntou: – Como, senhor?

– Sei bem que me entendeu!

Alexandre virou-se e o encarou firmemente. Pôde notar que os olhos do jovem umedeceram e que ele se esforçou para não chorar.

– Se o senhor me permite, prefiro não falar a respeito – respondeu o rapaz, enfim.

– Não foi só pelo dinheiro, não é? – insistiu Alexandre, nocauteando-o mais uma vez.

– Não! O fato de eu tê-lo ajudado, é realmente por ter profunda admiração pelo senhor.

Alexandre gostou do tom sincero do rapaz, mas, sem piedade, tentou convencê-lo mais uma vez a lhe apresentar o verdadeiro motivo:

– Por que não me diz? Não confia em mim?

Ícaro sentiu-se como se estivesse sendo prensado contra a parede.

– Digamos que houve um problema...

– Um problema?

– Sim, afetivo.

– Afetivo! – Alexandre pronunciou bem devagar a palavra.

– Sim... – O rapaz baixou os olhos.

– Sei, todos deveriam aprender, o mais cedo possível, que a razão não pode se misturar à emoção – opinou Alexandre, algo que acreditava piamente e tinha como sendo regra de bem-estar na vida.

O rapaz mordeu os lábios trêmulos e suspirou. Então, com súbita pena do rapaz, Alexandre achou melhor poupá-lo. Estendendo-lhe a mão, Alexandre completou:

– É um prazer tê-lo aqui na empresa, trabalhando conosco. Que saiba honrar o cargo que lhe dei em troca das informações que me passou.

– Sim, senhor.

– O prazer é todo meu, senhor.

Alexandre sorriu e gostou de ver Ícaro, sorrindo para ele. Seu jeitinho meigo e tímido despertaram sua curiosidade. Desde então, passou a observar com atenção especial o seu desenvolvimento na empresa. Era de fato um excelente profissional, apesar da pouca idade. Valia o que estava pagando por seus serviços.

IV

Enquanto isso, em Londres, Hefestião confirmava aquilo que já previra: os fins de semana ao lado de Alexandre não eram suficientes para matar a saudade que sentia dele ao longo dos dias. Mesmo ambos falando diariamente ao telefone por uma, duas horas, ainda assim a saudade era muita.

Era triste para ele ter de regressar toda noite para o apartamento e encontrar somente as paredes, aguardando por sua chegada. Às vezes, tinha a impressão de que elas tinham olhos, ouvidos, boca e nariz, e se divertiam morbidamente por vê-lo ali largado na solidão.

Só lhe restava rezar, para que tudo voltasse ao normal entre ele e Alexandre, o mais rápido possível, antes que aquilo que mais temia na vida, começasse a perturbá-lo.

V

De volta a Nova York...

Ícaro chegava ao apartamento de Alexandre, a pedido dele, para lhe entregar alguns documentos. Alexandre que estava prestes a sentar-se para jantar, convidou o rapaz para jantar com ele. O jovem, acanhado como sempre, acabou aceitando após o patrão insistir.

– Toda sua família vive aqui em Nova York?

O jovem hesitou antes de responder:

– Somente eu moro aqui. Minha família mora no Arizona, senhor. Sou o que costumam chamar de raspa do tacho de uma ninhada de cinco filhos. Três irmãs e um irmão.

Antes de prosseguir, houve uma pausa e seus olhos adquiriram uma tênue tristeza:

– Meu pai foi vítima de um sócio mau caráter, que roubou tudo o que tínhamos, da noite para o dia, nos condenando à pobreza. Meu pai de tão decepcionado e arrasado com o acontecido atentou contra a própria vida. Escapou por um triz. Pensamos que ele nunca mais se recuperaria. Que viveria deprimido até sua morte, mas, então, quando tudo parecia perdido, obtivemos uma ajuda.

– Uma ajuda?

– Sim! Nós permitimos fazer aquilo que nunca fizemos em toda a vida. Seguir Jesus.

– Jesus?

– Sim! Foi graças a Ele que nós saímos do fundo do poço. Foi porque eu consegui completar os meus estudos e ser o que sou hoje. Depois que encontrei Jesus, perdoei ao sócio de meu pai por todo mal que nos causou porque foi graças a este mal que nós nos voltamos para Cristo. Penso, às vezes, que o mal se abateu sobre meu pai por ter desprezado Jesus a vida toda.

– Sua religião é...

– Católica.

O rapaz umedeceu os lábios com um pouco mais de vinho tinto servido especialmente para ele e continuou:

– Ninguém foi e é tão marcante quanto Jesus. Ele, em pouquíssimos anos de vida, conseguiu passar ao ser humano tamanhos ensinamentos, que já atravessaram dois mil anos. É simplesmente admirável.

– Sempre quis saber – comentou Alexandre após umedecer os lábios –, o que Jesus pensava sobre a homossexualidade.

As palavras de Alexandre deixaram o jovem totalmente desconcertado.

– Minha intuição sempre me disse que Jesus era homossexual – prosseguiu Alexandre, dirigindo-lhe um olhar provocador.

Ícaro se exaltou, não havia definitivamente gostado do comentário.

– Impossível – respondeu secamente.

– E se fosse? Qual o problema de ele ser gay? Você deixaria de admirá-lo por isso? Tudo o que Ele ensinou de bom para elevar o bem da humanidade perderia seu valor só por ser homossexual? Bissexual, tri... sei lá...

– Jesus era o filho de Deus... – salientou Ícaro, elevando ligeiramente a voz.

– E qual o problema do filho de Deus ser gay?

Alexandre riu. Ícaro manteve-se sério, encarando-o, visivelmente descontente com a conversa.

– Talvez até Buda fosse gay! Moisés... – acrescentou Alexandre, divertindo-se interiormente.

– Somente Jesus foi o legítimo filho de Deus!

– Que contradição. Sua própria religião diz que todos nós somos filhos de Deus. Se somos, como pode Jesus ser seu único filho?

Ícaro mordeu os lábios e Alexandre, num tom sarcástico, o provocou ainda mais:

– Meu rapaz, meu rapaz. Quer coisa mais gay que a igreja católica?

Aquilo foi demais para o mocinho que, imediatamente, limpou os lábios com o guardanapo e disse:

– Eu preciso ir, senhor.

Alexandre, negando com a cabeça, falou:

– Eu ainda não terminei.

Sua resposta desmoronou o rapaz que, um tanto sem graça, falou:

– Ninguém consegue encontrar a paz sem ter Jesus no coração, meu senhor. Veja os judeus, por exemplo.

Alexandre gargalhou:

– A paz pode ser que eles realmente não encontrem, mas o dinheiro... vale inclusive bem mais do que a paz para eles!

Nova gargalhada.

– As palavras de Jesus e os livros de autoajuda são para mim, farinha do mesmo saco. Lindos em teoria inviáveis na prática!

– Se o senhor não crê em Jesus, em que acredita? Não vá me dizer que é judeu.

– E se eu for?

Ícaro avermelhou-se.

– Reflita! – continuou Alexandre em tom desafiador. – Se Deus não quisesse bem os judeus, não teria feito deles, excelentes comerciantes, artistas talentosos e de sucesso, fama e prosperidade financeira.

Ícaro serviu-se de sua taça de vinho, antes de responder:

– Isso tudo é obra do diabo! No juízo final, só aqueles que seguem Jesus é que serão salvos!

Alexandre conteve-se para não gargalhar novamente, virou o drinque e bebeu o restante do líquido num gole só.

– Gostei de você! – admitiu, depois. – Tem uma personalidade forte. Qualquer outro funcionário teria concordado com tudo o que o patrão disse. Você, não! Defende seus pontos de vista com afinco, gosto disso.

Alexandre tornou a encher o copo de vinho e degustá-lo antes de retomar a conversa:

– Não entendo só uma coisa. Como pode frequentar uma religião que condena aquilo que lhe vai à alma?

O rapaz engasgou com a saliva.

– Ora, meu rapaz, sei bem que você é gay. Sei também que se vendeu para mim, nos fornecendo todas aquelas informações que nos ajudaram a comprar aquele laboratório farmacêutico, onde trabalhava antes, por uma ninharia, para se vingar do dono da empresa, que era seu amante.

A pálpebra de Ícaro tremeu. Foi um movimento lento e involuntário. Alexandre, por sua vez, soltou um risinho cínico e vitorioso e aguardou, desta vez, o rapaz se defender:

– Aquilo que vai na minha alma, como o senhor mesmo diz, até o presente momento só me trouxe falsas alegrias. E sabe por que as recebo? Porque o que vai na minha alma é contra os princípios de Deus. E todo aquele que for contra estes princípios acabará sempre infeliz!

– Eu sou feliz, Ícaro.

– O senhor pensa que é!

Alexandre gostou mais uma vez de ser desafiado.

– Como soube do meu caso com o senhor sabe... – perguntou o rapaz a seguir.

– Intuí. Deve tê-lo amado muito para ter feito o que fez.

– Sim, muito!

– Se o amava tanto, por que quis destruir sua vida?

– Porque uma forte paixão, quando traída, acende o diabo dentro de nós!

– Compreendo. E ainda sente algo por ele?

Ícaro passou a mão nos olhos para enxugá-los.

– Prefiro acreditar que não.

– O verdadeiro amor é eterno – acrescentou Alexandre, calmamente.

– Quer dizer que o meu era falso?

– Sim! Aquele que nasceu verdadeiramente para viver ao seu lado ainda vai aparecer na sua vida. Tal como Hefestião apareceu na minha.

– Como pode saber que ele é o seu verdadeiro amor?

– Os deuses me dizem!

Ícaro baixou o olhar, pensativo. Sem mais, Alexandre levantou-se da mesa e disse:

– Venha ver a vista da cidade pela sacada.

Os dois seguiram até lá e ficaram admirando a magia que só Manhattan podia transmitir.

– Não tem sido a mesma coisa desde que tive de ficar aqui sozinho...

– admitiu Alexandre, com certa tristeza, vagando em seu olhar.

– Nunca é fácil viver longe de quem a gente tanto ama, não é mesmo?

Alexandre assentiu, enquanto uma buzina ardida ecoava até o local, despertando os dois da súbita e arrasadora melancolia.

VI

Terceiro final de semana de novembro

No fim de semana seguinte Alexandre foi para a Inglaterra e, em meio a conversas, contou a Hefestião a respeito da personalidade marcante de seu novo funcionário.

– Não é incrível o que Ícaro foi capaz de fazer com seu ex-chefe, que era também seu ex-amante, por vingança, por ter sido traído?!

– C...como?! – o comentário surpreendeu Hefestião.

Alexandre recontou-lhe a história só que, dessa vez, em meio a bocejos e com a voz afetada pela quantidade de bebida alcoólica, percorrendo o seu sangue.

Só então Hefestião se lembrou que o namorado já havia lhe contado aquilo durante um dos longos telefonemas que faziam diariamente. Num tom sério, Hefestião o preveniu:

– Cuidado, Alexandre, pode haver também um espião dentro de sua empresa.

Alexandre riu e afirmou, tranquilo:

– Que nada! Não se preocupe.

Minutos depois, os dois foram para a cama, uma espaçosa cama de casal no tamanho king onde se amaram em meio a lençóis de cetim, os mais caros que o dinheiro poderia pagar.

Somente quando o clímax passou é que Hefestião perguntou o que muito o vinha preocupando, desde que Alexandre passara a falar de Ícaro com tanta empolgação:

– Você, alguma vez, por acaso, já teve vontade de transar com outro cara em meio ao nosso relacionamento?

– Nunca me passou tal coisa pela cabeça – respondeu Alexandre, surpreso com a pergunta. – Por que, você já?

– Não!

A resposta saiu direta e precisa e, com a mesma precisão, acrescentou:

– Antes de fazer tal coisa, um parceiro precisa medir as consequências que isso trará para o relacionamento deles dois. Veja você mesmo o que aconteceu com o relacionamento desse rapaz após uma traição. Sou da opinião que se um parceiro se acha no direito de sair com outro cara, mesmo que seja apenas por uma única vez, o outro também tem o mesmo direito.

Alexandre concordou, fazendo uma careta debochada.

– Cuidado, Alexandre! – preveniu Hefestião, mais uma vez. – Atenção demais para esse jovem pode fazê-lo se apaixonar por você.

Alexandre o beijou, impedindo-o de prosseguir sua fala. Então os dois adormeceram abraçados, sentindo-se os homens mais amados do planeta.

Enquanto isso, em Nova York Ícaro pensava em Alexandre. No papo que tiveram e no seu modo interessante de desafiá-lo. Era a paixão começando a crescer e se ampliar dentro dele, mas isso ele ainda levaria algum tempo para perceber e quando o fizesse, um tempo ainda maior para admitir.

VII

O relógio já marcava meio-dia quando Alexandre, acompanhado de Hefestião, chegou à mansão da família Theodorides.

O filho encontrou a mãe ainda abatida, visivelmente triste. Tentou alegrá-la, mas sabia que os poucos sorrisos que arrancou dela, foram todos forçados, no íntimo não sentira vontade de emitir nenhum.

Pouco tempo depois, Cleópatra juntou-se a eles na grande sala. Cumprimentou friamente os dois recém-chegados e, voltando-se para a mãe, disse, alegremente, enquanto massageava sua barriga:

– Acabo de sentir o bebê se mexer.

Olímpia sorriu para ela enquanto Cleópatra voltava o olhar desafiador para Alexandre, parecendo se divertir com seu esforço para não deixar transparecer ciúme e ódio por vê-la grávida.

Mais tarde, quando Alexandre deixava seu quarto para descer para o jantar, avistou a irmã também se dirigindo para a escada. Algo nele se transformou naquele instante. Seu rosto tomou um aspecto maligno, os olhos tornaram-se frios e a boca repuxou-se para um lado. Ele estugou os passos, silenciosamente como uma sombra na direção da irmã.

Cleópatra, com a mente longe não notou sua aproximação. Estava prestes a descer o primeiro degrau quando Alexandre esticou o braço direito em direção as suas costas, para empurrá-la escadaria abaixo. Estava prestes a tocá-la quando Hefestião o segurou por trás e, num gesto rápido, o puxou para tirá-lo da visão da moça, caso ela se virasse para trás.

Alexandre voltou o olhar para ele, um olhar aterrorizado e, de súbito, explodiu numa crise de choro. Hefestião o levou para o quarto e confortou-o em seus braços.

– Ela não podia ter ficado grávida – lamentou Alexandre em meio a soluços. – Não podia! Esse filho não pode nascer! De jeito algum!

O cenho de Hefestião fechou-se de preocupação.

VIII

Ao reencontrar a mãe, Alexandre, verdadeiramente preocupado com seu estado, ajoelhou-se aos seus pés e perguntou:

– Não gosto nem um pouco de vê-la nesse estado, mamãe.

Ela mirou seus olhos sem nada responder.

– Diga-me, o que posso fazer para alegrá-la?

Algo pareceu se acender em Olímpia.

– O que é, diga-me!

– Bem, filho... Cina e Amintas não me cansam de convidar para ir visitá-los em Paris.

– Cina e Amintas?! Ótima ideia! A senhora vai, sim.

– Você acha mesmo que devo ir?

– Absoluta! Vou mandar um dos nossos jatos particulares levá-la.

– Está bem eu vou, mas só se você for comigo.

– Eu?

– Você, sim, Alexandre! Há quanto tempo não fazemos uma viagem juntos, só nós dois?

– Bem... segundo me recordo... Há muito, muito tempo.

– Então, filho.

Ele refletiu.

– Está bem! Se é para vê-la mais animada, eu irei com a senhora até Paris.

– Só eu e você.

– Sim, mamãe, somente eu e a senhora.

– Como nos velhos tempos.

– Como nos velhos tempos!

Ao ver um sorriso iluminar a face da mãe, Alexandre se deu por feliz. Partiram já no dia seguinte, por volta do meio-dia.

IX

Alexandre e Olímpia chegaram com pontualidade britânica ao luxuoso apartamento de propriedade de Cina e Amintas, de frente para a Champs-Élysées em Paris, a cidade conhecida como "cidade luz". Mãe e filho foram recebidos com alegria pelo casal que há tempo os convidava para uma visita e nunca apareciam.

Nem bem se sentaram, Eurídice, a filha do casal, uma moça bonita, de olhos e cabelos claros chegou em companhia de Roxane. Após os comprimentos, Cina comentou entusiasmada:

– Eurídice ficou noiva há menos de uma semana.

– Que maravilha! Quem é o felizardo? – perguntou Olímpia, empolgada.

– É Flaubert Bertaux. O filho de Gustave e Nicole Bertaux, irmão de Roxane! – adiantou-se Cina.

– Estimo – alegrou-se Olímpia.

A seguir, Eurídice puxou Alexandre e Roxane para uma sala, para ouvirem música e conversarem mais à vontade. Cinco minutos depois, deixou os dois a sós na intenção de aproximá-los.

Enquanto ele e Roxane conversavam, Alexandre admirava a beleza da jovem. Havia feito uma ideia de como ela seria fisicamente, mas equivocara-se drasticamente. A moça era de uma beleza inimaginável, cujos cabelos combinavam com o marrom das folhas de outono. Sua alegria e vitalidade tornavam-na muito popular entre todos, com um inegável charme e magnetismo, exercido de forma totalmente inconsciente. Não fazia força para agradar, era sua maneira de ser. Isso a tornava humana, cativante e fácil de tratar.

Algo então iluminou a mente de Alexandre. Ali, bem diante dele, estava a mulher perfeita para conceber um filho seu. O herdeiro de todo o seu colossal patrimônio. O império Theodorides.

No entanto, Roxane não aceitaria gerar um filho seu, em seu ventre, como se fosse uma simples barriga de aluguel. Tampouco, sua família, tradicionais como eram, revoltados ficariam com a ideia. Seria preciso mesmo casar-se com ela para realizar seu objetivo. Pelo pouco que conhecera da jovem, não seria difícil conquistá-la. Ela se interessara por ele, sentira isso logo na primeira troca de olhares.

Tudo que ele tinha de fazer, dali em diante, era estreitar os laços com ela, o mais rápido possível e, depois, pedir-lhe em casamento e deixá-la grávida em poucas semanas de casados, para que seu filho não nascesse muito tempo depois do de Cleópatra.

Desposando Roxane, ele conseguiria também fazer Olímpia se entusiasmar pela vida, novamente, e, vê-la outra vez cheia de vida, seria para ele uma bênção. Não restavam mais dúvidas, ele se casaria com Roxane para ter um filho e para alegrar a mãe tão amada.

Alexandre sorriu, agradecendo aos deuses, mais uma vez, por terem-no ajudado a solucionar o seu maior problema. Ah! Como seria prazeroso ver o rosto da irmã, derretendo-se de ódio, ao saber o que ele estava prestes a fazer.

Aquele encontro levantou o astral de Olímpia. A possibilidade de o filho vir a se interessar por Roxane lhe deu uma nova perspectiva de vida, algo pelo qual lutar, viver e orar para os deuses. Quando soube então dos planos do filho para com a jovem, o mundo se renovou para ela. Mal podia caber de tanta alegria.

– Mamãe, só não quero que conte nada ainda a Cleópatra. Eu mesmo quero contar quando achar que é o momento. Promete?

– Prometo, filho! É claro que sim!

Olímpia voltou a sorrir, radiante.

Dali, Alexandre sugeriu à mãe que o acompanhasse até Nova York para se distrair um pouco mais. Para sua surpresa, Olímpia aceitou o convite e foi então que ambos puderam desfrutar das maravilhas de Manhattan juntos. Foram dias verdadeiramente esplendorosos para os dois.

Ao reencontrar Alexandre, Ícaro percebeu de imediato que seu humor mudou, algo dentro dele se acendeu e logo compreendeu que ele estava se apaixonando pelo patrão.

Ao voltarem para a Inglaterra, Ícaro foi junto, a convite de Alexandre. Era a primeira vez em que viajava ao seu lado e, apesar de presença de Olímpia, o rapazinho sentiu-se mais à vontade ao lado do patrão.

X

Havia se passado apenas uma hora desde a chegada dos três à mansão dos Theodorides, quando Hefestião também chegou ao local, parecendo mais magro. Cruzou a grande porta de madeira maciça encravada num arco de mármore e foi ao encontro de Alexandre. Os dois moços trocaram um abraço apertado e ao seu ouvido, Hefestião sussurrou:

– Que saudade!

Alexandre o apertou ainda mais forte e sorriu, feliz, por se ver novamente nos braços de quem tanto adorava.

– Você emagreceu ou é impressão minha?

– Foi de saudade!

O abraço se repetiu.

– Alguma novidade? – perguntou Alexandre, mudando o tom, a seguir.

– Não! Está tudo indo como nos conformes.

– Isso é bom. E quanto a...?!

Pérdicas, era dele que Alexandre como sempre queria saber, compreendeu Hefestião que prontamente respondeu:

– Tudo okay com ele também!

Chegou a vez então de apresentar Ícaro. O jovem olhou para Hefestião com certo receio, mas para seu espanto, Hefestião o cumprimentou cordialmente.

Era de fato tão bonito quanto já notara nos milhares de fotografias espalhadas pelo apartamento de Alexandre em Nova York. Todavia, ainda que tivesse um corpo lindamente esculpido pela musculação assídua, não se interessaria por ele. Não era, definitivamente, seu tipo.

Alexandre, baixando a voz, perguntou a seguir sobre a irmã e o cunhado para o namorado.

– Até o presente momento – respondeu Hefestião prontamente –, o moço se mostrou competente e dedicado ao trabalho, um verdadeiro Caxias, assim como sua irmã. Não creio em absoluto que os dois possam lhe fazer algum mal.

Alexandre fez ar de dúvida e após breve pausa, – sugeriu animado:

– Que tal irmos cavalgar um pouco?!

– Ótima ideia!

Ícaro, esquecido por Alexandre, permaneceu prostrado na sala, tal como uma estátua viva. Aquele era o primeiro encontro entre os três e, não precisaria haver outros, para saber que ele não passaria de um coadjuvante em toda aquela história. Não tinha armas para competir com um relacionamento de anos como o dos dois. Ou ele aceitava o seu papel ou perderia Alexandre. Entristeceu-se ao constatar que o relacionamento de Alexandre e Hefestião não estava se deteriorando como pensara. Qualquer um poderia ver que os dois ainda se amavam profundamente.

Minutos depois, dois homens lindos sobre dois cavalos imponentes galopavam pelos lindos campos em torno da propriedade dos Theodorides, como se fossem duas locomotivas.

– Hoa, hoa! – gritava Alexandre, fazendo com que os animais

corressem ainda mais aos seus berros.

– Quanto tempo não fazíamos isso – comentou Hefestião, com a voz entrecortada pelos galopes do cavalo.

– Sim! Este cavalo está ótimo – respondeu Alexandre com um sorriso largo na face bonita.

Mais adiante, os dois então diminuíram a velocidade até os cavalos pararem às margens do lago. Ali deixavam que ambos matassem a sede. Alexandre virou-se então para o namorado e disse em tom sincero:

– Estava com saudades.

– Mesmo? – Hefestião se emocionou.

– Sim – respondeu Alexandre com doçura.

– Eu também.

Alexandre então abriu os braços como que se quisesse abraçar a paz e a energia daquele lugar. Inspirou o ar e depois soltou calmamente, repetiu novamente o gesto e com maior naturalidade disse:

– Ninguém, nem nada vai apagar o que eu sinto por você, Hefestião! Nunca ninguém vai nos separar!

Alexandre aproximou seu cavalo do dele, curvou-se e o beijou, fervorosamente. Num berro fizeram novamente os cavalos dispararem e cavalgarem por mais uns dez minutos até lhes darem novamente um descanso. Foi só então que Alexandre contou o que há dias vinha ensaiando:

– Encontrei um meio de duelar com Cleópatra de igual para igual.

Hefestião o olhou surpreso.

– Vou conceber um filho, Hefestião.

Por um minuto, Hefestião pensou tratar-se de uma brincadeira.

– Falo sério! Já tinha me passado essa ideia pela cabeça, mas a descartei por motivos óbvios. Mas agora, quando estive em Paris com minha mãe, conheci uma jovem, linda, por sinal, ideal para tornar-se a mãe do meu filho. Seu nome é Roxane. Vou me casar com ela.

– Casar?!!!

– Sim! Esse casamento também fará tremendamente bem a minha mãe. Você sabe, ela sempre quis me ver casado e ter um neto meu. Dói-me vê-la presa ao passado desde a morte do meu pai.

Hefestião engoliu em seco.

– E quanto a nós, Alexandre?

– Como assim?! Continuaremos como antes.

– Como antes?!

– Só ficarei casado com ela até meu filho nascer e ter alguns meses, depois me divorcio. Nesse período, nada nos impede de nos vermos e nos amarmos.

– Você acha justo?

– Hefestião, vou providenciar para que Roxane receba uma bela quantia de dinheiro com o divórcio. Será extremamente bem recompensada. Pensei em propor a ela que gerasse meu filho em troca de uma bela quantia, mas ela e sua família, religiosos como são, não aceitariam tal proposta. Poderia também engravidá-la e assumir depois o bebê, evitando assim o casamento, mas aí não faria minha mãe feliz como tanto desejo. Preciso fazê-la feliz, Hefestião, entende? É minha mãe, é graças a ela que estou aqui neste planeta maluco. É graças a ela que pude conhecê-lo e amá-lo. Eu, você, todos nós, devemos tudo as nossas mães e aos deuses, também, é claro.

– Sim, Alexandre, é claro.

Fez-se um breve silêncio até Alexandre sugerir:

– Venha, vamos ver quem chega primeiro ao estábulo.

Hefestião aceitou o desafio sem muito interesse. Os dois dispararam, exigindo o máximo dos animais. Dessa vez, porém Hefestião chegou primeiro, desmontou do cavalo e cheio de satisfação, perguntou:

– O que me diz, meu caro?

– Assim não vale, você anda treinando – respondeu Alexandre, ofegante. – Eu não treino há anos.

– É verdade. Tenho cavalgado sempre que possível. É ótimo para entreter meu tempo, me impedir de pensar em besteiras.

– Besteiras?...

– Sim, a saudade que você me faz...

– Ah...

O responsável pelo estábulo foi até eles para apanhar os cavalos e prendê-los.

– Obrigado, Simon – agradeceu Hefestião. – Simon cuida muito melhor dos cavalos do que qualquer outro funcionário que já trabalhou aqui – explicou.

Foi então que Alexandre observou atentamente o criado. Era um moço por volta dos trinta e cinco anos, com a beleza exótica de um rosto árabe. O modo como os dois se olharam perturbou Alexandre. Ninguém senão tão íntimo se olharia daquele modo.

Alexandre partiu, com uma sombra de inquietação em seu rosto. Só veio a relaxar quando Hefestião pousou seu braço em suas costas e começou a contar as fofocas sobre as celebridades inglesas.

Poucos passos adiante, Alexandre voltou o rosto por sobre o ombro na direção do estábulo e avistou Simon segurando os dois cavalos, olhando para eles, com um olhar encantado. Na verdade olhava mesmo para Hefestião e, aquilo despertou novamente uma sensação estranha em seu interior, algo que não soube definir o que era.

Da grande sacada em frente ao casarão, Ícaro avistou os dois companheiros voltando. Como não queria ser visto, tratou logo de se esconder atrás de um dos pilares e de lá ficou espiando e pensando nos dois amantes.

Alexandre era indubitavelmente apaixonado por Hefestião e vice-versa. Que chances teria ele com Alexandre diante de um amor imensurável como o deles? Nenhuma! Ele tinha de se conformar com aquilo, passar para outra, antes que a paixão por Alexandre começasse a devastá-lo impiedosamente.

Ah, se ele tivesse entrado na vida de Alexandre antes de Hefestião. Aí sim, tudo seria diferente. Agora já era tarde!

Ah, se houvesse um modo de tirar Hefestião da vida de Alexandre para sempre. Envolvê-lo num escândalo? Fazê-lo, indiretamente, decepcionar Alexandre tão profundamente a ponto de ele nunca mais querer sequer pronunciar ou ouvir seu nome. Mas como?

Subitamente, Ícaro estremeceu, ao ver-se diante de uma alternativa assustadora e demoníaca, entretanto, a mais eficaz de todas, para separar Hefestião de Alexandre para sempre. Se Hefestião morresse, tudo estaria resolvido.

Que Deus afastasse dele aquela ideia demoníaca. Já bastavam os pecados que cometia por ser homossexual. Uma ideia assassina como aquela era pecar demais, deixar que o demônio o dominasse de vez, por completo. Ainda assim, a vontade de ver Hefestião morto ecoou dentro dele, latejante, prazerosamente.

XII

A pedido de Alexandre, o almoço tardio foi servido no jardim da casa, por volta das quinze horas. Se Hefestião não tivesse lembrado Alexandre de chamar Ícaro, ele teria se esquecido completamente do rapaz.

Enquanto comiam, os dois discutiam novos planos para o laboratório, entre outras coisas. Ícaro notou que havia alguma coisa diferente em Alexandre. Talvez provocado pelo cansaço, talvez por algo que fugia a sua compreensão.

– Os ares desta casa estão muito melhores agora sem a presença dele – comentou Alexandre a certa altura. – Vou aproveitar a ausência de minha mãe e dar sumiço naquele quadro a óleo com a figura do ridículo do meu pai que está na sala superior.

Após o almoço, Hefestião seguiu para um dos quartos de visita para tirar uma sesta tardia na companhia de Alexandre. Ícaro ficou só novamente na sala, sendo abordado pelas mesmas ideias demoníacas que tivera há pouco.

Em meio àqueles pensamentos sombrios, Ícaro também foi para o seu quarto e adormeceu. Ao acordar, notou que haviam se passado cerca de duas horas e meia. "Aquele maldito licor!", culpou-se. Lavou o rosto, passou um pente nos cabelos e foi procurar Alexandre. No caminho encontrou a governanta.

– Por favor, onde se encontra o senhor Theodorides?

– Ele foi para Londres com o Sr. Lê Kerr.

Ícaro ficou mudo, olhando perplexo para a mulher. Voltou para o quarto, como se estivesse sob um transe. Jogou-se na cama e, subitamente, começou a socar o travesseiro, de raiva. Raiva de Alexandre que junto ao amante tornava-se outra pessoa. Só tinha olhos, ouvidos e afeto para com ele. Tornava-se cego para tudo mais a sua volta. Até mesmo para com ele que pensava ser especial em sua vida.

Novamente, a vontade de ver Hefestião morto, tomou sua mente e o seu coração. Apesar de lutar para dissipá-la, suas forças pareciam ter se rendido à ideia, pensou em Jesus e nada, o desejo de morte continuava ecoando, cada vez mais forte dentro dele.

Se ele quisesse mesmo ter Alexandre somente para si e pelo resto da vida, Hefestião tinha de morrer, não havia outro jeito. Entretanto, assassiná-lo, além de ser muito arriscado, era contra as leis de Deus, as quais ele, por mais que lutasse para cumpri-las, via-se fraco diante da maioria delas. Em todo caso, se não houvesse outro jeito, teria de matá-lo, então fosse de modo seguro, se é que existe, para se cometer um crime.

Ele não aguentaria mais uma decepção no amor. Não podia ter se apaixonado pela pessoa errada. Não, de novo!

XIII

Em Londres, Alexandre Theodorides e Hefestião Lê Kerr faziam compras nas lojas mais sofisticadas e caras da cidade.

– Quero que mude seu guarda-roupa hoje mesmo! – ordenou Alexandre com voz de general.

– O que deu em você?

Alexandre deu de ombros.

– Está bem, senhor, seu desejo é uma ordem! – concordou Hefestião em tom brincalhão.

Puseram as compras no carro e foram jantar no restaurante predileto de Alexandre próximo ao palácio de Buckingham. Um lugar luxuoso, porém discreto, como ele tanto gostava.

– O jantar estava ótimo! – comentou Hefestião ao volante, dirigindo de volta para a propriedade dos Theodorides. – Você acredita que eu ainda não me acostumei a dirigir do lado direito do carro?

– E você acredita que eu também ainda não me acostumei a dirigir do lado esquerdo*?

Risos.

Assim que chegaram à mansão, Hefestião notou que Alexandre parecia ter se esquecido completamente de seu convidado.

– Onde está o Sr. Kirschbaum? – perguntou Hefestião à governanta.

– Deve estar em seu quarto, senhor.

Neste instante, Alexandre puxou o amante pelo braço até a sala de jogos e ali ficaram jogando xadrez e bebendo drinques até altas horas.

As atitudes de Alexandre, naquele dia, amenizaram um pouco as inseguranças que vinham atormentando o coração de Hefestião nos últimos tempos.

– Não misture as bebidas, Alexandre, pode lhe fazer mal!

– Não tem problema. Você cuida de mim!

Não levou muito tempo para que o álcool desmedido dominasse o sistema nervoso de Alexandre. Com a ajuda do amante, ele foi levado até seu quarto. Pelo caminho, Alexandre foi contando piadas.

– Não me faça rir que eu perco a força! – suplicou Hefestião.

Quanto mais se fazia necessário abaixar a voz, mais a vontade de rir explodia dentro deles. Chegando ao quarto de Alexandre, Hefestião o deitou em sua cama e tirou sua roupa.

– Quer uma ducha? – sugeriu.

– Não! Eu quero...

– O quê?

– Você!

Com um puxão, fez o namorado deitar-se sobre ele que, imediatamente, começou a arrancar as roupas até despi-lo por completo. Então, os dois ficaram ali, como que colados um ao outro, trocando beijos cheios de paixão e desejo.

– Quero ser possuído essa noite – sussurrou Alexandre ao ouvido do

*Na Inglaterra a direção dos carros fica no lado direito. (N. do A.)

amante que prontamente atendeu ao seu pedido.

Ao atingirem o clímax, simultaneamente, ambos perderam os sentidos por mais tempo que o normal.

Hefestião, então, sorriu e tornou a beijar o amante, ardentemente, até adormecer abraçado a ele, feito uma concha.

O casal estava tão ligado um ao outro que nem percebeu que havia mais alguém presente no quarto. Escondido na penumbra de um vão, entre o guarda-roupa e a parede, encontrava-se Ícaro, observando os dois amantes. Assistira a tudo por completo.

Nada o surpreendeu mais do que saber que Alexandre também gostava de ser passivo. Aquilo era preocupante, pois ele jamais poderia lhe proporcionar tal coisa, a natureza não lhe dera uma genitália do tamanho adequado para aquilo.

Tão impressionante quanto aquilo foi perceber que Alexandre havia se esquecido dele por completo. Ele não merecia, não depois de tudo o que fizera e fazia por ele. Ele tinha de dar um jeito naquilo, não suportaria passar por tal situação, toda vez que os dois se encontrassem.

Antes de deixar o quarto, Ícaro voltou novamente os olhos para os dois amantes estirados na cama. Ele é quem deveria estar ali ao lado de Alexandre e não o "outro". Sim, para o rapaz, Hefestião era o "outro".

Deixou o quarto em silêncio para não despertá-los e seguiu pelo corredor, continuando a pensar na hedionda situação.

Hefestião tinha de sair da vida de Alexandre, era o único modo de tê-lo inteirinho para si e para sempre! Teria de ser um plano muito bem bolado para eliminá-lo sem levantar suspeitas sobre sua pessoa; e com a graça de Deus ele haveria de encontrá-lo!

XIV

No dia seguinte, dentro do luxuoso avião de propriedade de Alexandre, ele e Ícaro regressavam aos Estados Unidos.

– O que há? – perguntou Alexandre ao acompanhante.

– Nada! – respondeu o rapaz sem olhar para ele.

– Você está aborrecido? O que houve?

– Ia perguntar o mesmo a você, Alexandre. Também me parece aborrecido com alguma coisa. Algo o contrariou, não é? Algo de grave.

– Não aconteceu nada, Ícaro! De onde tirou tal ideia?

– Algo alterou seu humor, eu sinto.

Habilmente, Alexandre mudou de assunto:

– Vou me casar!

O rapaz, por um minuto, perguntou-se se ouvira certo.

– É isso mesmo o que você ouviu.

– Casar?!!! Com Hefestião?!

– Não, com Roxane, filha de uma amiga de minha mãe e que tem parentesco com a realeza. É a mulher ideal para se tornar minha esposa.

– Perdeu o juízo?!

– Não! Preciso me casar! O casamento é muito importante em nossa sociedade e quero ter um filho, urgentemente.

Ícaro jamais pensou que Alexandre chegaria a tal ponto.

– E quanto ao sexo, Alexandre? Já parou para pensar nisso?

– Fazer sexo com uma mulher nunca foi problema para mim. Já fiz antes.

Alexandre recordou do caso que vivera com Shannen Kennedy na faculdade. Algo de que há muito não se lembrava e o fez se perguntar, curioso, o que haveria acontecido a ela nos últimos anos.

Ainda estaria viva? Morando e trabalhando com o quê? Ainda se lembraria dele e da surra que levou do noivo por tê-la flagrado com outro? Certamente que sim, fora algo quase fatal e eventos assim não se esquecem tão facilmente. Teria ela alguma vez suspeitado que ele estivera o tempo todo por trás do flagra?

Alexandre, despertando de seus pensamentos, retomou o assunto com o rapaz apaixonado ao seu lado:

– Só quero um filho, talvez dois, depois me divorcio.

– Quando tomou essa decisão? Por que não me contou antes?

– Contei a Hefestião somente agora, também.

– Hefestião é Hefestião, eu sou eu!

Alexandre riu e explicou:

– Não quis dizer nada a você, nem a ninguém, antes de eu firmar o namoro com Roxane. Poderia gorar, sabe como é?

Alexandre encerrou a frase, gargalhando mais uma vez.

Ícaro sentiu um aperto no coração, como se não bastasse tê-lo de dividir com Hefestião, agora teria de dividi-lo com uma mulher. Até onde ele aguentaria? Até onde ele poderia ter certeza de que o plano de Alexandre acabaria exatamente como ele planejara? Talvez acabasse se apaixonando pela moça! Louco como era, seria bem capaz.

Haveria também a preocupação com os filhos, para impedir que crescessem num lar de pais separados, seria bem capaz de manter o casamento como fazem muitos gays enrustidos.

Quanta insegurança! Uma única certeza naquilo tudo era que, ele, Ícaro, não podia impedi-lo de realizar seus planos. Tampouco, deixar de amá-lo loucamente como o amava a cada dia mais.

XV

Alguns dias depois, Hefestião foi até a propriedade dos Theodorides para cavalgar, como vinha fazendo ultimamente.

– Onde está o Simon? – perguntou ao administrador do lugar.

– Desculpe Senhor Lê Kerr, esqueci-me de lhe avisar. Simon foi demitido!

– Demitido?! Mas o homem era um excelente profissional! O que houve?

– Foram ordens do Sr. Theodorides.

– Alexandre?!

– Sim, senhor.

– Mas por quê? Ele fez alguma coisa de errado?

– O Sr. Theodorides alegou que foi desrespeitado pelo empregado, mas não se preocupe, já estamos providenciando outro profissional.

Hefestião ficou pensativo.

– Que pena! Simon era realmente um excelente funcionário.

– Eu concordo com o senhor, mas o Sr. Theodorides parecia bastante irritado com o moço.

– Paciência! O que há de se fazer?

Ao voltar para o apartamento, Hefestião, voltando os olhos para as paredes do lugar, comentou:

– Aqui estamos nós outra vez. Eu, vocês e a solidão. É por amor que eu me sacrifico tanto dessa forma, sabe? Se eu não o amasse como amo!

A seguir, Hefestião pensou mais uma vez nos planos de Alexandre de se casar com Roxane. Se ele não percebera que sua decisão só serviria para afastá-lo ainda mais dele, romper de vez o elo de amor entre os dois.

Se já era incontentável para ele rever o amante somente nos fins de semana, vê-lo a cada mês ou mais, doravante, seria uma tortura. Que escolha tinha, senão aceitar e aguentar firme tudo aquilo até que tivesse fim?

Dias depois, enquanto cavalgava, Hefestião teve uma visão repentina da mãe em sua mente. Um pressentimento ruim o paralisou naquele instante e um frio pavoroso percorreu suas veias com a mesma força e rapidez de um trovão. Era um sinal, um sinal de que precisava vê-la, urgentemente.

Num novo encontro entre Ícaro e Alexandre em seu apartamento, Alexandre decidiu provocar novamente o rapaz.

– Qual é o seu maior medo? – perguntou, lançando um olhar provocador em sua direção.

– Medo?!

– Sim, medo! Qual é o seu maior medo, cristão? Todos têm um!

– Qual é o seu?

– Eu perguntei primeiro!

Houve um silêncio profundo até Ícaro responder, hesitante:

– Tenho medo de me apaixonar outra vez.

– Ah!

– O amor é lindo, maravilhoso, mas, perigoso... É capaz de nos fazer sofrer tanto quanto nos surpreender com sua grandeza. Às vezes penso que é melhor ficar só do que ter que passar por infortúnios outra vez.

Alexandre riu, descaradamente.

– O que foi?! Falo sério e você ri.

– É que minha mãe e Aristóteles, meu professor de propaganda e marketing, me disseram o mesmo.

– Desculpe a minha sinceridade, mas...

– Diga!

– Se você não tem medo do amor é porque nunca sofreu por amor.

– Nunca, mesmo!

– Então se considere um privilegiado.

– E sou!

Risos e silêncio.

– Você é um moço bonito – admitiu Alexandre, minutos depois. – Merece amar e ser amado, intensamente. E será, com certeza, só precisa esquecer o que lhe aconteceu! Para isso nada melhor do que um novo amor, não concorda?

Aquelas palavras fizeram Ícaro deixar cair algumas lágrimas, algo que estimulou Alexandre a se sentar ao seu lado e afagar seu rosto em seu peito. Então, Ícaro voltou os olhos para Alexandre e confessou:

– Ao seu lado, Alexandre, eu me sinto em paz!

No minuto seguinte, os dois ficaram somente ao som da respiração de ambos. Foi Alexandre quem rompeu o silêncio, dizendo:

– Você me quer, não é rapaz?

O jovem engoliu em seco, sem palavras para responder.

– Eu sei! Eu sinto!

– Senhor...

– Está louco para fazer amor comigo, não é?

– Eu...

Num gesto brusco, Alexandre virou o rapaz de costas para ele e o despiu. Fez o mesmo consigo e quando estava prestes a possuí-lo, Ícaro falou:

– O preservativo, senhor.

– Eu não uso!

– Eu não transo sem camisinha! – retorquiu Ícaro, apreensivo.

– É verdade, não se deve, mas comigo não há o que se preocupar.

Ícaro se defendeu mais uma vez:

– Não é só AIDS que pode ser contraída por meio de um intercurso sem camisinha, meu senhor, doenças venéreas também podem.

– Ainda assim estou 100% limpo. Agora, relaxe, cristão, e deixa-me fazer com você o que tanto deseja.

– Senhor, por favor. O preservativo.

– Eu não transo com mais ninguém senão com Hefestião e ele também só transa comigo! Fizemos exames! Estamos limpos!

– Ainda assim é perigoso! Como pode ter certeza de que ele não transa com outros?

– Confio plenamente em Hefestião.

– Nunca se sabe... Ele pode já ter feito o mesmo que o senhor está fazendo agora.

As palavras do rapaz finalmente tocaram Alexandre.

– E tem mais, meu senhor, se transar comigo estará sendo infiel para com seu namorado.

– Ele me compreenderá! Já experimentou outros homens antes de me conhecer. Eu não! Portanto, mereço experimentar outro rapaz, pelo menos uma vez, para saber como é.

– O senhor tem certeza?

– Tenho e, por favor, pare de me chamar de senhor. Agora relaxe!

– Não, sem o uso do preservativo.

Alexandre bufou e Ícaro, sem se dar conta de sua irritação, falou:

– O senhor também será o segundo homem com que vou transar.

Suas palavras novamente impressionaram e excitaram Alexandre.

– Então temos algo em comum, que bom! – ele riu mas aquietou-se diante da nova pergunta de Ícaro:

– Tem certeza que viu o resultado do exame dele?

– É lógico que sim! – irritou-se Alexandre. – Se bem que nem era preciso. Hefestião jamais poria a minha vida em risco; ele me é fiel, me ama! Além do mais, os deuses me protegem de todo mal!

Apesar da confiança com que Alexandre falava, Ícaro ficou à sombra da dúvida. Sabia que muitos portadores do HIV omitiam de seus parceiros seu estado de saúde para não impedir que ambos transassem sem o uso do preservativo. Outros aguardavam o parceiro adquirir confiança nele, para propor uma transa sem camisinha e, assim contaminar, o parceiro.

Ele crescera ouvindo, sagradamente, que não era certo transar sem preservativo, mas o que fazer diante de um homem lindo como Alexandre parado ali, diante dele, devorando-o com os olhos e a boca empapuçados de desejo? Se não aceitasse a proposta, poderia fazê-lo se desinteressar por ele para sempre e ele o queria. Queria mais do que tudo, fazer amor com ele, nem que fosse apenas sexo.

As palavras de Alexandre ecoaram em sua mente novamente: "Os deuses me protegem de todo o mal!". O Deus dele, a quem era tão devotado, também o protegeria. Não haveria o porquê esquecer-se Dele agora.

– Está bem – concordou, ressurgindo de suas reflexões. – Só, por favor, não ejacule dentro de mim.

Alexandre gargalhou novamente:

– Vou ejacular sim e muito!

E encostando os lábios bem rentes ao ouvido de Ícaro, Alexandre, maliciosamente acrescentou:

– Vamos lá, cristão, relaxa e deixe-me experimentá-lo! Vamos!

A voz de Alexandre, sussurrando em seu ouvido, naquele tom meloso, desarmou Ícaro de uma vez por todas, permitindo, assim, que se rendesse finalmente àquele homem apaixonante chamado Alexandre Theodorides.

Ícaro só voltou à realidade em meio ao coito. Só posso estar louco, murmurou consigo mesmo, em meio aos gemidos de prazer. Aquilo poderia ser uma viagem sem volta, mas já era tarde demais para voltar atrás, o desejo carnal o dominara por completo.

Após o clímax, Alexandre se jogou na cama, nada mais falou e logo adormeceu. Ícaro ficou ali admirando seu corpo e seu semblante adormecido com o êxtase ainda percorrendo suas veias. Depois partiu, com a sensação de que andava nas nuvens.

A transa foi para o rapaz de apenas 24 anos de idade a mais prazerosa que provara em toda a sua vida.

XVI

Na manhã do dia seguinte, a caminho do trabalho, Ícaro se dirigiu ao laboratório mais próximo de sua casa para fazer um exame de HIV. Gostava de Alexandre imensamente, mas ainda era cedo para ter certeza se confiava nele ou não.

Assim que deixou o local, seguiu direto para a Saint Patrick's Church* na Quinta Avenida. Precisava rezar, pedir a Deus que o protegesse. Ajoelhou-se no genuflexório e se entregou de corpo e alma à oração. Ele não sabia ao certo quantas Ave-Marias ou Pais-Nossos seriam suficientes para que Deus evitasse que o mal se abatesse sobre ele, mas estava disposto a rezar quantos fossem precisos para ser protegido e perdoado pelo que fez.

A visão do interior da majestosa igreja, com velas acesas pelos cantos, a imagem de Jesus junto com a oração conseguiram acalmá-lo. Olhando fixamente para a imagem de Cristo, a culpa por ter feito o que fez, por não ter sido capaz, forte o suficiente para recusar a proposta de Alexandre, foi se dissipando do seu interior. Uma vez mais, ele se surpreendia com o poder do filho de Deus sobre ele. Jesus era-lhe tudo assim como para a maioria dos habitantes do planeta.

Quando Ícaro partiu da igreja, ele levava consigo um coração menos opresso e pecador.

Agora tinha a absoluta certeza de que tanto quis ter, quanto ao que fez contra o ex-amante: revelar a intimidade do laboratório e ter mexido os pauzinhos para deixá-lo a ponto de ter de ser vendido a preço de pechincha para a empresa de Alexandre Theodorides. Ninguém merecia aquilo tanto quanto Alexandre, ele fizera a escolha certa.

No final do expediente, Ícaro foi até a sala de Alexandre para revê-lo. Infelizmente, ele estava em reunião, por isso teve de aguardá-lo na sala de espera. Minutos depois, a voz de Alexandre atravessou as paredes, discutindo com alguém.

Sua voz enérgica o amedrontou. Logo estava a roer as unhas e sendo atormentado por indagações. A noite maravilhosa que passara ao lado de

Alexandre teria sido apenas um sonho? Com certeza, só ficara com ele para experimentá-lo na cama. Nada mais que uma experiência. Uma aventura! Ele fora fácil demais, não devia! Deveria ter dado uma de difícil. É disso que os homens gostam.

A voz ardida e irritada de Alexandre interrompeu seus pensamentos outra vez, parecia mesmo estar fora de si, jamais pensara que se alteraria daquele modo quando irritado. Como poderia saber? Ele praticamente não conhecia nada a seu respeito. Alexandre Theodorides ainda era para ele, um mistério!

Seria melhor partir e ligar para ele depois. Nervoso como estava, poderia descontar sua raiva nele.

Quando estava prestes a se levantar, a porta da sala de Alexandre se abriu e dois funcionários deixaram o local, bastante aturdidos.

Dali pôde ouvir Alexandre dar um soco em sua mesa, extravasando a raiva. A secretária olhou para Ícaro, receosa. Ele, por sua vez, encolheu-se ainda mais no sofá como se fosse uma ameba.

Quando deixou a sala e avistou Ícaro, trêmulo, Alexandre nada disse, apenas continuou a caminhar em direção à porta. Sua atitude digladiou Ícaro por dentro e por fora, sua vontade era abrir um buraco e jogar-se dentro dele e, talvez, a janela fosse o meio mais rápido.

Quando ia atravessar a porta, Alexandre parou, voltou-se para ele e, secamente, perguntou:

– Você vem ou não?

Ícaro saltou do sofá, pegou sua valise e seguiu atrás dele.

– O que fazia todo encolhido naquele sofá? – perguntou Alexandre sarcástico. – Parece até que viu um fantasma!

– Eu não sabia se minha visita iria aborrecê-lo ou não, você parecia tão nervoso – respondeu o rapaz, apertando o passo para acompanhá-lo.

– Estava de fato. Não tolero incompetência. Os dois estarão na rua amanhã, sem falta. As pessoas pensam que podem me ludibriar, mas estão erradas! Cedo ou tarde, a verdade vem à tona e quando vem, não há perdão! Ainda mais quando ela compromete milhões de dólares que só um louco pensaria em perder por incompetência de funcionários.

Ícaro engoliu em seco. As palavras de Alexandre pesaram em sua consciência. Em seguida, Alexandre recobrou sua voz, complacente, e decretou:

– Vamos jantar juntos esta noite?

O rosto do rapazinho se iluminou.

– Jantar?

– Há algum eco por aqui?

Ícaro riu.

O sexo entre os dois se repetiu naquela noite, mais uma vez, após o jantar. Se repetiu, concluiu Ícaro, era porque Alexandre havia realmente gostado dele. Era maravilhoso constatar o fato, pois significava que haveriam de fazer muito mais sexo dali em diante. Um suspiro de alívio ecoou de seu peito, há tempo que não se via tão feliz e realizado como agora. Era a paixão, novamente, dominando o seu coração e despertando nele a alegria de viver e o entusiasmo com o futuro.

Mas a alegria durou pouco, ao tentar beijar Alexandre nos lábios, o amante o evitou, o que irritou Ícaro profundamente. Sua reação significava que para ele o que havia rolado entre os dois, fora apenas sexo, nada mais.

Nas semanas que se seguiram, Alexandre foi estreitando os laços com Roxane por meio de telefonemas diários e visitas a ela nos finais de semana. Foi num desses encontros que ele teve a oportunidade de conhecer Flaubert Bertaux, o irmão de sua namorada. Logo percebeu que o futuro cunhado era inconveniente e que poderia atrapalhar suas intenções para com sua irmã.

– Agora os gays estão reivindicando o casamento legal – comentou Flaubert, dando uma pausa na leitura do jornal. – Aonde este mundo vai parar? Paradas gays, seriados e filmes com temáticas gays... É o fim da picada! E eu e a maioria dos homens de bom senso que pensamos que a AIDS acabaria, de uma vez por todas, com essa podridão sobre a Terra...

– Não seja cruel, Flaubert – repreendeu Eurídice, delicadamente.

– Gays são um desrespeito a Deus! – acrescentou o rapaz, ultrajado.

Alexandre, procurando soar o mais natural possível, cutucou o rapaz:

– Se a AIDS tivesse varrido todos os gays do planeta, meu caro Flaubert, não haveria mais padres e freis para celebrar os rituais de sua igreja!

Desprezando o comentário, Flaubert acrescentou:

– Todo gay soro positivo deveria agradecer a Deus por ter sido contaminado. Quanto mais cedo morrerem, mais rápido serão purificados de seus pecados! Qualquer besta percebe que a homossexualidade é imoral e contra os princípios de Deus. Se não o fosse, gays seriam felizes, seus relacionamentos perdurariam, não viveriam à base de drogas e depressões horríveis. Tudo isto acontece porque o homem foi feito para se relacionar com a mulher e não com outro homem.

Alexandre deu mais uma vez uma resposta com luva de pelica, como se diz:

– Meu caro Flaubert, desculpe perguntar, mas... São só os gays que vivem à base de drogas e depressões horríveis, que têm seus relacionamentos fracassados, e que agridem a moral humana?

O rapaz enviesou o cenho, lançando um olhar desconfiado para Alexandre.

– Está, por acaso, defendendo essas aberrações da natureza? Não? Porque respeito aos direitos humanos tem limite, não? Gays não merecem respeito algum, eles próprios não se respeitam!

– Eu ainda acho que a Igreja deveria aceitar os homossexuais, quem sabe assim haveria mais paz entre os seres humanos – opinou Eurídice.

– Algumas religiões já aceitam os homossexuais, faz tempo, ainda assim, os que as seguem não se sentem melhores consigo mesmos.

O rapaz renovou o ar dos pulmões e prosseguiu, enfurecido:

– Terapeutas afirmam que o gay se sentirá melhor, ao se assumir diante da sociedade, da família, etc. Ainda assim, os que se assumem não encontraram felicidade. Em minha opinião, o mandamento de nossa Igreja existe para precaver o homem que opta por ser homossexual porque sabe que ele sofrerá se fizer essa opção!

Alexandre suspirou fundo, contou até dez mais uma vez e disse, procurando manter a calma e a naturalidade na voz:

– Eu, sinceramente, não me importo com a existência dos gays sobre a Terra, estou ocupado demais para prestar atenção a eles. Mas acredito, piamente, que a psicologia está certa quando afirma que só nos incomodamos com algo, quando esse algo expressa o que reprimimos na nossa personalidade.

Alexandre frisou a última palavra, propositadamente.

Flaubert, irritando-se ainda mais, falou:

– Espero que não esteja insinuando que eu...

– Absolutamente! Mas se a carapuça serviu... – Alexandre soltou uma gargalhada a fim de quebrar o clima pesado que a conversa havia espalhado pelo ar. – Ora, vamos falar de coisas mais proveitosas, provincianas.

As duas moças soltaram um sorriso constrangedor.

– E você trabalha mesmo com... – a pergunta de Alexandre voltou a ser direcionada a Flaubert.

– Acabo de ser contratado para trabalhar numa das melhores empresas de cosméticos do país.

– É um excelente emprego! – elogiou Roxane.

– É... dá pro gasto! – desdenhou Flaubert e baixando a voz, completou: – Agora, aqui entre nós, respondam-me: vocês acham mesmo que os cosméticos para tratamentos de beleza podem renovar o rosto de uma pessoa depois dos trinta?

– A indústria de cosméticos está fazendo muitos avanços, Flaubert, mas é lógico que milagres não são possíveis. – explicou Eurídice.

– Mulheres!... – zombou ele. – Basta prometer a elas que com o uso de um creme de beleza resgatarão seus rostinhos bonitos que elas caem como patas!

Flaubert soltou uma gargalhada exagerada e em meio a ela, acrescentou:

– Que continuem a cair, assim meu emprego está garantido, graças a Deus!

Meia hora depois, para alívio total de Alexandre, ele e Roxane se encontravam finalmente a sós, passeando pelas lojas mais importantes e sofisticadas da Champs-Élysées.

Alexandre estava mais uma vez surpreso com a facilidade com que se relacionava com a moça, não havia esforço algum, tampouco encenação para manter um diálogo agradável com ela. Roxane era um doce de pessoa, sabia muito bem fazer uso das palavras, não o aborrecia com perguntas sobre sua vida particular e, o mais importante de tudo, transmitia-lhe segurança. Algo fundamental para ele que confirmava, mais uma vez, que sua intuição estava certa, desde o início: Roxane era mesmo a mulher ideal para ele se casar e ter filhos.

Uma semana depois de Flaubert Bertaux se encontrar com Alexandre, o rapaz recebeu a triste notícia de que o cargo para o qual fora contratado havia sido transferido para a filial na Austrália. A transferência o deixou arrasado, pois atrapalharia seu noivado.

Eurídice lembrou a ele que não deveria perder a oportunidade e que sacrifícios, às vezes, eram necessários. Aquilo o deixou mais aliviado. Lembrou-se dos mandamentos que havia aprendido em sua religião. Sabia que a mudança ocorrera por um desejo de Deus, e, assim, aceitaria de bom grado Sua ordem.

Quando Roxane contou o acontecido a Alexandre, por telefone, seus olhos iluminaram-se e um sorriso maroto se estampou em seu belo rosto. No entanto, fingiu pesar pelo acontecido.

XVII

Nas semanas que se seguiram, Alexandre retornou, religiosamente, a Paris, no seu jato particular, para passar os finais de semana ao lado de Roxane. Cada minuto que passava ao seu lado, mais convencido ficava de que os deuses o haviam presenteado mais uma vez. Ela era de fato a mulher ideal para gerar seus filhos. Logo, o namoro começou a ser comentado pelos colunáveis.

Ele poderia seguir dali para a Inglaterra, para ficar com Hefestião, nem que fosse por meras horas, mas o cansaço e o acúmulo de trabalho cada vez maior, impediam tais encontros.

Para relaxar, começou a beber além da conta e no próprio local de trabalho, onde volta e meia, após o expediente, trancava-se em sua sala com Ícaro, descia-lhe as calças e o possuía ali mesmo. Nem prestava atenção se o rapaz atingia o orgasmo ou não. Desde que ele o fizesse e relaxasse, nada mais importava.

Ícaro era então dispensado como se fosse um mero boneco ou um profissional do sexo para satisfazer suas necessidades fisiológicas. Se aquele era o único modo de ser possuído pelo homem desejado, concluía o rapaz, que assim fosse. Um dia Alexandre mudaria, passaria a vê-lo com os mesmos olhos apaixonados com que o admirava.

Quanto a Hefestião, tornava-se cada vez mais difícil, regressar para o apartamento e encontrar somente as paredes, aguardando por ele. Mesmo falando quase que diariamente ao telefone com Alexandre, as ligações não podiam suprir a falta que sentia dele ao seu lado. A saudade e a solidão pareciam, cada vez mais, duas mãos a lhe apertar o pescoço para estrangulá-lo.

Os soníferos já haviam sido redobrados nas últimas semanas, eram eles ou a insônia a arrastá-lo sem piedade pela madrugada afora. Os estimulantes, idem. Precisava deles para devolver-lhe o ânimo necessário para se levantar da cama e ir trabalhar.

Logo, Hefestião percebeu que não eram somente a solidão, a saudade, o desejo sexual e as paredes ordinárias e demoníacas que ele tinha de enfrentar diariamente. A depressão também passara a visitá-lo, tornando-se mais um entre os milhões de seres humanos a consumir antidepressivos.

"Até onde você iria por um grande amor?", perguntou uma voz dentro dele, certa noite.

"Até o inferno!", respondeu ele de súbito, com todas as letras. "Se é para ser feliz, até moro no inferno!".

"É aonde você já se encontra, não é? No inferno?!"

Hefestião não soube mais o que responder, tampouco compreender que voz era aquela. Nessa noite, pela primeira vez, ele se rendeu à vontade insana de tomar apenas uma dose de qualquer bebida alcoólica que fosse extremamente forte. Não devia beber, ele bem sabia, por causa dos remédios, o médico o prevenira, mas a vontade dentro dele foi mais forte do que o seu bom senso.

A sala girou ao seu redor, foi preciso permanecer sentado, mas valeu a pena, sentiu-se menos infeliz. Se não havia outra forma de suportar tudo aquilo, haveria de ser daquela. Pelo menos até Alexandre alcançar seu mais novo e ousado objetivo: gerar um filho, um herdeiro para a sua fortuna. Aí, então, quando olhasse para trás, veria que todo sacrifício valera a pena; Alexandre estaria feliz e a felicidade dele era o que mais importava na vida.

O consolo durou até Hefestião se deparar com uma hipótese avassaladora: teria Alexandre intenção de levar adiante seu casamento com Roxane para todo o sempre? Tornar-se um pai de família? Tratando-se dele, tudo era possível. Por mais que julgasse conhecê-lo, havia sempre muito a se descobrir.

Talvez com o tempo ele se descobrisse apaixonado por Roxane. Não seria difícil. Ele já se apaixonara por uma mulher no passado, apesar de não admitir. O jeito era rezar por aquele em cuja fé, tornava-se cada vez mais vaga. Para que protegesse a união dos dois, ainda que os religiosos afirmassem que a união entre dois indivíduos do mesmo sexo era contra os princípios de Deus.

Quanto a Alexandre, sentia, sim, muitas vezes uma vontade louca de voar para Londres para ter o amado em seus braços, entrelaçado ao seu corpo, matando-o de beijos e êxtase sem fim. No entanto, receava fazê-lo por medo de não conseguir levar adiante seu plano de se casar com Roxane.

Ícaro torcia com fé para que Hefestião ficasse enfurecido com a separação dos dois até se cansar de Alexandre e sair de sua vida para sempre. Chegava a rogar a Deus, principalmente durante sua caminhada até o altar para receber a hóstia durante as missas de que participava aos domingos.

Num ponto pelo menos, ele havia vencido Hefestião: ele podia ver Alexandre diariamente, desfrutar da sua presença e do prazer sexual que ele lhe propiciava quando o procurava para satisfazer suas necessidades.

XVIII

Com a chegada do fim de ano, Hefestião passou a vislumbrar em sua mente como seria o primeiro Natal e o primeiro réveillon do novo milênio que se aproximava, ao lado do namorado. Foi um choque para ele, quando Alexandre lhe informou que passaria as festas na casa da família de Roxane.

Como sempre, aprovou sua decisão, embora não concordasse. Se já estava sendo horrível enfrentar aquelas noites de inverno sozinho, passar o Natal e o Ano Novo só, seria quase a morte. O melhor a se fazer era passar o fim de ano na companhia da mãe e foi isso que fez.

Passagem de 2000 para 2001

Minutos depois da contagem regressiva para o novo ano, Alexandre ligou do seu celular para o celular de Hefestião para cumprimentá-lo pelo nascimento do novo ano. A ligação, no entanto, caiu na caixa postal. Após a terceira tentativa, Alexandre deixou um recado ligeiro e voltou para junto da família de Roxane reunida em celebração.

No decorrer das primeiras semanas de 2001...

Cleópatra e Pérdicas se casaram para decepção total de Alexandre. A pedido do noivo, o casamento foi discreto, ocorreu na própria mansão da família. Pérdicas não queria levantar os olhos da mídia para não aborrecê-los.

Alexandre se viu obrigado a comparecer à cerimônia. Se não fosse, Roxane e a família dela poderiam achar estranho.

Foi então que Hefestião conheceu Roxane pessoalmente. De fato ela era impressionantemente linda. Devido à presença de Flaubert, Hefestião evitou se aproximar demais de Alexandre. Ficou de longe, observando-o em companhia da namorada. Assim como acontecia entre ele e o amado, Alexandre e Roxane também formavam um belíssimo casal.

A certa altura da recepção, os olhos de Hefestião bateram-se de frente com os de Cleópatra. Havia algo de assustador no fundo deles: percebeu o moço, um prazer mórbido em vê-lo ali, só, na companhia apenas de sua sombra.

Alexandre, por sua vez, por mais que tentasse controlar seus olhos e pensamentos, volta e meia se pegava olhando para a barriga da irmã e, pensando no bebê que ali estava sendo gerado. Apesar de ela já estar de quase seis meses, a barriga ainda parecia normal.

Ícaro se sentiu péssimo por Alexandre não tê-lo convidado para ir junto ao casamento de Cleópatra, por continuá-lo a tratar como um simples objeto sexual. Por mais que ele quisesse dar fim àquilo, descobria-se cada vez mais apaixonado por Alexandre e desejando a morte de Hefestião, o mais rápido possível. Só assim, Alexandre retribuiria os beijos e gracejos que se recusava a receber de sua pessoa.

Seis dias após o casamento, Pérdicas encontrou Cleópatra preocupada.

– O que foi, meu amor? Parece triste! – disse ele, carinhosamente.

– É Alexandre. Vai casar com aquela moça, pobre moça, só para impedir que os nossos filhos sejam os herdeiros de tudo que temos.

– Você se esquece de uma coisa, meu amor. Nós podemos estragar os planos dele.

– E você acha, meu bem, que já não pensei nisso? É lógico que sim! Entretanto, no mesmo momento em que me ocorreu a ideia, ocorreu-me também o que ele poderia nos fazer como vingança. Alexandre é vingativo. Muito mais do que você pensa. Ele nos destruiria.

– Não acho!

– Certamente nos destruiria! – afirmou ela com o olhar alarmado. – Para alguém que foi capaz de matar o próprio pai e sair ileso...

– Ora, Cleópatra ele não matou seu pai!

– É lógico que matou! Eu sei! Eu sinto! Se ao menos tivesse como provar, tê-lo-ia em minhas mãos para sempre, aí, sim, conseguiria destruí-lo!

Pérdicas ficou em silêncio, pensativo.

– Se não for ele o assassino, quem mais poderia ser? – perguntou Cleópatra intrigada.

Pérdicas balançou a cabeça, negativamente, e desviou o olhar para a janela. Disse:

– Talvez Alexandre desista de se casar, quando você anunciar a perda do bebê.

– Já pensei nisso! No entanto, acho que já é tarde demais! Ele não voltará atrás. Irá até o fim! Preciso ficar grávida, urgentemente, e, dessa vez, de verdade! Antes dele de preferência.

– Você tem certeza de que ele não desconfia de que foi tudo uma armação?

– De jeito algum! Nem mesmo aquela bicha do Hefestião desconfia que inventei tudo isso.

A jovem voltou-se para o marido, pegou sua mão e lhe agradeceu:

– Você foi maravilhoso! Estupendo! Como não pensei nisso antes? Era, sem dúvida, o meio mais eficaz para eu assumir aquilo que me cabia na empresa, sem receber um "não", como resposta.

– Eu a amo, Cleópatra! – disse Pérdicas, olhando apaixonadamente para ela.

Em seguida os dois se beijaram forte e ardentemente.

Na semana que se seguiu, Cleópatra anunciou, com fingido pesar, a perda do bebê. A notícia entristeceu verdadeiramente Hefestião; para ele significava a morte de um ser humano.

Alexandre, por sua vez, mal cabia de felicidade. Aquilo era mais um sinal de que os deuses estavam ao seu lado. E que haveriam de fazer com que seu filho com Roxane nascesse antes do de Cleópatra.

Olímpia também se entristeceu, ao ouvir a notícia, mas foi também apenas fingimento. Sabia o tempo todo que a gravidez da filha era falsa.

Aceitou compactuar com a mentira, ao perceber que ela estimularia Alexandre a se casar com uma mulher para gerar um herdeiro e o separaria de Hefestião de uma vez por todas. Graças aos deuses, tudo estava correndo como previra. Em breve, Alexandre estaria casado nos conformes, como sempre sonhou e como havia de ser e, Hefestião estaria fora de sua vida para sempre.

CAPÍTULO 7

I

Numa quinta-feira, depois do expediente, Alexandre fez um convite surpresa a Ícaro:

– Quero que vá comigo à França. Partiremos na quinta feira.

– Não posso, Alexandre, o trabalho...

– Não se preocupe com isso! Nomeie alguém para substituí-lo.

O novo protegido de Alexandre corou de satisfação por ter sido convidado pelo amante, sinal de que sua presença ao seu lado estava se tornando necessária e importante.

Teria Alexandre esquecido que Hefestião tomaria conhecimento desta viagem à França? Ele lhe contaria o que rolou entre os dois ou se calaria? Teria ele apenas como um amante? Não, Alexandre não esconderia do amado a verdade, aquilo não era de seu feitio. Restava saber como Hefestião reagiria àquilo.

Em todo caso, somente agora é que ele percebia que se Alexandre havia traído o namorado com ele era porque, sem sombra de dúvidas, o relacionamento dele com Hefestião estava desgastado, à beira do fim. Aquilo o fez respirar ainda mais aliviado, certo de que teria Alexandre inteirinho para si muito em breve. Uma questão de semanas.

II

Na cidade luz, Alexandre se hospedou como de hábito na suíte presidencial de um dos hotéis mais luxuosos da França. Ícaro ficou impressionado com a beleza e o luxo do lugar, jamais pensou existir algo tão lindo e tão caro. Infelizmente, Alexandre não dispensou muito do seu tempo a sua pessoa, não pelo menos o que ele considerava necessário para suprir seus desejos ao lado do amante. Queria-o por maior tempo possível e só para ele e ninguém mais.

O reencontro de Alexandre com Roxane foi novamente muito alegre. Para Alexandre era sempre bom estar ao seu lado, só não gostava muito de ter de passar boa parte do seu tempo ao lado da família dela com seus preconceitos, racismo e pensamentos vulgares.

Quanto a Ícaro, esse permanecia trancado, tentando ocupar sua mente, quebrar o tédio e a irritação por ter de permanecer ali, sozinho, enquanto Alexandre bajulava sua futura esposa.

Foi folheando, impacientemente, uma revista para se distrair que uma matéria prendeu totalmente a atenção do rapaz. Falava sobre AIDS, informando sobre as últimas descobertas e sobre o estado em que se encontrava a doença atualmente no mundo. Ele nunca lera, de fato, nada a respeito, só sabia o que todo mundo falava. Seria uma boa oportunidade para se informar melhor. Um trecho dizia:

"A doença só pode ser detectada se o exame for feito num período de dois meses após o ato sexual sem camisinha.".

Ícaro estremeceu e releu a reportagem por diversas vezes.

– O exame que eu fiz – murmurou aflito – não poderia ter mesmo detectado o vírus, pois fiz horas depois de transar. Então... Como deu negativo, conclui que Alexandre não tinha o vírus e, por isso, continuei transando com ele sem me preocupar com o uso da camisinha. Deus meu, o que foi que eu fiz? Se eu tivesse obtido essa informação antes, teria deixado de fazer sexo inseguro. Eu poderia ter evitado contrair o vírus numa única transa, com várias, não, certamente, não! A probabilidade de ser contaminado foi muito maior.

Ele suspirou, sentindo leve taquicardia.

– O pacto entre Alexandre e Hefestião poderia realmente ter sido de fidelidade, mas se Hefestião soubesse que esse pacto havia sido quebrado por Alexandre, sentir-se-ia no direito de fazer o mesmo. Por mais que o amasse! E, nessas, poderia transar com alguém soro positivo e contaminar Alexandre pois os dois ainda eram amantes.

Ele precisava alertar Alexandre quanto àquilo o mais urgente possível e, sem atiçar sua ira.

Ele não deveria ter aceitado fazer sexo inseguro com Alexandre, jamais! Nunca! Agora poderia ser tarde demais!

O sentimento de culpa e medo de ter contraído a doença desestruturaram Ícaro desde então.

Na manhã do dia seguinte, logo cedo, ele faria um novo exame e exigiria o mesmo de Alexandre. Seria ele forte o bastante para recusar transar com Alexandre sem o uso do preservativo, caso ele não aceitasse fazer sexo de outro modo? Que situação mais delicada!

Por outro lado, de que adiantaria fazer o exame agora, se tivesse sido contaminado, pior seria seu sentimento de culpa e remorso tanto quanto a depressão, ao saber que fora de fato. Deprimido teria sua imunidade abalada e, com ele abalada, tornar-se-ia mais suscetível a contrair uma doença fatal.

Pouco adiantaria também recorrer ao tratamento que era aplicado aos soros positivos, se tudo o que eles faziam era apenas prolongar a vida dos pacientes, jamais exterminar o vírus. O ideal era procurar esquecer aquilo e seguir em frente, apoiado na fé.

Alexandre voltou para o hotel quando já passava da meia-noite. Havia bebido um bocado para poder se portar como o homem ideal para Roxane e beijá-la como se ela fosse a mulher mais desejada do planeta. Ainda que Ícaro estivesse largado na cama, fingindo dormir, para evitar uma transa, ele o agarrou e o possuiu. O rapaz tentou evitar mas não conseguiu por desejo e medo de ele se zangar. Durante o ato, ele permaneceu de costas para evitar que fosse visto, vertendo-se em lágrimas de prazer e desespero ao mesmo tempo.

Para seu alívio, assim que atingiu o clímax, Alexandre virou-se para o lado e dormiu. Ícaro ficou então a admirá-lo, refletindo sobre o futuro que gostaria de construir ao seu lado, ainda que evitasse os beijos apaixonados.

III

Depois de passar mais um dia ao lado de Roxane interpretando o bom moço, o marido e genro ideal, Alexandre encontrou Ícaro largado na poltrona da suíte presidencial do hotel, com cara de quem havia chorado muito.

– O que houve?

Ícaro não mais se conteve, foi claro e direto:

– Você notou que se esqueceu de mim nos últimos dias, Alexandre?

– Ícaro, eu sinto muito, mas você sabe, aqui Roxane tem preferência.

– Então por que me trouxe?

– Pensei que acharia divertido. Por que não sai e curte a cidade?

– Sozinho?! Não, muito obrigado.

Ele suspirou e acrescentou:

– Às vezes penso que nunca significarei tanto quanto ele em sua vida.

– Temo lhe dizer que esse seja mesmo o seu destino junto a mim, Ícaro, eu sinto muito. Isso acontecerá sempre com aqueles que entrarem na sua vida por último. Quem chegou primeiro terá sempre a preferência.

O rapaz emburrou de vez e Alexandre, achou melhor jogar as claras com ele:

– Eu fico lisonjeado por ter ocupado um espaço especial em sua vida, mas devo ser honesto com você. Meu amor, meu grande amor é Hefestião e assim será sempre! Gosto de você! É um rapaz bonito e atraente, e talvez, tivesse me apaixonado por você se tivesse entrado na minha vida antes de conhecer Hefestião, mas... Não quero que sofra... Você já sofreu demais com o seu último relacionamento, não quero que sofra tudo outra vez.

Ícaro sentiu vontade de chorar, mas conteve-se, respirando fundo. Não era aquilo que queria ouvir da boca de Alexandre, apesar de saber, claramente, que seu interesse por ele era apenas sexual. Só mesmo com a morte de Hefestião ele poderia ocupar de vez lugar em seu coração e isso reforçou a necessidade de vê-lo morto a qualquer custo.

IV

No dia seguinte, à noite, Alexandre chegou mais cedo para surpresa de seu amante de luxo.

– Hoje tirei a noite para você!

Ícaro mal pôde acreditar no que ouviu.

– Fala sério?

– Sim! Vamos jantar no melhor restaurante da cidade e aproveitar a noite.

Ícaro emocionado correu até Alexandre, abraçou-o forte e chorou em seu ombro, emocionado. Foi um jantar soberbo e um passeio muito agradável ao luar, à beira do rio Sena.

Voltavam para o hotel quando um edifício chamou a atenção de Alexandre. Ao ser informado pelo chofer de que se tratava de um bordel de luxo, uma onda esquisita ecoou dentro dele.

Seria aquele o bordel da amiga do pai?, perguntou-se Alexandre, curioso.

Imediatamente pediu ao motorista que os levasse até lá.

O projeto arquitetônico era aprimorado. A decoração do prostíbulo era requintada, um luxo e a música era soberba, ao vivo, tocada por músicos, logo percebeu, de ótima categoria.

O interior do bordel parecia ter estacionado no tempo, mantendo o brilho e encanto do século XIX. A luz era amena, vinha de pequenos holofotes espalhados ao redor do salão e dos imensos e lindíssimos lustres pendurados no teto pintado de tinta dourada.

Uma das cortesãs foi atendê-los.

– Posso ajudá-los, senhores? – perguntou, com fineza.

– Estamos apenas conhecendo o local... – respondeu Alexandre, cortês.

Nem bem deu meia volta pelo salão, uma mulher elegantemente vestida, usando maquiagem carregada, o lápis preto delineando bem forte os olhos, segurando uma piteira, interpôs-se no caminho dos dois. Olhou profundamente nos olhos de Alexandre e após outra tragada, disse:

– É um prazer receber o filho de Filipe Theodorides em meu humilde local de trabalho. Sou Lolita Françoise.

Alexandre a observou por instantes. Lolita Françoise aparentava bem menos idade do que deveria ter, havia com certeza passado por muitas cirurgias plásticas, porém, ao contrário do que acontece com a maioria das mulheres, as operações haviam conseguido rejuvenescer seu rosto, sem deformá-lo. Seu inglês era consideravelmente bom, gramaticalmente correto, só a pronúncia é que se misturava ao sotaque francês.

– Acompanhem-me... – pediu ela em tom teatral.

Eles subiram ao mezanino e ocuparam um dos camarotes.

– Fiquem à vontade – acrescentou a dona do bordel. – O que querem beber?

– No momento, nada.

– Que tal um bom vinho? Eu insisto.

Alexandre assentiu com a cabeça.

– E quanto ao belo rapaz?

Ícaro respondeu timidamente:

– O mesmo, por favor.

– Ótimo!

Após fazer o pedido ao garçom, Lolita voltou-se para Alexandre e, disse, com firmeza:

– Reconheci-o assim que entrou. Você me lembra muito seu pai.

Alexandre manteve-se sério, encarando-a.

– Eu e ele éramos muito amigos – ela prosseguiu, pensativa.

– Eu sei.

– Sua morte foi uma grande perda para a humanidade – acrescentou ela, com pesar – Por mais que eu diga algo de positivo sobre Filipe Theodorides, nunca será o suficiente para descrevê-lo. Ele era simplesmente formidável!...

Ela tragou novamente, inclinou o corpo para frente, fixou os olhos nos dele e perguntou:

– Quem é o rapaz tão quietinho? Os quietinhos é que são quentes na cama e... terríveis!

– Trabalha para mim.

– Ah! Pensei que fossem...

Alexandre a interrompeu:

– Segundo soube meu pai a tinha como confidente. Diga-me, ele, por acaso, teve algum filho bastardo?

– O que teme? Ter de dividir sua fortuna? Eu o compreendo. Os primogênitos são sempre egoístas.

Alexandre se deixou abater pelo comentário, continuou a encará-la, mal piscando os olhos. Lolita, parecendo se divertir um bocado com aquilo, mudou de assunto:

– Seu pai passou por aqui alguns dias antes de morrer.

As sobrancelhas de Alexandre ergueram-se ligeiramente.

– Veio para me contar que estava novamente apaixonado, que iria se casar, recomeçar sua vida e, o mais importante, que havia finalmente descoberto a cura para a AIDS.

A ansiedade dominou Alexandre naquele momento.

– Ele quis que eu fosse a primeira a saber, sabia o quanto eu implorava a Deus para que esta doença abominável tivesse fim.

Ela voltou os olhos para o salão antes de acrescentar:

– Só quem presenciou a morte de tantas jovens ainda na flor da idade, por causa dessa doença terrível, pode compreender a urgência que se tem pela cura.

Seus olhos encheram-se d'água, ela deu mais um trago e perguntou:

– E então, por que ainda não lançaram no mercado o tal remédio? Por que estão esperando tanto tempo?

– Por que está fazendo isso comigo? – exaltou-se Alexandre num tom indignado.

– Isso, o quê?

– Contar-me uma mentira monstruosa dessas?!

– Seu pai me disse!

– É de seu feitio brincar com a cara dos outros? Só meu pai mesmo para ter uma amiga da sua laia!

– Eu não brincaria com uma coisa tão séria, meu rapaz! – Lolita olhou para ele desconfiada, depois exclamou: – Ah! Era segredo, ninguém pode saber ainda; compreendo. Ainda assim, por que estão demorando tanto para revelar isso à humanidade? Quanto mais rápido for, mais vidas poderão ser salvas.

Alexandre a interrompeu:

– Se lhe interessa saber, não há nenhum remédio comprovadamente eficaz, até o presente momento, que mate o vírus da AIDS.

Um ar pesaroso tomou conta da cortesã que abaixou a cabeça e disse, como se falasse para si:

– Oh, Deus... você não sabia, não é? Não sabia nada a respeito... Só agora percebo!

– Por que insiste nessa mentira?

– Estou falando a verdade! A mais pura verdade! Seu pai não mentiria para mim! Não brincaria com algo tão sério! Tampouco delirava, estava muito lúcido quando me revelou tal coisa. Mas se você não sabe nada a respeito, então, seja lá o que Filipe descobriu, levou consigo para o outro lado da vida.

Novamente a tristeza desanimadora transpareceu em seu semblante.

– Que pena!

Alexandre, sentindo-se ultrajado, levantou-se e despediu-se. Antes, porém, de partir, Lolita agarrou firme seu braço e pediu, em tom de súplica:

– Jovem Theodorides, encontre uma solução para a doença e, o mais rápido possível. Você tem este poder! A humanidade está em suas mãos! Ajude-nos!

O tom de voz da mulher fez Alexandre sentir um calafrio que lhe percorria o corpo todo. Naquilo, pelo menos, ela estava certa, a humanidade de fato estava em suas mãos.

Lolita Françoise ficou observando Alexandre partir. Era um jovem encantador, sem dúvida. Deveria lhe contar tudo o que sabia? Será que Filipe concordaria com aquilo? Ela preferiu se dar um tempo para refletir.

No trajeto de volta para o hotel, Alexandre permaneceu quieto o tempo todo, deixando Ícaro com a impressão de que se tornara invisível para ele. Nem bem Alexandre adentrou o quarto do hotel, ligou imediatamente para Hefestião.

– Hefestião?! Descobri algo chocante! – disse ele em tom sério. Em seguida relatou tudo o que Lolita Françoise havia lhe contado.

– Impossível que isso seja verdade, Alexandre. Se fosse, nossos farmacêuticos químicos já teriam nos contado.

– A princípio pensei que ela estivesse tirando uma de mim, mas depois... Ao lembrar o que aconteceu, pouco antes de meu pai cair morto, ao chão, perguntei-me se não teria sido isso que ele desejou me contar.

– Pode ser... – respondeu Hefestião, pensativo.

Alexandre estava tão excitado com tudo aquilo, que nem notou o tom triste e melancólico do amigo ao telefone.

– Se isso for verdade – prosseguiu incisivo. – Onde, quando e como meu pai descobriu isso? Preciso saber urgentemente!

O modo como Alexandre falava com Hefestião incomodava Ícaro profundamente. Era de uma intimidade impressionante e invejável. Desapontado e se achando desnecessário ali, Ícaro dirigiu-se para o quarto e se deitou, rezou com devoção, mais do que o normal e adormeceu.

Naquela noite Alexandre foi acometido de sonhos estranhos, sonhou com o pai, com o dia de sua morte, com Lolita Françoise e depois notou, ao recordar dos sonhos, que em todos eles Cleópatra estava presente. Sua barriga estava enorme e sua bolsa prestes a estourar.

V

Assim que regressou à Inglaterra, Alexandre contou tudo à mãe.

– Filho! – respondeu Olímpia, seriamente. – Se seu pai tivesse descoberto algo, nós saberíamos. Já teríamos sido informados pelos farmacêuticos químicos. Se até hoje nada nos foi passado é porque essa mulher é louca e está querendo apenas embaralhar suas ideias!

– A não ser, mamãe, que o responsável pela descoberta nos traiu e vendeu a fórmula para um concorrente.

– Se isso tivesse realmente acontecido, Alexandre, esse laboratório já teria posto no mercado o remédio.

A mãe passou a mão carinhosamente pela bochecha do filho e acrescentou:

– Acho sinceramente que está perdendo o seu tempo.

– Hefestião defende a mesma opinião que a senhora.

A menção do rapaz fez Olímpia contrair a fonte:

– Hefestião?! Pensei que haviam brigado.

– Brigado?! Eu e Hefestião? Por que haveríamos de brigar? – ele soltou uma gargalhada e disse positivamente – Somos inseparáveis, mamãe. Será que ainda não percebeu?

– Bem, é que...

Ele não lhe permitiu continuar, partiu apressado para a empresa onde haveria uma reunião de emergência com toda equipe como havia solicitado.

Assim que se foi, Olímpia confabulou consigo mesma:

– Você e Hefestião eram inseparáveis até Roxane entrar na sua vida, Alexandre. Depois de casados, e com o filho que ela vai gerar, Hefestião logo fará parte apenas do seu passado. Será apenas um desatino do passado. Um erro, um desvio de comportamento.

A reunião abordou a possibilidade de já ter sido descoberto a cura para AIDS e terminou com a conclusão de que Lolita havia mesmo inventado tudo aquilo. Nada até aquele momento havia sido comprovadamente eficaz contra o vírus demoníaco.

Para Alexandre, Lolita Françoise quis brincar por algum motivo obscuro e ele haveria de lhe dar o troco. Quão estúpido tinha sido para perder tempo, apurando a história daquela rameira de luxo. Talvez fizera por querer realmente que fosse verdade, para que assim entrasse para sempre para a história do mundo.

VI

De volta à América, Ícaro foi recebido com muito trabalho acumulado.

Cansado de lutar contra a voz mental que cobrava dele o exame de HIV, o rapaz finalmente foi fazer um novo teste. Porém, mudou de ideia assim que pôs os pés no laboratório. Pensou novamente que lhe seria menos prejudicial viver com a dúvida do que ter certeza de que se tornara soro positivo.

Pensou também em pedir a Alexandre que transassem com camisinha, mas teve medo de ele não gostar, pensar que ele o achava sujo, ou doente e o descartasse de sua vida, o que seria desastroso para ele, apaixonado como estava.

Pensou, então, em pedir a ele que gozasse fora, mas também receava que ele o compreendesse mal. Ainda assim, um lado seu o instigava a propor a Alexandre uma das duas alternativas, afinal era sua saúde, sua vida que estava em jogo.

Toda vez que Alexandre estava prestes a atingir o clímax, Ícaro trocava o prazer pelo pavor. Assim que o amante ejaculava ele corria para o banheiro para se lavar. Talvez aquilo de nada adiantaria contra o vírus, mas era o único modo de acalmar sua consciência.

VII

O calendário já marcava meados de fevereiro de 2001 quando Roxane foi à Nova York acompanhada de Eurídice visitar o noivo. Durante a visita, Alexandre dedicou-se totalmente à mulher que escolhera para se casar. Fez questão de levá-la a todos os lugares mais elegantes da cidade, bem como às lojas mais finas e presenteá-la com tudo que percebesse chamar sua atenção. Roxane merecia todos aqueles presentes caros, pois iria ajudá-lo, de modo exemplar, a realizar uma de suas mais importantes metas de vida.

Aquilo solidificou de vez os comentários sobre o namoro dos dois nas colunas sociais o que alegrou Alexandre imensamente, uma vez que estar em evidência lhe fazia tão bem quanto estar na presença de Roxane.

O regresso da moça para a sua cidade natal foi para Ícaro um alívio. Os dez dias em que ela ficou hospedada com a prima na cobertura de Alexandre, pareceram-lhe uma eternidade. Agora, o teria novamente com tempo para ele, tudo o que mais desejava na vida.

No entanto, o amado parecia desejar bem mais as doses de uísque, que ocupavam cada dia mais espaço em sua vida, do que seu corpo quente e pronto para lhe dar prazer quando bem quisesse.

Mesmo sabendo que o empresário e Hefestião estavam separados, Ícaro ainda se preocupava com a relação dos dois. O modo como Alexandre continuava a falar ao telefone e a mencioná-lo, inúmeras vezes durante conversas ou reuniões, e principalmente, quando se encontravam a sós, revelava que a distância não estava minando o amor que sentia pelo namorado.

Ao saber que Alexandre havia marcado uma viagem para Londres, somente para rever Hefestião, Ícaro estremeceu de ódio, ciúme e, principalmente de pavor. Os dois com certeza transariam e, Hefestião, àquelas alturas, já deveria ter transado com outros homens e, se houvesse pegado o vírus da AIDS, poderia transmiti-lo a Alexandre e, consequentemente, a ele. Por isso tinha de impedir o encontro dos dois, mas como?

Ícaro assim que encontrou uma brecha no expediente, correu para a St. Patrick's Church onde acendeu inúmeras velas e se pôs a rezar para que a Virgem Santíssima intercedesse a seu favor. Era por volta das cinco da tarde quando sua prece pareceu ser atendida. A solução despontou em sua mente.

Aproximou-se de Alexandre e, com diplomacia, lembrou-o de que se quisesse ter filhos sadios, que tomasse conta de sua saúde desde já. Que evitasse principalmente relações sexuais anais para não pegar uma doença venérea que complicaria seus planos.

Apesar de Alexandre acreditar piamente que seu corpo era protegido pelos deuses contra qualquer doença sexualmente transmissível, decidiu se proteger.

Ligou imediatamente para Hefestião, cancelando a viagem, explicou-lhe os motivos e esperou que ele, mais uma vez, o entendesse.

– E não é o que faço sempre, Alexandre? – respondeu o moço, fingindo naturalidade do outro lado da linha.

Infelizmente para Ícaro, Alexandre não conseguia manter a ereção com o uso da camisinha e com isso a partir de então sublimou o sexo entre os dois.

Seu consolo foi perceber que se ele não teria sexo, Hefestião também não! O que era maravilhoso! Melhor ainda seria que o "outro" pensasse que Alexandre vinha se distanciando por não ter coragem de lhe dizer, cara a cara, que o romance entre os dois nada mais significava.

Os olhos de Ícaro brilharam e um sorriso matreiro iluminou sua face diante do pensamento. Aquela era a solução perfeita para apagar Hefestião da vida de Alexandre sem que vendesse a alma para o diabo.

VIII

Sabendo que Marche, a secretária de Alexandre, estava passando dificuldades financeiras, propôs-lhe uma bela quantia para que, com tato, ela não passasse as ligações do Senhor Lê Kerr para o patrão. Que lhe desse qualquer desculpa convincente. O mesmo deveria ser feito quando Alexandre lhe pedisse para ligar para o Senhor Lê Kerr na Inglaterra.

Marche deixou bem claro que só aceitara executar seu pedido por estar realmente precisando de dinheiro para ajudar sua família necessitada.

"Família necessitada, sei... Não passa de uma oportunista, isso, sim!", comentou Ícaro consigo mesmo com um ódio visceral pela moça.

Para pôr seu plano em ação, ele gastaria boa parte de seu salário, mas valeria a pena, concluiu, qualquer coisa que fosse capaz de afastar Alexandre de Hefestião, valeria a pena.

Apesar de a secretária conseguir evitar que as ligações de Hefestião chegassem até Alexandre e vice-versa, Ícaro não tinha como impedir que Alexandre ligasse para Hefestião de seu apartamento à noite.

Embora cada dia mais diminuísse o tempo das ligações, o fato de ele se lembrar de ligar, religiosamente, para o namorado, mostrava que Hefestião ainda estava muito vivo em sua mente e em seu coração.

Depois de se servir de uma dose de uísque, Alexandre voltava ao telefone e ligava para Roxane, forçando-se a ficar um longo tempo, cortejando-a.

Ícaro, a quem Alexandre incumbira de verificar e responder a seus e-mails, passou a deletar os que Hefestião lhe enviava, bem como omitir que os recebera. Depois optou, simplesmente, por bloquear as mensagens de Hefestião para que assim não mais os recebesse. O mesmo fazia com as cartas e cartões postais que o amante habitualmente enviava para Alexandre por correio.

Assim que descobriu a senha que lhe permitia acesso aos recados da secretária eletrônica do apartamento de Alexandre, passou também a apagar os recados deixados por Hefestião, antes de serem ouvidos.

Ele estava mais do que convencido de que aquela era a melhor estratégia para deletar Hefestião da vida de Alexandre para sempre. Toda vez que queimava um cartão postal ou uma carta de Hefestião, o rapaz, satânico, desejava que o mesmo fogo transformasse em cinzas o seu remetente.

Com a ausência de respostas por parte de Alexandre, Hefestião foi diminuindo o contato. Seria melhor, alguém mal-intencionado poderia levar as cartas, cartões e e-mails românticos, bem como os recados deixados na secretária eletrônica, ao conhecimento de Roxane, estragando, assim, os planos de Alexandre.

Essa mesma pessoa poderia, inclusive, usar esse material para chantagear Alexandre. A própria Roxane poderia vê-los quando fosse visitar o namorado em seu apartamento. Portanto... Porém, aqueles hábitos não eram fáceis de deixar de lado, principalmente nos momentos de solidão quando a saudade apertava.

Ainda que não enviasse mais nada para Alexandre, Hefestião continuou lhe escrevendo cartas e cartões que comprava na rua por ter se lembrado dele, tudo, enfim, que tanto prazer lhe dava, apenas não os enviava.

Ícaro sabia que Alexandre não conseguiria viver por muito tempo sem praticar sexo anal, aquilo lhe era como um alimento para a sua alma. Quando não mais conseguisse controlar a vontade, obrigar-se-ia a fazer uso do preservativo para se precaver de qualquer doença que pudesse atrapalhar seus planos de gerar um herdeiro sadio.

Quando esse dia chegou, como Ícaro previra, Alexandre quis transar de camisinha, entretanto, mais uma vez, não conseguiu manter a ereção o que o desagradou profundamente a ponto de fazê-lo se afogar na bebida.

Dias depois, ao tentar novamente fazer sexo com o rapaz, Alexandre só conseguiu êxito por pensar que estava fazendo amor com Hefestião.

– Nada se compara a uma transa sem preservativo – comentou Alexandre, descontente, após o êxtase.

– É que você não está acostumado – Ícaro tentou consolá-lo.

– E espero nunca ter de me acostumar.

Na semana seguinte, Alexandre voltou a se empolgar com a vida, ao decidir criar um canal de televisão, patrocinado inteiramente por seu laboratório, para poder explicar ao telespectador o significado de cada doença e a necessidade de se precaver contra elas. Desde então esse novo projeto tomou grande parte de sua concentração diária.

IX

Final de março de 2001

Enquanto isso, na Europa, Hefestião continuava tentando de tudo para fugir da solidão que o fuzilava toda noite, ao regressar para o seu apartamento frio e solitário.

Nada mais o fazia suportar aquilo, nem as doses de uísque que já ultrapassavam meia garrafa por noite, nem os antidepressivos e ansiolíticos. Poderia sair por Londres para passear e, assim, afugentar a solidão, mas de nada adiantaria, pois cedo ou tarde, teria de regressar ao apartamento e deparar com sua triste realidade. Nem mais o sabor da comida ele sentia, nada mais o apetecia, comia por comer e, cada vez em menor quantidade. Ouvira falar de anedonia* e receava estar sofrendo disso.

Preferiu esconder de Alexandre o que estava sentindo para não

---

*Anedonia é a perda da capacidade de sentir prazer, próprio dos estados gravemente depressivos. Também é encontrada na neurastenia e em alguns tipos de esquizofreniase no transtorno de personalidade esquizóide.

preocupá-lo, se bem que uma voz em sua mente começou a pô-lo em dúvida: ficaria o namorado realmente preocupado se lhe revelasse seu estado?

Decidido a ignorar a tal voz mental, Hefestião resolveu ocupar sua mente, arrumando seus armários. Foi então que encontrou a velha agenda onde Alexandre havia escrito o nome de Ingrid Muir.

Quem era ela?, perguntou-se Hefestião, puxando pela memória. Foi por meio de sua secretária que ele, dois dias depois, recordou. Ingrid Muir era o nome da mulher com quem Filipe havia tido um caso no passado, a tal secretária do laboratório inglês. Alexandre anotara o nome na agenda, para não se esquecer, logo após Olímpia ter lhe dito.

Em meio a arquivos do laboratório, Hefestião confirmou que Ingrid Muir realmente trabalhara ali como secretária executiva de Filipe Theodorides de 1965 a 1983.

Recordou-se então do relatório que o detetive, contratado por Alexandre, entregou a ele e desapareceu na noite em que Filipe Theodorides fora assassinado. Novamente a pergunta ecoou em sua mente: por que alguém dera sumiço ao relatório? A razão só podia ser para não permitir que Alexandre chegasse a tal mulher, mas por quê? Ele não conseguia entender.

Seria o filho dela realmente um filho bastardo de Filipe? Teria esse filho se passado por um empregado da casa para ficar de olho no pai? Hefestião sentiu vontade de investigar. Aquilo o faria ocupar sua mente, afugentando a solidão. Contratou um investigador para localizar a tal mulher e preferiu deixar Alexandre por fora, ao menos por ora.

Não levou muito tempo para o investigador localizar quem seu cliente procurava. Ingrid Muir, para sua surpresa, ainda morava na Inglaterra, nos subúrbios de Londres. Por um impulso inexplicável, Hefestião quis conhecê-la pessoalmente, ver seus filhos, observar suas fisionomias, arranjar até um modo de fazer o teste de DNA sem que soubessem.

Foi logo na tarde do dia seguinte que ele se dirigiu ao endereço aonde a tal mulher residia. Estacionou o carro a certa distância e seguiu pela calçada, calmamente, até a casa. Havia combinado consigo mesmo, a fim de não levantar suspeitas, que iria se passar por um desses pesquisadores de lojas de departamentos, os quais colhem dados das pessoas para cadastrá-las.

Para seu espanto, na casa que procurava, havia uma placa de "vende-se" cravada no jardim. Ele franziu a testa, preocupado. Teriam eles se mudado ou o detetive havia lhe passado o endereço errado, sem querer?

Resolveu afastar os pensamentos conturbados e prestar atenção a casa propriamente dita. Apesar de estar nos subúrbios de Londres, era uma morada suntuosa de classe média alta. Apertou a campainha, na esperança de que ainda houvesse um dos membros da família Muir, residindo ali.

Uma mulher por volta dos 55 anos de idade veio atendê-lo. Hefestião cumprimentou-a polidamente e notou de imediato tratar-se de uma mulher fina.

– Por favor, procuro a senhora Ingrid Muir – disse Hefestião, polido.

– Ela não se encontra no momento. O que quer? – a mulher, cerrou os olhos.

Hefestião deu-lhe a desculpa que havia planejado.

– Uma de suas amigas a indicou para responder a uma pesquisa.

– Infelizmente ela não está!

– A senhora poderia colaborar por ela? É só responder a um pequeno questionário.

– O senhor vai me desculpar, mas estou muito ocupada.

– São só algumas perguntinhas.

– Infelizmente estou muito ocupada, e, de qualquer modo, minha irmã está de mudança.

– Ah! Sei!

Os olhos da mulher baixaram e, com uma certa tristeza, acrescentou.

– Ela não quis mais ficar por aqui após a morte do filho.

– Morte?!

– Sim! Há menos de cinco meses! Seu único filho, não mais se recuperou! – completou ela.

Hefestião fingiu surpresa.

– Foi vítima de atropelamento – explicou a mulher.

O detetive não havia lhe dito nada àquele respeito. Bem, talvez porque ele apenas lhe houvesse pedido para localizar a tal mulher e não seu filho.

– Eu sinto muito – ele olhou-a gravemente.

– Há muitos motoristas loucos pelas ruas. Minha irmã foi embora, pois não suportaria mais viver aqui, com as lembranças que este lugar, esta casa guardam. Estou aqui somente para cuidar de sua mudança.

Nisso um carro entrou na garagem e dele saltou um rapaz, aparentando dezenove anos. O jovem contornou o carro e pegou alguns pacotes de supermercado, fechou a porta com o pé e seguiu em direção a eles.

Ao se aproximar de Hefestião, olhou-o firmemente de cima a baixo, com um ar desconfiado e perguntou secamente:

– O que é?

– É apenas um pesquisador – respondeu a mulher apressada e com certa tensão.

– Eu vou indo, eu realmente sinto muito...

Hefestião já ia partindo quando se voltou novamente para a tal senhora e perguntou:

– Desculpe-me, mas para onde estão indo?

Antes que ela respondesse o rapaz recém-chegado, falou rispidamente:

– Por que quer saber?

– Apenas para informar o setor de vendas a fim de enviar condolências.

– Não estamos interessados!

– Calma, Ptolomeu! – disse a mulher.

Hefestião fez um aceno com a cabeça e partiu.

– Eu já o vi em algum lugar – murmurou Ptolomeu.

– O quê? Quem? – perguntou à senhora.

– Aquele moço! Já o vi, só não me lembro onde!

Hefestião apertou os passos, virou-se para trás e seus olhos colidiram com os do rapaz que havia ido até a calçada para observá-lo.

Ele, rapidamente seguiu em direção ao carro, entrou, e partiu...

– Que estranho! – murmurou Ptolomeu, ao entrar na sala.

– O que foi? – perguntou a senhora, parecendo dispersa.

– A senhora disse que aquele homem estava fazendo pesquisas, não é?

– Foi o que ele disse...

O rapaz suspirou fundo, balançando a cabeça, negativamente.

– Estranho, acabo de vê-lo entrar num carro luxuoso, de milionário, estacionado perto da esquina, pesquisador nenhum tem condições de ter um veículo como aquele.

– É mesmo?! – a senhora pareceu curiosa.

– Condolências?!... Esse povo inventa cada uma para poder conquistar fregueses.

A mulher o olhou estranhamente.

Ele estendeu o braço e pegou uma revista do meio de um monte de revistas velhas.

– Venha tomar um chá – sugeriu a mulher, sem lhe dar muita trela.

O rapaz foi para a cozinha, desviando-se das caixas amontoadas pelo caminho.

– Só falta encaixotar algumas coisas e desmontar as camas. A que horas o caminhão da mudança virá? – perguntou enquanto folheava a revista.

– Se não me engano, está marcado para as nove da manhã.

Após o chá, a senhora recolheu-se para tomar banho que não levou mais que cinco minutos. Após vestir-se e enquanto ainda estava secando os cabelos, Ptolomeu entrou quarto adentro, eufórico.

– O que foi? – perguntou ela, assustada.

– Eu sabia, eu sabia!

– Sabia?! Sabia o quê?

– O cara! O vendedor que esteve aqui nessa manhã. Eu sabia que já o tinha visto antes. Aqui está ele. Veja!

O rapaz estendeu-lhe a revista aberta na página onde Hefestião aparecia numa das fotos.

– É a reportagem sobre a morte daquele famoso empresário, Filipe alguma coisa.

A mulher arregalou os olhos, perplexa.

Ptolomeu apontou com o dedo indicador o rapaz numa das fotos da revista.

– Deixe-me pegar meus óculos... – respondeu a mulher, parecendo agora muito interessada. Assim que os colocou, pegou novamente a revista e disse:

– Parece ele de fato, mas não deve ser a mesma pessoa!

– É lógico que é!... Onde já se viu um vendedor com um carrão luxuoso como aquele?!

– Quem é este? – perguntou a senhora, apontando para um outro rapaz que aparecia na foto.

– Esse é o filho do homem, um tal de Alexandre.

– Alexandre?!

– Ele sai sempre nas colunas sociais e revistas sobre negócios. É um magnata da indústria farmacêutica. O pai foi assassinado durante uma celebração em sua homenagem em Londres, há cerca de dois anos.

A mulher permanecia pensativa.

– O vendedor e este rapaz que aparece nesta foto não devem ser a mesma pessoa. São apenas parecidos. A não ser que ele tenha vindo aqui por estar interessado na casa; por isso inventou uma desculpa.

– Duvido! Um homem daquela estirpe não viveria na periferia de Londres. Algo nisso não me cheira bem. Preciso contar para a minha mãe e para Sally. Ambas sempre tiveram boa intuição.

Ptolomeu levantou-se e foi tomar banho.

Pelo caminho, enquanto dirigia de volta para casa, Hefestião refletia sobre o que descobrira:

"O relatório sobre Ingrid Muir havia desaparecido horas antes de Filipe ter sido morto. Quem sumira com ele teve acesso às informações sobre Ingrid Muir. Agora, ela se mudava de país por causa da morte do filho: atropelado!

Alguém mais havia sido atropelado em toda aquela história, ele só não se recordava quem.

Teria o filho de Ingrid Muir sido assassinado por ser o filho bastardo de Filipe Theodorides? Se sim, o assassino só poderia ser aquele que se apossou do relatório. Em todo caso, ninguém tinha interesse naquilo a não ser Alexandre. Ainda assim, seria ele capaz de matar um jovem inocente somente por ser filho bastardo do seu pai? Não! Alexandre estava fora de cogitação. O relatório havia desaparecido antes de lê-lo. Depois da morte do pai, ele nunca mais se preocupou com aquilo.

Talvez, Olímpia houvesse se apossado do relatório e assassinado o filho de Ingrid Muir, ao descobrir que era mesmo filho bastardo de Filipe, mas também não podia ser. Sabendo que Ingrid era a amante de Filipe no início dos anos 80, já teria sido informada há muito tempo de que havia nascido um filho bastardo e se livrado dele caso o considerasse um problema.

Hefestião ficou pensativo. Não podia esquecer que havia mais alguém em toda aquela história interessada em tudo aquilo, alguém que também teve condições de pegar o relatório naquele mesmo dia: Cleópatra.

Deveria ele informar a Alexandre o que descobriu? Não, definitivamente não era o momento. Falaria a respeito mais tarde.

Ao se lembrar de Alexandre, lembrou-se também do apartamento triste e melancólico aguardando por ele. Não, ele não queria voltar para lá. Não, naquele momento. Precisava beber alguma bebida forte para relaxar.

Um pub* no caminho chamou-lhe a atenção. Seria um bom lugar para beber e driblar a solidão. Parou o carro e se dirigiu ao lugar já repleto de pessoas àquela hora. Sentou-se em frente ao balcão do bar, pediu um drinque e ficou ali saboreando a bebida. Uma moça então aproximou-se dele e puxou papo. Seu nome era Mônica Ferguson. Ela o fez lembrar-se de Norma, sua melhor amiga de infância. Os dois vararam a madrugada conversando e bebendo. Como ele sentia falta daquilo, de uma boa conversa e de uma ótima companhia!

---

*Pub, deriva-se do nome formal inglês public house. É um estabelecimento licenciado para servir bebidas alcoólicas, originalmente em países e regiões de influência britânica. (N. do A.)

Dias depois, a nova colega de Hefestião ligou, convidando-o para uma reuniãozinha em sua casa. Tudo que o tirasse da solidão era bem-vindo ainda que fosse em meio a uma turma que consumisse drogas dos mais variados tipos: da maconha* ao *crack,* da cocaína ao LSD, entre outras.

Apesar de insistir para que Hefestião provasse uma das drogas, ele recusou. A bebida alcoólica bastava para ele.

Outros encontros com a mesma turma aconteceram sempre acompanhados das drogas e, Hefestião, como sempre, recusou-as, apesar da insistência do grupo para que provasse pelo menos uma delas.

– Não seja careta, Hefestião, uma picada só não faz mal algum! Vamos lá! – diziam eloquentemente.

Hefestião resistiu ao convite até não aguentar mais. Concluiu que, de fato, um pouquinho só, principalmente da maconha, que era de todas as drogas, ali, a mais leve, não lhe faria mal.

Não era sua droga predileta, nenhuma delas se comparava à cocaína, que outrora se tornara sua companheira inseparável, a qual abandonou, terminantemente, depois de conhecer Alexandre, mas o ajudaria a interagir melhor com a turma. E, assim, ele fumou com os novos amigos madrugada afora.

Noutro encontro, os amigos insistiram incansavelmente para que ele experimentasse um comprimido de êxtase, o qual lhe era novo, nunca

---

*A maconha, cujo nome científico é Cannabis sativa, é uma das drogas mais usadas, por ser barata e de fácil acesso nos grandes centros urbanos. A cocaína é um alcalóide usado como droga, derivada do arbusto Erythroxylum coca, com efeitos anestésicos e cujo uso continuado, pode causar outros efeitos indesejados como dependência, hipertensão arterial e distúrbios psiquiátricos. A produção da droga é realizada através de extração, utilizando como solventes álcalis, ácido sulfúrico, querosene e outros. O crack [crac], também chamado de pedra ou rocha, é cocaína solidificada em cristais. É a forma de cocaína mais viciante e também a mais viciante de todas as drogas. As pedras de crack oferecem curta, mas intensa euforia aos fumantes. LSD é o acrônimo e Lysergsäurediethylamid, palavra alemã para a dietilamida do ácido lisérgico, que é uma das mais potentes substâncias alucinógenas conhecidas. Para maiores informações sobre danos ao organismo de quem consome essas drogas favor consultar matérias assinadas por especialistas em sites de confiança. (N. do A.)

tentara antes. Gostou tanto que levou uns consigo para tomar nas noites em que a solidão vinha se juntar a ele.

Novo encontro com a galera e, ao vê-los cheirando cocaína, Hefestião contorceu-se de vontade de dar uma fungada.

– Uma carreirinha só não irá lhe fazer mal, meu querido – incentivou Mônica. – É mais prejudicial para a saúde a vontade de fazer do que o de cheirar algumas carreiras.

Hefestião, mais uma vez se rendeu ao incentivo da amiga. De fato, um pouquinho só não lhe faria mal, no entanto, com o passar dos dias, ele se viu tentado a fazer uso novamente da droga que, sem perceber, voltou a dominar sua vida.

Noutro encontro, o pessoal começou a aplicar a droga na veia, e, dessa vez, não foi preciso incentivarem Hefestião a provar aquilo.

– Se não fosse por vocês terem me incentivado, eu não teria voltado a usar drogas, jamais!

Todos sorriram, com aquele prazer nos olhos que só os viciados têm, ao verem um colega tão dependente de drogas quanto eles.

– Isto é propaganda e marketing bem feita! – acrescentou Hefestião, gargalhando a seguir.

Ele próprio fazia o mesmo, convencendo com a mesma eloquência as pessoas a consumirem drogas que não lhes eram necessárias. O que eram muitos remédios senão drogas?

Certa noite, o efeito da droga aplicada foi tão forte que o rapaz dormiu na casa da amiga, assim como a maioria dos presentes. Dias depois, Hefestião chegou à conclusão de que seria preferível as drogas a trair Alexandre. Ele o amava e, ainda que o tivesse traído com Ícaro, não faria o mesmo com ele.

Ele só não se deu conta de que quando consumira drogas no passado, era um duro, e, por isso, conseguia controlar a quantidade ingerida. Agora, sendo rico, podia comprar quanto quisesse e necessitasse, o que era perigoso.

Às vezes, sob o efeito da droga, voltavam à sua mente cenas dele fazendo amor com Alexandre, noutras, fazendo sexo com outros homens que conhecera no passado, dentro de saunas e lugares de pegação. Tudo se misturava como num redemoinho até fazê-lo vomitar e, muitas vezes, dormir sobre o vômito de tão chapado.

Em muitas noites, ao retornar para o apartamento, Hefestião punha fileiras de cocaína sobre a mesinha do centro da sala e se sentava diante dela, aguardando por um telefonema de Alexandre. A cada meia hora que se passava e o telefone não tocava, cheirava uma carreira e depois outra e outra, até passar a noite ali, travado, feito um zumbi, com o olhar fixo no telefone. Com o tempo, passou a ter de cheirar para poder ter forças para ir trabalhar.

Começou haver noites em que, por estar tão chapado, deixava a secretária eletrônica atender a ligação de Alexandre, receando que ele percebesse seu estado, por meio da sua voz. Talvez nem notasse, de tão eufórico que se encontrava no empenho da realização de sua meta; por via das dúvidas era melhor não vacilar.

Deliciava-se, então, ao ouvir a voz do namorado através da máquina, ainda que fosse uma pequena e simples mensagem, que repetia diversas vezes ao longo do dia, até enjoar.

Quando percebeu que Alexandre poderia se grilar por não encontrá-lo em casa àquelas horas da noite, esforçou-se ao máximo para atendê-lo, sem transparecer na voz o seu estado caótico.

Por muitas vezes, vozes mentais o punham em dúvida quanto ao comportamento do namorado: estaria ele aproveitando para sair de sua vida de modo sutil? As evidências apontavam que sim, ele não mais lhe retribuía os cartões, cartas, e-mails como antes, sequer comentava a respeito deles.

Ligava esporadicamente, parecia não mais se importar com ele como anteriormente. Ele estava cada vez mais distante. Quanto mais a pergunta ecoava em sua mente, mais ele consumia drogas para silenciá-la dentro de si.

X

Páscoa de 2001

A convite da família da namorada, Alexandre foi passar a páscoa na França. Ali, aproveitou para pedir a jovem em noivado e a presenteou com um dos colares de brilhantes mais caros e lindos da época.

Com o afastamento de Hefestião, Alexandre, certa noite, desabafou com Ícaro:

– Hefestião anda muito estranho ultimamente.

– Por que diz isso? – fingiu Ícaro espanto.

– Não me liga mais como antigamente. Quando ligo não o encontro no AP. Minha mãe diz que ele não tem mais aparecido por lá para cavalgar. Não me envia mais cartas, cartões como costumava fazer... parece ter se tornado uma outra pessoa.

– Talvez ele esteja chateado com você, não gostou de sua decisão de se casar e se dedicar a Roxane. Por isso está distante – opinou Ícaro, fingindo bom senso.

Alexandre franziu o cenho e respondeu:

– Custe o que custar tenho de ir até o fim com meu plano. Depois, quando tudo estiver concluído teremos tempo de sobra para ficar... – Alexandre não completou a frase.

– Talvez ele venha agindo assim por outro motivo... – sugeriu Ícaro disposto a envenenar ainda mais a situação.

– O que quer dizer? – Alexandre voltou um olhar temeroso para ele.

– É que a distância entre duas pessoas as deixa solitárias, você mesmo bem sabe disso, talvez ele tenha arranjado alguém para aliviar sua solidão. Mas isso é bobagem, como você mesmo disse, Hefestião não faria tal coisa, jamais!

Alexandre soltou um suspiro nervoso e, numa risada forçada, respondeu:

– Não, ele não faria isso comigo, meu caro!

Ele se levantou e foi até o bar servir-se de uma dose dupla de uísque. Pelo estado que ficara, Ícaro soube que conseguira pôr uma pulga atrás de sua orelha e deu-se por satisfeito, aquilo seria ótimo para concluir sua intenção – separar os dois homens apaixonados de uma vez por todas!

XI

No desenrolar de junho de 2001...

Alexandre queria marcar a data de seu casamento com Roxane o mais breve possível. A família da moça achou precipitado da sua parte, mesmo assim, a jovem atendeu a solicitação do noivo.

Os pais da moça perguntaram aos dois, novamente, se não estavam se precipitando e, Alexandre, foi rápido e eloquente na sua explicação: quanto mais cedo se casassem mais rápido ficaria livre da ponte área entre França e Nova York, todo final de semana, o que estava se tornando bastante cansativo. Também se não tinha dúvidas quanto ao amor que sentia por Roxane e ela por ele, não havia o porquê para esperar mais.

Todos fizeram um brinde então e a data do casamento foi marcada.

Assim que retornou ao hotel, naquele dia, Alexandre ligou para Hefestião para lhe dar a notícia, todavia ele não o atendeu nem no telefone fixo nem no celular. Hefestião se abstivera de atender ao telefonema do amante por estar novamente chapado demais para conversar com ele. Por mais que tentasse, não conseguia sequer arrastar-se até o aparelho.

Duas semanas depois, Roxane foi à Nova York porque Alexandre a queria ali para juntos procurarem por um apartamento. Ambos gostaram de uma cobertura triplex que ficava do lado leste do Central Park e foi com esse que Alexandre fechou negócio.

Ícaro ficou incumbido de arranjar um decorador à altura do gosto de Alexandre. Odiou o pedido, achou por demais humilhante, chegou a sofrer profundas dores de cabeça e estômago, por ódio, mas conteve-se.

Aproveitando a presença de Roxane na cidade, Alexandre a levou por uma via sacra pelos mais diversos lugares badalados pela alta sociedade, mostrava-se sempre sorridente ao lado dela, realizado e feliz. Fazia-se alvo fácil dos flashes de perspicazes paparazzi, pois acrescentavam glamour a sua vida, um glamour que só um legítimo leonino saberia compreender e usufruir com tanto prazer.

Roxane por sua vez, mantinha-se a mesma, nada daquele glamour milionário a afetava, continuava simples, tímida e angelical. Estava amando Alexandre de verdade e crente de que ele era aquilo exatamente que se mostrava para ela. Não passou e jamais passariam por sua mente, as verdadeiras intenções do noivo com aquele casamento, muito menos com relação à vida sexual que Alexandre levava. Percebia apenas que ele estava fazendo o possível para aparecer, talvez porque aquilo lhe fazia bem, acrescentava brilho à sua pessoa.

Alexandre a fez ficar ciente de que queria ter filhos o mais rápido possível e ela não se opôs, sempre quisera ser mãe ainda jovem. Assim, aproveitaram para fazer os exames pré-nupciais.

A notícia do casamento provocou furor nos meios de comunicação, causando surpresa àqueles que conheciam a fama e a opção sexual de Alexandre e que jamais fizeram questão de esconder. Muitas pessoas acreditavam ou especulavam a ideia de se tratar apenas de um casamento de conveniência, algo que muitas celebridades costumam fazer. Mas é lógico que era de praxe a mídia não comentar sobre essas suposições.

No decorrer dos dias, Alexandre foi informado de que a empresa na Inglaterra havia alcançado a receita de maior índice de todos os tempos. Aquilo revelava que Hefestião estava fazendo um trabalho excepcional o que o deixava muito orgulhoso de sua pessoa.

Quanto a Hefestião, certa noite chegou a ter início de overdose e quase teve de ser levado para o hospital. Estava exagerando, passando dos limites há tempos, bem sabia. No dia seguinte, faltou ao trabalho, algo que nunca fizera e, em meio a um sono profundo, no meio da tarde, acordou chamando pela mãe. Tivera um pesadelo horrível com ela. Resolveu ligar para certificar se estava bem. Apesar de achar sua voz estranha ao telefone, a mãe o tranquilizou dizendo estar bem, melhor impossível, que ele não se preocupasse.

XII

Início de julho de 2001

Desde a conversa com a mãe Hefestião procurou se controlar diante do consumo de drogas, mas bastava se deparar com as paredes do apartamento que sua força de vontade se extinguia por completo.

O calendário já marcava o décimo dia de julho e ele, como de costume, estava estirado ao chão da sala de seu apartamento quando o telefone tocou e, com esforço tremendo, dirigiu-se até o aparelho.

Pelo horário só podia ser Alexandre que sempre ligava naquele horário. Por isso precisava atendê-lo. Se não o atendesse, ele poderia pensar coisa errada a seu respeito, questionando onde estaria àquela hora da noite.

Ao atender ao telefone, ficou surpreso. Reconheceu a voz da mãe do outro lado da linha. O que ela lhe disse o fez recobrar sua postura e certa lucidez. O médico havia lhe pedido para fazer sérios exames de saúde e, ela estava com medo, o queria ali a seu lado para apoiá-la, naquele momento tão difícil. Hefestião prometeu que iria no fim de semana e ao desligar o telefone, caiu num choro profundo. Como prometido, voou para a casa da mãe.

Voltou da visita, sentindo seu coração mais opresso do que quando havia partido. Isso, por saber que a saúde da mãe não era nada boa. Tudo isso o fez perder mais três quilos e, com estes, totalizavam dez. A ausência de um bronzeado acentuava seu abatimento.

Voltaria novamente no fim de semana seguinte para ficar com ela e saber do resultado dos exames.

Foi numa sexta-feira que sua secretária informou que havia um rapaz, de nome Ptolomeu a sua procura.

– Não conheço ninguém com este nome – afirmou Hefestião.

– Ele disse que é importante e, que o senhor gostará de saber o que ele tem a lhe dizer.

– Já o revistaram no departamento de segurança? – indagou Hefestião ainda puxando pela memória.

– Sim! – respondeu a secretária.

– Está bem, deixe-me dar uma olhada nele pelo sistema interno de câmeras.

Hefestião foi até a recepção e olhou o rapaz pelo monitor. Surpreendeu-se ao reconhecer que se tratava do jovem que encontrou quando estivera na casa de Ingrid Muir no subúrbio em Londres. Por fim disse:

– Mande-o subir.

Seguiu de volta para a sua sala, abriu sua gaveta e de lá pegou dois comprimidos e tomou com um gole de água. Pouco depois, Ptolomeu estava a sua frente.

– Então, rapaz, o que deseja?

Ptolomeu o olhou, curiosamente, antes de falar:

– Sei quem você é.

– Ora, é lógico que sabe, senão não estaria aqui conversando comigo – respondeu Hefestião com certa rispidez.

– Não é disso que estou falando! O senhor, há alguns meses atrás foi até uma casa no subúrbio de Londres à procura de uma senhora chamada Ingrid Muir. Passou-se por um pesquisador de uma loja qualquer. Eu cheguei bem no momento em que conversava com uma das moradoras da casa. Está bem mais magro do que quando esteve lá, mas é o senhor mesmo!

– Eu? Você está enganado, deve estar me confundindo com alguém.

Houve uma pausa antes de o jovem prosseguir:

– Reconheci-o numa foto de uma revista. Uma reportagem sobre o assassinato de – ele coçou a cabeça – um tal de Filipe... Theodorides... é esse o nome! Pelo que sei, era o dono disso tudo aqui. Desde esse dia, fiquei com a pulga atrás da orelha: por que o senhor teria ido até lá, fingindo ser quem não é? Procurei informações a seu respeito até chegar aqui. Em meio a tudo isso, descobri que Ingrid Muir trabalhou nesta empresa.

As palavras do jovem conseguiram atiçar a curiosidade de Hefestião.

– Preciso de um emprego Sr. Lê Kerr. Se me conseguir um, posso lhe fornecer informações sobre a mulher que procurava. Explicar, por exemplo, por que ela mudou de país assim de uma hora para outra.

– Mudou-se por causa da morte de seu filho, não foi?

Hefestião se entregou sem querer. Um sorriso apareceu no rosto do rapaz.

– Aí é que está algo curioso, Senhor Lê Kerr. O filho de Ingrid Muir está bem vivo, sou eu!

Hefestião ficou olhando perplexo para Ptolomeu.

XIII

2001 – 22º dia de Julho

Irritado por não conseguir falar com Hefestião há dias, Alexandre ligou de próprio punho para o Laboratório na Inglaterra. A secretária informou que ele havia tirado uns dias de licença para poder ir ver a mãe. Ao desligar, Alexandre deu um soco na mesa de raiva. Estava mais irritado ainda. Chamou Ícaro na sala e lhe informou do acontecido.

– Como é que ele viaja assim e não me avisa?! Não deixou sequer o telefone da casa da mãe. Hefestião anda muito estranho.

Alexandre pegou novamente o telefone e discou um número.

– A propósito, Hefestião informou que seu celular está com defeito. – informou Ícaro, ao perceber que era para o celular de Hefestião que Alexandre estava ligando.

– Ah! Então é por isso que eu ligo, ligo e ele nunca atende.

Um olhar entristecido apoderou-se dele.

– Assim que ele ligar, diga que preciso falar com ele urgentemente. Não entendo porque ele ainda não mudou de celular!

Nisso, Marche avisou através do speaker phone que a reunião estava prestes a começar e Alexandre deixou a sala.

Ícaro permaneceu ali, em silêncio, sentindo-se vitorioso mais uma vez. Sabia que Hefestião havia mudado de celular e ligado para lhe passar o novo número, mas ele, estrategicamente, conseguiu impedir que Alexandre obtivesse tal informação.

Sabia também que o moço havia tirado uma licença do trabalho para ir ver a mãe, algo que ele também havia conseguido impedir que Alexandre fosse informado.

Quanto mais Hefestião pensasse que o namorado estava disposto a esquecer de sua pessoa, bem como Alexandre pensasse que Hefestião não se importava mais com ele, melhor seria. Mais rápido os dois se separariam e, para sempre!

XIV

Paris, final de julho de 2001

Às vésperas do casamento, Alexandre e Roxane assinaram um acordo pré-nupcial. Roxane receberia dois milhões de dólares, caso o marido lhe pedisse o divórcio e se nessa data, houvessem tido filhos, o valor seria dobrado. Alexandre também arcaria com todas as despesas de seus herdeiros.

Roxane assinou o acordo de bom grado. Os milhões poderiam deslumbrar as moças em geral, não ela, que se casaria com Alexandre por realmente amá-lo. Sim, ela o amava! Profundamente!

O dia do casamento chegou e a igreja escolhida pela noiva estava refinadamente decorada, tal como para um casamento da realeza. Esta fora a única exigência da jovem: casar-se numa igreja católica, o que Alexandre aceitou de prontidão, por ver que seria uma excelente forma de elevar sua imagem diante dos consumidores católicos.

Sob um impecável terno de linho, preto, Alexandre tremia de ansiedade.

– Onde está Hefestião? – perguntou-se, aflito, mais uma vez. – Não entendo por que ele ainda não chegou!

– Ele virá, acalme-se! – respondeu Ícaro entre dentes.

Assim que a orquestra começou a tocar, iniciando a cerimônia, Alexandre saiu do estado tenso e deixou-se envolver pela magia da música e da cerimônia em si. Não mais notou que aquele alguém tão importante para ele não estava presente.

As portas da igreja se abriram e Roxane entrou acompanhada pelo pai, usando um belíssimo vestido de noiva feito, especialmente para ela, por um dos maiores estilistas da época.

Ela estava linda, divinamente linda, admirou Alexandre. Parecia flutuar com graça e elegância sobre o tapete vermelho.

Quando alcançou o altar, ele foi até ela e a tomou das mãos de seu pai, fazendo-lhe uma reverência. O casal então se posicionou de frente ao padre e a cerimônia religiosa teve início.

Depois, o casal recepcionou os convidados no melhor salão da cidade e sob os cuidados do melhor buffet do país. O mesmo que servia as grandes festas da realeza britânica e de grandes celebridades.

Olímpia parecia uma mulher Fênix, renascida das cinzas. Tamanha era a felicidade que se estampava em seu rosto por ver o filho, tão amado, casando-se com uma moça que mais parecia uma princesa dos contos de fada. Mentalmente agradecia aos deuses por terem-na ajudado a fazer com que Alexandre se cassasse com uma linda mulher como Roxane.

O casal seguiu em lua de mel para as ilhas Gregas, onde Olímpia nascera, e por lá passaram duas semanas.

Alexandre não sentiu, em momento algum, dificuldades para exercer seu papel de marido, Roxane além de linda, era extremamente atraente. Descobrir que ela era virgem foi uma surpresa para ele até, certo ponto, comovente.

Durante aqueles quinze dias o recém-casado só se preocupou com o fato de Hefestião não ter comparecido ao seu casamento e, também, por não ter ligado para ele até então, tampouco atendia seus telefonemas. Misteriosamente, ele parecia ter desaparecido do planeta.

XV

Início de setembro

Da Grécia, o casal seguiu direto para a Inglaterra para passar uns dias com Olímpia. Ao encontrar a mãe mais viva, Alexandre reconheceu seu primeiro triunfo com seu enlace matrimonial.

O almoço foi servido na grande sala de jantar e Cleópatra e Pérdicas almoçaram com eles a convite da mãe. Pela primeira vez, Alexandre os tratou cordialmente.

– O casamento lhe fez muito bem, meu irmão – disse Cleópatra com uma ponta de cinismo.

Ele a desprezou com o olhar.

– Sinto-me feliz – admitiu Olímpia, lacrimosa. – Se seu pai estivesse aqui, Alexandre, iria se orgulhar muito de você, filho!

– Um brinde a nós! – sugeriu Alexandre, erguendo a taça e desdenhando abertamente as palavras da mãe.

Todos repetiram o gesto e brindaram. Minutos depois, Alexandre perguntava:

– Por que Hefestião não foi convidado para o almoço?

– Bem... – Pérdicas procurou apoio no olhar da esposa.

Olímpia escondeu-se atrás do cálice de vinho.

– Gostaria que ele estivesse aqui conosco, apesar de eu ainda estar chateado com ele por não ter comparecido ao meu casamento. À tarde vou vê-lo na empresa.

– Meu querido irmão não soube que Hefestião viajou? – perguntou Cleópatra com um prazer quase ilícito na voz.

– Não! Para onde?! – exaltou-se, Alexandre.

– Parece-me que foi visitar a mãe ou... alguém muito íntimo.

A última palavra foi pronunciada devagar e maliciosamente por Cleópatra. Alexandre, no entanto, aparentemente pareceu não perceber sua intenção.

– A mãe, novamente?! – exclamou. – Então, foi esse o motivo que o impediu de ir ao meu casamento.

Alexandre tamborilou os dedos sobre a mesa, tenso, e Cleópatra amou aquilo. O moço então se virou para a esposa, lançou-lhe um sorriso apaixonado e entrelaçou sua mão direita a esquerda dela.

Ao ver a cena, Cleópatra sentiu pena da cunhada. O mundo era de fato feito de mentiras, pensou. Se Roxane soubesse quem era Alexandre por trás daquele rosto bonito. Se soubesse de suas intenções por trás do casamento, seria bem capaz de atentar contra a própria vida ou matá-lo impetuosamente.

Ah, se ela soubesse que o marido tão lindo e exemplar, o homem brilhante dos negócios, gostava de fazer indecências com outro homem. Só em pensar que ele poderia beijá-la após ter feito sexo oral com seu amante, embrulhava-lhe o estômago.

Cleópatra tratou logo de umedecer os lábios com um pouco de água.

Ela deveria contar a verdade, toda a verdade, a Roxane. Não era justo que uma moça tão jovem e linda fosse usada como Alexandre a estava usando. Além do mais, pondo sua vida em risco, com o perigo de contaminá-la com o vírus da AIDS caso já o tivesse ou contraísse durante uma de suas aventuras promiscuas.

Cleópatra sentiu duas mãos firmes e fortes agarrem seu pescoço e apertá-lo, exigindo que ela contasse para Roxane toda a podridão que existia por trás de Alexandre.

No entanto, se fizesse, Alexandre a destruiria. Transformaria a sua vida e a de seu marido num total inferno. Ela tinha de se manter calada, ao menos até que conseguisse ter um trunfo em suas mãos contra Alexandre.

Roxane poderia também tomar conhecimento de tudo a respeito de Alexandre, por meio de um telefonema ou de uma carta anônima. Mas o irmão não era bobo, desconfiaria dela, imediatamente.

Como podiam os deuses favorecer e proteger um calhorda como ele? Que espécies de deuses eram aqueles que permitiam que um ser humano, imoral, promíscuo e assassino, vivesse sobre a Terra?

Após terminarem a sobremesa, Olímpia levou Roxane para conhecer o santuário. Quando regressaram, encontraram Alexandre imerso na leitura de um relatório. Ao vê-las levantou-se, afastou da testa seu revolto cabelo louro, foi até esposa e a beijou na testa como sempre fazia.

– Está uma ótima tarde, por que vocês não vão cavalgar? – sugeriu Olímpia.

– É uma boa ideia! – afirmou Alexandre.

Minutos depois o casal cavalgava pela propriedade da família.

– Você terá de ter paciência comigo, pois não sei cavalgar muito bem – disse Roxane, sem graça.

– Tenho toda a paciência do mundo para com você, Roxane.

Os dois cavalgaram com calma até chegaram ao lago. Ali, desmontaram e Alexandre prendeu os animais numa árvore nas proximidades. Pegou então na mão da esposa e caminharam até as margens do lugar. Ele sentou-se de cócoras enquanto ela ficou em pé ao seu lado.

– É muito lindo aqui... – elogiou ela, percorrendo os olhos pela planície.

– Eu também sou apaixonado por tudo isso – admitiu Alexandre, cutucando a superfície da água com um graveto.

No minuto seguinte, Roxane começou a lhe contar proezas de sua infância querida. Alexandre se desligou da realidade enquanto ela falava com empolgação, lembrando-se do dia em que ele e Hefestião haviam ido ali, pela primeira vez, e nadaram nus no lago. Bons momentos!

Roxane, de repente, parou de falar ao ver a expressão tristonha na face do marido que parecia em transe. Sentiu um frio no estômago, uma sensação ruim.

– O que foi Alexandre? Está se sentindo mal? – perguntou, no seu tom mais delicado.

A pergunta o trouxe de volta do passado para o presente.

– Não! Estava apenas me lembrando de algo... – respondeu, calmamente.

– Algo triste?

– Não! Pelo contrário! Algo muito bom! – sua voz saiu embargada de emoção.

Ela agachou-se junto a ele, pegou em sua mão carinhosamente e disse, radiante:

– Eu estou tão feliz, Alexandre.

As palavras dela fizeram-no fitá-la com uma expressão curiosa.

– Você me faz tão feliz! – acrescentou a esposa com sinceridade. – Eu o amo tanto, Alexandre. Quero que saiba disso para sempre!

Naquele minuto, Alexandre quis imensamente que Roxane não o amasse daquela forma. Que tivesse um pouco de Shannen Kennedy em sua alma.

XVI

Ao chegarem ao apartamento em Manhattan, comprado especialmente por Alexandre para o casal morar, ambos ficaram maravilhados com o primoroso trabalho do decorador.

– Em breve, Alexandre, nossos filhos estarão correndo pela casa, nos enchendo de felicidade! – disse Roxane, emocionada.

As palavras da esposa tocaram Alexandre, mais uma vez. Pobre Roxane, pensou, sentindo novamente pena dela, tão ingênua e tão apaixonada por ele... Se soubesse o que lhe reservava o futuro, ao seu lado, seria capaz de ainda amá-lo daquela forma? Só o tempo poderia lhes revelar.

Na manhã do dia seguinte, 11 de setembro de 2001, a apaixonante Nova York ficou de luto. Alexandre, arrasado, tal como os nova-iorquinos, não se conformava com o atentado as Torres Gêmeas do World Trade Center. Chorou não pela morte das pessoas que estavam nos aviões e nas torres, mas pela cidade, como se ela fosse de carne, osso e espírito.

Hefestião permaneceu em seus pensamentos o dia todo, queria falar com ele, desesperadamente, mas não havia comunicação no país para evitar novos atentados.

Refletindo melhor sobre tudo, Alexandre chegou à conclusão de que havia sido melhor mesmo que Hefestião não estivesse presente em Manhattan para presenciar aquele dia tão triste. Sofreria mais do que já deveria já estar sofrendo pelo ocorrido, onde quer que estivesse.

Apesar da dificuldade em se concentrar, Alexandre esforçou-se para dar seguimento à sua rotina de trabalho. Nos dias que se seguiram, seu tão almejado projeto, o canal de televisão nos Estados Unidos e na Europa voltado para a saúde, começava finalmente a ser materializado e ocupar boa parte de seus dias.

Ao saber que Hefestião ainda não havia retornado da casa da mãe, sua tolerância com tudo e com todos começou a ser zero. Por que o amante não havia deixado o endereço ou o telefone da casa da mãe para ele poder entrar em contato era uma pergunta que não queria calar dentro dele.

Finalmente sua preocupação cessou ao atender uma ligação de Hefestião.

– Como você desaparece assim sem deixar endereço? Ficou maluco? – perguntou Alexandre, irritado.

– Minha mãe não está nada bem, Alexandre. Ela terá de sofrer uma cirurgia séria e urgente. Não posso deixá-la só neste momento tão delicado. Por isso terei de me afastar, temporariamente, do meu cargo.

– Tire o tempo que precisar e não hesite em me ligar se precisar de alguma coisa. Qualquer coisa!

Hefestião, como de costume, não encontrou forças dentro de si para dizer ao amante que a única coisa que ele realmente precisava naquele momento era do próprio Alexandre.

– Eu agradeço sua atenção – respondeu Hefestião, enfim.

– Preciso do endereço e do número do telefone daí onde está.

– Não se preocupe, já deixei com Ícaro.

Houve uma pausa antes de Hefestião acrescentar:

– Quero que cuide de você, Alexandre, prometa-me que fará isso, por mim. Adeus!

Assim que desligou o telefonema, Alexandre se serviu de uma generosa dose de uísque. Estava visivelmente chateado com o que o amante estava passando.

No voo para a cidade onde residia a mãe, Hefestião percebeu que dedicar-se a ela não só lhe faria bem como a ele também, pois o afastaria das drogas que vinham destruindo seu físico e sua alma.

XVII

Meados de outubro de 2001

Nas semanas que se passaram, Alexandre tentou ligar diversas vezes para o celular de Hefestião, mas as ligações não se completavam. Chegou a lhe enviar e-mails, mas sem obter respostas. Onde ele se encontrava, com certeza, não deveria ter computador, o que para ele era inacreditável num mundo aonde o computador vinha se tornado parte da casa de toda família.

Hefestião não deveria também estar de posse de seu laptop, caso contrário teria recebido e respondido aos seus emails.

Censurou Ícaro por ter perdido o endereço e o telefone da casa da mãe de Hefestião, chegando a ignorá-lo desde o ocorrido. É obvio que o rapaz fizera aquilo de propósito, para afastar de vez Hefestião de Alexandre.

O calendário já marcava 15 de novembro de 2001 e nenhuma notícia mais de Hefestião chegara até Alexandre desde então. Alexandre não se lembrou de que, por motivos de segurança, os números do telefone da empresa, do departamento de autoescalão, eram trocados a cada três meses, sendo assim, Hefestião não teria acesso a eles.

Algo era certo, naquilo tudo, para Alexandre. O estado de saúde da mãe de Hefestião só poderia ter se agravado, caso contrário ele já teria retomado seu cargo na empresa inglesa.

Um vazio começou a devastar Alexandre por dentro, parecia tal como um buraco que se abria dentro dele, bem na boca do estômago e que precisava ser alimentado, de preferência com algo forte, tal como o álcool para saciá-lo e, com isso, ele aumentou a ingestão de bebidas alcoólicas e de alimentos sem perceber que estava ganhando peso, deformando seu belo físico que sempre cuidara com esmero.

Devido à falta de tempo e o acúmulo de compromissos, também deixou de praticar suas atividades físicas o que serviu para agravar seu aspecto físico.

Volta e meia, Alexandre sentia vontade de jogar tudo para o alto e ir atrás de Hefestião, mas sabia que tanto Roxane como a empresa necessitavam dele também, se assim fizesse, poria a perder o que estivera construindo com unhas e dentes há tanto tempo.

Por isso, ele tinha de ter fé no namorado; pedir aos deuses que o protegessem e que o fizessem forte para atravessar aquele momento árduo ao lado da mãe, adoentada, aonde quer que estivesse.

Ele pedia aos deuses por Hefestião, mas sabia que no íntimo era para si próprio, pois se algo acontecesse ao namorado tão amado, ele também seria afetado negativamente.

Nesse ínterim, a insônia foi se tornando sua companheira constante e não houve outro modo de cessá-la senão a base de calmantes. Em pouco tempo teve de adotar a ingestão de estimulantes pela manhã para quebrar o efeito dos soníferos, pois precisava de energia e disposição para manter seu ritmo de trabalho.

Hefestião, por sua vez, lembrou-se sim de que os números dos telefones da empresa mudavam com frequência e tentou, por meio do SAC*, falar com Cleópatra, mas ela, percebendo o que havia acontecido, recusou-se terminantemente a atendê-lo. Era, a seu ver, o momento ideal

---

*Serviço de Atendimento ao Consumidor, muito utilizado por empresas, para manter um relacionamento mais estreito com o cliente. (N. do A.)

para se livrar do amante do irmão de uma vez por todas.

Hefestião pensou então em ligar para Olímpia, mas ela também não lhe forneceria os números; para ela, seria muito melhor que ele deixasse o filho em paz e para sempre.

Havia ainda outro modo de entrar em contato com Alexandre, através de telegrama e assim ele fez. Mas este também foi interceptado por Ícaro.

Por não ter recebido resposta pelo telegrama, Hefestião acabou acreditando que Alexandre estava mesmo "noutra" e como não tinha coragem de lhe dizer face a face que tudo entre os dois havia terminado, procurava aqueles meios para fazê-lo entender.

A conclusão deixou Hefestião ainda mais devastado emocionalmente, mas procurou se manter forte, pela mãe, ela precisava dele agora mais do que nunca, não podia desampará-la, não em seu leito de morte.

Nesse ínterim...

Alexandre começou a notar que não tinha tanta energia quanto pensara ter para realizar tudo o que sonhou. Tudo exigia muito de sua participação e dedicação, o que começava a deixá-lo demasiadamente esgotado.

A falta de energia, talvez, fosse provocada pela falta de Hefestião ao seu lado, se ele estivesse junto dele, tudo, então, seria diferente, pensou.

Para piorar a situação, ele ainda não havia se recuperado totalmente do atentado de 11 de setembro à Nova York. A névoa de tristeza deixada pela tragédia parecia envolver não só a cidade, mas todo o país.

Ao saber que Aristóteles havia morrido, Alexandre ficou tão arrasado que se trancafiou em sua sala na empresa e chorou copiosamente. Ele amava o professor, era uma perda irreparável e desejou que Hefestião estivesse ali com ele, naquele momento tão árduo.

Neste mesmo dia, Alexandre voltou a conversar com Ícaro, porém, deixando bem claro que ainda não lhe havia perdoado por ele ter perdido o papel onde anotara o endereço e o telefone da casa da mãe de Hefestião.

Ícaro, por sua vez, estava louco de vontade de fazer sexo com o amante, mas teve de se conter, mais uma vez, visto que Alexandre havia decidido não mais fazer sexo anal para se precaver contra doenças venéreas que pudessem prejudicar a esposa na hora de engravidar. Nem mesmo sexo oral ou uma simples masturbação ele permitiu que o jovem fizesse com ele.

Início de dezembro de 2001

O comportamento de Alexandre começou a preocupar Ícaro, demasiadamente e, a fim de cessar o sofrimento de seu amado, achou por bem inventar uma mentira. Disse-lhe que Hefestião havia ligado para seu apartamento e deixado um recado na secretária eletrônica, dizendo que tudo estava bem e que ele não se preocupasse.

– O número no telefone deve ter ficado registrado na memória do telefone, não? – perguntou Alexandre com certa empolgação.

A pergunta pegou Ícaro desprevenido, não contara com ela, porém foi rápido em encontrar uma resposta convincente.

– A memória do bina estava cheia e, por isso, não registrou o número.

Alexandre pensou em dizer alguma coisa, mas estava com pressa, pois iria levar Roxane a uma peça da Broadway.

– Estou precisando de mais uma caixa daquelas pílulas para dormir. Por favor, mande entregar algumas no apartamento – pediu, batendo-se em retirada.

– Qual deles?

– Como qual deles?! – alterou-se o moço.– O meu e o de Roxane, é lógico!

– Ah, sim, é claro!

Ícaro mordeu os lábios, franziu a testa e ficou observando seu homem adorado até ele entrar no elevador.

Não podia mais evitar encarar a realidade. Alexandre, infelizmente já não era mais o mesmo homem. Estava engordando, perdendo sua beleza, seu bom humor, sua vitalidade. Seus olhos já transpareciam olheiras profundas e brilhavam cada vez menos. Se continuasse assim, se destruiria com o tempo. Queria alertá-lo, mas tinha medo de ele não gostar, zangar-se

*Identificador de chamadas. (N. do A.)

novamente com ele como já acontecera e fora penoso para seu equilíbrio emocional. Ainda assim, ele tinha de correr o risco pelo bem de Alexandre, o homem de sua vida.

Certa noite, Roxane, ao encontrar o marido bebendo na grande sala, disse:

– Não me lembro de vê-lo beber dessa maneira – comentou ligeiramente preocupada.

– Ah! Isso não é nada, é só um repente, apenas para relaxar a tensão...

O rosto dele não revelava seus sentimentos, mas havia um caos interior devastando sua alma.

XVIII

Cerca de duas semanas depois, Roxane descobriu que estava grávida. A notícia transformou a vida de Alexandre, reanimando-o radicalmente. Era encantador saber que um filho estava a caminho. Desde então, deixou de sentir a frequente dor de estômago e moderou o consumo de álcool e barbitúricos.

Nada triste conseguiu mais lhe ocupar a mente, pois estava agora tomada pela felicidade da gravidez da jovem. Assim, ele passou a se dedicar mais a ela, não por amá-la, mas para proteger o filho tão esperado. Tentava encontrar tempo em meio a sua agenda lotada de afazeres, para ficar sempre ao seu lado.

A notícia conseguiu fazê-lo esquecer, quase que por completo, da saudade que sentia de Hefestião. Uma saudade que já se misturava ao ódio. Estava com raiva dele pelo modo como o vinha tratando, ignorando-o, sem dar notícias.

Por amor, Ícaro compreendia o que Alexandre estava sentindo. Não havia outra alternativa neste caso senão compreendê-lo, aceitá-lo e esperar até que ele notasse novamente e voltasse para ele.

Natal de 2001

Alexandre e Roxane partiram para a França onde se encontrariam com Olímpia para passarem as festividades de fim de ano. Olímpia ficou maravilhada ao ver a felicidade estampada no rosto do filho e agradeceu aos deuses por eles terem-na ajudado em seu plano de casar Alexandre com uma bela jovem e, por terem feito Cleópatra inventar a falsa gravidez. Ela acreditava do fundo do coração que, se um dia Alexandre viesse a descobrir a verdade, certamente agradeceria ambas por tal feito. Compreenderia também que as mães sempre sabem o que é melhor para os seus filhos!

IXX

Dentro de um quarto de hospital, numa certa cidade do interior da Califórnia, encontrava-se Hefestião sentado numa poltrona. Tinha o olhar de um cachorro ferido e exausto de sofrimento. A luz amarelada do quarto impossibilitava-o de ler qualquer coisa para distrair a mente e o cheiro típico do lugar flutuava pelo aposento, causando-lhe náusea.

Ao lado, estirada numa cama, encontrava-se sua mãe num corpo quase morto. Ele mantinha o olhar amargurado sobre ela, pensando que a eutanásia seria uma bênção para ela no estado grave em que se encontrava.

Amava-a tanto, e pela vontade em se tornar alguém na vida tivera de se distanciar dela. Teria valido a pena tudo aquilo? Não! A vida era injusta. Agora que ele poderia oferecer a ela do bom e do melhor, ela estava de partida, para o plano que a humanidade supunha existir.

Era incrível como diante da morte de um ente querido, toda a fé em Deus se escoava pelo ralo.

Ali estava ele, sentindo-se como um cão abandonado.

Não era só a mãe quem partia de sua vida, Alexandre também. Nunca mais a vida deles dois voltaria a ser igual e aquilo era triste demais de se encarar. Era ele quem deveria estar no lugar da mãe, pronto para ser abraçado pela morte. Não ela, tão cheia de vida e vontade de viver. A vida era mesmo muito injusta.

Ela também estava presente, a solidão aguardando por ele, assim que a mãe desse seu último suspiro de vida.

Se ele ao menos tivesse tido irmãos, um irmão só, bastava. Sentir-se-ia, com certeza, menos solitário naquela fase tão difícil. Aquela era a sina de todo filho único. Uma triste sina!

Alguns dias depois, assim que chegou ao hospital Hefestião foi informado que a mãe havia falecido.

"Agora não sofre mais", pensou com certo alívio.

No funeral alguns familiares e amigos compareceram. Duas das melhores amigas da mãe convidaram Hefestião para fazer as refeições em suas casas enquanto estivesse na cidade, e que não se sentisse constrangido em lhes pedir ajuda de qualquer tipo. Ele agradeceu, mas no íntimo preferia ficar só.

Ao retornar para casa, ainda enquanto estacionava seu carro na garagem, viu pelo retrovisor Norma, sua amiga de infância, chegando. A moça de cabelos ruivos, aparentando 30 anos, sorriu para ele afetuosamente enquanto vinha ao seu encontro.

Hefestião correu até ela, abraçou-a fortemente e, pela primeira vez, desde o ocorrido, chorou convulsivamente no ombro da amiga querida. Os dois ficaram ali, durante um tempo que o relógio pareceu deixar de contar, enquanto Norma acariciava os cabelos do amigo, como faz uma mãe carinhosamente com um filho.

Após muito insistir, Hefestião aceitou o convite da amiga para jantar na casa dela e, enquanto ela preparava algo para comerem, ela contou-lhe um pouco de sua vida, do período em que ficaram distantes, a fim de distraí-lo. Em meio à conversa, Hefestião disse, com profunda sinceridade:

– A vida teria sido bem mais fácil se eu tivesse me apaixonado por você, Norma. Teríamos sido muito felizes!

– Eu já havia pensado nisso, também! – respondeu ela, sentindo seu coração se apertar.

– Mas o destino nos quis separados.

Ele olhou fundo nos olhos dela, disposto a lhe contar algo importante, mas as palavras não conseguiam atravessar seus lábios.

– Preciso lhe contar algo, é um pouco constrangedor.

A jovem, de grandes olhos calmos, o interrompeu sutilmente:

– Não precisa me dizer, Hefestião, eu sei... Há um bom tempo que sei e quero lhe dizer que o compreendo e o aceito como é.

– Desde quando você sabe?

– No íntimo eu sempre soube, mas nunca tive a oportunidade ou a coragem de lhe dizer. Confesso que cheguei a suplicar a Deus para que minha intuição estivesse errada. Então, um dia me perguntei qual o problema do meu melhor amigo ser gay? A resposta logo surgiu na minha mente: fui condicionada, pela sociedade, que os gays são um erro. Que devemos reprová-los e evitarmos contato, assim como se faz com um leproso. Ousei então questionar: de onde vem à ideia de que ser gay é errado?

Está na Bíblia? Sei! Só que a Bíblia foi escrita pelas mãos dos homens e não de Deus. Como saber de fato o que Ele pensa a respeito da homossexualidade?

Indo mais além, percebi que se a homossexualidade fosse de fato um erro, Deus haveria de ter privilegiado os heterossexuais para mostrar à humanidade o que é certo. Só que heteros sofrem dos mesmos males que qualquer outro ser vivo filho de Deus, neste planeta. Conclusão: Somos todos farinha do mesmo saco, sujeitos as mesmas leis da vida, independentemente de sermos heteros, homo ou bissexuais.

Perguntei-me, mais tarde, quem são esses que se julgam porta-vozes de Deus na Terra para recriminar os gays? Que tipo de vida levam? São felizes ou infelizes, de mal com a vida, amargos ou insanos?

Fiz as mesmas perguntas com relação às pessoas que me ensinaram a ser preconceituosa. Quem eram elas? Que tipo de vida têm ou tinham? Viviam melhor do que os gays?

A resposta chegou até mim feito um raio. Na maioria dos casos, trata-se de pessoas infelizes, frustradas e reprimidas sexualmente, de mal com a vida e consigo mesmas. Altamente ignorantes! Por que então ouvi-las? Por que lhes dar crédito?

Lembrei também que a maioria dos porta-vozes de Deus que desprezam os gays, julgam e os recriminam, não perdoam também quem não paga o dízimo em dia. Que espécie de ser humano é esse, então? Jesus não cobrava para ajudar ao próximo! Tampouco deixava de atender gays porque eram gays, pobres porque eram pobres, pretos porque eram pretos, romanos porque eram romanos e por aí vai.

Perguntei-me também no que me prejudicaria se eu tivesse um amigo gay ou muitos deles circulando ao meu redor? Em nada! Todos deveriam se perguntar isso! O mesmo com relação aos negros e de outras nacionalidades.

Os dois riram e ela acrescentou:

– Hoje, eu compreendo que o gay é também criação de Deus. Acusá-los de errados é o mesmo que dizer que Deus errou! Cabe a nós aceitar Seu mundo como é! Quando conseguimos isso, a vida sobre o planeta e, em sociedade, torna-se bem mais fácil. Precisamos ouvir nossa alma, espelho do bem, o bálsamo da vida, a essência de Deus. É isso que Deus propõe a todos! Ouça sua alma e assim compreenderá quem Sou!

A escravidão é bom exemplo disso. Quer coisa mais absurda e ridícula do que acreditar que os negros eram inferiores aos brancos? E ainda hoje, infelizmente, muitos negros sofrem por essa distorção da realidade. Até mesmo muitos negros chegam a duvidar se são iguais aos brancos.

A sociedade, e inclusive muitos pais, querem recolher para sempre seus filhos gays à escuridão do ventre, de onde acreditam que nunca deveriam ter saído. Muitos desses são religiosos e onde fica então o conselho supremo de Cristo: "Amai ao próximo como a ti mesmo"?!

Soube de muitos pais que ao saberem que seu filho é gay, se arrependem das noites que passaram em claro, preocupados com uma febre alta ou com uma doença, dos alimentos e banho que lhe prepararam, do colo que lhes deram e dos remédios e brinquedos que lhe compraram. Arrependem-se, enfim, de todos os segundos que dedicaram a ele só por ele ser gay!

Isso sim é uma afronta a Deus!

Muitos destes, ao se lembrarem da queda que o filho ou filha teve, quando criança, de um banquinho, ou de uma bicicleta, ou do skate, são capazes de pensar, apesar de não admitirem que teria sido melhor se tivessem batido a moleira ao caírem, poupando-lhes da vergonha de ter um filho gay diante da sociedade preconceituosa e racista.

Pobres pais, não percebem que são contra por que foram levados a pensar assim, pelo pensamento coletivo deturpado, ao longo dos anos. No íntimo não sentem nada disso, amam seus filhos e muitos só descobrem quando é tarde demais para viverem em harmonia com eles.

Muitos desses pais chamam o destino de traiçoeiro por ter lhes dado um filho gay. Mas é a visão destes pais que é traiçoeira, não o destino! Basta aceitarem o filho como é que o destino passa a ser encarado como normal, natural, bom tanto quanto a vida.

A verdade, meu caro, é que aceitar o que é intrínseco à natureza humana é se dar bem com a vida. Essa é a regra de Deus, nua e crua! Os incomodados que se mudem do planeta. Alguma vez você já viu algum incomodado conseguir mudar o que é intrínseco ao mundo? Quem briga com a natureza da vida, sempre perde!

Às vezes, quando comento isso num grupo, as pessoas revidam dizendo que os gays são contra a vontade de Deus, pois lhes enviou a AIDS. Eu dou risada e lhes pergunto: se Ele enviou a AIDS, por ser contra os homossexuais, então quando enviou a tuberculose, o câncer e outros males, era porque estava contra os heterossexuais?

Os dois gargalharam.

– Um dia descobriremos a verdade que se esconde por trás da AIDS, este vírus abominável e a sociedade conservadora e preconceituosa terá de engolir vivo o seu deus inventado.

Hefestião estava impressionado e maravilhado com as palavras da amiga. Orgulhoso dela, ter sua amizade e sua compreensão. Norma, continuando a preparar o jantar, prosseguiu:

– Penso que num ponto da nossa história as pessoas temeram que a homossexualidade fosse transmissível tal como uma doença contagiosa. A lepra, por exemplo. Se todos os homens virassem homossexuais não haveria mais procriação pondo em risco a existência da raça humana. Creio que este foi mais um receio feminino do que masculino. Afinal, o homem é quem sustentava a casa e protegia a mulher.

Com medo de que a doença se alastrasse pelo mundo, eles devem ter procurado meios para detê-la. Não encontrando uma droga específica, concluíram que o único modo de deter a praga era induzir as pessoas a ter aversão aos gays tal como faziam com os leprosos na época.

Com isso, qualquer um que viesse a se descobrir homossexual, reprimiria seu instinto se quisesse viver em sociedade.

Estou certa também de que muitos pais ensinam, desde pequenos, seus filhos a terem preconceito contra os gays por medo de que possam se tornar um, o que é, para a maioria deles, algo degradante.

Devem ter sido essas mesmas pessoas que escreveram na Bíblia que a homossexualidade é contra os princípios de Deus. No entanto, creio que agiram assim para salvar o mundo, os lares, as próprias mulheres, não necessariamente por maldade.

A verdade é que a homofobia não pertence à natureza humana, foi incutida na mente do ser humano de geração para geração, assim como o racismo.

Muitas pessoas são homofóbicas e racistas porque ouviram, desde criança, que gays são feitos para serem pichados e negros, se não sujam na entrada, sujam na saída, entre outras frases pejorativas.

A maioria da população mundial nunca parou para observar atentamente se estes padrões de pensamento são reais ou não! Tampouco, o que sentem no íntimo a respeito de gays e pretos, descobrindo, após profunda analise, não sentirem nada contra!

Essa ideia de manipular a mente das pessoas foi também usada pela realeza no passado e é até hoje, ao perceberem que os plebeus poderiam se rebelar contra a família real por ela deter, eternamente, o poder sobre as terras e os bens materiais. Induziram a plebe, através dos cultos religiosos, a pensar que só entra no reino de Deus o plebeu que for bom e respeitar a realeza. E que a pobreza é uma dádiva para Deus!

Pode perceber que os mandamentos adotados pela maioria das religiões são feitos para impedir que as classes média e baixa, principalmente a baixa, se revoltem contra a classe alta. Algo que serve o capitalismo maravilhosamente bem.

Era tanta opinião sensata, ao mesmo tempo, que Hefestião não sabia qual abordar primeiro. Por fim, disse:

– Seria mesmo verdade que a homossexualidade se alastraria pela humanidade?

– É lógico que não! – respondeu Norma de imediato. – Não creio, porém, que tivessem condições na época de perceber isso! Estavam de fato desesperados!

Outra mentira é dizer que ser gay é questão de opção! Isso também foi criado pelo homem, pois se fosse de fato uma questão de opção, a maioria dos gays optaria por serem heteros, diante do tamanho preconceito que existe na sociedade contra os homos. Criaram isso para forçar o gay a mudar de lado bem como culpá-lo por sua escolha. Impedir a todos de ver que gay é gay porque a natureza o fez assim, o que remete a Deus, algo que os falsos profetas não querem correlacionar.

Houve uma pausa e Hefestião, continuando a olhar com profunda admiração para a amiga querida, percebeu que ela havia conseguido, com suas palavras, reacender algo dentro dele: a vontade de viver que já se encontrava por um fio.

– E tem mais – continuou Norma enquanto temperava a salada. – Que espécie de consideração eu teria, pelo meu melhor amigo de infância, se eu passasse a evitá-lo só por ele ser gay? Se eu realmente o amo, devo querer o melhor para ele de acordo com o que ele considera melhor para si mesmo!

Podem achar que ser gay não é o melhor para o outro, mas ser hetero também não é garantia de felicidade, tampouco de prosperidade afetiva, pessoal, profissional e espiritual. Quantos e quantos heteros não caem em depressão, são infelizes, mal humorados e doentes mentais e físicos? Milhares!

Para lidar com os preconceituosos, eu aprendi que o importante não é o que o outro pensa a meu respeito e sim, o que pensa de si próprio!

Hefestião não pôde resistir, aplaudiu a amiga, maravilhado.

– Pensamos iguais!

– A verdade é que nunca podemos nos odiar por sermos diferentes, Hefestião. O mundo todo é feito de diferenças! Temos de aceitar isso e tentar ser a melhor pessoa do mundo. É isso o que verdadeiramente importa para Deus! Em minha opinião, é claro!

A dificuldade que homem tem de aceitar as diferenças me impressiona cada vez mais! Como querer que tudo seja igual, num mundo onde pessoas, gostos e cada segundo é diferente, graças a Deus?! Ele próprio criou todos diferentes, por saber que as diferenças é que tornam a vida mais interessante. Já pensou se tudo fosse igual, se todos gostassem somente do vermelho? Que chato!

Hefestião pensativo opinou:

– Ainda assim, às vezes, é difícil lutar contra todo esse preconceito, a sensação que o gay tem é de como se ele fosse um exército de um homem só.

Norma assentiu e serviu o jantar. Durante a refeição conversaram sobre muitas outras coisas. Ao terminarem, a moça perguntou:

– A tristeza que vejo em seus olhos, não é só pela perda de sua mãe, não é? Alguém partiu seu coração. O que houve?

Hefestião contou à amiga toda a história dele com Alexandre o que ela ouviu com grande atenção. No final, disse:

– Só tenho um conselho a lhe dar, meu amigo querido. Recomece sua vida! Dê um novo rumo para ela! Só assim, você reencontrará a felicidade novamente! Se continuar vivendo do jeito que está, se destruirá dentro em breve.

– Creio ser tarde demais, Norma.

A voz dele sumiu, ao emitir um suspiro nervoso.

– Nunca é tarde demais para sermos felizes, Hefestião!

O tom dela foi surpreendentemente encorajador.

Na hora da partida, os dois se abraçaram de modo caloroso por um longo tempo, sustentados por uma diferente onda do amor. Norma afastou seu rosto até encará-lo novamente:

– Promete para mim que nunca mais deixará de manter contato comigo.

Hefestião respondeu, beijando levemente seu rosto.

O reencontro com Norma fora a melhor coisa que havia lhe acontecido desde que se separara de Alexandre.

Ao voltar para a casa da mãe, naquela noite, Hefestião sentou-se na sala sob a luz de um abajur e ficou a pensar na vida. Queria falar com Alexandre, queria ele ao seu lado, bem junto dele naquele momento tão difícil, no entanto, tudo o que ele tinha do homem amado nas mãos, era a saudade dele. Nada além da saudade. E que ele se contentasse com ela.

O outro dia seria bastante intenso. Doar para alguma instituição de caridade os móveis, roupas, utensílios domésticos e pôr a casa à venda. Esse seria o melhor desfecho para a casa onde nascera e crescera. E depois? Sabia lá Deus, o que viria depois...

De repente, bateu-lhe uma vontade louca de rever os álbuns de fotos da família. Pegou-os, aconchegou-se novamente no sofá da sala e mergulhou nos flagras do tempo, como apelidara há muito tempo as fotos. Quantos momentos inesquecíveis, quanta saudade...

Em meio aos álbuns havia um envelope, que para surpresa de Hefestião, guardava duas fotos cortadas de revistas. Numa se via ele ao lado de Alexandre numa recepção em Nova York, logo após eles terem começado a sair juntos. Na outra, via-se Filipe Theodorides. Um arrepio estranho percorreu-lhe o corpo ao rever o pai de Alexandre; assim, recolocou as fotos no envelope e guardou-as no seu devido lugar.

Antes de deitar-se, enquanto escovava os cabelos diante do espelho viu um par de olhos castanhos perturbados. Algo o perturbava, além dos últimos acontecimentos, só não sabia precisar o quê. Só veio a descobrir o que era no meio da noite. Por que a mãe guardara aquela foto de Filipe Theodorides naquele envelope? Era isso que o perturbava desde então e a resposta fosse qual fosse, a mãe havia levado para o outro lado da vida.

XX

Desenrolar das primeiras semanas de 2002

Uma semana depois, Hefestião estava de volta à Inglaterra. Ao reassumir seu cargo na empresa notou que ninguém dera por sua falta, exceto Ptolomeu que o queria verdadeiramente muito bem.

Ao rever o rapaz, Hefestião se perguntou, mais uma vez, se não deveria revelar a Alexandre o que Ptolomeu havia lhe contado. Chegou à conclusão de que não, aquilo não mais interessava Alexandre, nunca mais tocara no assunto.

Hefestião logo descobriu que Pérdicas e Cleópatra haviam administrado a empresa com suprema competência. Nenhum dos problemas que Alexandre pensou que eles trariam para o laboratório ocorreu. Foi diante dessa constatação que ele percebeu que não era mais necessário ali.

Ligou para Alexandre para lhe dar a notícia, mas não conseguiu.

– Hefestião?! Finalmente meu... – exclamou Alexandre surpreso e feliz ao ouvir a voz do amante do outro lado da linha. – Já soube? Roxane está grávida! Vou ser papai, não é incrível?!

– Parabéns – respondeu Hefestião sério.

– É muito bom saber que está de volta, quero que venha para cá para comemorarmos este grande acontecimento – ordenou Alexandre e sem dar-lhe tempo para responder acrescentou – Bem, eu agora tenho de ir, já estava de saída, voltei só para atendê-lo, estou indo com Roxane ao médico. Quero presenciar todos estes momentos. Veremos o bebê pela primeira vez pelo ultra-som. Depois conversaremos mais.

Hefestião pôs o telefone no gancho, pensativo.

"Uns partem e outros chegam, esta é a vida!".

Poderia ter se magoado por Alexandre ter esquecido de perguntar sobre sua mãe, mas não, compreendia que a felicidade dele era tão grande que só lhe permitia crer que o mundo todo estava vivendo a mesma felicidade que a dele. Seria medíocre, de sua parte, querer que ele ficasse triste só porque ele estava de luto.

Visto que Alexandre não lhe dera a oportunidade de falar a respeito de sua demissão do cargo e da empresa, ele decidiu aguardar um pouco mais. Enquanto isso, tirou uma nova licença para viajar e descansar. Quando Alexandre foi informado considerou mais do que justo que o amante viajasse, depois de tudo que passou ao lado da mãe e com a empresa nos últimos tempos, férias eram mais do que merecidas.

Março de 2002

Ao regressar para o seu apartamento em Londres, Hefestião parou diante dos inúmeros porta-retratos com fotos dele e Alexandre sobre os móveis da casa. Lembrou-se dos momentos felizes em que elas foram tiradas, momentos inesquecíveis e novamente se perguntou se a vida dos dois poderia voltar a ser como naqueles velhos tempos.

A vida de Alexandre mudara tanto que não mais parecia haver espaço para os dois continuarem tudo aquilo. Em breve chegaria o filho tão almejado e ele poderia querer ter mais um e mais um e mais um...

Ele continuaria sendo um tolo para não admitir para si mesmo que, não mais pertencia à vida de Alexandre Theodorides.

Talvez fosse por isso que o próprio Alexandre vinha, cada vez mais, distanciando-se dele, evitando seus telefonemas, tudo enfim que pudesse aproximá-los. Não deveria ter coragem para lhe dizer, olhos nos olhos, que o romance entre os dois terminara, por isso, optou por se afastar até que ele percebesse suas indiretas.

Como não percebera aquilo antes? Era tão evidente. Que tolo fora ele. Hipócrita. Não percebera porque o medo de encarar aquela triste realidade era demais para ele.

Ao voltar os olhos para as paredes do apartamento, ele soube de imediato, que se voltasse a morar ali, as paredes o fariam voltar para as drogas e seria terminantemente o seu fim.

As palavras de Norma ecoaram em sua mente:

"Só tenho um conselho a lhe dar. Recomece a vida. Dê um novo rumo para ela. Só assim você reencontrará a felicidade novamente. Se continuar vivendo do jeito que está se destruirá dentro em breve".

Ela tinha razão, aquela era a única solução: largar tudo que vivera até então, tudo que o levara de volta ao pior de si e, dar um novo rumo à sua vida, uma nova vida!

Viajar para um lugar que não tivesse ligação alguma com seu passado seria uma ótima opção. Um lugar onde haveria sol, céu azul e uma vida nova. Onde pudesse deixar tudo para trás, todo aquele peso, o terrível peso da miséria e da frustração. Em todo caso, Alexandre ainda estaria com ele, uma vez alojado em seu coração o levaria onde quer que fosse, até mesmo para o outro lado da vida. Isso significa que ele não tinha escapatória. Estava condenado a morrer por amor.

XXI

Final de março de 2002

Ícaro acabava de entrar na sala de Alexandre quando a secretária comunicou-lhe que havia uma ligação para ele da parte do Sr. Lê Kerr. Ícaro esqueceu-se de que Marche, sua cúmplice, havia saído de férias e que a substituta de nada sabia a respeito do boicote as ligações de Hefestião para Alexandre.

Alexandre atendeu a ligação com euforia.

– Hefestião?!

– Alexandre – respondeu Hefestião seriamente.

Alexandre assustou-se com a rouquidão do amante.

– Liguei para comunicá-lo que estou deixando a empresa.

– Você só pode estar brincando?!

– Falo sério, Alexandre.

– Tire esta ideia estúpida da cabeça! Estou indo para aí agora mesmo!

– Não venha! Nada me fará mudar de ideia!

– Conversaremos quando eu chegar aí! – insistiu Alexandre, impaciente.

– Não venha! – repetiu Hefestião, segurando-se para não chorar.

Alexandre desligou o telefone e, assim que se pôs de pé, sentiu um aperto horrível no estômago.

Ícaro assustou-se ao vê-lo perder a cor e curvar-se até cair ao chão.

– Alexandre?! – berrou o rapaz, apavorado, imediatamente gritou por ajuda.

Minutos depois, Alexandre seguia de ambulância para o hospital mais próximo da empresa.

Em Londres...

Assim que desligou, Hefestião voltou para o seu apartamento repetindo para si mesmo o tempo todo: "Fiz a escolha certa!". Seu coração batia forte e seu corpo tremia por fora e por dentro, dando lhe a impressão de que em pouco tempo iria se estilhaçar.

Aguardou pela vinda de Alexandre e quando não apareceu, sentiu seu coração se partir ainda mais.

Tentou novamente se apegar ao conselho de Norma mas, dessa vez, não ele surtiu o mesmo efeito.

Que vida ele teria, doravante, sem ter o homem que tanto amava ao seu lado? O homem que prometera vir ao seu encontro e não veio! Que vida mais ordinária seria aquela.

Ele suportara o distanciamento imposto pelas ambições de Alexandre e a forma cruel e brutal como ocorrera. Tinha suportado tudo porque o amava. Depois veio a longa batalha para salvar a vida da mãe e a derrota final com sua morte. Agora não havia mais nada que justificasse viver.

Perdendo repentinamente a noção do que fazia, Hefestião foi até o aparelho de som, pôs um CD dos Carpenters para tocar, apanhou o frasco de antidepressivos e engoliu todos de uma vez.

CAPÍTULO 8

I

Nova York, abril de 2002

Olímpia chegou à tarde do dia seguinte para ver o filho. Quis ir direto do aeroporto para o hospital. Alexandre havia se submetido a uma cirurgia devido a uma úlcera perfurada. Ao recobrar os sentidos, a primeira coisa que quis saber da mãe foi a respeito de Hefestião.

– Não se preocupe mais com isso, Alexandre. Eu mesma, assim que soube da decisão de Hefestião, fui até ele e pedi para reconsiderá-la. Disse-lhe que estava tomando uma decisão impensada, influenciado pelo momento difícil e conturbado que passava por causa da morte da mãe.

– Pediu-lhe que tirasse mais umas semanas de folga para pôr a cabeça no lugar?

– Sim, Alexandre, e ele aceitou.

– Passe-me o celular, preciso falar com ele.

– Não faça isso, Alexandre. É melhor que Hefestião não saiba do que lhe aconteceu. Com o apreço que tem por você, ficará ainda mais abalado emocionalmente.

Alexandre concordou com a mãe, mais uma vez ela tinha razão.

Mesmo Roxane insistindo, Alexandre não quis recebê-la no hospital, por temer que pegasse alguma virose, o que seria perigoso para uma mulher grávida.

Após deixar o hospital, onde ficou por três semanas, Alexandre, por ordem médica, permaneceu em seu apartamento até que se restabelecesse completamente. Dali passou a despachar e dar suas ordens.

Em certas noites, encostava o ouvido na barriga da esposa para escutar o bebê tão almejado, o filho que seria abençoado pelos deuses, assim como ele havia sido. O filho que antes mesmo de nascer já era uma celebridade. O filho que seria bem educado por ele, pela mãe e por Hefestião que lhe ensinaria coisas preciosas sobre a vida e seria como um segundo pai para a criança.

Roxane, por sua vez, não deixava faltar nada para o marido amado. Estava sempre ao se lado, dedicando-lhe aquele amor e atenção que só as mulheres apaixonadas sabem oferecer a um homem.

A dedicação que Roxane devotava a Alexandre o comovia e o impressionava. Ela o amava de verdade e parecia amá-lo cada dia mais. Seria sofrível para ela quando chegasse o momento de ele lhe pedir o divórcio. Que o tempo a ajudasse a superar aquilo e passar para outra. Com sua beleza encantadora conquistaria facilmente outro homem e, com ele, recomeçaria sua vida.

Não, ele não se sentia por nenhum momento culpado por tê-la enganado para realizar sua meta. Ela seria muito bem recompensada por tudo o que estava fazendo por ele. Herdaria dinheiro suficiente para viver confortavelmente pelo resto da vida e até, para recomeçá-la, quantas vezes bem quisesse. Além do mais, seria mãe do filho de Alexandre, o grande, herdeiro do império Theodorides. Poderia sim, ser considerado um canalha, mas não um, totalmente.

Algo dentro dele dizia que se Roxane soubesse de toda a verdade, seria capaz de continuar a seu lado mesmo assim, por amá-lo como o amava.

Ele não aceitaria isso dela jamais, não só porque seu casamento com ela fora e continuava sendo puramente pelo propósito de ter filhos, mas também por não considerar uma atitude digna dela para com ela mesma. Roxane merecia viver ao lado de um homem que a amasse de verdade. Que realmente a fizesse feliz!

Se seu coração não fosse de Hefestião, ele até permaneceria casado com ela, pois sua intuição lhe dizia que ela seria bem capaz de fazê-lo feliz.

Nesse ínterim, Alexandre criou o hábito de ele próprio checar seus e-mails. Havia sempre um de Hefestião para ele, o que o deixava imensamente feliz. Apesar das poucas linhas escritas por ele, elas lhe davam a certeza de que o bem amado estava melhorando gradativamente o seu astral.

II

Maio de 2002

Já havia se passado um mês e meio desde que Alexandre fora operado. Cansado de ligar para celular do namorado sem ser atendido, Alexandre ligou ele próprio para a sede inglesa da empresa.

– O Sr. Lê Kerr ainda não voltou?! – estranhou ao ser informado pela secretária. – Para onde ele foi exatamente?

– Nós não sabemos, Sr. Theodorides. Ele não nos informou. Não deixou sequer um endereço para contato – explicou a secretária. – Inclusive, eu tentei localizá-lo, pois estávamos precisando de uma senha a qual só ele possui para entrar num arquivo do computador. Tentei também falar com ele pelo celular, mas só caiu na caixa postal, apesar dos inúmeros recados que deixei, ele não retornou as ligações. Deve ter desligado o celular para evitar qualquer tipo de aborrecimento... Também, coitado, ele andava muito estressado. Quanto à senha, o senhor pode ficar tranquilo, o Sr. Pérdicas Dvorak já resolveu o problema.

– Pérdicas? – os olhos de Alexandre se avermelharam de raiva e, num tom seco, disse: – Assim que Hefestião chegar, mande-o me ligar, urgentemente!

– Sim, senhor!

Alexandre, pensativo, levou o telefone ao gancho com lentidão.

Por que Hefestião estava demorando tanto para regressar, será que um mês não fora ainda suficiente para ele descansar? Por que não ligava para ele, tampouco lhe mandava um cartão postal? Seu paradeiro era também preocupante, ainda mais agora com o mundo sob a ameaça dos terroristas.

Alexandre encheu um cálice de vinho até transbordar e depois o bebeu num gole só. Estava trêmulo, suando frio de nervoso.

A empresa nas mãos de Pérdicas e Cleópatra era tudo o que ele menos queria, fora por esse motivo que ele enviara Hefestião para lá, sacrificando a vida dos dois. No entanto, a empresa continuava à mercê da irmã e do cunhado e isso não era nada agradável.

Alexandre tornou a encher o cálice e a bebê-lo novamente num gole só. Foi até sua mesa, tirou um chaveiro contendo pequenas chaves de dentro de uma gaveta e com uma delas abriu outra. De lá pegou algumas fotos.

Havia uma dele com Hefestião no topo do Empire State Building, que era a sua predileta. Ficou ali, admirando-a e saboreando o vinho, o que o fez recordar do calor gostoso emanado pelo corpo de Hefestião toda vez que ficavam lado a lado. Podia até mesmo senti-lo bem como ouvir as batidas do seu coração naquele momento. Como se Hefestião estivesse ao seu lado só que em espírito.

Alexandre arrepiou-se ao sentir uma rajada de vento frio que entrara repentinamente pela janela, arrepiando-lhe os pelos da nuca. Voltou os olhos para o céu e, novamente, sentiu o mesmo arrepio. O céu parecia querer lhe dizer alguma coisa. Algo desagradável. Mas o quê? Estaria Hefestião precisando de algo e para não o incomodar, calou-se? Novamente o frio esquisito percorreu-lhe a espinha, arrepiando-o por inteiro.

Alexandre sentiu vontade de adiantar o tempo para que pudesse voltar a viver ao lado de Hefestião, como antigamente, o mais rápido possível e dessa vez, para o todo sempre. Já estava cansado de interpretar o papel de bom moço heterossexual, avesso ao que ditava as regras do seu coração. Queria voltar a ser ele, simplesmente ele, como os deuses o abençoaram.

Voltaram-lhe à memória as inúmeras vezes que sentiu vontade de ir para a Inglaterra se encontrar com ele e o quanto teve de ser forte para não ir. Junto dele não resistiria à vontade de fazer sexo, algo que tinha de evitar para poder gerar o filho com perfeita saúde.

No entanto, restava pouco tempo para que tudo voltasse ao normal. Em breve, ele poria Cleópatra para fora da empresa e tudo seria só dele, do filho e de Hefestião como ele sempre planejou. Neste dia, então Hefestião, veria o quanto todo aquele sacrifício valera a pena. Ele próprio, Alexandre, perceberia o mesmo.

Alexandre fitou mais uma vez o céu através da janela e teve novamente a impressão de que ele queria lhe dizer algo como se isso fosse realmente possível. Uma sensação esquisita e sombria estremeceu seu corpo mais uma vez. Parecia querer-lhe dizer alguma coisa.

Neste momento, Ícaro voltou à sua mente, munido de seus comentários capciosos. Com ele, uma hipótese abominável, porém, plausível para Hefestião estar agindo como vinha agindo recentemente com ele, despontou em seus pensamentos.

Aquilo o fez sentir novamente um calafrio percorrer-lhe o corpo todo. Tentou afastar a ideia, mas ela ficou ecoando em seu interior, infinitamente. Voltou a beber, dessa vez no próprio gargalo da garrafa, para silenciar a hipótese hedionda, que insistia em importuná-lo.

Assim que teve a oportunidade, desabafou com Ícaro:

– Estava pensando em Hefestião. Nas atitudes que ele vem tomando, recentemente, comigo. São tão estranhas... Ele ainda não retornou de sua licença. Parece até que...

O rapaz completou a frase:

– Que ele está querendo sair da sua vida?

Alexandre desmoronou.

– Ele não faria isso jamais!

– É você que quer acreditar nisso, Alexandre!

Aquele era o momento que Ícaro tanto pediu a Deus, o momento exato para destruir Hefestião e eliminá-lo da vida de Alexandre para sempre.

– Sim, Alexandre. Ele pode muito bem ter se apaixonado por outro homem e estar com ele, agora, curtindo essa nova licença. Simplesmente não teve coragem de lhe dizer que o amor que sentia por você acabou, espera que você perceba ao se distanciar de você.

Um lampejo de horror atravessou os olhos de Alexandre.

– Não!...

– Sim, Alexandre... É compreensível que ele tenha se apaixonado por outro cara. Vocês ficaram muito distantes e com ele carente...

Alexandre rompeu-se em lágrimas. Ícaro correu até ele e carinhosamente disse:

– Você nem sabe se o que ele disse sobre a mãe dele é verdade...

– Foi sim... ele não mentiria para mim.

– Ele é tão humano quanto você, eu, todo mundo! Mentir faz parte da alma humana para defender seus interesses quando necessário.

Alexandre olhou ainda mais horrorizado para o rapaz que disse:

– O que importa Alexandre, é que você tem a mim! Eu ficarei sempre ao seu lado...

Alexandre pareceu não ouvi-lo, sua voz se sobrepôs a de Ícaro:

– Ao mesmo tempo em que quero saber se tudo isso é verdade, temo saber, entende?

– Você não precisa saber da verdade, Alexandre – sugeriu Ícaro, seriamente. -Você precisa é passar para outra, para voltar a ser feliz, afetivamente, como merece!

Aquilo não era um pedido, era uma súplica. Era também, ao mesmo tempo, a chave para fechar Hefestião dentro de um calabouço para sempre, suspirou Ícaro, envolto de alívio e satisfação. A vida lhe fora favorável, conseguira fazê-lo matar Hefestião sem sujar suas próprias mãos.

Num gesto brusco Alexandre se pôs de pé.

– Tudo isso não passa de um delírio! Uma neurose! Hefestião logo estará de volta da licença e tudo entre nós voltará ao normal.

III

Nas semanas que se seguiram, Alexandre voltou a se importunar com a ausência e a falta de notícias por parte de Hefestião. Seu interesse pelos negócios e tudo mais que cercava a empresa começaram a diminuir. Não mais se exercitava tampouco se alimentava como antes. Ficava o tempo todo fechado em sua sala, servindo-se das mais variadas bebidas alcoólicas, até mesmo das quais nunca apreciou.

– Você precisa viajar um pouco, Alexandre – sugeria Ícaro visivelmente preocupado com o seu estado emocional caótico. – Precisa conhecer lugares diferentes...

– Estou bem aqui, Ícaro. Só quero ficar um pouco só... – respondia Alexandre, vagamente.

O estado do marido também começou a preocupar Roxane que procurava animá-lo permanecendo ao seu lado, dedicando-lhe todo o seu amor sincero e falando do bebê que estava para nascer.

Quando o sentiu pela primeira vez se mexer dentro dela, comunicou feliz, o marido. Pegou a mão dele e delicadamente pousou-a sobre sua barriga. Alexandre ficou tão emocionado ao também sentir o movimento da criança que se rompeu em lágrimas. Desse dia em diante, Alexandre pareceu se reanimar um pouco mais com a vida.

Roxane e Ícaro alegraram-se diante da mudança positiva do homem que amavam tanto e queriam tê-lo ao seu lado pelo resto de suas vidas.

A mudança, no entanto, foi passageira. Por mais feliz que ficasse por saber que o filho estava a caminho, a preocupação com Hefestião voltou a atormentá-lo e a puxá-lo para baixo como numa areia movediça.

IV

Dias adiante, já por volta da meia noite, Ícaro recebeu um telefonema de Roxane, procurando por Alexandre que até então não havia chegado a casa, tampouco atendia ao celular. A ligação terminou com o rapaz lhe prometendo que o encontraria, que não se preocupasse. De fato, ele o encontrou, em sua sala na empresa. Alexandre estava tão alcoolizado, que foi preciso levá-lo, escorando-o até o apartamento em que vivia com Roxane. Deixou-o à porta e partiu.

Ao entrar, Alexandre se assustou ao ver Roxane, sentada no sofá da sala de visitas, olhando para ele. Foi como se tivesse se esquecido de sua existência.

– Você acordada até essa hora? – perguntou ele envergonhando-se de si. Não queria que ela o visse naquele estado.

– Esperava por você, Alexandre.

Ele, completamente atrapalhado das ideias, respondeu:

– Ficar acordada até tarde pode ser prejudicial para o bebê.

– Você me deixou sem notícias suas. Temi que algo de grave tivesse lhe acontecido. Morando numa cidade como Nova York pensamos sempre no pior quando um membro da família demora a chegar em casa, ainda mais agora, com as ameaças terroristas. Seria bom ter seu celular sempre à mão, é importante nestes casos.

– Perdão! – disse ele amavelmente.

Ela foi até ele e disse:

– Eu não quero que nada lhe aconteça, Alexandre. Não quero que meu filho cresça sem o pai.

Mesmo com seus olhos enevoados pela bebida, Alexandre enxergou no fundo dos olhos de Roxane o amor profundo e sincero que ela devotava a sua alma.

O bafo dele, de uísque, mostrava o quanto ele havia bebido, mais uma vez.

– Por que não toma uma ducha gostosa para se reanimar? – ela sugeriu com delicadeza.

Ele, aprofundando o olhar sobre ela, foi sincero ao dizer:

– Você é sempre tão boa para mim, Roxane.

– Eu o amo, Alexandre.

Ele abaixou os olhos e disse, com voz insegura:

– Não deveria me amar tanto assim.

– Mas eu o amo – afirmou ela com paixão.

– Não deveria... – insistiu ele.

– Não há nada de mal nisso! – afirmou ela segura de si.

– O amor é tal como uma faca.

– Não o meu – retrucou ela com a sinceridade que lhe vinha da alma.

Alexandre sentiu mais uma vez pena de Roxane e ódio de si mesmo por usá-la tão impiedosamente para seus propósitos, como se ela fosse apenas um objeto descartável. Sentiu, pela primeira vez, vontade de dizer a ela quem era ele, na alma, para libertá-la daquela paixão bonita e cega ao mesmo tempo.

No entanto, se lhe dissesse, o choque poderia afetar o bebê tanto quanto transformar o amor que ela sentia por ele num ódio capaz de usar o próprio filho para se vingar dele.

A seguir ele foi tomar a ducha que ela lhe sugerira. Minutos depois, quando ele se deitou ao lado dela na cama de casal, ela perguntou:

– Quem o trouxe?

Ele pareceu não entender.

– Ouvi a voz de outra pessoa no hall do elevador – explicou ela.

Ele hesitou antes de responder.

– Foi Ícaro!

– Ele me parece gostar muito de você! Um empregado fiel é raro no mundo de hoje!

Alexandre não disse mais nada, apenas permaneceu olhando para o teto até ser tragado pelo sono.

Naquela noite, o mundo dos sonhos levou Alexandre para uma festa a fantasia no mesmo salão em Londres onde havia sido celebrada a festa em homenagem a seu pai.

Ele, com um sorriso estampado no rosto, valsava pelo salão ao som de Mozart quando uma mão pousou sobre seu ombro fazendo-o parar. Ao virar a cabeça por sobre o ombro, encontrou um rosto escondido por trás de uma máscara que lhe disse numa voz rouca:

– Alexandre, eu preciso lhe dizer algo.

Subitamente o homem foi ao chão. O baque da face com o piso soltou a máscara que lhe escondia o rosto e, para espanto de Alexandre, não era seu pai e, sim, Hefestião.

Alexandre acordou gritando. Roxane acordou simultaneamente e procurou imediatamente acalmá-lo.

– Calma! Foi apenas um sonho – acudiu ela.

– Preciso ver Hefestião, urgentemente! O sonho pode ser um aviso de que ele está precisando de mim – respondeu ele, ignorando a presença da moça ao seu lado.

– Acalme-se!

Tudo aquilo passaria após algumas boas horas de sono, pensou ela e voltou a dormir após ver o marido adormecer.

V

Final de maio de 2002

Sem avisar ninguém, Alexandre partiu para a Inglaterra. Do aeroporto seguiu direto para a sede inglesa do Laboratório, surpreendendo a todos, principalmente Ptolomeu, com sua chegada. Sem delongas seguiu direto para a sala de Hefestião e ao encontrar outra pessoa ocupando o seu lugar, perguntou:

– Está não é a sala do Sr. Lê Kerr?

O homem, atônito, não sabia o que responder. Uma das secretárias correu até ele e explicou:

– Senhor Theodorides, o Sr. Lê Kerr não está mais trabalhando conosco.

– Não está?! Como?! – alterou-se, Alexandre.

– Ele nos deixou há meses... Pensei que o senhor soubesse – respondeu a moça, trêmula.

– Deixou a empresa? Impossível!

A moça mordeu os lábios, sem saber mais o que dizer. Alexandre branqueou e se apoiou contra a parede ao sentir uma súbita vertigem.

Naquele momento Cleópatra juntou-se a ele. Ao vê-la, ele, rompendo-se em lágrimas, bramiu:

– Você sabia! Sabia o tempo todo, sua ordinária!...

– Eu...

Sem deixá-la falar ele berrou:

– Com ele fora daqui seria bem mais fácil para você e aquele pulha do seu marido, fazerem o que bem entendessem, não é?

Pérdicas foi o próximo a entrar no recinto.

– Se vocês pensam que vão me derrubar estão completamente enganados. Ouviram? Enganados! – berrou Alexandre ainda mais alto.

– Omitimos o fato para não o aborrecer, Alexandre – tentou explicar Cleópatra assim que teve oportunidade.

– Aborrecer?!!!

– Sim! Você estava doente e a notícia poderia prejudicar sua recuperação. Por isso decidimos poupá-lo. Ao menos por um tempo. É lógico que, cedo ou tarde, iríamos lhe contar a verdade.

– Decidiram? Quem são vocês para decidir alguma coisa a meu respeito? Quem?

A voz de Olímpia ecoou no recinto a seguir:

– Eu decidi assim, filho!

Alexandre estremeceu.

– Sabia que viria direto para cá quando me informaram que seu jato particular seguia para a Inglaterra. Por isso estou aqui!

– A senhora também sabia... Tudo aquilo que me disse no hospital era mentira?

Olímpia o olhou com certa aflição.

– Por que fez isso comigo, mãe? Por quê?

– Foi o único modo que eu encontrei para poupá-lo de mais sofrimento.

– Justo a senhora que eu tanto amo e em quem tanto confio...

– Cheguei sim, a pedir para Hefestião ficar, que sua saída da empresa seria um golpe duro para você, ainda assim, ele preferiu partir, disse que havia feito o que podia por você e...

– Não! – Alexandre deu um berro e em meio a um riso histérico falou – Hefestião não faria isso comigo!

– Mas fez Alexandre!

Num giro rápido, o bilionário deixou a sala quase que correndo.

– Ele está fora de si! – apavorou-se Olímpia. – Vá atrás dele Pérdicas, por favor!

O genro atendeu prontamente a sogra e partiu ao encalço do cunhado. No estacionamento o chofer tentava acalmar o jovem patrão.

– O senhor está muito nervoso, Sr. Theodorides. Não é bom sair por aí dirigindo nessas condições.

– Vamos ver quem é que vai me impedir! – revidou Alexandre secamente.

– Deixe-me ir com o senhor em caso de precisar de mim...

– Eu nunca precisei de ninguém, não é agora que vou precisar!

Pérdicas segurou firme o ombro do cunhado e disse, seriamente:

– Espere Alexandre, não saia! Sua mãe...

Numa virada certeira, Alexandre acertou um soco no rosto do cunhado e quando estava prestes a esmurrá-lo, novamente, um dos seguranças o segurou.

– Eu odeio você! – berrou Alexandre. – Não sabe o quanto eu odeio você e Cleópatra e não vou sossegar enquanto não tirá-los daqui!

Num movimento rápido, Alexandre entrou no carro e partiu, rangendo os pneus, direto para o apartamento de Hefestião, em Londres.

Chegando lá, o porteiro lhe informou que o Sr. Lê Kerr havia se mudado do apartamento há meses.

– Para onde ele foi? – agitou-se Alexandre.

– Eu sinto muito, senhor, mas não sei! – respondeu o funcionário, amedrontado.

Alexandre encontrou o apartamento vazio, com ar fúnebre como se há pouco houvesse tido um velório ali. Imediatamente se pôs à procura de algo, uma carta esquecida por ali que pudesse lhe dar o paradeiro de Hefestião, mas nada encontrou, senão o vazio triste e melancólico.

O mundo pareceu mais uma vez ruir sob seus pés. Confuso e zonzo ele se apoiou contra a parede para não cair, seus olhos se perderam no nada, o tempo pareceu parar e, sua alma pareceu abandoná-lo... Quando conseguiu recompor-se resolveu voltar para a América dali mesmo, o mais rápido possível.

VI

Ícaro atravessou a antessala da sala presidencial lépido e desesperado. O telefonema que Alexandre lhe fizera do avião, enquanto regressava a Nova York, o deixara sem chão. Ao entrar na sala encontrou Alexandre sentado no divã com a cabeça entre as mãos.

– O que houve? – perguntou seriamente, caminhando a passos lentos até ele.

Sem tirar o rosto escondido pelas mãos, Alexandre, com dificuldade, respondeu:

– Ele foi embora, Ícaro! Sumiu! – Alexandre inspirou e acrescentou arrasado: – Eu o perdi! O perdi para sempre!

Ícaro sabia muito bem que era de Hefestião que Alexandre falava. Ainda assim, sem deixar transparecer na voz o alívio que sentiu naquele momento, perguntou:

– De quem você está falando?

– Hefestião! Ele largou a empresa, o apartamento em Londres, sumiu sem deixar endereço, nada!

Um lampejo de satisfação reluziu nos olhos do rapaz apaixonado. Ícaro se ajoelhou ao lado daquele que tornara a razão de seu afeto e pegou em suas mãos, carinhosamente.

– Se eu não tivesse ficado doente, se eu tivesse podido ir atrás dele naquele momento, eu o teria impedido de fazer tal coisa e não estaria passando por isso agora! continuou Alexandre, voltando o olhar vermelho e lacrimejante para o funcionário amante.

Alexandre estava abalado demais para perceber o brilho de prazer nos olhos do rapaz. Simplesmente continuou a falar:

– Eles não quiseram me contar a verdade enquanto estive no hospital. Tudo o que minha mãe me disse era mentira! Justo ela que nunca mentiu para mim!

– Sua mãe?! – fingiu Ícaro espanto.

Nada daquilo era novidade, ele sabia o tempo todo que Hefestião havia partido, não só sabia como participara da mentira. Fora ele quem enviara os e-mails como se tivessem sido enviados por Hefestião. Conseguira a senha por meio de um dos técnicos que mantinham as máquinas em funcionamento.

– Isso é coisa daquelas duas cobras, Cleópatra e Pérdicas! – prosseguiu Alexandre em tom de desabafo. – Foram eles que forçaram minha mãe a mentir para mim. Sabiam que se eu soubesse das pretensões de Hefestião, tentaria persuadi-lo a voltar atrás. Sem Hefestião por lá eles estariam livres para agir e comandar a empresa como bem entendessem sem me pôr a par.

Minha mãe deve ter tido receio de que esse acontecimento ruísse o meu casamento. Deve ter lembrado que dentro em breve minha vida com

Hefestião voltaria a ser como antes. Aproveitou a sugestão da filha e do genro para evitar este desfecho antissocial.

– Sua mãe só quis o seu bem, Alexandre, apenas isso! – afirmou Ícaro categórico.

– O meu bem?! – repetiu ele amargamente. – O meu bem era, ou melhor, ainda é Hefestião!

Alexandre cravou as mãos no cabelo, enquanto seu rosto nublava ainda mais.

– Encontre-o para mim, Ícaro! Por favor! – suplicou agarrando firme o braço do rapaz. Hefestião não deve ter sabido do que me aconteceu, assim que desliguei a nossa última ligação telefônica. Deve ter esperado por mim e quando não apareci, tampouco liguei para me explicar, deduziu que eu não me importava mais com a sua demissão e, por isso, foi embora. Ele ainda deve estar com essa conclusão na cabeça!

Com ênfase completou:

– Ele precisa saber o que me aconteceu verdadeiramente!

Ícaro olhou para ele com tanto desprezo que Alexandre se encolheu ligeiramente.

– Vá atrás dele, Alexandre! – sugeriu adquirindo um tom áspero e violento. – Conte-lhe a verdade! Você pode localizá-lo a hora que bem entender, ele não deve ter ido longe, basta apenas contratar um detetive. Se o ama tanto, descubra seu paradeiro.

Ícaro se fascinou ao ver o desespero profundo transparecer nos olhos bonitos do amante. Entre um riso curto, acrescentou:

– Não tem coragem, não é, Alexandre? Tem medo!

– Eu não tenho medo! – murmuro Alexandre quase sem voz.

– Tem sim! Um medo pavoroso de confirmar aquilo que seu íntimo aponta como sendo a verdadeira causa por Hefestião ter saído da sua vida.

– Eu...

– Você tem pavor de descobrir que ele o abandonou por causa de outro. É isso que o está atormentando e o impede de ir atrás dele. Você não suporta a ideia de ter sido trocado por outro.

– Ele jamais faria isso comigo! – protestou Alexandre, erguendo a voz.

– Isso é o que você quer acreditar, Alexandre! – berrou Ícaro, enfurecido.

– Hefestião me amava mais que tudo! Eu sei, eu sinto!

– Mesmo amando alguém perdidamente, se a vida não permite que fiquemos juntos, seja qual for o motivo, temos de passar para outra se quisermos escapar da solidão e da saudade! Da falta de calor humano e de uma boa transa!

Alexandre olhou ainda mais aterrorizado para ele.

– Você tem de encarar a realidade, Alexandre. Por mais cruel que seja!

Houve um silêncio profundo e desconcertante tal como quando se vê a alma deixar o corpo de um ser. O ar ficou fúnebre, a morte parecia presente. Ícaro sabia que Hefestião agora estava ligado a Alexandre apenas por um fio. Um fio que se romperia a qualquer instante.

Num estalo, repentino, Alexandre disparou a falar:

– Eu tenho medo! Medo de mim mesmo! Medo do que pode me dar se eu encontrá-lo com outro!

Ícaro transbordando de satisfação chegou mais perto de Alexandre e, disse eloquentemente:

– Deixe-o então viver em paz, Alexandre! Deixe-se também viver em paz! Siga a sua vida em frente!

Naquele momento Ícaro sentiu-se um vencedor. Deus atendera suas preces. Jesus iluminara seu caminho como ele tanto rogou. Hefestião estava fora da vida de Alexandre sem ele ter tido a necessidade de sujar as próprias mãos. Não é à toa que sempre ouvira dizer que com Deus, tudo era possível e com Jesus tudo era imbatível.

Em breve toda a sua dedicação e paciência seriam reconhecidas por Alexandre e, assim que Roxane fosse descartada de sua vida, ele finalmente seria só seu. Eternamente seu como ele sempre pediu a Deus, desde que se viu apaixonado por ele.

Como Ícaro supôs, o medo de descobrir que Hefestião vivia agora ao lado de outro homem, impediu Alexandre de ir atrás dele.

Seria melhor deixar que o companheiro tão amado o procurasse quando estivesse novamente livre, concluiu Alexandre, mais tarde.

Por mais doloroso e confuso que fosse tudo aquilo, o show tinha de continuar, a peça que ele, Alexandre, escrevera nas entrelinhas da vida, tinha de ter seu desfecho, um desfecho glorioso, nem que para isso tivesse de usar todos os recursos possíveis e inimagináveis para se manter em pé e prosseguir, mesmo que esses recursos fossem prejudiciais à sua saúde.

Era o orgulho que gritava agora mais alto em seu coração e lhe dava forças para deixar seus planos ruírem.

Queria sentir ódio de Hefestião, um ódio letal para que tivesse forças suficientes para apagá-lo de sua mente, de seu coração e de sua alma, recuperando assim a paz perdida. Porém, por mais que tentasse, não conseguia.

Com o tempo notou que a bebida misturada aos remédios não eram só para encobrir a saudade do amado, mas para amenizar a culpa que começou a sentir por tê-lo enviado à Inglaterra.

Bebendo dessa forma, Alexandre logo percebeu que não iria muito longe, e que só havia um modo de se controlar diante do alcoolismo: apegar-se à esposa. Diante dela, pelo menos, ele procurava manter seu equilíbrio ao interpretar o papel de marido exemplar.

Roxane, por sua vez, cuidava dele com o mesmo carinho de sempre, amando-o e respeitando-o infinitamente.

Ícaro, apesar de Alexandre não mais procurá-lo, jamais o abandonou. Alexandre ainda era o seu homem, o seu grande amor e aquilo tudo que vinha passando, tratava-se apenas de uma fase passageira. Apesar de desejá-lo, intensamente, o rapaz procurava se contentar com o pouco que desfrutava de sua companhia durante as horas do trabalho. Ele o amava muito para se deixar abater por um simples período de turbulências que o amante atravessava.

Em certos dias, Alexandre chegava a discar o número de um detetive para contratá-lo para localizar o namorado desaparecido. Mas só de visualizar o que poderia ser descoberto, desistia. Ele não suportaria saber que ele o trocara por outro.

Às vezes, voltando para casa, por meio da janela do carro, Alexandre percorria com os olhos os rostos dos pedestres, na esperança de que um deles fosse Hefestião. Todavia, isso nunca aconteceu para o seu total desapontamento. Hefestião parecia mesmo ter desaparecido da face da Terra.

VII

O calendário já entrara no final da penúltima semana de setembro de 2002, quando a bolsa de Roxane rompeu, anunciando que o filho estava pronto para vir ao mundo.

Alexandre, eufórico, entrou na maternidade a passos largos. Sua entrada no quarto despertou a esposa de um leve cochilo. O marido aproximou-se da cama, sorrindo para ela, pegou suas mãos e as beijou.

– Como você está? – perguntou, emocionado.

– Bem – respondeu ela também emocionada.

– Vim o mais rápido que pude – acrescentou ele, sorrindo, e após beijar as mãos dela, novamente, procurou pelo filho no quarto.

– Cadê ele?

Não houve tempo para a resposta, à porta do quarto se abriu e uma enfermeira entrou calmamente carregando o recém-nascido. A mulher passou-o para seus braços e ao ver o menino, os olhos de Alexandre se encheram de lágrimas. O filho tão querido e desejado estava ali, finalmente, bem diante dele.

– É um bebezão e tanto... – comentou sorridente.

– É o menino que você tanto sonhou Alexandre.

O fato de ser um menino surpreendeu a ambos, já que em comum acordo não queriam saber de antemão o sexo da criança através do ultrassom.

– Que tal se o batizarmos com o seu nome, Alexandre?

Com calma ele respondeu:

– Li certa vez que não é muito bom o filho ter o mesmo nome do pai.

Roxane assentiu:

– E se o chamarmos de Cirus? – sugeriu ela.

– Cirus... É um belo nome.

A pedido da esposa, Cirus foi batizado na igreja católica. Ele não poderia negar-lhe o pedido, não para ela que tanto se dedicara a ele.

O nascimento do filho fez Alexandre se esquecer do que acontecera entre ele e Hefestião e foi capaz de trazer-lhe de volta a alegria e o entusiasmo pela vida de outrora.

Roxane ficou feliz com o efeito positivo que o filho causara no pai. Ah! Se toda aquela alegria e entusiasmo pela vida, que o filho havia despertado em Alexandre, pudesse cicatrizar para sempre suas feridas, as que procurava fingir não tê-las.

Infelizmente, com o passar do tempo, Alexandre se viu novamente atormentado pelo passado que não passava.

VIII

Natal de 2002

Na antevéspera de Natal, o casal viajou com o filho para a França onde iriam passar com a família de Roxane as celebrações de fim de ano.

Num fim de tarde, quase na boca da noite, Alexandre se pegou observando a família da esposa, felizes por estarem reunidos, ao lado de seus amores, no lugar que desejavam estar.

Ele, ao contrário, estava num lugar que não tinha nada a ver com ele, com pessoas que não tinha afinidade, vivendo uma farsa, sendo quem não era. E, principalmente, longe de quem amava de verdade.

Não fizera e nunca faria questão de estar cercado por uma família; fosse qual fosse sua família se resumia numa única pessoa: Hefestião, e, no entanto, ele não mais o tinha.

Alexandre discretamente deixou o apartamento dos Bertaux e saiu a pé para dar umas voltas pelo bairro.

Em frente a uma loja avistou um homem vestido de Papai Noel batendo um sino. Era uma cena que há muito lhe passara despercebida. Nunca acreditara no Bom Velhinho, mas, naquele momento, desejou do fundo de sua alma que ele fosse verdadeiro para lhe dar o presente que mais queria: seu amado de volta!

As festividades passaram e o casal e o filho regressaram para a América.

O novo ano trouxe de volta para a vida de Alexandre seus velhos companheiros: a bebida e os antidepressivos, ansiolíticos e estimulantes em excesso. Eles o ajudavam a dissipar a dor que volta e meia surgia e, se impregnava dentro dele latejando, quase o levando à loucura.

Com o passar dos meses, os desalinhos emocionais começaram a desfigurar de vez, o rosto e o corpo de Alexandre.

Misery does love company!, Sim, o ditado era verdadeiro, a miséria realmente adora companhia, concluiu ele, logo depois de perceber que quanto mais suas metas eram alcançadas e sua empresa atingia uma receita jamais vista na história do mundo dos negócios, seu coração era tragado por um deserto árido e solitário onde o dinheiro, status e o poder que ele tanto admirou e quis para si, de nada valiam.

Ele não sabia mais identificar se o que sentia era depressão ou o começo da insanidade.

IX

17 de março de 2003, St. Patrick's Day

No caminho de volta de Battery Park City, Alexandre pediu ao chofer que o levasse até o Village. Chegando lá, dispensou seus serviços, alegando que voltaria para a casa a pé.

Washington, seu chofer de confiança desde que se mudara para Nova York, ficou em dúvida se deveria mesmo deixá-lo sozinho andando pelas ruas onde a neve transformara-se em crostas de gelo feias e escorregadias.

O motorista permaneceu parado por instantes, observando o jovem patrão caminhar e ganhar distância; sentiu pena ao comparar sua figura atual com a de épocas atrás.

Pelo caminho Alexandre encontrou um coral de jovens cantando canções em homenagem a St. Patrick. Aquilo, de súbito, o fez parar, mas ao perceber que a canção o entristecia, enterrou a cabeça entre o cachecol e o gorro, disfarçou as lágrimas que romperam de seus olhos e continuou caminho.

Onde estaria Hefestião naquele momento? Fazendo o quê? Pensando no quê? E o pior de tudo, com quem?, perguntou-se mais uma vez apesar de não querer pensar naquilo. É que a saudade era tanta em meio a vontade de revê-lo, senti-lo, amá-lo e tê-lo novamente ao seu lado como sempre pensou que seria, que era impossível evitar.

Ao retomar seus passos, os pedestres sorridentes que passavam por ele, despertaram a sua atenção. Era visível a felicidade das pessoas ao lado das outras, amigos, parentes e amantes... Elas não tinham impérios financeiros, muitas vezes, sequer uma casa própria e mesmo assim eram felizes. Felizes por estarem ao lado de quem amavam e queriam bem. Para a maioria delas aquilo bastava.

Só naquele momento é que percebeu que nem todo o dinheiro do mundo valia tanto quanto estar ao lado de quem se ama. De repente, sentiu-se capaz de trocar tudo o que tinha para ter Hefestião de novo ao seu lado. Em todo caso, não havia escolha senão aceitar os rumos que sua vida tinha tomado ou então morrer.

X

Final de março de 2003

Roxane e Alexandre já se encontravam recolhidos em seu quarto.

– Hoje faz seis meses que o nosso Cirus chegou – comentou Roxane, que se tornara nos últimos meses, uma mãe tão dedicada ao filho quanto ao marido.

– Como o tempo voa – respondeu Alexandre, mecanicamente.

– A primavera vem aí, que bom! É minha estação favorita – comentou ela, querendo despertar o interesse do marido.

Alexandre simplesmente virou-se para o lado e procurou dormir. Mais uma vez naquela noite, a esposa esperou que o marido a procurasse para fazer amor, mas Alexandre como sempre parecia presente só de corpo, sua alma vagava longe. Longe dali, ali mesmo.

Já tentara seduzi-lo, mas em vão, nada o excitava. Antes, ela compreendia o motivo, ele não se sentia bem em fazer amor com ela, grávida, agora, aquilo deixara de ser o problema.

A falta de libido só podia ser fruto do estresse e dos antidepressivos que vinha consumindo, desenfreadamente, nos últimos tempos. Talvez devesse conversar com ele a respeito, talvez não. Poderia ofendê-lo. Só lhe restava Deus para conversar a respeito e pedir sua intercessão.

De repente, num estalo Alexandre sentou-se na cama.

– O que houve? – perguntou Roxane assustada.

– Eu não consigo. Não consigo mais! – desabafou ofegante.

Roxane pensou que o marido estava se referindo à impotência que vinha sofrendo nos últimos tempos.

– Não se preocupe, meu amor, isso passa, é apenas uma fase!

Ele balançou a cabeça negativamente, levantou-se e foi se servir de uma nova dose dupla de uísque. Sentou-se então na beirada de uma poltrona e se pôs a beber, olhando vagamente para o nada.

– Venha Alexandre, vamos dormir – disse Roxane, gentilmente.

O olhar dele para ela dizia que no momento, o que ele mais queria, era ficar só. Roxane, compreensiva, voltou para o quarto.

Alexandre então pegou a garrafa de uísque, seguiu para o quarto do filho, sentou-se na poltrona ao lado do berço e ficou ali o observando dormir até se acalmar e adormecer. Roxane ao encontrá-lo na manhã do dia seguinte, sentiu novamente pena do marido.

Na esperança de que espairecesse um pouco, decidiu passar a Páscoa com a família. Quando voltou, para seu espanto e desapontamento, encontrou um Alexandre que a seu ver parecia sequer ter notado a ausência dela e do filho.

Certa noite, depois do trabalho, Alexandre saiu para caminhar pelo Village, para percorrer mais uma vez os caminhos por onde ele e Hefestião tantas vezes passaram e viveram emoções inesquecíveis. Ao chegar à praça, marco da rebelião de Stone Wall, sentou-se e deixou sua mente vagar pelo passado feliz que tivera ao lado do namorado.

Despertou com a aproximação de um sujeito de meia idade que, pedindo licença, perguntou:

– Você está bem?

Alexandre não conseguiu responder.

– Quer ajuda?

– Obrigado – respondeu Alexandre finalmente. – É que estou passando por um momento muito difícil da minha vida.

– Eu sinto muito.

Simpatizando-se com o indivíduo, percebendo que o que ele queria mesmo era ser gentil e não cantá-lo, Alexandre o convidou a se sentar.

– É... Viver nem sempre é fácil, meu caro – continuou o sujeito assim que se acomodou no banco. – Temos de enfrentar travessias árduas, atravessar túneis escuros sem saber se há uma saída no final... Mas não se sinta o único a enfrentar problemas na vida, todos passam por eles.

– Eu pensei que comigo seria diferente.

– Não há exceção.

– Infelizmente estou descobrindo isso a duras penas.

Prestando melhor atenção ao perfil de Alexandre, o sujeito falou:

– Seu rosto não me é estranho.

Alexandre não viu motivos para não lhe revelar quem era.

– Já ouvi muito falar de você – continuou o homem de modo cortês e admirado. – Já o vi em muitas fotos de revistas e colunas sociais. Meu nome é Adrian... Adrian Novak.

– Muito prazer.

Nunca Alexandre se mostrara tão humano quanto naquele momento.

– Será que todos sofrem por amor? – perguntou a seguir.

Adrian, sorrindo, respondeu:

– Sim, meu caro. Todos sem exceção. Uns mais, outros menos, mas todos.

– Que pena! Não deveríamos. Tudo em torno do amor deveria ser só alegria.

– Quem dera...

O homem suspirou e prosseguiu:

– Sofro por amor desde sempre. Quando jovem, por ter me descoberto amando outro homem e me envergonhar disso. Depois, por me ver preso no armário, querendo sair e em dúvida se deveria ou não. Depois, por amar o homem que se tornou o grande amor da minha vida e perdê-lo para a grande tragédia do século vinte.

– A...

– Sim, Alexandre, ela mesma... a AIDS. Na época não sabíamos que era disso que ele sofria, só depois, muito tempo depois é que concluímos que sim. Deve ter sido um dos primeiros casos de indício da doença. O nome dele era Henry. Morreu há mais de duas décadas.

Adrian tirou do bolso a carteira e de lá uma foto que entregou a Alexandre.

– Este é o Henry – disse, apontando com o dedo.

– Ele era muito bonito – observou Alexandre com visível admiração.

– Sim. Um homem muito bonito. Mas se você visse como ele ficou por causa da doença...

Adrian se esforçou para não chorar.

– Eu o amava tanto, Alexandre... Tanto, tanto...

O sujeito procurou se controlar e voltando a encarar Alexandre, perguntou:

– Como vão as pesquisas para a cura?

– Não há nada definitivo ainda, o processo está lento, infelizmente.

– Você é dono do maior laboratório farmacêutico do mundo, Alexandre. Ninguém mais do que você tem condições de encontrar a cura para essa doença abominável.

– Não imagina o quanto eu quero que isso aconteça e o mais urgente possível.

Obviamente que Alexandre não revelou seus verdadeiros motivos para aquilo. Voltando os olhos para o rapaz da foto, perguntou:

– Como ele contraiu a doença? Promiscuidade?

– Não! Henry não era deste tipo. Ele me amava muito. Era-me tão fiel quanto eu a ele. Deve ter sido mesmo por meio da agressão que viveu enquanto esteve trabalhando na África. Um homem o dopou e abusou dele.

– África?!

– Sim.

– E você acreditou mesmo nessa história?

– Sim.

– Desculpe-me, mas ele pode ter mentido para encobrir sua traição.

– Todos nós cometemos deslizes, concordo, mas no caso dele foi estupro mesmo.

Alexandre silenciou pensativo por instantes e perguntou:

– E você não contraiu a doença?

– Não! O que continua sendo um mistério para muitos. Por que uns, mesmo fazendo sexo inseguro com infectados, não contraem o vírus?

– É mesmo um mistério...

– Sabe o que penso, meu caro. Que a AIDS foi criada pelo homem. Por um propósito maligno.

Alexandre lembrou-se no mesmo instante das palavras de Lolita Françoise a respeito de seu pai. E voltou à memória também o momento em que ele o tocou no ombro durante a festa em Londres e disse:

"Alexandre!... Preciso lhe dizer algo muito importante... Você precisa saber..." e caiu ao chão, sem terminar a frase.

A lembrança o fez se arrepiar e admitir:

– Se isso for mesmo verdade, os criadores não podem ser humanos.

– É o que eu também penso.

Nova pausa e Alexandre se levantou.

– Vou indo, prazer em conhecê-lo.

– O prazer é todo meu.

Alexandre estava prestes a partir quando Adrian repetiu:

– Não se esqueça, por favor, do meu pedido. Em meu nome e de todos que sofrem por amor. Você é dono do maior laboratório farmacêutico do mundo... Ninguém mais do que você tem condições de encontrar a cura para essa doença abominável.

Alexandre, assentindo, falou:

– Não esquecerei.

– Adeus.

– Adeus.

XI

Entre maio e julho e 2003

Um Alexandre que parecia cada vez mais o avesso do grande Alexandre do início da carreira. Cancelava reuniões, não mais se preocupava em saber sobre os avanços do Laboratório. Nem a notícia sobre os medicamentos contra a AIDS e o câncer despertavam mais sua atenção e interesse. Só se interessava pela bebida e pelo barato que lhe causava ao misturá-la com os antidepressivos.

Para Ícaro, era evidente que a paixão de Alexandre por tudo aquilo estava desaparecendo, morrendo, virando pó. Até mesmo pela vida. E o culpado por todo aquele desajuste deplorável em Alexandre era Hefestião. O maldito!

Ele ainda estava lá, não só na memória, mas o que era mais terrível, alojado, enraizado e cravado em seu coração. Tudo o que ele fizera para afastá-lo, só o afastara fisicamente. Espiritualmente os dois ainda estavam interligados.

Diante do abuso com a bebida, antidepressivos e ansiolíticos, Ícaro decidiu chamar-lhe atenção.

– Você está bebendo demais, Alexandre. Se continuar assim, irá se destruir.

– Quem é você para me dar conselhos? – alterou-se Alexandre, com desprezo na voz e no olhar.

– Eu quero o seu bem.

– Dispenso sua preocupação – revidou Alexandre, secamente.

XII

Final de julho de 2003

Passadas algumas semanas, Marche achou estranho que o patrão não estivesse mais atendendo aos telefonemas. Para ver se algo havia lhe acontecido, foi a sua sala onde encontrou Alexandre estirado ao chão como se estivesse morto. Imediatamente, a moça, tomada de desespero, chamou Ícaro que correu para lá.

– Alexandre... Alexandre... – chamava Ícaro tentando reanimá-lo.

– Hefestião? – murmurou Alexandre com a voz e a visão turva.

– Sou eu, Alexandre...

– Hefestião... – repetiu ele.

– Ícaro.

– Eu preciso encontrá-lo, Ícaro.

A decisão de Alexandre perfurou os ouvidos de Ícaro como um ácido corrosivo.

– Esqueça-se dele, Alexandre! Para o seu próprio bem!

– Não consigo... Por mais que eu tente, não consigo...

– Eu sei que dói, dói muito, ter de se separar de quem se ama, eu também já amei do mesmo modo que você e me vi diante do mesmo desfecho, mas a vida continua e, para você encontrar novamente a felicidade, merecida, precisa pôr um ponto final no que se passou entre vocês dois.

Ele tomou fôlego e prosseguiu:

– Nessa hora o desespero nos faz pensar que nunca mais reencontraremos a felicidade, mas é um engano, a reencontramos sim, basta apenas pormos um ponto final no que se passou.

O ponto final nos permite também descobrir que há uma pessoa que pode e muito nos fazer feliz, até mais do que aquela que julgamos ser o nosso amor eterno.

Alexandre, lacrimoso, falou:

– A dor que sinto pela ausência dele é horrível... Dá-me vontade de pegar um revólver e matá-la dentro de mim.

– Calma, Alexandre! Mantenha a cabeça no lugar! Eu estou aqui por você!

Alexandre, ignorando suas palavras, falou:

– Eu preciso ouvir da boca dele, olhos nos meus olhos, que o amor que ele tinha por mim se acabou.

Ícaro segurou o queixo do amante e disse, com voz alta e nervosa:

– Cabeça para cima, Alexandre! Não permita que esse amor, que já deixou de ser amor, destrua tudo aquilo que você conquistou bem como a alma que Deus lhe deu!

– Eu não consigo mais me sentir vivo sem ele.

– E seu filho, Alexandre?! Não significa nada?

As palavras do rapaz fizeram Alexandre estremecer. Ícaro, de forma imperiosa, voltou a falar:

– Olha para mim, Alexandre! Pra esse cara que o ama de paixão. Que foi, é, será capaz de fazer qualquer coisa pelo amor que sente por você. Sou eu quem o merece, Alexandre e não aquele... Sou eu que Deus quis ao seu lado e não aquele infeliz, endemoniado.

Alexandre olhou ainda mais horrorizado para o rapaz e se defendeu:

– É ele quem eu amo, Ícaro! É ele quem eu sempre amei!

– Amou, Alexandre, amou! Doravante sou eu quem você deve amar.

– Ele ocupou meu coração muito antes de você...

– Não!

– Sim, Ícaro, e você sempre soube disso! Desde que entrou na minha vida.

Fez-se novo silêncio e o rapaz pareceu perder o chão, nesse ínterim, expressou o que lhe devastava a alma:

– Desejei tanto ter sido eu e não ele o primeiro a tocar seu coração, Alexandre. Para me consolar eu me disse: acalme-se, as posições um dia se invertem, tudo é questão de tempo e paciência.

Ícaro soltou um risinho nervoso antes de prosseguiu:

– O tempo e a paciência, no entanto, só serviram para me fazer ver que eu jamais conseguiria ocupar o espaço dele no seu coração. Só me restava então uma única saída... desejar que ele morresse!

O jovem calou-se por segundos diante do olhar de Alexandre sobre ele, um olhar pasmo e enjoado.

– Roguei a Deus, sim, para que ele sofresse um acidente, qualquer coisa, mas que morresse o mais rápido possível. Estava disposto até a sujar as minhas mãos e queimar no fogo dos infernos por toda eternidade se preciso fosse, para vê-lo morto. Só assim, você me veria por inteiro e, então, seria só meu!

Nos minutos seguintes, Ícaro contou em detalhes tudo o que fez para separá-lo de Hefestião. Alexandre ouviu tudo calado.

– Minha religião diz que Deus tudo perdoa, então, saberia perdoar esse meu lapso. Toda essa minha fraqueza!

– Isso não pode ser verdade.

– É verdade, sim, Alexandre! Sabe, eu não me arrependo de nada, faria tudo outra vez se preciso fosse, por você!

– Você simplesmente destruiu a minha vida, Ícaro...

– De que valeu todo o meu esforço, Alexandre? Depois de tudo o que fiz, para separar vocês dois, vocês apenas se separaram de corpo, na alma ainda estão unidos como sempre.

Ele suspirou.

– No íntimo eu sempre soube que um amor assim como o seu e o deles não se dissiparia tai fácil, era como um nó molhado. Eu é que quis acreditar no contrário. Tolo fui eu por ter tido esperanças.

Ícaro respirou fundo, enxugou suas lágrimas e ajoelhou-se aos pés de Alexandre.

– Fica comigo, Alexandre. Hefestião não faz mais parte da sua vida. Deixe-o seguir a vida que ele quis para ele. Será melhor para você e para todos!

Alexandre, com esforço, levantou-se e disse:

– Eu preciso ir.

– Não, Alexandre, não vá!

Ícaro o tocou.

– Tire suas mãos de mim, nunca mais me toque! – bramiu ele. – Você me enoja!

– Eu o enojo? – desafiou-lhe o rapaz. – Olha só quem fala... Você engana a humanidade com as suas estratégias de propaganda e marketing, Roxane, seu filho... Você enganou a si próprio, Alexandre! Enganou até mesmo Hefestião.

Alexandre sentiu vontade de esmurrá-lo naquele momento, mas conteve-se. Quando estava a três passos da porta, a voz de Ícaro o deteve:

– Encontre Hefestião, Alexandre e eu terei o maior prazer de lhe contar em detalhes o que fez comigo tantas vezes na cama.

Dessa vez, Alexandre não se conteve, pegou o rapaz pelo colarinho, quando Ícaro novamente o desafiou:

– Você é um hipócrita, Alexandre! Um...

Sem mais, Alexandre o bofeteou.

– Bate! – berrou o rapaz, histérico, cuspindo sangue. – Mas bate pra valer!

– Seu filho da...

Os dois rolaram ao chão e enquanto Alexandre espancava Ícaro, o rapaz berrava em meio aos socos:

– Bate, Alexandre! Bate!!!

– Demônio! – rosnava Alexandre fora de si. – Você é o próprio demônio em forma de gente!

Quando Alexandre parou de esmurrar o rosto do rapaz, Ícaro chorava convulsivamente. Os dois agora choravam; um choro profundo e dolorido. Alexandre enxugou suas mãos manchadas de sangue na calça e se levantou.

– Não sei nem porque me espanto com tudo o que fez. Eu deveria ter percebido. Você é um católico e como todos, são um dentro da igreja e outro fora dela.

Ícaro permanecia deitado no chão, na posição fetal, chorando baixinho.

Alexandre cravou as mãos no cabelo e permaneceu parado, inerte por alguns segundos até dizer:

– Somos no fundo todos culpados. Essa é a grande verdade... – e ponderando a voz acrescentou: – Levante-se! Levante-se e vá cuidar desse seu ferimento.

Minutos depois Alexandre entrava em seu carro.

– Para onde, senhor?

– Sei lá, para qualquer lugar – respondeu.

O chofer, percebendo o estado caótico do patrão, atendeu ao pedido sem questionar. Pelo caminho, Alexandre ficou observando Manhattan pela janela. Agora ele sabia que o amado nunca se esquecera dele, jamais houvera outro, um abandono. Hefestião entendera, assim como ele, tudo errado.

De repente, foi acometido de um terrível pensamento: se Hefestião tivesse morrido, ele não teria sabido. Quem lhe avisaria? E o pior, poderiam até ter escondido isto dele. Alexandre gelou só de pensar naquela possibilidade.

Ao passarem pelo Village Alexandre se arrepiou de emoção. Fora ali que tudo começara. Que ele descobrira o amor daquele homem inesquecível. Que ele provara o mais precioso beijo de sua vida. Que eles se amaram pela primeira vez. Que a vida tornou-se, enfim, VIDA!

Ao avistar um outdoor na Sexta Avenida, algo dentro de Alexandre se acendeu. Imediatamente pediu ao chofer que fosse para o endereço onde Hefestião morara antes de ir morar com ele. Chegando ao local Alexandre saltou do carro, virou-se para o funcionário e disse:

– Espere-me aqui, Washington, por favor!

Alexandre percorreu com os olhos as janelas dos andares do edifício e assim que um morador saiu do prédio, aproveitou para entrar.

A cada degrau que subia da escada seu coração pulsava mais e mais forte. A se ver em frente à porta do apartamento de Hefestião parou, esperando que seus batimentos cardíacos diminuíssem.

Ainda que inseguro, tocou a campainha.

– Pois, não? – atendeu-lhe um rapaz bem apessoado.

Que lástima, pensou Alexandre. Hefestião não voltara a viver no seu antigo apartamento como sua intuição havia lhe dito.

– O que o senhor deseja? – perguntou o moço.

A pergunta escapou de seus lábios.

– O Sr. Lê Kerr se encontra?

O rapaz o olhou de cima a baixo antes de responder:

– O nome do senhor?

Alexandre mecanicamente respondeu:

– Alexandre Theodorides.

– Aguarde um minuto, por favor.

O rapaz retornou quase um minuto depois.

– O Sr. Lê Kerr está repousando no momento.

Aquilo encheu Alexandre de alegria e, ao mesmo tempo, de fúria.

– O quê?!

Com o passo decidido foi para cima do rapaz, que o segurou no peito.

– Desculpe-me, mas não pode entrar!

Num gesto rápido, Alexandre se desvencilhou dos braços do rapaz e irrompeu o apartamento.

– Pode deixá-lo entrar, Joseph.

Soou uma vez por trás das costas de Alexandre.

CAPÍTULO 9

I

Os dois apaixonados ficaram parados, olhos nos olhos, por alguns minutos.

– Por que fez isso comigo, Hefestião? Por que saiu da minha vida? Por que não me procurou mais?

– Foi você quem saiu da minha vida, Alexandre. Saiu para viver seus sonhos.

– Você precisa saber por que eu não voei para a Inglaterra naquele dia...

A seguir, entre lágrimas, Alexandre contou lhe tudo o que aconteceu, bem como toda a mentira que lhes pregaram, o porquê dela e como descobriu a verdade.

– Quando encontrei seu apartamento em Londres, vazio, foi uma punhalada nas costas. Minha vida nunca mais foi a mesma desde então. Na verdade, deixou de ser a mesma, quando cometi o maior erro da minha vida: pedir-lhe que ficasse na Inglaterra.

– Por que não me procurou, Alexandre?

– Por que Ícaro me fez acreditar que você havia me abandonado por causa de outro.

Com o máximo esforço Alexandre resumiu tudo o que o jovem armou para afastar os dois.

– Eu sabia, desde a primeira vez em que o vi, que ele se apaixonara por você.

– No entanto, ele estava certo, não estava? – acrescentou Alexandre, voltando o olhar na direção do rapaz que o atendera a porta.

– Esse rapaz não é meu amante, Alexandre. É meu enfermeiro.

– Enfermeiro?!

– Sim.

Diante da perplexidade estampada na face de Alexandre, Hefestião explicou:

– Estou doente, Alexandre.

Ele moveu-se pouco à vontade.

– Doente?

– Sim. Foi por isso também que me afastei de você. Não queria que me encontrasse neste estado.

Ele tossiu em seco antes de completar:

– O vírus, Alexandre... Eu contraí o vírus.

Alexandre mordeu os lábios fortemente, procurando disfarçar o tremor que emergia do seu interior. Mas as lágrimas a riscar-lhe a face delatavam seu choque.

Um silêncio os engoliu naquele momento. Foi Alexandre quem o quebrou, minutos depois:

– Então você me tra...

– Não Alexandre! Contraí o vírus por meio de uma seringa usada em comum num grupo de amigos. Eram as drogas ou a solidão que eu já não podia mais suportar. Eram as drogas ou traí-lo com outro qualquer... Preferi as drogas! Podem dizer que ninguém é capaz de ser fiel a um grande amor, ainda mais um gay, mas eu fui e ainda sou.

Ele fez uma parada de impacto e acrescentou:

– Não é só do sexo que se contrai o vírus, Alexandre. Esqueceu-se?

– Eu pensei...

– Eu jamais tive outro amor, um parceiro sequer em minha vida desde que o conheci.

– Mas eu pensei...

– Você apenas temeu que eu fizesse com você o mesmo que fazia comigo.

Alexandre ficou desconcertado naquele momento. O silêncio pesou no recinto a seguir.

– Se eu soubesse que estava aqui eu já teria vindo muito antes – continuou Alexandre. – Só hoje é que me ocorreu essa possibilidade.

– Alexandre...

Alexandre não lhe deu ouvidos, continuou falando obrigando Hefestião a elevar a voz para ser ouvido:

– Alexandre, ouça-me!

Só então ele o encarou. Houve nova pausa de impacto antes de Hefestião dizer o que julgava ser necessário:

– Vá embora, Alexandre! Por favor! Esqueça-se que me encontrou aqui.

Alexandre, lançando um rápido olhar de terror ao redor, exclamou:

– O quê?!...

– É isso mesmo o que você ouviu. Esqueça-se de mim.

– Você perdeu o juízo|?

– Eu não lhe peço, eu imploro! Vá embora, agora! Não quis e não quero que me veja neste estado.

Um riso nervoso soou de Alexandre.

– Não, nunca!

– Se existe ainda em seu coração alguma consideração por mim, atenda ao meu pedido, por favor.

– Nem que o mundo caia sobre mim eu me separo de você outra vez, Hefestião.

– Se realmente ainda gosta de mim, faça o que eu estou te pedindo...

– Eu não gosto de você, seu bobo... eu o amo!

A declaração ficou ecoando pelo apartamento por minutos a se perder de vista.

– Eu o amo, Hefestião – reforçou Alexandre aproximando-se do rapaz. – Sempre o amei! Mesmo muito antes de conhecê-lo.

Hefestião apertou os olhos para não chorar, mas foi em vão. Lacrimoso, admitiu:

– Quanto tempo eu esperei para ouvir de você essas três simples palavras: eu o amo!

– Eu sei que deveria tê-las dito muito antes. Pensei, no entanto, que meus olhos, minha boca, meu corpo diziam muito mais.

Outro silêncio triste se estendeu a seguir. Então, Hefestião levantou a cabeça, fixou seus olhos vermelhos nos de Alexandre e com voz gutural insistiu:

– Agora vá, por favor! Não torne esse momento ainda mais sofrido para nós!

Alexandre negou mais uma vez, sacudindo a cabeça.

– Você vai se curar dessa doença maldita, Hefestião. Eu prometo!

– É tarde demais, Alexandre...

– Nunca é tarde demais!

– Não tente se enganar... Você sabe que isso não tem cura.

– Haverá!

– Um dia quem sabe, não agora!

– Não me tire a esperança, Hefestião, é só o que me resta. Você vai se livrar desse vírus, eu juro por tudo que há de mais sagrado!

– E você acha que todos aqueles que foram vitimas da AIDS não desejaram o mesmo que você? Todos dormiam, implorando que o novo dia lhes trouxesse uma boa notícia que infelizmente não veio... Essa é a realidade e você precisa compreendê-la e aceitá-la!

– Você pode ser uma exceção! Para tudo há sempre uma exceção! Muitos morreram de tuberculose até que um dia a cura apareceu, salvando muitos tuberculosos. Pode acontecer com você! Não perca as esperanças.

Os lábios de Hefestião moveram-se sem emitir som. Alexandre então se sentou no chão diante dele e desabafou com sinceridade e paixão:

– Senti tanto a sua falta.

– Eu também.

Os olhos de ambos mergulharam um no outro.

– Eu preciso de você ao meu lado, Hefestião – admitiu Alexandre minutos depois.

Hefestião não quis ser sincero, mas foi:

– Você não precisa de ninguém, Alexandre! Você sempre disse que nesse mundo nada vale mais do que dinheiro e poder. Você os tem na mão, tanto quanto tem o mundo à sua mercê.

– É verdade, essa era a minha opinião no passado. Talvez pensasse assim porque tinha você ao meu lado. Hoje sei que sem você nada tem sentido. Que por mais ridículo que pareçam os poetas, os românticos, os espiritualistas, Jesus entre outros, o amor é de fato a única coisa que dá sentido a nossa vida.

– Você agora tem um filho que precisa muito de você. Quanto a mim, Alexandre, estou morrendo, entenda isso...

– É você quem não entende! Todos nós estamos morrendo desde que nascemos. Quem garante que eu ou qualquer outro não possa morrer amanhã, subitamente, ao atravessar uma rua?

– Não se iluda...

– Não me iludo. Só não posso considerar somente as alternativas negativas quando sei que para tudo na vida, há sempre alternativas positivas, mesmo que uma só. Se acreditássemos, que tudo que nos parece impossível de solucionar na vida, fosse fatal, a humanidade não teria progredido, não teria descoberto curas, tecnologia, entre outras coisas. Não, meu caro, temos de considerar as alternativas positivas, sim, e sempre!

Ao tentar beijá-lo, Hefestião desviou o rosto em meio ao desespero e ao choro.

– Afaste-se, por favor! Você pode contrair a doença e, isso me fará pessimamente mal! Sentirei culpado!

– Não mais do que me sinto...

Alexandre conseguiu segurar seu queixo e lhe dar um beijo intenso e precioso. Hefestião mesmo travando a boca, não conseguiu resistir, por muito tempo, aos lábios de quem desejava estar lado a lado para o resto de sua vida.

Os dois se beijaram cheios de desejo e paixão.

– Dizem que o afeto pode curar – afirmou Alexandre a seguir. – Talvez seja de fato a verdadeira cura! Então eu vou tentar curá-lo com o meu afeto.

Ao ver Alexandre passando a mão no telefone, Hefestião se alarmou:

– O que vai fazer?

– Vou tirá-lo daqui!

– Você está louco?

– Conheci num congresso de Medicina, que fui convidado, um dos médicos infectologistas mais célebres da atualidade. Sua equipe tem feito milagres, segundo soube. Ele pode salvá-lo, sei que pode!

Após minutos de conversa, Alexandre chamou o enfermeiro.

– Apanhe tudo o que for do Sr. Lê Kerr, remédios, roupas, tudo!

– Não, Alexandre – protestou Hefestião mais uma vez.

– Aqui está o dinheiro para você pegar um táxi e seguir para o hospital onde o Sr. Lê Kerr será internado – informou Alexandre ao rapaz, entregando-lhe também o endereço.

– Não faça isso, eu imploro.

Num movimento rápido, Alexandre pegou o enfermo nos braços e o carregou até seu quarto, lá procurou por uma roupa mais quente e o vestiu, mesmo sob os protestos de Hefestião.

Apanhou-o novamente nos braços e o pôs na cadeira de rodas, abriu a porta e chamou o elevador.

Hefestião ainda protestava quanto à atitude, mas Alexandre o ignorou por completo. Ao chegarem à rua, Washington correu ao seu auxílio. Alexandre pegou novamente Hefestião nos braços e colocou no carro, enquanto o chofer pegou a cadeira e a colocou no porta-malas. Ao ocupar seu assento no veículo, o motorista perguntou:

– Para onde senhor?

– Primeiro vamos dar uma volta por Manhattan. Leve nos até o Píer 17.

– Ok. Senhor...

Alexandre observou o lampejo de prazer atravessar os olhos do amado, ao ouvir falar do Píer.

– Você não deveria fazer isso... – murmurou Hefestião.

Alexandre pousou sua mão na dele e a acariciou.

Hefestião tornou a falar, num tom sério e decidido:

– Alexandre, não adianta! Ninguém consegue brecar essa doença...

– Você precisa ao menos tentar, dar-se a chance de acreditar no possível e não só no impossível.

O carro passeou por Manhattan sem pressa, o tempo havia mudado, observou Alexandre, havia voltado a ser real. Após o passeio, o carro seguiu direto para o hospital.

II

Hefestião já havia sido examinado quando Alexandre, fazendo uso de uma desculpa, conseguiu deixá-lo por uns minutos para poder conversar em particular com o médico.

Fosse o que fosse que ele tivesse para lhe dizer, seria melhor, ser dito longe de Hefestião. Sempre fora da opinião que um paciente jamais deveria saber de seu real quadro clínico, por mais que insistisse, pois para muitos, ao saberem que tinham uma doença com poucas chances de cura, e possuía apenas alguns meses mais de vida, perdiam a esperança, desistiam de lutar para viver, afinal, de que adiantaria se a opinião médica afirmava ser o fim.

Raros são os casos em que a pessoa ganha forças para lutar contra uma previsão médica, raros são os pacientes que partem em busca de outras soluções para o seu problema, soluções que existem e o melhor, podem curá-los.

Não, terminantemente, nenhum médico deveria dizer a um paciente que sua doença era sem cura; deveria apenas lhe incentivar a fazer o tratamento mais adequado.

– Eu sinto desapontá-lo, Alexandre – explicou o médico, com jeitinho. – O estado dele é grave; está muito avançado e não há muito que fazer.

– Eu o trouxe para cá, doutor, porque sei dos milagres que tem feito pelos pacientes com AIDS.

– Eu não quero lhe dar falsas esperanças.

– Por favor, doutor.

– Eu e minha equipe faremos tudo o que estiver ao nosso alcance, todavia...

Quando Alexandre voltou para o quarto, o médico apareceu em seguida e falou exatamente o que ele havia lhe pedido para dizer. Que Hefestião não perdesse as esperanças, pois ele e sua equipe estavam fazendo verdadeiros milagres pelos pacientes com AIDS.

O resultado fora positivo, observou Alexandre de imediato. A esperança tão ausente em Hefestião pareceu renascer. Minutos depois, Alexandre dizia:

– Preciso ir até em casa buscar as minhas coisas. Volto logo.

Ao se debruçar sobre Hefestião, ele virou a cara.

– Olhe para mim, Hefestião.

Hefestião resistiu mas não aguentou.

– Isso! Olhe bem fundo nos meus olhos! Eu o amo! Não se esqueça disso nunca, por nenhum segundo, jamais! Eu sempre o amei. Mesmo longe, nunca deixei de pensar em você por um segundo sequer. Quero que se ajude! Não desista! Por mim! Por nós!

Alexandre o beijou. Virou-se para o enfermeiro e disse:

– Cuide dele. Volto logo.

Alexandre olhou novamente para o amado, receoso de se distanciar dele, novamente.

– Vá! Vá que eu o espero!

Assim que deixou o quarto, Alexandre escorou-se na parede do corredor e chorou feito uma criança. Precisava, ao menos por uma hora, para tirar a tristeza de dentro de si, sem que o amado o visse. Uma enfermeira veio ao seu auxílio.

– Senhor... – disse, com ternura.

Alexandre recobrou seu equilíbrio, agradeceu o amparo da mulher, enxugou as lágrimas e partiu.

III

Alexandre encontrou Roxane na sala de estar, do apartamento do casal, brincando com o filho.

– Olhe como Cirus está forte, irá puxar o papai! – comentou ela, ao vê-lo entrando. Porém, ao ver a face do marido devastada pela dor e pelo choro, Roxane se assustou.

– O que houve? – perguntou, atônita, enquanto deitava a criança no Moisés. – Aconteceu alguma coisa?

Alexandre assentiu com a cabeça, pegou nas mãos dela e as apertou suavemente. Com voz embargada admitiu:

– Eu não mereço o seu amor, Roxane. Nunca o mereci!

– Não diga isso, você é o melhor homem do mundo, eu o amo!

– Eu não sou quem você pensa! Não valho nada!

– Não diga tolices, Alexandre...

Ele olhou para ela, com pena, antes de admitir:

– Eu nunca a amei como quis que você acreditasse.

– Não é verdade!

– É a mais pura verdade! Só quis me casar com você porque queria ter um filho, urgentemente. Sem um filho, todo meu império seria herdado pelos filhos de minha irmã, o que para mim é inadmissível. Eu não a suporto!

O casamento seria também um modo de alegrar minha mãe, que desde a perda do marido caíra em profunda depressão. Ela sempre quis me ver casado.

Todas as declarações de amor que eu fiz a você não passaram de textos pré-ensaiados para conquistá-lo. Eu a usei e sem pudor algum. Jamais pensei que você viesse a gostar de mim de verdade.

Roxane permanecia muda, apenas ouvindo.

– Eu fui horrível, eu sei...

Houve um breve silêncio, antes de Alexandre acrescentar:

– Eu amo um homem, Roxane.

Ela permaneceu inabalada, olhando para ele.

– Hefestião é quem eu amo! Somos amantes há muitos anos.

Finalmente ela conseguiu dizer alguma coisa:

– Você não pode ser uma...

– Uma bicha? Só porque dormi com uma mulher? Só porque não sou efeminado? Sou e sempre fui um homossexual e tenho orgulho de ser.

Roxane olhava agora para ele com um misto de tristeza e horror.

– Hoje – prosseguiu ele, com dificuldades, chorando –, descobri que Hefestião está morrendo, Roxane. E é por isso que estou assim arrasado, perfurado na alma.

– Eu o amo Alexandre, é o pai de meu filho...

– Perdoe-me – insistiu ele, com tremor nos lábios e nas mãos. – Você é uma mulher maravilhosa! Soube disso desde o primeiro momento em que a vi. Merece recomeçar sua vida ao lado de alguém que a ame de verdade, alguém que seja honesto com você. Só assim eu me sentirei menos culpado.

Roxane permaneceu em silêncio por instantes, depois se levantou, passou a mãos nos olhos para enxugá-los e voltou a olhar para o filho no Moises. Alexandre fez o mesmo.

– Você ama realmente esse moço?

– Com toda a minha alma.

– Então, não permita mais que a ausência dele em sua vida, o que tanto feriu a ambos continue a destruí-los.

Os olhos de Alexandre se dilataram de surpresa, num gesto rápido, ele a abraçou e os dois ficaram ali envoltos pelo choro. Foi ela quem rompeu o silêncio e o tempo:

– Vá, Alexandre! Não deixe só seu grande amor, por mais um minuto sequer.

Determinado, Alexandre foi até seu quarto pegar suas coisas; depois foi até o filho, que naquele instante dormia tranquilo, jogou-lhe um beijo e voltando-se para Roxane, agradeceu sua compreensão:

– Obrigado! Muito obrigado por tudo mais uma vez.

Assim que ele se foi, Roxane voltou a se concentrar no filho que dormia como um anjo. Longe bem longe das podridões do mundo.

A volta de Alexandre tornou a reanimar Hefestião. Após dispensar o enfermeiro, cada um na sua cama, ficaram a relembrar os mais divertidos trechos da vida dos dois até as palavras se perderem na névoa do sono.

No dia seguinte, Alexandre despertou com vontade de ver o sol nascer. Diante dele, o jovem de olhos cor de chuva confessou que nada mais importava na vida senão encontrar a cura para a AIDS e, dessa vez, por um propósito bem diferente: salvar a vida de seu companheiro amado.

Ao chegar à empresa, os funcionários olharam surpresos para o patrão. Sua aparência transmitia certa paz e, ao mesmo tempo, desespero. Antes de entrar em sua sala, a secretária lhe informou que Ícaro estava a sua espera.

– Olá, Alexandre.

– Olá, Ícaro.

– Vim aqui para me despedir.

– Despedir?!

– Sim, Alexandre! Não há mais nada para eu possa fazer aqui, nem na sua vida.

– Pois eu preciso de você agora mais do que nunca, Ícaro. Você tem de me ajudar!

O rapaz o olhou seriamente.

– Eu o encontrei!

Os lábios de Ícaro abriram-se ligeiramente surpresos.

– Fico feliz por você... – disse num tom apagado.

– Hefestião está... está... – ainda era difícil para Alexandre dizer. – Está doente! Eu preciso salvá-lo!

Sem saber o que dizer, ou pensar, Ícaro permaneceu imóvel.

– Eu preciso que você me substitua na empresa enquanto eu estiver cuidando dele.

Ícaro, pelo amor que ainda sentia por ele, respondeu:

– Está bem, Alexandre, eu fico! Mas depois... depois eu irei embora!

Num gesto rápido, Alexandre o abraçou. Ele começou a chorar e Ícaro quase chorou também.

– Agora, mais do que nunca eu preciso encontrar a cura para aquele vírus maldito!

O vírus, Ícaro estremeceu, horrorizando-se como sempre, só de ouvir falar nele.

IV

Horas depois, ao despertar, Hefestião encontrou Alexandre parado ali diante dele.

– Bom dia! – saudou num tom amável.

Alexandre o ajudou a se levantar, calmamente, levou-o até o banheiro e o ajudou a tomar banho. A água do chuveiro, passando rápido por seus olhos, fez Hefestião se sentir como se estivesse tomando banho de cachoeira.

A mesa do quarto estava arrumada com lindas flores num vaso lindo, sob uma toalha de linho e uma cesta com todos os tipos de pães, frutas, torta, sucos, enfim, um café da manhã digno de um rei.

Hefestião, para tristeza de Alexandre, alimentou-se muito pouco, lambiscando uma coisinha ou outra, dando a impressão de fazê-lo só para agradá-lo.

Ao perceber que sol brilhava lá fora, Alexandre decidiu levar o namorado para se bronzear um pouco e, assim, revigorar suas energias.

Alexandre o levou na cadeira de rodas, empurrando-a calmamente, enquanto contava animado o que lera a respeito de uma nova peça teatral que estreara na Broadway. Ao chegarem ao pátio, o moço de olhos cor de chuva e cabelos cor do sol ficou surpreso com o número de pacientes que estavam ali pelo mesmo propósito.

Posicionou então Hefestião num lugar estratégico para se bronzear e sentou-se ao chão, ao lado da cadeira, ficando temporariamente em silêncio. Depois, levantou-se e resolveu dar uma olhada pelos arredores; talvez, no íntimo, procurando por um lugar onde pudesse chorar sem que o amado o visse.

Ele tinha de se mostrar forte e confiante diante dele, com fé absoluta de que ele escaparia de tudo aquilo e voltaria a ser como antes. Se demonstrasse insegurança, tristeza e amargura, Hefestião poderia perder a fé em todos os sentidos, fé que é tão importante quanto qualquer procedimento para curar uma doença.

Caminhando de um lado para o outro, Alexandre encontrou uma ampla sala ao lado do grande pátio. Era cercada de janelas de vidro que iam quase até o teto, possibilitando que o sol iluminasse o local por inteiro. Ali havia algumas poltronas e no centro, um piano de cauda branco, lindo.

Surpreendido pelo achado, Alexandre caminhou até o instrumento, abriu a tampa e apertou uma tecla. A afinação estava perfeita. Ficou ali brincando com elas, como quem não quer nada, até se sentar e começar a tocar as canções favoritas que aprendeu para jamais se esquecer.

O som do piano foi penetrando sua mente e apaziguando o caos emocional. Logo, rompeu as janelas e portas com a força e o encanto que só a música pode atingir. Alexandre já havia tocado seis de suas canções favoritas quando Hefestião pousou a mão no seu ombro. Estivera tão concentrado, tocando o piano, que dessa vez não notara sua chegada. Nem dele, nem dos demais pacientes que deram uma salva de palmas pelo grande momento.

A emoção foi forte demais, Alexandre chorou na frente de todos pela primeira vez em toda sua vida.

V

Hefestião observou que o rosto de Alexandre tornara-se um espelho de seu próprio rosto, estava quase sem vida e, isso, partiu-lhe o coração. Sentia-se culpado por vê-lo num estado tão deplorável quanto o dele, sabia que isso aconteceria se o encontrasse naquelas condições e, por isso, fez o possível e o impossível para não ser. Mas que nada, Alexandre era esperto, seria capaz de encontrá-lo até mesmo no fim do mundo.

Reflexões sobre si próprio tomaram conta de Hefestião a seguir:

Quanto tempo ainda de vida lhe restaria? Quem saberia dizer? Sua morte poderia ocorrer de uma hora para outra. O que ele tinha para contar, revelar a Alexandre poderia ser levado junto com ele para o mundo além da morte, um mundo no qual tudo o que ele havia descoberto de nada serviria.

Talvez fosse melhor assim, levar embora com ele tudo o que descobrira. Alexandre não precisava saber de tudo aquilo, a verdade só poderia piorar ainda mais seu sofrimento. O que não se sabe, o coração não sente. Aquela era a melhor opção! Poupar o amado de mais este redemoinho de tormentos!

Porém, pensando bem, seria também uma traição para com ele. A fidelidade seria rompida e ele não podia lhe ser infiel, jamais, nunca fora, não seria agora! Ele próprio, também não podia esquecer-se de que o que tinha a revelar para o amado poderia ser benéfico para milhares de pessoas. Portanto...

– Está me olhando com uns olhos tão bonitos. No que está pensando? – perguntou Alexandre.

– No quanto você me lembra seu pai – respondeu Hefestião em meio a um suspiro nervoso.

Alexandre deu uma risada espontânea e continuou admirando o semblante sereno e sofrido de Hefestião. Após breve pausa, o rapaz acamado tomou coragem de vez para dizer o que, em sua opinião, carecia de urgência:

– Nunca lhe contei que seu pai me procurou no meu apartamento meses antes de ser assassinado.

As sobrancelhas de Alexandre se arquearam.

– Ofereceu-me dinheiro para eu sair de sua vida. Disse-me que até compreendia sua opção sexual, mas que eu não era a pessoa certa para você. Havia mandado investigar minha vida e descoberto meu comportamento sexual no passado. Tudo aquilo que lhe revelei, lembra?

– Não acredito que ele foi capaz de lhe propor...

– Ele o amava, Alexandre! Queria apenas o melhor para o seu filho!

– O melhor, afastando de mim o homem que eu amo? Que raio de amor é esse?

– Ele temeu que eu, por ter frequentado grupos de risco, houvesse contraído a doença e viesse a contaminá-lo também. Como lhe disse e volto a afirmar: seu pai o amava!

– Não, Hefestião, ele nunca me amou!

– Você está enganado, Alexandre. Foi você quem nunca se permitiu ver o quanto ele o amava.

Por milésimos de segundos, Alexandre pensou que o namorado estivesse delirando.

As próximas palavras de Hefestião soaram com mais força e precisão:

– Sabe, Alexandre, Lolita Françoise não mentiu. Seu pai realmente descobriu onde estava a cura para a AIDS! Não estou delirando. É verdade! Seu pai descobriu e contou a ela naquele dia em que esteve lá, exatamente como ela lhe contou.

– Nós dois sabemos, Hefestião, que infelizmente isso não é verdade.

– É verdade, sim! E eu vou lhe explicar exatamente como tudo aconteceu.

Ele tomou ar e foi além:

– Disposto a encontrar algo para ocupar a minha mente, certo dia decidi investigar melhor toda essa história. Fui me encontrar com Lolita Françoise pessoalmente.

Alexandre arregalou os olhos, surpreso.

– Você foi até lá?

– Fui!

Hefestião deu uma pausa e respirou fundo antes de prosseguir:

– A princípio, ela se recusou a conversar comigo a respeito, mas ao lhe revelar que era soro positivo, ela acabou colaborando. Contou-me detalhadamente o que seu pai havia lhe dito naquela noite.

"Descobri finalmente a cura para esse maldito vírus", disse ele ansioso e ao mesmo tempo emocionado para ela.

"Filipe que maravilha!"

"Minha hipótese estava certa o tempo todo", continuou ele, com certa euforia.

"Hipótese?!"

"A hipótese de que a AIDS foi criada num laboratório químico. Atrevome a dizer que sei até quem são os responsáveis por sua criação."

Ele suspirou e prosseguiu:

"Quem criou a doença, também criou algo para detê-la."

"Se eles criaram o demônio criaram um Deus para deter esse demônio."

"Isso mesmo!"

Hefestião fez nova pausa e completou:

– Ele não disse nada, além disso, para Lolita, foi então que me perguntei: onde, quando e como Filipe descobrira a verdade? Se ele jamais foi de ter e manter espiões dentro dos laboratórios químicos concorrentes, ele só poderia ter sabido da verdade, por meio de um dos criadores ou, até mesmo, por intermédio do químico responsável pela criação do vírus.

Mas quem lhe revelaria algo tão confidencial e, assim, de graça, correndo o risco de se comprometer diante das autoridades? E, por qual motivo? A resposta logo apareceu: quem lhe revelou tamanha barbaridade fez porque confiava muito nele. Gostava imensamente de seu pai. Descartei também a hipótese de que seu pai subornaria uma pessoa para lhe fazer tal revelação, uma vez que isso também não era de seu feitio.

Hefestião respirou fundo, tossiu levemente para limpar a garganta e continuou:

– Então pude ver a verdade, Alexandre.

Alexandre, tenso, remexeu-se na cadeira e perguntou:

– Qual é a verdade, Hefestião?

– Se não havia detetives ou investigações, o vírus só poderia ter sido criado num local... – ele olhou fixo nos olhos de Alexandre e com calma completou: – Em seu próprio laboratório!

Houve um momento de silêncio até que Alexandre pudesse recobrar seus sentidos, aquilo era um choque, talvez uma alucinação do namorado, ainda difícil de acreditar.

– Você só pode estar brincando – balbuciou trêmulo.

– Não estou, não. Falo sério. O vírus foi criado no laboratório farmacêutico de sua família e seu pai descobriu isso, depois de muitos anos, dias antes de ser assassinado.

Novamente, o silêncio tenso pairou entre os dois.

– Fiz uma pesquisa profunda no histórico de seu laboratório farmacêutico, na intenção de descobrir alguma pista que confirmasse tudo isto. Infelizmente não encontrei nada e sabe por quê?

Alexandre adiantou-se:

– Por causa da explosão do laboratório de testes em 1983.

Hefestião concordou com a cabeça.

– Exato! Todos os estudos desde 1970 feitos pelos farmacêuticos químicos foram apagados com o fogo. A única pista que encontrei foi saber o nome de um único farmacêutico químico que sobreviveu à explosão. Deduzi que só poderia ter sido aquele que seu pai encontrou e lhe revelou tudo a respeito da criação do vírus. Decidi então, encontrá-lo.

– E... e... você o encontrou?!

– Sim, eu o encontrei, com a ajuda de um bom detetive. Não foi nada fácil, o homem mudou de nome após ter escapado do acidente e ficou com graves deformidades no rosto causadas pelo fogo. Uma pena...

Em pé na soleira da porta da casa deste homem, revelei o motivo de minha visita. Disse-lhe que sabia que ele era um dos farmacêuticos químicos integrantes da equipe de Antony Bradley que trabalhou no Laboratório... no período de 1975 a 1983.

Não havia jeito de comprovar minha suposição se eu não arriscasse e, portanto, disse, num tom bastante convincente, que eu sabia que ele havia estado com o proprietário do laboratório, Filipe Theodorides, pouco antes de ele morrer e que ele havia lhe contado algo muito importante e revelador.

– Vá embora, você está me confundindo com outra pessoa! – argumentou o sujeito, suando frio, tentando a todo custo se livrar de mim.

– Não estou, não! Sei muito bem quem é! – afirmei, agarrando firme em seu braço para impedi-lo de fechar a porta na minha cara.

– Largue-me!

– Não largo, enquanto não me revelar o que disse ao Sr. Theodorides.

Se for dinheiro que quer, eu lhe dou!

Tive de ser impiedoso. Empurrei-o à força porta adentro. Sobre uma mesa abri uma pasta contendo uma boa quantia em dinheiro. Sabia que seria o modo mais prático de convencê-lo a falar, o detetive descobrira que ele se encontrava em péssimas condições financeiras.

– Está aqui e acredito que está precisando e muito!

Fez-se silêncio. Aguardei pacientemente. Por fim, ele disse:

– Por que acha que contei algo ao Sr. Theodorides?

– Porque ele revelou parte da conversa a uma amiga dele. E estava prestes a contar para o filho pouco antes de falecer.

– Então ele iria contar ao filho! – exaltou-se o homem, pensativo.

– Mas caiu morto! – repeti – Por favor, o que disse a ele exatamente? – insisti, ansioso.

O homem continuava em dúvida. Ficou calado, por alguns segundos, mexeu os lábios por diversas vezes, como se fosse começar a falar e, logo em seguida a apertava; tomado de pavor.

– Sou um velho à beira da morte. O que tenho mais a perder? – falou, finalmente, em voz alta.

Caminhou até o sofá, sentou-se, indicou-me uma poltrona e, assim que me acomodei se pôs a falar:

– Filipe me viu andando na calçada, enquanto saía de um restaurante. Reconheceu-me apesar do estado do meu rosto. Ele sempre fora muito bom fisionomista.

Ao chegar a mim, fingi ser outra pessoa, mas sem sucesso. Não queria mentir para ele, sempre fora um homem bom, brilhante, eu diria mais, um empresário de boa índole, um dos poucos existentes no planeta. Bem, eu acabei admitindo a minha verdadeira identidade. Creio que isso aconteceu uma semana antes do assassinato.

O homem suspirou, a cor de seu rosto mudou diversas vezes, pegou um litro de uma bebida que estava numa mesinha de canto, ofereceu-me, recusei, e após sorver um pouco dela, prosseguiu:

– Ele me convidou para irmos tomar um café, eu não queria, mas ele insistiu muito! Acabei aceitando, o que depois percebi ter sido um erro.

Ele me encheu de perguntas, queria saber por que eu havia desaparecido após o acidente e mudado de nome. Ele estava certo de que eu escondia alguma coisa dele. Num impetuoso repente, contei-lhe o que havia ocorrido dentro de seu próprio laboratório anos atrás.

O homem fez uma pausa e sorveu um pouco mais de sua bebida, desta vez um gole bastante generoso.

– O plano era muito simples, simples mesmo! Criar um vírus em laboratório, espalhar por aí e, algum tempo depois, apresentar a cura para ele! Entrariam no mercado com o medicamento único para combater este vírus e assim...".

– Lucrariam milhões! – exclamei, indignado.

– Exato! – rindo, ele acrescentou: – Não se choque, não é de hoje que surgem no mundo ideias horríveis como essa! Muitos já fizeram isso no passado e, vem fazendo o mesmo, nos dias de hoje!

O homem sorveu mais da bebida e completou:

– Ao menos este foi o motivo que descobri, ou, melhor dizendo, que concluí, após ouvir, certa vez, sem querer, uma conversa confidencial. É lógico que nada me foi revelado, eu era um mero integrante de uma equipe e pago para cumprir ordens. Para dizer a verdade, não fiquei surpreso com o que ouvi, eu já estava um tanto quanto desconfiado de que algo escuso estava sendo feito por ali, pois nada nos era explicado com clareza por Antony Bradley, o farmacêutico químico responsável e seus cooperadores.

– Esse vírus tornou-se o que conhecemos hoje como sendo o vírus da AIDS... – afirmei, sentindo naquele momento meu corpo esvaecer de indignação.

– Exato! O chamávamos simplesmente de FGS, ou seja, for God sake! – O homem riu –, pode parecer ridículo, mas é como Antony Bradley apelidara o vírus que destruiria a imunidade dos homens do terceiro sexo, você sabe... – com maior ênfase acrescentou: – os homossexuais!

Não sou um exímio farmacêutico, na época era apenas um aprendiz de

---

*FGS (For God sake) em português significa "Pelo amor de Deus". Ou FG (For God!) Por Deus. (N. do A.)

feiticeiro, só sei que o vírus seria desperto dentro do organismo dos gays devido à pressão sanguínea, ou sei lá o que, que é diferente do organismo dos heterossexuais. Eu também não sabia disso, enfim...

O homem tornou a rir.

– Esse é um dado curioso, não? Pois revela que os homens já nascem gays, é Deus quem quer assim e não uma opção como se pensa! Caso fosse uma opção, não teriam um organismo diferente dos heterossexuais.

O homem riu outra vez e continuou:

– Quando alguém da equipe de farmacêuticos químicos envolvidos na criação do vírus perguntava a Antony Bradley a respeito do que ele estava fazendo, ele, simplesmente, dizia tratar-se de uma experiência diferente, e que os superiores não precisariam saber enquanto não estivesse pronta.

Na realidade, poucos donos de laboratórios farmacêuticos sabem o que acontece, com precisão, dentro de seus próprios laboratórios de pesquisa e desenvolvimento de medicamentos e testes.

O homem tornou a encher o copo e sorver de mais um gole generoso. Após isso, continuou:

– Em meio ao desenvolvimento do FGS, acredito que por volta de 1977, Antony pegou uma mulher qualquer para servir de cobaia e lhe aplicou o vírus, queria certificar-se de que as mulheres seriam imunes a ele. Infelizmente o vírus a matou!

Isso ocorreu em Copenhague, na Dinamarca. Antony Bradley ficou arrasado e decepcionado, não pela morte da pobre moça, para ele, ela era uma mulher qualquer, uma pobre; e uma pessoa assim não significava nada para ele nem para os poderosos. Ele ficou aturdido pelo fato de o vírus ter se manifestado numa mulher, o que não deveria acontecer.

Se você consultar o histórico da doença, notará os espaços de tempo em que ela foi sendo detectada. Esses espaços ocorreram exatamente porque o vírus estava ainda sendo aprimorado e submetido a testes. Você sabe que eu cheguei até a me perguntar: como teriam reagido os patrocinadores da criação deste vírus diante da morte da tal mulher?

Cheguei até a pensar que desistiriam da coisa, mas logo percebi que não! Aquilo para eles fora apenas causado por uma falta de melhores ajustes e aperfeiçoamento do vírus. Não havia por que parar. Em todo processo ocorrem falhas!

Lembro-me de que Bradley sentiu-se mais aliviado ao lembrar que a mulher era uma viciada em drogas e que seu físico já estava bastante debilitado pelo efeito delas.

Existiram outras cobaias, é lógico. Decidiram pegar a maioria delas em alguma região da África, para não levantar suspeitas, inclusive o foco transmissor teria de ter origem lá; queriam ligar o tal vírus com uma febre que havia matado muita gente por lá em 1975, o tal ebola, senão me engano.

Eu, particularmente, acho que o próprio ebola já foi resultado de alguma reação mal sucedida de algum outro projeto criado em laboratório. Talvez pelo próprio Antony Bradley, pois tomei conhecimento de que ele volta e meia, vivia viajando para aquela região nos fins de semana já há muitos anos.

– Que loucura! – exclamei.

O homem soltou uma gargalhada. Pude sentir seu bafo chegar até mim. Ainda rindo, ele recomeçou a fala:

– Parece um conto de ficção, não é? Se eu fosse até a imprensa, contar tudo o que sei, seria tido como um louco! Seria pichado por muitos por brincar com algo tão sério. Seria processado se dissesse o nome do laboratório farmacêutico onde ocorreu todo o processo de criação do vírus, bem como o nome dos responsáveis por sua criação. Seria massacrado por eles, sem piedade e, facilmente, pois além de tudo, não tenho provas.

Pensei até em pôr toda história num livro e para não me comprometer diante dos verdadeiros responsáveis pela "coisa", ocorreu-me a ideia de fazer a revelação através de uma fábula que fizesse os leitores se perguntar se a ficção não era a realidade apenas disfarçada.

Cheguei até a imaginar como seria a capa do livro. Poria a Estátua da Liberdade, que é o símbolo da liberdade no mundo, explodindo para mostrar que os criadores do vírus estavam destruindo a liberdade que Deus deu a todos de amar o próximo seja ele homem ou mulher.

Suspirei fundo e perguntei:

– Onde está o antídoto?

O homem me olhou assustado.

– Não percebe? Todos os dados de pesquisa estavam no laboratório que explodiu! Perdeu-se no fogo!

– Deve haver alguém que saiba a fórmula ou...

– Não há!

Levantei-me indignado.

– Tem de haver!

– A explosão matou todos que estavam envolvidos na criação daquilo, só eu escapei.

Fez-se um silêncio torturante no recinto. O homem tornou a encher o copo de bebida e sorveu todo o líquido, desta vez, numa golada só.

– Como pôde ter participado de algo tão desumano? – explodi, indignado.

– Eu já lhe disse que não sabia no que estava participando, apenas acatava ordens. Mesmo depois de saber, apesar de ainda achar que aquilo era desumano, não podia largar meu emprego, precisava me sustentar, já atravessara uma infância e adolescência com dificuldades financeiras, não queria voltar a enfrentar o mesmo na fase adulta.

Quando o assunto é dinheiro, meu caro, a gente aprende a se fazer de desentendido, muitas vezes, bem como acatar ordens, que não acataríamos jamais, só para manter o salário no final do mês. Você teria feito o mesmo se estivesse no meu lugar, nas minhas condições.

Refletindo melhor, depois, a respeito da criação do vírus, cheguei à conclusão de que não haveria mal realizar tal plano, uma vez que a cura viria logo em seguida. É lógico que alguns morreriam, mas até aí, quantas pessoas não morrem por dia em acidentes banais e nem por isso Deus é recriminado.

Eu, indignado, voltei a me exaltar:

– Por que não revelou isso às autoridades?

– Já lhe disse! Não tinha e não tenho provas! Ririam de mim e eu estaria assinando minha sentença de morte. Quem bancou esse projeto desumano, com certeza viria atrás de mim para me matar assim que soubesse que eu abri a boca. Não acha que aquele laboratório explodiu por acaso, acha?

– A explosão foi armada?! Por quem, para quê?

O homem me olhou tristemente:

– O que estou dizendo a respeito da explosão é apenas uma suposição minha. Não tenho provas, nada posso comprovar. Mas penso que foi feito para impedir que a verdade viesse à tona, pois ela estava prestes a vir, uma vez que o plano começara a dar errado.

Com o vírus começando a atingir os hemofílicos, o que não era para acontecer, pois eles não contavam que o vírus pudesse ser adquirido numa transfusão de sangue e despertado num físico heterossexual, os criadores ficaram apavorados. Ou melhor, Antony Bradley, ficou apavorado.

Quando começaram a ser divulgados os inúmeros casos, que a cada dia cresciam mais e mais e as estimativas apontavam que o crescimento seria ainda maior, Bradley percebeu que havia criado algo maior do que pensava, algo de proporções monstruosas e, isso começou a enlouquecê-lo; ele perdera o controle da coisa e tinha de deter o vírus, o mais urgente possível!

Bradley realmente se arrependeu daquilo e quis revelar a verdade, no desespero. Percebi isso por meio do estado caótico em que ficou no decorrer daqueles meses. Acredito que pensou em pedir ajuda a Filipe. E assim ele assinou sua sentença de morte!

O homem fez nova pausa, olhou para mim com pesar profundo em seus olhos e completou com intensidade na voz:

– Eles tinham de matá-lo, para calar sua boca! Se bem que, a meu ver, mesmo que ele dissesse a verdade ao mundo, ninguém acreditaria nele. Mesmo hoje se eu disser, não me acreditarão e serei, como já disse, chamado de louco e criticado por brincar com algo tão sério.

– Bradley poderia ter soltado a cura! – disse eu.

– Havia um empecilho quanto a isso: os anos de pesquisa que ele teria de ter atravessado para encontrá-la. Teria de esperar um tempo, senão daria muito na cara, poderia levantar suspeitas contra o próprio laboratório!

O homem suspirou fundo e discretamente arrotou, levantou-se com dificuldade e disse, num tom sério:

– Deixe o passado onde é seu lugar de direito, meu rapaz. Agora, vá, por favor, retire-se de minha casa.

Perdido em meus pensamentos, levantei-me. Não sabia mais o que dizer nem fazer. O homem me acompanhou até a porta. Antes de eu sair, segurou meu ombro e disse quase sussurrando:

– Diziam que o objetivo da criação do vírus seria para elevar a renda da empresa. Mas, sabe de uma coisa, no íntimo isso nunca me convenceu. Quem pediu para criar o vírus o fez mesmo para matar os homossexuais!

Sem refletir a respeito do que ele acabara de me dizer, perguntei:

– Só não entendo uma coisa, se a explosão do laboratório realmente foi provocada, será que não lembraram que poderiam estar destruindo aquilo que poderia deter a doença?

– Eu já lhe disse! Quem bolou tudo isso, fez para matar os homos mesmo! Pouco estava se lixando para que a cura viesse à tona um dia.

– Eles, quem são eles?

– Eu não sei! Pensei tratar-se do próprio Sr. Theodorides a princípio, mas logo descartei essa possibilidade, eu o conhecia muito bem, era dono de uma alma divina. Depois, quando a sociedade foi rompida, conclui que o sócio, o Sr. Antípatro Gross, deveria ser o mandante de tudo aquilo e o Sr. Theodorides deveria ter descoberto a respeito, não tudo, obviamente, pois teria, com certeza, impedido que a praga fosse lançada e, por isso, desfez a sociedade com ele.

– É uma possibilidade – argumentei pensativo.

– É, não é?

Sem mais, parti.

Hefestião fez uma pausa para beber água. Com dificuldade, apanhou um copo sobre o criado mudo, ao lado do seu leito, bebeu o líquido num gole só e só então voltou a falar:

– Era isso o que seu pai queria lhe contar naquela noite, Alexandre.

Alexandre balançou a cabeça, pesarosamente, suspirou de leve e, súbito, explodiu numa crise de choro.

– Eu sinto muito... – naquele momento certo arrependimento surgiu dentro de Hefestião. Talvez não devesse ter dito nada ao amado, pensou.

– Então foi por isso que Antípatro foi forçado a vender a papai sua parte na sociedade, com certeza para evitar um escândalo! Nós temos de encontrá-lo, Hefestião, ele deve saber sobre o antídoto. Vou contratar quantos detetives forem necessários para localizar esse homem sobre a Terra e, o mais rápido possível. Nem que para isso tenha de pôr uma equipe de detetives em cada país do mundo!

Hefestião mordeu os lábios numa expressão de receio.

– Não perca as esperanças! – desabafou Alexandre com a esperança renovada.

Hefestião suspirou fundo, novamente, lançou um olhar tenso para Alexandre e voltou a falar mesmo acometido de súbita falta de ar:

– Há algo mais que quero lhe contar. Eu fui atrás de Ingrid Muir!

– Ingrid Muir? – Alexandre não se recordava do nome.

– A mulher que fora amante de seu pai, lembra? Certo dia, mexendo em minhas coisas, encontrei o nome dela anotado em uma antiga agenda sua. Você não mais se importou com o caso, desde que o relatório do detetive desapareceu de sua casa na Inglaterra. No entanto, louco para ocupar a minha mente, decidi investigar por conta própria. O detetive que contratei descobriu que Ingrid Muir ainda morava na Inglaterra, nos subúrbios de Londres e eu mesmo fui até lá.

Hefestião riu ao se lembrar do papel que interpretou naquela tarde e a seguir relatou detalhadamente tudo o que se passou até o dia em que Ptolomeu o procurou na empresa.

– Mas então por que ela inventou essa mentira? – perguntou Alexandre, surpreso.

– Foi exatamente o que me perguntei. O rapaz me contou também que a pressa da mãe em querer sair da Inglaterra, assim de uma hora para outra, deu-lhe a impressão de que ela estava fugindo de algo, procurando um lugar para se esconder.

Concluí imediatamente que agira assim com o propósito de proteger o filho. Por ser ele, de fato, filho bastardo de seu pai. A irmã dela devia estar a par de tudo e deve ter achado que eu deveria ser um detetive disfarçado e assim contou-me a mentira que haviam criado para dizer, caso outros investigadores viessem a lhes procurar.

Surgiu então outra questão: Como Ingrid Muir soube que alguém estava atrás do filho dela com o propósito de confirmar se ele era ou não o filho bastardo de Filipe Theodorides?

Ptolomeu contou-me também que a casa para qual sua mãe mudou-se no outro país, fora comprada à vista, com um dinheiro que surgiu em suas mãos repentinamente, como que por encanto. Excluindo a possibilidade de a mulher vir a ser uma ladra – Hefestião riu-se – Alguém lhe deu o dinheiro para ajudá-la a fugir dali.

Era um quebra cabeça confuso até que de repente comecei a encaixar as peças.

Hefestião tomou fôlego, e então acrescentou num tom preciso:

– O filho de Ingrid Muir não era de seu pai, nem jamais poderia ser, pois os dois nunca tiveram um caso.

– Nunca?! – Alexandre inquietou-se ainda mais.

– Jamais!

– Mas a mamãe me disse...

Hefestião interrompeu-o dizendo:

– Nós cometemos um erro, Alexandre. Nós fomos atrás da mulher que sua mãe havia dito ser a tal amante de seu pai no passado ao invés de arranjarmos um detetive que investigasse a vida de seu pai nesse período.

– Se a amante não era Ingrid Muir, então quem era sua amante, a tal por quem mamãe estava tão preocupada no ano de 1980?

– Foi exatamente a mesma pergunta que me fiz. Era necessário voltar no tempo para descobrir. De duas uma, ou o detetive passou a informação errada para a sua mãe, a pedido de seu pai, a fim de impedi-la de saber a verdade e proteger sua amada contra algo de ruim que ela pudesse lhe fazer, inclusive proteger seu filho bastardo. Ou o investigador contratado era muito ruim e havia descoberto a mulher errada.

Havia ainda uma terceira suposição. Sua mãe na hora de lhe passar o nome da amante lhe forneceu, sem querer, o nome errado.

E ainda uma quarta suposição: sua mãe lhe passou o nome errado de propósito!

– Não pode ser! Por que minha mãe haveria de me pôr na pista errada? Não faz sentido!

– Faz, se você observar por outro ângulo. Sua mãe lhe forneceu o nome errado para impedi-lo de chegar à verdadeira amante de seu pai.

– Ridículo! Por que haveria ela de proteger essa vagabunda?

Alexandre se enfureceu.

– Hefestião se você sabe quem é ela, diga-me, por favor! Só falta você me dizer que essa mulher teve um ou mais filhos e eu tenho irmãos bastardos?!

– E o que faria se isso fosse verdade?

Alexandre congelou-se novamente, com dificuldade, respondeu pausado e pensativo: – Hoje, eu já não sei... Só quero que me leve até ela, Hefestião.

– Eu não posso, Alexandre.

– Como não?

– Simplesmente porque não se pode levar ninguém até quem nunca existiu.

As palavras de Hefestião congelaram Alexandre mais uma vez.

– De onde foi mesmo que você tirou a ideia de que seu pai tinha uma amante?

– Ora, eu já lhe disse. Ouvi minha mãe falando a respeito com sua sobrinha.

– Aí é que está. Será que você ouviu realmente certo.

– Sim, posso jurar que sim! Mamãe disse a Cina que estava triste porque meu pai tinha outra. Por isso vinham se desentendendo tanto.

– Será que era esse mesmo o motivo pelos dois estarem se desentendendo?

– Que outro motivo poderia haver, então?

– Aí é que está. Só sua mãe pode lhe responder com precisão.

Alexandre ficou temporariamente absorto em pensamentos, enquanto seu rosto adquiria uma expressão cada vez mais assustada.

– Não faz sentido, Hefestião – admitiu ele, rompendo o silêncio.

– O que não faz sentido, Alexandre?

– Se foi Antípatro Gross, o ex-sócio de meu pai, quem determinou que o vírus fosse criado em nosso laboratório. Por que haveria ele de dar sequência ao plano monstruoso de contaminar a humanidade com o vírus, cerca de dois anos depois, aproximadamente em 1980, se já não era mais sócio do laboratório? Não teria lucro algum, só papai haveria de lucrar com o plano posto em prática. Assim, Antípatro estaria ajudando papai a enriquecer.

– Eu me fiz as mesmas perguntas, Alexandre – observou Hefestião.

– A não ser que Antípatro deu sequência ao plano para depois delatar às autoridades e, ao mundo, acusando meu pai de ter sido o responsável pela criação do vírus, e assim levar a nossa empresa à ruína. Antony Bradley permaneceu trabalhando no laboratório, poderia estar sendo pago por fora, por Antípatro, para dar continuidade ao plano... Pode também ter mandado explodir o laboratório porque Antony Bradley o ameaçou de entregá-lo às autoridades.

Houve uma pausa. Alexandre levantou-se e caminhou até a janela do quarto. De lá voltou a falar:

– Antony Bradley vivia indo em casa. Eu era criança, mas me lembro bem de suas visitas. Cheguei até a fazer sala para ele muitas vezes. Ele estava sempre querendo ter uma palavra com o papai... – Alexandre voltou-se até Hefestião e pousou ligeiramente a mão na dele antes de completar:

– Só que o papai nunca se encontrava em casa quando ele ia até lá...

Capítulo 10

I

Alexandre subia cada degrau da suntuosa e soberba escadaria que levava ao andar superior da mansão da família Theodorides, construída nos arredores de Londres, como se estivesse arrastando um fardo pesado. Estava trêmulo, suando frio; sentindo-se como se estivesse dentro de um pesadelo.

Quando chegou à porta, precisou de um momento para se recompor. Deixou-se escorar contra a parede, sentindo um aperto na garganta cada vez maior.

Com um suspiro, decidido, abriu a porta e caminhou cabisbaixo para dentro do aposento.

Olímpia estava sentada em frente ao espelho, penteando os cabelos. Ao vê-lo seu rosto iluminou-se de alegria.

– Alexandre, você aqui?! Que surpresa mais maravilhosa! – exclamou.

Ao virar-se na direção dele, assustou-se com sua fisionomia. Os olhos do rapaz estavam vermelhos e lacrimejantes, lágrimas desciam pelos contornos de sua boca, seus lábios tremiam, era a face de um paciente que acaba de receber notícias devastadoras.

A expressão do rosto da mãe mudou.

– O que houve Alexandre? – perguntou, aflita.

A pergunta ficou suspensa no ar por alguns segundos. Somente quando ele encontrou coragem dentro de si é que pôde articular a pergunta que não mais conseguia calar dentro dele:

– Como foi capaz de fazer tamanha barbaridade, mãe?

Os olhos de Olímpia se abriram um pouco mais.

– Do que está falando, Alexandre?

– Do vírus da AIDS! Eu já sei de tudo!

Afundando os dedos em seus cabelos num gesto desesperador, ele repetiu:

– Como pôde?! Como?! Diga-me, por favor.

Houve um silêncio mortal até que Olímpia dissesse alguma coisa. Quando o fez, foi com uma calma impressionante:

– Eu nunca pensei que um dia nós dois ficaríamos cara a cara, como agora, com você me perguntando sobre isso... Não, nunca sequer cogitei a possibilidade. Mas sabe, Alexandre, eu vou lhe contar a verdade. Toda a verdade e você vai me compreender. Sei que vai! Tudo o que fizemos foi somente pelo bem de todos nós!

Olímpia respirou fundo antes de prosseguir:

– Antes de você nascer, Alexandre, eu era uma mulher da noite; que frequentava as mais glamorosas festas da alta sociedade e vivia cercada de gente importante: celebridades, grandes empresários, industriais e políticos poderosos de diversas nacionalidades.

– Seu pai nunca gostou dessas badalações, no entanto, nunca me proibiu de tomar parte delas, desde que eu fosse só. Foi numa dessas reuniões, com meus amigos influentes que surgiu a idéia de criar um novo vírus, letal, para contaminar a humanidade e, assim, aliviarmos o excesso da população mundial. Muitos governos e pessoas influentes no mundo preocupavam-se cada vez mais com o crescimento desenfreado da população mundial.

Já naquela época, pressupunha-se que num futuro próximo, devido aos tratados de paz entre as nações, tratados cada vez mais rigorosos e eficazes, as guerras cessariam.

Não sei se sabe, Alexandre, mas a guerra sempre foi um mal necessário. É horrível admitir isso, eu sei, mas é graças a ela que mantemos a população mundial num nível adequado para a preservação da Terra.

Muitos remédios já haviam sido criados para o mesmo propósito. Dentre eles, um para danificar o útero incapacitando a mulher de fecundar e outro para deixar os homens estéreis.

Muitos desses pseudo-remédios falharam, ao invés de impedir o desenvolvimento do feto e, consequentemente, o nascimento da criança, danificaram apenas o seu físico, e, isso, não adiantava, pois vivas, continuavam a ocupar espaço e consumir alimentos.

Eu sei que tal propósito parece desumano, no entanto, se você considerar as milhões de crianças que nascem, em certos países, na miséria e passam a vida toda a pão e água, esse propósito torna-se divino. Até mesmo o espírito delas nos agradeceria por tê-las impedido de encarnar na Terra nessas condições deploráveis.

Por que me puseram a par desta ideia? Muito simples! Eu era dona do maior e mais respeitado laboratório farmacêutico do mundo, o mais equipado e que empregava os melhores farmacêuticos químicos da época. Além do que, seria o lugar ideal para desenvolver a coisa sem levantar suspeitas.

Olímpia soltou um riso estranho antes de prosseguir.

– Foi-me oferecido muito dinheiro para pôr esse plano em ação, devo acrescentar. No entanto, o dinheiro pouco me importava diante do beneficio que a criação do vírus traria para a humanidade.

Só havia um empecilho nisto tudo: seu pai! Conservador como era, jamais aprovaria uma coisa dessas. Não conseguiria ver o bem que isso traria a todos.

Temi que se eu pusesse em prática o projeto e ele descobrisse, seria o fim da nossa relação e, isso eu não queria jamais, Alexandre. Eu o amava, perdidamente.

Os olhos dela marejaram.

– Certo dia, em meio a uma conversa com Antony Bradley, o melhor farmacêutico químico da época, o qual por sorte, era nosso funcionário e um grande amigo meu, comentei a respeito da idéia de criar mais um vírus letal em prol do bem da humanidade. Era apenas um comentário, não tinha intenção alguma de pôr o plano em prática.

Mas Antony era movido a desafios e nada era mais desafiador do que criar um vírus de laboratório. Assim, sem eu saber, ele se pôs a criar a praga. A ideia deve tê-lo enfeitiçado!

Não tocamos mais no assunto, pois eu engravidei de você e deixei de trabalhar nos laboratórios a partir de 1973. Você nasceu em 1974 e, então, minha vida se voltou totalmente para você, Alexandre.

Ela tomou ar antes de prosseguir.

– Tempos depois, Antony me procurou para me contar que havia criado um vírus. Pedi a ele que parasse com aquilo imediatamente, antes que Filipe descobrisse, mas ele me tranquilizou, dizendo que fizera tudo sigilosamente.

Revelou-me a seguir que o vírus, criado por ele, seria de muito bom proveito para o laboratório. Pois assim que a humanidade fosse infectada, o laboratório lançaria no mercado um medicamento para combatê-lo. Um medicamento patenteado, cuja fórmula só nós teríamos. Isso faria a população do mundo inteiro depender de nós, o que significaria rendas intermináveis, lucros inimagináveis.

A idéia de Bradley era brilhante, pois faria de Filipe o homem mais rico e poderoso do mundo, e o mesmo aconteceria com você, filho, no futuro. O propósito era tentador demais para boicotá-lo.

O plano de Bradley é usado até hoje. Quem você acha que cria os vírus que se pega por meio da internet? Aqueles que se beneficiarão com os danos que eles causam nos computadores. Ou seja, seus próprios fabricantes. Por causa dos seus estragos é que os consumidores são forçados a comprar um novo. Quem você acha que produz os antivírus senão os próprios criadores dos vírus? Sem eles não há por que criá-los.

Nenhum gênio da informática perderia tempo, criando estes vírus somente para sacanear com os computadores das pessoas. Há sempre um interesse financeiro por trás.

Ao ouvi-lo dizer, quando você ainda criança, que quando adulto queria ser o dono do mundo, compreendi que os deuses estavam me mostrando através do meu filho que eu havia tomado a decisão certa. Como vê, fiz isto por você também.

Olímpia parou, respirou fundo, com calma e prosseguiu:

– Cerca de um ano depois de me pôr a par do seu plano, por volta de 1975, Bradley levou seu vírus para ser testado na África Central, bem longe daqui, para não levantar suspeitas. A intenção era fazer a doença parecer que havia sido transmitida por animais. Só sei que ele teve algo a ver com aquela epidemia perto do Rio Ebola. Infelizmente o vírus era mais devastador do que Antony previra. Temeroso de sua própria criação, Bradley desistiu do projeto.

Confesso que não temi nada, pois sabia que os deuses me protegeriam como sempre me protegeram.

Certo dia, retomando o assunto com Antony, não sei por que a conversa foi parar em homossexuais. Antony Bradley tinha verdadeira aversão a eles, ele os repugnava. Contei-lhe que em conversas com membros do governo, comentava-se sobre o preocupante e assombroso crescimento dos homossexuais após a liberação dos anos 60 e 70.

Mesmo sabendo que os gays, por não procriarem, ajudariam a controlar a natalidade no mundo era um preço caro demais para isso, pois seríamos obrigados a conviver em sociedade com essas aberrações da natureza, com toda a pouca vergonha que lhes vem da alma.

Previa-se também que no futuro, o estilo de vida dos gays, ou seja, individualista, consumista, de ter sexo fácil e sem compromisso, acabaria incentivando os heterossexuais a seguir o mesmo estilo. Isso destruiria a família que sustenta o mundo e o mantém vivo, século após século, milênio após milênio.

Nós, de bom senso, não podíamos permitir que isso acontecesse à humanidade. Tínhamos de evitar esse desfecho obscuro e a qualquer custo.

Olímpia mordeu os lábios...

– Sugeri a Bradley, então, algo que me veio à cabeça naquele momento: e se você, Antony, criasse um vírus que afetasse somente os gays?

Os olhos de Bradley brilharam ao ouvir minhas palavras. Ele soltou uma gargalhada e, disse, numa voz triunfante:

– A ideia é bárbara!

– Seria possível? – perguntei ansiosa.

Ele levantou-se da cadeira e ficou a dar voltas pela sala, pensando alto. Ele havia estudado acupuntura e, segundo ela, os homossexuais têm a pulsação, a temperatura, alguma coisa neste sentido diferente dos heterossexuais. Tanto que um acupunturista pode identificar um homossexual assim que mede sua pulsação. Isso, segundo ele, o ajudaria a criar um vírus que atingisse somente os homossexuais.

– Seguiremos o mesmo plano anterior – disse Bradley, eufórico. – Criarei tanto o vírus, como o antídoto, para combatê-lo mais tarde e, assim, fazer o laboratório lucrar milhões.

Como não poderemos apresentar um medicamento contra o vírus de uma hora para outra, pois levantaria suspeitas sobre nós, os anos que teremos de esperar para apresentá-lo ao mundo, serão suficientes para que os gays sejam varridos da face da Terra.

Por motivos de segurança, patentearemos o antídoto, assim que infectarmos a humanidade com o vírus, para impedir, qualquer outro laboratório concorrente, que consiga, por ventura, encontrar um medicamento contra o vírus, o ponha no mercado.

Ainda que outros laboratórios consigam encontrar uma droga para combater a praga, levarão uns bons anos até que a descubram, nesse período nada conseguirá impedir que milhares de homossexuais sigam para os quintos dos infernos, de onde nunca deveriam ter saído.

Mesmo os gays que não morrerem de imediato estarão condenados. A doença causará uma aversão ainda maior da sociedade pelos homossexuais. Voltará o mundo contra eles. Até as lésbicas serão prejudicadas, pois a palavra gay será sinônimo de morte, desgraça, doença e transmissão!

A cada palavra de Bradley tanto eu, como ele, percebíamos a importância de criar este vírus em prol da moral e integridade humana.

Não falamos sequer de dinheiro, para Bradley não importava se ele o ganhasse ou não. Faria aquilo tudo, simplesmente, por perceber o quão benéfico seria para a raça humana.

Logo percebi que se os deuses me haviam dado tudo aquilo de que precisava para pôr o plano em prática era porque compactuavam com o mesmo propósito.

Desde então, Bradley me procurava para contar como estava indo o processo de criação do vírus; logicamente que sempre esperava seu pai se ausentar da Inglaterra para poder vir até aqui.

Não me pergunte, exatamente, de onde ele tirou o vírus, isso eu nunca compreendi direito, só sei que tinha a ver com o sangue de uma espécie de macacos.

Bradley descobriu que para o vírus se propagar dentro do organismo de um gay, ele teria de ser injetado numa parte de seu organismo que sofresse uma elevação da temperatura. Ele logo percebeu que não havia lugar mais propício do que o ânus dessa gente.

Visto que o vírus morria em temperatura ambiente, Bradley precisava encontrar algo que abrigasse o vírus, sem matá-lo, até ser introduzido no anus de um... indivíduo!

Os deuses, mais uma vez, iluminaram seus pensamentos. Antony lembrou-se da vaselina que era usada na época, principalmente, pelo homossexuais em seu ato sexual e percebeu ser o local ideal para guardar o vírus, sem correr o risco de matá-lo. Ele testou e acertou!

A vaselina ao ser empurrada pelo pênis para dentro do ânus do parceiro levaria consigo o vírus para dentro dele.

Uma vez dentro do ânus, seria desperto pelo aquecimento da temperatura que surge pelo ato em si, o coito anal. Daí seria um pulo para que o vírus se infiltrasse no sangue do indivíduo, pois o ânus, ao ser penetrado, abre cavidades, e através destas cavidades tem acesso ao sangue.

Encontrada essa solução, bastava apenas pôr o vírus no meio de alguns potes de vaselina; não mais que cinco deles e direcioná-los para uma sauna gay qualquer e, pronto, o processo teria início.

Um gay uma vez contaminado com o vírus, assim que entrasse em contato com o sangue de outro homossexual, este também seria contaminado.

Devo acrescentar, Alexandre, que minha explicação não é precisa, é apenas o que entendi da explicação que Bradley me deu e o que lembro. Posso estar falando besteira. Talvez, ele próprio tenha me explicado de forma simplificada e superficial, só para eu entender e sanar a curiosidade que tive ao saber como ocorreria o processo da criação e disseminação do vírus.

É lógico que Bradley levou em consideração o fato de que o organismo

dos gays varia e, que muitos deles, mesmo transando com um parceiro infectado, não contrairiam o vírus. Ainda assim, ele estava certo de que essa possibilidade se aplicava mais aos gays ativos do que aos passivos; estes realmente tinham menor resistência ao vírus.

Ela tomou ar antes de prosseguir.

– Esse dado ajudaria a desmoralizar, de uma vez por todas, os gays passivos que são, justamente, os piores de toda essa pouca vergonha por quererem ocupar o lugar da mulher.

Em nossa opinião, era de extrema importância que os estudiosos da doença chegassem à conclusão de que era através do sexo anal que se pegava o vírus, inclusive, que ele nascia dali, por causa do próprio coito anal, hipótese que foi levantada por muitos estudiosos da AIDS durante os estudos da doença.

Com essa conclusão, os heterossexuais, adeptos do sexo anal, seriam forçados a deixar de praticá-lo, poupando suas mulheres de serem obrigadas a fazer essa indecência contra a sua vontade. Isso poria os que praticam sexo normal fora de perigo e desmoralizaria o sexo anal de uma vez por todas.

Estou certa de que jamais passou pela cabeça de Bradley, que o vírus pudesse ser transmitido por agulhas de seringa, transfusões de sangue etc.

Bradley considerou também o fato de que certos homos teriam mais resistência contra o vírus e tenderiam a mantê-lo encubado durante anos, sem que se manifestassem em seu organismo.

Quando Antony me explicou o que ocorria no ânus destes homens ao serem penetrados, compreendi o porquê eles consumiam drogas, as chamadas bolinhas, enquanto frequentavam as saunas gays de suas cidades. Dopados, não sentiam a dor que ato lhes causava.

Olímpia fez uma cara enojada, respirou fundo antes de acrescentar:

– E ainda existem pessoas que defendem o sexo anal com unhas e dentes. Algo, que além de causar dor e fazer mal à saúde, é imoral!

Ela respirou, fez uma pausa e prosseguiu num tom menos excitado:

– O vírus foi um mal necessário, Alexandre. Um mal para proliferar o bem! Com o seu nascimento, nós estaríamos devolvendo aos gays a integridade roubada, fazendo com que deixassem de passar pela humilhação que passam, ao fazerem sexo com outro homem.

Com a desmoralização dos gays, de uma vez por todas, impediríamos também, aqueles que almejavam se tornar travestis, de submeter seus corpos àquela mutilação para mudarem de sexo. Verdadeira afronta a si próprio e aos deuses que conceberam seu físico do jeito que é!

Pouparíamos de se tornarem asquerosos, deformados, repulsivos e repugnantes tal qual um Frankstein, como muitos ficam após fazerem essas operações de mudança de sexo.

Ajudá-los-íamos também a deixarem de executar o papel ridículo que fazem ao tentarem ser algo que não são.

Infame acreditarem que podem deixar de ser homens, fazendo uma operação para mudar o sexo.

Deveriam mesmo é fazer uma operação para mudarem de cérebro, isso sim! Só um retardado pensaria em ser do sexo oposto ao que nasceu.

É um nojo ter de circular pelas ruas e na sociedade entre essas aberrações.

Imagine só quererem competir com a essência de nós, mulheres! Os deuses fizeram o homem para ser homem e a mulher para ser mulher, e o homem para a mulher e a mulher para o homem; é assim e pronto, não pode ser diferente!

Como se não bastassem os travestis, surgiu essa moda de drag queens, que a meu ver, não passam de palhaços. Imagine só, viverem fantasiados de mulher, ou melhor, de bonecas, pois nenhuma mulher é daquele jeito, nem vive todo dia como se fosse carnaval.

Não dá para levar um "povo" destes a sério, nem ter respeito, pois eles próprios não se respeitam!

O vírus forçaria todas essas pessoas a reverem seus conceitos e a dominar esses instintos nocivos que tanto afetam a moral e os bons costumes de nossa sociedade como principalmente a si próprios!

Se os gays se aceitassem tanto quanto insistem em afirmar que se aceitam, cantando: "we are queer, we are here, don't fuck with us, get use to that", não se encharcariam de drogas e bebida em excesso.

Quem está bem consigo não necessita de nada disso! Se o fazem, é porque não se aceitam, não se gostam; e não é porque a sociedade os repudia, mas porque a alma de todos eles sabe que o que fazem é errado, uma aberração, uma afronta à moral humana e divina.

E eu te pergunto Alexandre: para que deixá-los sofrer mais?

Como vê, filho, o vírus seria benéfico a todos! Especialmente aos próprios gays!

O silêncio imperou entre os dois por um longo minuto em que Alexandre queria falar, manifestar-se em palavras, mas o baque com tudo aquilo lhe calava a voz.

Retomando a postura de mulher fatal, Olímpia prosseguiu:

– Com o extermínio dos gays sobre a Terra, Alexandre, o mundo seria redimido, restaria somente sobre ele o intento dos deuses. As religiões, a maioria delas nos agradeceriam, os conservadores me aplaudiriam. As mulheres também nos seriam eternamente gratas!

É, eu e Bradley fizemos tudo isso também por elas. Quantas e quantas foram e têm sido humilhadas por maridos que as traem com amantes homens em saunas, entre outros lugares imundos? Quantas e quantas mulheres perdem seus namorados para outros homens e quantas e quantas nunca chegam a namorar um, por optarem ser homossexuais.

Foi pensando nas mulheres, no bem de todas elas que eu adquiri mais força para seguir adiante com o plano. Se você fosse uma mulher, compreenderia o que estou dizendo e teria feito o mesmo com o poder que os deuses lhe puseram nas mãos.

Até os pais e as mães que sentem vergonha, verdadeira repugnância de seus filhos por terem se tornado gays, me agradeceriam por ter criado algo que fizesse as novas gerações se conterem diante de estímulos homossexuais.

Como vê, Alexandre, os motivos eram benéficos demais para eu deixar de executar este plano.

Olímpia respirou fundo, sua expressão mudou, tornou-se tensa antes de voltar a falar:

– Porém, em 1977, quando Antony Bradley testou o vírus numa cobaia mulher, para se certificar se o sexo feminino ficaria imune a ele, como era previsto e, ela morreu, infelizmente, Antony ficou apavorado e decepcionado.

Só seguiu em frente, depois que descobriu que a cobaia debilitara seu físico com o uso excessivo de drogas, razão pela qual não foi imune ao vírus.

– Cobaias? – murmurou Alexandre enojado.

– O vírus tinha de ser testado em alguém, Alexandre! – respondeu Olímpia com a maior naturalidade. – O próximo teste foi feito então numa mulher sadia e, dessa vez, para alegria de Bradley, o vírus não teve efeito sobre ela. Depois foi a vez de testá-lo num gay cobaia. Isto foi em 1978, em Paris. Pela bondade dos deuses tudo ocorreu conforme o esperado, logo após ter sido infectado, perdeu sua imunidade.

Alexandre ainda pensava estar tomando parte de um pesadelo.

– Foi quando Antony Bradley esteve aqui em casa – continuou Olímpia, austera –, para me contar o que acontecera com a primeira cobaia, que seu pai nos ouviu. Eu não esperava sua chegada naquele dia, naquela hora... Pegou-nos de surpresa!

Eu estava no início da gravidez de Cleópatra. Seu pai, por sorte, pegou a conversa pelo meio. Inventei então que Antony Bradley, por ser muito amigo meu, havia me procurado para fazer um desabafo. Contar-me que Antípatro o forçara a testar numa mulher um remédio que ainda não havia obtido resultado positivo definitivo e que ela havia morrido. E que ele atendera ao pedido de Antípatro por receio de que se não o acatasse, ele lhe causasse problemas ou o demitisse.

Implorei aos deuses para que Filipe não se abrisse com Antípatro. Pois por mais inescrupuloso que Antípatro fosse, sua reação de autodefesa convenceria Filipe de que ele era inocente.

Novamente, os deuses me ajudaram. Seu pai decidiu pôr fim, sem muita explicação, à sociedade entre os dois.

Antípatro desistiu da sociedade numa boa, pois na realidade nem precisava dela, tinha outros negócios ligados a governos que são capazes de matar gente inocente e, aos montes, se preciso for, para materializar seus objetivos.

Olímpia olhou para o filho, desta vez direto em seus olhos.

– Pensei a princípio ter convencido seu pai com a minha mentira, mas ele não era bobo, no íntimo acreditava que eu pudesse estar conspirando com aquilo também. Ele queria uma verdade e por não saber como obtê-la de mim passou a me repudiar para, quem sabe assim, forçar-me a contar algo mais. É lógico que, depois disso, desisti de levar o plano adiante.

Ela tomou ar e se silenciou por alguns segundos.

– Confesso que durante muitos dias me peguei perguntando se eu deveria mesmo abandonar o plano. Pedi então aos deuses que se fosse do agrado deles, infectar os homens imorais com o vírus que me enviassem um sinal. Caso não aprovassem, que se silenciassem.

Um sorriso matreiro como o de uma gata escapou-lhe dos lábios a seguir.

– Mas os deuses não se silenciaram, Alexandre. Enviaram-me, dias depois, o sinal que eu aguardava para retomar o plano em nome da moral e dos bons costumes da humanidade. E foi por seu intermédio que isso aconteceu, Alexandre. Quem diria... Foi graças a você que a AIDS contaminou a humanidade.

Alexandre arrepiou-se, trêmulo. Olímpia sem dó nem piedade, continuou:

– Havia ido visitar sua avó e o deixei aqui sob os cuidados das babás. Ao regressar, você me contou ter visto dois homens nus no quarto de vestir do estábulo. Lembra-se disso? Pois bem, onde já se viu fazerem indecências em qualquer lugar, isso é o que mais me enoja nos gays. Pelo sexo são capazes das maiores proezas ainda que firam a integridade e a moral de um menino como era você na época.

O que me contou foi motivo de sobra para eu concretizar, terminantemente, o plano. Caso não fosse, que os deuses fizessem o vírus falhar depois de lançado.

Antes de prosseguir, mergulhou fundo nos olhos do filho.

– Antony Bradley, então, me alertou de que não sabia exatamente o que tinha criado. Ainda precisava de mais tempo para estudar o vírus. Certificar se o antídoto contra ele era realmente eficaz.

Para mim pouco importava se houvesse um antídoto eficaz ou não. A meu ver ele sempre fora desnecessário. Minha intenção com o vírus era extinguir definitivamente da Terra os homossexuais. Deixar claro para a humanidade que optar por ser gay é optar pela morte. Se lançássemos o antídoto para combatê-lo, então permitiríamos que essa pouca vergonha, essa imoralidade continuasse a existir, e isso não podia mais acontecer.

Escondi de Antony a conclusão a que cheguei. Tive receio de que se soubesse, não faria o que fez...

Para que a epidemia se alastrasse o mais rápido possível, eu e Antony providenciamos que alguns potes de vaselina com o vírus fossem levados para dentro das saunas gays mais populares e mais bem frequentadas de Londres.

Nada era mais propício para o vírus se alastrar no corpo de uma pessoa do que uma sauna onde a temperatura se elevava ao ponto desejado para a contaminação. Um gay, uma vez contaminado, em pouco tempo infectaria a maioria. Os homossexuais possuem uma praga maior do que a AIDS dentro deles, a promiscuidade, a troca de parceiro, infindável e constante.

Alexandre fechou os olhos, sentindo-se ferido novamente na alma.

– Não é incrível, Alexandre, que foi justamente pelo que me disse que a AIDS teve início? Que se alastrou pelo mundo?

A tristeza espalhou-se pelo recinto e contraiu cada órgão interno de Alexandre como se fosse espremê-los até esmagá-los. Numa voz profunda e gutural ele falou:

– A senhora matou inúmeros homens sem o menor fundamento.

– Homens? – ela riu. – Eles nunca foram homens e você sabe disso. Uma praga, uma aberração, um equívoco, um desvio, um lapso, uma lástima da natureza, talvez. Homens, jamais!

– Homens como eu! – bradou ele, batendo no peito. – Que sentiam e sentem o que eu sinto!

Ela o olhou com amargura, voltou-se para a janela e caminhou até lá.

– Você não é e nem nunca foi um deles, Alexandre! – desabafou lacrimosa.

– Sou, sim, e não tenho vergonha de assumir isso, nem sequer diante dos deuses.

– Você acha que depois de tudo o que eu fiz, em nome dos deuses eles haveriam de me mandar um filho viado? Uma bicha? Um pederasta escroto? Não, Alexandre! Jamais! Eles me amam! Eles me adoram! Fui escolhida por eles para ser seus braços e pernas na Terra. A culpa foi toda dele! Daquele demônio que, infelizmente, entrou na sua vida. Hefestião!

– O homem que eu amo!

– Ama nada, Alexandre! Não seja hipócrita!

– Eu amo Hefestião, sim!

– Você pensa que o ama, é diferente. Foi programado por ele para pensar assim. Não existe amor de verdade entre dois homens.

– Existe sim, o nosso!

– Você está enganado. Entre dois homens gays só existe a pouca vergonha, a indecência, a imoralidade, a afronta aos deuses! Mostre-me algo no mundo gay que prove o contrário do que afirmo e eu repensarei a respeito.

Alexandre rompeu-se num choro.

– Chore, Alexandre! Chore bastante! Quem sabe assim, por meio das suas lágrimas, é lavada toda a podridão que aquele desgraçado depositou em sua alma.

– O antídoto, mãe... – suplicou ele minutos depois. – Diga-me onde está o antídoto.

Os lábios dela fecharam-se seriamente.

– Por favor, eu imploro!

Rindo, repentinamente, ela respondeu:

– Foi pelos ares juntamente com Antony e toda a sua equipe, Alexandre.

– O acidente de 1983... – murmurou ele, decepcionado.

– Sim. Com a AIDS atingindo mulheres, crianças, hemofílicos, heterossexuais, Bradley enlouqueceu! Não sabia por que cargas d'água, todos, independentemente de sexo e idade, estavam sendo infectados. O vírus era muito mais maligno do que ele previra.

Lembrou-se de que havia me alertado a respeito e, de certo modo, acho que se revoltou comigo. Diante da amplitude que o vírus se revelava, ele temia que o antídoto fosse ineficaz. Quis contar tudo ao seu pai, para que ele lhe desse uma opinião quanto ao que fazer diante do que ele denominava: tragédia e caos!

Apesar de ele garantir que não me envolveria na história, de tão desesperado, tão fora de si, fiquei com medo de que me entregasse.

Se seu pai soubesse da verdade ele se revoltaria contra mim e eu o perderia para sempre. Isso, jamais!

Conhecendo Filipe tão bem como o conhecia, sabia que ao saber da verdade ele seria capaz de lançar a cura mesmo pondo em risco a integridade do nosso laboratório.

Com a cura ao alcance de todos, meu propósito cairia por Terra. Isso sim, seria para mim uma tragédia! Não haveria tempo suficiente para que os homossexuais refletissem a respeito dos seus comportamentos obscenos e imorais. Além do que, até aquele momento, o número de infectados era ainda muito pequeno. Eu tinha de calar Antony Bradley por mais consideração e respeito que eu tivesse por ele.

Ela calou-se por instantes tomada de satisfação. O ar pesou na sala, era como se labaredas de fogo tivessem sido acessas ao redor dos dois.

– Sabe, Alexandre – continuou ela depois de um longo minuto –, ao contrário de Bradley eu jamais encarei os rumos que a AIDS estava tomando como algo ruim, pelo contrário, cada dia mais os deuses me faziam perceber que estes rumos redimiriam a humanidade em diversos sentidos.

Os homossexuais estavam sendo desmoralizados, repudiados e enojados ainda mais pela sociedade e, morrendo como esperado, instigando qualquer um a reprimir seus desejos homossexuais. Isso para mim foi uma vitória!

Quanto às mulheres que estavam sendo infectadas, também não vi grande perda, uma vez que eram drogadas ou prostitutas ou as duas coisas ao mesmo tempo. O vírus estava dando uma boa lição a essas devassas, com as quais muitos homens casados e pais de família se envolvem por aí. Com isso, evitar-se-ia o nascimento de filhos bastardos e toda podridão que essas devassas, assumidas ou não, causam aos lares das mulheres de bem.

Com as prostitutas infectadas todo homem casado ou comprometido pensaria duas vezes antes de se aventurar com uma.

Ela riu extasiada.

– O vírus serviu também para combater o consumo de drogas, pois os viciados em drogas injetáveis, também se tornaram grupo de risco.

Só um retardado, cego e limítrofe não percebe a bênção que foi para a humanidade o surgimento desse vírus. Não percebe que foram os deuses que o criaram, na verdade, para manter os bons costumes da família e preservar seus lares.

Dessa vez foi Alexandre quem riu:

– A senhora é louca! Completamente louca!

Ela deu de ombros.

– É impossível que o antídoto não exista mais – continuou Alexandre inconformado.

– Eu até cheguei a procurá-lo, mas nada encontrei! Penso mesmo que ele só existia na mente de Bradley.

Voltando a encará-lo, retomando sua seriedade, ela falou:

– Não, Alexandre, eu não tenho a cura! Talvez ela nunca tenha existido de fato!

Um silêncio fúnebre pesou no ar.

– Naquela noite em que vocês discutiram, pouco antes do dia em que papai morreu, ele havia vindo lhe dizer que havia descoberto tudo, não é?

– Sim! Não sei como e onde, e presumiu, com isso, que eu tivesse a cura para a doença. Às vezes penso que foi melhor ele ter morrido naquela noite, pois temo o que faria comigo a seguir.

Foi isso, com certeza, que ele queria lhe contar naquela hora, Alexandre, pouco antes de cair morto ao chão. Deveria estar radiante e ansioso para lhe mostrar quem era eu de fato, sua mãe adorada, e fazê-lo se voltar contra mim. Mas como vê, até nessa hora os deuses ficaram do meu lado.

Ela deu uma pausa, seus olhos umedeceram emocionados.

Alexandre aproveitou a deixa para perguntar:

– Quem era Ingrid Muir?

– Ingrid Muir foi realmente secretária particular de seu pai na época em que eu trabalhei na empresa. Eu e ela nos tornamos grandes amigas. Eu sempre a quis muito bem. Quando você veio me contar que ouvira minha conversa com Cina, no passado, e que se lembrava com exatidão de minhas palavras, fiquei chocada. Não esperava que tivesse ouvido nosso diálogo, tampouco o gravado na memória com tanta precisão, afinal, você era apenas um menino na época.

Cina me perguntou por que eu estava triste, e presumiu que era por causa de seu pai o que de fato era verdade. Desde que ele descobriu meu envolvimento com Antony nunca mais me tratou da mesma forma. Eu não podia lhe contar a verdade, então deixei que pensasse que o motivo era por ele ter se envolvido com uma outra mulher.

Quando você insistiu em querer saber o nome da amante com quem seu pai se envolvera no passado e deixou claro que se eu não dissesse seu nome, investigaria o passado de seu pai, tive de criar um nome. O único que me veio à mente, naquele momento tenso, foi o de Ingrid Muir.

Logo percebi que foi um erro ter lhe dito seu nome, temi o que você poderia fazer contra o filho dela caso pensasse que ele era filho bastardo de seu pai.

Contei imediatamente a ela o que fizera para deixá-la em alerta. Estava disposta até mesmo a lhe pedir que providenciasse um exame de DNA de seu filho para apresentá-lo a você e, assim, deixá-lo sossegado. Como você não me falou mais a respeito, sosseguei até você aparecer com o relatório que o detetive havia lhe passado referente à Ingrid Muir. Como você ainda não o tinha lido, resolvi desaparecer com ele.

Caso viesse a me perguntar, de novo, o nome da tal mulher, inventaria outro. Ganharia tempo para pensar. Providenciei também que você jamais encontrasse novamente o detetive que contratara.

Ao ver que após a morte de seu pai, você não mais se preocupou com isso, me tranquilizei. Tudo permaneceu em paz até que, anos depois, Ingrid Muir me procurou para dizer que alguém estava novamente investigando sua vida. Só podia ser você, outra vez, quem estava por trás dessa investigação. Pedi a Ingrid que mudasse, imediatamente de país e de nome.

Presenteei-a com uma bela quantia de dinheiro que lhe permitiu comprar uma bela casa ao norte da Itália onde sempre sonhou viver com o filho e a irmã. Com ela fora da Inglaterra e, usando outro nome, seria mais difícil para você localizá-la.

– Então nunca houve mesmo um filho bastardo... – murmurou Alexandre.

Ela assentiu.

– Nunca! Seu pai me amava tanto quanto eu o amava, perdidamente... Se não tivesse ouvido meu plano com Antony, nada nos teria separado.

Ela engoliu em seco e completou:

– Mas eu, sinceramente, não me arrependo do que fiz, Alexandre. Posso ter perdido seu pai que tanto amei e ainda amo, mas dei aos gays o que eles mereciam por sua promiscuidade infinita.

Fez-se um breve silêncio até Alexandre perguntar:

– De onde nasceu tanto ódio pelos gays, mãe?

– Desde que me dei por mulher, desde que compreendi o propósito dos deuses, eu percebi o quão imoral e indecente era a homossexualidade.

Muitas pessoas sentem repugnância por negros, japoneses, judeus, latinos, índios, diferentes religiões, eu simplesmente sinto pelos gays.

– A senhora sabe por que as pessoas sentem repugnância preconceito e racismo, mãe? Porque aprenderam a sentir com o coletivo maldoso. No íntimo, ninguém sente nada, o preconceito e o racismo são incutidos na mente das pessoas pelo coletivo. Não faz parte da alma humana. A alma é isenta disso tudo e aceita todos por igual porque sabe que tudo e todos são criações dos deuses.

Ele balançou a cabeça, inconformado, cravou as mãos no cabelo como que para arrancá-los e num impulso aproximou-se dela e elevando a voz, perguntou:

– Se a senhora diz que os deuses compactuaram com a execução deste plano escabroso, o que estarão eles, então, querendo lhe dizer, unindo a mim com Hefestião?

Alexandre pôde ver, passo a passo, o horror tomar conta do rosto da mãe, deformando-o gradativamente. Outra longa pausa se fez antes que ela respondesse:

– Os deuses uniram você a Hefestião para dar uma lição a seu pai, não a mim! Para que percebesse o quão importante eram os meus propósitos quanto a criação do vírus letal.

Os deuses jamais me deixaram de lado, Alexandre, pois o protegeram, durante todo o processo em que o usaram para dar essa lição bem dada a seu pai.

Ela respirou fundo e com descaso, acrescentou:

– Não é incrível... que mesmo com a AIDS matando milhões e milhões de gays, essa bicharada escrota ainda continua se proliferando pelo mundo tal e qual capim? É repugnante!

– Por sua causa, minha mãe... – Alexandre voltou a falar, arrasado. – Por sua causa Hefestião está à beira da morte.

– Por minha causa?! – riu ela. – Não, Alexandre! Ele está assim por sua culpa! O único responsável pelo que lhe aconteceu, se é que há alguém, é você!

– Não me faça culpado do que não sou! – berrou ele.

Olímpia balançou a cabeça afirmativamente:

– É culpado, sim, Alexandre! O único culpado. Como acha que ele se sentiu ao ser traído por você com aquela coisinha chamada Ícaro?

– Aquilo nunca foi uma traição! Foi apenas... – argumentou o moço indignado.

– Apenas para satisfazer suas necessidades fisiológicas? – adiantou-se ela.

– Sim!

– Não seja medíocre. O que você fez com aquele rapaz foi traição sim e, quem ama de verdade, não trai jamais! Jamais, compreende?

A traição é horrível e você sabe disso, apesar de não tê-la sentido verdadeiramente na pele, provou apenas um pouco de seu efeito, através do medo de ser traído. Por isso despediu Simon, aquele nosso empregado por ciúmes de Hefestião. Você teve medo de vir a descobrir que eles estivessem tendo um caso.

A traição nos leva à loucura, nos desperta um ódio incontrolável, mas, por amor, podemos até conter esse ódio em nosso interior, para não ferir ainda mais uma relação. Muitas mulheres agem assim por dependerem financeiramente de seus maridos, temem que se extravasarem esse ódio, haja uma separação e se houver perderão seu apoio financeiro. Só que contê-lo dentro de nós nos fere tanto quanto o que nos é prejudicial à saúde física e mental.

Infelizmente a traição está no sangue dos homens, principalmente dos gays. É intrínseca à sua alma. Eles podem considerá-la uma glória, mas foi, é e sempre será a sua destruição.

Ela tomou ar e prosseguiu, desafiante como nunca:

– Inverta os papéis, se ponha no lugar de Hefestião e sinta o que ele sentiu. Imagine ele tendo o mesmo direito que você se deu, o de transar por experiência ou para resolver suas necessidades fisiológicas. Inverta, Alexandre, e sinta o gostinho do que ele sentiu.

A mãe olhou para o filho com desprezo e repugnância, tomada de fúria acrescentou:

– E você ainda tem a coragem de me dizer que eu sou a culpada pelo que aconteceu a ele. Não seja hipócrita, reconheça seus erros, aprenda a assumi-los. Você errou, você o traiu, você o conduziu indiretamente até a AIDS!

Alexandre contorcia o estômago e chorava como um menino desamparado e perdido.

– Mas Alexandre, meu filho, não se torture mais por isso. A morte dele será uma bênção na sua vida. Você tem uma esposa linda que o ama de paixão e um filho maravilhoso. O primeiro de muitos! Você pode não reconhecer, mas em breve, muito em breve, você reconhecerá que a morte dele foi uma bênção que os deuses derramaram sobre a sua alma.

Alexandre ergueu o rosto úmido para ela.

– Você é desumana... Eu me envergonho de ser seu filho!

– Nós somos iguais, Alexandre. Iguaizinhos!

E novamente ele implorou:

– A fórmula, mãe? Eu sei que a tem... Não minta para mim, eu sei que a tem. Eu preciso dela. Por favor, me entregue. Eu imploro!

– Mesmo que a tivesse, Alexandre, seria tarde demais para salvar Hefestião. Segundo Bradley, o antídoto só teria efeito no começo da doença. E, ainda assim, como já lhe disse, diante das proporções que o vírus atingiu, ele duvidava que fosse eficaz.

– Não importa! Dê-me mesmo assim! – insistiu Alexandre mais uma vez.

– Dessa vez você perdeu. A morte ganhou de você – revidou ela com acidez.

– A senhora é maléfica, cruel.

Como disse:

– Você puxou a mim, Alexandre. Inteiramente a mim!

Alexandre deixou o quarto da mãe como se estivesse em transe. Quando deu por si, estava ajoelhado no gramado em frente a casa com os olhos voltados para o céu. Com profundo lamento, falou:

– Que espécie de deuses são vocês, para permitir uma maldade dessas sobre a humanidade? Justo vocês nos quais tive tanta fé e respeito! Se existe realmente um de vocês aí na imensidão, com compaixão, pelo menos um pingo de consideração por todos aqueles que lhes devotam a alma e pregam o bem sobre a Terra, que nos ajude a parar de vez com essa loucura insana que destruiu e está destruindo tanta gente.

Vocês criaram o amor, não sejam vencidos pelo desamor. Eu amo um cara aquele que vocês me fizeram encontrar e amar profundamente. Por isso lhes peço, não por mim, por ele, inteiramente por ele. Permitam que sobreviva.

O pedido flutuou na quietude da noite até desaparecer na escuridão silenciosa.

Assim que tomou o avião de volta para Nova York, Alexandre ligou para Ícaro pedindo que voasse para a Inglaterra e revirasse a mansão até que encontrasse o antídoto.

– Fique com minha mãe e a vigie. Ela deve ter escondido a fórmula da cura da AIDS em algum lugar da mansão. Não há tempo de lhe explicar agora. Não a deixe sair, observe o que faz, grampeie o telefone, vasculhe a casa em busca de qualquer pista... Faça uma busca por toda a empresa, se for preciso vire-a de pernas para o ar, a fórmula ainda deve estar guardada em algum lugar...

Ícaro não conseguiu compreender tudo que Alexandre falava com tanta rapidez, por estar aflito, ansioso, tenso, e talvez delirando, pensou. Em todo caso, garantiu que atenderia ao seu pedido.

Assim que desligou, o rapaz se pôs a pensar no segundo grande amor de sua vida. Só agora podia compreender que se amava Alexandre de fato, só poderia desejar que ele fosse feliz ao lado de quem seu coração escolheu para amar.

II

Alexandre encontrou o quarto do hospital, onde Hefestião estava internado, a meia luz. Aproximou-se dele que parecia dormir um sono leve e tranquilo e ficou contemplando sua pessoa.

Hefestião abriu os olhos e ao vê-lo, sorriu com toda doçura. Alexandre lhe retribuiu o sorriso repleto de paixão e ternura.

– Eu lhe disse que eu o esperaria – disse Hefestião, esforçando-se para que sua voz soasse o mais alto possível.

Alexandre quis apertar-lhe as mãos. Mas teve cuidado, pois havia soro aplicado em uma de suas veias. Havia também um balão de oxigênio ao lado dele para aliviar a falta de ar que o atacou durante toda a tarde.

Alexandre deu um suspiro profundo e disse:

– É tudo verdade. Por mais inacreditável que pareça, é tudo verdade – admitiu Alexandre para Hefestião.

Em seguida contou tudo o que havia se passado entre ele e a mãe. Hefestião ouviu tudo atentamente, parecia respirar com extrema dificuldade e se esforçava para não deixar que Alexandre percebesse.

– Eu nunca lhe perdoarei. Tenho vontade de entregá-la às autoridades.

– Não pode fazer isso, Alexandre. Seria um escândalo para sua empresa, a perda total da credibilidade que vocês adquiriram durante todos esses anos. Repare o mal com o bem! Mantenha tudo em segredo, pois só assim poderá ter chances de investir na cura.

Alexandre não conteve as lágrimas.

– Perdoe a ela, Alexandre, afinal, é sua mãe!

Ele chorou a seguir feito uma criancinha assustada e perdida.

– Meu pai... – murmurou em meio ao pranto, minutos depois. – Ele não foi assassinado por causa do que descobriu.

– Eu sei – respondeu Hefestião, chamando a atenção do namorado de volta para ele.

– Sabe?!...

– Sim! Em meio a toda confusão em torno do assassinato de seu pai, deixamos de ver as fotografias que foram tiradas durante a cerimônia. Foi por meio delas que descobri a verdadeira identidade do assassino.

Hefestião respirou fundo e, com certa insegurança, prosseguiu:

– Na quinta foto antes da que foi tirada de seu pai estirado ao chão, vemos você, sua mãe, seu pai e a modelo que o acompanhava, fazendo um brinde com seus respectivos drinques na mão.

Na foto seguinte, todos estão de mãos vazias. Na certa por terem deixado seus drinques sobre a mesa que se encontrava atrás de vocês para posarem para a foto.

A próxima foto vemos todos novamente de posse de seus drinques fazendo novo brinde. Foi essa foto que me chamou atenção.

O coquetel que seu pai segurava na mão, então, não tinha cereja, o seu, sim! Lembrando o quanto você abomina cerejas, deduzi que seu pai pegou o seu drinque por engano e você pegou o de seu pai.

Se o veneno que matou seu pai estava no seu drinque, era você o alvo do assassino naquela noite. Seu pai morreu em seu lugar!

Ainda assim, havia uma questão a ser respondida: por que você pegaria um drinque com cereja, se não gosta? Saberia de imediato que não era o seu. No entanto, manteve-se com o drinque nas mãos por um bom tempo.

Reparando em você em fotos anteriores, encontrei você segurando o mesmo coquetel que matou seu pai, sempre cheio. Foi então que enxerguei a verdade.

Você pôs o veneno que previamente havia levado consigo para a cerimônia em seu coquetel. Fingiu tomá-lo por um tempo, tendo bastante cuidado para não deixar que seus lábios tocassem uma gota dele sequer. Permaneceu próximo ao seu pai, aguardando um momento propício para fazer a troca de seu drinque com o dele. E este momento chegou quando foi sugerido tirarem uma foto juntos.

Deve ter sido você próprio quem sugeriu que tirassem as fotos primeiramente com os drinques a mão, depois sem e novamente com. Para que pudesse trocar os drinques sem que ninguém notasse nada. Deve ter sido você próprio quem deu a seu pai o drinque que segurara até então, contendo veneno e ele, por estar tão envolvido com o momento, não se deu conta de que aquele não era o drinque que tomava antes de tê-lo deixado sobre a mesa.

A foto foi tirada e todos voltaram a dançar. Restava apenas esperar que Filipe tomasse o drinque e o veneno fizesse efeito.

Alexandre mordia os lábios quando Hefestião terminou sua narrativa. Levou tempo para que se manifestasse em sua defesa.

– Eu sempre pedi aos deuses que o deixassem viver, pelo maior tempo possível, só para poder ver a minha ascensão, compreender que minha vocação era mesmo a propaganda e marketing e que com ela eu conquistaria o mundo. Mostraria até mesmo que eu sempre fora muito melhor do que ele!

Mas com meu pai vivo e apaixonado por Cleópatra, como era, em breve permitiria que ela assumisse o que era seu de direito. Casando-se de novo, como pretendia, comprometeria minha herança se por acaso tivesse filhos com a nova mulher. Minha mãe seria levada à loucura a se ver trocada por uma outra mais jovem. Com ele morto, nada disso aconteceria, tampouco correríamos o risco de ser importunado por um filho bastardo (em busca de seus direitos) caso o tivesse tido no passado. Foi a única saída que eu encontrei para proteger minha mãe e a mim mesmo!

Hefestião respirou fundo antes de prosseguir:

– Confesso que foi bárbara a sua interpretação em Picadilly Circus. Fingir que havia visto Antípatro Gross para futuramente levantar a hipótese de que o ex-sócio que ameaçara se vingar de seu pai estivera em Londres, meses antes de seu assassinato, levando a policia a pensar que ele era o criminoso.

Escapar por pouco de um carro que misteriosamente foi pelos ares em Los Angelis, foi tão bárbaro quanto. Era o modo perfeito de desviar as suspeitas sobre você.

Alexandre rubro, indagou:

– Você ainda consegue me amar depois disso tudo?

Hefestião respirou fundo, levou a mão direita até o olho esquerdo para enxugar uma lágrima e disse:

– Não estou aqui para julgá-lo, Alexandre, nem para entregá-lo às autoridades. Só contei tudo isso, para que soubesse que mesmo distante, aprendi a conhecê-lo a fundo. Que nunca, sequer nos momentos mais tristes de minha solidão, deixei de pensar em você e, de querer ajudá-lo em seus propósitos.

Hefestião pareceu dar um tempo para Alexandre refletir e num tom mais grave e sério, retomou o assunto:

– Para onde as autoridades mandam os assassinos, eles não podem fazer aquilo que eu quero que você faça por mim, por você e pela humanidade!

Continue a investir na busca pela cura da AIDS e pela cura de tantas outras doenças abomináveis. E quando descobrir os medicamentos para esses males, faça deles algo acessível a todos: pretos e brancos, pobres e ricos, judeus ou mulçumanos, homo ou heterossexuais.

Impeça que os laboratórios químicos e os profissionais de saúde continuem a se aproveitar da doença das pessoas para enriquecer e, principalmente, humilhar e deixar à míngua aqueles que não têm condições financeiras para pagar-lhes. Isso, em qualquer lugar do mundo.

– Nós dois lutaremos por isso, Hefestião! Eu e você, juntos!

– Não, Alexandre, nessa nova meta você terá de seguir sozinho.

– Um exército de um homem só?

– Jamais estará só nessa batalha. Seguirá com a força dos milhões de aidéticos espalhados pelo mundo que aguardam com esperança a cura para a AIDS. Terá também a força daqueles que mesmo não tendo a doença, querem seu fim para poderem fazer amor à vontade sem medo de contraí-la.

– Eu...

– Você pode e tem condições de devolver à humanidade o direito de se amar sem rótulos e sem contraindicação.

Alexandre suspirou e Hefestião foi além:

– Prometa para mim.

– Eu...

– Você pode!

– Está bem, Hefestião, eu prometo!

Alexandre foi até ele, curvou-se e o beijou suavemente nos lábios. Os lábios do amado já não tinham mais forças e o calor dos beijos que trocavam antes de se separarem.

Hefestião, visivelmente cansado, fez nova pausa; tomou fôlego e disse:

– Seja onde eu estiver, ao lado de Deus ou do diabo, eu estarei torcendo por você, pela raça humana, pelo fim da AIDS e de todas as doenças que tanto degradam a vida sobre a Terra. Conserte o mal com o bem! Inspire o ser humano a se elevar pelo bem, pelo próprio bem de si mesmo e da humanidade.

Alexandre assentiu, curvou-se sobre ele, deitando delicadamente seu rosto sofrido por sobre seu peito e admitiu, chorando:

– Eu o amo... Amo tanto...

Ao voltar a encarar o enfermo, ele já não mais se encontrava nesta dimensão.

– Hefestião... Hefestião... – chamou Alexandre, explodindo numa crise de choro, sentindo o chão sumir de seus pés.

Ele o abraçou e o beijou demorado. Queria sentir o pouco do calor humano que ainda restava dele.

Aquele momento foi para Alexandre como se alguém tivesse arrancado de seu corpo uma parte sem anestesia. O certo era partir com ele. Não havia mais por que viver. O pensamento suicida foi interrompido pela voz de Hefestião ressoando em sua mente.

"Para onde as autoridades mandam os assassinos eles não podem fazer aquilo que eu quero que você faça por mim, por você e pela humanidade!

Continue a investir na busca pela cura da AIDS e pela cura de tantas outras doenças abomináveis. E quando descobrir os medicamentos para esses males, faça deles algo acessível a todos: pretos e brancos, pobres e ricos, judeus ou mulçumanos, homo ou heterossexuais.

Impeça que os laboratórios químicos e os profissionais de saúde continuem a se aproveitar da doença das pessoas para enriquecer e, principalmente, humilhar e deixar à míngua aqueles que não têm condições financeiras para pagar-lhes. Isso, em qualquer lugar do mundo.

Você pode e tem condições de devolver à humanidade o direito de se amar sem rótulos e sem contraindicação.

Prometa para mim. Você pode!

Ele prometera e haveria de cumprir o prometido, custasse o que custasse antes de seguir para junto do homem amado no além túmulo.

Alexandre ficou abraçado ao corpo do amante, chorando

convulsivamente até a enfermeira entrar e descobri-los ali. Apesar da tristeza tamanha, uma paz invadiu o quarto naquele momento.

NY, 30 de novembro de 2003

Como Hefestião lhe pedira, Alexandre levou seu corpo para ser enterrado ao lado da mãe em sua cidade natal. Assim que o avião decolou do Kennedy Airport, pela janela da aeronave, Alexandre avistou a estátua da Liberdade, cuja liberdade para ele já não existia mais.

Ao chegar ao seu destino, Norma o aguardava no aeroporto. Hefestião desde o reencontro com a amiga, não mais perdera contato. Ela própria havia ido visitá-lo em Nova York, muitas vezes.

Ela cumprimentou Alexandre com um abraço afetuoso e chorou no seu ombro bem como ele chorou no dela. Finalmente ela estava conhecendo pessoalmente o grande amor de seu melhor amigo de infância. Pessoalmente pôde comprovar o que já notara por fotos, o fato de ambos serem parecidos fisicamente. Uma semelhança que, talvez, somente ela, por ser uma desenhista, pudesse notar.

– É – disse para si mesma. – Isso confirma o que já ouvi dizerem. Que almas gêmeas realmente se parecem.

Somente ela e Alexandre foram ao cemitério.

Diante da sepultura, Norma tirou de dentro do bolso uma folha de caderno e começou a ler o que havia escrito ali:

Estava em busca de mim
Como sempre, sempre em busca de mim
Até errar de caminho
E ir parar no seu olhar
Também sozinho
Buscando um caminho pra se encontrar...
Que sorte que errei de caminho
Que sorte, diz você, por ter ficado sozinho...
Que sorte...
Nada nunca mais foi o mesmo

Hoje sigo a vida em meio a beijos
Trechos dos poemas que você declama pra me encantar
Todo dia como se a gente tivesse acabado de começar a namorar
Beijos, desejos que me fazem voar além do sol, além do amor
Além de nós, alem dos sóis... Além da dor...
Que sorte que errei de caminho
Que sorte que te deixaram sozinho...

O caixão foi posto na cova sob os olhos atentos de Alexandre. Norma então chamou sua atenção, dizendo-lhe:

– Não é para aí que você deve olhar, Alexandre. É para lá!

Ela voltou os olhos para o céu, acompanhada do moço devastado pela dor ao seu lado.

– É lá que ele agora se encontra, Alexandre. Ao lado de Deus, pelo menos por hora, por um tempo, até a vida o chame novamente para cá!

Uma leve brisa passou por eles, balançando as flores que ali estavam e espalhando o seu perfume pelo ar.

No caminho de volta a Nova York, Alexandre lembrou-se da mãe. Sentiu saudades dela naquele momento, quis estar em seus braços, sendo amparado, acariciado e confortado por ela de forma que só ela sabia fazer.

Apesar de tudo, ele ainda a amava, por mais que tivesse ouvido de sua própria boca, assumir a responsabilidade sozinha por tudo o que fizera, ainda acreditava que havia sido influenciada por pessoas com interesses desumanos. Pessoas que ela não quis revelar por medo do que pudessem lhe fazer, bem como a ele, caso decidisse tomar alguma providência.

Sem mais, Alexandre mudou o curso do avião para o país de Gales.

Nesse ínterim, na linda propriedade dos Theodorides, Olímpia segurava com a mão trêmula de frio o trinco da janela. Sem mais, ela fechou a janela com um gesto decidido, parecendo estar com a mente longe, dominada por vozes e mais vozes, falando ao mesmo tempo, deixando-a completamente confusa. Então, puxou cuidadosamente a cortina e se dirigiu para a cama.

Do aeroporto de Heathrow, Alexandre seguiu rumo a casa, levado pelo chofer que fora apanhá-lo, como de costume. Pelo caminho, refletia: "Só restava uma atitude, convencer a mãe a lhe contar tudo o que realmente sabia sobre o antídoto. Sim, ela sabia... nada tirava isso de sua mente..."

Algo fê-lo despertar de seus pensamentos.

– Oh! Não! – exclamou, envergando o corpo para frente.

– O que foi senhor?! – perguntou o chofer surpreso e assustado com grito do patrão.

– Acelere, acelere! – respondeu Alexandre, desesperado.

O homem pisou no acelerador.

Ao entrar na estrada rumo a casa, já se podia avistá-la em chamas. Nem bem o carro parra, Alexandre saltou e correu. Um dos empregados o deteve.

– Não! – gritou ele. – Largue-me... Cadê minha mãe?!

– Sr. Theodorides... ela fez algo no andar de cima... ouvimos uma explosão, foi fogo por toda parte. O Sr. Ícaro foi tentar trazê-la para fora. Deve ter ficado também preso pelo fogo! – explicou o mordomo numa voz horrorizada.

Num gesto rápido Alexandre escapuliu dos braços do homem, mas ao entrar ouve outra explosão que o arremessou longe. O mesmo empregado correu até ele e ainda conseguiu trazê-lo para fora e, ao que parecia, com vida.

CAPÍTULO 11

I

Já haviam se passado dias quando Alexandre recuperou a consciência. Ele se encontrava agora internado num hospital.

– Como se sente? – perguntou um enfermeiro, ao vê-lo despertar.

– Estou com a cabeça embaralhada e confusa. Isto é um hospital? O que houve?

– O senhor ficou em coma por alguns dias.

Alexandre permaneceu pensativo por alguns segundos.

– Agora me lembro! Houve uma explosão... a casa... minha mãe... Onde está minha mãe?

– Eu não sei lhe dizer, senhor.

Outra pergunta atravessou seu cérebro feito uma flecha. Quem estaria cuidando dele após tudo o que aconteceu? A irmã não seria capaz de um gesto tão carinhoso para com ele. Ver-se dependente dela também seria humilhante demais para ele.

Ouviu-se um toque na porta e o enfermeiro foi abrir.

– Ele acabou de acordar – informou o rapaz, alegremente.

Alexandre se surpreendeu ao ver Roxane entrar no quarto. Tanto ele como ela se emocionaram. Ela se aproximou dele e tocou levemente em sua mão.

– Jamais pensei que você... depois de tudo...

Ela sorriu amavelmente e ele calou-se, admirando mais uma vez a beleza da esposa.

– E meu filho, como ele está? – perguntou a seguir

– Está muito bem, Alexandre. Não se preocupe. Deixei-o com a babá no hotel.

– No hotel?

Uma expressão de pesar transpareceu no olhar da esposa.

– Não restou nada da casa, não é mesmo? – perguntou ele com tristeza.

– Não se preocupe com isso agora.

– Minha mãe está morta, não está? – os olhos dele encheram-se d'água. Apesar de tudo que ela fez, eu ainda a amava profundamente.

A seguir, ele contou à moça, tudo a respeito da criação do vírus da AIDS.

Para Roxane o marido estava delirando, jamais um ser humano seria capaz de fazer tamanha barbaridade.

– Você não acreditou em uma palavra do que lhe disse, não é? – disse ele ao final da narrativa.

– Sinceramente? É muito difícil acreditar que o maior e mais respeitado laboratório farmacêutico do mundo esteja envolvido em algo tão desumano assim.... – argumentou ela.

Alexandre opinou:

– Eu a compreendo.

Ele fez uma pausa e completou:

– Estou certo de que não foi só a AIDS que foi criada em laboratório, muitas outras doenças tiveram sua origem num. Penso mesmo que a maioria das doenças que afetam o ser humano, nascem dos efeitos colaterais produzidos pelos remédios químicos.

Ela, pensativa, falou:

– Rogo para que esse mal um dia acabe! Acabe pelo bem das novas gerações, nosso filho faz parte dela. Meus priminhos e sobrinhos também.

– Só nos resta saber – arrematou Alexandre –, se mesmo o vírus tendo fim, o preconceito se extinguirá da face da Terra. Preconceito que pode matar tanto quanto ele. Os negros, por exemplo, foram libertos da escravidão desumana, mas não do racismo que continua década após década causando danos e mais danos físicos e morais.

Roxane partiu somente quando ele adormeceu e regressou no outro dia, mais cedo, trazendo com ela um buquê.

– Tive sorte de encontrar você – admitiu ele, sorrindo para ela e inspirando a fragrância das flores.

– Depois de tudo que lhe fiz você ainda...

– Eu ainda o amo, sim, se é isso o que quer saber – confessou ela, mergulhando seus olhos nos dele.

Os dois ficaram ali parados, olhando um para o outro, até o tempo se perder de vista.

– Preciso ir embora daqui! – disse ele rompendo o silêncio. – Tenho coisas importantes a fazer!

– Acalme-se! Ainda está em observação. Irá embora assim que os médicos lhe derem alta.

– Eu preciso...

Ela apertou sua mão suavemente e disse em tom encorajador:

– Quero que se esforce para melhorar. Eu e Cirus estaremos esperando-o.

– Eu vou me esforçar.

– Promete?

– Prometo!

Ptolomeu chegou a seguir, surpreendendo Roxane e Alexandre. Uma hora depois, a moça partiu, já que o rapaz se prontificou a ficar com Alexandre pelo resto do dia. Só então, o rapaz lhe contou tudo o que Hefestião havia feito por ele.

– Sou eternamente grato ao Sr. Lê Kerr. Sua morte é uma grande perda – admitiu com profunda sinceridade. – O Sr. Lê Kerr lhe queria muito bem, gostava muito do senhor, podia-se perceber isso; quando falava do senhor, seus olhos brilhavam... É por isso que vim... ele me disse que se um dia o senhor viesse a precisar de mim e se ele não mais se encontrasse por aqui, que eu o ajudasse.

Alexandre emocionado, balançou a cabeça em sinal de compreensão. Minutos depois, dizia:

– Se Hefestião confiava em você, acho que posso confiar, também.

– Sim, senhor.

– Preciso de um favor seu. Só você pode me ajudar.

Ptolomeu o olhou mais atento.

– Preciso que me ajude a sair daqui, agora, por favor! Quero ver o pôr do sol. Necessito!

– Isso não será problema, creio eu. Há um saguão de onde o senhor pode...

– Não aqui. Quero ver o pôr do sol de um lugar em especial. Da propriedade de meus pais onde nasci.

– Mas...

– Os médicos e enfermeiros não me deixarão partir, não ainda, em recuperação. Portanto, você tem de me ajudar a sair daqui sem que percebam.

– Mas... Pode ser prejudicial a sua saúde.

– Por favor. Eu assumo toda responsabilidade.

– Está bem – respondeu o rapaz ainda incerto se deveria ou não atender ao pedido.

Com a desculpa de que iria levar o paciente para tomar um pouco de sol no saguão do hospital, Ptolomeu conseguiu uma cadeira de rodas. Ao chegarem ao estacionamento, Ptolomeu ajudou Alexandre a entrar no carro e partiram.

No decorrer do trajeto, nuvens cobriram o sol para tristeza de Alexandre. Ele que sempre previu as mudanças do tempo, não previu aquela. Mesmo assim, manteve-se agarrado à esperança de que o céu clareasse.

O céu ainda estava fechado quando o carro de Ptolomeu cruzou os portões da inigualável e luxuosa propriedade dos Theodorides. O lugar parecia agora assombrado. Assim que o veículo estacionou, Alexandre abriu a porta e Ptolomeu correu para ajudá-lo. Ao avistar a casa em ruínas, destruída pelo incêndio, Alexandre sentiu um aperto no coração. A mansão vista de longe parecia não mais que uma maquete. O que antes era uma belíssima relíquia arquitetônica, tornara-se apenas pó.

– É tão triste, sabe? Ver o lugar onde nasci e cresci desse jeito.

– Eu faço ideia.

O rosto pálido de Alexandre ficara repentinamente riscado de lágrimas.

– Eu já volto – disse ele, então.

– Quer que eu vá com o senhor? – ofereceu-se o jovem.

– Não! Prefiro ir só...

– Mas...

– Não se preocupe, estarei bem...

– Ficarei aqui esperando pelo senhor – respondeu o jovem incerto se aquele era realmente a melhor decisão.

– Obrigado.

O rapaz ficou observando Alexandre se afastar até perdê-lo de vista. Lembrou-se então de Hefestião de seu pedido o que lhe deu a certeza, mais uma vez de estar fazendo a coisa certa.

Alexandre caminhou pelo que antigamente era um gramado bem cuidado até alcançar o seu lugar habitual de ver o pôr do sol. Infelizmente tudo o que podia ver dali era um céu pálido, triste e melancólico. Tão triste e melancólico quanto o seu coração.

Vendo que de nada adiantaria permanecer ali, Alexandre se levantou e voltou para o lugar onde deixara Ptolomeu, esperando por ele. Foi pelo caminho, prestando atenção às árvores que ladeavam o lugar, que ele se lembrou do dia em que Hefestião o levou até ali, enterrou uma caixinha de metal e disse:

"Se um dia estiver triste e eu não puder estar por perto, venha até aqui e desenterre a caixa. Sentirá então minha presença ao seu lado, o que poderá ajudá-lo e muito a superar o momento."

Ele havia se esquecido completamente daquilo. Ainda que com dificuldades, encaminhou-se até lá em busca da árvore em que Hefestião escreveu as iniciais do nome de ambos ali.

"Não é incrível que isso ficará cravado aqui por muitos anos?", foram as palavras de Hefestião assim que escreveu no tronco.

"Assim como nós", foi a resposta de Alexandre, apaixonado.

"Ainda estará aí mesmo após a nossa morte", acrescentou Hefestião sendo agarrado a seguir por Alexandre que o beijou com arrebatadora paixão.

Levou pelo menos cinco minutos para Alexandre localizar o tronco e quando fez, cavou o lugar rapidamente. Ao encontrar a caixa, limpou a terra que ficara grudada e só então a abriu, com o coração batendo forte. Dentro havia um cartão postal com um por do sol lindo. No verso, lia-se na caligrafia impecável de Hefestião:

"Se abriu essa caixa é porque eu já não estou mais ao seu lado, não mais nesse mundo. Volte então os olhos para o céu, onde reside o astro que mais admira e me encontrará de alguma forma em meio a ele. Com todo amor todo mundo, Hefestião."

Alexandre caiu de joelhos, chorando copiosamente. A dor que já sentira antes com a morte do grande amor da sua vida se repetia mais uma vez, foi assim até que foi se dissipando, dissipando e ele pôde então erguer o rosto e ver que já não estava mais só. Bem ali, a sua frente, a menos de três metros, estava Hefestião, lindo como fora antes da doença que devastou seu físico. Um rapaz de corpo atlético, da mesma estatura que a dele, com olhos e cabelos escuros, queixo quadrado e um sorriso cativante, simples e infantil.

Ao seu lado estava o pai, Filipe, aquele que tentara lhe ensinar o certo que poderia ter salvado Hefestião e milhares de outros doentes como ele, mas que por influência da mãe nunca se permitiu ouvi-lo. O pai sorriu, despertando no filho um sorriso bonito também. Dessa vez, Alexandre olhava para ele com verdadeira admiração e amor. O amor que nunca conseguiu lhe dedicar ao longo da existência na Terra.

Alexandre suspirou, suas pálpebras tremeram e então, fecharam-se lentamente.

Milhares e milhares de pessoas de todas as nacionalidades e religiões, independentemente de serem homossexuais, bissexuais ou heterossexuais, ricas ou pobres, jovens ou adultas, morreram por causa da AIDS nas últimas quatro décadas.

Até o presente momento a forma mais eficaz de combater a AIDS ainda é a camisinha.

Ainda que outras mentes diabólicas venham a desenvolver outros vírus tão maléficos quanto esse, nenhum jamais conseguirá destruir o vírus do amor. Impedir um homem de amar uma mulher, um homem de amar outro homem, uma mulher de amar outra mulher. Impedir que toda forma de amor seja um dia respeitada tal e qual devemos fazer em relação a cor, nacionalidade, condição econômica e idade de uma pessoa.

De tudo que se ouviu falar a respeito dos gays recentemente, destaco as palavras do Papa Francisco:

"Se uma pessoa é homossexual e procura Deus e a boa vontade divina, quem sou eu para julgá-la?", disse, referindo-se ao catecismo da Igreja Católica, que "diz que os homossexuais não devem ser marginalizados por causa de o serem, mas que devem ser integrados à sociedade".

Que as pessoas preconceituosas não se esqueçam também que mais importante do que disseminar o preconceito é ocupar seu tempo com pessoas que estão precisando de ajuda, apoio moral, companheirismo e amor. Isso sim é levar a risca o mandamento de Cristo "Amai-vos uns aos outros, como eu vos amei!".

Junho de 2014

Alegres

Só os mal-amados detestam os ALEGRES
Só as mal-amadas detestam os ALEGRES
Só os enrustidos detestam os ALEGRES
Só os mal comidos detestam os ALEGRES
Só os que pecam detestam os ALEGRES
Só os que maliciam detestam os ALEGRES
Só quem se maltrata detesta os ALEGRES
Só quem não teve infância detesta os ALEGRES
Só, só, só...
Só falsos profetas excomungam os ALEGRES
Só falsos morais criticam os ALEGRES
Só falsos ideias são contra os ALEGRES
Só quem nunca assistiu "Bambi" agride os ALEGRES

Só os FELIZES exploram outras diretrizes
Só os FELIZES se dão bem consigo mesmo
Só os FELIZES se dão bem na cama
Só os FELIZES transam sem pijama
Só os FELIZES curtem a festa
Só os FELIZES vivem de festa
Só os FELIZES se realizam pra sempre
Só os FELIZES vivem eternamente contentes!

Mas se você não é feliz
Além do horizonte há um arco-íris
Onde você pode se iluminar
Quem sabe até tornar-se um super star

Me dê a mão, chega de brigar
Todo mundo é irmão
Somos um só coração
(Letra e música de Meco Garrido)

A seguir, resumos das obras do Autor que abordam temas semelhantes.

QUANDO O CORAÇÃO ESCOLHE

Depois de rever a namorada, Fabrízio foi até a casa dos pais na cidade. Lá reencontrou a mãe e os irmãos:

– Como vai, Rocco? – cumprimentou, o irmão mais novo.

Os dois trocaram um forte abraço.

– E a faculdade, Fabrízio, está gostando?

Fabrízio ia dar sua opinião verdadeira a respeito dos estudos, mas mudou de ideia.

– Muito – respondeu, simplesmente.

– É o que realmente quer para você?

– Não tenho dúvidas, Rocco. É lógico que as matérias do primeiro ano não são referentes àquilo que a gente realmente quer aprender na prática, mas...

Rocco, aos 16, tornara-se um adolescente com ares de rapaz europeu. Tornara-se também um sarrista inveterado.

Nisso Ettore juntou-se a eles. Ao vê-lo, Fabrízio imediatamente fechou o cenho e cumprimentou o irmão com frieza formalidade. Fabrízio não percebia, mas estava sempre impondo uma barreira entre ele e Ettore. Talvez, por não ter a mesma afinidade que tinha com Rocco.

Ettore, como sempre, manteve-se sério diante do irmão mais velho, na verdade, apreensivo. Crispando as mãos, apoiando-se ora numa perna ora noutra.

Ettore, aos 17, tornara-se um jovem recatado e sério. Parecia estar sempre policiando seu comportamento e ter dificuldades para relaxar. Parecia andar dentro de uma armadura medieval.

– Epa! Tem algo diferente em você, Fabrízio! – exclamou Rocco, após prestar melhor atenção no irmão.

– Corta essa, Rocco! – argumentou Fabrízio, corando.

– Tô falando sério; alguma coisa em você mudou. O Ettore também está diferente, posso ver pelo seu olhar, e isso tem nome: garota. M-u-l-h-e-r!

– Que bobagem, Rocco – indignou-se, Ettore.

– Bobagem é, sei... a Sofia também notou e estou notando o mesmo no Fabrízio.

– Já lhe disse Rocco, que não tem nada de diferente em mim. Estou feliz por estar em casa, por rever vovô, papai, minha família e a Tereza, só isso.

– Sei não, meu irmão, sei não... Isso pra mim tá me cheirando a outra garota.

– Cala boca, Rocco, vai que alguém ouve e pensa que é verdade. – irritou-se,

Fabrízio

– E é! – insistiu Rocco.

Fabrízio perdeu a paciência e foi para cima do irmão, mas ele se esgueirou de seus braços tal como um zagueiro e saiu correndo do aposento gargalhando.

– Esse Rocco não tem jeito mesmo – murmurou Fabrízio, balançando a cabeça de um lado para o outro.

Depois, retomando o seu ar de sério, voltou-se para Ettore e perguntou:

– E quanto a você, Ettore, está realmente de olho numa garota?

A resposta de Ettore soou rápida, quase que simultânea à pergunta:

– Alucinação do Rocco.

Fabrízio olhou profundamente os olhos do irmão, desconfiado de que ele mentia. Ettore ficou tão sem graça que seu rosto enrubesceu, contritamente.

Nesse instante ouviu-se uma buzina.

– Quem será? – perguntou Fabrízio.

Antes que Ettore respondesse, Rocco gritou lá de fora da casa:

– Ettore, é o Caio!

Fabrízio notou um ligeiro rubor transparecer nas maçãs do rosto do irmão. Ettore, sentindo-se ainda mais sem graça, pediu licença e foi atender o amigo. Fabrízio foi até a janela e de lá ficou observando o irmão encontrar-se com o amigo.

Escarrapachado no selim de uma reluzente motocicleta cromada e escarlate, estava Caio de Freitas, usando enormes óculos protetores preso em sua testa, jaqueta de couro, calças jeans e botas de couro marrom.

Fabrízio já conhecia o rapaz desde que ele se tornara o amigo inseparável de Ettore, logo após estudarem na mesma classe no primeiro colegial.

Ettore montou na garupa da motocicleta de Caio e partiram. O barulho estridente e inoportuno da moto foi desaparecendo, conforme ela se distanciava da casa.

O rosto de Fabrízio, a seguir, transformou-se em rosto da esfinge.

A moto logo tomou a estrada de terra que levava às margens do rio que passava rente a cidade e atravessava muitas fazendas da região, inclusive a dos Guiarone.

Por onde o veículo passava uma nuvem de poeira se erguia pela estrada. Quando o pó se assentava, já não se podia ver mais a geringonça.

A tarde estava magnífica, o sol caindo no horizonte deixava os campos verdejantes luminescentes, tal como uma pintura a óleo em que o artista use apenas cores quentes, cores que sempre dão mais vida a uma obra.

Chegando às margens do rio, Caio estacionou a moto e os dois caminharam por entre as árvores, contando amenidades.

Ettore ria das observações que Caio fazia a respeito das pessoas e das situações do cotidiano. Para ele, as observações do rapaz eram sempre muito engraçadas e pertinentes. Depois de darem uma volta, retornaram à margem do rio e sentaram-se ali.

Os raios do sol incidiam sobre a superfície da água, tornando-a reluzente, compondo um quadro lindo de se ver. A água cristalina permitia ver cardumes de peixes nadando por entre as folhagens de pequenas plantas submersas.

– Se não estivesse frio, poderíamos nadar um pouco como fazemos no verão – comentou Caio.

Ettore assentiu e perguntou:

– Como foi na prova de matemática?

– Tão bem que nem precisei usar as colas que fiz. Se bem que mesmo que precisasse delas não teria como usá-las, aquela maldita professora não tirou os olhos de mim por nenhum minuto durante a prova. Ficou me marcando o tempo todo. Ela me detesta, cismou comigo. Ai, como eu gostaria de...

Caio não completou a frase. Deixou-a no ar...

Nisso ouviram o canto bonito de um pássaro. Ambos ficaram em silêncio por alguns minutos para poder apreciar a cantoria. Só então, Caio voltou-se para o amigo e disse seriamente:

– Quero falar com você. Aliás, querer não é bem o termo. Preciso.

Ao deparar-se com o olhar penetrante do colega, Ettore baixou os olhos. Sentiu um aperto no estômago. Subitamente se pôs em pé e caminhou. Caio pareceu desconcertado com o rápido movimento do colega. Levantou-se e seguiu o amigo.

– Aonde vai? Estava falando com você, seu mal-educado!

Ettore continuou andando, fingindo não ouvir o colega, só parou quando avistou algo que chamou sua atenção.

– Veja! – exclamou, empolgado. – Um pé de manga! E está cheinho delas, pena que estejam no alto.

– Vamos subir e apanhá-las – sugeriu Caio com empolgação.

– Eu não consigo subir em árvores.

– Eu o ajudo.

– Não adianta. Já tentei diversas vezes e...

– Tente mais uma vez, eu o ajudo!

– Já desisti faz tempo de repetir as tentativas.

– Desistiu muito cedo.

– Há coisas na vida com as quais não se pode lutar, Caio. Quando não nascemos para uma coisa, não adianta insistir. Pau que nasce torto morre torto, não é esse o ditado?

– Eu subirei! – animou-se Caio e sem delongas, agarrou-se no tronco da árvore e se pôs a escalá-la.

Ettore aguardou pelo amigo dominado por uma irritante inquietação. Caio, ao atingir uma altura que dava para apanhar a fruta, começou a colhê-las e arremessar para Ettore.

– Já chega! – berrou Ettore, minutos depois.

Caio, então, se pôs a descer da árvore e quando estava numa altura que percebeu que poderia pular dali sem se machucar, saltou. Caiu rente ao amigo e, para provocá-lo, jogou-se em cima dele, levando Ettore, por ter se desequilibrado, ao chão.

– Seu louco! – reclamou Ettore, rindo.

O sorriso desapareceu de sua face ao perceber que estava cara a cara com o amigo, com a ponta do seu nariz encostada na do nariz de Caio. O silêncio caiu pesado e o tempo pareceu parar para os dois naquele instante.

Caio estava prestes a beijar os lábios de Ettore quando o amigo o empurrou de cima dele e se levantou rapidamente, aflito.

– Desculpe-me, eu não queria... – disse Caio, pondo-se de pé. Seu queixo tremia, agora, ininterruptamente.

Ettore bufou. Com dificuldades disse:

– Tá tudo bem.

Caio pegou o ombro do amigo fazendo-o encará-lo novamente e disse:

– Ettore, preciso falar com você. Quer me ouvir, por favor?

Ettore enrijeceu o corpo e o maxilar.

– Olhe para mim, Ettore, por favor – insistiu Caio, sem perder a calma.

Levou cerca de meio minuto até que Ettore atendesse o pedido de amigo. Seus olhos estavam vermelhos agora, febris.

– Desculpe-me – desabafou Caio –, há tempos que venho querendo beijá-lo e você sabe disso.

– Não diga tolices – enfezou-se Ettore dando um passo para trás.

– Você sabe o que eu sinto por você.

– Você está louco!

Certo tremor denunciava o pavor que atingiu o interior de Ettore.

– Louco, por que? – defendeu-se Caio, a toda voz. – Porque gosto de você?

– Dois homens não se gostam, Caio!

– Nós somos "homens" entre aspas, Ettore, e você sabe disso!

Caio arrependeu-se do que falou no mesmo instante. Teve receio de que suas palavras ofendessem o amigo, o que de fato aconteceu.

Num gesto rápido, Ettore esmurrou o rosto do colega, impulsionado por tanta fúria, que o rapaz foi ao chão com tudo.

Ettore começou a chorar e correu para a margem do lago.

Caio levantou-se, procurou secar o nariz que sangrava na camiseta e correu atrás do amigo.

– Eu tenho ódio de você – berrou Ettore, ao perceber sua aproximação. – Odeio você quando diz essas besteiras.

– Você sabe que não são besteiras, Ettore. O que nós sentimos um pelo outro é real. É amor.

– Tudo o que sei é que dois homens não podem sentir o que sentimos.

– Por quê?

– Porque é pecado, errado e imoral! A igreja condena, a sociedade condena. É uma vergonha para as famílias de bem!

– Não é! Eu não pedi para sentir o que sinto por você, Ettore! Aconteceu. Simplesmente aconteceu! Não sei quem governa o amor, mas seja quem for, não vê sexo, nem cor, nem classe social, nem religião... Você mesmo disse há pouco que há coisas na vida que não podemos lutar para mudar, que pau que nasce torto morre torto, pois bem nascemos assim, a natureza nos fez assim, assim como fez os pretos, os brancos, os amarelos, os orientais...

“Eu não pedi, Ettore, juro que não pedi para gostar de você como eu gosto. Aconteceu. Foi meu coração quem quis assim. Se fosse uma questão de escolha pode ter certeza de que eu não escolheria amá-lo como o amo, mas não é questão de escolha. É coisa do coração. E quando o coração escolhe...

– Eu vou me afastar de você, Caio, deixar de ser seu amigo se você não parar com esse papo, com essa ideia fixa, estapafúrdia e imoral.

– Se você se afastar de mim, estará se afastando de você também, Ettore. E você sabe disso. Você também me ama da mesma forma que eu o amo, eu sei, eu sinto. E saiba que eu não vou desistir tão fácil do nosso amor.

– Leve-me embora daqui, Caio, agora, por favor.

Caio achou por bem atender o pedido do amigo.

Assim que Caio parou a moto em frente a casa do amigo, Ettore saltou e se despediu friamente do rapaz. Entrou em sua casa pisando duro, vermelho de tensão. Sofia ao vê-lo entrar, chamou-o:

– Ettore, veja o que Fabrízio me trouxe de presente, não é lindo?

Sofia mostrou-lhe uma caneta bonita, diferente.

– Sim, é muito bonita, Sofia.

A mocinha de 15 anos percebeu que o irmão não estava bem e quis saber a razão. Ettore afirmou que era cisma dela, que não havia nada de errado com ele. Sofia não se deu por satisfeita com a resposta. Conhecia bem o irmão, sabia muito bem quando ele estava mentindo.

QUANDO O CORAÇÃO ESCOLHE

(Publicado anteriormente com o título: “A Alma Ajuda”, um grabde sucesso Barbara)

SE NÃO AMÁSSEMOS TANTO ASSIM

Kameni descobria-se, cada vez mais, apaixonado por Kadima. Não era só ele quem estava amando naquela caravana. Havia alguém mais, e seu nome era Ma-Krut, só que em vez de estar amando uma mulher como deveria de ser, estava amando um homem e esse homem era Kameni. Um rapaz de apenas dezessete anos de idade. Um menino praticamente.

Sim, o velho fanfarrão de olhos esbugalhados, estava começando a enlouquecer de paixão por Kameni, o que era deveras preocupante, pois, cedo ou tarde, ele forçaria o rapaz a fazer coisas com ele, coisas que Kameni se recusaria e por se recusar, acabaria tornando sua vida um inferno, pior do que já era.

Pobre Kameni... Se Ma-Krut descobrisse a respeito de Kadima, principalmente a respeito dos sentimentos de Kameni por ela, poderia chegar a matar Kadima sem pensar duas vezes por puro ciúmes, desgraçando ainda mais a vida daquele humilde rapaz escravo.

Ah! O amor... Ah, se não incendiasse o coração das pessoas de forma tão voraz... Ah! Se não amássemos tanto assim... tudo... tudo seria bem mais fácil... porém, talvez, insosso...

No dia seguinte, bem na hora que o sol estava a pino, Ma-Krut retornou ao seu acampamento e, como sempre, a paz se recolheu ao mundo das sombras com a sua chegada.

O senhor de escravos parecia bem mais gordo do que quando partiu em viagem, mas ninguém ousou fazer tal observação. A primeira coisa que Ma-Krut perguntou ao chegar foi por Kameni. Este logo foi chamado e em questão de segundos se apresentou diante dele.

Ao revê-lo, os olhos do homem grandalhão e corpulento cintilaram de emoção e sua expressão tornou-se menos sombria. Havia também um quê de alívio em seu rosto. Alívio por perceber que seu querido escravo não havia fugido como receou que fizesse na sua ausência. Tampouco sido relapso quanto a sua função de administrador temporário da caravana. Tudo por ali estava em perfeita ordem, devidamente em seu lugar.

A lealdade do escravo adorado não só causou alívio em Ma-Krut como cobriu-o ainda mais de admiração pelo rapaz. Para ele, a atitude de Kameni era um sinal de que ele o apreciava mais do que demonstrava, de uma forma que até o próprio Kameni desconhecia.

– Meu bom Kameni! Meu amado e estimado Kameni! – exclamou Ma-Krut indo até ele e segurando firmemente em seus ombros.

Solenemente, o homem e o rapaz trocaram um cumprimento com o olhar.

– Senti muito a tua falta, meu bom rapaz... imensamente... – acrescentou o mercador, feliz.

– Como foi a viagem, meu senhor?

– Exaustiva. Muito exaustiva. Hermópolis já não é mais a mesma.

Kameni balançou a cabeça aprovadoramente.

– E por aqui, tudo correu bem?

– Muito bem, meu senhor, muito bem.

– Bom... é muito bom saber disso.

O homem calou-se com um leve sorriso enviesando-lhe os lábios e ficou olhando com admiração para o rosto lindamente bronzeado e bem escanhoado do escravo, que sem graça, baixou o olhar.

De repente, recordando algo, Ma-Krut exclamou empolgado:

– Trouxe um presente para ti, Kameni.

Os olhos de Kameni voltaram a encontrar os do mercador.

– Obrigado, meu senhor, não precisava. – agradeceu ele com sua modéstia de sempre.

– Precisava, sim. Por que, não?

Ma-Krut soltou os ombros do rapaz, pegou um pequeno embrulho que estava em um de seus baús, e o trouxe, estendendo para o jovem. Com euforia disse:

– Abre!

Sem jeito, Kameni se pôs a desembrulhar o presente. Era um robe feito com a mais fina seda que se podia comprar no Egito da época.

– Achei que ficaria muito bem em ti e também que irias gostar imensamente.

– Fico muito grato, meu senhor. Não sou digno.

– É lógico que és... vamos, veste.. quero ver como fica em ti.

Kameni mordeu os lábios sem graça enquanto seu corpo enrijecia naquele instante, desobedecendo a toda e qualquer ordem emitida pelo cérebro.

A hesitação deixou Ma-Krut impaciente.

– Veste a túnica, agora – ordenou ele com autoridade. – Estou mandando.

Ainda com dificuldade motora, Kameni começou a se despir. Outro na mesma situação que ele teria sentido vontade de cuspir na cara daquele homem asqueroso e indecente, seria capaz até de urinar em sua bebida sem que ele visse como vingança por ser forçado a fazer coisas, como sempre por um propósito indecente e imoral.

No entanto, Kameni não abria espaço dentro de si para esse tipo de revolta, poderia se dizer até que ele tivesse o corpo fechado para isso, não porque fosse inocente; não era, sabia muito bem o motivo pelo qual seu dono havia lhe comprado a túnica e queria que a provasse. Certamente tinha aprendido em vidas passadas que esse tipo de revolta ou vingança só serve para alimentar e atrair ainda mais atitudes indevidas.

Antes de lhe entregar a túnica para vesti-la, Ma-Krut passeou os olhos voluptuosos pelo corpo nu do rapaz por um longo e demorado minuto. Descaradamente. Coçou a orelha nervosamente, espumou o canto da boca enquanto se detinha a admirar a ingênua nudez de Kameni. Só então lhe entregou o robe.

O fino robe envolveu Kameni como uma luva. Por fim, como que despertando de um transe, o homenzarrão soltou uma gargalhada de satisfação.

– Ficou muito bom. Muito bom!

O jovem escravo exibiu no rosto uma alegria artificial enquanto o homenzarrão apreciava sua vestimenta.

– Obrigado, meu senhor. Agora posso ir?

– Antes devolve-me o robe. É para usá-lo somente em ocasiões especiais.

Kameni atendeu a ordem mais uma vez prontamente. Despiu-se, entregou-lhe a vestimenta, tornou a vestir suas vestes esgarçadas, fez uma reverência e partiu. Ma-Krut ficou ali imerso em pensamentos e sensações pecaminosas. Em seguida, pôs-se a assoviar estridentemente, exalando uma alegria que havia tempos não sentia.

Se não amássemos tanto assim, outro grande sucesso de Américo Simões.

FALSO BRILHANTE

Um dia, quando eu já estava entregue à depressão por mais de 20 dias, mal conseguindo me manter em pé para fazer o mínimo que deveria ser feito a fim de manter a casa em ordem, Enzo me procurou para ter uma conversa muito séria.

Numa voz calma e bem modulada, ele falou:

– Eu queria lhe fazer uma proposta.

– Proposta?

– É... uma ideia que me ocorreu. Algo que seria legal para você, para mim e para o Tom.

– Diga.

– Acho melhor não. Você pode se ofender.

– Não, Enzo, diga.

Ele tomou coragem e comigo, compartilhou a sua ideia.

– Eu e o Tom queremos muito criar um filho. Poderíamos adotar um ou, encontrar uma mulher para fazer uma inseminação artificial, ou seja, juntar os espermatozóides do Tom com o óvulo dela por meio de uma inseminação artificial e... penso que você poderia ser essa mulher, Marina.

– Ser uma barriga de aluguel, é isso?

– É algo mais do que isso, Marina. Pois os óvulos seriam seus. Consequentemente o filho também seria seu. Em troca desse favor, digamos assim, Tom está disposto a pagar para você a cirurgia plástica na sua face, a qual você tanto almeja. E num dos melhores cirurgiões plásticos do país. Daríamos também a você uma quantia para poder voltar para o Brasil e recomeçar sua vida por lá.

Eu fiquei simplesmente com rosto de paisagem diante da proposta.

Diante da minha expressão facial, Enzo apressou-se em dizer:

– Foi bobagem da minha parte ter pensado nisso. Desculpe-me, eu não deveria ter...

Eu o interrompi:

– Você só está me dizendo isso para evitar que eu... Você sabe...

– A proposta que lhe faço é muito séria – reforçou Enzo. – Vejo mesmo em você a pessoa perfeita para realizar o meu sonho e do Tom de termos um filho. Penso também que, com isso, você teria um objetivo de vida e uma solução para o que tanto a martiriza.

Pensei um instante, por fim, falei:

– Não suporto mais ilusões, Enzo – declarei em tom amargo –, se estiver brincando comigo... Deixando-me empolgada com algo que não vai acontecer, acho melhor dizer...

Enzo afirmou apressadamente:

– Falo sério, Marina. Acredite-me!

Eu continuei sentada, olhando para ele e piscando os olhos, pensativa. Ele também olhava para mim, com evidente ansiedade por uma resposta.

Quando um leve brilho transpareceu nos meus olhos, a única parte do meu rosto que se manteve bonita, Enzo pareceu se empolgar.

– Está bem, eu aceito a sua proposta.

Ele me deu um sorriso breve e num tom sério me fez um alerta:

– Só que você perderia o direito sobre a criança, Marina. Abriria mão dela. Esqueceria que a teve. Para que eu e o Tom nos tornássemos realmente seus pais. Únicos pais. Penso que isso seria bem difícil para uma mãe, Marina. Nada fácil.

– Não?!

– Não! Toda mãe se apega demais ao filho muito antes de ele deixar sua barriga.

– Será que eu me apegaria tanto assim? Não sei... Nunca fui de me apegar a nada.

– É melhor você pensar bem, antes de tomar alguma atitude.

– Eu já tomei a minha decisão, Enzo.

– Não se precipite, Marina.

– Não há precipitação alguma. Estou certa do que quero fazer. Muito certa!

– Muito bem – afirmou Enzo com ar satisfeito. – Procurei você porque achei mesmo que não faria objeções a esse pequeno detalhe.

– Não se preocupe. Pretendo voltar para o Brasil após a cirurgia plástica, estou morta de saudade de minha família e... tenho algo a acertar por lá. Não pretendo nunca mais voltar para os Estados Unidos.

– Nesse caso – disse Enzo levantando-se rapidamente –, não temos nem um minuto a perder.

Desde o trato com Enzo e Tom, minha depressão desapareceu, eu passei a andar perambulando pelas ruas do bairro onde morávamos como se eu vagasse em um mundo de sonhos. Eu estava feliz, surpreendentemente feliz por saber que agora teria finalmente condições de ter meu rosto de volta.

Assim que assinamos o acordo entre nós, onde eu aceitava abrir mão da criança após o parto (que estava doando meus óvulos) tiveram início os preparativos para a inseminação artificial. Passei a ocupar o quarto que era tido para visitas e Enzo encheu a casa de alimentos para que eu me tornasse uma grávida forte e saudável. É lógico que todos esses cuidados eram por causa do filho que, muito em breve, iria nascer.

Quando Beatriz soube do acordo (trato) é lógico que ela ficou muda ao telefone.

– Beatriz, você ainda está aí? – perguntei diante do silêncio do outro lado da linha.

– E-estou... é que perdi a voz diante do que acaba de me contar.

– Relaxa e se sinta feliz por mim.

– Você tem certeza, Marina que deve fazer isso?

– Sim, absoluta...

– Mas... Uma mãe se apega tanto ao filho, mesmo antes de ele nascer que...

– Eu voltarei para o Brasil, Beatriz, e como diz o ditado: "O que os olhos não veem o coração não sente".

Certo dia, enquanto eu ajeitava algumas coisas no quarto quando a campainha tocou.

– Pois não? – disse eu ao atender a porta.

Uma senhora muito bem vestida, com ares realmente de uma dama, com o estilo de penteado imponente, onde boa parte daquela riqueza capilar era artificial, estava parada ali.

– Pois não? – repeti.

– Eu sou a mãe do Tom. Meu nome é Angelina Mackenzie.

Por alguma razão obscura, a mulher me assustava.

Dona Angelina Mackenzie me analisou de cima a baixo.

– Se a senhora está procurando pelo Tom ele não está – disse eu, polida.

Ela tornou a me olhar de cima a baixo e falou:

– Estou aqui para perguntar a você: como pôde? Como pôde compactuar com algo tão abominável?

– Do que a senhora está falando?

– Ora, do que estou falando? Você é burra, por acaso?

O ar de incompreensão ainda se manteve na minha face.

– Pelo visto, além de estúpida, é burra.

Estaria eu ouvindo certo?, perguntei-me.

A mulher continuou em tom afiado:

– Não vê que está comungando com o diabo?

Diante do meu espanto ela continuou me metralhando com palavras:

– Aceitar ter um filho para ser criado por dois homens é imoral, um pecado mortal, um pacto com o diabo.

– A senhora acha isso mesmo?

– Deus fez o homem para se casar com uma mulher, não com outro homem. Se fosse para eles criarem filhos teria dado um útero para um deles.

Engoli em seco. Não sabia o que dizer. Ela fez sinal para que eu lhe desse passagem e entrou na casa.

– Amo meu filho, amo muito e, por isso, estou aqui. Para tentar mais uma vez impedir que ele cometa novamente uma burrada em sua vida. Uma burrada que o levará para o inferno eterno. Para cada vez mais longe de Deus.

– Confesso que eu nunca havia visto o homossexualismo por esse ângulo.

– Nós fundamos uma igreja. Uma igreja que se tornou respeitada e querida por muita gente na América. No entanto, por maior que seja a nossa força para o bem, o satanás continua procurando meios de nos destruir. Porque esse é o objetivo da besta. É como um terrorista, eles sempre encontram uma forma de colocar um deles, uma célula, como eles mesmo chamam, no meio da sociedade a qual consideram sua inimiga para destruí-la por meio de atentados escabrosos.

No nosso caso, o satanás se apossou da mente do Tom, fez com que ele acreditasse que é homossexual só para poder nos perturbar e denegrir a imagem da nossa igreja. Nosso filho está possuído pelo demônio. Todos os homossexuais são pessoas dominadas pelo demônio. E você, sua inconsequente, está colaborando com o satanás também ao aceitar ter um filho para que dois homens imorais o criem.

As palavras daquela mulher me chocaram e me assustaram profundamente. De repente, eu me sentia como se fosse uma formiguinha em sua mão.

– Só você pode me ajudar a libertar meu filho Tom do domínio do satanás. Posso contar com você?

Fiz que sim, com a cabeça, impressionada, sem argumentos.

– Graças a Deus você tem um cérebro que assimila tudo rapidamente – declarou dona Angelina, satisfeita.

Tornei a repetir o gesto com a cabeça, A mulher bateu-me no ombro, como faz um mestre satisfeito com seu aluno.

Falso Brilhante, novas emoções com uma história atual e surpreendente.

Trilogia “Paixões”

LIVRO 1

“PAIXÕES QUE FEREM”

Ela sabia que era errado sentir-se atraída por ele, desejá-lo mais do que tudo e, mesmo assim, o desejo era mais forte que seu bom senso e sua moral e, seu medo de penar pelo resto da vida no inferno.

Ele também não queria, sabia que estaria pecando ainda mais, condenando-se ao inferno eterno se cedesse àquela paixão proibida. Entretanto ele a desejava loucamente. Até quando conseguiria se conter diante dela, ele não sabia, que os céus o ajudassem a se controlar, acalmar o desejo que incendiava seu peito e seu coração.

A vida era mesmo imprevisível. Ele já não sabia mais no que pensar para se esquecer dela, a mulher que desde o temporal desejava ardentemente dia e noite, noite e dia.

Diante do fato, ele percebia mais uma vez o quanto a vida surpreendia a todos com momentos bons e maus, talvez com mais momentos maus do que bons. Ele já sofrera anteriormente, quando o filho, sem querer, tirara o banquinho em que a mãe estava prestes a se sentar e, por isso, ela, grávida, caiu sentada ao chão e perdeu o bebê. Foi horrível, mais horrível foi pensar que o garoto fizera aquilo por querer, embora inconscientemente. Pensar assim era loucura, nenhuma criança chegaria a tanto, fora uma fatalidade, sim, só podia ser, afinal ele não passava de um menino inocente.

O romance “Paixões que ferem” fala do poder do amor unindo casais e mais casais para que cada um de nós nasça e renasça ao longo da vida. Fala do desejo carnal que cega a todos, muitas vezes sem medir as consequências, fala de ciúme e frustração, do desejo insano de prender o outro a você.

Narra a história de duas famílias que vieram tentar a vida no Brasil no século dezoito e as gerações seguintes, reencarnações que culminam nos dias de hoje, provando que as paixões atravessam vidas, e são, para muitos, eternas. Uma obra surpreendente e comovente, respondendo muitas das perguntas que fazemos em relação a nossa existência no cosmos.

LIVRO 2
"O LADO OCULTO DAS PAIXÕES"

Em "O lado oculto das paixões", continuação do romance "Paixões que ferem", o leitor vai conhecer detalhadamente o destino que os descendentes das famílias Corridoni e Nunnari tiveram.

Inaiá Corridoni sonhou com um casamento feliz porque toda mulher almeja ter um, com filhos saudáveis e adoráveis, engrandecendo a felicidade do casal. Viu em Roberto Corridoni o marido ideal, o homem certo para realizar seus sonhos. Estava apaixonada tanto quanto ele parecia estar apaixonado por ela, só não sabia que havia um lado oculto em toda paixão. Mesmo que lhe dissessem, ela não se importaria, tampouco temeria, porque o que ela queria acima de tudo era ser feliz ao lado dele, nem que para isso tivesse de sacrificar a própria felicidade.

O porquê de Roberto ser tão severo para com ela e os filhos seria porque ainda guardava sentimentos por Liberata Nunnari, aquela que no passado pareceu amar perdidamente e, subitamente, abandonou-a por um desejo de vingança? Ninguém sabia ao certo, talvez nem ele soubesse...

O que Inaiá não aceitava em hipótese alguma era o fato de Roberto querer manter a tradição da família: deixar herança só para os filhos homens, para as mulheres nada além de uma casinha modesta. Se quisessem mais do que isso, que procurassem se casar com um bom partido. Foi assim que as filhas acabaram entregues a uma vida limitada e os irmãos a uma vida endinheirada, propiciando o melhor para seus filhos e mulheres. Isso não era certo, não, na sua visão.

Tudo isso a fez adoecer o que acabou alegrando muito o marido e a amante dele que sonhava casar-se com ele de papel passado e morar na casa-grande, linda e aconchegante da maravilhosa fazenda. Ter a vida que sempre sonhou ao lado dele, mas não mais como amante, agora, como esposa legítima.

A esposa só precisava morrer, sim, morrer, para deixar-lhe o caminho livre para realizar seu maior sonho.

Prepare-se, você viverá ainda muitas emoções ao longo desta fascinante história, o segundo livro da trilogia "Paixões".

LIVRO 3
"A ETERNIDADE DAS PAIXÕES"

Em a "Eternidade das paixões", continuação do livro "O lado oculto das paixões" o leitor vai se emocionar ainda mais com a saga das famílias Nunnari e Corrridoni.

Muito aconteceu desde que as duas famílias se mudaram para o Brasil na esperança de terem uma nova perspectiva de vida. O impiedoso Roberto Corridoni, por meio da reencarnação, torna-se filho de Florisbela Gallego que se mostra uma mãe amorosa e disposta a lhe dar uma educação que faça dele um ser humano de caráter e brio.

Tempos depois, o misterioso e surpreendente destino leva Roberto à fazenda dos Nunnari onde a saga de ambas as famílias teve início. A impressionante sensação de já ter estado ali acompanha Roberto desde então, e mesmo sua prima lhe dizendo que a sensação acontece por ele, certamente, já ter vivido ali numa vida anterior àquela, Roberto duvida.

Nessa nova encarnação Roberto reencontra Inaiá para uma nova oportunidade de aprendizado no amor e no convívio a dois. Os filhos nascem e Roberto, esquecendo-se dos bons conselhos de sua mãe, torna-se novamente um pai severo e impiedoso, condenando-se a crescer espiritualmente pela dor, a dor que ele insiste em ser sua maior mentora.

Noutra encarnação, Roberto reencontra Madalena, aquela que noutra vida foi sua escrava e permitiu que usassem e abusassem dela sem nenhum respeito. Os dois estarão frente a frente desta vez durante a Segunda Guerra Mundial.

Mais tarde, no Brasil da época do regime militar, todos que tomaram parte nessa história (Elenara, Gianni, Gianluza, Lamartine, Sílvia, Mássimo, Gabriela, entre outros) voltam a se reencontrar, para que juntos possam transpor obstáculos antigos, renovar o espírito, evoluir... Comprovar mais uma vez a eternidade das paixões.

Trilogia "Paixões"
Para maiores informações visite o site da Editora:
www.barbaraeditora.com.br

DEPOIS DE TUDO, SER FELIZ

Greta tinha apenas 15 anos quando foi vendida pelo pai para um homem que a desejava mais do que tudo. Sua inocência não lhe permitia imaginar o verdadeiro motivo da compra.

Sarina, sua irmã, quis desesperadamente ir atrás dela para salvá-la das garras do indivíduo impiedoso, mas o destino lhe pregou uma surpresa, ela apaixonou-se por um homem cujo coração já tinha dona, uma mulher capaz de tudo para impedir sua aproximação.

Em meio a tudo isso, ocorre uma chacina: jovens lindas são brutalmente mortas e Rebecca, a única sobrevivente do caos, quer descobrir quem foi o mandante daquilo para fazer justiça.

Noutra cidade, Gabael, um jovem cujo rosto deformado por uma doença misteriosa, vive numa espécie de calabouço para se esconder de todos que olham horrorizados para ele e o chamam de monstro.

Num vale, Maria, uma linda menina, tenta alegrar todos os confinados ali por causa de uma praga contagiosa, odiada e temida pela humanidade, na época.

Dentre todos os acontecimentos desta fascinante e surpreendente história que se desenrola na época em que Jesus fez inúmeros milagres e marcou para sempre a história do mundo, os personagens vão descobrir que, por mais triste e desafiadora que possa ser a nossa vida, o que nos resta mesmo, depois de tudo, é procurar ser feliz.

Depois de "Falso Brilhante", "Se não amássemos tanto assim", "A outra face do amor", da trilogia "A eternidade das paixões", dentre outros romances de sucesso, o Autor nos leva a mais uma viagem emocionante pelo mundo da literatura espiritual.

E O AMOR RESISTIU AO TEMPO...

Diante do olhar arguto de Caroline, examinando-o de cima a baixo, o rapaz pareceu se encolher. Meio sem jeito, quase encabulado, perguntou:

– É verdade que sou seu filho?

Os olhos dela apresentaram leve sinal de choque. Mas foi só. No geral se manteve a mesma.

– Ah! – exclamou com desdém. – É isso?

Ele assentiu com a cabeça, torcendo o chapéu em suas mãos.

– Quem lhe disse isso?

– Agatha. Primeiramente foi ela. Depois minha mãe - sua irmã - acabou confirmando. Ela não queria, mas eu insisti. Precisava saber da verdade.

– Pra que?

– Ora, porque mereço saber quem foram meus pais. Sempre quis saber, desde que morava no orfanato.

– Sei...

Caroline fez bico e se concentrou novamente nos cabelos.

– A senhora precisa me dizer, por favor, se é mesmo verdade que sou filho da senhora... Que pensei durante todos esses anos ser minha tia.

A mulher de trinta e cinco anos ficou quieta por um instante como se estivesse meditando. Por fim, disse autoritária:

– Sim, é verdade...

O rosto do rapaz se iluminou.

Caroline, voltando a escovar os cabelos, completou:

– É verdade e, ao mesmo tempo, não.

O rapaz fitou-a com um ar de quem está mesmo querendo entender. Ela prosseguiu:

– Você nasceu mesmo de mim, mas... foi um equívoco. Um grave equívoco.

Se estas palavras o surpreenderam, as seguintes o magoaram profundamente:

– Foi uma brincadeira do destino. Um desatino do destino.

Ela riu.

– Onde já se viu me fazer dar à luz a uma criança... Aleijada?

O romance "E o amor resistiu ao tempo" fala sobre os sofrimentos que cada um passa por causa das convenções sociais, dos preconceitos, egoísmos em geral e, principalmente, de quando o passado volta à sua vida para assombrar o presente.

Com uma narrativa surpreendente, o romance responde às perguntas existencialistas e profundas que a maioria de nós faz ao longo da vida: por que cada um nasce com uma sorte diferente? Por que nos apaixonamos por pessoas que nos parecem conhecidas de longa data sem nunca termos estado juntos antes? Se há outras vidas, pode o amor persistir e triunfar, enfim, de forma mais lúcida e pacífica, após a morte?

Uma comovente história que se desenvolve ao longo de três reencarnações. Para reflexão no final, inspirar o leitor a uma transformação positiva em sua existência.

SEM AMOR EU NADA SERIA...

(ABORDA A VIDA DE PERSONAGENS ENVOLVIDOS NA TRAMA DO ROMANCE "E O AMOR RESISTIU AO TEMPO")

Em meio a Segunda Guerra Mundial, Viveck Shmelzer, um jovem alemão do exército nazista, apaixona-se perdidamente por Sarah Baeck, uma jovem judia, residente na Polônia.

Diante da determinação nazista de exterminar todos os judeus em campos de concentração, Viveck se vê desesperado para salvar a moça do desalmado destino reservado para sua raça.

Somente unindo-se a Deus é que ele encontra um modo de protegê-la, impedir que morra numa câmara de gás.

Enquanto isso, num convento, na Polônia, uma freira se vê desesperada para encobrir uma gravidez inesperada, fruto de uma paixão avassaladora.

Destinos se cruzarão em meio a guerra sanguinária que teve o poder de destruir tudo e todos exceto o amor. E é sobre esse amor indestrutível que fala a nossa história, transformada neste romance, um amor que uniu corações, almas, mudou vidas, salvou vidas, foi no final de tudo o maior vitorioso e sobrevivente ao Holocausto.

Uma história forte, real e marcante. Cheia de emoções e surpresas a cada página... Simplesmente imperdível.

NINGUÉM DESVIA O DESTINO

Heloise ama Álvaro. Os dois se casam, prometendo serem felizes até que a morte os separe.

Surge então algo inesperado.

Visões e pesadelos assustadores começam a perturbar Heloise.

Seriam um presságio?

Ou lembranças fragmentadas de uma outra vida? De fatos que marcaram profundamente sua alma?

Ninguém desvia o destino é uma história de tirar o fôlego do leitor do começo ao fim. Uma história emocionante e surpreendente. Onde o destino traçado pelos personagens em outras vidas resulta nas consequências de sua reencarnação atual.

Uma das abordagens mais significantes a respeito da Inquisição Católica, turbulento momento da história da humanidade, onde pessoas suspeitas de bruxaria eram queimadas vivas em fogueiras.

A LÁGRIMA NÃO É SÓ DE QUEM CHORA

Christopher Angel, pouco antes de partir para a guerra, conhece Anne Campbell, uma jovem linda e misteriosa, muda, depois de uma tragédia que abalou profundamente sua vida. Os dois se apaixonam perdidamente e decidem se casar o quanto antes, entretanto, seus planos são alterados da noite para o dia com a explosão da guerra. Christopher parte, então, para os campos de batalha prometendo a Anne voltar para casa o quanto antes, casar-se com ela e ter os filhos com quem tanto sonham.

Durante a guerra, Christopher conhece Benedict Simons de quem se torna grande amigo. Ele é um rapaz recém-casado que anseia voltar para a esposa que deixara grávida. No entanto, durante um bombardeio, Benedict é atingido e antes de morrer faz um pedido muito sério a Christopher. Implora ao amigo que vá até a sua casa e ampare a esposa e o filho que já deve ter nascido. Que lhe diga que ele, Benedict, os amava e que ele, Christopher, não lhes deixará faltar nada. É assim que Christopher Angel conhece Elizabeth Simons e, juntos, descobrem que quando o amor se declara nem a morte separa as pessoas que se amam.

No final, o leitor vai descobrir onde e quando os personagens encarnaram e o porquê de terem encarnado ali e se ligado uns aos outros novamente.

QUANDO É INVERNO EM NOSSO CORAÇÃO

Clara ama Raymond, um humilde jardineiro. Então, aos dezessete anos, seu pai lhe informa que chegou a hora de apresentar-lhe Raphael Monie, o jovem para quem a havia prometido em casamento. Clara e Amanda, sua irmã querida, ficam arrasadas com a notícia. Amanda deseja sem pudor algum que Raphael morra num acidente durante sua ida à mansão da família. Ela está no jardim, procurando distrair a cabeça, quando a carruagem trazendo Raphael entra na propriedade.

De tão absorta em suas reflexões e desejos maléficos, Amanda se esquece de observar por onde seus passos a levam. Enrosca o pé direito numa raiz trançada, desequilibra-se e cai ao chão com grande impacto.

– A senhorita está bem? – perguntou Raphael ao chegar ali.

Amanda se pôs de pé, limpando mecanicamente o vestido rodado e depois o desamassando. Foi só então que ela encarou Raphael Monie pela primeira vez. Por Deus, que homem era aquele? Lindo, simplesmente lindo. Claro que ela sabia: era Raphael, o jovem prometido para se casar com Clara, a irmã amada. Mas Clara há muito se encantara por Raymond, do mesmo modo que agora, Amanda, se encantava por Raphael Monie.

Deveria ter sido ela, Amanda, a prometida em casamento para Raphael e não Clara. Se assim tivesse sido, ela poderia se tornar uma das mulheres mais felizes do mundo, sentia Amanda. Se ao menos houvesse um revés do destino...

Quando é inverno em nosso coração é uma história tocante, para nos ajudar a compreender melhor a vida, compreender por que passamos certos problemas no decorrer da vida e como superá-los.

VIDAS QUE NOS COMPLETAM

Vidas que nos completam conta a história de Izabel, moça humilde, nascida numa fazenda do interior de Minas Gerais, propriedade de uma família muito rica, residente no Rio de Janeiro.

Com a morte de seus pais, Izabel é convidada por Olga Scarpini, proprietária da fazenda, a viver com a família na capital carioca. Izabel se empolga com o convite, pois vai poder ficar mais próxima de Guilhermina Scarpini, moça rica, pertencente à nata da sociedade carioca, filha dos donos da fazenda, por quem nutre grande afeto.

No entanto, os planos são alterados assim que Olga Scarpini percebe que o filho está interessado em Izabel. Para afastá-la do rapaz, ela arruma uma desculpa e a manda para São Paulo.

Izabel, então, conhece Rodrigo Lessa, por quem se apaixona perdidamente, sem desconfiar que o rapaz é um velho conhecido de outra vida.

Uma história contemporânea e comovente para lembrar a todos o porquê de a vida nos unir àqueles que se tornam nossos amores, familiares e amigos... Porque toda união é necessária para que vidas se completem, conquistem o que é direito de todos: a felicidade.

PAIXÃO NÃO SE APAGA COM A DOR

No contagiante verão da Europa, Ludvine Leconte leva a amiga Bárbara Calandre para passar as férias na casa de sua família, no interior da Inglaterra, onde vive seu pai, viúvo, um homem apaixonado pelos filhos, atormentado pela saudade da esposa, morta ainda na flor da idade.

O objetivo de Ludvine é aproximar Bárbara de Theodore, seu irmão, que desde que viu a moça, apaixonara-se por ela.

O inesperado então acontece: seu pai vê na amiga da filha a esposa que perdeu no passado. Um jogo de sedução começa, um duelo entre pai e filho tem início.

De repente, um acidente muda a vida de todos, um detetive é chamado porque se suspeita que ele foi premeditado. Haverá um assassino à solta? É preciso descobrir antes que o mal se propague novamente.

Este romance leva o leitor a uma viagem fascinante pelo mundo do desejo e do medo, surpreendendo-o a cada página. Um dos romances, na opinião dos leitores, mais admiráveis.

A OUTRA FACE DO AMOR

Eles passavam a lua de mel na Europa quando ela avistou, ao longe, pela primeira vez, uma mulher de rosto pálido, vestida de preto da cabeça aos pés, olhando atentamente na sua direção. Então, subitamente, esta mulher arrancou uma rosa vermelha, jogou-a no chão e pisou até destruí-la.

Por que fizera aquilo? Quem era aquela misteriosa e assustadora figura? E por que estava seguindo o casal por todos os países para os quais iam?

Prepare-se para viver emoções fortes a cada página deste romance que nos revela a outra face do amor, aquela que poucos pensam existir e os que sabem, preferem ignorá-la.

A SOLIDÃO DO ESPINHO

Virginia Accetti sonha, desde menina, com a vinda de um moço encantador, que se apaixone por ela e lhe possibilite uma vida repleta de amor e alegrias.

Evângelo Felician é um jovem pintor talentoso, que desde o início da adolescência apaixonou-se por Virginia, mas ela o ignora por não ter o perfil do moço com quem sonha se casar.

Os dois vivem num pequeno vilarejo próximo a famosa prisão "Écharde" para onde são mandados os piores criminosos do país. Um lugar assustador e deprimente onde Virginia conhece uma pessoa que mudará para sempre o seu destino.

"A Solidão do Espinho" nos fala sobre a estrada da vida a qual, para muitos, é cheia de espinhos e quem não tem cuidado se fere. Só mesmo um grande amor para cicatrizar esses ferimentos, superar desilusões, reconstruir a vida... Um amor que nasce de onde menos se espera. Uma história de amor como poucas que você já ouviu falar ou leu. Cheia de emoção e suspense. Com um final arrepiante.

visite o nosso site: www.barbaraeditora.com.br

Para adquirir um dos livros ou obter informações sobre os próximos lançamentos da Editora Barbara, visite nosso site:

www.barbaraeditora.com.br
E-mail: barbara_ed@estadao.com.br

ou escreva para:
BARBARA EDITORA
Rua Primeiro de Janeiro, 396 – 81
Vila Clementino – São Paulo – SP
CEP 04044-060
(11) 5594 5385

Contato c/ autor: americosimoes@estadao.com.br
Facebook: Américo Simões
Blog: http://americosimoes.blogspot.com.br